我写不下去了。
我要写下去！

编剧的诞生

Screenwriters' Masterclass

Screenwriters Talk About Their Greatest Movies

[英] 凯文·康罗伊·斯科特 编著　黄渊 译

中国友谊出版公司

献给我的母亲
她让我有开放的胸怀

目 录
Contents

前 言 -4

1   泰德·塔利《沉默的羔羊》-001

"电冰箱问题"

2   丽莎·绍洛坚科《高潮艺术》-041

"那都是平常时刻的平凡人生。"

3   卡洛斯·卡隆《你妈妈也一样》-067

"老兄，我可是想要成为加西亚·马尔克斯的！"

4   克里斯·韦茨《关于一个男孩》-101

"从人类学的角度来讲，我就是改编《关于一个男孩》
的合适人选。"

5   迈克尔·哈内克《未知密码》-135

"解释就是一种限制，每一种限制又是一个
间接的谎言。"

6   韦斯·安德森《青春年少》-161

"当编剧就是这样，总会碰上这种情况，
总会怀疑那还拍不拍得成电影。"

7　达伦·阿罗诺夫斯基《梦之安魂曲》-187

"他们就等着你拿一波又一波的情绪去砸他们呢。"

8　帕特里克·麦格拉思《蜘蛛梦魇》-215

"人物不一定非要招人喜欢，但绝对不能
让人觉得无聊。"

9　亚历克斯·加兰《惊变 28 天》-237

"我喜欢的就是结构。"

10　迈克尔·托尔金《新纪元》-279

"我们大多数时候都在做错误的决定，
都在为缺钱而苦恼。"

11　斯科特·弗兰克《战略高手》-301

"应该一直就像是在写着玩一样。"

12　亚历山大·佩恩和吉姆·泰勒《校园风云》-327

"我们关注的是生活中的原始素材，
而不是别人那些电影里的原始素材。"

13　卢卡斯·穆迪森《在一起》-357

"那就像是在十月怀胎。"

14　保罗·莱弗蒂《甜蜜十六岁》-389

"你们从一开始就打算要花 6000 万美元
拍摄这么一部政治宣传片吗？"

15　费尔南多·莱昂·德阿拉诺阿《阳光下的星期一》-435
"剧本写得不顺利的时候，就像是在穿越沙漠，
不喜欢也得坚持走下去啊。"

16　大卫·O．拉塞尔《夺金三王》-471
"凡事都应该要发自内心，不论是否高明，
重要的是要发自内心。"

17　弗朗索瓦·奥宗《沙之下》-487
"你不需要什么都告诉观众。"

18　罗伯特·韦德和尼尔·珀维斯《007之择日而亡》-503
"什么是007有可能遇上的最糟糕的处境？"

19　吉列尔莫·阿里亚加《爱情是狗娘》-541
"你写什么，不是你选它的，而是它来挑选你的。"

致　谢 -565
出版后记 -566
图片来源 -568

前 言

我 20 岁出头那阵儿，曾在一家好莱坞电影公司工作。我利用周末的时间，读了不少电影剧本，然后自己也尝试着写了一个。有什么理由不那么做呢？在洛杉矶，是个人都在写剧本。不过，我最终写出来的那个剧本却有些糟糕。那是一个 140 页长度的侦探喜剧的本子，主角是单身汉，42 岁了仍住在父母家的车库，而且还觉得自己就是"私家侦探马格南"（Magnum P.I.，20 世纪 80 年代同名美剧《夏威夷神探》中的主角）。我自己也觉得这剧本不怎么样，所以只拿给一位朋友看过。他看完后很不喜欢。于是我把剧本扔进了抽屉，从此再也没拿出来过。

一晃就是 6 年，我出了国，写了无数篇新闻报道，但却仍对写剧本很有兴趣。对于这件事情，我十分好奇，很想知道别人那些剧本究竟都是怎么写出来的。这答案可不怎么好找，我也苦苦寻觅了许久，先是拜读了悉德·菲尔德（Syd Field）那本流传甚广的《电影剧本写作基础》（Screenplay），之后又看了克里斯托弗·沃格勒（Christopher Vogler）针对约瑟夫·坎贝尔（Joseph Campbell）那些观点的睿智点评。我还草草翻阅了罗伯特·麦基（Robert McKee）的"编剧圣经"，并用 3 年时间观摩了 900 部电影，甚至读了电影史的硕士学位。但是，说到如何写剧本，我仍旧一无所知。

就这样，我产生了一个念头。我想邀请一些专业编剧来回顾一下他们的作品。这样的话，也能让那些渴望成为编剧的新人更好地了解这门手艺。想象一下这件事的好处吧：编剧新人无须再苦苦钻研构成电影故事的图表，也不用反复琢磨那些神话原型，他们可以有机会和专业编剧亲密接触，直接了解那些电影的创作过程。这些专业编剧还可以针对最终完成影片的种种成败得失以及其背后的原因，娓娓道来畅所欲言。他们还可以再介绍一下，要如何殚精竭虑，才能单凭那些原本仅在自己头脑中见到过的画面，便创造出一整个立体世界出来。我越想越觉得这事有意思。学写剧本，这是一件具有主观性的工作，而《我写不下去了。我要写下去！：编剧的诞生》可以在这方面引入一种全新的模式。而且，在此过程中，这些被拿出来研究的作品，也能就此留下很有价值的个案资料，顺便再为影史专家和热心影迷提供一些平素难得一闻的电影创作幕后秘辛。

显然，这么一本书的质量如何，取决于受访的那些编剧。所以我考虑要拓宽视角，不光只采访那些顶尖的好莱坞编剧大师，还得把欧洲的优秀编剧也请来——后者与观众之间的关系，可是全然不同于他们的好莱坞同行的。我为自己的想法扬扬得意，同时我也想到了，从个人角度来说，如果我能成功找到出版商的话，便能设法说服他们报销我的路费，让我可以面对面地采访那些我最钟情的编剧了。想象一下，纽约、伦敦、好莱坞（相比之下，它没那么让我激动，但毕竟也是……）、巴黎、墨西哥，甚至是瑞典马尔默。

最终，我确实是跑了不少有意思的地方，但更重要的还在于，我确实遇到了一些有意思的人。在瑞典国境最南段的某处，我坐在旅馆内设咖啡吧的靠窗位置上，看着过路人竞相围观《在一起》（*Together*，2000）的导演卢卡斯·穆迪森（Lukas Moodysson）；想当初，这部电影在瑞典可要比《泰坦尼克号》（*Titanic*，1997）更受欢迎。我还在墨西哥城与《爱情是狗娘》（*Amores perros*，2000）的编剧吉列尔莫·阿里亚加（Guillermo Arriaga）打过篮球。他就像是那儿的孩子王，跟他儿子还有一群孩子打着比赛（每回都是他获胜）。我曾坐在韦斯·安德森（Wes Anderson）的纽约办公室里，我头顶上挂着的，正是他那部《青春年少》（*Rushmore*，1998）里一开场便出现过的布鲁姆家族的肖像画。画上的比尔·默里（Bill Murray），除了在安德森的办公室里，还有什么地方你能看到这个？在迈克尔·哈内克（Michael Haneke）靠近巴黎雅各布路的公寓里，我曾与他一同度过了一个寒冷的初春早晨。去见他的时候，我正因宿醉而口干舌燥。但他没给我倒水，反而给我上了一盘脆饼。相比之下，我们的访谈倒是做得不错。到了夏天，我又一次来到巴黎，与弗朗索瓦·奥宗（François Ozon，另译欧容）共度了一个炎热的下午。他气质优雅且说话风趣，还给我讲了埃里克·侯麦（Eric Rohmer）如何节约的笑话。我非常喜欢奥宗。事实上，他们每一位我都非常喜欢。希望本书的质量不会因为我的这种主观情绪而打折扣。再没有什么比采访者爱给受访者拍马屁更糟的了。

关于本书，有一点是我从一开始就很注重的，那就是每次访谈，我都只和他们谈一部作品。这么做，才能深入了解那部作品的创作过程以及各位编剧的独特工作方式。创作这本书的时候，我最初的想法是要边看那部电影边做采访。第一次采访时，我也确实是那么做的。奥斯卡金像奖得主泰德·塔利（Ted Tally）和他写的《沉默的羔羊》（*The Silence of the Lambs*，1991）成了我的试验品。那真是一次有意思的经历：坐在他的宾馆房间里，听他讲着与乔纳森·德姆、朱迪·福斯特和"食人魔"汉尼拔合作拍片的往事。他那些条理清晰的点评，为这本书注入了生命。但在此之后，其余编剧基于各自不同的理由，都决定做采访时不再观看电影。不过，他们谈出来的东西，也丝毫不比泰德·塔利逊色。每个人都回顾了当初努力写稿、改稿（再写、再改、再写、再改……整个人焦虑不安，最后还得想办法克服自我怀疑的痛苦情绪）的艰辛岁月。

阅读这些访谈文字，既能从中获得乐趣，又可以收获知识。本书的目的所在，就是要为电影专业的学生注入信心，为编剧新人补充知识，为狂热影迷提供幕后秘辛，为已当上编剧的专业人士送上一把自我衡量的标尺。更重要的还在于，本书竭力将编剧这一行当提升到艺术家的高度上。这一点，恰恰是在将文字变成画面的过程中，以及在围绕电影署名权无休无止的争执中，常被人遗忘的一件事。

凯文·康罗伊·斯科特
2004 年 4 月于伦敦

"写作的时候，我谈论的就是自己的内心感觉，
就是那些我想要见到的东西。
剧本就是词语，就是句子，它们构成了电影。
写剧本是一门漂亮的手艺活儿，
因为我必须在自己脑海中将那些影片创造出来。"

——克日什托夫·皮耶谢维奇

* 克日什托夫·皮耶谢维奇（Krzysztof Piesiewicz），波兰编剧、律师、政治家，与基耶斯洛夫斯基合作编剧了十余部影视作品，如《蓝白红三部曲》《两生花》《十诫》等。

《沉默的羔羊》

———————／ 1

泰德·塔利

大学时代的泰德·塔利（Ted Tally）曾在耶鲁大学学习戏剧，之后在纽约当了10年剧作家，随后才转行创作电视、电影剧本。他的第一部电影是苏珊·萨兰登（Susan Sarandon）主演的《情挑六月花》（*White Palace*，1990），不久之后便凭《沉默的羔羊》（*The Silence of the Lambs*，1991）获得奥斯卡最佳改编剧本奖。在电影圈中，他以善于完成高难度改编工作而著称，例如2000年根据科马克·麦卡锡（Cormac McCarthy）小说改编的《骏马》（*All the Pretty Horses*，2000）。

剧情梗概

美国，现代。年轻的FBI探员克拉丽丝·斯塔林接到任务，要帮忙寻找一名失踪女性。据悉，后者已落入以剥人皮而恶名昭彰的连环杀手"水牛比尔"手中。为能更好地了解变态杀手的扭曲心理，克拉丽丝找到了正在狱中服刑的"食人魔"汉尼拔·莱克特医生咨询，他虽心理变态，但被囚之前也是一位受人尊敬的心理医生。身为克拉丽丝的导师，FBI探员杰克·克劳福德也相信，汉尼拔或许能帮助他们找到"水牛比尔"。最终，克拉丽丝与汉尼拔之间的扭曲关系，不仅迫使她面对自己的心魔，也给了她与"水牛比尔"正面交锋的机会。

《沉默的羔羊》（*The Silence of the Lambs*，1991）

凯文·康罗伊·斯科特：泰德，在你小时候，谁是你在艺术领域的偶像？我指的主要是剧作家、小说家和电影人里头。

泰德·塔利：我 18 岁之前没怎么看过话剧，我们那儿不太有机会能看到话剧演出。但我倒是真的很爱看书，我爱看冒险类、科幻类的作品——只要好看就成，所以我也会读狄更斯。但电影却又是另一码事了，虽然当初就很爱看电影，但总觉得拍电影是一件很不可思议的事，尤其是对我这样的人来说。

斯科特：也就是说，当时你并不觉得拍电影是一个切实可行的理想？

塔利：完全不觉得。但话剧就不同了。当我开始参与戏剧演出之后，我意识到，这其实是一个可以追求一下的目标。因为只要你能找到一群人，那就可以演话剧了。但另一方面，光是找到一群人，就能把电影拍出来吗？这我当时并不太懂。

斯科特：你在舞台上演的第一个角色是谁？

塔利：天哪，那大概是我初三时候的事了。那是一出名为《我记得母亲》（*I Remember Mama*）的话剧，非常煽情，是根据一本回忆录改编的，讲的是一个在纽约生活的挪威家庭的故事，曾经在百老汇也演出过。现在再叫我回忆我们那次演出，我只记得那是一群来自北加州的小孩，带着可怕的口音，努力想要扮演比自身年长许多的挪威人。但我真的一下子就被话剧给迷住了，那种同甘共苦的合作情谊，我很喜爱。当时我参加了许多话剧演出：夏令营剧社、社区剧团，时不时还会参加一些很不错的大学剧团演出——偶尔，他们会找一些当地小孩来扮演剧中的小兵什么的。想当年，我总是同时在演好几出剧目。

斯科特：能不能说清楚，究竟是从哪一刻开始，你觉得自己也能写剧本了？

塔利：那是北加州的一个夏令营项目，现在仍有，叫作"州长学校"，是专为高中生开设的为期 6 至 8 周的夏令营学校，老师来自全国各地。想要进去，你必须先申请，通过面试才会被录取。我参加了他们的话剧班，主要就是去学表演。那年的暑假，我们一共排演了两台剧目。第一台戏排演完毕，老师告诉我们："第二台戏，你们将会有机会自己来写剧本。对于曾经有过这个想法的人来说，这可是一个大好的机会。因为，只要你的剧本写得够好，我们就会把它搬上舞台。"在那之前，我从没想过要写剧本，但是像这样的机会，我可不能错过。于是，我写了一部奇奇怪怪、载歌载舞的哑剧，完全没有对白。那个剧本写得很文艺，已经有些类似于行为艺术了。但是最终的演出效果很好，还有一些当地人听说了这出戏，专程过来拍了录像，放在当地电视台作为特别节目播出了。于是我心想，"原来这事很容易啊，那下一次，我要尝试写有对白的剧本了。"稍后，我写了一出更常规一些的独幕剧，历史题材。我拿它报名参加了剧本比赛，结果也被选中，还搬上了舞台。

斯科特：那时候你仅仅只是对写剧本有兴趣吗？

塔利：不，我也当导演，当舞美设计。没办法，有些事你只能自己来。进大学之后，绝大多数时候我还是在做演员。我是直到在耶鲁大学大四那年，才写出了人生第一个完整长度的剧本。我主修的是戏剧，之所以要读耶鲁，就是因为那儿有着学生戏剧的悠久传统。你想要在这方面发展，他们不会给你任何限制，每年都会有六七十部学生剧目上演。各个学院都会单独排戏，然后还有耶鲁大学话剧社这样的职业剧团。此外，耶鲁大学戏剧学院也有许多戏剧项目。这些都很吸引我。

斯科特：当时的话剧界，有没有你特别崇拜的人？

塔利：那是 60 年代末，时局动荡，话剧界也不乏标新立异之事。不过，对于这些我倒是不怎么在意，因为我天生就个性保守。不过，确实也有一些剧作家是我很崇拜的：品特（Harold Pinter），还有阿瑟·科皮特（Arthur Kopit），当初耶鲁举办他的作品研讨会时，我见到了他，还见到了杰克·盖尔伯（Jack Gelber）。在当时，有一大批年轻的外百老汇剧作家，都很受我们崇拜。之前读书的时候，我们实在是被灌输了太多的经典作品，都已经有些倒胃口了——易卜生（Henrik Ibsen）、斯特林堡（August Strindberg）。在我们看来，那就不该是1969年还在看的话剧。但我们又常常会被告知，注意力应该要集中在契诃夫（Anton Pavlovich Chekhov）身上，因为他要比我们想象的更现代。所以，我们确实也读了不少契诃夫。

说真的，那时候的我就像是一块海绵，各种东西都在吸收。我还看了很多电影，因为耶鲁校园里有着各种票价相当便宜的观影组织。每晚，他们都会在法学院的大礼堂里放真正的胶片电影，只要花25美分，就能看到那些我过去从没在电视荧屏上看到过的银幕杰作。我所接受的电影教育，有90%都来自那里。我至今都还记得，当初在那儿看了不少特吕弗（François Truffaut）的片子，真是让我大开眼界。在此之前，我从没看过外国电影。此外，他们也会放《公民凯恩》（*Citizen Kane*，1941）和《卡萨布兰卡》（*Casablanca*，1942），还会办"希区柯克电影周"。

斯科特：有没有哪部希区柯克作品能让你久久难以忘怀的？

塔利：我最喜欢的是《后窗》（*Rear Window*，1954）。希区柯克实在是太优秀了，他的作品有许多我都很喜欢，但我觉得《后窗》才是浪漫爱情与幽闭恐怖的最奇妙组合。希区柯克喜欢自我挑战，例如"我能不能拍这么一部电影，故事完全就在一艘小船上展开？或者故事完全就在后院中上演？"。

斯科特：你现在还搞话剧吗？

塔利：现在没有了。我的话剧事业——如果能称之为事业的话——

延续了大概有 10 年时间。过了 30 岁之后，我意识到自己在话剧这一行很难再更上一层楼了，而且那时候我对电影的兴趣已经越来越大了。

斯科特：但你还是等了 8 年才等来了自己的第一部电影。在那之前，你住在纽约，靠什么来生活？

塔利：我写的那些话剧都顺利上演了，只是演出的时间不算很长罢了。后来，它们又被多家地方剧团搬上了舞台，偶尔还会远赴海外，所以我的演出税和稿费收入一直都还过得去。而且，我还一直拿着创作基金的拨款，那也帮了大忙。我是 1977 年从耶鲁大学戏剧专业毕业的，一毕业就受雇于专业剧团当编剧了，还有了经纪人，又领到了一笔教师津贴。所以我从来都不用兼职去做别的工作。就这么过了差不多两三年，很快就有人找我写电视剧本了。我为电视电影《克莱门茨神父故事》（*The Father Clements Story*，1987）改了一稿剧本——演员包括小路易·戈赛特（Louis Gossett Jr.）、马尔科姆-贾迈勒·华纳（Malcolm-Jamal Warner）和卡罗尔·奥康纳（Carroll O'Connor），导演是埃德温·舍林（Edwin Sherin），他是一位好导演。拍摄的时候，我并没有出什么力，但他们干得很漂亮，所以我在行业内的口碑，也就此稍稍涨了一点。靠着这部作品，我获得了为《情挑六月花》写剧本的机会，那是我第一部剧情长片。煎熬了那么多年之后，我的机会终于来了。

斯科特：这听上去真的很有意思。你似乎很轻松便当上了职业编剧，但是，之后再想要突破那一层玻璃天花板，却又另当别论了。

塔利：从这个角度来说，我的职业编剧生涯有一些奇怪。起步阶段很艰难，但随后又取得了不少成功，然后又坠入低谷之中，一事无成。好像一直都是这样：要么饿死，要么撑死。我的整个事业发展，完全没有计划可言。我可以三四年一部电影都不拍，然后又一下子同时拍摄两三部电影。在我看来，我们这一行根本就没什么节奏和理性可言。

斯科特：你曾说过，林赛·安德森（Lindsay Anderson）是你事业上的大贵人。

塔利：没错，那应该是 1979 年、1980 年的时候。那段时间可以说是他在罩着我，他为人严厉，脾气非常暴躁，自尊心很强，很爱发脾气。在不少事情上，他的脾气真的都是一触即发。但他也是真的热爱电影，不单单是身为职业电影人的那种热爱，还有作为迷影者的那种热爱。他甚至还写过一本关于约翰·福特（John Ford）的书。

他第一次打电话给我时，我还毫无电影经验，都没见过电影剧本是什么样子的，但他说他会拿一本来给我看。我当时对镜头角度等专业术语都毫无概念，但他对我说："那些地方就先空着吧，反正也没人会注意这类东西的。"他让我就像是写话剧一样地去写，那样的话，我可以更自由地切换戏码。这真是一个很好的建议。那个剧本是根据 1857 年发生在印度德里的叛军围城事件改编的。林赛是在印度长大的，印度对他的影响可谓根深蒂固，所以他一直想要拍摄一部以印度为背景的电影：一部发生在印度的约翰·福特式的西部史诗电影。那是他的夙愿。他曾说过类似于这样的话："这必须得是一部史诗片。你觉得什么样的电影才算是史诗片？"我回答他说："《阿拉伯的劳伦斯》（*Lawrence of Arabia*，1962）。"他又说："别开玩笑了！"除了《阿拉伯的劳伦斯》，剩下我还能想到的，那就只有大卫·里恩（David Lean）的《桂河大桥》（*The Bridge on the River Kwai*，1957）了。但他又会说："那可不是史诗片，那是一部战争冒险片。"于是我让他先定义一下，究竟什么才是史诗片。但他从没给过清晰的答案，他只是不断地对我报出的一个个片名嗤之以鼻。我估计，他心目中的史诗片一定得表现声势浩大的民族运动才行，不能仅仅只是发生在史诗背景中的爱情故事。必须得是《战争与和平》（*War and Peace*）那样的，必须具有道德层面的剧变。

但说到在好莱坞拍电影，林赛就是他自己最大的敌人，因为他可不光是不会耐着性子跟蠢材周旋，事实上，不管用什么方式，他都不会跟他们打交道。跟着他去电影公司开会的时候，我会觉得很尴尬，因为我很清楚，如果他觉得自己正在和一个白痴对话的话，他可不会管你是哪位，他嘴上不会有把门的。所以，他的那些好莱坞项目几乎一个都没拍成——也包括我写的那一个——也就不足为奇了。但他又是一位有耐心的老师——有时也会讽刺挖苦你几句。我住纽约的时候，常会飞去伦敦或洛杉矶找他讨论那个剧本。他会对我说："对，OK，很好，这已经足够好了，接下来我们再写一场戏，要有哪些哪些情节。"于是，下一次我再过去的时候，修改过的剧本又厚了不少。他从来不会叫我给剧本做一下编辑工作，结果，那个剧本的厚度估计得有 150 页了。像那样的长度，已完全超出了实际拍摄的可能。但它里面有着伟大的戏码、伟大的情感和伟大的人物。他是一位伟大的老师，所以我一直觉得，那一次经历就像是我学写剧本，不光不用交学费，还有钱赚。总而言之，我们合作了一年时间，之后这个剧本也就没下文了，忽然，他就不再打电话来了。

斯科特：我知道你曾说过，当你把一本书改编成电影剧本时，你在写初稿剧本之前，会先写一个剧本大纲（treatment）。能否介绍一下，这个剧本大纲要由哪些内容组成？

塔利：通常那会是 25 页或 30 页的长度，单行间距，是一小节一小节的分场大纲（outline）。我用的是十分常规的三幕式结构，我会试着用这样一个剧本大纲，一场戏一场戏地将整部电影描述出来。如果这是一部重要影片，我还会针对某几场戏里都发生了一些什么以及发生的原因，再做一些细节描写。剧本大纲里不会写入对白，除非那句对白对于整场戏来说真的十分重要——我建议不写对白，但凡事也总有例外。如果只是一场比较简单的戏，或者只是一个由比较简单的戏构成的段落，可能我只会写上"此处接蒙太奇"，然后也就不具体涉及过多细节了。但剧本大纲整体而言还是很具体的：第一幕，第一场、第二场、第三场……

斯科特：你真的会一场场地编号吗？

塔利：对。一幕大致会有 8 至 10 场戏，我会对照原著做出标注。我不知道制片人或导演拿到我写的剧本大纲后，会不会对照着原著来读，但如果他们愿意那么做的话，就会发现我写的标注了——"电影的第四场戏，对应的是书里的第 35 页至第 47 页，但有以下这些改动"，然后我会具体建议该如何改。写剧本大纲的时候，原著中该要改动的地方，就已经改掉了。通常情况下，剧本大纲写完——或许还会再修改几遍——之后，原著中需要被影片用到的内容，基本已经全都移植过来了。绝大多数情况下，从这时候开始，就不再会去参考原著了。之后再写剧本，参考的依据，就是这个剧本大纲了。只有当我实在搞不清楚某个问题的时候，或是某些特定的细节上，我是真的需要借它一臂之力的时候，我才会再次翻开原著——还有一种可能，那就是我想要照搬它里面的某些对话。但基本上，我都是根据这个剧本大纲来写剧本。我把它当作工具来使，有了它，原著被精简到了一个我可以驾驭的程度；有了它，我就能幻想自己已手握这个电影剧本的写作指南了。当然，事实上，最终的剧本几乎从来都不会完全照着剧本大纲来。真的动笔写起来的时候，你会不断地发现有哪些东西其实是需要的，又有哪些其实是不需要的。于是你从剧本大纲里撕掉了 3 页，跳过它另起炉灶重写别的内容。我也希望自己能未卜先知，那样就能省下很多时间，就能避免心血浪费。但我没这本事，我只能写到哪里算哪里——你肯定觉得我是在瞎说，既然是改编，怎么可能写到哪里算哪里，但是，事实就是如此。有一次我和乔纳森·德姆（Jonathan Demme）谈到是否要删掉某一场戏，我对他说："这场戏我花了几个星期才写成，我们对它做了润色，你也感到很满意，克丽斯蒂（Kristi Zea）搭好了布景，我们找齐了服装，演员都到位了，最终已经拍完了，然后才发现其实根本就不需要这一场戏。要是能预先就知道，那就好了。"他却回答我说："如果什么都预先就知道了的话，拍电影还有什么意思呢？"

斯科特：你曾说过，第一幕对你来说永远都是一个难题。这是不是因为，第一幕既要想办法吸引观众，同时又不能让说明部分（exposition）挡了道？

塔利：这只是一部分原因。之所以困难，还在于由此开始，你要着手对付故事和人物了，那不是你自己的故事，你只能想办法让它变成是你的。这几乎就是真的在搏斗角力，一直要斗到你觉得自己已对它有了一定的掌控才算完。那可能是一个你过去从没经历过或是想象过的世界，那可能是一个科幻故事或牛仔故事，或者是一个你根本就不知道要如何来描绘的世界——之前你是假装自己很了解它，那是为了拿下这份工作。但现在，你得真的面对它了。所以说，第一幕的前半部分，写的时候真是很费劲，而且经常会反复地重写。但等你写到第一幕后半部分的时候，你已经忘记之前的困难了。

斯科特：关于这种困难，其他编剧也说过类似的话。

塔利：这是你自己给自己的压力。因为你很清楚这头 10 页、头 12 页的重要性。曾经有人说过："一个剧本真正重要的，也就是最开头 10 页；一部电影真正重要的，也就是最后 10 分钟。"我觉得这话也不算很夸张，从好莱坞的角度而言，这句话显然有它的道理。如果剧本开头 10 页没能打动经纪人，那他们是肯定不会向自己的客户推荐的。对于电影公司的人，对于其他任何人来说，都是这样。同样，如果一部电影的最后 10 分钟没能让观众看得心满意足，那么，他们走出戏院后，肯定也不会把它推荐给朋友。但我写剧本最后 10 页的时候，可不会像写开头那样痛苦。因为到了这个时候，我早已经掌握了该有的节奏，已经感觉得心应手了。特别是初稿剧本，我感觉它就是属于我一个人的——在电影制作的全过程中，只有在这时候，作为编剧的我享有作品的全部控制权，此时我还不需要对任何人负责。

斯科特：但等到要把初稿剧本交给制片人的时候，你会不会感觉到压力巨大呢？

塔利：过去我不会这样。现在的话，说实话，如果你所说的压力，指的是担心他们会不会喜欢那个剧本，担心他们会不会讨厌我，会不会炒掉我什么的，那我并不会觉得有什么压力。在我把初稿剧本塞进快递信封然后寄出去之后，我睡得可香了！因为我觉得自己已尽了全力，如果他们真不喜欢，那也不是因为我还没尽力。另一方面，说到压力，我当然很明白，现在写初稿剧本时，我要面对的压力是过去从没有过的。因为现如今，他们可是花了大价钱来雇我的，所以初稿剧本我就必须尽可能地写好。

各种情况我都遇到过：有些我只写了初稿剧本，然后就没有下文了；另一些初稿剧本写完后，被搁置了整整 8 年，然后忽然又宣布能开拍了；另外还有一些初稿剧本，我寄给电影公司一周时间之后，它就出现在了互联网上。这只是一个初稿剧本，但已全然没有了隐私。不知怎么就被泄露了，于是就有网友开始评论我的初稿剧本了。这事就发生在《红龙》（*Red Dragon*，2002）身上，那真是一种很奇怪的感觉。"伙计们，这剧本还没写完呢！在听取你们的意见之前，能不能先让我听听导演怎么说？"这就是你交出剧本后的感觉，一旦剧本离手，你就不知道它会去向何方或是会被谁看到了。所以，必须把它给写好了。由你交出初稿剧本的那一刻起，它就只剩下两条路可走了：或是成为一部电影，或是被打入无间地狱，永远处于开发阶段——这两者必取其一。它并不会像是有些人说的那样："这想法挺有意思的，只要我们温柔呵护，经过开发，或许一年之后，经过我们不懈的努力，它就能变成……"

斯科特：你是怎么会接触到托马斯·哈里斯（Thomas Harris）的小说《沉默的羔羊》的？

塔利：事实上，是哈里斯自己给我寄来的。他是我妻子工作的那家画廊的客户，和画廊的老板关系很好。在那之前，我就跟他遇见过好几次了——其中有一次是在纽黑文的艺术展上——我们还一起吃过几顿晚餐。可以说，我们是在社交场合相遇相识的。我很欣赏他的书，他也知道我是编剧——但我相信他应该没看过我写的那些东西。那一次我问他："你手头正在写点什么啊？"之后他就给我寄来了一本平装本的样书。我很快就读完了。我之前读过《红龙》，早就知道汉尼拔这个人物了。所以，这本《沉默的羔羊》让我读得欣喜若狂：它具有一种令人难以置信的力量。但我估计，这个电影剧本，应该已经有人在改了。毕竟，此时距离小说的正式发行，只剩下三四个星期了。我在此之前的编剧生涯中，从来都没能及时拿下过自己喜欢的书。等我在书店里读到它们的时候，电影剧本早就已经改编好了。所以我换了一个经纪人——很大程度上就是冲着这一点。我签了 ICM 经纪人事务所，他们在纽约有一个文学部，有专人负责寻找适合影视改编的书籍。我当时觉得很有必要这么做，我想赶在尚有可为的时候，就设法抢到这条跑道。

所以，当我听说还没人在写《沉默的羔羊》电影剧本的时候，简直是忍不住热泪盈眶。妻子让我快打电话给经纪人——直至今日，她都不忘提醒我可别忘了，当初正是她整天跟我唠叨这事，才让我顺利拿下了这一份工作——于是我给经纪人打了电话，后者又致电"猎户座"电影公司（Orion Pictures）。对方告诉她说，这项目目前还没找到编剧，而且他们也知道我的名字，因为当初那个林赛·安德森的剧本，我就是替他们写的。虽然电影没能拍成，但他们很喜欢那个剧本。他们觉得，由我来改《沉默的羔羊》，这是一个很有意思的建议。但是，他们之所以会买下这本书的版权，是为了让吉恩·哈克曼（Gene Hackman）来当导演兼主演，而且他还想亲自写剧本。所以"猎户座"答复我说："你先等等看吧，我们相信他是没法身兼三职的。"确实，三四个星期之后，他们又打来了电话："他的剧本写到第 30 页的时候，故事也才推进到原作第 30 页的地方。这样可不行。"在让我正式接手之前，他们要求我交一份过往的作品给哈克曼做一下参考。我交上去的是《情挑六月花》，当时它才刚确定要开拍。我的事业又一次地在历经一年的坏运气后，忽然就否极泰来了。环球公司及时地为苏珊·萨兰登主演的这部《情挑六月花》亮了绿灯，也让身为编剧的我手里多了一些筹码。哈克曼读了这个剧本，他表示："OK，我们好好谈谈吧。"我必须说服他把改编《沉默的羔羊》的工作交给我。

斯科特：当时是不是觉得有些畏惧？

塔利：对，有那么一点吓人。他可是大腕，我必须去他在圣塔菲的家里见他。我估计，我们初次见面之后，他其实仍有一些疑虑，因为在那之后他又让我飞去了芝加哥，找我谈了足足 4 小时。他当时弄伤了背，只能躺在地板上，脑袋下面垫着枕头。我则坐在那里说个不停。时不时地，他会语出惊人一下。哈克曼在视觉上常有一些奇怪的创意，对此我只能回答说："是的，那是个好主意。"

斯科特：他自己打算扮演哪个角色？

塔利：他当时还没法决定是要演汉尼拔还是克劳福德。演汉尼拔，他觉得对他来说可能负担太重了一些。也就是在我的初稿剧本写到一半的时候，他忽然又变了想法，彻底退出了整个项目。在这件事情上，他连电话都没给我打一个，这让我真的有一些不快。毕竟，我之前为他做了那么多，我此刻正在拼命埋头写，而他却一个电话都没有就退出了，对他这种身份地位的人来说，这么做真是太不讲究了。

斯科特：回到原来的话题上，你能描述一下最初读到那本小说时你有多兴奋吗？

塔利：我当初的第一感觉就是，这本书写得十分聪明，很有文学性、知识性。这不单单说的是警察破案程序、破案手段以及连环杀手方面的知识——在这几个领域，托马斯都十分懂行——而且还包括了在人性这一方面的知识性。而且，《沉默的羔羊》的对话也写得很棒。在他笔下，"惊悚故事"被提升到了文学作品的高度上。整个故事情节曲折，设置了两个反派而非一个。具体犯罪情节上的错综复杂性也都值得称道。但是，最重要的一点还在于年轻女孩与疯狂心理学家之间的关系。那和我以往读到过的任何人物关系都不一样。在这一点上，乔纳森·德姆曾对我说过："从剧情上来说，这是一种全新的关系，两位主人公之间类似这样的关系，以前的电影里可从没有过。"

此外，克拉丽丝·斯塔林这个人物也深深打动了我——至今都是如此。但你真要问我被打动的原因，我也很难说清。她的勇气和所处的不利境地，都打动了我。对于我来说，故事主角身上最能打动我的一种品质，可能就得数勇敢了。她身处一个男性的世界，她是学生，是孤儿……我真是被她深深打动了。托马斯·哈里斯很巧妙地在故事中植入了神话原型，他让你感觉到，这个年轻的孤儿正在闯荡江湖，她在克劳福德和汉尼拔身上，分别找到了一好一坏两种继父的形象，后者又在负责教她成长。这一点在整个故事里相当重要，事实上，这根本就是整个故事的情感核心：她在寻找自己失去的父亲，她想填补上这种缺失，但这种缺失却始终都会存在。拯救羔羊也好，拯救凯瑟琳·马丁也罢，那都和她小时候没能拯救自己父亲有关系。

斯科特：上述这些，全都是你第一遍读《沉默的羔羊》时便清晰体会到的？

塔利：是的，而且我当时就想到了，书中这些人物，一定会让演员很感兴趣，他们肯定抢着要演。我想是因为我是搞话剧出身的关系，我看书的时候也总会考虑这方面的事。我写某个人物时，一般并不会特别按着某个演员来写，但我总会想着要写出精彩的戏来，好让他们有发挥演技的空间。因为只有这样，电影才能最终拍成，观众才会牢记那些演员。

斯科特：你曾说过，你改编小说的时候，首先会写的就是留在你脑海中无法忘怀的那几场戏。那么，在《沉默的羔羊》里，肯定就是克拉丽丝和汉尼拔初见面的那场戏吧，它一定给你留下了最深刻的印象。

塔利：是的。但我们必须从她接受克劳福德培训开始落笔，在此过程中，我们发现克劳福德其实很善于摆布别人，把她派去了这个老鼠窝，对她谈不上完全友好。然后就是她去契尔顿医生那座迷宫拜访的旅程，你也得写出来。改编一本小说的时候，这些最基本的构成要素，其中绝大多数，其实都是很明显的。但是，真正负责讲故事的，还是那9场、10场的关键戏。那么问题就来了，有些戏明明很有意思，但却不适用于你的剧本，你该拿它们怎么办？如果拿掉的话，势必又会导致情节之间留下可怕的空白，那时候你又该怎么做？这时候，你得用新的材料将空白填补上，你得给它们找到新的节奏——因为你已经不可能沿用原著的节奏了。但具体又该怎么做呢？

朱迪·福斯特（Jodie Foster）曾经说过，换一家没那么多同情心的电影公司来拍这部电影的话，肯定会让我们把克拉丽丝和汉尼拔之间那些漫长的对手戏给剪短不少。那可是剧本上长达8页的文戏，完全就是静态的对话。换了别的公司，他们没法接受这些内容，没法理解其实这些才是整部影片的核心所在。那可不是用来填补下一个动作段落出现之前的剧情空白而凑数用的。

斯科特：他俩之间这些文戏，其实每一场都很有活力。

塔利：说穿了，那其实就是一些精彩的对白。其中有不少都是逐字逐句照搬小说原作的。那就像是一场击剑比赛，但一来一去之间，又带着性的暗示。这些对手戏的处理，感觉就像是话剧。起初我还有些担心，这么写，会不会让导演感觉有些为难，因为这些对话戏在视觉层面上很难激起观众的兴致来。我知道这是在给导演出难题，通常情况下，我都会尽量避免这么做。但在《沉默的羔羊》里，实在是别无选择。我已经

"两位主人公之间类似这样的关系，以前的电影里可从没有过。"
汉尼拔·莱克特令克拉丽丝·斯塔林望而生畏。

尽可能把它们往短里写了，但是，再短也总有个限度。

斯科特：小说原著里其实有好几个人物的视角，改编成电影的过程中，你是什么时候意识到它必须从克拉丽丝的视角来叙述的？

塔利：那正是这本书有意思的地方之一。我打从一开始就知道，我们的电影剧本，估计只能表现原作五分之一或六分之一的内容。遇到这种情况，你最好一上来就找准一个重新组织文本的原则，或者称之为文字编辑的原则。就《沉默的羔羊》而言，在我看来，很明显，克拉丽丝才是我们最关心的角色。她是观众的代入对象。所以，由她的角度来讲述这个故事，更容易打动观众。

斯科特：有时我会担心克拉丽丝这个角色会不会显得过于上进、积极了，以至于反而会让人觉得不舒服。这一点，你是如何克服的？

塔利：她这人聪明、有抱负，但我并不觉得这会让观众看了觉得不舒服。当然喽，最重要的还在于，你得找到像朱迪·福斯特这样的演员来扮演克拉丽丝。像朱迪这么聪明、出色的演员，观众是不可能不喜欢、没共鸣的。做编剧的时候，你永远都要假设观众其实都和你差不多。所以，既然我是如此关心这个人物，我相信观众一定也会这样的。随着拍摄深入，我们逐渐意识到本片正在打破惊悚类型片的各种规则：女性担任主角、动作戏直到第三幕后半部分才出现、一点追车戏都没有。不光如此，还有一点就是，影片直至结尾之前，女主角一直都没遭遇过什么人身危机。她需要面对的是情感危机，但她的生命没有危险。《沉默的羔羊》真是打破了一条又一条的电影规则。

我是到后来才知道的，原来在我之前，有好些好莱坞编剧都谢绝了这项改编工作。还有一些著名编剧都表示，这本书根本就没法拍成电影。要不就是觉得它太过黑暗，要不就是觉得太复杂，或者太丑陋。我很高兴，我是个足够天真的人，根本就没从那些角度去考虑过。因为在我看来，这本书改成电影的话，肯定会大获成功。其实，《沉默的羔羊》改编起来很容易，真要说有什么困难，那也是因为小说中可供你使用的内容实在是太多了，会让人不知该如何取舍。它有一位伟大的英雄，还有一位伟大的反派，它有精彩的对话和情节转折，还拥有一个出色的结局。

斯科特：你觉得乔纳森·德姆怎么样？在此之前，他就以拍摄《散弹露露》（*Something Wild*，1986）、《天外横财》（*Melvin and Howard*，1980）这一类具有怪异主人公的电影而著称。

塔利：我从来没有怀疑过他。我喜欢他这个人，喜欢他的幽默感和才气。想当初，我并不知道他会把这故事拍成什么样子。而且我知道，朱迪当初也对此一无所知。她告诉我，她曾经很担心德姆会在《沉默的羔羊》中注入讽刺的元素。因为他一直都是左派，朱迪担心他会丑化 FBI，拿他们来开开玩笑。等到她确定这些担忧只是杞人忧天之后，她觉得轻松多了。而我第一次看到他拍出来的工作样片时，就已经知道德姆这一次肯定会成功的。

斯科特：确定他来执导的时候，剧本已经写到第几稿了？

塔利：哈克曼退出之后，德姆读了小说原著。那时候我尚未完成初稿剧本——可能还要再过一两个月才写完。最初他根本就没兴趣看这本书，以为那只不过是什么连环杀手故事罢了。真正读过之后，他意识到了这可是座富矿。等到初稿剧本完成后，没过多久他就读了，我们碰了碰头，之后的一切都进展顺利，推进速度之快让我吃惊。我们第一次见面是 1989 年 5 月，到了 11 月，电影已经开拍了。在此过程中，剧本也没再大改过。

斯科特：他邀请你去拍摄现场了吗？

塔利：他希望我能尽可能多去现场。但是这很难，我妻子刚生完孩子，我不可能一直留在匹兹堡。德姆是个好人。他对我说："一开始的两三周，我都不需要你过来。这一阶段，我需要在剧组和演员中间树立自己的权威。我可不希望我说话的时候，他们的眼角余光却投向了你。演员在表演的时候，为了找到情感上的捷径，都习惯于求助编剧。但我更希望他们能自己去琢磨。"但他也告诉我说，过了那段时间之后，他还是希望我能尽可能多去现场，越频繁越好。当然，如果实在不行的话，他会把拍好的工作样片给我送去。他一直都让我深度地参与其中。

斯科特：考虑到之前你曾有过的负面经验，这一次受邀去拍摄现场，对于你的编剧工作来说，有没有什么帮助？

塔利：参与《沉默的羔羊》，这真是一次不凡的经历。我之前几次当编剧，都没赶上过这样的好事。要不就是项目流产了，要不就是我并没有参与实际的拍摄工作。可以说，被人忽视了这么多年之后，终于，《沉默的羔羊》让我在艺术上、情感上都得到了补偿。终于能看到自己耗费光阴、闷头苦写的剧本被人拍成胶片的过程了。写话剧，或者写小说，那也是能让人获得满足感的事情，它们出版印刷之际，也就是其获得生命"活过来"之时。但是，作为电影编剧，眼瞅着自己笔下的人物在镜头里活过来，相比之下更让人不由惊叹——尤其是第一次目睹那一整个过程的时候。威廉·戈德曼（William Goldman）[①]曾说过，对于电影编剧来说，生命中最兴奋的一天，就是去他写的剧本的拍摄现场的第一天；而他一生中最无聊的一天，就是去那现场的第二天了。从一定程度上来说，这话分毫不假！（笑）我也去过话剧团，看过人家排练我写的剧本，但那种感觉和拍电影完全没得比。我记得当我走进匹兹堡那间巨大的废弃涡轮厂时，他们正在搭建汉尼拔的牢房、"水牛比尔"的地下室。

---

① 美国编剧，曾以《虎豹小霸王》（*Butch Cassidy and the Sundance Kid*，1969）和《总统班底》（*All the President's Men*，1976）两获奥斯卡金像奖。——译注

※ 若无特殊说明，本书脚注皆为译注。

我进入了那个庞大的三层楼的布景，最外面是巨大的钢梁和楼梯，感觉像是有几百名工人正在上头攀来爬去的。漆工、负责给石头上加尘土的人、负责修饰监狱铁栏杆的人、服装组、照明组和电工，全都忙忙碌碌。我就那么站着，目不转睛地看着眼前这一切。制片艾德·萨克松（Ed Saxon）对我说："看看你都写了些什么？！"就是这种感觉，令人大为惊奇的感觉。你眼瞅着自己的创意都逐一变成了活生生的现实。

我最近刚写完一个关于亚历山大大帝的剧本。"号角声起，5000 名骑兵动身穿越平原。"你坐在桌前写下这样的句子，这是一码事；将它变成活生生的现实，那就又是另一码事了。那可是个大工程。我敢说，到时候，等我站在摩洛哥，眼瞅着那一大队骑兵冲锋时，肯定也会有同样的感觉。想想看，这一切，起初只是几年之前一位编剧写下的一段文字，之后，如果将它实现，那就成了其他人的难题了！谢天谢地，我不需要在那儿喂马、收拾马粪。我写了那么多年话剧，一直希望自己能走大运，某天晚上的演出，能有 150 名观众来看我写的剧。然后，你写了一部电影。一下子，全世界有 1500 万观众跑来看它。对于写剧本的人来说，这样的事真是令人惊奇。

斯科特：当初写《沉默的羔羊》剧本的时候，"猎户座"电影公司有没有给你提过意见？

塔利：没有，至少没直接给我提过。创作剧本过程中一条意见都没收到过的情况，我也只遇到过两三次。可能是导演把那些意见都拦了下来，自行吸收了其中有营养的部分。也可能是导演说了一句"太迟了，木已成舟了！"，然后就把那些条子扔出了窗户。根据本人经验，影片拍摄的过程中，其实电影公司都会表现得非常支持，尽全力为你创造最好的条件，希望你也能交出最好的成绩来。反而是剧本被打入永远处于开发阶段的无间地狱时，那才是他们真正折磨你的时候。这部电影很可能永远都拍不出来了，可他们又不愿承认。这时候，他们就会像猫折磨耗子一样地折磨你。那可真是痛苦极了。全是外交辞令，全是办公室政治斗争。那种方式，如果你不是局内人，不了解那些关于谁来了、谁走了、谁当权了、谁失宠了的幕后交易的话，根本就无法理解。到最后，怎么把剧本写好，那已不再是你唯一需要考虑的事情了。它还会牵涉到许多问题。到了这时候，这事就没意思了。所以我一直都相信这一点：一个剧本写完，要么很快就获批开拍，要么就会被打入永远处于开发阶段的无间地狱。碰上这后一种情况，我很快就会失去兴致。我会把心思转移到下一项新工作上。我确实遇上过这样的情况，赌桌上其实还有大把筹码，但我已经友好地转身离开了。反正他们并非是真心想拍电影，他们大可以省下这些钱来，而我则赢回了自己的时间。这世上，没什么东西比一个无法投拍的剧本更死透透的了。

斯科特：*相比起来，改编惊悚小说是不是要比改编更具文学性的作品更容易一些？*

塔利：通常情况下，我猜是惊悚故事更好改，因为推动叙事的那台强力马达，那是现成的，其他题材就不一定有这个了。从结构上来看，《骏马》改编起来并不难，因为剧情很简单——影评人可能还会觉得，这剧情太过简单了。但它的文字又非常密，这就有问题了。有些书就是这样，读着读着，忽然一下子就翻过去一百页，你知道这些内容都是可以跳过的。但《骏马》却写得很漂亮，很密，没用处的内容一点都没有。所以它其实和《沉默的羔羊》差不多，内容多到你都不知该如何处置了。所以，我其实宁可把《骏马》拍成电视迷你剧集。每次遇上真正优秀的文学作品时，我都会有这种想法。硬要把它缩成两小时长度的电影，我觉得很悲哀。但也没办法，人家就是这么要求的，我这个编剧只能照办。

斯科特：当初写初稿剧本时，你想过希望由谁来扮演汉尼拔吗？

塔利：我没想到过谁。倒是克拉丽丝一角，我确实想到了朱迪·福斯特，但那并非出于偶然，而是因为她给我打来了电话。她很喜欢这本小说，也知道我正在改编这个剧本。安东尼·霍普金斯（Anthony Hopkins）的名字，是在乔纳森·德姆和我讨论选角时才浮出水面的。他以前就演过很多疯狂的角色，也拍过惊悚片，他过去演话剧也演得很棒。而我们又都觉得，扮演汉尼拔的演员需要有一些舞台剧的经验。他那些台词很像是巴洛克风格的名言警句，只有受过专业戏剧训练的演员说出来才能让人信服。而且安东尼长得帅，这一点我们觉得也很重要。像那样的邪恶之人，必须得有一种吸引力才行，绝不能一见面就让人感到厌恶。

斯科特：你有没有担心过汉尼拔会抢走克拉丽丝的风头？

塔利：有点担心。但我知道，观众不会像关心克拉丽丝那样地来关心他。他也会给观众留下深刻印象，也会令人兴奋，但绝不会像她那样叫人感动。而且，影片越是往后，她的戏份也越来越多，她会成为真正的焦点所在。朱迪曾说过，她觉得扮演克拉丽丝这种角色，演员不太可能拿奖。因为面对汉尼拔的霸气表演，她只是一个默默倾听的人。我告诉她，这想法是错误的。我不觉得那一整年里还有哪个银幕女性形象能比克拉丽丝更出彩的了。

斯科特：汉尼拔在整个故事中扮演了多重角色。想要让他性格的每一面——导师、性变态、朋友、凶手、食人魔等等——都有所呈现，是不是很有难度？

塔利：我不觉得。这些都是原著里就有的东西。反倒是到了《红龙》里，我得自创很多原著里没有的东西出来。电影《沉默的羔羊》里的汉尼拔，基本就是由托马斯·哈里斯所创造的那一个汉尼拔。我只是照着来罢了。当然，他那些耐人寻味的鬼把戏，我时不时地也得编几句新台词，设计一些能让他边说边演的内容出来。但总体而言，原著已经把这个人物写得这么出色，我只要尽力模仿就可以了。

斯科特：原著中关于克劳福德的那些故事，在影片中大多都被省略了。这是什么原因？

塔利：这一点挺让我伤心的。我很遗憾，没能在影片中保留更多他的故事。毕竟，他妻子当时正处于弥留之际的那条故事线，其实写得十分动人。一方面，他在努力缉凶，但另一边，个人生活却一团糟，他还得尽力压抑这种内心苦痛。而且，在这条故事线里，还以诡异的方式提醒我们注意，对于克拉丽丝来说，他身上似乎也有着一种无声的性吸引力。我曾努力过，想把这些内容都保留下来。我记得初稿剧本时确实还有好几场关于他妻子的戏，其中甚至还有一些，直到二稿剧本时还都保留着。但最终乔纳森告诉我说，我们必须面对现实，这条支线的重要性不够，已经没剩余空间留给它了。他是对的。

原本，片中还有一整个关于马丁议员的段落：克拉丽丝去了凯瑟琳的公寓，马丁议员发现她找到了那些裸体照，于是有了麻烦。这一段戏是在华盛顿拍摄的，而且还是全片最初拍完的几组镜头之一。最终，它却没能出现在影片中：马丁议员很生气，汉尼拔逃跑了，克拉丽丝和克劳福德为此挨了批，被调离了这个案子。乔纳森坚持说这是他犯的错：那时候我们才刚开拍，他对演员还不够了解，这场戏导得不够好。但实情却是，他原本考虑要用这场戏来设置"假悬念"。每一部警匪片里，都会有警察被调离该案的情节，但观众都知道，最终他们还是一定会回来解决案子的。但问题在于，《沉默的羔羊》里已经有了一大堆的"真悬念"，光是把它们都塞进电影里，那就已经够让人头疼的了，实在是没地方再留给"假悬念"了。但导演也是在拍完之后才意识到了这一点，于是只能在后期剪辑时拿掉了这些内容。我相信，那应该是最后关头才不得不忍痛割爱的删节内容之一。

斯科特：除了克劳福德这条线之外，原著和电影的最大区别是什么？

塔利："水牛比尔"在原著中更具重要性，到了电影里，他已被降格成一个次要角色了。他成了魔鬼的化身，但他犯案的具体原因，观众已无从得知了。这一点同样让我感到遗憾，但确实也是没办法。我被自己坚持的那一套逻辑给难住了：如果我们是要从克拉丽丝的角度来讲故事的话，她对"水牛比尔"显然是一无所知的。为了制造悬念——著名的好莱坞定时炸弹悬念，我不得不暂时离开克拉丽丝这条线，转到凯瑟琳·马丁身上，那是实在没办法。至于"水牛比尔"，既然克拉丽丝不了解他，我也就没法在他身上着墨太多了。我不想让观众领先于她，因为那样的话，就会撕裂观众与她之间的纽带了。平心而论，我觉得这么改还是成功的，只是可惜了"水牛比尔"这个角色。乔纳森告诉我，他会让演员做一些夸张的即兴表演，以此作为弥补。结果，他们真给他设计了不少古里古怪的行为，那效果很好，很吓人，但相比原著中的人物，终究还是有损失。

斯科特：确实很好，尤其是他试戴"假发"那场戏的配乐……

塔利：那是他们俩想出来的。我的剧本里，关于这些其实写得很简单。想必他俩看到这里，都已经绝望了。"见鬼，我们要怎么办啊？这家伙该做些什么啊？"第一次看到这里，我心说，"乳环？"那可真把我吓坏了。但转念一想，换作是我，我又能想出什么情节来呢？总不能让他光是坐在那里看《每周广播报》吧？

只要有可能，我都希望影片保持克拉丽丝的视角，除非万不得已，始终不要离开她这条主线。在汉尼拔逃跑的时候，我不得不暂时离开她，因为这场戏很关键，会影响之后的剧情发展。但即便如此，这么做还是让我们感觉非常不安。乔纳森说，这下子我们又打破了一条规则：我们在故事的第三幕一下子远离主人公的线索长达 12 分钟。他问我："这么做，你会觉得不安吗？"我回答说，这可是一场最了不起的套路式动作戏啊，如果连这样的戏都不要了的话，那还拍这部电影干吗呀？

斯科特：说到不让观众抢到克拉丽丝的前头了解信息，影片还有一处也是与原著不同的。克拉丽丝向汉尼拔提出做笔交易，在书里，读者一早就知道这是一个假交易，但看电影的时候，观众要到后面才会知道她其实是在骗他。

塔利：在出卖汉尼拔的同时，把观众也一起给卖了。我觉得这么一改，效果肯定更妙。没错，我们是把原著当《圣经》，但是，一旦发现有机会比它再进一步的时候，我们是绝不会错过的。影片的结尾也是一样，克拉丽丝以为自己错过了真正的行动，只能做一些次要的工作。她去了"水牛比尔"家，只是为了问几个问题。这时候，两组人的行动交叠在了一起。书里也有这样的暗示，但必须很仔细地读才能发现。乔纳森觉得我们可以把它直接拍出来，两段戏平行地剪辑在一起，给观众一个出其不意。所以我们就那么做了。

斯科特：接下来，我想和你一起观看一下本片，再针对某几场戏提些问题。例如，影片刚开始时，克拉丽丝独自在树林里奔跑，此处的周围环境，还有那种孤立感，是否很重要？

塔利：这是一个奇怪的背景设定，她一个人在树林里。首先，这一点很符合她的性格。这场戏乔纳森拍得很出色。她这是在追逐什么人呢，还是被什么人追赶呢？这一点上他处理得很暧昧。一上来并没有告诉我们她那是在参加训练。同时，这场戏的肢体语言也很具有表现力，朱迪完成了这些动作，很不容易。她必须靠软梯爬上一道高墙，再翻过去。勇气十足的朱迪全都是亲自上阵的，对她来说，这也有助于尽快进入角色。原本，我们还讨论过片头是不是有别的拍法，比如用蛾子翅膀的特写来开头。那很有艺术感，十分抽象，抽象到让你根本不知道那是什么的地步。

斯科特：你自己写片头吗？

塔利：按照我的经验，很难让导演按你的写法来拍电影片头。这样的事几乎从没发生过。他们认为那是他们的专利。所以绝大多数情况下，我干脆就不写片头部分。不过《红龙》的剧本里，我倒是写了片头，而且导演还真按着我写的拍了。不过，这只是特例。至于《沉默的羔羊》，我当时只是觉得："我根本犯不着去费这脑子，就从她去克劳福德办公室那里写起吧。"最终，乔纳森设计的这个片头我很喜欢。借助于它，观众被带到电影之中，带到这个世界、这个人物的内心之中。而且，这还是在一句对白都还没出现的情况下做到的。他一点都没浪费，把片头利用足了。

斯科特：在本片中，一场戏与一场戏之间的过渡来得十分流畅，往往是通过重复的话语、对话的交叠来实现的。这是你有意为之的吗？

塔利：我特别喜欢这种过渡方式。我喜欢向前跳跃的过渡和对话，下一场戏紧跟着前一场戏。戏与戏之间的过渡，重要性绝对不亚于其他任何电影元素。可以说是十分重要。写剧本的时候，我总是在寻找有可能形成最强烈的过渡效果的元素——有可能是某个画面、某段音乐或者某句台词。我想要把每一场戏紧密地缝合在一起。

斯科特：能谈谈克拉丽丝第一次去医院／监狱见汉尼拔的那一段戏吗？在她走进牢房之前还有不少铺垫。

塔利：这种段落——契尔顿医生陪克拉丽丝去牢房，边走边介绍与汉尼拔见面时的注意事项——写起来很有意思。虽说这都是一些说明性的内容，但只要你能将它们分散开来，再配上有趣的视觉空间，这类戏并不会叫人看了觉得沉闷。而且，此处我们进入的，可是一个相当吓人的世界啊，所以即便是干巴巴的说明性文字，放在这样的背景下，也照样会很吸引人。

斯科特：也就是说，让观众在不知不觉中接受那些说明性的信息？

塔利：对。还有那一层层安保措施，也都很有惊悚效果。在会见某个角色之前，类似这样的漫长铺垫戏，我们以前从没在银幕上看到过。目的就是要让观众完全地进入一种恐惧的心理状态。于是，等他们真正见到汉尼拔时，再有任何风吹草动，都会令他们惊惧不已。

这段戏里还有一个地方，我们只能看到她的反应，但却看不到她究竟看到了什么。纵览整部影片，遇到暴力场面的时候，我们都会尝试采用这一方式。我们想让观众的想象力自行发挥效力，自己为自己补充画面，而不是把画面直接呈现在银幕上。

斯科特：犯人米格斯对克拉丽丝说，"我能闻到你下面的味道"，写剧本的时候，你是真觉得这句话很重要吗？

塔利：关于这一点，以及之后米格斯把精液甩她脸上的做法，我们事先做过很多讨论，"这么拍真的可行吗？"在我看来，尽管恶心，但这些细节最能给观众一个措手不及。有了这一次的经验，之后他们就知道了，后面的剧情发展肯定也不会循规蹈矩。在《沉默的羔羊》里，一切皆有可能。这一刻带给他们的内心不安，可以在接下来的一个小时内，始终延续。

让汉尼拔笔直地站在牢房正中央的设计，是霍普金斯自己想出来的。他的样子，看上去就像是刚从宇宙飞船上被传送了下来一样。但他也很明白，经过之前漫长的铺垫，他真正登场之后，还是要演得低调一些才合适。起初我并不知道他会怎么演，我对他说："我觉得，你一定要选一个合适时机来猛地一下狂性大发。"他却回答说："疯子每时每刻都是疯的。"于是我开始担心起来，他会不会演得太过火呢？会不会不知收放呢？但事实证明，他很清楚那要怎么演。

斯科特：汉尼拔在透明有机玻璃后面闻她的味道，这是剧本里本来就有的吗？

塔利：没有。剧本里的牢房和原著里的一样，是铁栏杆那种。但到了拍的时候，最后关头，导演发现这样子没法拍：他们的脸始终都会被铁栏杆遮挡到，导致情绪的表达都会打折扣。有机玻璃是在实在没办法的情况下，现场临时想出来的。但这又产生了一个问题，脸是不遮挡了，但两位演员互相之间却又听不见了。于是，他们又在随机应变的基础上再随机应变了一下：在有机玻璃上开了洞。我觉得这很能说明问题：从剧本到电影，就是这么一个过程，必须适应现实需要，随时随地做出改变。而且，用了有机玻璃之后，看上去感觉就像是他俩之间不再存在任何阻隔，仿佛伸一伸手就能碰到对方。于是，恐惧效果也变得更强了。

斯科特：他的那句著名台词，"曾有一位人口调查员想试试我。我就着蚕豆和一瓶意大利基安蒂佳酿，把他的肝给吃了。"也是出自原著吗？

塔利：书里面写的是"阿马罗内佳酿"（Amarone），起初我并不知道那是什么，后来才了解到，那是一种在意大利非常有名的葡萄酒，和赤霞珠一样口感醇厚。我还算是爱喝红酒了，既然连我都不知道这个，我相信大部分观众听到这个词，肯定也会一头雾水。所以我只能把它改成了大家更熟悉的基安蒂。

斯科特：看《沉默的羔羊》的时候，我注意到那里面始终存在着一种性的张力——因为尽管片中并没有什么"爱情故事"，但却总有人从性的角度注视着克拉丽丝。在涉及性的方面，你写这个剧本的时候都用到了哪些技巧？

塔利：首先，朱迪·福斯特长得很漂亮。片中没有爱情故事，没有罗曼蒂克，这也是《沉默的羔羊》不同于常规的一点。克拉丽丝没兴趣和汉尼拔谈论色情的场面，也没兴趣和克劳福德一起想象色情的场面。我特意将整个故事的时间跨度设定在约一周之内，这样子，从现实角度来讲，你也不可能再塞一个男朋友进去了。因为克拉丽丝一直在忙于查案。但我很喜欢这种她在每一场戏里都要被男性上下打量的感觉。

有个地方很有意思，克拉丽丝去看汉尼拔，她身上淋湿了，他看见她头发湿了，于是从那个窗口递了毛巾过去。两人的关系从第一次见面到最后一次见面，一直都在发展，越变越亲密。

斯科特：所以从某种程度上来说，这还是一个爱情故事。

塔利：是，某一种爱情故事，具有争议性的爱情故事，而且，这绝对就是小说原作的灵魂与核心所在。有关"水牛比尔"的整个查案过程，反倒成了陪衬，似乎纯粹是为了能让他俩之间有这些对手戏。

斯科特：被绑架的凯瑟琳·马丁正巧还是议员的女儿。你会不会担心这样的设计可能会让观众觉得反感？这也太巧了吧。

塔利：似乎是有点巧合，但正是这种设定将整个剧情的利害关系一下子拔高了。换作其他办法，你达不到这个效果。故事里一定得有个定时炸弹，现在有了，而且那还是一个能引来全国人民注意的定时炸弹。这样的设定，给克拉丽丝这个菜鸟带来了更多的压力。如果她搞砸了，事业前程都将毁于一旦。

斯科特：你刚才说过，托马斯·哈里斯很了解警方办案程序，那么连环杀手呢，他是不是也花时间做了研究？

塔利：电影里"水牛比尔"诱拐被害人的手法，都是直接来自原作，而原作又是取材于泰德·邦迪（Ted Bundy）的真实案件。邦迪有时候会假装自己受了伤，以博得受害人的同情。虽然这本书是虚构的，但哈里斯还是用到了很多来自真实案件的元素。在费城也有一个臭名昭著的连环杀手，他喜欢把受害人关在地下室里。哈里斯将不同杀手身上的特点集合在了一起，创造出了这个人物。

斯科特：请再谈一下在镜头外上演的暴力场面。能不能举例说明一下？

塔利：大家觉得《沉默的羔羊》是一部非常暴力的电影。但事实上，整整两小时的影片中，真正出现在银幕上的暴力场面，仅仅只有约一分钟。绝大多数情况下，它们都发生在镜头之外，或者干脆就是含蓄的暗示。拍摄这样一部电影，你一定得非常小心。吓唬观众的时候，也得注意一定的尺度，过犹不及。事实上，第一次试映的时候，我们自己也很紧张，担心做了错误估计，把它拍得太吓人了——影片放完，全场观众一片寂静，死一般的寂静。过了一会儿我们才意识到，他们那都是被惊呆了，而不是因为反感才默不作声的。

斯科特：发生在镜头之外的暴力场面，必须通过演员的表情来表现。具体到剧本里面，你都是怎么写这些反应镜头的呢？

塔利：在这方面，编剧要帮演员一把。重要的不是他们表演出来的情绪，而是他们要竭力隐藏起来的情绪，戏成不成功，那就是关键。

斯科特：剧本改编过程中，你和托马斯·哈里斯的关系处得怎么样？

塔利：我们不算很熟，但他为人相当彬彬有礼，对于我的工作也很尊重。整个拍摄期间，他始终乐于提供帮助。他对我说："用不着担心我这边，你需要怎么做，就怎么做。"可见，他是一位很特别的作者，愿意放手，愿意让我们自由创作，不对我们横加干涉。他十分乐于为我提供帮助，也愿意读我写的剧本——但他也说了，如果我不想让他看，他也不介意。他对我说："我知道电影和小说不同，所以你要做什么改动的话，完全不是问题。"

斯科特：能谈谈克拉丽丝那些童年时代的闪回戏吗？为什么最终没能再多拍一些？

塔利：我当时的想法就是，如果要用到闪回的话，那必须是一个逐渐积累的过程，最终要达到一个高潮，要让观众在银幕上看到小克拉丽丝目睹羔羊被屠杀，竭力想要救出其中一只的画面。乔纳森倒是很愿意拍这场戏，按计划，这要等到最后才能拍，因为母羊生小羊要等春天，而且为拍这场戏，估计得花费100万美元。后来，克拉丽丝为汉尼拔讲述关于杀羊的童年记忆的那场戏先拍完了。导演把工作样片给我送来了，让我看完之后给他打个电话。我看了，觉得他俩的表演十分有力，相当出彩。乔纳森也觉得："那么精彩的表演之后，紧接着来一段闪回戏，怎么可以这么处理呢？况且，故事已经都在这场戏里交代完了。她已经用表情和台词将整个故事都告诉我们了，已不需要再将这一幕拍出来了。"他觉得拍电影有一条基本原则：能用画面表现的情况下，就不要用台词来讲，最关键的是，绝不要既用台词讲又用画面表现同一件事。他的决定是对的，不过在当时我曾有些担心。

斯科特：那你是什么时候才想通了的？

塔利：看到样片，看到剪辑完成后的出色效果时。他对我说："你看看朱迪的表演，光是这场戏，她就能拿奥斯卡奖。"他说这话的时候，距离电影正式上映还有一年半。我之所以会对这做法感到担心，是因为我最开始不是这么构想的。这地方不用闪回的话，能不能撑得起来，我不敢完全肯定。

这场戏里还有一个亮点：一开始，你能看见他那间临时牢房的铁栏杆，但随着情绪层层推进，镜头也在逐步推进，铁栏杆消失了。他俩之间不再存有距离。这种处理十分精彩。

围绕这场戏，还有一个地方我们也做了不少讨论。乔纳森认为："经过长时间的铺垫之后，她终于说出了自己想要救一只小羊羔的往事。那不是一个人，而是一头羊。但是在生活中，你爱吃烤羊排，我也是。那么请问，我们为什么还要在乎这只羊呢？"我告诉他："我在乎的不是羊，而是她；如果她十分在意这头羊，那么，我也会在意的。"乔纳森说："好，这逻辑我能接受。"经过这一次讨论，他关于这一场戏的最后一丝疑虑，也可以说是彻底打消了。

原本，剧本里还有这么一段内容：闪回戏到了最后，小克拉丽丝来到畜棚，看见有个穿着围裙的人，他面前放着一头死羊。那人转过头来，看着她。她发现，那是汉尼拔。类似这种小花招，就是电影编剧最爱写，最能让他们感到兴奋的东西。但导演却不会喜欢，他们会觉得这么做太刻意了，是画蛇添足。

斯科特：没错，但从另一个角度来说，写剧本时你考虑的是如何把故事交代清楚，能让看剧本的人理解，而不是演员要如何表现这些内容。

塔利：这话没错，但是，写剧本的时候，你也会在脑海中把所有角色都演一遍。所以我一直觉得，学写剧本之前，最有用的准备工作，就包括先去学一下表演。

斯科特：你觉得那会有用？

塔利：有了表演经验，今后你写剧本的时候就会想到："如果是我来扮演这个角色，我一定会想要给自己安排一场大戏。故事都讲到这儿了，我还没怎么发挥过呢。"哪怕那只是一个小角色，你也会觉得："如果是我来演这个角色，我一定会希望他能有一些有意思的事可做。哪怕仅仅只是一场戏、一页剧本，那都没关系。总之我可不想只当个小兵。"如果你能这么想，创作时势必就要拿出更多创意来。如果你能这么想，你就不会再忽视任何一个角色了，因为无论角色大小，你都会在脑海中先将他演一遍。你会告诉自己："这句台词这么写可不行，如果是我来演的话，这么写我可说不出口。"

斯科特：写剧本时你会大声念出每一句台词吗？

塔利：不会，那样只会让你被台词束缚。但我会在脑海中默念，我会告诉自己："这句台词让我来说的话，估计会磕巴的。要改一下。"

归根结底，写剧本可能就关乎一件事情：学会舍弃。电影剧本往往会比最终拍出来的电影更长，很多素材拍了，但没能用上。拍电影其实很浪费，因为没人能预先知道，什么能用，什么不能用，等知道的时候，为时已晚。你原本以为该有 8 小时长度的东西，最后拍出来却只有银幕上的半分钟画面，如果那是你自己写的电影，感受肯定会特别明显。

斯科特：你曾说过，有时候你一天能写三页剧本，但有时候又会用一整天的时间来删除其中两页半的内容。

塔利：没错，头一天写上两页，第二天又要花上一整天的时间来删掉其中的一页。

斯科特：救护车上的汉尼拔戴着人皮面具装死。你是否担心过，这情节有可能会被观众提前看破？

塔利：不担心，我看不出有什么理由他们能提前猜到。在《沉默的羔羊》之后，我倒是见过有别的电影模仿这一招的，但是，这充满想象力的绝妙好桥段，要归功于托马斯·哈里斯。原著里有两处逻辑跳跃，这是两个巧妙的剧情变化，一个是这里，另一个就是片尾克拉丽丝独自去"水牛比尔"家的时候，你还以为警察包围的就是他家。这两处设计，换作是我，肯定想不出来。

当初讨论电影的过程中，乔纳森负责天马行空的跳跃性思维，我则负责严守逻辑。所以我会对他说："OK，他在后车厢里把医生给干掉了，但还有司机啊，他还得解决司机呢。然后救护车忽然改变了行车方向，这地方，我们能不能至少用镜头交代一下？"于是，他们也拍了这么一个镜头，为此还得事先封闭整条隧道，那可真不容易。结果，这些镜头还是都被剪掉了。

斯科特：汉尼拔出逃的那场戏，你有没有担心过它的逻辑性？

塔利：没有，这种事我倒是从不担心。乔纳森把这称为"电冰箱问题"。头一回听到这种说法，我们问他那是什么意思。他说："电影看完，你也很喜欢。散场后你回到家里，打开冰箱的时候，你忽然自问，'等一下，那家伙的做法，那怎么可能呢？'但是，类似这种要等观众回家之后开冰箱的时候才会再想起来的问题，我们其实根本就不需要担心了。"

斯科特：能再举一个"电冰箱问题"的例子吗？

塔利：例如"水牛比尔"住的那栋房子，我觉得光从外观上来看，它不像是能有那么巨大的地下室的。我觉得这有可能会让观众觉得奇怪。但乔纳森对我说："那又是一个'电冰箱问题'！"

斯科特：拍电影的时候确实需要一些逻辑跳跃。

塔利：每部电影里都有欺骗观众的地方，只是早晚的区别。只要别太明显就行了。

斯科特：请你再谈谈节奏控制吧。汉尼拔暴力出逃的那场戏，节奏快如狂风暴雨，你是否有意识地在它后面安排了一场节奏稍慢的戏，以便观众能缓和一下情绪？

塔利：他的出逃是全片最大规模的动作段落之一，到了这个时候，必须上了。这已是全片的第三幕，必须有所行动了。铺设线索已经铺得够多的了，不管是剧中人物还是看电影的观众，此时都需要有所突破了。所以我们快速地走向了这个具有突破性的情节。

但这也让我很担心，作为编剧，我就像是在海上漂流！汉尼拔的这场重头戏之后，接下来，只要能让克拉丽丝去了"水牛比尔"家里，那我就能得救。但是，要如何填补这两场戏之间的空当，这可是个难题。我只知道，影片结尾部分肯定能获得成功。在黑暗的地下室里被疯子追逐的情节，尽管看似十分老套，但我相信它一定会奏效。

写初稿的时候，我向电影导演、编剧罗伯特·本顿（Robert Benton）借了一间办公室。他知道这本小说的内容，所以我时不时也会和他谈起这些疑虑，希望他能给些建议。他其实并不是一个好为人师的人。但有那么一次，我又跟他抱怨起了这地方如何如何难写。我说："你知道吗？不管前面写得再怎么精彩，最终的结局说穿了，始终都是地下室里疯子追逐女孩的桥段，这种老套的故事，观众已经看过100万遍了。你觉得还能管用吗？"他回答我说："没办法，那正是你承诺要给观众的东西，之前那两个小时，全都是为了这结局在做铺垫。哪怕真的已经有100万部电影用过这样的结局了，那也没办法，因为这就是你承诺要给观众的。"整部电影，费了那么大劲，就是为了这两个人物能在这地方相遇。幸好，疯子头戴的夜视镜，多少赋予了它一些新意。

斯科特：也就是说，重要的不在于要去哪儿，而在于你怎么去。

塔利：没错，重要的是你怎么去，重要的是你对人物有多少关心。

《沉默的羔羊》还有一点也是我很喜欢的：凯瑟琳·马丁不仅仅是受害者，她也在尽全力自我营救。她并不是坐等别人的救援。而这也是托马斯·哈里斯作品的特色之一。每个人物他都关心，他关心每一个人物的利益。就像是这里，凯瑟琳·马丁自己也会动脑筋，她不愿坐以待毙。于是，这就又多出了一条情节线。

斯科特："水牛比尔"的地下室让人觉得像是出自某部恐怖片，那几乎就是一个怪奇游乐屋。

塔利：罗杰·科尔曼（Roger Corman）曾教过乔纳森——"电影里最最恐怖的画面，就是镜头慢慢靠近一扇紧闭的门的时候。我们知道，那扇门一定会打开。那一刻的内心预期，要比任何东西都更恐怖，所以那就是最可怕的电影画面。根本无需什么特效，根本就不用花什么钱。"

《沉默的羔羊》里那一场戏，便借用了这一理论，将它推向了极致。我喜欢这地方的混乱感，它让人感觉不管是克拉丽丝还是凯瑟琳，此时都已失控了。她们内心感觉到的，只有不安与愤怒。但她们毫无头绪，她们也不清楚自己正在做些什么。这一幕与施瓦辛格的动作戏，可是有着很大的区别。

斯科特：故事收场之后，你又在结尾把汉尼拔给弄回来了，那就像是给观众一个机会跟他告别，向他道谢。你是怎么做到这一点的？

塔利：那又涉及另一个问题了。曾经，我考虑过是不是要让他出现在克拉丽丝的毕业典礼上，让他站在观众席后面。但我其实很清楚，那样可不行。那也玩得太过分了。所以我决定让他在电话里说出这件事，说明他曾去过那里。可以说些类似这样的台词："你今天看上去很可爱啊。"只需要给她打个电话，便足够了。但我又想到了，他是怎么弄到这个电话号码的呢？不过，我随即便解答了自己的疑问："又是电冰箱问题。"

斯科特：在小说里也是他给她打了电话，不过具体方式和电影里并不一样。

塔利：按照最初的设计，他是在契尔顿医生家里打的那个电话。他边说边走在草坪上。这时你能看见远处的大海。他从一具尸体上跨过，走入室内，进入大厅，最后来到了书房。契尔顿已被五花大绑，嘴里还塞着东西。他吓坏了。随后，当汉尼拔结束了与克拉丽丝的通话之后，便转头对他说，"好吧，契尔顿医生，我们可以开始了吗？"乔纳森觉得："想法很不错，但太吓人了。契尔顿虽然是个讨厌鬼，但至少还是得给他一点哪怕是渺茫的机会，说不定就能侥幸逃脱呢？"所以我们想到了这样一个结局：契尔顿逃去了热带小岛，但汉尼拔早已在那儿候着他了。我们只是觉得，这种处理方式可能会更有意思一些；具体怎么有意思，我们也说不清。乔纳森挺喜欢这种处理的，尤其是这意味着，在匹兹堡忙了一整个冬天之后，他可以借此机会去一次热带小岛。可以去比米尼岛（Bimini）或是别的什么地方，顺便游玩一下。不过，实拍时老天爷不怎么帮忙，一连几天都是阴天，也没能拍到原本想要的热带风情。但制片人萨克松说了："没问题，气氛已经够了。风是挺厉害的，对于热带来说，这样的阴天看着有些奇怪，但意思已经到了。"

《沉默的羔羊》刚开拍时，我就和乔纳森开玩笑说过："乔纳森，能在结尾给我安排一个升降镜头吗？一直都没人肯让我用升降镜头来结束一部电影。"他说："我满足你的愿望。"最终，他们不得不用驳船把摄影升降机运到了岛上。那里可没有现成的升降机，只能自己运上去，谁让他已经答应我了呢。

斯科特：还好你们没拍那些闪回的戏，省下了 100 万美元。

塔利：没错。但结果我也没能去成岛上，真让我挺沮丧的。本来应该很好玩的，可惜我实在抽不出时间来。

斯科特：《沉默的羔羊》最终所取得的成绩，是否在你预料之中？

塔利：完全没想到。现在它已跻身影史最伟大作品之列了，各种百大经典的评选里，都少不了它。我们不可能预见到这一切，但有一点是肯定的，我们从一开始就知道：这是一部真正的好电影。这一点，我们很早就知道了。某天我去拍摄现场时，他们刚拍完仓库里的那一场戏：克拉丽丝找到了人头。我问另一位制片人肯尼思·厄特（Kenneth Utt）感觉如何。他回答说："我们正在拍摄一部伟大的电影。"要知道，影片这时才刚开拍三周，霍普金斯的戏一场都还没拍呢。肯尼思告诉我："自《午夜牛郎》（*Midnight Cowboy*，1969）以来，这是我第一次又有了这种感觉，它会成为经典的。"由始至终，我们都有这种感觉。

斯科特：乔纳森对旁人的态度如何？你们的合作愉快吗？

塔利：我们必须保持轻松的心态——那可是寒冬腊月，匹兹堡非常冷，而且我们拍的又是一部故事非常黑暗的电影——所以大家都很爱互相恶作剧，一个劲儿地胡闹。有时候，乔纳森甚至会故意传达错误的指令，就为看看会不会让朱迪·福斯特笑场。挺难让她就范的，不过他还是成功了一两次。每天看工作样片的时候，我们都会带着爆米花和饮料，就像是平日里去电影院一样——其实那也就 15 分钟长度。大家伙儿看着银幕上的自己，如果觉得差劲，还会扔爆米花。气氛真的很好，我们都能感觉到，这是一部相当有力的电影——尤其是当朱迪·福斯特和安东尼·霍普金斯的对手戏拍完之后。剩下的就只有一个问题了：它会不会太有力了？

之后，影片在纽约做了一次私人放映，那是我在剧组放映室之外第一次完整看到它，只有剧组人员被允许参加。随后我又和乔纳森一起去了好莱坞，也想给当地的朋友先小规模放一下。我记得有不少明星也去了，都是大家的朋友。乔纳森介绍我认识了杰茜卡·兰格（Jessica Lange），我对她说："我只希望影评人能接受乔纳森的这部新作，因为这和他以往的作品很不一样。影评人有时候挺一厢情愿的，他们喜欢看他拍的喜剧，所以总觉得他就该继续拍喜剧。所以我有些担心，担心他们不会接受这部作品。"兰格回答我说："我觉得他们只能接受，除了接受别无选择。"

加利福尼亚，贝弗利山

《高潮艺术》

2

丽莎·绍洛坚科

> **"那都是平常时刻
> 的平凡人生。"**

丽莎·绍洛坚科（Lisa Cholodenko）生于洛杉矶，在纽约学习电影，本片是她1998年自编自导的处女作，由阿丽·希迪（Ally Sheedy）主演，该剧本在圣丹斯电影节上斩获沃多·索特最佳剧本奖。她的第二部作品《月桂谷》（*Laurel Canyon*，2002）则由弗朗西丝·麦克多蒙德（Frances McDormand）主演，讲述她所饰演的信奉享乐主义的唱片制作人勾引自己旗下年轻艺人的故事，此事也让她个性保守的儿子十分恼怒。

剧情梗概

纽约，现代。心怀抱负但却初出茅庐的杂志编辑茜德，发现住她楼上的女邻居正是大名鼎鼎的摄影家露西·柏林纳。她很快便与露西打得火热，不仅熟悉了她的作品，也认识了她那群吸毒成瘾的朋友。为能出人头地，茜德鼓动露西为她的杂志社拍摄新作。在此过程中，两人互相吸引，情愫暗涌。随着合作深入，茜德与露西终于坠入爱河，后果相当严重。

《高潮艺术》（*High Art*，1998）

凯文·康罗伊·斯科特：丽莎，你是洛杉矶人吧。这是不是意味着，你从小就有更多机会接触电影？

丽莎·绍洛坚科：确实，在洛杉矶长大成人，我想这肯定意味着你会比其他地方的美国人有更多机会接触到电影。在我亲戚里面，也确实就有干这一行的。我有一位姨夫是制片人，还有一位堂兄是专打娱乐圈官司的律师。通过这些关系，我很早就从外围对电影这一行业有所了解了。不过，我真正对电影产生兴趣，并且最终进入这一行，那和他们都没什么关系。而且，我小时候并不是那种爱排话剧的小孩，也不是那种成天捧着超 8 摄影机在后院里拍着玩的小孩，我也不曾在周末跑去影院看双片连映。虽然我知道自己所在的是一座电影之城，但说实话，在进电影学院之前，我并没有接触过很多经典电影。后来，我去了旧金山读大学，认识了一些在州立大学电影学院念书的朋友，这才开始接触到法斯宾德（Rainer Werner Fassbinder）、费里尼（Federico Fellini）那些人的作品。

斯科特：父母亲有没有鼓励你往艺术方面发展？

绍洛坚科：我母亲是小学校长，我父亲是美术设计师，他年轻时读过艺校，会画画，是一位艺术家。所以我从小就接触到许多艺术书籍，从小就知道什么是对于美的欣赏。他们都是很注重美的人，尤其是我父亲，他喜欢美丽、悦目的东西，我母亲也是一样。但我觉得，在我成长的过程中，真正很有意思的一点还在于：一方面，我父亲接受过艺术训练，对美学感兴趣，本身也以艺术创作为生，但另一方面，他娶的却是一位学校校长。我觉得他们两人身上的个性组合在一起，恰好类似于一名电影导演所需具备的个性。

斯科特：你是说你母亲负责掌控，你父亲则负责艺术创作？

绍洛坚科：对的，就是这意思。

斯科特：你在旧金山州立大学念什么专业？

绍洛坚科：我纯粹是为了一张文凭才去了那里。我好不容易才考进去，倒不是因为我是差生，而是因为我的兴趣不在这方面。那是 20 世纪 70 年代末期，我的兴趣全都放在性、毒品和摇滚乐上了。

斯科特：你从高中时就对这些感兴趣？

绍洛坚科：是的。我可是在洛杉矶长大的，这是一个追求快乐的地方，而我也算是一个追求快乐的人！我的心思很活，对音乐以及社会上的那些事更感兴趣，而且我高中念的是公立学校，对学习的事情没那么用心。所以为了能进大学，我也吃了不少苦头。

斯科特：你当时爱听哪一类音乐？

绍洛坚科：20 世纪 70 年代末、80 年代初，洛杉矶流行什么我就听什么：帕蒂·史密斯（Patti Smith）、The Go-Go's 乐队。我正好赶上了朋克乐热潮的尾巴，他们主要都活跃在日落大道那一带。那时候，朋克乐正渐渐让位给"新浪潮"（New Wave）。X 是当时最火的乐队，之后还有类似 Split Enz 等乐队涌现，那些我全都听了。我那时候看了很多现场演出，对具有实验精神的乐队尤其感兴趣。

斯科特：你在大学里都学了哪些东西？

绍洛坚科：旧金山州立大学有一门学科，特别对我胃口。那是社会科学方向的一个跨学科专业，核心课程都是关于如何将各种不同的学科整合在一起的，你可以从中选出一个主题来做研究、写论文。我上的课包括有批评理论、伦理研究、女性研究和人类学等等。然后我把它们综合起来，自己发明创造出某种交叉学科，那是一种抽象的……

斯科特：对你来说，写作是靠天赋，还是必须靠后天学习才行？

绍洛坚科：高中时我不怎么学习，我感觉我直到进了大学之后，才真正开始学习如何写作。曾经有这么一段经历，对我影响深远：我在安吉拉·戴维斯（Angela Davis）的班上学习，后来还当了她的助教。一开始我什么都不懂，作文只拿了 C，这让我很沮丧，觉得丢脸。我去了她的办公室，她对我说："你可以重写一遍，我会重新打一次分数。但是，我们应该先讨论一下，到底要怎么组织你的构想？"她耐心地教我写作时该如何组织思路。

斯科特：*就这样，你学会了文章结构上的那些东西？*

绍洛坚科：从那件事开始，我发现自己是真的对写作很有兴趣：我想要学会如何自我表达。虽然她教我的都是学术层面的东西，但对我来说，学会如何清晰、简洁地自我表达，那真是一件很重要的事。我觉得那真是具有决定性意义的一刻，感觉就像是我告诉自己："我有话想要说，很有意义的话，但如果我无法清晰表达的话，意义就无法传达出来，所以我必须好好学习了。"

斯科特：*那时候你看书多吗？*

绍洛坚科：那时候我看书比较随性，我是 25 岁之后才真正热衷于阅读的。但我姐姐当时有个男友在加州大学洛杉矶分校念文学，我记得我当时真的很崇拜他。他会借我书看，这里面就有托马斯·曼（Thomas Mann）的《魂断威尼斯》（*Death in Venice*），那本书对我产生了巨大影响。读大学的时候，相比文学作品，我更感兴趣的还是罗兰·巴特（Roland Barthes）的那种理论作品。不过，弗吉尼亚·伍尔夫（Virginia Woolf）的作品也深深吸引了我，《到灯塔去》（*To the Lighthouse*）对我影响很大。我记得那时候读到过一篇小说《时时刻刻》（*The Hours*）作者的访谈，他谈到了伍尔夫留给他最深印象的地方：她的创作主题，那都是平常时刻的平凡人生。我对她笔下那种神经质的内心体验的细节描写很有兴趣。那时候我读书还不算多，所以还以为或许很多人都能写得出这样的东西来。别人怎么样我不知道，但我是真的被那种现代派的意识流写作给迷住了。那种神经质的文字节奏，那种一个念头引出另一个念头的写法，都让我觉得很熟悉，她用文字创造出了这么一个世界，我能想象自己进入其中，对它产生完全的认同。那是我第一次通过文学作品产生了对于一个虚构人物的亲近感——让我产生了发自内心的、心灵层面的认同感。

斯科特：能否谈谈你那段时间对于电影逐步了解、认识的经过？

绍洛坚科：在大学里，我认识了一些拍实验电影的怪人，包括当时很有名气的越南实验电影导演郑明和（Trinh T. Minh-ha）[1]。我们大学当时曾为他们设过那么一个系，很有意思，个个都在拍摄充满个人风格的实验电影，我很受他们吸引。不过，我从不觉得能靠干这个养活自己，那只是爱好，成不了事业。所以我从没想过要长期从事这个，但它还是留在了我的记忆里，在我各种不切实际的想象中占据了一席之地。读完本科，我又去国外生活了几年。回国之后，我需要找一份工作，于是就搬回了洛杉矶，进了美国电影学院（American Film Institute，AFI）工作。

斯科特：美国电影学院，那可真是一个上班的好地方……

绍洛坚科：是啊，我当时的想法类似于："我总得干些什么吧。美国电影学院，听着好像倒是蛮酷的。"我有两个朋友在里面做了好多年了，是他们把我弄进去的。我在电影学院下面的音乐学院上班。

斯科特：是不是在那儿看了很多电影？

---

[1] 加州大学伯克利分校女性研究学教授，曾任教于旧金山州立大学电影系，专攻实验电影与纪录片，独特的女性视角历史书写令她蜚声国际，其代表作为 1989 年的纪录片《姓越名南》（*Surname Viet Given Name Nam*）。

绍洛坚科：很多学生作品。

斯科特：于是你想到：类似这样的东西，我是不是也能拍呢？

绍洛坚科：那是我人生第一次产生这样的感慨："这确实是一份职业，干这个能在社会上立足。"美国电影学院里应有尽有，包罗万象。有自己的电影节，有电影资料馆，有专门培训女导演的基金会，有教电影的学校。那就像是一整套的文化，它是一个完整的小社会，自成体系，你可以在这里接受培训。我那时候的感觉就是："这事情靠谱，可算是被我找到了。"它像是在我内心摁下了某个开关，一下子就将我触发了。活了25年，我终于第一次遇到了一门可以让我真正投入的职业：拍电影。在此之前，长久以来我一直都在思索，将来究竟该以什么为职业。对我来说，缺乏职业目标的感觉并不好过，我不是那种能够混日子的人。所以，找到了这个目标，我真是十分兴奋，我似乎是告诉自己说："各就各位，预备，跑。"然后，我参加了斯坦福大学的暑期电影课程，学习了一些电影理论，拍了一部学生作品。那是我人生第一部电影，两个月的时间里，我学会了最基本的剪辑、拍摄知识。随后我回到了洛杉矶，辞了美国电影学院的工作，另找了一份剪辑助理的活儿。

斯科特：怎么找到的？

绍洛坚科：这就是在洛杉矶长大的好处了，总能跟剧组扯上关系。我有一位好友，她的嫂子在哥伦比亚电影公司做执行制片，她当时正好在筹备《街区男孩》（*Boyz n the Hood*，1991），于是我也作为见习剪辑师加入了剧组。

斯科特：有人说过，剪辑师成为优秀编剧的可能性很大，你觉得呢？是什么原因造成的呢？你有没有从剪辑工作中学到什么编剧技巧？

绍洛坚科：我学到的最重要的一件事就是，一上来你会拿到一大堆的素材，那是一整部电影的素材，此时还完全没有节奏可言，你所做的只是将所有素材连在一起而已。后来我才发现，写剧本差不多也是这样，你必须不断地往外拿东西，直到它达到完美的信息量为止，那些信息足以表达你的意思，同时又得保持张力。从这一点上来说，我觉得剪辑电影和编辑剧本，那还真就是一码事。

有一点很重要：千万别被整部影片中的某一小段给困住了——这恰恰是许多人初学电影时很容易犯的错误。如果你花费大把心思，将这一小段搞得特别精细，单看是不错，但对比其余部分，就会失去平衡。剪辑师需要做的工作，就是对电影去芜存菁——至少，我在剪我自己的作品时就是这么做的，我相信这应该也是标准的常规做法。你整体浏览一遍，做出一些删减，让它整体瘦身下来，那就像是在做雕塑。所以你绝不可以这么做：单单盯着影片开场 10 分钟做剪辑，非要剪出完美的效果来才罢手，然后再单挑出下 10 分钟来剪。正相反，你要从整体上不断对它削减才行。

斯科特：这真是一个有意思的类比。

绍洛坚科：剪片子和编辑剧本确实就是一回事，如果你过分执迷于一开始的头三场戏，这样写出来的剧本，开头肯定效果很不错，文字很紧凑，但后面就会崩掉，甚至是词不达意。所以有一点很重要，写剧本时你千万不要惊慌，你要相信它，慢慢地，它自己会逐渐成形的；你只要坚持不懈地往后写，那就行了。绝不能停在某个地方反复琢磨。

斯科特：《高潮艺术》主要说的是关于摄影和摄影师的故事。你自己是不是也一直对摄影很有兴趣？

绍洛坚科：曾经有那么一个摄影师群体，我很推崇他们的作品，而那些作品也间接启发了我的这部电影。20 世纪 70 年代，他们都生活在波士顿，都在工艺美术博物馆附校学习，彼此都很熟悉，所以人称"波士顿派"。杰克·皮尔森（Jack Pierson）和大卫·阿姆斯特朗（David Armstrong）都是其中的成员，南·戈尔丁（Nan Golding）则很可能是他们中间最出名的一位。这批人都具有同样的一种感性，那是一种个人纪录的风格，我很受其吸引。拉里·克拉克（Larry Clark）也属于这一风格，他出过一本名为《塔尔萨》（*Tulsa*）的摄影集，很有名。他拍摄的那些对象，基本都过着地下生活，沉迷于性、毒品和摇滚乐中难以自拔。他将这些变成了艺术。到了20世纪90年代初，时装摄影挪用了这一风格，就此产生了"海洛因时髦"的风潮，就是那种皮包骨头的瘦高个儿模特。这一套东西，其实都可以追溯到上述那些摄影师，他们当初的拍摄对象，正是自己那些注射毒品、做爱、陷入昏迷的朋友。拍摄《高潮艺术》的时候，我希望能对此有所反思：时尚界剥削、利用了他们，却对其本身的悲剧视若无睹，他们的这种做法让我深受触动。

斯科特：后来你又去了哥伦比亚大学电影学院，据说你得到了米洛斯·福尔曼（Milos Forman）的言传身教，那是怎么一回事？

绍洛坚科：那时候我也在写剧本，执导学生作品。读到大三的时候，系主任安内特·因斯多夫（Annette Insdorf）①决定专门组织一个班级，采用所谓的"导师制"。她挑选出十几名学生，又请来了一些导演与我们一一配对。派给我的导师，原本是艾伦·帕库拉（Alan Pakula）导演。但我们只碰过一次头。他实在太忙了，没法继续下去。就这样，我成了十几名学生中唯一落单的一个。米洛斯·福尔曼过去也在这里当过系主任，他答应过安内特要帮忙："如果你人手不够的话，我也可以作为后备，帮你带一个学生。"就这样，他设法抽出了时间，带了我一个学期。在此过程中，他看了我之前就写好了的一稿《高潮艺术》剧本。他和我见面，谈了这个本子的问题，最终还谈到了如何将它拍成电影。

---

① 电影学者，著有《双重生命，第二次机会》（*Double Lives, Second Chances*）等作品。

斯科特：*你给他看的是第几稿剧本？*

绍洛坚科：这个剧本我花了不到一年时间写完，算来差不多总共有四稿吧。我那时候很紧张，剧本他已经看过了，然后就让我去他位于中央公园南街的家里讨论一下。我在一张非常宽大的椅子上坐下，他也在一模一样的另一张椅子上坐了下来，然后点了一根大雪茄。我那时候也抽烟，所以我也点了一根。他用带着浓郁斯拉夫口音的英语对我说："这剧本很棒，写得很好。"真是让我受宠若惊。当时他正在拍《性书大亨》（*The People Vs Larry Flynt*，1996），他觉得《高潮艺术》和《性书大亨》在主题上很相似：杂志界、海洛因，两者有不少共通之处。但他也指出了剧本中一两处没法让他信服的细节。我们后来还谈了演员的人选以及具体该如何拍摄。

斯科特：*在哥大读书的时候，你是不是已经想好了将来一定要自编自导？对你来说，自己写剧本是否很重要？*

绍洛坚科：是啊，当时的感觉就是，独立电影和"新酷儿电影"已经开始受到不少关注，20 世纪 80 年代末、90 年代初的纽约，各种新事物层出不穷。吉姆·贾木许（Jim Jarmuschu）早已名满天下。所以我当时很想离开洛杉矶，去看看外面的世界。我感觉纽约就是我要去的地方，前面的人已经闯出了一条路来，我也可以走那条路，自己掌握自己的命运。我觉得我也有好多故事可以拍成电影。

斯科特：*《高潮艺术》是不是你第一次尝试写剧情长片？*

绍洛坚科：不是，在它之前还有一个。故事灵感来自我曾交往过的一位姑娘，她是个小资，她哥哥也是同性恋，在纽约当男妓。于是我想到要写这么一个故事，一对兄妹都是同性恋，但却过着截然不同的生活。在剧本里，妹妹已经与她的女友结婚，一起生活在旧金山；哥哥是个颓废派，四处留情。整个故事一开始，就是他的情人告诉他一个噩耗：自己有艾滋病。然后说的就是兄妹俩如何重归于好、互相扶持的故事了。那剧本其实还不错，但感觉同性恋色彩太浓了。它至今仍摆在我的抽屉里。不过，当初我们编剧班上的一位同学，现在已经是成功制片人了，他最近又和我谈起这个剧本。所以说不定哪天我会把它重新找出来再考虑一下。我觉得自己现在已经到了某个阶段，是时候重新出发了。

斯科特：你曾拍过两部学生短片：《纪念》（*Souvenir*，1994）和《晚宴》（*Dinner Party*，1997），灵感也都来源于你身边发生的事吗？

绍洛坚科：很大程度上也是受其启发，但这两个故事都纯属虚构，都出自我自己的想象。我非常看重《纪念》这部短片，为了把它拍出来，吃了不少苦头。因为对于一部短片来说，它的成本可够高的，花了我1万还是1.2万美元。那真是一次煎熬。但毕竟还是拍了出来，而且就处女作而言，拍得已经很不错了。但我当时却感到很失望，觉得它没什么活力。所以等到拍第二部短片的时候，我想到要把它拍成约翰·卡萨维茨（John Cassavetes）那种风格。我告诉自己说："我想要拍这么一部短片，只需要一天或者两天就能拍完。我们就在公寓里拍，剧本不用写得很详细，可以拍摄时即兴发挥，我就是要照卡萨维茨那么来，那会是一部黑白片、小制作，总之不能再像上一次，不能太当回事了。"结果却是，它的拍摄周期，可远远不止是两天。我们先是拍了几天，但还没拍完，之后大家伙儿各有各忙，我只好等了四个月的时间。我找了电影学院的朋友来帮忙，但要他们做的都是他们其实并不擅长的工作。于是整部短片越拍越随意。最终，我用了两年时间才把它完成。我坚持了下来，我告诉自己："真是拍得挺乱的，而且有点荒唐可笑，我完全可以直接把它给扔了，但我总觉得它还是有一些地方拍得挺酷的。"

结果，我从这部短片上赚到的钱，甚至要多过《高潮艺术》。它引发了观众的共鸣，被Canal+电视台买了下来。他们在欧洲各地都有分支，买下它之后，在斯堪的纳维亚、法国、保加利亚和波兰的电视渠道中都做了播映。后来短片的版权又被某家网络公司买了下来，所以现在它又出现在了网络平台上。

斯科特：厉害啊，一部能赚钱的短片……我想请你介绍一下它的叙事线索。有没有一个分场大纲或是什么故事要点？

绍洛坚科：我当时很想用旁白，我当时就是很想要它的那种直接性，我一直很喜欢用旁白，但旁白的使用，本就应该用在需要凸显戏剧化的反讽效果的情况下。整个故事格局不大，核心是一个被女朋友甩了的姑娘，她俩同住一间公寓。我最主要的想法就是，用了旁白之后，我们就能进入这个人物的内心世界之中了，我们可以听到她的内心想法，那些想法与她在餐桌边面对前女友以及自己心仪的某个姑娘时的真实举动，恰恰完全相反。所以，她是一个不可靠的叙述者。

斯科特：两部短片，都是女同性恋主题，这对你来说是否很重要？你刚才提到了"新酷儿电影"，所以说你是有意要拍这样的电影呢，还是只不过是凑巧，你只不过是在呈现自己身边发生的事？

绍洛坚科：我想到的就是，与其预设自己要拍些什么，还不如着力表现我所在的那个世界、我了解的那些人。我不想费心去思考要怎么做才能从自身经验跳脱出去，去触及一些更有广度、更主流的题材什么的。

斯科特：所以你从来就没担心过自己会被人贴上标签，说你是一个彻彻底底的"同性恋电影人"？

绍洛坚科：《高潮艺术》有一点让我非常自豪，它以某种方式成功地超越了自身所属的世界——它不是什么同志邪典电影。我相信观众能看到它除了性之外，还有一些别的东西。到了《月桂谷》的时候，我非常希望能进一步拓展自己的想象力，我想看看自己能不能创造出一个世界来，这是一个有分量的真实世界，但又不是我自己的那一个世界。

斯科特：说起《高潮艺术》的灵感来源，你在纽约的那些朋友让我很感兴趣。你说过，他们都是一些很有意思的艺术家。

绍洛坚科：我在纽约上城区住了很长一段时间，后来又搬去了老城。我有一位加州时代的老友，想当年大学毕业之后，我俩常一起旅行。那阵子，她刚搬来纽约。她是一位摄影师——《高潮艺术》里用到的所有照片，都是她拍的。那阵子，我们常在一起，我会琢磨她的那个世界，她关注的那些事。再后来就是南·戈尔丁了，她的作品当时很流行，那种摄影让我大开眼界，产生了浓厚的兴趣。纽约就是这样，你认识了一个人，也就认识了他的朋友圈。我发现我的这些新朋友，要不就是搞电影的，要不就是搞视觉艺术的：拍照、画画。出于某些原因，他们之中有不少人都刚经历了这样一个人生阶段：本来是吸着玩玩的，没想到却在毒海中越陷越深。

斯科特：当初去看《高潮艺术》之前，我已经知道这是一部与海洛因有关的电影了。但还是没想到，他们吸食毒品的方式，竟然会是那么的随性。事实就是如此吗？

绍洛坚科：吸毒的具体方式，各有各的不同，主要取决于毒瘾有多大。但是那个时期，吸毒现象出现了某种回潮，甚至一度还出现了某些不会致瘾的海洛因。这些又都对应了南·戈尔丁镜头中那种怪异的意象。所有这些因素拼凑在一起，形成了一股怪异的潮流，将海洛因与时尚糅合在了一起。一些毫无戒备心的人，哥伦比亚大学的年轻姑娘，全都跑到老城来体验毒品了：结伙胡混，吸食毒品，"追龙"（吞云吐雾地吸毒）。

斯科特：通常我们会觉得，吸毒后产生的情绪或心境，那都是非常主观的体验，很难在剧本里呈现出来。你觉得呢？

绍洛坚科：我不碰海洛因，但对于别的毒品我有足够了解，跟吸食海洛因的人也没少打交道，所以很了解那是怎么一回事。而且，当你在曼哈顿下城拍摄类似这样的一部电影时，你剧组里肯定少不了会有这样的人，他们都很熟悉那方面的情况。我有什么不明白的地方，就可以请教他们。

斯科特：写《高潮艺术》和写《月桂谷》有什么不一样的地方？

绍洛坚科：《月桂谷》的情况是这样的：我就是想快点再拍一部电影出来，我当时穷困潦倒，所以决定要拍电影，我想尽快想一个点子出来，交给与我合作了《高潮艺术》的"十月"电影公司（October Films）——那时候它还没倒闭。当时我已有了初步的想法。最初，那是在给《高潮艺术》做后期剪辑的时候就想到的。当时我一直在听乔妮·米切尔（Joni Mitchell）的某张唱片，我想到了大致上以此作为基础，来构思一个人物出来。但这一切当时只是草稿，完全没有具体成形。我当时的想法就是，得有人出钱才行，否则我没法就那么把这剧本给写出来。但不会有人那么盲目投资的，"这点钱你先拿着，相信你写出来的东西肯定会很棒的"，不会有这样的事。所以我还是写了一个故事概述，找到他们公司，把故事大致讲了一遍，这才拿到很少很少的一笔钱，开始动手写初稿。动笔之后我才发现，这活儿比我想象的要艰苦许多。我发现了，我打心底里其实就很抵触写故事概述这个步骤——大致描绘一下预想中有可能存在的前进方向，这么做本身没什么问题，但我还是觉得，真正富于灵感的东西，只能是在看不见最终目标的情况下写出来的，只有靠边摸索边写作才行，不到最后自己都不知道会写成什么样子。我已经拍过两部电影了，方法截然不同，我觉得第一次的创作经历相比之下要自由得多。

斯科特：那么做不会很难吗？边写边摸索，在黑暗中前进……

绍洛坚科：各有利弊，很难说清楚。对我来说，继续向前发展的阻力不小，因为有了第一部电影的成功，你已经站在了浪尖上，这会加强你的自我意识和内心焦虑，但是对于剧本创作本身来说，却没有带来丝毫的便利。

斯科特：产生自我怀疑的情绪时，当你发现某个想法或是某一场戏不可行的时候，你会怎么办？

绍洛坚科：我睡觉睡得挺多的……我很怀疑，是不是所有编剧都有这种作息紊乱的问题？我就像是得了嗜睡症一样，每天都要睡很长时间，很难坐定在桌前工作。此外，我会给几个拍电影的朋友打打电话，会找他们诉诉苦。你真想知道我大多数情况下是如何度过一天的吗？首先，我是在家工作的，所以对我来说，那就像是一间完全没有下班时间的办公室。所以，从起床的第一刻起，我想到的就是："妈的，又要继续写那该死的剧本了。"那就像是甩都甩不掉的包袱。一般说来，我会黎明起床，先泡上一杯咖啡，然后再回到卧室，看看《纽约时报》——这是我一天之中最美好的一段时光。我有权享受这杯咖啡，有权享受阅读《纽约时报》的这点时间。

斯科特：然后再收一下电子邮件。

绍洛坚科：对，收邮件。做完这些，差不多就要告诉自己："是时候了！"于是我爬起来，脚步蹒跚地走进厨房，因为我会觉得："或许我该先弄点吃的东西。"好不容易，我终于来到了书桌前，坐下来，修改开场时的那一场戏，感觉这场戏我已经改了有 700 遍了。基本上，那已经不是在修改了，我所做的只是从一句对话中选出 4 个词来，在同义词辞典里查一下，看看能不能找个更好一些的词来代替，或者就是再把这句对白默念一遍，看看节奏上对不对。不骗你，我每天做的就是这些琐碎、迂腐、毫无必要的屁事。做完这些事，我已经筋疲力尽了——已经在书桌前坐了有 20 分钟了。于是我躺倒在了沙发上。过了一会儿，我又爬了起来，继续喝咖啡。

基本上，我觉得我就像是住在我那公寓里的一只小老鼠。从床上到厨房，到书桌，到沙发，再到厨房，再到床上，再到书桌，再到沙发。有时候，可能我也会出去跑跑步什么的。跑步，再加上看《纽约时报》，那就是我一天之中最有意思的事情了。

斯科特：跑步会不会有助于你稍稍理顺一下思路？

绍洛坚科：是啊，我发现越是大汗淋漓，我越能更好地应付压力。

斯科特：请谈谈你是如何构建人物的。是靠一稿又一稿剧本的慢慢累积，还是你一上来就有某些构想，比如说一开始就给他们写好小传？

绍洛坚科：写《月桂谷》的时候，我确实试着对剧中人做一些具体化的处理，为他们写好小传，对他们做一些心理分析，把他们身上的各种细节都记下来。这么做或许管用，但事后再回想起来，我觉得这么做其实挺笨拙的：一边写故事的时候，一边客观地去编造出这些人物的信息来，然后再将其综合在一起。

斯科特：在这个阶段，你并不觉得他们是立体的人物？

绍洛坚科：是啊，要想办法让他们变得有血有肉，那可是一件了不起的工程。弗朗西丝·麦克多蒙德饰演的简，她应该是全片最活泼、最具吸引力的人物了。她也是写《月桂谷》的时候我第一个想象出来的人物。早在我写下她身上那些客观细节之前，她就已经拥有属于她自己的声音了。她自己就会告诉我，她是怎么样的一个人。我感觉《高潮艺术》里那些人物，也都是这么来的。

斯科特：你说过，你当初在纽约时常有来往的那些人里，有些人最终被你写进了《高潮艺术》里。那么请问，露西的原型来自哪里？她又是怎么被你移植到影片之中的？

绍洛坚科：其实她还不能算是一个完全成熟的人物。《高潮艺术》的中心人物其实是茜德。在初稿中，茜德干着一份垃圾工作，故事说的是她如何被老板欺负，然后她发现自己的邻居就是一位著名摄影师，两人成了朋友。事实上，在初稿里，茜德偷偷拿到了露西拍的一些照片，把它们交给了自己认识的《采访》（Interview）杂志的前台，把那些照片都发表了。那说的都是这个小姐的欲望，想要出名，想要获得认可，结果却毁在了这上头。初稿显得特别的玩世不恭。在初稿里，故事前一阶段中的露西，其实只是一个工具人，后来随着剧情推进，才摆脱这种角色。后来我的想法变了，我想把它写成一个双线并行的人物描写作品（character study，重在写人而非叙事的电影作品），想让各种人物的命运相交，有些时候时机正好，有些时候却时机不巧。于是我为露西写了一个大致情况：她是摄影师，后来陷入了这个被海洛因搞乱了脑筋的疏离世界之中——在这方面，我从南·戈尔丁的照片中获得了不少启发。我相信这里有不少小细节，我都是按照自己对南·戈尔丁的了解，直接给移植过来的。所以当时也有人批评我，说这角色与南·戈尔丁太相像。但有一点我确实觉得很有意思：我是犹太人，我知道戈尔丁也是犹太人。所以我把这个人物身上的虚构程度提高了几档，说她——也就是露西，这个所谓的与南·戈尔丁十分相似的人物——是一个富二代，一个被海洛因搞乱了脑筋的姑娘，她父亲是纳粹大屠杀的幸存者，母亲则是德国人。

《高潮艺术》三位制片人之一的多丽·哈尔（Dolly Hall）给了我不少重要建议，其中就包括这极有价值的一条：本片必须表现出更多的同情心——我们必须认真考虑一下茜德想和露西做朋友的友好姿态，或许还能从中扯出一条爱情线来，而不是纯粹只把那当成是玩世不恭的调情挑逗。我很重视她的建议。我也觉得改一改会更有意思，更容易让观众接受。茜德原本是带着目的去接近她的，结果却在不经意的情况下，被那些与她本意相冲突的东西给打动了。她之所以会和露西上床，是出于对她的感情和欲望，出于想要拯救她的冲动。相比把茜德写成疯狗那样，想靠着跟人上床来往上爬，我觉得这后一种处理方式会更好。我相信，通过对这种自相矛盾的触及，影片本身也变得更有特色了。

斯科特：也就是说要挑战观众，看他们会不会在意这么一个很可能是心口不一的人？

绍洛坚科：没错。

斯科特：茜德跨越异性恋边界，与露西接吻的那一刻，我觉得你做了淡化处理。但对于茜德这样的人来说——一心想要出人头地，又长期生活在职场之中——要她去追求另一个女性，难道不是应该有不少内心挣扎才对吗？

绍洛坚科：对我来说，最重要的是要忠实反映那一个时代。就我对30岁以下的女性的了解来说，上一代女性，还有比她们再早一代的女性，她们在面对海洛因或冰毒这种东西时的态度，在面对诸如脱衣舞或是跟别的女孩上床这些非常极端的事情时的态度，都要开放得多——至少，在纽约城是这样的，你可以比较一下不同世代的女大学生，具有一定的人生历练的女大学生，你会发现她们对于海洛因的态度或许不尽相同，但不管是哪一世代，双性恋始终很流行。所以在我看来，茜德就是一种象征，标志着一种文化的某一部分，我必须从这个角度来呈现这个角色。

斯科特：当初写这剧本的时候，你就想好了要亲自执导。这一点对于你的剧本创作是否会有什么影响？

绍洛坚科：有影响，而且不止一种层面。还得说一下多丽·哈尔，在我刚着手写剧本，刚开始考虑亲自执导的时候，她就给了我很多帮助。她鼓励我坚持写下去，让我写剧本时就要考虑到预算问题，千万不要搞到难以应付的程度，要想办法把它控制在50万美元预算真能拍出来的水平上。除此以外，我自己也抱着一种念头："剧本里必须有那么一些东西，是能让我联系到自身的。不然的话，那样的本子，我是无法亲自执导的。"这一点，我是在拍摄学生短片的过程中学会的，凡是我能和自身联系起来的地方，肯定就能奏效，反过来，如果没法联系自身，那就拍不好。所以，我在对白和具体的每一场戏上花了大量时间，将整个故事背后的情感上的潜台词，一场戏一场戏地都弄明白了。从某种角度来说，这就是开拍前的准备工作，或者说我的导演功课，这样子，到了现场之后，我就不会傻站着不知所措了。我已预先弄明白了这些潜台词，等到拍摄时就能给演员做出指导了，告诉他们要怎么演才有说服力，最终，观众也能从演员说的那些话里了解那究竟是什么意思。

斯科特：在你看来，本片中必不可少的幽默与反讽成分，有可能会让观众觉得太过荒诞，这让你有些担心。我想知道的是，为什么一部关于纽约艺术界的电影，必须有幽默和反讽的内容？

绍洛坚科：我对于这种感性上的东西还挺有感觉的，悲喜交加，这世界上每一件事里头，或多或少都是既悲又喜的。所以我这两部影片都是这么做的，但《高潮艺术》相比之下更明显一些。整个电影已经很沉重、很内心化了，有时甚至还很黑暗，我必须放一些轻松的东西在里面。必须用这些荒诞主义的小变化来中和一下。那就像是所谓的绞刑架下的幽默，生死关头还要说个笑话。而且我觉得观众也需要这个，好让他们感受到这种动态，为他们提供一个切入点。

斯科特：你拿片中那家杂志社的人开了好些个玩笑，因为那真是一群极其自命不凡的人，请问，你之前是否跟这种人共事过？

绍洛坚科：刚到纽约的时候，我曾在电影发行公司工作过一段时间，和我那位上司处得十分糟糕。真是觉得非常压抑，总是遭她诋毁。当初之所以会动笔写《高潮艺术》，最初的动机就来自面对她的时候我所承受的极度羞辱。她让我非常厌恶，她让自己身边的人和手底下的人都叫苦不迭，但她本人对此却毫无知觉、漠不关心。我很生气，从某种意义上来说，这个剧本就是我发泄怒火的出口。

斯科特：杂志社那些人显得都没什么城府，一眼就能看破，你有没有担心过，这是不是稍微有一些过头了？

绍洛坚科：批评这部电影的人也常提及这一点。现在的我肯定要比当年更见多识广了，或许已是更成熟的电影编剧了，所以如今回头再看，再给我一次机会的话，我会把那些人物写得更饱满一些。但在当时，我只是觉得那么写很有趣，必须那么处理才能有加分。

斯科特：当我们得知帕特丽夏·克拉克森（Patricia Clarkson）扮演的葛丽塔曾为法斯宾德演过电影时，我很受触动。首先，她在大白天吸海洛因的那些举动，一下子就变得可信了。其次，这让人想起法斯宾德根据舞台剧改编的电影《裴特拉·冯·康特的苦泪》（*The Bitter Tears of Petra von Kant*，1972）来。著名服装设计师爱上了她的模特，令与她共同生活的情人非常嫉妒。请问，我之所以会有这样的联想，你是有意为之的吗？

绍洛坚科：葛丽塔这个人物从一开始就是德国人，但没记错的话，当时纽约现代艺术博物馆正在办法斯宾德回顾展。他的大名我当然早就知道，那些片子或完整或片段，我以前也都看过，但看得都不怎么用心。所以我决定借此机会好好看一下。看到他作品里的那些女性人物，我想到可以在葛丽塔身上增加这些细节，让她变得更有意思一些。而且我也知道，法斯宾德是一位伟大的新情节剧的导演（neo-melodramatist），他极其玩世不恭，常做对不起朋友的事，他们那些人之间常互相背叛，而且他有那么一段历史，整天吸毒吸得稀里糊涂的。于是我心想："太完美了。"要说这种情节设置的可信度，葛丽塔的年龄还稍稍年轻了一些，但我相信这已经很有说服力了。

斯科特：还有这么一场戏，露西向茜德承认自己被她吸引住了，同时她还甘冒风险，承认自己过去曾精神崩溃过。当初之所以会写这么一场戏，你是怎么考虑的？

绍洛坚科：我想的就是，茜德本人与露西的关系，或者说她面对露西时要承担的责任——毕竟，后者现在这种状况，和前者对她的利用有关系——到了此时，其中的冲突和张力已变得越来越强烈了。我觉得很有必要在此处安排这么一场戏，好让观众明白在露西身上究竟都发生了一些什么事，这一场戏需要有一些说明部分，需要让茜德摆出友好姿态："我希望你到杂志社来，这是好事。"这是一个情节点，同时，知道这个信息之后，茜德也不得不面对这样一个难题：面前这个女人告诉自己，"我曾经精神崩溃过，我现在把这秘密告诉你了。"但是，我也不想将这场对手戏写得像是一位更年长的艺术明星、同性恋摄影师正在生吞活剥一个年轻姑娘。她俩之间是真有感情的，年轻姑娘拜倒在她的魅力之下，被她吸引，为她兴奋。这事让她觉得激动，非常令人陶醉。

斯科特：茜德的男友很快也领悟到了这一切。

绍洛坚科：是啊，他本来就觉得那群人都很滑稽可笑、自命不凡——事实确实如此。但问题在于，她也和他们一起吸起了海洛因。有没有搞错？究竟是怎么了？

斯科特：她说的那些话都很自命不凡，那就像是刚拿到了硕士文凭的人，才刚学到的所有东西，都能拿来大肆吹嘘。

绍洛坚科：那是故意的。我让茜德把她知道的所有艺术理论全都讲了出来。那就像是某些艺术类的书籍，会让你读了不由感慨说："得了吧！"我要让她成为那一类东西的象征。露西只是翻了个白眼，说了一句："我已经有日子没被人解构过了。"

斯科特：那可是《高潮艺术》里被人引用最频繁的台词之一。请你再谈谈葛丽塔和露西的关系吧，她俩的互动方式很有趣。

绍洛坚科：说到忠诚与否，我觉得很重要的一点便在于，这里得存在着一些对比。相比之下，茜德更偏向常规的关系，但出现不忠的问题后，情况就变得复杂了，楼上的那些潮人根本就无法彼此忠诚，他们极其不受拘束，彼此关系都是反常规的，情感上互相依赖，但又情感失调，于是肯定就会发生这种烂事。那并不是"你背着我偷人"的问题，而是"我讨厌那个傻×年轻人了。没问题，喜欢睡谁你就去睡谁吧"。所以我当时想的就是，要如实呈现那些女人不受拘束地生活的实际情况，她们不想要一夫一妻制的常规操作。

斯科特：找阿丽·希迪来扮演露西是一个大胆的决定。她当年在好莱坞也走红过，如今则是半退休状态，过着与世无争的隐居生活，这和露西有着某些共同点，你是不是觉得这也挺讽刺的？

绍洛坚科：没错，那激起了我的好奇心。但究竟用不用她，我起初也举棋不定，因为我们行业对于她的接受程度，本就有些复杂。但她想要拿下这个角色的决心很大，所以其实并不是我去找的她。有人把剧本给她看了，我接到了她的电话，说她想要来试镜。我回答说："OK，但你得自己坐飞机过来。"因为我在纽约，而她在洛杉矶。没想到她真来了。她试了一段暗室里的戏，演得很有力，十分感人。

斯科特：我想知道，为什么你决定让露西的死发生在镜头之外？葛丽塔吸毒过量的时候，其实已预示了这样的结局，我们预料会有这种可能，但真发生的时候，还是挺出乎意料的。

绍洛坚科：原本，这场戏比现在的更长，剧本里还设计了好几种不同

"我去，刚才这一段神游可真够厉害的。"

方案，其中有一种是这样的：她吸了许多海洛因，躺在了床上，她们那个叫阿尼的朋友也进了房间，也躺在了床上，发现她四肢冰凉、没有呼吸，楼上大吵大闹，茜德冲了出来。但后来我又觉得，必须传达的内容，不需要把所有这些都表现出来，其实也能够全部传达清楚。我当初拍到的素材，确实要比最后留在影片中的多出了不少。包括阿尼醒来，走进卧室，躺在她们身边；他进去的时候，我们看到葛丽塔动了一下，感觉像是醒着，但露西却一动都没动；然后他们继续睡，三个人都睡在床上，到此为止。然后就是第二天早上，发生了前述的情形。后来我觉得，这些多出来的画面，其实并没为这场戏增加任何东西，而且以此来结尾也不见得最有力量，反而会让观众感到困惑。我当时并没有拍摄他发现露西已经死去的画面，所以前一秒你看到他们三个人躺在床上，后一刻就是第二天早上阿尼坐在车上。那样的话，反而显得混乱，还不如直接拍到露西为止，然后再切到第二天。

斯科特：那茜德后来又怎样了呢？她接下来会做什么呢？你觉得从今往后，她会跟女性约会吗，又或者那是一段绝无仅有的经历？

绍洛坚科：我觉得是后一种。我总觉得她会回归，从某种意义上来说，她从哪儿来，又会回到哪儿去。但是，对比过去，如今的她更见多识广了，为人更豁达了。我觉得像她这样的人，可能会把这段往事隐藏起来，那就像是我们年轻时发生过的那种事，虽然打击很重，但又只能先把它孤立封锁起来，因为你不知道究竟该怎么来消化这件事，不知道那究竟是什么意思。那就像是人生中某一件反常的事："我去，刚才这一段神游可真够厉害的。"

斯科特：我有一种感觉，虽说茜德此前就有过性经验，但她与露西的这段关系，那才是她人生第一次真正与人如此亲密、投入。

绍洛坚科：有一点对我来说十分重要，那就是，我这故事要说的可不是"天哪，这姑娘她出柜了，她对自己有了新的发现，这让她大吃一惊"。我想要表现的，其实是关于激情的所有一切，我想从她的视角来表现这种激情，它引人入胜，充满神秘感。因为这种激情，那个女人的堕落与放荡，那个女人悲剧的历史和坏名声，全都变成了浪漫的事。但她也想从露西那儿获得一些东西。这个女人可以帮她往上爬。我觉得有一点很重要，它不涉及同性恋／异性恋的问题，只要是彼此吸引，就会有这些没道理可讲的组成元素。

斯科特：这让我想起了你之前对伍尔夫的评价，赋予那些非常细微的瞬间更大的意义。

绍洛坚科：对我来说这一点很重要，我不想自己单纯陷在某个瞬间之中，我想要做的是，引导观众来到这一瞬间，这样的话，不管那是多么琐碎的一瞬间，观众都能自己有所体验。不管你写的是什么东西，这都是作者要面对的真正挑战。如果你能让观众体验到正确的瞬间，如果你能从中选出一个合适的瞬间，以有机的、逐步推进的方式为他们展现这一瞬间，那才算是真正的满足感。那样子，观众就能和剧中人一起走进故事之中了。

加利福尼亚，好莱坞

《你妈妈也一样》

3

卡洛斯·卡隆

"老兄，我可是想要成为
加西亚·马尔克斯的！"

　　2003 年，卡洛斯·卡隆（Carlos Cuarón）和他的哥哥阿方索·卡隆（Alfonso Cuarón）凭借《你妈妈也一样》（Y tu mamá también，2001）获得奥斯卡最佳原创剧本奖提名。要知道，这可是一部说西班牙语的电影，能获得奥斯卡剧本奖提名，那可真是了不起。此外，该片在全球范围内都取得巨大成功，赢得包括 2001 年威尼斯电影节最佳剧本奖在内的多个奖项。早在 1991 年时，这兄弟俩首次合作完成的《爱在歇斯底里时》（Sólo con tu pareja，1991）便打破过墨西哥的电影票房纪录。此外，卡洛斯·卡隆自己还编剧、执导了不少获奖短片，他的最新短片作品《你欠我的》（Me la Debes，2001），可是用《你妈妈也一样》拍剩下来的胶片完成的。

剧情梗概

　　墨西哥城，现代。暑期来临，双双被女友抛下的泰诺和胡里奥，在婚礼上结识了比他们年长的路易莎。为了给她留下好印象，两个年轻人告诉路易莎说，他们正计划驾车前往一片名叫"天堂之口"的神秘美丽的海滩旅游。路易莎本就想要避开她那位在外偷腥的丈夫——再加上她刚得知自己已患上绝症——立刻也产生了兴趣，欣然同往。就这样，三个人离开墨西哥城，朝着传说中的目的地进发。一路上，两人都为路易莎着了迷，好友之间也起了冲突。

《你妈妈也一样》(*Y tu mamá también*，2001)

凯文·康罗伊·斯科特：你们两兄弟都在墨西哥城长大。我想知道的是，身在同一屋檐下的你们俩，在艺术领域都相当擅长，这究竟是怎么做到的？是不是从小就都受到鼓励，要朝这方面发展？

卡洛斯·卡隆：并非如此。首先，我要说的就是，我俩之所以都对搞艺术有兴趣，这背后的原因，恰恰是因为我们并非来自艺术世家。我父亲是核物理学家，他在去年过世了。我母亲从事过的行业很多：她在大学里学的应该是化学，后来在出版社当编辑，现在她在种香蕉，自己有农场，此外，她还是全职的信徒。我父母亲在我 5 岁时分居，两年后正式办了离婚。阿方索比我大 5 岁。在他十一二岁的时候，我们的父亲送给他一部超 8 摄影机外加一部柯达牌"雷汀娜"照相机。就这样，他开始拍照片、拍电影。我和我姐姐都成了他的道具、演员和助手，总之不管他需要什么，都是我们来干。就这样，到他 12 岁，最多 13 岁的时候，阿方索就已经决定了自己将来要做什么。他的目标十分明确：将来要当电影导演。至于我，那时候更像是他的牺牲品——这家伙基本上就一直在骚扰我，令我深受其害。

等到我 14 岁的时候，我也想好了，将来要当作家。不过，我当时对于作家的概念，其实跟实际情况区别挺大的。那时候我根本就不知道电影也是写出来的，我还以为那完全就是拍出来的。所以我当时的想法就是，希望自己将来能成为类似于加西亚·马尔克斯（Gabriel García Márquez）或卡洛斯·富恩特斯（Carlos Fuentes）那样的人。成为小说家，平时都和外交官、政客共进晚餐什么的。现在看来，事情显然并未朝着那个方向发展。

斯科特：母亲在出版社当编辑，我猜你们家里肯定有不少书。

卡隆：是的，书一直都很多，我们父母都爱看书。

斯科特：还记不记得你当时最爱看哪一类书？

卡隆：12 岁时我成了一个书痴。在那之前，其实我很讨厌看书，因为总是被母亲逼着看书，每天看 10 页什么的，而且都是我不喜欢的古典文学，搞得看书像是在挨罚一样。我记得有一本意大利人写的书，《爱的教育》（*Cuore: The Heart of a Boy*）。她自己小时候最爱看的书里头就有这一本，所以我也必须看。但那本书实在是无聊透顶，十分讨厌。但是，12 岁那年，我发现了，这世界上其实还存在着另一种文学样式。我能从这一类书本中读到故事，获得快乐。它们能让我笑，有时甚至能把我看哭。我就像是发现了一片新大陆，而且这一类书完全不会看了无聊。就这样，到 14 岁的时候，我已读过《麦田里的守望者》（*The Catcher in the Rye*）、鲍里斯·维安（Boris Vian）、卡洛斯·富恩特斯、墨西哥当代文学经典、加西亚·马尔克斯——他不是墨西哥人，但住在墨西哥，奥克塔维奥·帕斯（Octavio Paz）、胡安·鲁尔福（Juan Rulfo）以及其他那些重要的墨西哥作家了，比如豪尔赫·伊巴尔古恩诺迪亚（Jorge Ibargüengoitia）、何塞·奥古斯丁（José Agustín）。与此同时，我也会读萨特（Jean-Paul Sartre），读所有那些存在主义作家的书，我想那是因为我当时正处在这么一个年龄段上，阅读这一类书，就像是在自己抽自己鞭子。

斯科特：你想说的是自鞭苦修（self-flagellation）？

卡隆：对，就是这词。

斯科特：小时候你和你的朋友们最爱做些什么？最常去的是墨西哥城哪一片区域？

卡隆：我们家原本住在名为"科洛尼亚罗马"（Colonia Roma，墨西哥城下辖夸乌特莫克市镇的一个区）的那一片社区，它位于墨西哥城的中心区域，离老城很近。我 8 岁那年，我们家搬去了城南一带，后来也就一直住在那边了。我上的学校就在那附近，我绝大部分朋友也都来自城南地区。我现在仍住在那里。这一带可算是墨西哥城的郊区，但是说到文化方面，城南地区却很有特点——墨西哥城至今还有着不少类似科约阿坎（Coyoacán）这样的社区，它们的历史可以追溯到被西班牙人殖民之前，至今依然保留着十分多姿多彩的文化样式：不仅有西班牙文化，还有被殖民之前的原住民文化以及当下流行的文化。所以，全墨西哥城的知识分子，绝大多数要不就在科约阿坎居住，要不就在那儿工作——科约阿坎就在我们生活的城南。我们兄弟俩之所以会那么热爱艺术，或许就是基于这个因素——我们从小就会去"电影城"（La Cineteca）看电影，那是一个类似于巴黎的电影资料馆的地方，你可以在那儿看到墨西哥城其他地方绝对看不到的片子：黑泽明、伯格曼、法国新浪潮……来自世界各地的优秀电影。

斯科特：那一时期的墨西哥本土电影呢？是否对你们也有影响？

卡隆：谈不上有什么影响。确实有那么一些墨西哥电影，我还真挺喜欢的。大部分是 20 世纪 70 年代的片子，例如费利佩·卡扎尔斯（Felipe Cazals）的《卡诺亚罪犯》（Canoa，1976）和《禁闭室》（El Apando，1976），还有阿图罗·里普斯坦（Arturo Ripstein）的电影。但问题在于，墨西哥电影由 20 世纪 70 年代开始，一直到 80 年代晚期，这当中出现了可怕的断层。那 20 年里，他们拍的全都是过于艺术化的电影，很难看懂，而且绝大部分其实拍得非常无聊。结果就是墨西哥观众都不愿去看国产片了，他们不爱看这种无聊的东西。从 80 年代开始，有一些民间电影制片人开始制作主打性爱、卖淫内容的电影。我还记得在 20 世纪 70 年代的墨西哥，像我们这样的小孩子，都看了不少"圣人"（El Santo）和"蓝魔"（Blue Demon）主演的"职业摔角"电影（以头戴面具的摔角手作为主角的电影）。然后还有 20 世纪四五十年代拍摄的那一大堆老派情节剧，还有康丁弗拉斯（Cantinflas）、丁当（Tin Tan）和毛里齐奥·加尔塞斯（Mauricio Garces）主演的喜剧片。我至今都记得有两部阿方索·阿劳

（Alfonso Arau）的作品，那是我当时特别喜欢的两部电影：《赤足鹰》（*El Aguila Descalza*，1971）和《探员卡尔松辛》（*Calzonzin Inspector*，1974），都是很有墨西哥特色的轻松喜剧。

斯科特：小时候你看电影是和朋友一起去，还是和家人一起去？

卡隆：我们全家人都很爱看电影。我们一共是 4 个小孩：大哥、阿方索、我姐姐，然后还有我。母亲会带我们去看各种类型的电影，很可能星期六看的是《星球大战》，第二天又去看了伯格曼的《魔笛》（*Trollflöjten*，1975）。当时除了"电影城"之外，另外还有一家专门在周末放艺术电影的影院。再然后，在我还只有十几岁的时候，国立大学又在城南新开了两家电影院。我常和朋友一起去看电影，头一天看的是好莱坞电影，第二天再去看一部黑泽明的电影。

斯科特：20 世纪 80 年代初期，你和朋友们对美国，总体上是怎样的一种态度？

卡隆：在普通墨西哥人看来，美国就是天敌。我说的是美国这个国家，而不是美国人。之所以这么说，那是因为我们实在是被历届的美国政府给压迫得太厉害了。另一方面，我们自己的历届政府，许多又都腐败不堪，根本就没做有利于自己人民的事情。有许多东西，我觉得有必要澄清一下。第一，墨西哥人说的"美国佬"（gringo），其实并无贬义。"美国佬"就是"美国佬"的意思——它指的是一个美国人，不是加拿大人，不是英国人，不是丹麦人——那只不过是我们的一种说法，并不带贬义。就好比我们管船叫"船"，管天堂叫"天堂"是一个道理。所以，我们管美国佬叫"美国佬"。澄清这一点非常重要，因为美国人往往一听到这个词就会抓狂，但其实它完全就没有贬低的意思。说起来，它更像是一个表示善意的叫法。我们甚至还会管女性叫"美国妹"（gringita），所以你可想而知……

　　所以说，我们对美国的态度，原本一直都是这样的。但是，到了20世纪70年代，情况开始有了变化。在我小时候，美国成了我们的敌人。但是到了80年代，情况又变了，因为我们和美国人的接触变得更多了。前往美国的墨西哥移民越来越多，后来这成了一种非法行为，与此同时，墨西哥政府也从民粹主义转变成了极受罗纳德·里根等人欢迎的那种"洗好了屁屁等我来"的新自由主义。70年代，我们是逢美必反；80年代就不是那样了，几乎发生了180°的大转弯。我估计也是从那时候开始，我们将美国政府和美国人民区分了开来。但说到底，我们之间始终就是这么一种非常复杂的关系——爱恨交织、贫富对立、互有需要。

　　斯科特：我看了《你妈妈也一样》，我在伦敦认识了不少墨西哥人，随后我发现，身为美国人，明明我这辈子一直都和你们只有咫尺之遥的距离，但对你们国家却又真的所知甚少。

　　卡隆：我觉得这正是本片能如此成功的关键之一。对于不了解墨西哥的外国人来说，这电影能让你发现新大陆，能让你一下子看到很多面的"墨西哥"——事实上我们的多面性还远远不止这些，只不过不可能全都集中放在一部电影里而已。对于确实了解墨西哥的人来说，例如我那些美国朋友，又会有类似这样的感觉："哇，厉害，那个地方，那个人物，我本就知道，但没想到你们还真把它给拍出来了……"

　　斯科特：你哥哥说过，在你俩合作写电影剧本之前，你已先娶了一位了不起的美丽女子，她的名字就是"文学"。按照他的说法，是他又介绍你认识了一个名叫"电影剧本创作"的妓女。可否谈一下你原本想成为小说家的志向呢？当你决定放弃它，转而开始写电影剧本的时候，又发生了一些什么事？

　　卡隆：事实就是，我想成为小说家的志向，一直都没有放弃过。今年年初我又开始写小说了，那个故事已经在我心里憋了有15年了——

我一定要把它吐出来才行。但小说只要一天没完成，就都只停留在意淫的层面上，所以我现在还只能算是尚未"出柜"的小说家——到我"出柜"的那一天，我会让你知道的。时至今日，说起他那一套理论来，我和阿方索仍会忍不住笑出来。他的观点就是，相比我那位初恋汗津津的手，我更愿意让那妓女一次次地给我提供性服务……但是，在这件事情上，我必须实际一点。写小说是没法养活自己的，至少在墨西哥不行，必须再教教书或是干点别的什么。除非你达到加西亚·马尔克斯那个水平，那时候你才能全职写小说。所以我当时的想法就是，写剧本能让我吃饱穿暖。在我们的第一部剧情长片《爱在歇斯底里时》之前，我就已经给电视台写过不少剧本了。写完《爱在歇斯底里时》之后，我就去了洛杉矶，我开始给美国影视公司写东西。我记得应该是这样的一个过程，当时《爱在歇斯底里时》还没在美国上映，但它去了多伦多国际电影节。回国的时候，先是阿方索中途就在洛杉矶留了下来。过了三个月，我也去了洛杉矶，然后开始用英语写东西。

斯科特：用英语写作困难吗？

卡隆：开始的时候是的，但没多久就好了。我 12 岁就开始学英语了，大学里念的也是英语文学专业，一直都用英语写文章。难的是写对白，你得有很好的感觉才行。这方面我确实有天赋，再加上已经写剧本写了很多年了，所以我就坚持去听，一直听一直听，听我需要的那些东西。至于把小说改编成剧本的话，那就更容易了，只要小说里现成的对白写得够好，都可以想办法化为己用。

斯科特：你是在哪儿上的大学？

卡隆：墨西哥国立大学，我估计那一定是全世界最大的一所大学，最起码也是人最多的一所。只差一步我就毕业了，该念的我都念了，但论文没有完成。（笑）所以我没法说我拿到了学士学位。之所以会这样，可能是因为我对那篇论文的野心太大了。我是大二的时候开始写剧本的，到我离校的时候，早已对学术方面的那些东西都厌烦了。那种感觉就像是："天哪，我可再也不想听到什么德里达或是罗兰·巴特了。这些人我都烦透了！我需要做一些更实际的东西才行。"那就是写剧本了。

斯科特：最初尝试写的剧情长片剧本都有哪些，现在还记得吗？

卡隆：我写的第一部剧情长片就是《爱在歇斯底里时》，但在那之前还给电视台写过天知道有多少个剧本。我记得至少有 6 个吧，包括 20 世纪 80 年代末期给一部电视剧写的剧本，那是类似于墨西哥版《阴阳魔界》（*Twilight Zone*）的一部电视剧。对我来说，它有一个好处：这部剧用的是拍电影的架构，不是电视剧那种双机作业，而是只有一台摄像机，而且必须在两三天时间里就拍完一个 22 页的剧本。

斯科特：这工作是怎么得来的？

卡隆：墨西哥最大的电视台 Televisa 有一位制片人，她是一位墨西哥著名演员的女儿。她构思了这套节目，正在寻找电影人合作。当时的墨西哥电影界，根本就没人在拍电影，电影人也都意志消沉。结果，这套节目成了我这一代和阿方索这一代墨西哥电影人的学校。大家差不多都是边干边学。例如三幕式结构，我就是在那儿学到的。每一集都会分成四段播出，当中要插播三段广告。所以写剧本的时候就要想到第一段是第一幕，第二段和第三段是第二幕，然后第四段是第三幕。我就这么学会了剧本的结构，完全就是靠着这一次的锻炼。

斯科特：《爱在歇斯底里时》的灵感来自哪里？

卡隆：来自阿方索，但他最初的想法与我们最终完成的影片其实又不太一样。他读了这本《瘟疫年纪事》（*A Journal of the Plague Year*），就有了这么一个想法——主角是一个知识分子。阿方索在读完笛福（Daniel

Defoe）这本关于瘟疫的作品后，打算就此写篇文章。与此同时，我正在大学里研究关于唐璜的传说。我们讨论了他的想法，觉得真那么处理的话，知识分子味道太浓。最终我俩都同意，主角必须是一个做人更实际一些的人物，但他做的也得是创作方面的事情。结果就定下了他是做广告企宣／文案工作的，瘟疫也改成了艾滋病。阿方索原本的想法是，将17世纪的瘟疫和如今的艾滋病写成双线故事，但这根本就行不通。所以我们最终决定还是走神经喜剧的路线，主人公是一个唐璜式的人物，他以为自己得了艾滋病。结果，影片在墨西哥上映后获得了巨大成功。

斯科特：这也引出了我的下一个问题，对于电影编剧来说，在墨西哥城工作，对比在洛杉矶工作，究竟具体有何不同之处？

卡隆：就实际写作过程来说，完全没有区别。因为我在美国没有劳工证，所以即便是现如今替好莱坞公司打工的情况下，其实我还是在墨西哥写剧本。真要说区别的话，最大的区别就在于，如果是墨西哥的电影项目，我一开始是没钱拿的，我得承担风险。就好比是《你妈妈也一样》，我成为项目的合伙人之一，承诺将来会给我分成什么的；《爱在歇斯底里时》也是一样，还有我之前在墨西哥参与的另外两个项目也都是这样的。所以说，最主要的区别就在这方面，是收入上的区别。然后还有第二个区别，美国的电影公司和制片人习惯于在编剧身上施加很大的压力。不管在哪里工作，我投入的程度总是一样的。所以，对于那些收入本就十分微薄的墨西哥项目来说，如果导演还要疯了一样地打电话来追问我"剧本要什么时候才能写好"，如果再碰上我那天正好诸事不顺的话，那我很可能就会回他一句："先生，去你的吧！"换一种情况，如果是某家好莱坞公司的人给我打来电话，很职业地问我说："剧本什么时候好？"首先，我会回答说："什么剧本啊？"（笑）然后我会记起来，人家可是已经付了我钱的，于是我会向他保证，尽全力在圣诞节或什么日子之前把剧本给完成。这就是区别……

斯科特：你离开洛杉矶是哪一年？

卡隆：1992 年。我接到了一个活儿，所以回了墨西哥。但真正不再替好莱坞写剧本，那差不多要等到 1995、1996 年的时候。因为那时候我打算要当导演了。对于我来说，这件事只有回到墨西哥才有可能做到，换作别的地方的话，难度实在太大。

斯科特：我刚才还想问你来着，你之前就自己执导过一些短片吧，这时候又是出于什么原因，想到要再上一个台阶，自己开始执导长片？

卡隆：最初让我决定要拍那些短片的原因，是我经历的各种挫折。在那之前，阿方索拍了《小公主》（*A Little Princess*，1995）。那一次他回到了墨西哥，我跟他一起在外面吃饭，还有已经拍出了《地狱男爵》（*Hellboy*，2004）、《变种 DNA》（*Mimic*，1997）和《刀锋战士 2》（*Blade II*，2002）的吉尔莫·德尔·托罗（Guillermo del Toro）导演也在。我猜我当时一定是看上去神情非常忧郁，因为德尔·托罗都问我了："你出什么事了吗？看上去很沮丧啊。"我回答说："啊，我已经写了那么多剧本了，但却都没办法拍出来。对于编剧来说，写好的东西没办法拍出来，那它就跟已经死掉的东西一样。没人会想要创造死掉的东西。于是你对自身的评价也越来越糟糕。"听到这话，他俩都露出了一种奇怪的表情。"你就没想过自己把那些剧本给拍出来吗？"这可把我问住了，"呃，我还真没想到过……"

斯科特：你真没想到过？

卡隆：没想过，我认准了自己就是编剧。老兄，我可是想要成为加西亚·马尔克斯的！听到他们的建议，我也考虑了一下，大概也就是十亿分之一秒的时间，然后我就做了决定："这年头，垃圾导演实在是太多了，我敢肯定我能比他们好。"不过，要当导演，我还得先学习一下才行。到了 1997 年 12 月，我得到一个机会，终于可以当导演了。那位制片人原本想要拍一部类似于《大都会传奇》(*New York Stories*, 1989)的电影,包含三段短片。但他拿到的三个剧本里,只有我写的那一个是好剧本,另外两个剧本都被放弃了。既然如此,墨西哥电影学院就把原本发给他的拍摄经费又收走了一多半。于是他又找了别的出资方。他告诉我:"这个项目已经选好你来当导演了,但是剧本不能用你写的那个,现在是墨西哥彩票基金在出钱拍,所以你要换一个剧本。"他们正好有个现成的短片剧本,主题涉及了墨西哥彩票基金。那三位编剧都是我的朋友,所以我正好也知道这个剧本。我让制片人告诉墨西哥电影学院:"可以不用我的剧本,但他们那个剧本也不行,实在太烂了,没法拍。"这一点,我那三位朋友自己也很清楚。确切地说,三人中有两人知道这一点,剩余那一位则觉得它是杰作……

斯科特:嗯,总有这样的事。

卡隆:是啊,但那家伙根本就不是干电影的。总之,我说服了制片方。那个剧本里他们欣赏的一些东西,我会想办法保留下来。他们提出有三点不能改动:彩票基金的主题、墨西哥乐透彩票的主题、22 分钟的片长——因为这部短片是要放在墨西哥电视台全国播出的。我说:"行,但剧本我要自己重新写。"他们答应了。我保留了原来的片名[①]。短片在 1997 年 12 月开拍,第二年完成。看完之后他们表示:"这个片名和整部电影毫无关系啊!"可见,我是完全按着自己的想法来改的。演员方面,我也挑选了不少有意思的人。那个丑修女的角色,我是让萨尔玛·海耶克(Salma Hayek)来演的。我们把她塑造得特别成功,以至于替该片配乐的桑蒂亚戈·奥赫达(Santiago Ojeda)明明事先就知道主演是萨尔玛·海耶克,但是第一遍看的时候,他还是一边冲着那修女大笑不止,一边还在问我:"那演员是谁啊?"我告诉他是萨尔玛·海耶克,他说什

---

① 此片名为《心脏收缩、心脏舒张》(*Sístole Diástole*, 1997)。

么都不敢相信。这短片后来在国内外拿到了一些奖项，那是我当时作为导演拍过的长度最长的作品。我对它既爱又恨，爱它是因为它是我的处女作，恨它是因为它有那么多缺点。

斯科特：你是什么时候拍的《你欠我的》?

卡隆：紧接着《你妈妈也一样》拍完之后，我是用它的剩余胶片拍的《你欠我的》。我们制作了 35 个拷贝，《你妈妈也一样》在墨西哥上映时，《你欠我的》就插在它前面先放。

斯科特：它们有着相似的基调。《你欠我的》描写了三对男女组合之间的性关系，对于短片来说，这可真够复杂的。在表现手法上，你用的是如实呈现的方式，而非刻意的美化。

卡隆：那剧本是很早以前就写好的，可能是 1997 年吧。我本希望第一次做导演就能把它给拍出来，但最终未能如愿。不过这也是好事情，因为我有机会积累更多的经验。拍摄《你妈妈也一样》的过程中，我学到了不少东西。但我并没想过要照着《你妈妈也一样》来拍它，在我看来，《你欠我的》最重要的是它里面的社会批判。

斯科特：你是说主仆关系的那一面？ ①

卡隆：那种道德上的双重标准。这世界上每一个人身上，每一件事里面，你都能找到这种东西。片中描述的这一类事情，在墨西哥确实存在着，例如一家之主和女佣或厨娘有染的这类事情，实在是太司空见惯了。所以它引发了墨西哥观众的共鸣。我有一位为人相当保守的叔叔，他年轻时可能就做过这种事情，所以他很讨厌《你欠我的》!（笑）

---

① 《你欠我的》讲述的是五个男女——父亲、母亲、女儿、女仆、女儿的男友——之间的混乱关系，女儿的男友与她母亲有染，父亲与女仆也纠缠不清。

斯科特：这片子看得我捧腹大笑。你这构思是从哪儿来的？

卡隆：那时候我一心想当导演，所以写了不少剧本，有长的有短的，各式各样，想看看有什么合适的。我想要把契诃夫的一个短篇改成剧本。我是他的忠实读者。他有一个很棒的短篇，说的是一位医生因儿子刚刚去世而痛哭的故事。[①] 改编的时候，我想到把儿子的死因设定为被蝎子蜇了一下——这种死法很有墨西哥特色。没想到，之后一连三天晚上，当我去自己儿子的房间跟他说晚安的时候，总能看到墙壁上趴着一只好大的蝎子。到了第三天晚上，我把蝎子赶了出去——我从不杀生——并且决定放弃这个故事。我担心自己会把某种能量引到我儿子身上。

我又想到了契诃夫的另一个短篇：《在黑暗里》(*In the Dark*)[②]。那也是一个好故事，主角是一对疑神疑鬼的贵族夫妇，妻子听到屋外有什么声音，于是对丈夫说："你何不去女佣房间看一下，很可能是她男友来了，那个消防员。"丈夫回答说："你也太疑心病了，怎么就不能信任一下仆人呢？我肯定会被大家当笑话的。"他下楼去了女佣的房间，发现一切正常。趁这机会，他问女佣："顺便问一句，之前交给你清洁的长袍，这会儿好了没有？"女佣摸着黑，把长袍递给了他。丈夫回到楼上，告诉妻子："瞧我怎么说来着，根本就没什么好担心的，你这人就是爱乱想。"妻子却对他说："为什么你会穿着消防员的外套？"就这样，我在这个故事的基础上，给它彻底来了一番墨西哥式的改造。

斯科特：你其他几部短片作品，也都像《你欠我的》一样瞎胡闹、爱搞笑吗？

卡隆：是啊。

---

① 此短篇是契诃夫1887年创作的《医生》(*The Doctor*)，中文版收录在海天出版社《契诃夫短篇小说全集》之中。

②《在黑暗里》由契诃夫于1886年创作，中文版收录在译文出版社《契诃夫小说全集（第5卷）》中。

斯科特：你觉得自己在好莱坞是不是被视为一位爱搞笑、爱玩鬼把戏的编剧？

卡隆：好莱坞我不知道，在墨西哥的话，我肯定是。没错，大家确实就是这么看待我的，都以为我只写喜剧，但那其实是大错特错。其实还是看你如何定义。在墨西哥，在洛杉矶，大家都觉得《你妈妈也一样》是一部喜剧片。但它其实不是，这是一部剧情片，是一部带着幽默感的剧情片。大家很容易将"喜剧"和"幽默感"混淆起来。其实幽默感更接近于英语中所说的机智（wit）。幽默感来自对于人性和人的性格脾气的真知灼见，所以它涉及的范围很广。幽默感与大声发笑无关，相比之下，它更接近于会心一笑的程度。幽默感的关键在于，它总能让你去思考。在这方面，喜剧不具有这样的效果——至少不是每一部喜剧都能让人去思考的。寓教于乐，这是喜剧的经典戏剧核心——它总是带有社会批判的目的，尤其是古典喜剧。在我看来，加西亚·马尔克斯就是一位幽默大师，你看他作品的时候，并不会大声笑出来，但你脸上却会露出会心的一笑。同样的情形也发生在阅读山姆·谢泼德（Sam Shepard）作品的时候。明明都是一些很惨的情节，但你还是露出了会心的笑容。

斯科特：你的导演梦现在到了哪一阶段了？

卡隆：拍摄《你妈妈也一样》之前，我本来已经计划要执导自己的长片处女作了，那片子叫作《上头有令》（Orders From Above）。结果，投资方面出了问题。那部电影说的是旧政权执掌墨西哥时期的各种腐败、滥权情况，批判得相当厉害。结果，出钱投资影片的那些人发现本片批判的那个旧政权里，也包括了他们自己。我和阿方索之所以会拍《你妈妈也一样》，其实就是因为我们各自的拍摄计划，在此之前双双流产了。目前，我正在写一个电影剧本，希望那会成为我的第一部剧情长片。[①]

---

① 卡洛斯·卡隆执导的第一部剧情片《阿粗和阿呆》（Rudo y Cursi），最终于 2008 年年底上映。

斯科特：你和阿方索一起写了《你妈妈也一样》的剧本，但在此之前，往前倒推 7 年，你们俩还曾一起写过一个喜剧片的分场大纲。那是一部公路电影，说的是两个男孩一起去海边的故事。但在那一阶段，它其实只不过是一部青春喜剧而已，是不是这样？

卡隆：是的。《你妈妈也一样》的构想由来已久，那是 1987 年左右吧，后来担任《你妈妈也一样》摄影指导的艾曼努尔·卢贝兹基（Emmanuel Lubezki）——我们都管他叫"山羊"（El Chivo）——率先提议说："我们何不拍一部公路片呢？就拍两个朋友去海边的事？"我们采纳了他的主意。之后的 10 年里，我们又有了关于这两个人物和具体情节的新想法。如果它早 10 年拍出来的话，基本就会像是《留校察看》（*Porky's*，1982）那一类电影，所以我们都觉得很庆幸，等待了 10 年。这 10 年里我们俩各自的成长，正是这部电影所需要的，正是让它产生质变的原因所在。

斯科特：好几次接受采访时，你都谈到了自己的写作"节奏感"，能否解释一下它的含义？

卡隆：我写过短篇小说，写过话剧，写过影视剧本，但不管写的是哪一种东西，永远都是一开始最艰难，永远都是第一页最难写。万事开头难吧，但说实话，我其实也挺纳闷的，怎么就那么难呢？照理说，一个故事如何开篇，我明明都是事先都想好了才动笔的。好在，只要过了这个阶段，我就会找到节奏感了。那是一种作品内在的节奏感，靠的是直觉。有时候，写着写着我会觉得故事越来越没意思了，于是我就再回到前面，或是删掉一点东西，或是索性再多写一点。有些时候，我在写作上的节奏感，会顺理成章地转变为故事本身良好的叙事节奏——但也并非每次都能这样——到了那个时候，那种感觉就像是曾经做过的春梦都成了真一样。

斯科特：写剧本时，你一天的作息都是怎么安排的？

卡隆：我也希望我的作息能更有序一些……我听说当初斯科特·菲茨杰拉德（F. Scott Fitzgerald）来好莱坞当电影编剧的时候，每天到了办公室之后，他会先写上一个小时的对白。写完之后，他会把它们全扔了，然后才开始正式写要写的剧本。我的情况跟这差不多。我到办公室之后，也会先写一些散文什么的，想到什么写什么，可以是我坚持写了好些年的某些文字，可以是某些随感、逸事，或不能算是日记的日记。就这样，创作的灵感开始自由流淌，我会趁着自己满意的某一段文字写到一半的时候，就此停笔。这样子，第二天我还能接着它继续往下写。到了这时候，我才正式开始写我要写的那个剧本。写作的关键就在于，其实绝大部分时间里，你都没在写，而是在思考。所以说，写作的难点并不在于写，难就难在动笔之前的思考。

斯科特：感到泄气的时候，对自己作品的质量失去信心的时候，你会如何应付那种自我怀疑的情绪？

卡隆：（长长地叹了一口气）最挑剔我作品的人，其实就是我自己……这样的事其实非常可怕。往好了说，那代表我真心在乎自己的作品，但这确实又会造成很多焦虑情绪。明明就是一场很愚蠢的戏，我却翻来覆去地改了一千遍，浪费了整整 20 天时间在它上面。遇到这种情况，我自己也恨。但是，也有一些时候，我一天就能写上 20 页。所以说，写作就是这样子，没什么好多追究的。

对我作品只叫好不批评的人，我反而不是很喜欢，因为那样于我无益。剧本完成之后，我通常都会给妻子看，给阿方索看。最近几年里，我还会拿给亚历杭德罗·冈萨雷斯·伊尼亚里图（Alejandro González Iñárritu）和吉列尔莫·阿里亚加看。因为他们都很会提意见。我们事先都有约定：对于他人的作品，必须做到百分百的诚实，怎么想的就怎么说。这么做，虽然有时候会失去和气，但那其实都不是问题，而且肯定利大于弊。

斯科特：通常来说，阿方索给你提出的意见会是哪一种？是你自己其实心里也有数但却不愿意去解决掉的那一类问题，还是你压根就没想到的那些毛病，经他提出，让你大吃一惊？

卡隆：两者都有。只要意见提在了点子上，便总能让人大吃一惊。他提到的一些东西，其实我原本也想到过，但最终却没落实到剧本里；另一些东西，则是我不太有勇气去写到的东西，但我俩实在是太熟悉对方了，所以我在哪些地方有意地回避了，他都能看得出来。

斯科特：写剧本的过程中，音乐是必不可少的元素吗？我们都知道，当初你和阿方索重新开始动笔写《你妈妈也一样》的剧本时，你们一边就听着弗兰克·扎帕（Frank Zappa）的某一首歌……

卡隆：音乐在我生命中一直占据重要地位，对阿方索也是。例如《爱在歇斯底里时》，阿方索从一开始就很明确，一定要把莫扎特的《大组曲》（*Gran Partita*）用进去。所以在我刚开始写《爱在歇斯底里时》剧本的时候，他就给了我一张《大组曲》的唱片，我反复地听，一直听到实在受不了为止。在确定这个剧本的基调时，它给了我很大帮助。到了《你妈妈也一样》这里，我们听的是弗兰克·扎帕，还有布莱恩·伊诺（Brian Eno）、平克·弗洛伊德（Pink Floyd）。对于我来说，通过音乐来理解一部电影的基调，这是一件很重要的事。《爱在歇斯底里时》确定要用莫扎特的那一瞬间，我立刻就对整部电影有了更清晰的认识。《你妈妈也一样》也是一样，阿方索把扎帕的那一首《复活节草堆里的西瓜》（*Watermelons in Easter Hay*）拿出来一放，我马上就明白了。那首歌带着一种黯然神伤的忧郁，所以我马上就知道了，这就是《你妈妈也一样》的基调。为什么这么说？因为我知道我要让那两个年轻人讲述一些关于青春的事。

斯科特：不知道我这么说对不对，我觉得你们对于自己生命中的那一段时光，其实也有一些黯然神伤？

卡隆：没错，这和整个剧本关系还挺大的。扎帕、平克·弗洛伊德、布莱恩·伊诺，那正是我们俩年轻时也会听的音乐类型。

斯科特：你们兄弟俩彼此十分了解，一起写剧本的时候，这种关系究竟有利还是有弊？比方说，同样一种说话方式，你这么说，你哥哥拿你也没办法，但如果换成是他的别的合作伙伴，可能他就不会放过后者了。

卡隆：我们有我们自己的代号和词汇，只有我们俩才明白。那提供了不少便利，可以节约很多时间。例如《你妈妈也一样》里游泳池边的那一场戏，他说："我设想的画面是一间破败的旅馆，游泳池里满是落叶。"我说："对，就是我们小时候住过的那间旅馆。"他又说："没错，就是那个样子！"这种共同的经历，有时候很有好处。

斯科特：那有没有坏处呢？

卡隆：肯定也会有不愉快的时候，和所有的兄弟一样。

斯科特：但是，你们一起写剧本的时候，他不允许你接电话，但他自己却可以。

卡隆：没错，而且他可以随便开小差，但我却不行，哪怕我只是开了一毫秒的小差，他都会暴跳如雷。越是兄弟越容易吵架，所以，一旦某件事情上我们观点相左，吃力不讨好的肯定是我。毕竟他才是导演，即便我能说出自己的想法，但最终的决定权还是在他手里。所以我会先尝试一下，如果发现形势不妙，那也就算了，我不想白白浪费力气。

斯科特：但会不会有这样的情况，事后他又旧事重提，承认你才是对的一方？

卡隆：会有这样的情况，但他不会那么说，他会说："我当时想的就是……"我会告诉他说："这不就是我昨天说的嘛！"他又会说："好吧，这太棒了，兄弟，我们就这么办！"类似这样的事经常发生，因为那本就很正常。我可以肯定，我也犯过同样的错误。我实在是太了解他了，所以我很清楚哪些情况下他是毫无来由地在故意犯犟。我很清楚那一定是他的自负或是别的什么念头在作怪，第二天他还是得采纳我的想法，还是会采纳真正有利于整个创作项目的好想法。

斯科特：也就是说，即使你们意见相左，最多也就只是这样了，因为你们是亲兄弟？

卡隆：我通常都会退一步，否则的话，这工作就做不下去了。有一点是我们都很明白的：最重要的是项目本身。不管我跟他有什么争执，那都是为了项目考虑。而他也是一样。

斯科特：单从文字上来看，《你妈妈也一样》有着非常情色的戏剧核心，那剧本给人的感觉就像是某个年轻人寄去《阁楼》杂志的一封满是性幻想的书信。但是，和你的那部短片一样，真正的影片之中，对性爱的表现几乎完全谈不上什么情色，这方面的描写自始至终都来得十分现实主义。能否请你谈谈，在处理这些性爱情境时，你都是怎么考虑的？

卡隆：我飞去了纽约，和阿方索一起商量怎么把分场大纲具体概念化、情节化。关于具体的剧情，我们此时已都想好了，但是在人物方面，还缺少一些头绪。我们知道这里还缺少了一点什么，但又说不出那究竟是什么。阿方索决定要把它拍出"新浪潮"电影的感觉来，我当然知道什么是"法国新浪潮"电影，但我不太理解阿方索在这里说的"新浪潮"感觉究竟是什么。他希望在《你妈妈也一样》里加上旁白，觉得那么做大有好处。我却坚决反对，因为我不希望它变成《纯真年代》（*The Wonder Years*，1988）那种怀旧、煽情的电视连续剧。我讨厌那样的电影。但阿方索却告诉我，他之所以觉得旁白大有好处，那是因为他要加的旁白，是类似于戈达尔（Jean-Luc Godard）的《男性，女性》（*Masculin Féminin*，1966）里的那种旁白。但我告诉他："这电影我可没看过。"于是，我们马上停下手头的事，去了街对面的录像带出租店，借来了《男性，女性》。一上来第一场戏，那就把我给彻底震住了。我明白了他所说的视觉和叙事概念究竟是怎么一回事。能在《你妈妈也一样》里用上旁白，这让阿方索特别激动。

斯科特：这些旁白最有意思的地方就在于，它讲述的每一件事全都是观众根本就无从知晓的内容，它提供了不少说明信息。而且它并不妨碍叙事本身。请问，设置旁白的过程中，你们事先明确了哪些原则？

卡隆：原则非常简单。其一是，这些旁白必须保证不动声色，情感绝对不能外露。其次，不能让它来讲故事。电影里用到的旁白，通常都是用来填补故事空白和协助观众跟上剧情发展的，但我们不打算这么做。我们可以借它来传达一些信息，但不能用它来讲故事。很快我们就发现了，通过这些旁白，通过那些话语和画面的结合，墨西哥本身也作为影片中的一个完整的角色出现在了观众面前。对我来说，明白了为什么要用旁白，明白了它的目的是什么，明白了它究竟会说些什么，那么，之前存在的所有疑问，也就立刻都解决了。我无须再为两位男主角设置一场对手戏，无须再让他俩来说这些台词："哦，你爸爸是政客""没错，你爸爸在你5岁时就远走高飞了，剩下你妈妈这个当秘书的""你说的对！你妈妈相信神棍"……

斯科特：你这有点夸张了吧，一般说来，电影里的说明性对白听上去可没那么僵硬。

卡隆：每个剧本都需要有说明性的戏，你总希望它们听起来自然一些，但那并不容易，所以这一类戏写起来特别难。

我们想要传达的意思就是，这两个家伙正与姑娘结伴旅行，他们陷在自己的世界之中，但是在他们的身边，整个世界也正在运转中。旁白讲述的那些故事，它们并不属于故事的主人公，但却属于整部电影，属于作为片中一个角色存在着的墨西哥。举个例子，他们在高速公路上的那场戏里，旁白说道："如果他们10年前经过这个地方，那就会看到一辆装满小鸡的卡车翻车了，死了两个人，有一个女人在哭。"——那都是我们自己见到过的画面。依靠这样的画面，作为片中一个角色存在着的墨西哥，渐渐就出现了。

斯科特：加了旁白，《你妈妈也一样》变得更成熟了：少了些《留校察看》的感觉，多了些《朱尔和吉姆》（*Jules et Jim*，1962）的味道。是这个意思吗？

卡隆：对。但在这个过程中，我发现这个第三人视角的旁白中有太多自我重复的内容，又或是提供的那些信息其实根本就没必要，所以我只好删掉了一些。写剧本的时候，你必须非常讲究实用主义才行。后期剪辑的时候，阿方索对剪的那个摁钮很有感情；写剧本的时候，我也对电脑上的删除键很有感情。依依不舍的问题对于我们来说是不存在的。我喜欢把不需要的东西干掉。

斯科特：处理《你妈妈也一样》里那些涉及性爱的戏时，是不是也受到了戈达尔的《男性，女性》的影响？

卡隆：拍摄这一类戏的时候，阿方索很清楚自己想要得到什么效果。他把机位设在很远的地方，完全不用特写，也不打算用频繁剪切画面的方式来把性爱拍出美感来。拍摄这一类戏的时候，他的做法和拍摄本片其他戏并无任何不同。在我绝大多数的剧本里，在我写过的每一部短片里，都有性爱戏。对我来说，性爱没什么特别的。曾有一位墨西哥影评人批评我一门心思就想着性爱。但在我看来，性爱没什么问题。顺其自然就好。真正重要的不是性爱，而是人物之间的关系，重要的是他们的行为，是他们在那私密一刻的举动和言语中所反映出的人物本身。

斯科特：当胡里奥和泰诺说出类似于"哥们，左派小姐都好辣啊"这样的话时，显然你是在取笑他们。但即便如此，我们还是忍不住喜欢这两个人物，与他们产生共鸣。你是怎么处理这种关系的，一边取笑剧中人的做法，一边却也对他热情拥抱？

卡隆：并没有刻意地去做什么，阿方索或是我自己，就那么把对白写了出来，自己都在笑。事实上，这段话的西班牙语是另一个意思，逐字逐句翻成英语的话，应该是"搞游行的女人就是棒！"。负责翻译字幕的那个家伙压力挺大的，我和阿方索全程都监督着他。那是一个美国人，住在墨西哥城，老婆也是墨西哥人。我们翻译到这句话的时候，是他建议用"左派小姐"的，效果很好。所以大家看到的这一句英语字幕，全要归功于我们的朋友蒂姆·塞克斯顿（Tim Sexton）。

斯科特：一般说来，公路片本身的性质就决定了，它会由许多非常松散的片段构成。但在《你妈妈也一样》里，虽然乍一看好像也很松散随意，但其实却非常平衡、对称。请问这样的结构你们是如何设计出来的？

卡隆：我刚才说了，我们在具体情节上，想法非常明确。一开始就想好了，他俩最终肯定要承认自己瞒着对方勾搭对方女友的事。由松散片段构成的电影，也可以做到引人入胜。你需要做的就是创造一个具有戏剧冲突的结构。戏剧冲突并非出自人物的空间位移，而是出自他们的内心冲突。

斯科特：露易莎被诊断出癌症晚期的情节，你们是在写到第几稿的时候确定下来的？

卡隆：很早很早就定下了。我记得那应该是我想出来的。露易莎究竟为什么要这么做，为什么要离开她丈夫，这也是我们一直在思考的问题。必须给她找一个合理的动机，必须有说得通的理由。听我这么说，感觉像是在说一部复仇片。其实我俩都很讨厌复仇片。我不记得当初是不是做梦梦到的了，总之我告诉阿方索，露易莎已经癌症晚期，时日无多，阿方索也觉得这行得通。可第二天他又给我打来电话："我觉得那理由说不通。"当然喽，又过了一天，他又来了电话："我想那说得通。"（笑）

斯科特：能否谈谈胡里奥和泰诺这两个人物的灵感来源？是否参考了你们认识的什么人？

卡隆：胡里奥和泰诺，甚至是瘾君子萨巴这个人物，全都参考了我俩年轻时认识的一些人——但也只是一种参考，他们的区别很大。他们都是独一无二的个体，并非照搬过来的。我们为每个角色都写了小传。可能会有观众觉得这两个人物的设置太刻板了，一个是富家小孩，另一个则出身贫穷。但是，如果你也是墨西哥人的话，你就不会觉得这有什么刻板了。泰诺的爸爸是贪腐的政客，墨西哥的政客非常腐败，靠巧取豪夺才成了富人。而胡里奥其实也不穷，他代表的是真正的墨西哥中产阶级。在我们国家，贫富之间存在许多不同阶层，可以分得很细。

斯科特：片中存在某些同志情色的元素，还有令胡里奥和泰诺分道扬镳的那件事。而且，之前在乡村俱乐部他们淋浴的那场戏里，就已经很好地为这一点埋下了伏笔。墨西哥人的男子气概，确实就像是你们所表现的这样吗？

卡隆：至少我们写的时候是这么认为的，而且我们觉得这故事里也需要这样的情节。影片第一场戏，影片一上来确立这两位人物的地方，那是在车上，某人放了个屁，另一位只好闻屁。然后后者也放了一个，要赢过对方的屁，比赛就这么开始了。这种事，我过去也常做，和我那些

胡里奥、泰诺与露易莎分享着大麻烟。

朋友比赛。至于那些展现同志情色的戏份——例如跳板上的那一场戏，还有接吻的戏——那就是仁者见仁，智者见智的问题了。当初之所以会这么写，纯粹只是因为我们觉得那会很有趣，让他们朝着游泳池射精。我有一些高中时的朋友，在我认识他们之前，就常爱互相比赛生殖器的大小，或者大伙儿一起手淫，看谁射得最远。（笑）总之，我就是想到了这些东西，然后我们决定把它们用上。

至于接吻的戏，剧本里是这么写的："他们接吻，一个爱的吻。"如果说全片从头至尾存在着某一刻，这两人能做到彼此诚实以待的话，那便是此时此地了。因为他们彼此相爱。他们不一定非得是同性恋，他们只是彼此相爱。我还可以跟你说一件事，我们有一位墨西哥导演朋友，他是公开的同性恋，他说过："就是那个吻，这下子你终于抓住墨西哥人男子气概的精髓了。"这话可把我给镇住了，能让他说出这样的话来，那可真是高度的赞许了。

不过，针对泰诺第二天一早的呕吐行为，激进的同性恋群体基本上都视其为某种针对同志的歧视。他们表示："他为什么要吐？就因为这么一次同性恋经验吗？"对此，我们的回答就是："没错，因为他并非同志。"对于不是同性恋的人来说，那样的反应很正常。而且头天晚上他喝了那么多，第二天一早肯定因为宿醉特别难受。在墨西哥，大伙儿特别看重这件事。有趣的是首映那天，我们去的是某家大型影院，观众超过1000人。就听到全场男性观众齐声叫喊着"不！"，而且还吹起了口哨，那是某种特定的口哨声，对墨西哥人来说，那口哨声代表骂人，骂你是婊子养的。后来，我的一些朋友又去别的电影院看了《你妈妈也一样》，他们告诉我说："我们后面坐了一对情侣，看到接吻戏的时候，男生当场就想走人，可女生却坚持要留下来把电影看完。"墨西哥就是这么一个讲究男子气概的社会，绝大部分的男性看到他俩接吻都觉得没法接受，而在女性之中，绝大多数也不愿意看到盖尔·加西亚·贝尔纳尔（Gael García Bernal）去亲吻迭戈·卢纳（Diego Luna）。女性观众眼里看到的可不是故事里的人物，她们在乎的是那两位著名的万人迷明星。那些姑娘都是他俩的影迷，梦想自己也能跟他俩上床，所以自然也不愿意看到自己心中的英雄吻在了一起。

斯科特：关于本片，存在这么一种观点：死亡在影片中占据了重要的位置。露易莎被诊断得了绝症，但胡里奥和泰诺对于他们自己的死，却完全一无所知——对于他俩来说，这是幸事。你们这么处理，是有意的吗？

卡隆：我们希望那是全片的主旨。但我们不希望它明显表现出来，我们想到最后再让观众大吃一惊。所以我们用上了各种各样的暗示，但都只出现一次，不会让你见到两次。

斯科特：你们这么处理这个主旨，让我想起了海明威的《尼克·亚当斯故事集》(*The Nick Adams Stories*)。儿子在父亲的身边目睹了一个印第安人的死亡，回去的路上，儿子坐在独木舟上，他告诉自己："我是永远都不会死的。"在我看来，胡里奥和泰诺一定都觉得他们是永远都不会死的。

卡隆：他们不会去想这事，因为他们还太年轻了，还只是小年轻。只有在一个地方，他们想到了死，但那也只是很短暂的一瞬间：露易莎对他们说起自己年轻时的一段恋情，他俩拿那男人开起了玩笑。她却说："不，他17岁时骑摩托车出事故死掉了。"那正是他俩的年纪——这时你再看他俩的表情，那是他们生平第一次想到了死这件事。

斯科特：拍摄时你一直都在现场，你扮演的是怎么样的一个角色？

卡隆：我和阿方索合作的时候，通常在现场他都会给我很大的自由度，想到什么说什么。

斯科特：那会不会让演员觉得无所适从？

卡隆：不会啊，我那些想法都不是直接跟演员说的，我只和阿方索说。我们在私下沟通。只要我发现有什么地方我不太满意，或是觉得还有改进空间，我就会告诉阿方索。如果他同意，通常情况下他就会告诉我："好吧，那你去告诉他们吧。"阿方索总是让我也参与全部的创作进程，这一点我很满意，不然的话我也不会跟他合作。

斯科特：演员的意见呢，如何将他们的想法也整合进剧本里？

卡隆：在阿方索和我、盖尔和迭戈之间，存在明显的年龄代沟，有些情况下，这种代沟会有很大的好处。例如，有些词语是我们这一代人所使用的，但他们告诉我们，他们这一代人已经都不用了。我俩来自MTV时代，当初MTV进墨西哥的时候，音乐录影带还有别的叫法。盖尔和迭戈会嘲笑我们俩的落伍："瞧这哥俩儿，他们可真够老的。"

总体说来，剧本里的对话没怎么改动过，演员都只管照着念。不过露易莎的台词有变化，我俩为见马里韦尔·贝尔杜（Maribel Verdú）飞去了马德里，她请我坐下，给我看了一些笔记，说的都是正宗的西班牙女人会如何遣词造句。我当初是按着自己的想象来写的，事实证明我错了，我是墨西哥人，那是两种不同的语言。于是我请她帮我一下，那些句法上的结构我确实不了解。她做出的修改，我能听明白，但要我自己写的话，确实是写不出来。我是在西班牙人的学校念的书，对于西班牙文化也有不少接触，所以她的那些修改我都能分辨出对错。同理，如果她改动得太厉害了，我也会知道。

斯科特：露易莎这个人物的出场方式，你们设计得挺巧妙的，用的是直接了解她内心想法的办法。她正等着见医生，她在做杂志上的小测试。于是我们得知，她不爱冒险，她平时过得不怎么快乐。

卡隆：阿方索希望能换一种方式来讲述这个角色，所以我问他："你想用什么方式？"结果，我们就想出了这个测试。就用她给出的测试答案来定义这个人物，事实证明这办法很成功。测试结果表明她属于某一类型的人，甚至可能还稍稍有一些无趣。但她并不同意这个测试结果——可以说这也为她后面的故事埋下了伏笔。

斯科特：露易莎第一次登场，恰恰就是她获悉自己已是癌症晚期的那一刻。在这地方，她的就诊结果究竟如何，你们并未让观众知悉，尽管如此，你就完全不担心观众这时候就会猜出诊断结果来吗？

卡隆：既担心又不担心，担心是因为我们确实不希望观众提前就猜出来。不担心是因为我相信阿方索会处理好的。露易莎去见医生的那场戏，那看上去就像是一次普通的就诊。接下来的一场戏，她躺在床上，手里拿着纸巾，眼睛红红的。她知道自己时日无多，但就在此时，丈夫从比亚埃尔莫萨打来了电话，承认自己出轨，于是这马上就变成了一场关于不忠的戏了。

斯科特：露易莎会跟着小男生去海滩旅行，你就完全不担心这样的事会缺乏可信度吗？

卡隆：完全不担心。像是这样的离奇念头，我觉得是具有普遍性的，很可能是集体无意识的一种。而且说到底，那都取决于露易莎的动机。启程的时候，观众只是以为她就是想要报复。

斯科特：彩排你有没有参与？

卡隆：事实上，演员挑选工作是由我起头的，阿方索当时还在纽约，所以第一部分的选角工作是由我和选角导演一起完成的。这是一件好事，因为这又让我产生了不少新点子。例如，老是吸毒吸得晕晕乎乎的萨巴指着地图，告诉胡里奥和泰诺要怎么去海滩，他说："你们走这条路，然后再沿这条路走到底。"可是胡里奥或是泰诺却回答说："那不是路啊，那是一条河！"这句台词总能让观众哄堂大笑，说起来，它就出自我挑选演员的过程，是真有人说了这么一句话。我们会把演员试镜的录影带寄给阿方索，他看过后大家再做讨论。他说他其实更希望由我来负责演员挑选的工作，因为相比选角导演，我更明白他究竟想要什么。前期准备时的排练工作我也都参加了，实拍阶段，只要我在现场，也都会参与他们的排练。基本上我就管做笔记，看看剧本还有哪些地方能改进的，然后，该提意见的时候，或者我有什么想法的时候，我也会说出我的意见。

斯科特：片中出现的"星际牛仔规则"（Charolastra Rules）真是一个很好的设置，它能让我们更好地了解这两个人物，了解对他们来说有哪些东西是重要的。他们定的规则中还包括了哪支足球队不能支持，包括了永远不能跟兄弟的女友偷情。能否谈谈这些规则都是怎么想出来的？到了后面，露易莎也把这誓言拿来利用了一番，这情节写得很棒。

卡隆：我年轻时候并没有什么誓言或各种规条什么的，但我们那些朋友之间有一些不成文的约定，比如别去搞朋友的女朋友什么的。当然喽，其实大家都没能做到这一条……写剧本的时候，我需要为他俩设计一套他们所认同的行为准则，为的是能让观众清楚地知道他俩是哪一类人。这套规则要表达的关键就是，一方面，他俩做事爱出格，但同时他们又很像是维多利亚时代的人物。别看他们整天都在说处女什么什么的，但只要稍微刺痛他们一点点，他们就会一改出格的那一面，一下子就变得像是清教徒那样了——这一点你看一下靠近片尾的地方就知道了。

斯科特：规则里有一条"流行音乐胜过诗歌"，这一点我可不敢苟同。

卡隆：这一条来自盖尔，也是所有规则里唯一一条由他自己想出来的。本来我想要写的是："派对上碰到打架的情况，走为上策。"我挺喜欢这一条的，我年轻时候朋友之间那些不成文的约定里，其实就有这一条。结果阿方索并不喜欢，盖尔和迭戈也一样。所以我们就趁着某次彩排的时候，让他俩自己设想一条新的出来。他们商量下来，就定了这一条。但我其实并不喜欢，原因在于你看一下其他那些规则，它们全都和滥交有关，和年轻人关心的事有关。这一条"流行音乐胜过诗歌"，听上去就像是知识分子的……

斯科特：影片临近结束时，有那么一场戏，它在剧本里占据了整整 9 页的篇幅。那是他们回家之前在海滩度过的最后一晚。这是全片的一个高潮，虽然没有追车，没有打斗，但确实是一场高潮戏。

卡隆：没错，一场所有人达成共识的高潮戏！当初写的时候，我脑子里一想好这场戏要怎么进行，便立即动笔开始写了起来，连续写了一个半小时还是两小时来着。完全停不下来。通常情况下，编剧每小时能写上一至两页剧本。但我那天就是不想中途停下来，因为我已经全部都想好了，一旦中途停下，那就失去了节奏感。到后来我甚至找我妻子来帮忙打字，她一直在叫我说慢一点。我当时可真是文思泉涌，她都来不及完整记录下来了。其实，在那天动笔之前，我们虽然已经想好了影片会如何结局，但是，究竟要以什么方式来推出这样的结局，我们暂时也没主意。类似的事情，到了实际拍摄的时候，也发生在了阿方索的身上：原本他还想这场戏分开来拍，连拍三个晚上，多拍一些备用镜头，结果真拍起来他才发现，自己已经不知不觉地一整个长镜头连续拍了下来，最终，根本不需要三晚，我们连拍 6 个小时就把它全拍完了。

斯科特："三人行"之后的那一个早晨，露易莎变了，变得一本正经、平淡无情起来。这是为什么？

卡隆：因为她已理顺了关系。因为他们重又恢复了平衡。之前，她先是睡了泰诺，然后睡了胡里奥，打破了这种平衡。经过"三人行"，重又达到了完美的平衡。所以此时此刻她很高兴，她已下定了决心，她要留在那儿，反正她已时日无多了。

斯科特：某位墨西哥影评人挖苦说《你妈妈也一样》是"墨西哥版的《瘪四与大头蛋》（*Beavis and Butthead*，1993）"。你听到这话生气吗？

卡隆：不生气，我们还把他这句话拿来当作宣传语推广这部影片呢！他还说过，对于《阁楼》杂志的读者来说，《你妈妈也一样》值得推荐。这句话我们也用来当作了宣传语。后来在推广我的短片《你欠我的》的时候，我也用上了他的一句话："卡洛斯·卡隆的脑袋里装着一件事：性爱外加性爱的各种变体……"我把它印在了《你欠我的》的海报上。海报上画的是那一家人的肖像，一个个全都是表情僵硬、神情抑郁的样子，再配上这么一句话，那就显得特别有趣了。结果，《你欠我的》大获成功。我很信奉杜鲁门·卡波特（Truman Capote）的那句话："别去理睬评论家，因为那等于是在羞辱你自己。"就是这个道理，我才不理你们呢。

加利福尼亚，贝弗利山

《关于一个男孩》

_____/ 4

克里斯·韦茨

"从人类学的角度来讲，我就是改编《关于一个男孩》的合适人选。"

克里斯·韦茨（Chris Weitz）和他哥哥保罗（Paul Weitz）联手执导的处女作是票房大热的青春喜剧《美国派》（*American Pie*，1999）。之后，他们又执导了喜剧明星克里斯·洛克（Chris Rock）主演的《来去天堂》（*Down to Earth*，2001），该片翻拍自沃伦·比蒂（Warren Beatty）的《上错天堂投错胎》（*Heaven Can Wait*，1978）。2002年的《关于一个男孩》（*About a Boy*）由韦茨兄弟联合编剧，这是他俩第一次尝试自编自导，结果大获成功，与另一位联合编剧彼得·赫奇斯（Peter Hedges）一同获得了2003年的奥斯卡最佳改编剧本提名。

剧情梗概

伦敦，现代。缺乏责任心的伦敦"钻石王老五"威尔，为寻找容易上手的异性，想出了参加单亲家长联谊活动的办法，为此，他编造出一个其实并不存在的儿子。结果，他意外结识了12岁的马库斯。个性古怪的马库斯在学校里过得不怎么愉快。渐渐地，威尔勉勉强强地喜欢上了马库斯，帮助他建立起了自信。另一方面，小男孩也让威尔认清了自己成年人的身份。

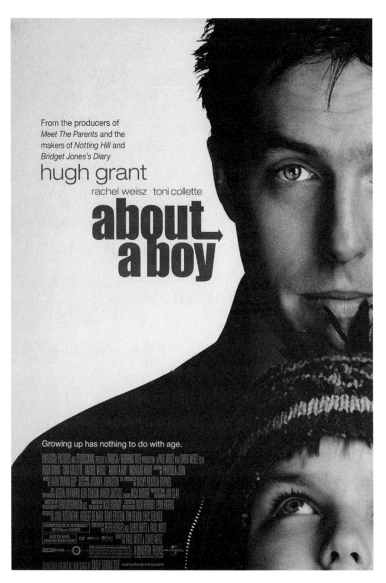

《关于一个男孩》(*About a Boy*, 2002)

凯文·康罗伊·斯科特：你父亲是时装设计师，还是一位作家，而你母亲则是演员。是不是从小家里人就鼓励你们搞创作？

克里斯·韦茨：我母亲①拿过两次金球奖，还凭借道格拉斯·瑟克（Douglas Sirk）的《春风秋雨》（*Imitation of Life*，1959）得过奥斯卡提名。但说来有趣，我们小时候，她几乎从没跟我们说过拍电影的事——我猜想她一定是很乐于将生活和工作分开。我从小在纽约长大，所以小时候不太接触电影的话题。只有当外公、外婆来我们家时，情况才会有所不同。外公是一位经纪人，代理的客户包括有英格玛·伯格曼（Ingmar Bergman）、约翰·休斯顿（John Huston）和比利·怀尔德（Billy Wilder）。20世纪30年代、40年代和50年代从欧洲跑来好莱坞发展的不少电影人，都是他的客户。他出生的地方位于现在的捷克共和国境内。他非常有学问，就像是一个生活在两个世纪之前的人文学者。是他让我认识到，电影人也可以有学问，也可以有自己的想法，电影人不光可以从视觉文化中得到启发，也可以从文学上汲取灵感。我外婆以前是默片演员，墨西哥的第一部有声片就是她主演的。②所以说，我们家的历史还挺不同寻常的。

二战时，我们的父亲在情报部门干过。除了时装设计之外，他还写过纳粹头目的文学传记。所以说，他也很爱读书，说实话，他其实不怎么喜欢设计时装，纯粹只是靠那个赚钱而已。他一直鼓励我们俩长大后搞艺术。但我相信肯定有某些时候他为此而觉得后悔过，他一度觉得我们兄弟俩肯定都成不了材，只能终日游手好闲。确实，很长一段时间里，我们给人留下的确实就是这种印象。

我们兄弟俩对于写作这件事，一直都有一种很讲究高低有别的看法。就说写剧本吧，究竟算不算文学意义上的"写作"，这一点直至现在我仍

---

① 苏珊·科纳尔（Susan Kohner）。

② 韦茨的外公是保罗·科纳尔（Paul Kohner），除做经纪人之外，他还在环球影业当过一段时间的制片人。他妻子是墨西哥影星露碧塔·托瓦（Lupita Tovar），曾主演墨西哥第一部有声片《桑塔》（*Santa*，1932）。

不敢确定。说真的，我不觉得那可以算是文学。能达到文学高度的剧本，本身就是凤毛麟角，而且即便真做到了，往往也都是无心插柳。它甚至还没建筑设计稿来得重要——其实这两样东西倒是挺相似的，剧本和图纸一样，你得照着它来执行。所以，我一直不太喜欢称自己为"作者"，因为我觉得写剧本其实不能算是写作。它更像是某种追求实效的行动。

斯科特：既然这么瞧不上写剧本，你们又是怎么会进入这一行的？

韦茨：我当时在做记者，哥哥在写话剧。起初纯粹只是为了好玩，就那么一起写了起来。当时根本就没想过后来会拿这当职业。所以那时候我们写东西没什么功利心，很多东西都是边写边即兴发挥出来的。相反，我相信现在有不少年轻的好莱坞编剧，他们一上来就抱定了要当"编剧"的决心，目的非常明确。

斯科特：从小你和你哥哥的关系怎么样？

韦茨：保罗比我大4岁，他是个大好人，对我来说，我们之所以能在一起合作，这可是一个先决条件。他小时候也会打我，但次数还不算频繁，所以……我们父母在培养孩子这件事上观点相当明确，完全就是走欧洲模式，而非美国模式。这意味着各种宵禁、各种繁文缛节和着装的规矩。所以说，我们从小生活的环境就像是一小片被包围的领地，相比周围人，我们家过着非常老派的生活，这带给我们小哥俩不小的压力，只能想办法去适应——同时也逼着我们去幻想一些虚拟的世界出来。我们常会虚构一些奇怪的人物，让他们做一些滑稽的事情出来。这些事特别让我俩痴迷。那都是一些离奇古怪的小段子、随手就来的喜剧梗。这件事挺让我们父母受不了的，但却保证了我们哥俩能快乐成长。而且，这也让我们后来写喜剧时顺利了不少。不过再往后，真正要写一些更加成人化的喜剧时，如何转型成了一个难题。但我想我们最终还是做到了。

斯科特：你们两兄弟的关系一直都很好吗？

韦茨：一直都很好，关系非常亲密，过去是，现在也是。当然，我们现在生对方气的频率，可能要比过去更高一些，这主要还是因为拍电影这件事，有意见相左的情况也很正常。我们会在拍摄现场争起来，但有一点我们非常注意，那就是争吵也要背着演员，否则他们是很容易被吓到的。写剧本的过程中，如果我们俩有什么不同意见的话——在写喜剧片的时候，发生这样的事很正常，因为什么东西好笑，什么东西不好笑，这本就是各花入各眼的事情——吵到最后很有可能会上升到人身攻击。例如，在反复修改某个剧本的漫长过程中，我们很可能会针对其中某一个笑点，整整争论上一年的时间。最终，总会有一个人获得胜利。但也有一些时候，明明是我们两人都欣赏的一个笑点，两人都认为那很搞笑，结果观众看了却毫无反应。碰上这种情况，我们的态度就是："去他们的！"反正，只要你一部作品里真正好笑的料数量足够，那么，即便有某些地方失手了，那也完全可以承受……

斯科特：你是地道的纽约人，怎么会想到去剑桥念英国文学的呢？

韦茨：我父亲 1923 年生于柏林，1933 年希特勒上台之后，我父亲被家里人送出了国。先是去了伦敦的豪尔预科学校（The Hall School），然后再读圣保罗中学（St Paul's School），最后是牛津大学。所以，他一直都希望自己两个儿子里面，能有一个也能进圣保罗中学念书——对他来说，这地方意义非凡，在德国被迫沦为二等公民之后，正是在圣保罗中学求学期间，他重新找回了自身的存在价值。所以，14 岁那年，我也去了圣保罗中学，原本只打算读一年，开拓一下眼界，但最终我发现那学校确实很不错，所以就留在那儿读到高中毕业了。我在那儿结识了不少死党，非常喜欢那儿的生活。再然后，这所中学的毕业生一般都会申请去读牛津或剑桥，所以我也顺理成章地进了剑桥，然后就留了下来。

斯科特：你的美国口音倒是没变。

韦茨：是啊，因为我后来又回美国了啊。你要知道，我 15 岁的时候，说话已经完全就像是一个英国公立学校出来的男生了。这也很正常，我那时还只是个小孩，我只想和大家伙儿保持一致。可是，回美国之后，总有人说我太装腔作势了，所以不开玩笑，我为了生存，只好重新学了一遍美国口音。不过，要是哪天我又走进英国人的圈子的话，之前的英国口音就又出来了……

斯科特：对剑桥的印象怎么样？你有没有参加过他们跟牛津的赛艇比赛什么的？

韦茨：我打橄榄球，不过水平不足以获选进入校队。倒是在篮球方面，曾试过去剑桥校队，但也没能被选上。不管你之前念的是什么学校，到了剑桥，肯定还是会感受到很大的冲击。在很多方面，它都还停留在旧时代，例如很难跨专业。如果以美国大学的标准来看，剑桥有很多东西可以说还停留在原始社会：他们没有创意写作的课程——即便哪天真有了，他们也不会鼓励。他们觉得创意写作这门课太急功近利了，那是非专业人士才会做的事。在他们看来，如果你真是当作家的料，那根本不用学习创意写作，早晚都会成为作家的。然后，我们那个时候，电影课程肯定也是没有的。剑桥大学方圆 50 里，我估计找不出一台摄影机来。不过，附近倒是有一家很棒的艺术影院，这曾经让我获益良多。

斯科特：你决定主修英国文学时，是不是想好了以后要当小说家？

韦茨：当时我才那么一点年纪，除了英国文学，实在想不出还有别的什么专业能选的了。但说实话，我应该从没想过要当小说家。时至今日，我依然觉得，相比写剧本，写小说需要付出的努力，需要耗费的心思，那个量级根本就不可同日而语。跟写小说一比较，写电影剧本根本就不算什么事。稍微说点题外话，写小说时牵涉到的风格问题，那也远比电影剧本的风格要难把握得多，因为电影剧本主要牵涉到的还是画面和对白的问题。相比小说，电影剧本有更多条条框框的限制，但相比写小说时你要自己去想象不同层次的小细节，反而还是写剧本要容易得多。写剧本时你不需要考虑那样的细节，因为美术指导或导演自己会负责处理的。相比剧本，小说的视角更多——即便是一把椅子，也可以有它的主观想法，如果你想写的话，它也是一个视角。所以说，写小说没什么限制，全由作者决定，这种选择上的多样性，反而让人举步维艰。我以前也试过几次，短篇和长篇都想过要写，但一上来就都失败了。相比之下，电影剧本的开头要简单许多，只需走好几步棋就行了。甚至只需要一幅画面，它就可以开始了。而且画面本身无需过多地描述。不厌其烦地描写这同一幅画面，在小说里是行得通的，但放在电影剧本里，那就显得不正常了。而且，剧本里通常不需要描写人物的心境——除非是这种心境已经体现在了人物的外在言行中。不过，如果是根据小说改编的电影剧本，倘若编剧不能把书中人物的某些内心戏给反映在剧本中的话，那就太糟糕了。《关于一个男孩》就是一个很好的例子：原著小说不光是人物对白写得好，而且内心戏也都精彩纷呈——正是因为这样，所以我们才决定了，这电影一定要用上旁白。就这样，我们把——小心了，我可要掉书袋了——原作中这种被福楼拜（Gustave Flaubert）称为"自由间接引语"（style indirect libre）的东西转换到了电影里。这种自由间接引语，能表现出人物描述某些事件或者自己正在关注的其他人物时，他的心境对于他的这些描述的影响。换句话来说，他叙事的语气，来自他的情感。光是让剧中人以旁白的方式直截了当地把这些事说出来，这可没法把《关于一个男孩》小说里的自由间接引语给表现出来。小说里有些段落是以第三人称叙事的方式来呈现的，但它们显然又都稍稍带着小男孩或威尔的主观感受，而我们改编的时候，就要将这些内容直接陈述出来。类似这样的细微差别，我们都要在改编时仔细应对才行。

斯科特：你在剑桥读书的时候，有哪些英国文学作品真正影响了你？

韦茨：我喜欢拜伦（George Gordon Byron），首先，他这人很有趣，而且世人往往低估了他的智慧。其实，《唐璜》（*Don Juan*）就像是一篇丝毫不亚于《失乐园》（*Paradise Lost*）的宏大的哲理诗。它没那么一以贯之，但涉及思想的范围之广，着实惊人。大家一直都低估了拜伦，只记得他曾和异母姐姐——以及每一个他有机会染指的人——上过床。但他却是英国文学家中我由始至终最喜欢的一位。

斯科特：某位英国影评人在评论《关于一个男孩》时称你为亲英派，你同意吗？

韦茨：我很乐于做一个亲英派，但我之所以会这样，最主要还是因为我在英国生活过，长大成人的过程中，有一部分时间是在那儿度过的。我不确定这是不是就让我变成了一个亲英派。我觉得自己有点像是跑去亚马孙丛林里和亚诺马米人（Yanomami）一同生活的那位人类学家①。我觉得我就像是那个人。我确实要比许多人更了解他们的语言、他们的行为方式。所以我猜想，从人类学的角度来讲，我就是改编《关于一个男孩》的合适人选。

斯科特：这片子的 DVD 花絮里，加入了一本英国英语／美国英语词典，解释了诸如"shag"（性交）、"bugger off"（滚蛋）这样的词语。这是你的想法还是电影公司想出来的？

韦茨：是电影公司的想法，他们总能想出这一类点子来，多做一些花絮内容，刺激消费者多买 DVD，少买录像带。说到这个词典，我不觉得这是一个坏点子，而且制作上也没太大问题。不过，他们还是犯了一个错误：错以为这电影的主要受众是美国人。其实，应该是英国人才

---

① 此指美国科学家拿破仑·沙尼翁（Napoleon Chagnon）。

对……关于这两种英语之间的区别，写剧本的时候我们确实遇上了一个大问题：运动鞋这个词，是不是应该改用美国英语里的"sneaker"，而非英国人习惯说的"trainer"？最终，我们决定不做改动。语感会有问题，听上去就不舒服。显然，剧中人是不会说"sneaker"的，伦敦人不这么说。真要改掉的话，英国观众听了会觉得膈应的——当然，有上下文在，英国观众要理解这个词应该也不会太难。我觉得电影界存在这么一个问题，总爱为了自己想象中的目标观众去改变电影作品本身，结果在那上头耗费了太多精力，反倒因此失去了剧本中某些本该很有意思的东西。

斯科特：在你之前，斯蒂芬·弗里尔斯（Stephen Frears）翻拍尼克·霍恩比（Nick Hornby）的小说《失恋排行榜》（*High Fidelity*）时，把整个故事搬到了芝加哥。我相信你拍摄《关于一个男孩》时，肯定也要承受很大压力，肯定有人希望你能把故事搬到美国来拍摄。你当时出于什么原因没有听他们的？

韦茨：因为休·格兰特（Hugh Grant）的缘故，我想我们是不可能跑去美国拍摄的。我们当初同意拍摄这部电影的时候，片方已经敲定了格兰特来当主演——这一点让我们兄弟俩特别满意。可以说，之所以没把这个故事移植去美国，休·格兰特是最重要的原因。当然喽，真要把人物都改成美国人，也不是不可能，我觉得《失恋排行榜》在这一点上就做得很成功。不过，在我们看来，《关于一个男孩》的背景设定中，有那么一些东西，特别有伦敦的味道。而且，在这个故事里，对话扮演了很重要的角色，人物又都一个个超级能说会道——包括小男孩马库斯，他那张嘴也很厉害。这似乎更像是英国人的特点。还有小男孩身处的不幸境遇，在我看来也更有一种英国味道。

斯科特：你刚才说的背景设定中"特别有伦敦的味道"的东西，具体包括哪些？

韦茨：如果是在洛杉矶拍摄，你肯定舍不得放弃那些蓝天白云、山脉棕榈的画面。相比之下，伦敦的雨水、成片的灰色、哥特风格的校园，特别能让人产生对于压抑情绪的共鸣。说起来，有件事真是够奇怪的，某场戏我们需要用到的外景地，可以有两处供选择，但不管是哪一处，那校园看上去竟是完全一模一样的。可见，我们有些建筑完全就是照着同样的图纸造出来的。

斯科特：你之前说到的一些短篇小说，没写下去就半途而废了。那是怎么一回事？故事说的都是什么？

韦茨：不用说，我当初最先想到要写的，肯定是那些带有自传性质的自我申辩。那些东西，只能用糟糕来形容。在当时，只要是刚结束的恋情，只要我觉得我是受伤的一方，我必定会以此为基础开始构思一部小说……我那些年里构思过的各种故事里，估计只有那么一个，说不定以后还有机会写出来。那是关于4个小孩子玩《龙与地下城》游戏的故事，但它有两层叙事，除了玩游戏之外，在另一个层面上，它还是一部奇幻小说，说的是他们在《龙与地下城》里扮演的几个角色的故事。他们并不觉得自己是游戏里的角色，视自己为真实的大活人了。于是，在一个层面上，这是关于命运自决和自由意志的故事，但它们都来自那些荒唐的奇幻角色；同时在另一个层面上，那又是关于那4个孩子的故事，要透过他们在游戏里扮演的角色去看他们的人生经历。

斯科特：听着很有J.K.罗琳（J.K. Rowling）的味道啊。

韦茨：还要比那个更古怪一些。4个孩子里面，有一个会渐渐意识到自己是同性恋……全都是你十四五岁时有可能会遇到的事情，只不过把这些事都转化到了《龙与地下城》里那些角色身上，野蛮人啊、术士啊什么的。

斯科特：看来你们兄弟俩以前也玩过《龙与地下城》。

韦茨：没错。说这话有点不好意思，但它真的对我的人生产生了巨大影响。有机会我要写一篇文章说说这事。有许多玩过这游戏的人，长大后都不肯承认，觉得非常丢脸，觉得那都是过去的事情了，不想再提起了；但事实上，它对他们日后行为方式的影响一直都在，只不过是他们自己不愿相信罢了。对于我来说，再也没有什么事能像《龙与地下城》那样让我痴迷的了。拍电影勉强还能算上，但也只能排第二。在我看来，这游戏的最大亮点就在于你会将那些游戏里发生的事当真，会狂热地关注故事里的各种细节之处。同一时间，由不同的游戏参与者来讲述同一个故事，彼此达成共识，那绝对不简单啊。毕竟，那只是游戏，那里面发生的事是完全不具备客观价值的——寻找财宝什么的完全要靠大家想象，不过，也确实能让人玩游戏时多一些真实感。这和电影很像，说实话，我直到现在都没完全明白，大家为什么要去看电影？明知那是有别于现实的、人为制造出来的东西。不说别的，光就是剪切画面，再将它们编辑在一起，变成一场戏，这个过程就够人为的了。真实生活中我们对于一件事情的实际体验，绝对不会像是这样的，可大家看电影的时候却都见怪不怪，这和做梦的时候挺像的。

斯科特：大学毕业之后，你曾在《星期日泰晤士报》和《独立报》等英国报纸上发表过一些文章。那是怎么一回事？

韦茨：我的导师是个好人，介绍我认识了伊恩·欧文（Ian Irvine），他当时在为《伦敦标准晚报》艺术版写文章，他是一个特别可爱的人。他只是看了一些我之前在剑桥校内杂志和报纸上发表的垃圾文章，便给了我一个正式写稿的机会。但我那篇文章写得很糟糕，最终未能见报。我在文章里埋了许多"彩蛋"，但全都和要求我写的主题毫无关系。你说的那些文章，既有写书的，也有关于电影的，但不能算是评论，更像是行内所说的"观点聚焦"，其实也就是一大通胡说八道。

斯科特：你那时候喜欢电影吗？

韦茨：对于电影史，我当时完全没有概念。这挺荒唐的，毕竟，我外公可是电影史的见证者和参与者啊。我没想到要去他工作过的洛杉矶看看，去了解一下电影史。而且我读书的时候，先后进过的几所学校，都没设立这方面的课程，根本就没有这个课题，于是它就成了我当时的一个盲点。剑桥大学就是这样的，不管是英国文学还是其他课题，都是一个道理，坚持的都是自认为正统的那一套做法。如果你想要学的东西并不在它既有的课题范围之内，那就只有两个办法，或者你只能开设一个新的院系出来，或者你想办法让它跟某个既有课题接上轨。所以，我那时候对于电影并没有什么概念。没错，我那时候也爱看电影，现在回想起来，那时候应该也已经有了不少电影基础知识，但不能算是电影迷，没有真正的电影底子。说到电影，我知道自己喜欢哪一类。从某种程度上来说，我真希望自己能有时间多看一些经典电影，希望自己能找些借口……但事与愿违，现在很难找到借口什么事都不干，坐着看完一部片长 3 小时的日本电影了。不过，至少我一直是在拍电影，将对于电影的热情延续到了工作中，这一点很酷。

斯科特：阅读呢，看书的时间现在还有吗？

韦茨：趁着有空就多看。说实话，我很想重新调配一下我的生活，很想把阅读的优先顺序往前排一排。我真的很希望能这样，我考虑过要重新安排我的日程计划和工作项目。其实我现在已经可以少工作一些时间了。多抽点时间出来看书。每天忙忙碌碌，我觉得已经没法自己来掌控生活了。根本没有足够时间来阅读。我本就看书看得很慢，当阅读不再在我生活中占据重大地位时，我整个人都觉得不舒服。

斯科特：据说你从剑桥毕业之后又对国际关系领域产生了兴趣？

韦茨：我当时实在不知道要做什么工作。暂时我人还在国外，所以我想到了为美国国务院工作，那样的话，说不定我就能一直留在海外了。结果挺讽刺的，因为想要得到这个工作，首先我得弄明白，如何让自己重新变得像是一个美国人。你得对世界有足够的兴趣，那样国务院才会把你外派出去；但你也得保持足够的美国化，不然他们会担心你一旦出去之后就入乡随俗了。此外，我还得自学一些宏观经济学，至少要学到能通过他们的考试的水平。初级考试基本考的都是知识点，美国历史、经济、政府什么的；中级考试则是怪异的角色扮演试题，像是国际关系版的《龙与地下城》游戏。"请给大使馆写一封电报"或者"如何为这个假想出来的国家提供援助计划"。两级考试我都通过了，就等签合同了，就在这时候，他们的招工计划出现了延后。因为之前刚结束的一场官司，原本被国务院拒之门外的不少女性申请者，重又获得了签约机会。一时间僧多粥少，我只能耐心等待有空出来的岗位。也就在这时候，我们兄弟俩开始写东西了。这时我才发现，写作的吸引力可要比国务院大得多。没能去成那儿工作，我是打心眼儿里觉得高兴。毕竟，我这人性格还挺阴郁的，如果真要派我去英国之外的某一个国家工作，要我再从头来过、重新适应的话，我敢肯定，我一定会恨死的。

斯科特：在那之前，你哥哥已经写过一些话剧，还在纽约成功上演了。在这种情况下，你们为什么会觉得兄弟俩合作写剧本是一个好主意？

韦茨：当时的情况下，我们俩已经都有点走进了死胡同的感觉。我已经发现了，自己当不了好记者；保罗虽然发现自己是一个很好的剧作家，但是光靠写话剧，他挣不了多少钱。当时我 20 岁，他 24 岁。当我们合作的第一个剧本《正统剧》（*Legit*）写到一半的时候，我搬回了纽约。《正统剧》说的是一位色情片导演想要拍摄艺术片的故事。那是一出相当粗俗的喜剧，说的就是明明没有才华但却想要实现远大抱负的那一种人。在当时那个阶段，出现在我们笔下的，大多是一些小丑式的人物。类似的主题，到了保罗·托马斯·安德森（Paul Thomas Anderson）的《不羁夜》（*Boogie Nights*，1997）里，剧作的难度可要比《正统剧》大得多。相比我们笔下的人物，《不羁夜》里那些人物身上的感染力和人性可都要多出不少。而且在此同时，他们身上也不缺少笑点，不缺有意思的东西。我估计我们当初之所以会写《正统剧》，纯粹就是为了好玩。我们的想法就是："要是真有人想买下这个剧本，那岂不妙哉？"结果，没人想买。不过它还是让我们获得了一些机会，认识了一些投资人，成功卖出了一个故事创意。

斯科特：就没想到过利用你们家里人的关系吗？

韦茨：真要说有什么敲门砖的话，那还是哥哥以前写的那些话剧。与米高梅公司签有制片合同的编剧兼导演大卫·塞尔策（David Seltzer）曾看过那些话剧，所以总算是有人没把我们俩彻底当白痴来看待。差不多就是这样，我们接到了第一份编剧活儿。

斯科特：你们俩当时的合作方式，对比现在的话，有什么区别吗？

韦茨：有区别。过去我们习惯坐在同一间房间里，用着同一台电脑，一天工作 6 小时到 8 小时。那很恐怖啊。不过有些时候，我们会互相吹捧一通，那还挺有意思的。但是，有时候也会争吵起来，甚至为了争夺电脑的键盘展开一番肉搏。这样的合作，有点与虎谋皮的味道，想要在这种气氛下写出喜剧来，那就有点难了。

现在的情况就不一样了，我们会预先仔细写好剧本的分场大纲。这样，我们就能明确知道每一场戏究竟要说些什么。然后再按照剧本段落来分摊任务，这要比按照一场场戏来分派任务更好，能让写的人慢慢培养起情绪来，融合在一整个段落之中。写完之后，我们互相交换作业，替对方完成编辑工作。即便这样，偶尔我们还是会有争执，但只要能想办法化解，那就不是什么大问题。

这种创作方式，有时候会导致很莫名其妙的逻辑偏差。举个例子，我写的某个段落里，主人公最终去了俄亥俄；后一个段落里，不知怎么的，保罗却让他出现在了纽约。类似这样的问题，一定要想办法安排好。好在这类问题通常也都不难解决。其实，像我们这样分工合作，最重要的一点就是要事先明确这个剧本的基调是什么，要在这一点上达成共识。我发现，人家送来叫我帮忙看一下的那些剧本里，绝大多数都存在这个毛病。如果那是一出喜剧，编剧很可能会为了制造笑点而牺牲了作品基调的统一性。因为他们觉得这是一出喜剧，所以理所应当要逗人发笑才行。但是，观众有可能会觉察到这种古怪的冲突。他们会忽然发现，这电影是刻意在逗他们发笑。但他们更希望的是自己在不知不觉之中被吸引，在某种特定的心绪中意外地发现了某些很好笑的事。失败的喜剧创作中，最糟糕的败笔就是这一种：不尊重作品本身的基调。

斯科特：那你们俩又是如何确保这种基调的统一性的呢？

韦茨：还是靠分场大纲。我们不会一上来就说："你觉得这部电影的基调是哪一种？"当然，基本的看法总是有的。例如《关于一个男孩》，原作小说的基调是现成的，但翻拍成电影的时候，我们觉得它的基调应该是比利·怀尔德（Billy Wilder）风格的，但同时也得具有刘别谦（Ernst Lubitsch）风格，它要体现出刘别谦在作品中关注的每一个重点，它要具有他那种明显来源于奥匈帝国时代轻喜剧的特点。我们两兄弟彼此十分了解，遇到很多事情，听到什么笑话，两个人的反应都是一模一样。你一定觉得很不可思议吧，我想那一定是基因编码的关系，我们共同拥有着某一种特定类型的幽默基因。

斯科特：你是否认为自己是一位喜剧片编剧？
韦茨：估计我不想承认也得承认，毕竟，我绝大多数作品都是喜剧。

斯科特：所以别人雇你们写剧本的时候，为的就是要找你们写喜剧，你觉得是这样吗？

韦茨：我不这么认为。我们受雇的项目五花八门，其中有一些是喜剧。不过这一行就是这样，他们可不管你其实写的是什么，就爱用各种各样的晦涩名词来定义你的作品，随随便便地把你给归了类别。在业内，除了被归为喜剧编剧之外，"走心编剧"也是人们常爱给我们贴上的标签。这名称听上去很古怪，指的是包括我们在内的某一类编剧——能在原本全无生命力的剧本中注入某种情感。此处的"走心"，指的是剧中的人物一举手一投足，得像是真正的大活人。偶尔有些剧本就是会出这样的问题，不够走心。

不过，单从技术层面来说，估计我们俩确实是喜剧编剧。我之所以热爱喜剧，是因为喜剧不会忽视人类生活中的某一面：人类生活中偶尔会显得怪异、荒谬和可笑的那一面。相比之下，正剧就有可能会忽视这一面，这会导致严重的后果，缺少了有趣或好玩的那一面，作品呈现出来的见解就不够全面。在我看来，有不少奥斯卡获奖影片一心追求创作者想象中的某种情感，但却完全忽视了幽默。但另一方面，我也不希望自己陷在这种模式化的刻板观念之中——这让我想到了洛杉矶的喜剧编剧。最起码，我不希望自己变成那种只会贩卖尖酸、愤世笑话的推销员型的喜剧编剧，他们穿着牛仔裤、网球鞋，因为吃了太多的龙虾天妇罗而微微发福了。有些创作者写出来的作品，不光是在本国，在海外观众眼里也显得非常有趣，我觉得他们应该不会愿意给自己贴上所谓的"喜剧编剧"的标签吧。还是回到拜伦，他有时也会写一些幽默诗，但你看一下他最优秀的那些作品，除了有趣、真诚、题旨宏大之外，同时又极其好笑。我更希望自己能朝那个方向发展。

斯科特：工作日你们一般都是怎么安排的？

韦茨：我俩不太一样。保罗是这样的：黎明即起，专注写作，非常投入，一本正经。最终写出了5页。我爱睡懒觉，然后先去一下星巴克，翻翻报纸。回家之后，我先上网，收收邮件，哪怕根本就没邮件要收。然后我会去"书汤"（Book Soup）① 逛一圈，一直到了晚上，这一天快要过去的时候，我这才开始用劲，非常努力地写上半个小时，最终有可能写出了 5 页，也可能是 10 页，或者一个字都没写成。我可没哥哥那么用功。曾经有那么一个地方，我在那儿的工作效率特别地高。那是名为"小男孩"（Le Garmin）的一家咖啡馆，位于纽约麦克道格尔大街（MacDougal）和休斯顿大街（Houston）路口附近。曾经，我在那儿一天写了 20 页，那差不多是五分之一个剧本了。但它后来关门了，于是我就完蛋了。需要重新找一家了。

斯科特：请谈谈你们的创作流程。会不会为人物写小传或是画个故事图表什么的？

韦茨：如果你说的是那种某某人物几岁几岁时在做什么事的小传，我们是不写的，我们也不会把每个人物的基本信息都列在纸上。偶尔我们也会自问，某角色是一个什么样的人，但基本上那都是具体例子具体分析，某个人物会怎么想，有可能会怎么说，这些问题我们更多地是靠直觉来决定，而不是借助别的什么工具。

分场大纲我们写得非常细致。说起来有点不好意思，分场大纲我们是写在索引卡片上的，一场戏一张索引卡，和大多数编剧都一样。"就从这场戏入手，先写起来再说，看看剧情会怎么发展。"类似这样的话，我们从来都不会说，因为那样的话根本就不知道故事会如何结束。这样的事，对于有些编剧来说没什么问题，但对我们俩来说，绝对是个灾难。而且真要那样的话，别的问题先不说，首先就是两个人各自写的情节肯定会匹配不上。于是我们只能又回到坐在同一间房间里编剧的老路上，结果肯定又是打起来了。

---

① 好莱坞最著名的独立书店。

不预先写好分场大纲，我们就无法了解故事之后的走向。换作是别的编剧，这种写法也可能会有不错的结果，但我们不行，那只会导致灾难。所以我们必须非常细致地写出分场大纲来，不单单是因为我们经常要分头写，也因为我们希望能从一开始就对作品有一种整体的掌控。像我们这样，按照分场大纲来写剧本，那自然就会有些类似于操作机器从 A 点运动到 B 点的过程。这种情况下，编剧不靠直觉，这会让剧中人物变得像是机器人一样。于是也就有了一种很怪异的平衡关系，一边是这种非常机械化的东西，但在另一边，你也会希望剧中人身上能保留一些生命力，能说出 —— 甚至是做出 —— 一些计划之外的东西来，那是你当初写分场大纲时并不一定就已明确下来的东西。所以说，整个过程差不多就是这样了，我们由非常、非常细致的分场大纲开始入手，同时也希望写着写着会有灵感迸发，然后顺势将它们都用进去。

在我看来，这就是美国式编剧创作的弱点了，我指的是这种第一幕、第二幕、第三幕的概念。相比之下，外国电影所拥有的自由度，有时真挺让人吃惊的。但话说回来，虽说像这样创作出来的美国电影里，确实有一些让人觉得非常讨厌，但对比某些创作时不太讲究程式化的电影，美国电影在剧情上出现一锅乱炖的情况的几率，也会少一些。

斯科特：之所以会有这种区别，是不是因为外国观众有机会自己琢磨剧情，而美国观众却更希望你替他都想好了，直接告诉他就行？

韦茨：这是一部分原因。对比一部分好莱坞电影人，反倒是外国观众更愿意将电影编剧创作和电影本身看作是一种艺术形式。拍摄这部《关于一个男孩》，我们兄弟俩已经一只脚站在了独立电影隔离区的边沿上，但另一只脚还是站在好莱坞大公司的世界里，所以它也有着合家欢的大结局。之所以会出现这样的情况，那并非出于我们本意。好莱坞过去看重观众，这已经到了一个可怕的程度。这些公司现在出品的电影里，有高达 9 成，说穿了就只是制造利润的机器。相信这一点就连在好莱坞工作的人自己也不会否认。他们管这叫"暑期档娱乐片"，但除了从观众兜里骗走 9 美元，除了制造足够巨大的音效，好让观众以为自己真见到了什么了不起的东西之外，它还剩什么呢？

前不久我去翠贝卡电影节做评委，看了一部很古怪的法国电影。它讲的是一对男同性恋，其中一人离开了自己住的小镇。乍一看，那像是一个怪异的鬼屋故事，两个奇奇怪怪的秃头男人，身上穿着圆点夏装，出现在了地下室中。但看到最后，你会发现那故事一点都不吓人，事实上，它根本就没什么可以让人理解的具体情节。之后的媒体采访时，我见到这部电影的创作者告诉记者说："没错，它来自我们之前看过的某部电影，我们酝酿了许久。"这根本就算不上是什么解释，他们也没想让你对作品产生共鸣。我心说："这才叫自由啊。"

再看看自己，我可能已经不自觉地养成了拍电影就是要娱乐大众的习惯，我确实就想要娱乐大众，并不觉得这么做有什么错。当代电影观众普遍缺乏耐心，但耐心要靠培养，要怪也只能怪一直都没人培养过观众的耐心。所以他们去看电影的时候，自然不会抱有这样的想法："我要去看个电影，我会有耐心的。"把电影当作艺术品来看，愿意花点时间去理解它，我估计相对来说欧洲人才会更有这样的心态。不过，还是之前说的那句话，我确实也很喜欢美国电影叙事性极强的这一特点。同样的故事，我们讲得比谁都好——黑泽明，他可能得除外，但肯定要比欧洲人好。

斯科特：换个话题，写作过程中遇到不顺时，产生自我怀疑的情绪时，你们会怎么做？

韦茨：我会豁出去，我会告诉自己没什么可怀疑的，说穿了，不写东西，你也会有自我怀疑的情绪。当编剧的人自我怀疑，那跟玩轮滑的人自我怀疑没什么区别。怀疑了又能怎么样呢？我是肯定不会为了这种事自怨自艾的。确实，有些作品会出问题，无法皆大欢喜，但我相信总会有办法解决的，没那么难啦。

也就是说，遇到你说的这种情况，你问我们怎么撑过去，答案就是，从某种意义上来说，靠着极度嚣张的气焰硬撑过去。因为，在写剧本这件事上，我们觉得自己并不比任何人差。要说对于自己的怀疑，我一直都有，因为编剧就是这么一种具有无限可能性的工作，那种感觉很吓人，超级痛苦，但你也只能深吸一口气，硬着头皮跳下去。接下来我要说的这句话，我哥肯定不会同意，所以我只能说，这是我一个人的想法：写剧本跟脑外科手术真没得比。其实真的很简单，你只需要预先想象一下这部电影就行了。一直以来，我确实也是这么做的，老是不务正业，一直拖啊拖啊，一直拖到我能进入冥想状态为止，那是一种很怪异的状态，我能在脑海中看见自己要写的这部电影正在放映。随后，我所要做的就是把它一幕幕地抄录下来，都不用我自己另外再编。

斯科特：你们家都是读书人，可你们两兄弟一上来拍的却是青春喜剧片《美国派》。

韦茨：当初《留校察看》一上映我就看了，很喜欢。不过那时候我才 12 岁，还没见识过什么好东西……说实话，这电影很糟糕，传递了很多糟糕的情绪。至于约翰·休斯（John Hughes）的电影，其实我实在是看得不多。也就是说，对于青春片，我当时根本谈不上有什么真正的了解或是喜爱。事实上，《美国派》并不是别人找我执导的第一部电影，但我当时的感觉就是，那故事挺有趣的，人物我也挺喜欢的，所以我们就决定了，先不去管别的什么，尽全力将它拍成一部好看的青春性喜剧就好了。话说回来，其实也别看不起性喜剧，这也是幽默的一支，在文学作品里和正典里，这种幽默一直都存在着。在阿里斯托芬的作品里，到处都是巨大的阴茎；还有拉伯雷的作品，如果你在这方面深究一下的话，肯定会发现他其实写得够恶心的。我大可以拔高了说：这些都来自人类热爱紊乱、热爱狂欢的精神本质，人性之中本就有这卑劣的一面。但如果你要听我说实话，那就是我们的父亲是德国人，他一直都很喜欢那些下流的屎尿屁幽默，我当时也是一样。所以我们两兄弟一看这个剧本，立刻就知道它拍出来一定会很好玩。但话说回来，这种恶俗喜剧片（gross-out）^①的潮流，我巴不得它能早点退出历史舞台才好。我觉得它已经走到头了。

斯科特：你们的母亲是一位演员，这一点对你们当编剧有没有帮助？

韦茨：这让我懂得了换位思考，当演员很不容易。所以，如果有演员告诉我说，"那句台词我说不出口，听上去感觉不对"，我会更乐于认同他们的观点。要知道，编剧写剧本的时候，没人规定你一定要把台词都试着说一遍。当然，对于编剧来说，或许应该要那么做一次才对。自己说过，就会知道对白有没有问题，是不是不太像人类会说的话了。这一点十分关键，因为这种过于直白的说明性台词，或是句法上正确但却听上去不够真实的对白，都会让观众听了生疑。这还不算，台词写成这样，会给演员添麻烦，他不得不调整自己的语速。所以在这一点上，我想我更乐于听取演员的意见，因为我知道这工作可不只是蹦来跳去那么简单——演戏很难的，要是遇上不合情理的台词或是不像是人话的台词，演员就更难办了。

斯科特：最初是怎么知道《关于一个男孩》这本小说的？

韦茨：听人说这小说写得很有意思，所以我就找来看了。一看，发觉它特别引人入胜，但是文字又很朴实无华、掷地有声，它描写的是人类普遍都会遇上的一些问题，能够激发读者内心的某些感觉和情绪。在故事的关键节点上，出现了在我看来像是比利·怀尔德作品中会有的那种策略：为了结识女性，男主角凭空编造出一个小孩来。所以我们都觉得它和比利·怀尔德的《桃色公寓》（*The Apartment*，1960）很类似。

---

① 好莱坞喜剧片的一种分支，以屎尿屁笑料、裸戏等作为卖点，另译"呕烂喜剧"。

斯科特：后来又是怎么会找到你们来翻拍这本小说的？

韦茨：新线电影公司买下了书的版权，计划由翠贝卡电影公司来制作。第一稿剧本是彼得·赫奇斯写的。伊安·索夫特雷（Iain Softley）本打算执导，但他后来离开了这个项目，去拍《K星异客》（*K-PAX*，2001）了。项目还是在新线公司手里，那时候已经找好了休·格兰特来主演，但第一稿剧本里的男主角，是一个生活在伦敦的美国人。显然，赫奇斯写那一稿的时候，主演还不是格兰特，他们打算要找的是一位美国影星。第一稿剧本里，结尾部分与小说原作的结尾有很多相似之处，都以柯特·柯本（Kurt Cobain）的自杀作为焦点。但这么做的话，电影的时间背景就会绑定在过去了，1994年。那样的话，我们觉得拍起来有些奇怪，有点困难。而且真要那么做的话，我估计我们也很难拿下那些歌曲的使用权。不管怎么说，反正等到我们接触这个项目后，我俩都觉得柯本的自杀，对于整个核心剧情来说并非重点所在。事实上，那是用以转移焦点的"红鲱鱼"情节。它其实起到的是一种象征作用，代表了诸事不顺的情况下你还能不能坚持活下去的诸多相关主题。而且，经过那么长时间之后，柯本之死的意义早已发生了变化，已经不同于那最初的一刻了——最初是震惊，后来已经变成了他死后所发生的这一系列悲剧之中的一部分了。

我们接手之后，肯定是要把故事重新搬回英国了。第一稿剧本里，彼得用了男主角跟他那些爱赶时髦的朋友之间的各种交流，来表现他的内心独白，通过那些朋友的肤浅，我们会看到他本人的肤浅。但轮到我们俩来接手之后，我们决定稍稍做点减法，我们希望那更像是一个情绪压抑、与人疏远的主人公，同时他自己却没意识到他内心有多抑郁。观众可以想象他或许会有一些朋友，但我们会尽可能地不让这些朋友在影片中出场。我们始终想把他一个人单独留在公寓里，一个人留在开阔的商店里，让他根本找不到可以说话的对象。如果观众把他想象成某种脾气怪异、独来独往的人，想象他把时间都用来上网和看电视，跟他人完全没有什么真正接触的话，那应该也很符合我俩的想法。

斯科特：相比第一稿剧本，你们笔下的第三幕发生了什么变化？

韦茨：在彼得·赫奇斯的剧本里，结尾部分似乎预示马库斯想要自杀，而且那场戏要在皮卡迪里广场上演。那可是伦敦最繁忙的地段，真要在这里拍电影的话，必定要大动干戈。不说别的，我们实在是没法想象怎么在那儿拍摄，其次，我们还是希望结尾的时候能把马库斯和威尔放在一个之前已经出现过了的、大家更熟悉的环境里。我们觉得这一幕就应该表现威尔孩子气的那一面，至少也要表现一下我们想象中的威尔在孩提时代可能有过的担忧——他担心自己不够酷，但那其实更是一种隐喻，隐喻的是他担心自己由一开始就不被人接纳。

于是，整个第三幕讲的就是马库斯将要参加的那一次演出，讲的就是怎么做才能让观众把小孩表演唱歌这件事真正当一回事，对小孩子来说，这种事的压力可能会多大。我们的第三幕里确实也有一个想象出来的自杀情节，他母亲的自杀，但自杀本身并非重点，重点在于小男孩的想法，他觉得自己给母亲唱一首歌，就能让她开心起来——这就是小孩的想法，觉得自己可以这样对事情施加影响力。但是，剧本里你要怎么写，才能说服观众真正去在意这么一个内心委屈的小孩子呢？坦率地说，光靠写在纸上的文字，你是不可能做到这一点的。但是，我写剧本就是这样，有些时候会特别自信，别人看了剧本可能会有保留意见，但我却认定那么写肯定能成功，这场戏就是这样。但说实话，它的效果究竟如何，只有到了实拍的那一刻我们才会知道。小演员演得太棒了，让这场戏有了足够的说服力。

斯科特：我觉得霍恩比的小说里就数《关于一个男孩》改编起来最有挑战性，戏剧核心的离奇和现实之间，要如何做好平衡，这是一个问题。这又让我想到比利·怀尔德，他就十分擅长这一点。

韦茨：这方面他确实很厉害。在《关于一个男孩》中，"单亲家长来相会"的桥段是一个难点，霍恩比能在原作里写出那样的效果来，那很厉害。如果你自己琢磨一下，就会发现这样的情节其实非常离奇，只有那种思路稍稍有些问题的人才会真的想出这种点子来。遇到这种情况，那就真的只能仰仗好演员了。在我看来，倘若不是因为杰克·莱蒙（Jack Lemmon）的存在，比利·怀尔德想要实现那些效果，别说全部，哪怕是一半的效果，恐怕都没有那么容易。比如《桃色公寓》，杰克·莱蒙可以把人物演得特别粗俗——他在这方面不输金·凯利（Jim Carrey）——但同一时间，你仍能感觉到他就是一个普通人，和你我没什么区别。这真是一种特别可爱的品质。《关于一个男孩》也是一样，这一场"单亲家长来相会"的戏，可以说没有休·格兰特，那就没有这场戏。同样，没有那位小演员的话，就没有摇滚音乐会那一场戏。我是说真的，那完全就不是讲现实主义的一场戏，还差一点就彻底"好莱坞"了。倘若当初我们写剧本时决定让底下的观众响起雷鸣般的掌声的话，那我估计这场戏肯定就砸锅了——当初确实有人建议我们这么来写。最终挽救这一场戏的，就是那稀稀拉拉的儿下掌声所带来的现实主义，就是休·格兰特为了不让男孩彻底受到伤害而采取的这种做法。到最后，他把这些伤害都担到了自己肩上。

斯科特：原著小说有两个视角，一个是马库斯的，另一个是威尔的。但到了电影里，一上来你们用的是威尔的视角，可到了他在摄政公园里约会的那一场戏，马库斯也有短暂的登场。你们当初有没有考虑过，干脆就在这场戏里，正式让马库斯出场？

韦茨：我们想到过，我们确实觉得必须让观众对马库斯和威尔产生同等程度的关心。想要做到这一点，那可是一个挑战。在这场戏之前，观众除了看片头字幕知道有这么一个男孩存在之外，压根就没见到过他出场。他就这么忽然出现了，我们当然知道观众肯定会觉得吃惊。但是，与其把他的登场再往后面拖，与其让观众觉得男孩只是服务于格兰特的故事，我们觉得还是这时候就让他出现更好，那等于是在告诉观众："他在这部戏里会和休·格兰特平起平坐，你们最好早点接受这一点。"这么做，会更容易让观众对男孩的视角产生兴趣。在原著小说里，两种视角按章节交替出现，但我们并不想这么做。不过，作为一种妥协，我们还是先介绍了格兰特那个角色登场。要知道，小说里先登场的可是小男孩。格兰特希望电影也由小男孩来开场，这和我们意见不同，我们觉得还是应该"强棒出击"，就像是在打棒球，先让队里最厉害的击球手上场。

斯科特：据说你们在旁白的使用上，受到了《赌城风云》（*Casino*，1995）这部电影的影响，能否谈一下？

韦茨：马丁·斯科塞斯（Martin Scorsese）很会用旁白，而且都能用在刀刃上，用的方式又都很具有想象力。好比是《赌城风云》里，乔·派西（Joe Pesci）的旁白说了一半戛然而止，因为他头上挨了一记金属棒球棍。好可怕的感觉啊，想想都让人觉得难受，但用在斯科塞斯手里，就是能有效果。他是把旁白当作一个真正的电影元素在使用，而不是什么明显就是后加上去用以弥补疏漏的东西。还有就是，既然有靠不住的旁白，对应着也会有靠不住的叙述者：《赌城风云》里就用了这一手，同一件事，存在两个不同的视角，两者都不是百分之百对。这一点让我们很受用。

斯科特：休·格兰特也参与了你们的改编工作，这是怎么一回事？

韦茨：我们最乐于倾听他的意见，因为他是真的很聪明，而且很了解这个人物。他自己也是一位优秀作者。不少优秀对白都是他最先想出来的，而且不光是他这个角色的对白，还包括其他人的对白。他就像是一块十分管用的回音壁，想知道某句话说出来够不够逼真，找他来试就对了。他其实是一位相当技术流的演员，这一点向来被外界严重低估。他要么不说，他说出来的那些台词，必定早已经过千百次的反复琢磨。所以，我们说他也是这一次改编工作的合作者，那可绝不是为了巴结他，都是有一说一。

斯科特：他的即兴表演你们都是怎么处理的？

韦茨：有时候我们会觉得："这段对话本来就写得很好了，我们要尽可能保证它原样不变。"但另一些时候，我们也知道凡事都有再进一步的空间，所以非常欢迎他的即兴发挥。也不是每一个演员都能即兴发挥的，说起来，那和我们编剧写东西写到得心应手时是一个道理，完全进入了人物之中——其实，写剧本说穿了就是这么一回事，把自己想象成不同的人物。那种感觉绝对妙极了。

斯科特：这部电影用到不少复杂的镜头运动，是一开始就在剧本里写好了的吗？

韦茨：绝大部分不是，想要预先写好，那难度也太大了。你可以在剧本里就镜头运动提出一些建议。要是布景能完全照着剧本里写的那样去搭建，那肯定是再好不过了，但事实上不可能会这样，因为你还要考虑各种成本因素。所以我们会希望外景地找好之后，还能有时间留给我们，可以拉着摄影一起补充一下分镜计划表，这也算是一种附带的编剧工作。说起来，剧本里多写一些镜头角度什么的，那倒是还有可能，但长久以来，每当我看到别人的剧本里写着"超级大特写"或"过肩拍"的时候，我总会心想："拉倒吧，你真的去过电影拍摄现场吗？"这一类东西或许能帮助读者去想象，但不管对哪位导演来说，那都只能让他看了生气。

斯科特：本片整个剧情梗概，可以说就是男孩遇见另一个男孩、男孩失去那个男孩的设定。

韦茨：没错，很像是发生在这两个男人之间的一出浪漫喜剧，换作别的男性、别的女性，绝对不会发生这样的事。

斯科特：母亲去找威尔的那场戏，隐隐让人觉得有一些恋童癖的暗示。在这一点上，如何拿捏非常微妙，你们是怎么平衡的？

韦茨：基本就和书上一样，也就是说，关于这个问题，威尔是不是真对小男孩有不好的企图，如果剧本里不直接面对它，那这问题就只会悬而未决了。说来真是可悲，性侵害如今已成为影视剧表现美国社会时常用到的固定桥段之一。想当初，我们一直都有担心，担心会有人说："这位母亲怎么不做点什么来保护自己的孩子啊？"但是，在这一刻，观众其实是知道的，威尔根本没对马库斯做任何坏事。所以，既然我们必须面对这个问题，那就只能采用一种微妙的方式，让这种暗示与观众已经知悉一切的大背景产生对照，变得十分可笑。在这一刻，菲奥娜的过激反应，首先，这是可以理解的，但在此之外，这又再次强调了她这个人的问题：很有爱心但同时又很执迷不悟。

斯科特：威尔是一个很肤浅的人，你有没有担心过观众不会对他产生同情？

韦茨：这一点，很大程度上都要归功于休·格兰特。你所说的，我们确实担心过。宝琳·凯尔（Pauline Kael）曾说过，过去的神经喜剧中的人物，她们身上有一种特质，在现代或者说当代电影剧作中，已经消失不见了。那就是，如果你想让一个人物显得可爱，最好的办法就是把她写得好玩一些。她这个观点针对的是浪漫喜剧片里的女主角。如果一个人物能让观众发笑，他马上就会显得可爱起来，他一开始的时候有多讨人嫌，那都不再重要。对于我们来说，这种分寸感一定要拿捏得非常小心，一边是威尔值得同情的那些情节——让人同情，但也千万不能煽情；另一边是他做人非常糟糕的那些情节——但他对于自己的嫌恶其实想想又不是很有道理。我们希望当他真正暴露出自己令人讨厌的那一面的时候，他同时又是能引人发笑的。其实，小说原著中就是这么写的。他在"单亲家长来相会"时说了谎话，一方面，他确实是有一股充满了孩子气的古怪的热忱，那种势头越来越厉害，他已经没法理性对待这件事了。原著里面有一句特别棒的话，但我们改编的时候没法照搬过来，原因说起来真是很奇怪。那句话是这么说的，当时他正在胡编自己的人生故事，忽然哽咽，于是他解释说："那时候的我又不是什么可怕的谎话精，那时候的我是罗伯特·德尼罗（Robert De Niro）。"没办法，罗伯特·德尼罗是我们这部电影的制片人之一，这句话我们没法用在电影里。但我想要说明的就是，书里面就有类似这样的东西。他已经把这个当成是一门艺术了。在某几件让人讨厌的事情上——比如浪费自己的时间，还有信口胡说方面——他就是一位艺术家，会让我们以某种特定的方式慢慢地喜欢上他。因为他造的那些孽并非完全不可原谅，而且一眼就能看穿。他之所以那么做是为了逃避人与人之间的关系，这样的事情，每一个人，无论你是男还是女，一生之中总会有那么一些时刻，也都会这么做。他之所以撒谎，是因为他想要获得什么东西，这同样也是人人都在做的事，只不过程度没他那么厉害罢了。

斯科特：是谁想出让"涂鸦男孩"（Badly Drawn Boy）来做配乐的？

韦茨：通常，我们写东西的时候，一边也会专门找一些音乐来边听边写。音乐的种类五花八门，完全要看我们当时的兴趣所在。刚做编剧的时候，我写剧本时习惯于事先就写好将来想用的配乐曲目，但只要真的拍过一次电影之后，你马上就会知道这样做是行不通的。或者是你想要的曲目版权费太高，或者是版权方根本就脑子不太正常，或是别人某部正在拍摄的电影里也打算要用这首曲子……所以，写剧本时考虑的曲目，顶多只能起一个电影音乐方面的参考作用，继续再在剧本里写明自己希望某处某处最好能用上哪一首歌曲，这样的做法完全就没什么实际效果，反而会显得十分可悲，于是我们索性就干脆不再在写剧本时考虑配乐方面的事情了。

　　某一次，我朋友埃里克·法依格（Erik Feig）[1] 推荐我们说："我刚听了一张专辑特别优秀，那歌手名叫涂鸦男孩，专辑叫作《迷惑巨兽时刻》（ The Hour of Bewilderbeast ）。"确实很棒，要说有哪一张专辑能做到每一首歌都具有足够力量，那就要算是这一张《迷惑巨兽时刻》了。事实上，我是先爱上了这张专辑，然后才有机会拜读小说《关于一个男孩》的。我一边听着它，一边写了不少东西，保罗也是一样。然后我们发现，它那种忧郁、幽默的气质，特别适合这部电影。于是我们俩脑洞大开，想到要邀请他来做电影里的全部配乐，之所以这么说，那是因为这样的事情通常不太会发生在好莱坞大公司出品的影片上。他们大多希望喜剧片里能多用一些来自不同乐队的歌曲，回头可以趁势再卖一波电影原声唱片。但说来真是奇怪，另一边，尼克·霍恩比竟也灵机一动，想到要由涂鸦男孩来做配乐，真是巧合得有些诡异啊，两边不约而同地想到了同一个人。当然，最妙的还在于，我们最终之所以能成功邀请到他，很大程度上还是因为涂鸦男孩自己也很喜欢这本小说，而且他本就是一个影迷，爱看电影，爱收集电影原声，自己也一直对做电影配乐大有兴趣。当然，我们真正能够做成这一件事，还要仰仗于当时无人监管我们的便利。我们都在英国，对于我们的一举一动，环球公司谈不上完全了解，等到他们真知道的时候，生米已经煮成熟饭了。

　　斯科特：具体说来，你们是怎么和戴蒙·高夫（Damon Gough，涂鸦男孩的本名）合作的？

　　韦茨：有几首配乐，那是他看过剧本和原著小说后直接就写下来的。他告诉我们："这一首或许可以用在这里，那一首或许可以用在那一段故事里。"于是我们想办法把这些歌对应着放进去。另外一些曲目则是这么

---

① 美国制片人，作品包括《史密斯夫妇》（ Mr. & Mrs. Smith，2005）等。

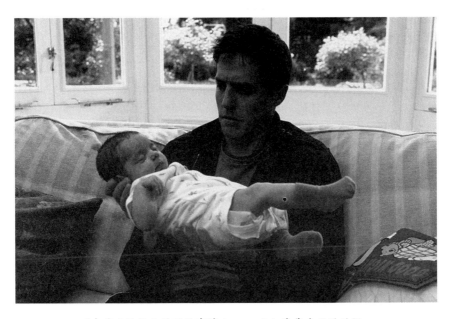

"在某几件让人讨厌的事情上——比如浪费自己的时间，
还有信口胡说方面——他就是一位艺术家。"
威尔满腹疑虑地思考着成年人必须承担的责任。

来的：某几场戏，我们会预先按着某一首歌曲剪一个版本，例如自杀信的那一场戏，我们就用上鲍勃·迪伦（Bob Dylan）的歌曲剪了一个版本。然后我们对他说："暂时我们用的是鲍勃·迪伦，你能不能给它配上差不多感觉的歌曲？你有没有拿到尼克·霍恩比的《31首歌》（*31 Songs*）？"那是尼克·霍恩比自己出的一张CD，每首歌后面都附带了他的点评。他把涂鸦男孩的歌曲《小事一桩》（*A Minor Incident*）也收在了里面。事实上，这首歌的歌词，其实就是那一封自杀信里写的内容。在原著里，自杀信的内容是都写出来的。改编成电影的时候，这一场戏我们不可能按照常规方法来拍，不可能让托妮·科莱特（Toni Collette）把这封需要4分钟时间才能念完的信给完整地念一遍，那会显得特别愚蠢。好在，戴蒙写的歌词可以说是剧本的一种补充，它也能传递出自杀信想要表达的内容，但使用的却是一种更为间接的方式。回想这部电影的拍摄过程，类似这种大家伙儿群策群力、雪中送炭、不计回报的好事情，真是数不胜数。

斯科特：改编剧本的过程中，你们和尼克·霍恩比之间有没有什么问题？他参与改编工作了吗？

韦茨：起初我们也有点担心，毕竟，我特别喜欢这部小说，我不想把这事弄砸了，我觉得自己一定要承担起这个责任来，不能让原作者失望。对于我们的工作，他的态度倒是特别地宽容、平和。当然，我觉得那也是因为他已经都看开了，作品有它自己的命运，都到了这时候了，原作者又能怎么样呢？说到底，一切都是导演说了算，作者的意见不值一提。另一方面，作为本片监制之一，如果他想要的话，本可以要求我们每一稿剧本修改完之后，都给他复印一份送过去。但他没有那么做，他从没给我们提过意见，从没谈过他对剧本的看法。偶尔，他会为我们指出一两处小细节，谈的全都是很实际的问题，确实给我们帮助很大。事实上，他自己当时也正在跟艾玛·汤普森（Emma Thompson）合作，一起在写剧本，本就忙得不行，这时候如果再要费心来考虑我们如何改编那本小说的话，我敢肯定，他肯定会发疯的。说到底，我们俩很幸运，包括他在内的一些合作方，关系都处理得很融洽。我相信他也明白，我们两兄弟并不是那种雇工型的导演，我们发自内心地在乎他这部作品，真心希望能把它给拍好了。我估计，一开始，他想到《美国派》，应该也曾有过担心。改编这本小说，需要运用一些手段，需要你有一种平衡感，要做到细致入微，不然的话，这电影拍出来就有可能会过于煽情、多愁善感，就有可能会变成迪士尼版本的《寻子遇仙记》（*The Kid*，1921）。我相信在这方面，我之前曾经在英格兰生活过的那段经历，给我们帮了大忙。此外，保罗也是一个特别认真、真诚的人——不管是谁，见了他你就会知道，这人是不会拿你的心血之作去瞎搞的。

斯科特：你为别人写过剧本，也导过别人写的剧本，还自编自导、自己监制过电影。最喜欢哪一种方式，最不喜欢哪一种？

韦茨：最好的情况我想应该还是这样的：我们俩自己想出来的故事，而且还得是一个特别天才的故事，然后自己来导演。但像是《关于一个男孩》这样，小说原著的故事特别能让我们产生共鸣，于是也就有了事半功倍的效果——我们总要自己看过之后才能知道那东西究竟好不好，遇到这样的东西，我们会很小心翼翼，绝不希望把它搞砸了。我们深知优秀的创意来之不易，所以不管它是什么形式，只要优秀，我们都会照单全收。有好多让我特别佩服的 20 世纪 30 年代、40 年代、50 年代的经典电影，其实也都脱胎于话剧或是经典小说、历史故事什么的。所以，只要创意够好就行，打哪儿来的并不重要。在我看来，自编自导只有一个好处：导演觉得编剧多管闲事、编剧觉得导演不是东西的情况，就不太可能出现了——但也说不准，如果碰到人格分裂呢……

加利福尼亚，好莱坞

《未知密码》

———————／ 5

迈克尔·哈内克

> "解释就是一种限制，
> 每一种限制又是一个
> 间接的谎言。"

　　在德国电视界工作了将近 20 年之后，奥地利出生的编剧兼导演迈克尔·哈内克（Michael Haneke）凭借一部《第七大陆》（*The Seventh Continent*，1989）进入欧洲文艺片领域。包括《趣味游戏》（*Funny Game*，1997）和伊莎贝尔·于佩尔（Isabelle Huppert）主演的《钢琴教师》（*The Piano Teacher*，2001）在内，他的作品总是充满智慧，但有时又会让人难以轻松下咽，所以总能让影评人既爱又惊。朱丽叶·比诺什（Juliette Binoche）主演的《未知密码》（*Code Unknown*，2000）是他第一部在法国拍摄的作品。平时，哈内克生活在维也纳和巴黎两地。

剧情梗概

　　巴黎，现代。女演员安娜见到了让，他哥哥乔治是一位战地摄影记者，也是安娜的男友。让从父亲的农场跑了出来，他让安娜把公寓大楼的新密码告诉他。他把一只揉皱了的纸袋扔在了玛丽亚的身上，玛丽亚是非法移民，正在街头乞讨。聋哑学校的老师阿马杜要求让对玛丽亚道歉。随后的冲突中，警察逮捕了阿马杜和玛丽亚。玛丽亚被驱逐出境。阿马杜的父亲动身去了非洲，乔治从战场上回来了，玛丽亚在罗马尼亚勉强糊口，安娜主演了一部惊悚片，让回了父亲的农场。

Marin Karmitz and Alain Sarde present

Juliette Binoche

CODE UNKNOWN

a film written and directed by **Michael Haneke**

With Thierry Neuvic Sepp Bierbichler Ona Lu Yenke Luminita Gheorghiu Arsinée Khanjian Alexandre Hamidi

Director of Photography JÜRGEN JÜRGES b.v.k Editing ANDREAS PROCHASKA KARINE HARTUSCH NADINE MUSE Sound GUILLAUME SCIAMA JEAN-PIERRE LAFORCE Set Designer MANUEL DE CHAUVIGNY
Costume Designer FRANÇOISE CLAVEL Assistant Director ALAIN OLIVIERI a.f.a.r Line Producer YVON CRENN Produced by MARIN KARMITZ and ALAIN SARDE A Coproduction MK2 PRODUCTIONS
LES FILMS ALAIN SARDE - ARTE FRANCE CINEMA - FRANCE 2 CINEMA - BAVARIA FILM Gmbh - FILMEX ROMANIA With the support of EURIMAGES and PROCIREP and the participation of CANAL+.

mk2
diffusion

OFFICIAL SELECTION - IN COMPETITION - CANNES 2000

《未知密码》(*Code Unknown*, 2000)

凯文·康罗伊·斯科特：迈克尔，就我所知，你当过诗人、钢琴家、充满抱负的小说新人、电视制作人、文学评论家、话剧导演……

迈克尔·哈内克：以上这些我都不承认……（笑）

斯科特：你出生在艺术世家，母亲是演员，父亲是话剧导演。他们是不是一直都鼓励你搞创作？

哈内克：我小时候不跟父母一起住，是由我的姨妈（我妈的妹妹）带大的，她住在维也纳往南大约50公里的一处农庄里。当然喽，我父母的职业确实对我有影响，尤其是我的青少年时代。但是，在我周围并没有这种艺术家的圈子，并非成天都被这一类人包围着。当然喽，母亲演话剧的时候，外婆也会带我去看。

斯科特：后来你就一下子对写话剧产生了兴趣？

哈内克：和所有的少年一样，我一开始也是写诗，写短篇小说。14岁时，我的理想是当神父；15岁时，我的理想是当演员；17岁时，我偷偷参加了戏剧学院的入学面试。结果他们没要我，还好没要啊。然后我被迫读起了哲学，还开始写文学评论了。

斯科特：钢琴方面，你也受过专门训练？

哈内克：是的，成为钢琴家也是我曾经的理想。我的继父是作曲家、指挥，他觉得我在这方面天赋不够，所以劝我放弃了这个梦想，这来得非常及时。我看有许多电影导演都在访谈中提到过，他们都曾一度向往过要当指挥或者作曲家。

斯科特：罗贝尔·布莱松（Robert Bresson）说过："有志于拍电影的人，都应该先学一下音乐。"你觉得呢？

哈内克：只要是布莱松说的，都是好建议……

斯科特：你学过作曲，也学过编剧，你觉得两者之间有没有关联？

哈内克：最起码，剧情片的结构相比音乐结构，就有颇多相似之处。知道怎么作曲，对于电影人来说不会有什么坏处。如果是写小说，还没想好故事结局的情况下就动笔写，那没有什么问题。但如果是作曲，或者写剧本，那就一定要事先想好用什么素材、它会如何收尾，然后才能开始动笔。音乐和电影是一样的，必须先把素材组织好，然后才能展开。如果是写巴赫那种赋格曲的话，开始写之前就要有一个固定的主题，否则写着写着就找不着北了。

斯科特：十八九岁时，你看哪一类电影，对哪一类文学作品感兴趣？

哈内克：我读的书，难度总会超出我当时的年龄。托马斯·曼曾说过："看书一定要看高于你水平的书，那样才能学到东西。"我年轻时就是这么做的。十二三岁时，我看的是中国哲学典籍，虽然无法理解，但还是学到了东西。看电影就困难了，我当时住的地方不是首都，家里也没电视，所以能看到什么电影，纯靠运气。之后，等我去维也纳上大学之后，情况就大不相同了——每天看两三部电影，一天的作息安排都要围绕着今天城里各家影院的排片表来计划，所以专业课的成绩都不怎么优秀。（笑）事实上，你刚才提到了布莱松，很巧，他对我的影响特别深远，我读大学的时候还专门就他写过一篇文章。

关于看电影，我最初的一段记忆就是外婆带我去看劳伦斯·奥利弗（Laurence Olivier）演的《哈姆雷特》（*Hamlet*，1948），当时我大约 5 岁还是 6 岁。才看了 5 分钟，外婆就逼不得已地将我带出了影院。那部电影一上来就是城堡啊、海浪啊，我吓坏了，尖叫起来，招来了其他观众的抱怨。

几年之后，二战已经结束，不少奥地利家庭都把小孩送出了国，希望能让孩子少挨点穷。所以我也去了丹麦，在别人家里寄养了 3 个月，好让我能多摄入点营养。但我并不领情，因为这是我第一次离家，心里非常难受。为能让我开心一点，我寄宿的那家人带我去看了电影。我至今都能清晰地记得，那是一个长长的放映厅，正在放映一部非洲风光片，有犀牛，还有非洲大草原上的长镜头。电影结束，大幕落下，放映厅后方的散场大门打开，外面的雨还在下，我还是在哥本哈根。想到我刚才明明去了非洲，这会儿却仍在丹麦，外面仍在下雨，我整个人顿时深受打击。换成从小就习惯看电视的人，肯定不会有这样的感受。对于他们来说，不存在这顿悟的一刻，而我却在那一刻忽然发现，电影和现实竟是截然不同的两件事。这让我想起那些有趣的实验来，他们找了所谓的"原始人"，搭好银幕，放映电影里的对话片段给他们看。那是仅有两个人说话的大特写，会把他们吓得尖叫着落荒而逃。过了一会儿，等他们恢复平静之后，你再问他们究竟都在害怕什么，他们会回答你说："我们看到了被砍断的头。下面没有躯干，他们都是幽灵，正在说着话！"我们会把银幕上缺少的东西脑补上去，而他们却看到什么就是什么：两个被砍断的头，还能说话。

斯科特：你在维也纳大学念的是哲学和心理学，真正对拍电影有想法，那是什么时候的事？

哈内克：这和我的专业没关系。读大学的时候，我就觉得如果将来能拍电影，那一定很棒，但我也知道，这想法不太现实。那时候我已经写了不少东西，有些短篇小说也获得了"业内人士"的好评，所以我感觉相比之下，还是从事文学更实际一些。毕业时我得到一个去德国公共广播电视联合会（ARD）实习的机会。他们有一个为期 3 个月的实习计划，专门招募即将毕业的大学生。说来也巧，我去的时候，他们台里有一个频道，正好在招"戏剧总监"——原来的那一位马上就要退休了。事实上，他们寻找他的继任者，已经找了有一段时间了。在我之前也有别的毕业生去 ARD 实习，但没人能获得这个职位。轮到我去的时候，时机刚刚好，他们要下了我。于是我年纪轻轻，就进了电视台工作。

斯科特：你写的这些短篇小说，具体都是哪种故事？

哈内克：我一进电视台之后，就不再写小说，转而开始写电视剧脚本了。至于在大学里写的那些短篇小说，这么说吧，它们受到了 D.H. 劳伦斯的巨大影响，而且还是唯一的影响。（笑）

斯科特：你在电视台担任"戏剧总监"，具体都做些什么？

哈内克：每天都会有人送来一大摞的剧本，放在我的桌上。我的工作就是要把它们看完，然后给出评价。阅读一大堆坏剧本，这就是最好的学习方式。我并不是说这是什么秘方，我并不是说只要你看完一个烂剧本，马上就能自己写出一个好剧本来。事实上，我当时每天要看的那些剧本，也没真的坏到只配扔进垃圾桶的地步，它们都还有希望。我的工作就是要给它们做各种排列组合，看看怎么改能让它们合格。我必须参透每一个剧本的构成，然后才能决定如何修改。我在那儿的头两年，就一直在看别人写的剧本。在那之后，我才有机会与专业编剧合作自己来写东西。

我所在的那个部门，当初创立的初衷就是要拍关于社会批判的电视剧。现在已经名不副实了。我们那时候会事先选好特别的主题，比如"假设你来自工人阶级，缺少好的教育，始终处在社会底层，接下来会怎么样？你会如何面对这一切？"。那是 20 世纪 60 年代末、70 年代初，正是德国电视的黄金时代。

斯科特：据说你那时候还是影评人？

哈内克：事实上，我当时写的主要是书评，替报社写一些新书评论什么的。之前还在读大学的时候，维也纳有一家广播电台花了两个半月，做了一档"世界文学经典小说"的广播剧节目，我靠做那个赚了一些零花钱。

斯科特：你还当过话剧导演，那是怎么一回事？

哈内克：ARD 总部位于巴登－巴登（Baden-Baden），当地有个小剧场，我当时的女友就在里面当演员。剧场的管理方式和导演本身，都让她觉得不太满意。于是我让她把他们正在排的剧本拿给我看，我可以想想如何改进才好。最终，她意识到我提出的某些建议确实很有帮助，剧场方面也有同感。结果，我帮他们导了三台戏，那些演员也都乐于接受我这个外援。三台戏里，第一台是玛格丽特·杜拉斯（Marguerite Duras）的《成天上树的日子》（*Whole Days in the Trees*），在那之前我刚替电视台拍过这个——我们花了不少钱，做了布景。小剧场之所以同意让我来执导，也是因为我答应了他们会把这现成的布景借来。随后我又帮他们导了两部戏，完事之后我告诉台里："小剧场反映都挺好的，让我在台里也导些什么吧，不用黄金时间，安排半夜里播出就好。"

斯科特：你曾说过，看一下影评人写的文章，你就能大致推算出这人是不是电视诞生之后成长起来的那一代。凭什么这么说？

哈内克：这又回到了刚才我说过的问题上，从小就习惯看电视的人，对比缺乏这种经验的人，两者有着截然不同的经历。前者会把电视里看到的东西当成现实，这两种人面对电视的态度截然不同。在电视诞生之前成长起来的那一批人，面对电视的时候，更加明白不能把那当现实，否则就会招来危险。而在电视诞生后成长起来的影评人，相对来说会更容易被操控；他们早已习惯了这一切，以至于他们其实都很乐于被操控。

斯科特：那现在这一代人呢？是不是已经丧失了这种能力，不可能再明白这一点了？毕竟，我们从小就在这么一个媒体无处不在的环境中长大，所以根本别无可能，注定要失去这种能力，是不是这样？

哈内克：我觉得是。我们生活在一个早已彻底变得非真实的世界之中，却又以为这就是现实。伊拉克战争的画面就是一个好例子。用脑子想一想，我们都知道那些画面受到了人为操控，知道这些画面并非现实。想想我小时候在哥本哈根的那一次经历，看到非洲野兽，然后意识到自己并非身处非洲，对于现在的人来说，这已经是一种不可能再获得的"死知识"了。因为你们不可能经历我当时的那种内心震撼。这种震撼已经不存在了。现代人顶多也就只能"知晓"它的存在而已，但这和真正去经历它、感受它，是完全不同的。

斯科特：这很有意思。你在你作品中所做的，你那些电影背后的一个核心，也就是你上述的这一点：对于现实的质疑。你是由何时起对此产生兴趣的？

哈内克：在拍电影之前，我在电视剧里就探索过这个问题。但追根溯源，这一直就是我最关心的一个问题。我第一次在电影里看到这种植入影片之中的震撼体验，那还是托尼·理查森（Tony Richardson）的《汤姆·琼斯》（*Tom Jones*，1963）。片中某处，被人追赶的主人公忽然停了下来，直视镜头，好像说了一句："最好可别被他抓住了！"此举击碎了虚构作品制造出来的幻象。这让作为观众的我体会到了巨大的内心震撼，因为在此之前我没想到过，原来电影真还可以这么拍。观众买票入场不代表他们就一定要被动地接受幻象，不去质疑；导演还可以让观众意识到自己正受人操控的处境。

斯科特：从1973年到1989年你都在从事电视行业。1989年，你拍了自己的第一部剧情长片。写电视脚本和写电影剧本，最主要的区别有哪些？

哈内克：刚开始写电视的时候，我曾把以前写好的一个电影剧本递交给德国电影基金会，他们答应给我30万马克。但光靠这点钱拍电影还是不够，结果这事就过期作废了，那个剧本也被我雪藏了起来。之后有整整10年，我一直在弄电视和话剧。拍电视都是命题作文，按劳取酬。我所有时间都用在了这上头，根本无暇去考虑再写一个剧本拍电影的事。

转折出现在我开始为奥地利电视台工作之后，他们当时在国内非常成功，因为那时候的奥地利，压根就没什么人在拍电影——不管什么类型的电影，都很少。他们的人问我："要不你来拍一部剧情长片吧？"那时候，我另一边同时还在德国北部的不来梅与ARD的一些人合作。他们也问我："要不你给我们写一部电视电影吧？"有了这样的鼓励，我动笔把《明星》周刊上曾经读到过的一个故事写成了剧本，后来就成了我的剧情长片处女作《第七大陆》。我原先想把这个剧本交给不来梅那边的人，但他们觉得这样的作品不会有什么观众，所以拒绝了这个项目。于是我告诉他们，既然他们不想把它拍成电视电影，那我就去奥地利，把它拍成剧情长片。

我之所以要拍电影，有两个原因。首先，想想现在的电视，那时候的电视其实也已经有这种趋势了，对于社会批判的兴趣日益萎缩。拍完《第七大陆》之后，其实我还在继续拍电视电影。但能拍的只剩下文学改编作品了，因为电视领域也就只剩下这最后的一片隔离区还能拍拍批判类作品。第二个原因，在《第七大陆》之前我没想过要拍电影，那时候，我始终没找到有什么纯属于我个人的电影之道，能想到的和别人正在做的也都差不多，那样拍出来的电影，谁都能拍得出来，而我更希望能将电影当作一种艺术形式。《第七大陆》让我找到了专属于我的电影之道，不光是内容上，同时也是在形式上。我终于能另辟蹊径了。

《明星》周刊上那篇文章说的是一家人自杀的事，但在自杀之前，他们把家里所有东西都给毁了。在文章里，记者想要为他们的行为寻找解释：缺钱、婚姻不幸福等等。但是，如果你想要为这种事寻解释、找理由，肯定就会削弱那些行为本身的恐怖和震撼。而后者恰恰就是我想要表达的重点。电视作品和类型片都更倾向于把一切都给你解释清楚，力求做到条理清晰、合情合理，为的就是让观众看完之后还能全身而退，完全不受一点影响，继续觉得这世界都OK。但是，这世界并非全OK。既然电影也是一种艺术形式，那它就不能让我们错以为这世界都OK。

斯科特：看来这又回到了关于现实的问题上。观众看你作品的时候，你会希望他们像是生平头一次看电影，头一次看这世界。你会希望他们就那么看着，不要回避，这世界该什么样就什么样。

哈内克：要是真能做到这一点，让人觉得自己像是生平头一次看电影，那当然好喽。但问题在于，像我这样只讲故事不做解释，那势必就要在讲故事的方式上想办法，因为故事本身并没有内置的各种解释。当时，我跑去一座希腊小岛上，写了《第七大陆》的剧本。我写电影剧本时，常会去那小岛上。起初，我想到的是要把自杀事件如实展现出来，然后再用闪回，为了实现这一目标我绞尽脑汁，最终还是发现不能这么做。因为一旦用了闪回，它自动地就会具有评论、解释的作用。一下子就又回到了新闻写作的老路上。最终，我想出了年代记的办法，先是这家人日常生活中的第一天，然后是平平无奇的第二天。这里可能有一些小小的征兆，于是他们自杀的这第三天会发生些什么。这样就有了一个年代记的结构：某年的某天，次年，第三年。就这样，恐怖又被重新植入了故事之中，即使电视作品已经不再想要这个了……

斯科特：但是，我为写这本书采访了那么多位编剧，几乎所有人都会觉得，剧本创作的很大一部分工作，就是要为故事提供各种解释。

哈内克：这是美式思维方式，因为这么做能让人心安。如果电影的目的是要赚钱，那就要让观众心安，让观众获得娱乐。

斯科特：可否谈谈你创作一个原创剧本的具体流程？写不写分场大纲？事先做不做资料搜集？是不是也要一稿稿地修改？

哈内克：每部电影各有不同。如果是从零开始的话，如果是一个之前完全没有过的新想法的话，那么通常情况下，我都会由某个创意——或是突然想到的有趣的想法——起步。我会记得这个创意，但这一阶段不会有任何真正的结果。毕竟，人人都能想到可以拍电影的创意，但一个创意远远不够，所以我会等，等待另一个能和它配上的创意的出现。随后我会开始做搜集工作，搜集其他可能会用得上的材料，我会开始做笔记，各种元素都用上。慢慢地又会有一些合适的创意出现，这时候，你就会主动开始寻找各种适用的素材了。到了某个阶段，我会觉得素材已经够了。但在此之前，我所做的就是不断地积累。

刚才我说的那个德国电影基金会愿意投钱的剧本，其实就是《趣味游戏》，但它当时还不具备那些自反性的东西，暂时还不是一部讲暴力电影的电影。当时只有那些情节在，所以我没法提起兴趣来把它拍成电影，因为类似情节的电影早已数不胜数了。还要再过15年，我这才想到要把它拍成一部讲暴力电影的电影。

继续之前的话题，等我有了足够素材之后，正式写剧本之前我采用的还是最经典的做法，用卡片把每一个创意系统性地单独记录下来，然后把卡片全贴在黑板上，给它们做各种排列组合。

斯科特：人物和情节怎么放进去呢？

哈内克：人物和情节没法分开，基本上都是同时具备的。当我把那些创意写上卡片时，关于主人公有哪些，我也已经有了相当不错的想法了。有时候我也会为人物写传记，但也不是每次都写。有时候，某些人物我不希望把他们定得太死，我希望让他们多一点神秘感，对我来说是这样，对观众来说也是一样。

写剧本的主体工程就像是搭积木。文字创作本身其实是很有意思的工作，难就难在如何把那些卡片组合起来。当我在黑板上将它们全部组合好之后，我马上就把结果输入电脑表格。这一阶段，我不强求所有细节、所有戏份全部完成，但是那些卡片之间的分岔点和交合点，这时候就要都决定好了。正式动笔的时候，我已经知道这电影总共需要多少场戏了。当然，有时候我也会边写边改，但这样的事并不经常发生。

我的写作方式非常系统化。如果这个剧本有截稿期，或者是我自己给自己设了一个截稿期，那么，每天需要工作多久，需要写多少页，我都预先就会想好。我会把工作量分配好，告诉自己："好吧，接下来每天都要写完这些。"然后，每天我都会写完这些页数，加班加点也没关系。但是，万事开头难。最开始的那一天，我也会假装整理书桌，做各种各样的事，就想着能拖一会儿是一会儿。一旦动笔，我平时爱做的那些事，喝酒啊、听音乐啊，就全都只能先放下了。

实际写作过程中，创意或灵感并不会找上我。它们通常都会在我晚上睡觉时才出现。我床头就摆着一只录音机。随着正式动笔的时间越来越近，最后的那几周里，我常会在半夜醒过来录音，滔滔不绝地一直说到妻子叫我闭嘴为止。

斯科特：想好的故事明明已经写到一半，但却越写越不对劲，万一产生了这种自我怀疑的情绪，你又会怎么做？

哈内克：剧本完成之后，你总会希望除你本人之外，再无第二人能发现其中的各种错误——错误在所难免，任何剧本都有再提升的空间。自我怀疑是编剧职业的一部分。既会有下笔如有神的地方，也会碰上索尽枯肠难得一词的时候，因为同一件事，不同的表达方式却可能有数千种，往往要全部考虑过，最终才能找到最合适的。但另一方面，即便是下笔如有神的时候，也不代表它的质量一定很好。你很可能会在事后又发现："其实也没那么好。"

斯科特：你有没有执导过别人写的剧本？

哈内克：我执导的头两部电视电影，那都是别人写的剧本。另外还有两个电视项目，我都是和别人联合编剧的，但他们全都对我彻底失望了，因为我真不是一个很好的合作者。至于剧情长片，全都由我独立编剧。《钢琴教师》除外，那是根据小说改编的，但也是我自己写的改编剧本。

斯科特：看来你习惯了自编自导，不是自己写的本子，根本就不可能执导。

哈内克：将来的事没人说得准。我干了 15 年的话剧，不也一直执导别人写的剧本嘛，所以也不能说是不可能。但我必须承认，我对此兴趣不大。想要拍出有质量的电影，你必须确保电影的内容和形式要百分百匹配。但是有鉴于我采用的这一类电影语言，如果是拍摄别人的创意，再想要做到上述这一点，那基本是不可能的。我的电影语言有它的特别之处，特点鲜明，与我自身的知识背景大有关系，所以我只能自编自导。说起来，倒是有一个人我很有兴趣合作：《平台》（*Platform*）的作者、小说家米歇尔·维勒贝克（Michel Houellebecq）。我们的东西有很近似的地方。目前为止，也就只有他了。（笑）

斯科特：你干了那么多年话剧，自己还上台演过话剧，这种经历对你写剧本有没有帮助？

哈内克：当然有帮助。不管是做导演还是做编剧，都必须对表演有足够的了解，这样才能知道什么样的人物写得好，什么样的人物写得糟，才能知道怎么写人物会让演员有机会发挥。这就像是作曲家和歌剧演员的关系，不知道怎么唱歌剧，肯定也没法写歌剧。

斯科特：我们开始谈《未知密码》吧。这礼拜我刚到巴黎，我和翻译谈到了"未知密码"（unknown code）①这个说法可能具有的不同含义。随后我们分头行动，我要去某位朋友家。这是我第一次在巴黎拜访别人的宅邸。我不太懂法文，结果就迷了路，好不容易找到她家楼下，发现那里就用密码门禁。我没法像在纽约或伦敦那样直接摁响她家的门铃，只好找了电话亭给她打了电话，结果发现没人在家。就这样，我拿着行李，

---

① 本片英语片名为 Code Unknown。

孤身站在街头。我告诉自己说："我想我现在知道《未知密码》说的是什么了。"

哈内克：没错。（笑）

斯科特：你也有过类似的经历吗？

哈内克：当初从维也纳来到巴黎之后，就有了这么一种基本的体验，没有大门密码，你就没法进入大堂去按响楼下的门铃。这并不是想到要拍《未知密码》的第一个创意，但片名确实由这里而来。

斯科特：是你对法国的移民文化和人际交流壁垒的兴趣导致你拍摄了这部电影，你赞同我这种说法吗？

哈内克：说到这部电影的内因，其实多年以来我一直想要拍摄一部关于奥地利移民问题的电影，因为在我看来，移民可谓是这个世纪的关键主题之一。穷国的人想要过来，想要来分享我们的财富，故意回避解决不了问题。然后，朱丽叶·比诺什给我打来了电话，提议要跟我合作，这就是外因了。这让我开始想到了法国，当时我还不怎么了解法国，我来巴黎做了3个月资料搜集的工作。巴黎和伦敦已经有这种多元文化社会了——维也纳目前还没有。

斯科特：影片中出现了法语和罗马尼亚语，但却没德语。我知道你会法语，但毕竟不是母语，写剧本时会遇到困难吗？

哈内克：我全是用德语写的，然后再找人翻译成了法语，我的法语还没好到那个程度。我有一位长期合作的法语翻译，但具体翻译过程我也会参与，我们一句一句地斟酌，凭我的法语水平，可以判断得出这地方到底合不合我本意，但要我凭空想出这句话法语怎么表达，那我是不行的。

斯科特：说到《未知密码》的剧情，或许可以用脱节来形容，关注的几个人物互不相关，那些暴力行为也都具有随机性。每一场戏之间，你用了布莱希特式的黑场来做区隔，为什么没有像《木兰花》（*Magnolia*，1999）或《银色·性·男女》（*Short Cuts*，1993）那样，用更加传统的做法把几个故事串联起来呢？

哈内克：我并非第一次这么做了，之前的《第七大陆》和《机遇编年史的 71 块碎片》（*71 Fragments of a Chronology of Chance*，1994）里也都用了这样的结构。我要表达的意思就是，当我们对世界产生认知的时候，它并非是一个整体，它留给我们的是许多孤立的印象，然后我们再在自己脑海中将这些印象组合在一起。电影里的每一场戏、每一条镜头，那都是一个印象，它们本身并不互相对应，是我们看的时候创造出了这种对应性。《木兰花》和《银色·性·男女》这样的电影，在我看来，虽然也都拍得很讲究，但它们依靠美学手段呈现出来的那种整体性，其实是不存在的，是一个幻象；还是我之前说的，现实之中，世界留给我们的印象，全都是彼此孤立的。所以我会在电影里如实呈现这些断片，所以每一场戏之间用了那些黑场。《未知密码》里只有一个段落里没有出现这样的黑场，那就是拍摄戏中戏的那一段。它存在的本意，是要给观众一个提示，是要帮助他们理解，但光看这场戏，你还是会信以为真。那是因为电影的每一场戏里，其实都设下了一个圈套，观众的注意力全都集中在了电影的美学上。电影导演之所以能将观众彻底玩弄于股掌之间，就是基于这个原因。

《未知密码》里有许多场戏，会让观众觉得它们彼此之间十分相似，会有一种如堕五里雾中的感觉，例如朱丽叶·比诺什面对镜头试镜的那场戏，看的时候你没法确定她是不是真被锁在了屋里，是不是真有煤气泄漏了。你也吃不准这故事发生的地点在哪里，究竟发生了什么。其实我就是想要让观众知道：别那么快就认定你对于现实的认知就一定是正确的。

斯科特：《未知密码》在结构上有一个地方很有意思，兜了一圈，我们又回到了影片开始的地方，看到了比诺什公寓楼下的门禁。这一段，也是全片唯一用到配乐的地方，用的是聋哑儿童的鼓乐。

哈内克：这地方要不要用音乐，我当初也想了很久。现在这么处理，说起来，也并不一定符合整部影片的设计，但我喜欢这段音乐的矛盾性。一方面，它听上去挺有威胁感的，标志着西方人看到这些外来者之后的内心恐惧。但另一方面它也有着积极的能量，就像是在说"我们来了，我们已经在路上了"。正是这种矛盾性，让我最终决定要用它，尽管这违反了整部电影的设计，即一场戏与下一场戏之间要区隔开来，不能交叠。希望这样的破例大家能够接受。（笑）这种做法在《钢琴教师》里也频频出现过：前一场戏的配乐延续到了下一场戏里。

斯科特：我觉得它用在《未知密码》里效果很好。在我看来，这就像是一种希望的象征，象征着人与人之间沟通交流的可能性。

哈内克：因为制造出这音乐的是一些聋哑人。

斯科特：你刚才也说了，这地方用这配乐，是为了制造一种效果，通过彼此交叠的声音，你把观众稍稍从现实中拉回来了一点。但是在我看来，这一刻你似乎也挺摇摆不定的，一方面，你想让观众就像是在面对其他艺术形式时一样，看到这里有一种身临其境的感觉；另一方面，还是像你之前说过的那样，也想让他们怀疑自己对于现实的认知。这两个目标是不是难以调和？

哈内克：对，两种选择让我十分犹豫，我也在问我自己："究竟应该坚持整部电影的原则，放弃这种效果，还是应该暂且忘了原则的事，保留这种效果？"不过，规则就是用来打破的嘛。（笑）

斯科特：你曾说过，你特意将《未知密码》中比诺什的角色设定为女演员，理由是，那是她唯一能扮演的角色。我相信，你要表达的显然不是比诺什戏路上有局限的意思。

哈内克：对我来说就是这么一个问题：在一部力图追求现实的电影里，要怎么用好朱丽叶·比诺什这样的女演员？显然，让她扮演女演员，哪怕是不怎么成功的女演员，也肯定要比让她扮演女仆更符合现实。同时，这么做还有一石二鸟的效果，女主角是女演员，她要去演电影、演话剧，于是我就能用黑场来呈现现实的中断了。女主角是女演员，我就可以拍戏中戏了。在我看来，戏中戏可是电影里最有意思的一种形式上的特色。不然的话，在一部并非是类型片的电影里，像她这样的大明星，我还能怎么用呢？我的下一部电影里也会有她，但这一次她会演一个普通女性，因为那将是一部惊悚片。①

斯科特：写这个剧本最大的难点是什么？

哈内克：影片一开头的小女孩，那是最大的难点之一：聋哑小女孩要表现出一种她那些同学全都猜不出来的情绪。我要给她解释该怎么演，哪些东西是一定要表达出来的，又有哪些是要暧昧处理的，要留待观众自己去任意诠释。

斯科特：拍摄时，你有没有告诉她究竟要表达哪一种情绪？

哈内克：我告诉她了，但我不会告诉你的。（笑）

斯科特：有些美国影评人觉得《未知密码》看不太懂，整个剧情不是按照传统的因果关系来建立的。你确实没有给观众提供什么清晰易懂的线索，有没有担心过这么做会吓退观众？

哈内克：没担心过。担心这种事情干吗？尤其是现在再去回想这种

---

① 此指《隐藏摄像机》（Caché, 2005）。

事，那就更没必要了。相比流行电影，我的电影本就是为了某一类特定的观众而创作的。这和写作一样，诗歌的受众肯定要比流行小说什么的少很多。不接受也要接受。如果你的目的是要尽可能精准、详尽地去探讨自己那些创意，那就必须做出决定：我是继续这么干，还是转而追求商业成功？

斯科特：你曾说过，你作品中那些人物的行为，你之所以从不做具体解释，那是因为"不管哪一种解释，其存在意义仅仅只是为了让观众能好受一些"。换句话说，解释人物的行为动机，其实就是撒谎？

哈内克：这里说的撒谎，主要说的并不是导演故意给出错误信息的意思。任何一种解释，它都会给人留下这么一种印象：那其实是在整体上解释这一整个世界的事。但是，你不可能说清楚全世界的事，不然的话，我们对于世界也好，对于自己也罢，整个认知全都要发生巨变了。所以在我看来，解释就是一种限制，每一种限制又是一个间接的谎言。解释会给人留下这么一种印象：看一部90分钟的电影，或是读一本200页的书，就能把所有事都解释清楚了。现代文学可绝不会斗胆声称自己能解释整个世界，但这却恰恰就是类型电影在做的事，只不过观众自己也参与其中，以为自己能解释一切。他们明知道自己花钱进场，看到的只是一个幻象，但却仍觉得自己从中获得了安慰。说起来，这不光是幻象的蓄意所为，也和观众自己的应允密不可分。

斯科特：你关于不做解释的说法，确实在《未知密码》里有十足的体现。所以我想到了玛丽亚这个人物，她被逐出巴黎，她回了罗马尼亚，家人之间乐于沟通、互相关爱，但她却没有留下，然后她又回了巴黎，我们也不知道她为什么要那么做。假使如你所说，艺术家有义务寻找真相，那么请问，艺术家是不是也有追寻情感真相的义务呢？

哈内克：她为什么不得不回去，这原因我觉得从一开始就再明显不

朱丽叶·比诺什在戏中戏里的表演

过了。出国打工的罗马尼亚人，有9成都是为了要在老家盖房子。所以在片中你也看到了，路边都是空房子。其次，她在罗马尼亚，走在路上，然后坐上了朋友驾驶的车子。在这里，她的矛盾情绪得到了十分清晰的表现。两人谈起出国打工的事，彼此都说了谎。换句话说，回到故乡后，他们生活在谎言之中。你要的真相就是，只要出了国，他们肯定就会流落街头。

斯科特：有人从门缝里给安娜塞进来一张纸条，说的是住在楼上的那个姑娘，她时不时地会大声尖叫，扰到四邻。起初，安娜以为纸条来自她那位上了年纪的邻居，但后者否认了这种说法。然后我们就看到了女孩的葬礼，再就是一个持续很久的跟随镜头，安娜和邻居一起从葬礼离开，彼此之间一句话都没有说。这么一段小小的剧情，其实拍成一整部电影都不是不可能。《未知密码》里却有许多这样的小故事，你会不会担心过犹不及？

哈内克：不担心，担心的话我就不会这么拍了。因为随着影片推进，主题越来越清晰，所以不存在你说的担忧。我觉得我所有的电影，主题都是关于内疚和责任。她俩从葬礼离开的那一场戏，就是这方面的典型：两人走得很近，但内心却是隔绝的，因为她们都有强烈的内疚感，后悔自己没采取任何措施去帮助那个姑娘。当然，即便她们想要帮忙，或许也没这个能力，但那就是另一码事了。每天我们都会遇到类似这样的事，或许，我们本都可以做些什么，但事实上，绝大多数人甚至都不会想到自己可以那么做。我要提醒观众，别忘了，这种不作为其实也是有罪的。《未知密码》里那些故事，说的其实就是这一点。但是，影片开场时，黑人青年希望让能向玛丽亚道歉，结果却导致她被遣送回罗马尼亚，错在于他。他完全没想过要害她，但正是因为他的出手相助，她被遣返了。

斯科特：好心办成坏事……

哈内克：（笑）但这不代表我们就要压抑自己的好心！常有人问我，这场戏到底要表达什么，是不是说大家就不要互相帮助了。我说不是，我要表达的是生活有多复杂。这就是人生的戏剧之处。

斯科特：《未知密码》登场人物众多，文化背景五花八门。不管是战地摄影记者还是出租车司机，或是沦为乞丐的移民，在我看来，他们的人生经历全都很有可信度。能否谈谈这方面的资料搜集工作？

哈内克：与我其他作品不同，《未知密码》几乎无一处源自虚构。至少，涉及身为移民或外国人的那些主题，几乎无一处源自虚构。那些故事都有人物原型，我只是做了一些拼凑的工作。重新组合是必不可少的，但几乎没有什么东西源于虚构，都是我亲眼所见或亲耳所闻的事。我拜访了不少非洲移民家庭和罗马尼亚移民家庭，那些故事都有原型。例如那家非洲人，那两个不停争吵的女人都是出租车司机的妻子，那就来自真人真事。

斯科特：你的说故事风格，由这里便可见一斑。明明这男人有两个妻子，但你却没有直截了当地把这一点告诉观众。

哈内克：是的。这些家庭里的各种人际关系，那全都确有其事，都是我实地探访得来的。还有片中出现的那些战地摄影作品，也都是我一位真正的战地摄影记者朋友拍回来的。乔治和安娜之间的故事，取材于一部纪录片，那是我当时与法国《解放报》正在合作的一个项目，计划要为观众介绍一下身为战地摄影记者的各种艰辛。其中有一位采访对象，之前写过一些文字，谈的是他和家人之间的问题。最终，这部纪录片没能拍成，但他们把这些素材都留给我了，指望我将来还能有机会加以利用一下。

斯科特：对白你都是怎么写的？演员在排练时提出的建议，你会不会加以吸收，融入对白之中？

　　哈内克：一旦正式开拍，我总希望剧本上写的一字一句，包括每一句对白，全都能转化在银幕上。有时候，服化道团队可能会觉得某些东西做起来成本太高，但我会告诉他们："我现在只是导演，我要负责的就是，编剧哈内克的文字能够原样出现在银幕之上。我可不能让我的编剧失望。"（笑）当然喽，如果我注意到有些台词演员确实很难表达，我还是会简化一下或改一改的。

　　斯科特：《未知密码》的开场戏很长，而且是一镜到底，能否谈谈这场戏是怎么写的？如何确立人物、基调……

　　哈内克：开场戏主要是要介绍人物登场，介绍他们彼此之间的关系。让观众知道安娜是一位演员，而那位男生则是她男友的弟弟。相比常规做法，即让所有人物在影片结尾一同出场，我想要在影片一开始就做到这一点。但是，一开场就要做一遍，结尾还要再复制一遍，而且又要来得合情合理，这就有难度了。同时，怎么从美学上和剧情上把它结合起来，在现实主义的范围内将所有人物放在一起，这也很难。《银色·性·男女》里，用的是地震；《木兰花》里则是电视和歌，还有从天而降的青蛙雨！（笑）想一下《银色·性·男女》的剧情，让所有人物做同一件事的可能性，很低很低。一开始，大家都被洒到了杀虫剂，结尾大家都遭了地震，但抛开这一头一尾，很难再把所有人联系在一起。

　　斯科特：你怎么看待说明性对白？想要建立人物，说明性对白必不可少，但往往又会令影片缺少灵动。

　　哈内克：确实，只能见招拆招，不同的戏具体分析，我也没有固定公式。我常跟学生讲，那就像是打桌球，不要只会直来直去，也要利用吃库击球。

　　开场戏实际拍摄时遇到的主要问题就是，这场戏有不少对白，什么时候说什么，时间上要拿捏得很准确。但整场戏只有一个镜头，一句台词说多久，然后停顿多久再说下一句，那就很难处理了。所以我们只好做了一些平面图，某个路人由镜头前走过的时候，代表对白的某个转折点。于是乎，这一场戏里你看到的每一个路人，他们全是带着使命来的。（笑）结果就是，这个长镜头我们一共拍了38遍。总有地方会出问题，或是谁谁犯了错误。哪怕整场戏前面都对，还剩下3秒钟时出了问题，也只好从头来过。

原来的剧本里，我设想的是让走过一家商店，橱窗里摆着一些电视机，正在播各种不同的节目。但如果那样做的话，会有一个问题，必须把镜头向后拉，才能看清橱窗里所有的电视画面，那样的话，镜头就没法准确捕捉到他把垃圾扔在乞丐身上的那一瞬间了。所以我们决定让他走进一条夹道，经过她的身边，不再是扔，而是把垃圾丢在她身上。

斯科特：安娜拍电影的那一场戏呢？同样的内容我们之前已经看过一遍了，她在镜头前面试镜，然后拍电影时我们又以观众的视角看了一遍，这么做不显得多余吗？

哈内克：两者有层次之分，当观众发现自己正在观看拍电影的过程时，这等于是又向后退了一步。我们拍这场戏的时候，她和房产中介在看房，真正的摄影机隐藏在房内的木板后面。这里有一种很难让人发现的过渡，先是看着画面中那些人正在拍戏中戏，然后再回到这部电影本身之中。当她直视镜头时，我们又回到了"现实"之中，我们这才知道那已经不是戏中戏了。

斯科特：戏中戏说的是房产中介杀死多位客户的事，片名是《收藏家》（ *The Collector* ）。是不是针对法国人关于惊悚片概念的调侃啊？

哈内克：随着《未知密码》的情节推进，戏中戏的所有剧情也都一一交代了出来，我要表达的只是一种反观自我的可能性。

斯科特：你刚才说你下部作品是由比诺什主演的惊悚片，片名会不会是《收藏家》?

哈内克：不会，不会。（笑）说它是"惊悚片"，那有些夸大了。那只是工具，说的还是内疚和个体责任。某人童年时做了一件错事，性质并非特别恶劣，但却引出了糟糕的结果。

法国，巴黎

《青春年少》

————————／ 6

韦斯·安德森

> "当编剧就是这样，总会碰上这种情况，总会怀疑那还拍不拍得成电影。"

韦斯·安德森（Wes Anderson）的剧情长片处女作《瓶装火箭》（*Bottle Rocket*，1996），剧本由他和大学时代的好友欧文·威尔逊（Owen Wilson）共同完成。同时，立志成为好演员的欧文，还和他弟弟卢克（Luke Wilson）一同担任了该片主演。《瓶装火箭》当年票房不佳，日后却成了一部邪典喜剧。之后，这对编剧搭档又合写了由比尔·默里（Bill Murray）主演的《青春年少》（*Rushmore*，1998）和《天才一族》（*The Royal Tenenbaums*，2001），后者令他们获得了2003年奥斯卡最佳原创剧本奖的提名。

剧情梗概

美国，现代。马克斯·费舍尔是私立学校拉什摩尔学院的优等生，拿奖学金，而且在组织学生社团和话剧排演方面，都做得相当成功，结果，自己的功课却严重落下了。生活中，他与富有的商业大亨布鲁姆成了朋友，还爱上了自己学校新寡的女老师克罗斯小姐。为能博得她的欢心，他想要利用布鲁姆的资金来建一家水族馆，最终却落得被学校开除的下场。此时他才发现，布鲁姆也爱慕克罗斯小姐。结果，这对情敌之间的矛盾全面爆发，马克斯泥足深陷。出乎他的意料，此时有人向他伸出了援手，其中包括他那位为人简单但却熟谙哲理的理发师父亲。

《青春年少》(*Rushmore*,1998)

凯文·康罗伊·斯科特：听说在你很小的时候，父亲就借了你一台摄影机。请问你当时都拿它拍了哪些电影？

韦斯·安德森：他给了我一部超 8 摄影机，我拿它拍的第一部电影叫作《滑板四人帮》（*Skateboard Four*）。故事取材于我读到过的一本书，我是在图书馆里借到的。此后我们又拍了一些冒险题材的作品，有不少你追我赶的场面。

斯科特：我知道接下来这个问题听着挺愚蠢的，但既然我们这是在谈编剧的事，我还是想问一下：这些电影有没有叙事结构？

安德森：有啊，叙事结构通常也就只有一场戏，某人被一群家伙给孤立了，然后又被他们追杀，最后死在了他们手里。我们当时拍摄的作品，基本上都是这个结构。

斯科特：听说你少年时代就对戏剧特别感兴趣，那时候有没有想过将来要以电影为职业？

安德森：我对戏剧的兴趣来得很早，甚至还要早于少年时代。但我真正进入少年时代之后，想要当的其实是作家。虽说也一直挂念着电影的事，但关注点主要还是放在了写作上。一直要到我十八九岁的时候，这才将重心放到了电影上。

斯科特：听说你年轻时对《纽约客》（*The New Yorker*）这本杂志特别着迷，它究竟是哪里吸引到了你？

安德森：最初是在中学图书馆里看到的《纽约客》，上面有些文章挺让我感兴趣的。所以一进大学，我差不多在第一时间就去订了全年的《纽约客》。对我来说，那上面的每一篇文章，我都很愿意拜读，慢慢地也就熟悉了那些作者。能做到这一点的杂志并不多，但《纽约客》过去是这样，现在也仍是这样。此外，我求知欲挺强的，有喜欢收集各种资料的习惯。我还记得当初我专门去找了以前的《纽约客》上杜鲁门·卡波特写马龙·白兰度（Marlon Brando）的那一篇文章，翻阅的过程中，我又发现了塞林格（Jerome David Salinger）发在《纽约客》上的那些短篇小说，还有宝琳·凯尔过去发表的那些文章。所以我找资料的时候特别喜欢去图书馆里找那些《纽约客》过刊。不怕告诉你，我办公室的书架上就摆满了《纽约客》合订本。越是让我有兴趣的新事物，我对于在它之前的旧东西，兴趣也会越大。《纽约客》那些作者的文章，后来有不少都出了文集。例如米切尔（Joseph Mitchell）、利布林（A. J. Liebling）甚至是诸如 S.N. 伯曼（S. N. Berman）或沃尔科特·吉布斯（Walcott Gibbs）那么好几十位没那么为读者所熟悉的作者。

斯科特：你念的是得州大学，有没有修他们的写作课程？

安德森：有啊，我在那儿修了英国文学，可能还上了好几年写作课，那课程还 OK 啦，至少会让你学到一些结构方面的知识。那儿有一个好处，他们有一些会议式课程，就像是小型的研讨会，只要和教授提前商量好，就可以在会上把你自己想要研究的课题提出来。那真的很不错。我可以就自己感兴趣的知识点，找到一些行家来帮我分析，从他们那儿获得大量讯息。此外，我还参加过一些戏剧写作的课程。

斯科特：你高中时有没有写过话剧？

安德森：没，大学里写过一个。倒是高中以前，写过许多……

斯科特：也就是说，《青春年少》里马克斯那种"关于水门事件的小型独幕剧"，你自己高中时代并没有写过？

安德森：（笑）没写过，相比起来，我写的都是关于《金刚》（*King Kong*，1933）、《星球大战》（*Star Wars*，1977）和《锦绣山河烈士血》（*The Alamo*，1960）的话剧，尽是些大场面题材，但我写出来的话剧也就只有 15 分钟长度。

　　斯科特：在大学的时候，你认识了欧文·威尔逊，后来你们合作了《瓶装火箭》和《青春年少》。请谈谈当初的相遇。

　　安德森：我们参加了同一个戏剧写作班，我没记错的话，课上要求写的剧本，他一直都没能真正完成，我倒是完成了。我们差不多就是那时候认识的，后来又通过一位共同的朋友，正式做了介绍。我写成的那个剧本，被戏剧系的人看上了，想在下学期把它排出来。那里面有一个角色，我觉得很适合欧文。结果，那就成了他有生以来第一次的表演经历，就是我写的那台话剧。

　　斯科特：《瓶装火箭》之前你们有没有合写过什么电影剧本？

　　安德森：没合写过，但我自己写过一个，叫作《剽窃者》(*The Plagiarist*)。后来，某人写了一本小说，也叫这个名字，感觉还挺合适的……我那个剧本没什么具体内容。那也正是它最主要的欠缺之一。这么说吧，那就是一个讲述某一个人的剧本。某一种人。在当时，我觉得这想法还挺不错的，适合写成电影剧本。其实就是到处借鉴，杂七杂八地堆砌在了一起，就成了一个剧本。它根本就没什么希望，完全不可能会有什么结果。那根本就是一个文字读本，就没想过要拍成电影，甚至没想过写完之后要给别人看——纯粹是为写而写。（笑）

　　斯科特：可以这么说，你和欧文合写的那几部电影里，都有着某一种自成一家的基调。这要求你们俩具有相似的人生观，在创作上至少要有相似的感觉。你们是什么时候意识到彼此之间这种默契的？

　　安德森：马上就意识到了吧，我想很可能是这样的。有了《瓶装火箭》的想法之后，我们一起讨论了一下，但那年夏天我们各忙各的，然后我先把剧本写了出来，然后拿给他看。他觉得挺有意思的，但不久之后我们就把它整个推倒重来了。只有某几场戏保留了下来，例如打劫书店的那场戏。但我们当时觉得，这场戏和整部影片并不搭，与整个基调不符。过了一段时间，我们终于认清了现实，我俩都不属于那一类人，不适合拍摄《穷街陋巷》(*Mean Streets*，1973)那种电影。

斯科特：《瓶装火箭》起初是一部实打实的正剧？

安德森：也不完全是，毕竟当时就已经有打劫书店的那场戏了。但当时我们自己都不确定它到底是什么。你要说正剧吧，确实有很严肃的戏剧元素，但那些戏剧元素的味道又不太对。更像是《优雅之邦》(*State of Grace*，1990)或者什么的。与我们对整个电影的设想不太符合。我们也只好慢慢改。其实，《瓶装火箭》还是来自我们当时的生活。你把那些枪啊、犯罪的东西都拿掉，剩下来的，差不多其实就是我们当时的生活方式，就是我们当时感兴趣的、经常去的一些地方。所以这部电影主要说的就是我们当时的那群朋友。

斯科特：据说这个剧本曾一度达到300多页的长度，怎么回事？

安德森：我们当初写的时候，本以为那是120页，然后，加州那边有人把它的格式重新修订了一下，结果就变成了300页，比原来想象的长了好多。而且，我们找演员试读了一遍剧本，读了好久都没读完，那肯定就是有问题了。

斯科特：据说，詹姆斯·布鲁克斯(James L. Brooks)这位传奇导演兼编剧，用了三四个月的时间，帮助你们修改了剧本。据说他曾告诉你们，要把剧本大声念出来。你觉得在分析剧本的过程中，这么做有用处吗？

安德森：找演员试读《瓶装火箭》剧本，我们一共做了两次。第一次念了好久好久，当时詹姆斯和波丽·普拉特(Polly Platt)也在，都是专门飞来得克萨斯和我们见面的。那一次真是灾难。过了几个月，轮到我们去洛杉矶了，算是去等候詹姆斯发落吧，看看他们到底投不投我们这部电影。当时他们并没明确回复，但我们多少有点感觉，知道这事能成。所以我们又找人试读了一遍剧本，这一次弄得更像是话剧，拿掉了不少描述性的东西，结果大有起色，双方都很高兴。

《青春年少》就没找人试读剧本了，等到《天才一族》的时候，我们就在拍摄用到的那栋房子里，搞了一次半生不熟的剧本试读会。还有诺亚·鲍姆巴赫（Noah Baumbach）和我一起最新完成的剧本《水中生活》（*The Life Aquatic with Steve Zissou*，2004），我们也找了比尔·默里那些演员来做了试读。说起来，我做过的这么多试读，《水中生活》的这一次可以说是效果较好了。因为这一次我们做得够早，可以尽早知道剧本的长处和短处。之所以要做这次试读，就是想要知道剧本里哪些地方是成功的。通过试读，也知道了哪里还能改进。

斯科特：为什么这么说呢？是因为在这过程中，可以知道哪些台词听上去有问题吗？

安德森：主要还是因为在这过程中，我对于人物会有一种感觉，我能看到人物之间的关系是如何成形的，能发现故事动不动人。故事动人的话，试读的时候你就能感觉出来。如果试读过程中完全没有这种感觉——比如觉得故事动人——那你也就知道存在问题了。

斯科特：詹姆斯·布鲁克斯是公认的天才编剧。你有没有从他那儿学到什么创作上的原则？

安德森：我觉得我们从他那儿学到的不是什么创作原则，虽然他确实也会谈一些创作上的理论和原则什么的。"存在这么一种理论，想要赢得观众，必须写好影片一上来的那几分钟。这样的理论，有些人是会相信的。"他会跟你说类似这样的东西，其实他自己并不相信这道理，但如果你提出了不同意见，那他就会拿"理论"为依据来反驳你。我要说的就是，我们从吉姆那儿得到的，不是什么原则，而是一整堂剧本创作课。

他有东西能教给我们，我们也有东西需要学习。在此过程中，我们发现自己在这方面其实所知甚少，这样的发现，真有一种五味杂陈的复杂感觉。第一次把《瓶装火箭》剧本拿给他看的时候，其实我特别自信，那真是前所未有的信心，但经过那一次之后，我再也不敢如此自信了。

我当时并没想过真要去听别人的指手画脚，管它什么创作原则，我都不太听得进去，因为我对自己特别有信心，我觉得我们拍电影不用遵从这些原则——是吉姆让我认识到了，这种事其实没可能。他帮助我们修改了剧本，让它能更吸引观众，从某种意义上来说，可能让它减少了一些故作高深的东西。杀青之后，他又跟我一起做了剪辑，又给我上了一堂剧本创作课。这一次的主题是："它作为电影是如何运作的？"我觉得他真是教了我不少东西，尤其是剧本的文字编辑这一方面。所以《青春年少》和《天才一族》基本上都是剧本什么样子，拍出来就是什么样子。相比之下，《瓶装火箭》的剧本却是改了又改，拍完之后又在剪辑时狂改了一通，还重新补拍了画面。我们写了新的开场，写了新的戏，为了让它能像一部电影，我们真是反反复复地改了又改。等到拍《青春年少》的时候，基本就能做到得心应手了，剧本阶段就把问题都解决了，不需要事后大费周章地去重新来过。

斯科特：谈谈你对话剧的兴趣吧。听说你一直爱看话剧剧本，在《青春年少》里，戏剧也起到了重要的作用。现在还有兴趣写话剧吗？

安德森：我确实对话剧感兴趣，但我不确定自己是不是真适合干这个。我确实乐于制作、执导一台话剧。但说到写话剧，我如果有了什么创意的话，随之想到的总是如何给它配上蒙太奇，想到的布景也都是电影布景。结果，它只能是一部电影。话剧的话，最好是有类似这样的创意，会让你觉得台词才是重中之重，会让你觉得只需要演员坐在舞台上，把那些台词说出来就好。但是，类似这样的创意，我近来可从没想到过。

斯科特：是不是也和话剧"三一律"里的地点一致性有关系，一大段一大段的戏，都要放在同一个地点？

安德森：是啊。在《天才一族》里，统共只有四五场戏真正算得上比较长。基本都是一些很短小的戏。《青春年少》可能没那么极端，但确实也有不少很短小的戏。现在这部《水中生活》里，有几场戏很长，那是我过去从没拍过的长度，但我想那应该会很有意思的，时不时地我也很乐于这么尝试一下。

斯科特：有没有哪些剧作家是你特别喜欢的？

安德森：太多了，我最近刚发现兰福德·威尔逊（Lanford Wilson）写的《7月5日》（*Fifth of July*），非常不错。他以前写过《烧了这个》（*Burn This*），那也很棒的。要说一直以来对我影响最大、最让我感兴趣、我读得最全的，那就是谢泼德、品特、马梅特（David Mamet）、田纳西·威廉斯（Tennessee Williams）和契诃夫。

斯科特：有没有读过马梅特谈剧作的那本书：《刀的三种用途》（*Three Uses of the Knife*）？

安德森：没读过。我读过的应该是《在饭店里写作》（*Writing in Restaurents*），还读过一本他谈导演工作的。那就像是一本规则手册，他特别关注这些原则上的东西。

斯科特：是的。《刀的三种用途》挺不错的，基本上，它讲的就是如何赋予某一件物品寓意，如何用它来具体体现人物关系的变化发展。我记得他应该是这样说的："你拿着你的刀，走出去切下食物来，给你的爱人；你回到家，用你的刀刮胡子，以取悦你的爱人；等你发现爱人背着你偷情的时候，再用你的刀切开她那颗骗人的心。"

安德森：这可真够马梅特的。

斯科特：《青春年少》的创意最初来自何处？你曾说过，这部电影表现了你"对于那些眼高手低，野心与能力完全不成比例的人物的兴趣"。

安德森：长久以来，我一直想要拍一部校园电影。当初申请入读电影学院时，我得交两份故事概述的作业上去。其中之一，差不多就是《瓶装火箭》的原型，而另一个差不多就是《青春年少》了。按照当初的设想，那只是一部校园电影，人物方面我也只有一个大致的概念。《瓶装火箭》正式开拍之前，我们抽了一点时间出来，考虑了一下之后的事。我说我想要拍一部校园电影，对此欧文也很有兴趣，于是我们开始了一个漫长的酝酿过程。

这项工作开始之后没有多久，我先把马克斯在《青春年少》里排演的那出话剧给写了出来，我给它起的名字是《字母城大搜查》（*Shakedown in Alphabet City*）——根据电影《冲突》（*Serpico*，1973）改编的话剧。后来，我们有机会坐下来和当时负责新线电影公司的迈克·德卢卡（Mike De Luca）谈合作。他很希望能和我们合作一个项目，他告诉我们："随便你们想拍什么都行。"所以，给他描述我们手头的项目时，为了省事，我们就用了《冲突》，说我们把它写成了一部话剧。没想到，他对此很感兴趣。就这样，我们把《字母城大搜查》又改了一下，放了一些《冲突》的台词进去。当然，绝大部分都保持着原样，毕竟，它原本就是照着《冲突》的路子来的。类似这样的话剧，我在那之前就写过不少。所以我们还选了一个类似于菲茨杰拉德的故事，我想它的名字应该是《被捉住的影子》（*The Captured Shadow*）。另外还有一个叫作《最新鲜的男孩》（*The Freshest Boy*）。我和欧文一直都很喜欢菲茨杰拉德，所以就写了类似这样的东西。

斯科特：写这个剧本的过程中，有没有受到什么电影的影响？

安德森：肯定有来自《如果》（*If...*，1968）的影响。还有路易·马勒（Louis Malle）的《好奇心》（*Murmur of the Heart*，1971），那是我最喜爱的电影之一。当然，《四百击》（*The 400 Blows*，1959）的影响也少不了。《青春年少》里有不少法国元素，其实都可以和《四百击》联系上。此外，《哈洛与慕德》（*Harold and Maude*，1971）与《毕业生》（*The Graduate*，1967）对我们的影响应该也很大。

斯科特：你有没有考虑过改编小说，或是执导别人写的剧本？

安德森：没认真想过这事，但说不定将来什么时候……也不能排除这种可能性。说起来，约翰·休斯顿（John Huston）几乎每一部电影都是在翻拍现成的文学作品，翻拍他自己喜欢的小说，结果他拍出了那么多好电影……

斯科特：许多影评人都觉得《青春年少》带有自传性质，你介意这种说法吗？

安德森：不介意。那里面确实有着海量的自传性的东西。我并不是说我真的就像是马克斯，不是，我从没有跟他相像过。但既然是我写了那些话剧，我们因此想到要在《青春年少》中植入那些话剧，影评人这么说也就没什么可介意的了。

斯科特：你曾说过，《青春年少》表现的其实是主人公梦中的拉什摩尔学院，这是什么意思？

安德森：可以说，那是马克斯对于那个地方的主观看法。在他看来，这是一所历史悠久的伟大学府，各种传统今后也将发扬光大，但事实上，那不过就是一所很普通的学校，全校就他一个人坚持穿着胸口带有校徽标志的西装。拍摄的时候，我们有意采用了暖色调来拍这所学校，一切都显得五彩缤纷的，而当他被迫转去街对面那所格罗夫·克里夫兰中学时，我们也做了特别的灯光设计，让它看上去感觉就像是监狱。故意拿掉所有的色彩，让它看着冷冷的，还装上了铁丝网之类的东西。

斯科特：《瓶装火箭》起初票房不佳，后来却成了邪典电影，不光影迷追捧，在好莱坞的制片人圈子里也有很好的口碑。请问，当他们读到《青春年少》的剧本后，又是什么反应？

安德森：买家够多的，终于轮到我们来挑挑拣拣了。斯科特·鲁丁（Scott Rudin）读了剧本，想要拍。泽西电影公司（Jersey Films）的人读了剧本，想要拍。乔·罗斯（Joe Roth）读了剧本，想要拍——他是迪士尼当时的一把手。《青春年少》原本是专门为新线公司所写的，按理说，我们本可以合作得相当愉快，但事实却是，他们一拖再拖，弄得我们不得不去追问一句："你们到底还拍不拍这部电影？"最终，他们决定不拍。那就只好再见了。后来我们去了迪士尼，找到了乔·罗斯，他早就等着我们了。

斯科特：据我所知，你和欧文·威尔逊写剧本的时候，从来不会一稿一稿地去重写直至定稿，你们只是针对其中某些部分专门做些修改。但是，这么做会不会让剧本其余部分被动地受到影响呢？

安德森：并不是一次只关注某一部分。这次和诺亚合写剧本，写完之后我们就把它拿给别人看了，然后得到了各种反馈，或许我们还会找演员来试读一下，然后参考一下她的意见，修改一下这个角色，专门抽时间研究一下这一部分，把改动贯穿在整部电影之中。我们会想到谁谁说的："这地方，我的看法和你们不一样。"于是我们另外考虑一下，想想有什么办法。与其说是修改某一场戏，还不如说那更是一种全盘考虑。

斯科特：能否谈谈写剧本的时候，具体是怎么入手的？

安德森：就《青春年少》而言，缘起于我俩横越国境的一次自驾游，一路上都在谈这个创意，想出了不少东西。旅行结束之后，我们就分头写了起来，各写一部分戏。写《青春年少》的时候，前一阶段，我俩紧密合作；后一阶段，我们各写各的。能让我们一起商量的，只有故事里那些事件的创意、关于人物和关键的人物关系的那些要点，还有一老一少两位主人公之间不相上下的这种互动关系的创意。商量好之后，我只管自己写，然后拿给欧文过目，同时他也会这么做。

斯科特：独立创作的过程中，如果对自己写的东西不满意，如果产生了挥之不去的自我怀疑的情绪，你会怎么做？

安德森：我也不知道要怎么做，因为对我来说，产生这种想法，那是常事。大部分情况下，我想我会尽量告诉自己："上一部电影我是什么感觉？上一次进行到这个阶段时，我自己觉得理想吗？"通常，我会回答自己说："不理想，你当时的感觉糟透了。你甚至都不想再写下去了，不想拍那部电影了。"遇到这种事，我通常都要找别人来提醒我一下，因为你自己会有一种心理障碍，会觉得好像上一次没那么糟糕啊。当编剧就是这样，总会碰上这种情况，总会怀疑那还拍不拍得成电影。我和诺亚现在在做的这个项目，简直就像是一部关于电影的电影。直到 6 个月之前，我还不敢肯定我们是不是已经踏上正轨了，但不知怎么的，转过一个拐角，就柳暗花明了。

斯科特：说到实际的写作过程，如何让自己全情投入——比方说规定自己每天坐着写多少个小时，你有什么小窍门吗？

安德森：我的窍门就是小本本。先把所有东西都手写在小本本上，然后再输入电脑。以前我和欧文一起工作的时候，他也会这么做，但他手写的时候用的是速记法。《青春年少》《天才一族》和《水中生活》，全都来自这样的小本本……（说到这里，安德森拿出了一本口袋大小的笔记本，我看到了一些精心描摹的人物肖像草稿，与《天才一族》各章节标题边上附着的那些画像非常相似。）基于某些原因，我每部电影都要用上 7 本这样的小本本。

斯科特：小本本上记录的，是有关人物的创意，还是关于片中具体某些时刻的创意？

安德森：两种都有。7 本笔记本里，头几本差不多就和这本一样，都是这一类内容，然后是第 4 本、第 5 本、第 6 本，如果看到那几本的话，估计你一定会说："啊，这不就是那场戏嘛。还有这地方，和电影里完全不一样啊。还有这个人物，根本就没出现在影片中啊。"每次动笔写剧本的时候，第一步，我就是像这样把人物给画出来。通常情况下，这样的东西画好很多之后，才会有真正的文字剧本开始出现。等剧本定稿之后，草稿我也会带在身上，再有什么修改的话，我也会同时记录在草稿上。

斯科特：《青春年少》里比尔·默里那个角色，当初你写的时候，就是照着他的样子写的。我一直对这一点特别好奇，专为某个演员而写，这都是怎么做到的？

安德森：确实，就是照着他的样子写的，但当中有一段时间，我们觉得这角色可能没法找他来演了。所以，写剧本的过程中，这个角色我们也想到过别的演员。比如开场不久之后的一场戏，布鲁姆在做演讲。当初我想象的就是亚历克·鲍德温（Alec Baldwin）说这段话会是什么样子。没错，这个角色确实是专为比尔而写的，但那种专属程度，不如《水中生活》那么强烈。《水中生活》的核心人物就是专门为他写的——我没法想象由别人来演这个角色，就是这样。

斯科特：我正想要问问《水中生活》的事，这里面的比尔，是《疯狂高尔夫》（*Caddyshack*，1980）里的比尔·默里，还是《土拨鼠之日》

（*Groundhog Day*，1993）里的比尔·默里？

安德森：就《水中生活》而言，那里头有好多个比尔·默里。时至今日，我认识他已经有六七年了，对我来说，他就和我生活中认识的那些人一样，直接就能拿来，想象将他放在某部影片之中，会是什么效果。在《水中生活》里，既有以往电影里的那些比尔·默里，同时也有我所认识的那个生活中的比尔。在这一点上，《水中生活》要比我以往那些电影来得更为明显。各种各样的比尔，在这部电影里，全都混在了一起。那就像是《天才一族》，主人公是专为吉恩·哈克曼（Gene Hackman）写的。但我当时根本就不认识他，我想我只是参照了他的形象、他的声音，然后把那想象成了他。基本上，《天才一族》里其他角色也都是这么一个过程。卢克扮演的那个角色，其实是《天才一族》的出发点，本来这个人物才是主角，后来才有了变化。安杰丽卡·休斯顿（Anjelica Huston）也是我从一开始就想到的。欧文的那个角色有一点奇怪。他读完定稿剧本后，觉得这角色并不属于这里，那是将我过去写的某个人物直接移植过来的，他始终觉得自己演这个角色感觉不对，这一点直至正式开拍的那一天，才有了改变。正式开拍后，他就完全适应了，演得如鱼得水，连他自己都没想到。

斯科特：你有没有想过独立写剧本？

安德森：《天才一族》差不多就是我一个人写的。但我还是更喜欢找拍档一起写——可能也是出于同样的原因，相比之下，我还是最喜欢做导演，因为我喜欢团队合作的形式。欧文的主业还是演员，他的日常计划都是围绕那个来安排。所以我还是希望能找一位编剧拍档，每天都能见面，每天都能一起工作，一起讨论剧本，解决问题……对我来说，我的整个职业生活就是拍摄这些电影，所以，如果能找到一位合作伙伴，能和我一样完全把精力放在这件工作上，那就再好不过了。我和欧文合作的时候，彼此都能激发对方的创作灵感。这次和诺亚·鲍姆巴赫合作

《水中生活》时，也是一样。他俩各有各的不同品质，但都不缺乏热情和创意，通过与他们的互动，我获得了不少启发。

斯科特：而且他俩还有着相似的三观、相似的幽默感，是吧？

安德森：是的，欧文和诺亚在这一点上很相似：如果我和他们中的某一位出去跟别人一起吃饭，事后再谈到饭桌上的事情来，我和他们总能找到同样的笑点。

斯科特：配乐在《青春年少》中扮演了相当重要的角色。你平时写剧本的时候听音乐吗？会由音乐中获得什么剧作上的灵感吗？

安德森：确实，涉及具体某一场戏时，我会边写边听音乐。就好比《天才一族》里格温妮丝·帕尔特罗（Gwyneth Paltrow）播放滚石乐队（The Rolling Stones）唱片的那场戏，当初写那一场戏的时候，我听的就是这张唱片，反反复复地听了又听。那首歌，我很久以前就想好了，将来一定要想办法用在哪部电影里，这一次，终于设法把它给放在了这个地方。

斯科特：按照《视与听》（Sight and Sound）杂志的说法，这可是电影史上唯一的一场戏，连着用到了来自同一张专辑的两首曲目。

安德森：确实如此，虽然播放顺序和唱片里的并不一样……一曲终了，我们用了那种"嘶嘶嘶"的声音，让那听上去像是真的黑胶唱片。要是直接就把下一首歌曲就那么给连着放出来，这场戏的效果就没了。

斯科特：我很喜欢《青春年少》的开场戏，马克斯向我们展示了他的数学才华，结果却被吵醒，发现自己正在学校小教堂参加礼拜活动，直到马克斯醒来之前，观众并不知道这只是梦境。你故意没让观众知情。而且，这同时也是一场影片开始时的揭幕重头戏。

安德森：在《瓶装火箭》里也有，一直没告诉观众，他们在偷的其实是他爸妈的家。在我看来，类似这样的小技巧，相比电影，反倒是在话剧里更为常见。《青春年少》的这个开场戏，是后期才加入剧本之中的。我先写了一个版本，拿给欧文过目，他特别喜欢。后来，他修改了一下那些对话，加强了那种梦境的效果。你之前问到我们是怎么合作的，这就是一个很好的例子，齐心协力，精益求精。而且，之所以要加这场戏，那是因为我们非常明确地想好了，一定要让马克斯强势登场。之前的剧本里，他只是作为一名听众，出现在了比尔·默里做演说的那一场戏里，镜头慢慢地在人群中找到了他。随后我们决定加上这一场戏，让他一下子就出现在你面前。此外，这场戏会让你觉得，马克斯是一个有能力解答数学难题的人物；但很快我们就会发现，这可不在他的能力范围之内。

斯科特：然后就是比尔·默里的强势登场了，他在教堂演说，告诉底下的学生他们有多幸运，成功吸引了那些弱势群体的注意力。

安德森：我想要的效果就是类似于《大亨游戏》（*Glengarry Glen Ross*，1992）里亚历克·鲍德温所做的演说。

斯科特："咖啡是给成功的人喝的"？

安德森：就是这场戏。但我们这一段话没它那么强势，或者说没它那么有意思。当初写这场戏的时候，我给欧文的爸爸鲍勃·威尔逊（Bob Wilson）打了电话，请他给我写一段教堂礼拜上可以用的演说词——我知道他对这些东西挺感兴趣的。我给他解释了剧情，于是他就发来了一段话——那并不是他自己做这类演说时会说的内容，他只是基于我的要求写下了这些话。所以我又打电话给他："就写你自己想要说的东西吧。"于是他又写了一段。现在你们看到的影片中，这场戏里有大概三四句话，那都直接出自鲍勃·威尔逊之口，包括了"把准星对准他们"——那是我某次听他跟人打电话时说的，他们在电话里谈到了某位律师；还有

"你们生来富有而且一辈子都会富有"——鲍勃·威尔逊常爱这么说；还有"盯死了那些富二代"和"他们什么都能买到，但买不到脊梁骨"。这些全都是他的原话。

斯科特：马克斯在新剧上演之后，带着布鲁姆先生、克罗斯小姐以及由欧文的弟弟卢克·威尔逊饰演的她的医生朋友，去了饭店吃饭。这场戏有一句台词特别精彩：马克斯醉了，批评起医生，拿他的穿着开起了玩笑——"伙计，你的护士服挺不错的。"卢克·威尔逊回答说："这叫作外科制服。"马克斯又说道："哦，是吗？"应该有不少观众被这句话惹得捧腹大笑了吧。

安德森：那句话是卢克写的。

斯科特：所以说，你写剧本时，向来都会有不少人群策群力，给你做点类似这样的小贡献吧？

安德森：绝对的。你刚才说到的这句话，就常有人会问起我。当初是卢克读过剧本后自己想出了这句话。说到卢克，前不久我们在一家名为"小屋8号"（Bungalow 8）的酒吧会面，我给了他我的新剧本。但他把剧本忘在了酒吧。这个剧本，按理说本该属于高级机密，可他就那么忘了拿……只好又给他送去了一本，送去了他的宾馆房间，结果他又把它忘在了宾馆里。他打来了电话，满满的歉意，但问题在于，一晚上他就弄丢了两份剧本。他让我再给他一份，直接寄去洛杉矶。我想想还是算了吧。但这会儿你又让我回忆起了这一句"哦，是吗？"有多精妙。看来，我还是应该再给他一份剧本。（笑）

他们吃饭的这一场戏，最有意思的地方还在于，他们四个人真的是同时在演这一场戏。《青春年少》绝大部分时候是两个人的对手戏，很少有机会可以像这场戏一样让大家坐成一圈。它的灵感来源之一，就是《我的左脚》（My Left Foot，1989），那是我和欧文都很喜欢的一部电影。其中有那么一场戏，丹尼尔·戴－刘易斯（Daniel Day-Lewis）彻底精神崩溃了，我们这一场戏差不多就是从那儿来的。

斯科特：是，这场戏妙就妙在，一直以来，马克斯都想给人留下一种老于世故、大气谦和的印象，但到了这里，他还是露出了狐狸尾巴，情绪上很不成熟的一面完全暴露了。像这样的突然转变，是你们一开始就设想好的吗？

安德森：说实话，那更像是故事本身的需要。情节推进到了这一步，他就该这么做。当初写到这场戏的时候，我估计我们自己也挺吃惊的，没想到这场戏成了转折点，打破了他一贯的行为模式。当初之所以会那么写，或许纯粹凭的是一种直觉，事后再一琢磨，我们知道它确实有必要存在。原本，紧接着这后面还有另一场戏，吃完饭去前台寄存衣帽的地方后，他的行为还会更加夸张。但修改剧本的时候，我们觉得那有些多余了，所以就把那场戏精简掉了。

斯科特：剧本的编辑修改工作是不是就是这样，大部分时间都是在删除重复内容？

安德森：没错，同一件事反反复复，有时候你自己甚至都意识不到，直到全部写完，退一步再看，这时候才会发现。

斯科特：你的蒙太奇用得很有效果，相信你应该很喜欢这种手法。我想到的是影片的开场，你呈现了马克斯的各种课外活动，包括养蜂协会、模拟联合国、卡丁车队在内的各种学生社团，他都参加了。但是，这些其实都是说明性的内容，大家都知道，就剧本创作的各种原则而言，说明性的东西都是很难对付的。你有没有担心过，这地方这么处理，会让观众成为完全被动的参与者？

安德森：我当然担心过。就说《天才一族》吧，一上来我们就介绍这一家人的故事，我想那绝对全都是说明性的内容。然后我们又介绍了各个人物的现状，边上配上他们的名字，介绍他们每个人都在做什么。也就是说，我们在这上面足足花了20分钟时间，然后才等到了第一场真正有实际内容的戏。影片一上来那一大段，全都用在了铺垫上。这么做，其实是不对的。电影不能这么拍，而我那么做的效果，可能也会有问题。但没办法，我当时就是想要这么做，非这么拍不可，事实上，我之所以要拍《天才一族》，前面这一大段内容，就是原因之一。所以，不管怎么样我都要这么拍，我知道整个故事的戏剧性也要过了这一段之后才会正常地铺开，所以我只能寄希望于这部分内容本身也能具有一定的吸引力，靠它自己也能抓住观众了。此外，说到蒙太奇，后来我们还配合着"雷蒙斯"乐队（Ramones）的一首歌曲，以蒙太奇的方式插进去一整个有关格温妮丝·帕尔特罗那个角色的背景故事。

斯科特：《青春年少》里名叫德克的小配角，标志着该片的一个真正的转折点。他是马克斯的朋友，比他年轻，因为马克斯的背叛，他觉得很受伤。你在表现这种剧情转折的时候，用的配乐几乎已经带有哥特风格了，与之前的配乐反差鲜明，于是也让这种转折来得更明显了。德克得知，马克斯对外吹嘘说德克的母亲跟他有亲密接触，作为交换，他这才答应让她儿子做自己的跟班。在这地方，就整个电影的基调而言，必须处理得非常小心才行。他写给马克斯一封信，暗算了他，表现得非常有心机。

安德森：写那封信的时候，我们遇上了一点麻烦，后来我找了我们的经纪人，让他儿子写了这封信。瞧，这又是一例！我们找了别人来帮忙写一些东西。我们的经纪人名叫吉姆·伯科威茨（Jim Berkowitz），我们把剧情跟他儿子乔丹·伯科威茨（Jordan Berkowitz）解释了一下，于是他就写了一封信。那封信的开头和结尾，我们都用到了影片中："亲爱的马克斯，我写这封信是要告诉你，我听说克罗斯小姐私底下跟布鲁姆先

"亲爱的马克斯，我写这封信是要告诉你，
我听说克罗斯小姐私底下跟布鲁姆先生有一腿。"
马克斯往布鲁姆的宾馆房间里放了蜜蜂，随后溜之大吉。

生有一腿。"其实，这就是我之前在电话里告诉乔丹的话，他就原样给写了出来。看了他写的信，欧文有了一个想法，要把德克讽刺挖苦的那种狠劲给表现出来，于是就有了现在影片中的那一封信。可以说，它一部分来自我和欧文的合作，另一部分则出自欧文与乔丹·伯科威茨的合作。

斯科特：就剧情而言，德克的角色虽小，但却非常关键。他做了坏事，但也有善行。他的戏份是不是还有一些被你们剪掉了？

安德森：原本还要交代一下，他在幕后策划了一些事情，但后来基本都拿掉了。我记得应该有这么一个镜头，布鲁姆正在开车，德克从望远镜里看着他。我们之所以用了"德克正看着这一切"而不是"德克正在密谋这一切"，是因为后者显得稍有一些过于腹黑了。

斯科特：为什么用了几月份几月份的字幕卡？是为了突出影片结构吗？

安德森：没错，而且那么做也让我想起了鲍威尔（Michael Powell）和普雷斯伯格（Emeric Pressburger）的电影。此外，这和马克斯搞的话剧也能联系上。我最喜欢的是10月份的那一个：一块绿色的大幕，幕布拉开，出现的是格罗夫·克里夫兰中学。只要它一拉开，需要交代的这一大块信息，马上就传递给了观众：他被学校开除了。

斯科特：然后就有了马克斯在雨夜爬克罗斯小姐家窗户的那场戏，他声称自己被汽车撞了。他敢做出这样的事来，也算是非常大胆了……

安德森：在我看来，全片就数这一场戏最有话剧味。它也是全片之中篇幅较长的几场戏之一，两人之间有来有往，戏都不少。

斯科特：克罗斯小姐竟然会让马克斯跟她一块儿躺在她床上，你完全就没担心过观众有可能会不买账吗？就在她去厕所找急救包的时候，马克斯在她的录音机里放了一盘柔情慢板的录音带，然后就那么躺在了她床上。

安德森：这场戏原本是这样的：趁她不在屋里，马克斯朝周围看了一下，找到了一个鞋盒，打开发现里面装满了大麻。然后还有这样的情节：她拿了他的一些衣服去卫生间，他身上穿着一件浴袍。所以说，原本的处理可要比现在的厉害得多。关键在于，我觉得她确实被他吸引住了。她觉得马克斯与自己有共通点，所以才会稍稍有些越轨。

斯科特：然后他们谈到了克罗斯小姐的丈夫爱德华·艾普比。马克斯说话挺无礼的，毫不掩饰地谈论他已去世的事实。感觉有点麻木不仁的味道。在《天才一族》里也有类似的地方，丹尼·格洛弗（Danny Glover）演的那个角色，吉恩·哈克曼不叫他名字，管他叫"科尔特兰"。像是这种带有挑衅的东西，你们都是怎么想出来的？

安德森：我和欧文都喜欢这样的人物：他们能做得出坏事来。碰到这样的人物，你会希望他们能经历一些什么事，能激发出他身上最好的一面来，然后也展现他们最坏的一面。很多时候，卑劣的事往往也是最有趣的事，特别是当事者本人还没这种觉悟的时候，他们不知道自己为什么会这么做，他们不会自查得失。

斯科特：关于性这方面，你们觉得马克斯会有戏吗？我指的是这一场戏，有好几处都让我觉得，他几乎就要成功搞上克罗斯小姐了。

安德森：肯定有戏啊，刚才也说了，她对他也有感觉，我觉得她是把马克斯和自己死去的丈夫给联系在一起了，觉得他俩具有一些共通点。

斯科特：影片结尾，你又让我们看到了来自话剧的影响：让所有人物出现在了同一场戏里。马克斯关于越南的新剧首演了，办了一场派对。从某种意义上来说，这和《天才一族》的最后一场戏挺类似的，都把所有人物关联在了一起，放在一场重头戏里。

安德森：确实，有一部分灵感来自《安倍逊大族》（*The Magnificent*

Amberson，1942），奥逊·威尔斯（Orson Welles）也安排了那么一场大型的派对戏，用了好多长镜头，在人群间穿来走去，从一组人拍到另一组人。我还记得，当初写这场戏的时候，感觉非常轻松，写起来一点都不难。因为我们实在是太了解这些人物了，他们每个人生活中都有一些突出的点，很容易就能把他们给联系在一起。

斯科特：怎么做到了解人物的呢？有什么窍门吗？

安德森：沉迷其中，有个一年的时间吧，你再写到这些人物时，可能就会有这样的了解了。

纽约，曼哈顿

《梦之安魂曲》

_____/ 7

达伦·阿罗诺夫斯基

"他们就等着你拿一波又一波的情绪去砸他们呢。"

达伦·阿罗诺夫斯基（Darren Aronofsky）凭借一部超低成本的偏执狂惊悚片《死亡密码》（*Pi*, 1998），忽然跃上了美国独立电影的大舞台。该片让他获得圣丹斯电影节最佳导演奖，随后他还凭借这个剧本，赢得了独立精神奖最佳剧本处女作荣誉。接着，他将小休伯特·塞尔比（Hubert Selby Jr.）的小说改编成了影片《梦之安魂曲》（*Requiem for a Dream*, 2000）。该片为自编自导的阿罗诺夫斯基赢来评论界的高度赞誉，20多年前就拿过奥斯卡奖的女演员艾伦·伯斯汀（Ellen Burstyn），也在《梦之安魂曲》中献上了大胆的表演。

剧情梗概

纽约，布鲁克林，时代背景未说明。孤独的寡妇莎拉得知自己有机会去参加一档电视游戏节目，她决心要先减肥，于是开始吃药。与此同时，她的儿子哈利和他女友玛丽安也跟朋友蒂龙一起，做起了海洛因买卖，希望能挣到钱开一家服装店。结果，四个各自上瘾难以自拔的人，一个进了医院，两个进了监狱，另一个则从事起了自毁人生的新买卖。

《梦之安魂曲》(*Requiem for a Dream*,2000)

凯文·康罗伊·斯科特：你从小在布鲁克林长大，青少年时代有没有搞过什么艺术创作？

达伦·阿罗诺夫斯基：高二那年，大约十五六岁时，校内办了那种"大家唱"（Sing）的活动。不同年级的学生人人都要参加，高一新生和高二学生比赛，看谁的剧目演得更好。女孩子负责跳舞，会乐器的就组成乐队，想表演的那些人就负责当演员。还有人负责选演员、写剧本，导演和监制也都各有一位。本人就是导演，那是我有生以来执导过的第一部作品，我设法说服了监制，让我来执导这一出小小的音乐剧。没记错的话，剧本应该是大家合写的，所以我相信我也出了一份力。后来我们还把演出过程拍了下来——我一直想找这盘录像带来看看，但实在是不知道它在哪里。

那一次，我应该还是做了一些导演工作的，但说实话，我当时并没想过将来要做什么。我那时候更喜欢写作。我写了不少诗歌，还有一些散文——高中时还是写诗比较多一些。那时候我可能理科更好一些，但我也没放弃文科。读大学的时候，我发现自己更想在通识教育方面打好基础，现在看来，这做法可能挺明智的——纽约州的公立高中系统欠缺了很多东西，教什么不教什么都很随意。

斯科特：本科你是念的哈佛。

阿罗诺夫斯基：读高中时，我根本就没想过将来要念哈佛，根本想都不敢想。是毕业指导老师鼓励了我，所以我决定要试一下。我的成绩其实并不好，但不知怎么还是被录取了——可能是因为我高中时参加了不少有意思的课外活动的关系吧。有一个名为"田野调查学校"的大型组织，我那时候就参加了他们的活动，直到现在我仍在他们的校友录名单上。他们招募的学生大多是大学生，然后还有一小部分高中生，大家一起去做实地考察：科学、生物、田野调查。我还跟着他们一起去了肯尼亚，去了内罗毕的南面，研究了有蹄类动物。从肯尼亚回来之后，第二年暑假我们又去了阿拉斯加，花了一个半月，划独木舟绕着威廉王子湾走，研究海象。可以说，我高中那几年里，用在学校里读书的时间，还没我花在校外活动上的时间多。然后就是哈佛了，光是这个名字，光是它的声望，你就很难对它说不。我是提前从高中毕业的，学分已经够多了，所以大部分同学都在 6 月高中毕业，我却是 1 月份就离校的。我去了一次欧洲，当起了背包客，18 岁的生日也是在欧洲迎来的。

斯科特：那就像是《爱在黎明破晓前》（*Before Sunrise*，1995）啊……

阿罗诺夫斯基：是啊，但是很不幸，我没遇上什么心爱的法国姑娘。那一路，我是由耶路撒冷开始的，大约半年之后，我抵达伦敦，已经身无分文，而且还得了肺炎。这半年里，我大部分时间都是靠搭顺风车，什么都见识过了。

斯科特：除了课业内容之外，你读大学时还看了哪些作家的东西？

阿罗诺夫斯基：第一次知道小休伯特·塞尔比，就是在大学里。那是在拉蒙特图书馆里——专供本科一年级生使用的图书馆，就那么偶然撞上了。还有肖恩·格莱特（Sean Gullette），我们也是在大学里认识的。《死亡密码》最初的创意就来自他。他特别爱看书，我大一那年初识威廉·伯勒斯（William Burroughs）的作品，就是通过他的介绍。可见，我真正接触这些作家的东西，还是要等进了大学之后。当然，如果我没记错的话，我高中的时候应该已经听到过《裸体午餐》（*Naked Lunch*）的大名了。因为我的某个朋友告诉过我，这本小说后面写到了各种毒品配方，还说肉豆蔻也有致幻作用。我记得有那么一天，我们确实吃了肉豆蔻，然后就生病了……所以说，我进大学之前就知道《裸体午餐》，但没读过。此外，《红夜之城》（*Cities of the Red Night*）也是肖恩介绍给我的，读完之后，我留下了深刻的印象。在大学看了那些塞尔比的作品之后，我也写了一些散文，还写了一些短篇小说。

斯科特：什么时候开始试着写电影剧本的呢？

阿罗诺夫斯基：大一那年的暑假，我去纽约大学上了一门电影史的课程，还有一门绘画课。纯粹就是随机地一选，我当时也没有什么具体目的。在课上，我们用投影机看了《愤怒的公牛》（*Raging Bull*，1980），看了一堆经典片。开学之后，我在哈佛也选了一门绘画课。老师特别棒，教会大家怎么去感知事物，怎么将三维的东西变成二维的绘画。我学到了各种了不起的绘画技巧，真是彻底改观，这种观察世界、分析世界的视觉方式，对我来说完全就是崭新的。大三的时候，我终于开始拍电影了。我选修了一门纪录片课程，所以我一开始拍的是"真实电影"。老师里面有好几位都是自创了某一种纪录片运动的电影导演，比如拍过《谢尔曼的行军》（*Sherman's March*，1986）的罗斯·迈克尔维（Ross McElwee）。我们当时所学的，差不多就是那一派电影——"个人化的纪录片"。

教了没多久，老师就让我们自己去拍一部纪录片。等学到第二年的时候，也就是我读大四的时候，我终于可以开始拍剧情片了。当时我可能写过一个剧本，但格式并不是剧本的格式，我只是按着自己的想法写的。读完大四，我毕业了，教我电影的老师告诉我："你应该去美国电影学院，你能在那儿学到很多东西。"但我先歇了一年，什么事都没做，就是回到了布鲁克林老家，整整一年一直在瞎写。我觉得我要写一本小说出来，但我爸妈告诉我："你写不成小说的，你还是得做点什么事。"确实，我整天都和一群阔别多时的老朋友一起瞎混，他们一辈子都没离开过布鲁克林，爸妈担心我会受他们的坏影响。最终，我还是决定去读电影——因为我实在是想不出来还有别的什么事可做的了。我被美国电影学院录取了，他们告诉我："等你毕业的时候，名下应该也有几个写好的电影剧本才对。"于是，那年春天我就一直在布鲁克林写剧本，其中有一个叫作《原生动物》（*Protozoa*），后来我在 AFI 把它给拍了出来，我们电影公司现在就叫这个名字。我还把塞尔比的短篇《幸运饼干》（*Fortune*

Cookie）改编成了剧本。从那儿毕业之后，我又动笔写了一个叫作《梦乡》（Dreamland）的剧本。为了把它完成，我用了可能有两三年的时间，那真是一段很惨的经历，不断地改来改去。后来我发现了，我那些编剧朋友也都遇到过这样的事。所以，我想在这里给年轻编剧提一个建议：如果第一个剧本写不完，也不要怕，因为——至少对我而言是这样，还有我的一些编剧朋友——你的创意虽然很好，但是说到如何建立结构，暂时你还没有找到感觉。当时的情况下，我根本不敢去想把它拍成电影的事，根本八字都还没一撇，我只能先把剧本搞定。从某种意义上来说，写剧本这件事也挺矛盾的。因为影片真正开拍之前，其实我们并不知道剧本里究竟需要写到哪些东西。所以你会发现——至少我是这么觉得的——所谓电影剧本，那其实不过是一张蓝图而已。有一种迂腐的观点认为，剧本里没写到的东西，电影里就不会有。但你去看看我的那两个剧本。剧本里几乎就没多少东西真正出现在了电影里。原因很简单，真要把我想到的各种视觉上的东西全写下来的话，那它就不是电影剧本了。我们团队就是这样，一拿到剧本之后，第一件事就是把它给撕了。基本上，我们会自己去琢磨如何用画面、声音来讲述这个故事。

斯科特：对你来说，写剧本时最大的困难是什么？

阿罗诺夫斯基：可能是那种孤独感。独处一室，面对电脑。但一旦真正开写之后，最精彩的部分也就开始了，写着写着，连时间都忘了。

斯科特：相比之下，最容易的又是哪一方面呢？写到哪一部分的时候，你会有一种不费吹灰之力的感觉？

阿罗诺夫斯基：我觉得写剧本的时候，没什么事是可以不费吹灰之力的。（笑）当然喽，整个过程中肯定有相对容易的地方。细说的话，一开始，你有了一个创意，然后你开始充实结构，这是一个很长的过程。光是把结构弄明白，把每一幕都想明白，把故事的节奏弄明白，这个就很费时间。然后就是伟大的一跃，也就是初稿了，我称之为"肌肉稿"，用肌肉来充实它。这一阶段有什么东西遗漏了，我不会担心，我只管往下写，一直写到底。

大家习惯用各式各样的比喻来形容剧本创作的工作，在我看来，其中最棒的一个就是拿它比作雕塑。雕塑的时候，你也是由一大坨泥巴开始的，如果过分关注作品的脑袋或是某一只手，最终你会发现，不论是细致程度还是尺寸大小，脑袋或是那一只手，对比整个雕塑的其余部分，都会显出明显的差异来。所以我觉得雕塑的时候，就应该要慢慢来，整个作品反反复复地雕琢，不断发现问题，修改细节，精益求精。有不少新人编剧，光是写第一幕就能写上几年的工夫，确实把它给写成了全世界最优秀的第一幕，但光有第一幕是拍不成电影的。我记得看到过一篇乔治·卢卡斯（George Lucas）的访谈，他说科波拉曾给过他不少好建议，其中最棒的一条就是："先写完再说。"我也觉得这是一条很棒的建议。我也建议你一次过地把整场戏先全部写出来。不一定非要坚持得有诗意，因为有时候写着写着，诗意自己就来了。说来很有意思，电影《死亡密码》里有些东西，完全就是第一稿即"肌肉稿"里就存在的，当初我去了森林里，在一栋小木屋里完成了第一稿，当时就我一个人，心里挺害怕的。但那几场叫人不寒而栗的戏，确实都很合适，所以改都不用改，最终直接就用在了电影里。

斯科特：《死亡密码》是一个原创剧本，能否请你谈谈最初的创意来自哪里？

阿罗诺夫斯基：《死亡密码》里有一些创意，我估计最早要追溯到我们在大学的时候，或者是大学刚毕业之后。创作原创剧本的时候，我常爱将自己比作一名挂毯织工。没错，这是我能想出来的最接近的一门手艺活儿了，只有它能和原创剧本创作有一比。我从各种地方找来各种不同的丝线，想办法把它们编织在一起。就好比是《死亡密码》，那里面的卡巴拉、阴谋论、偏执狂、科幻、《阴阳魔界》元素，全都来自不同的地方。甚至于那里面的心灵元素的创意，其实也可以追溯到我高中时的一位老师，他教心灵数学的课外班。

斯科特：心灵数学课外班？

阿罗诺夫斯基：对，当时我选了这一门课，教的东西都挺诡异的，特别酷——包括毕达格拉斯那些东西，各种诡异离奇的数学相关知识。其实它更像是一门关于数学史的课程，但又加入了心灵元素。比如将圆的周长除以直径会得到 π 这类东西。高中时听到的这些诡异离奇的东西，就那么一直留在了我的脑海深处。后来，我有一位在 Voice 文学中心工作的朋友成了《村声杂志·文学副刊》的作者，有人给他寄去了一份手稿，作者是个彻彻底底的偏执狂，沉迷在各种数字模式中难以自拔。很快，这份手稿成了我们朋友圈中的一个传说，大伙儿轮流传阅。那阵子，我正好也看了不少菲利普·K. 迪克（Philip K. Dick）写的书。加上我从小就爱看的《阴阳魔界》电视剧，再加上我高中毕业后去以色列旅行时遇到的那些奇奇怪怪的心灵主义者、神秘主义者告诉我的卡巴拉教义，所有这些东西就那么联系在了一起。经过主演肖恩·格莱特、制片埃里克·沃茨（Eric Watts）和我的讨论，我们决定把它拍成一部惊悚片。所以，我们起初构思的只是一部非常简单的惊悚片，它成了现在你们看到的这部《死亡密码》的核心——那其实就是一部追逐片：主人公掌握重要信息，两组人马都想获得这条信息，同时，主人公还要设法对付自己的心魔。没记错的话，《死亡密码》最初的创意就是肖恩站在浴室镜子前面，拿剃须刀片挖开自己的脑袋，想要往里面植入微芯片。那时候我挺痴迷于往脑袋里装微芯片的想法的……

斯科特：当初在电影学院的时候，是不是就已经想好了，将来拍电影必须自编自导？

阿罗诺夫斯基：我那时候拍摄的学生作品，全都是自编自导的，我很享受自己写剧本的过程。但你要问我自编自导的意义究竟何在，可能我当时也说不太清楚。现在要我列出自己心中的电影偶像的话，我想了想，其实他们也都算不上真正的自编自导，就好比是马丁·斯科塞斯，看似是兼编导于一身，但细想一下，其实他并不是自己在写剧本。真正能做到自编自导的人，其实非常少。如果你要问我，为什么非要自编自导，我想那并不是因为我要抒发自己的心声或是什么的，更多的还是因为我只懂这一种电影制作的方法罢了。而且我享受写剧本的过程：写下文字，将它们化作演员口中的台词，用胶片将这些记录下来，我很享受这一过程。

斯科特：拍完《死亡密码》之后，创作《梦之安魂曲》之前，你就没想过要执导别人写的剧本吗？

阿罗诺夫斯基：其实我对此一直都很有兴趣。我们自己的电影公司也收到了不少剧本，那段时间里，我读了好多剧本，但能引起我强烈兴趣的，能让我产生激情的，真是凤毛麟角。在我看来，拍摄一部电影需要占据一个人两三年的生命，每天早上醒过来，你都得有那么一种激情才行，能催促你快快起床，继续干下去。所以，能让我看上的剧本，必须得有一些能引起我共鸣的东西，或是能让我产生强烈意愿的东西。拍摄电影真的是一件非常艰难的工作，每天一睁眼，就要起床去面对这样的事，我也不知道大家伙儿都是怎么做到的。我倒也希望我能别这么固执，因为那样的话，我能多赚很多，但是很不幸，我就是做不到这样。当然，我们当时也对某几个剧本产生了兴趣，但鉴于我们公司的规模，大多情况下都没办法拿下这类项目。真要是好剧本，一般也都被那些更资深的导演拿走了。

斯科特：所以就只好写原创剧本了。《死亡密码》就是原创剧本，结果也很好。

阿罗诺夫斯基：确实，这就是我一直在做的事了，过去 3 年是这样，现在也是这样——靠着各位友人的帮助，写着原创电影剧本。

斯科特：改编塞尔比的《梦之安魂曲》的具体方法是哪一种？通览原始素材然后着手改编的具体步骤有哪些？

阿罗诺夫斯基：一上来我就遇到一本好小说，这是老天对我的眷顾。肖恩一直就不明白这小说好在哪里，他总问我："你为什么要拍这个啊？"我告诉他，我一直对这本书很有激情。我是真把它当《圣经》了，我相信那里面写的东西，我对它矢志不渝。原著共 480 页，一上来我用了 4 个月的时间，把它压缩成了 110 页的电影剧本。主要是先找出一个结构来，然后分析小说里的每一场戏，哪些是能贴合这个结构的，再去看之后的东西如何一点一滴发展下去。

斯科特：写剧本时你有没有什么套路？

阿罗诺夫斯基：有啊，本来也不一定是套路，但用久了，也就成了我的套路了。我还记得当初刚写剧本的时候，没少遇到挫折。我并不清楚整个流程究竟是什么样子的，只好自己凭空想一些路径出来。但我当时也并不是什么都不懂，比如我就一直很清楚这一点：悉德·菲尔德那些书都是大毒草。我从一开始就是个反建制派。我不愿意接受他那套东西。所以，我渐渐琢磨出了自己的一套办法，以此作为切入点，逐步确立一个三幕式结构。我相信三幕式结构。当然，我并不介意了解除三幕式结构之外，还有没有别的什么路径；但于我而言，我是真心觉得三幕式结构是一种特别管用的电影叙事结构。而且，叙事就是我的通关密语。我特别相信叙事的作用。成功的叙事是放诸四海而皆准的东西。所以，每次我都会在原始素材中尽力寻找这种完美的叙事。首先从大局入手，把总体结构组织好，然后再慢慢拆分开来，各点击破。接下来就要用到索引卡片了，这可是一个特别有用的工具。通常，我会用不同色彩的卡片来编排顺序。我会尽量从不同卡片上找出它们共有的模式来，这能帮助我更好地把握全局。通常，我都会在家里或是办公室里留出一整面墙来，把卡片全都贴上，给它们安排好结构，找出其中的意义来。

斯科特：*每场戏都写在了索引卡片上？*

阿罗诺夫斯基：对，一张卡片一场戏。如果卡片位置安排得当的话，等到真动笔的时候，直接拿来输入到电脑里就好了。

斯科特：*当时你和塞尔比是合写的，但你们一个住洛杉矶，一个住纽约。你们是怎么合作的？*

阿罗诺夫斯基：书是 1978 年出版的，当时塞尔比就已经写了一个剧本，大约百来页长度。用的应该不能算是很规范的剧本格式，但鉴于当时是 20 世纪 70 年代，大家对电影剧本格式的了解，远不如现在这么明确。当他把自己写的这个剧本拿给我看的时候，我改编的剧本也已经都写完了。他那个剧本里，大约有 70% 的东西，我也用到了。但也有那么几个原作里有的主题，几个我尤为看重的主题，他却没有用在剧本里——他选了另外的一些。不过，这两个剧本的终点方向绝对是一致的，结局也都一致。所以我要做的，基本上就是将它们合在一起。由此开始，我会把每一稿剧本都寄给他，他也会提出一些建议，我再根据这些建议来修改。此外，还有几场戏是原作里没有的，需要我们自己添进来，那都是一些剧情衔接上的内容，因为之前我删掉了一些东西，所以上下段落之间还需要一些衔接。

斯科特：*帮助衔接的这些新添出来的戏，都是由谁写的？*

阿罗诺夫斯基：我记得塞尔比也写了一些。他写了一些小说里原本没有的东西。

斯科特：《梦之安魂曲》你们一共写了几稿？

阿罗诺夫斯基：正式稿吗？ 3 稿。所谓的正式稿，就是要拿出去给外面的人看的那一种。如果是说我自己写给自己看的那种的话，可能得有 20 稿吧。这么说吧，我每部电影差不多都要写上约 20 稿，不管是短片还是长片。有些时候，从第 12 稿到第 13 稿，可能就只有一处很小的变动，但绝大多数情况下，每次修改还是会有不小区别。我们现在手头在做的这个剧本，已经写到第 22 稿了，开拍日期都还没有定。

斯科特：你曾谈到过塞尔比的宽容、善良。你们有过创作上的分歧吗？

阿罗诺夫斯基：我觉得没有。说实话，他真的很信任我，随便我怎么来。他愿意接受我对他作品的重新诠释。我不知道他为什么会这样，但他确实就是那样一个人。

斯科特：我相信所有编剧都遇到过这样的事，独自创作的过程中，遇到了不顺的情况。你碰到这种情况时，会不会对自己的创作产生自我怀疑的想法？

阿罗诺夫斯基：自我怀疑是每天都会有的操练，所以我才会说，你必须对自己要写的素材充满激情才行。制作一部电影的这两三年里，会有许多个早晨，你一觉醒来，会感觉特别茫然，完全不知道自己究竟为什么要做这件事，不知道自己这么做的目的究竟何在。结果，肯定会连带着项目本身，也越来越招你讨厌。不过，我爸过去常说："不会怀疑的人是缺乏智慧的人。"所以我们必须经常自我怀疑一下才行，不然你会变得盲目自大——许多人就毁在了这上头。

斯科特：彼得·比斯金（Peter Biskind）在关于 20 世纪 70 年代好莱坞内幕的《逍遥骑士、愤怒公牛》（*Easy Riders, Raging Bulls*）一书中可没少列举类似这样的案例。确实有不少人的事业就毁在了这上头。

阿罗诺夫斯基：年轻的电影人应该从中吸取教训。我很幸运，《死亡密码》出来之后没过多久，这本《逍遥骑士、愤怒公牛》也出版了。我记得，拍完《死亡密码》之后，我在上床睡觉之前，总会在纸上写下一句："我只是一个白痴、我只是一个白痴、我只是一个白痴……"连写10遍。我要提醒自己，别忘了肯定还会有碰到困难的时候，要永远好学，要吸收新的知识。相比其他工作，拍电影、写剧本有一个很大的好处：每隔两三年，你就可以让自己浸润在一个全新的宇宙之中，就可以有机会面对一整套全新的思维概念。这是干我们这一行最让人兴奋的地方：我们不必25年日复一日地按压着流水线上的同一个按钮。

斯科特：写得不顺的时候你会怎么做？有没有什么固定的招数？

阿罗诺夫斯基：没什么可做的。我觉得你必须接受这一点，写剧本就像是得了躁郁症，有起有落，这很正常，你只能学习如何面对这一切。你得明白，越是顺利的时候，就越是要想到，过不了多久，肯定会有你遇上困难的时候。因为这才是现实。不顺利的时候，你也要对自己好一点——去买张CD，去看场电影，等灵感回来的时候再继续吧。

斯科特：你写剧本时会不会规定自己每天写几页？

阿罗诺夫斯基：以前写"肌肉稿"的时候我会这么做，每天写10页。还有写《死亡密码》的时候，我也是这么做的，为的就是能一鼓作气把它先写完。我觉得这么逼一下自己没什么问题，因为写的过程中，你很可能会告诉自己："这都是垃圾，这都是废物。"但等你全部写完之后，再回过头看一下，你很可能会惊讶地发现，这些东西其实完全没问题。事实就是，这些东西充实了剧本，并非一无是处，而且把你想要表达的创意也都描绘出来了。有了这些之后，你需要做的就是把它再雕琢一下，雕琢成你真正希望的样子。这就是做减法了，光用凿子是不可能获得全部细节的——刚开始只能大刀阔斧，然后才能精加工。

斯科特：《梦之安魂曲》的故事背景为什么要做改动？小说设定的是纽约布朗克斯区，但电影里改成了纽约科尼岛附近名为曼哈顿海滩的社区——我知道你就是那地方的人。

阿罗诺夫斯基：我问过塞尔比，为什么是布朗克斯区？他说那是因为他以某些来自布朗克斯的人作为原型，创作了书中这些人物。也就是说，设定在布朗克斯，他并没有什么很特别的原因。但对我来说，我可不了解布朗克斯啊。对布鲁克林人来说，布朗克斯就像是地球的另一头。而且，如果能把故事背景转移到我从小成长的那一片社区，效果肯定会很好。因为那样的话，我就可以在电影里展现自己熟悉的环境了。我用到的，都是我真正了解的地方。对我来说，这种回归本源的做法，很有意义，那是我艺术创作的本源所在。自己青春年代的各种细节，我为影片挑选的这些外景地，于我而言，全都有着非凡的意义——也正因为这样，我才会知道该怎么来拍它们。这是不是感觉有点像是在作弊啊？

斯科特：例如哈利和玛丽安接吻的那片沙滩，你年轻时肯定经常去吧？

阿罗诺夫斯基：对，没错。

斯科特：所以说，写剧本的时候，你就已经想到了自己熟悉的这一片沙滩。这是不是有助于你更好地用文字来描述这一时刻，还是说它的好处更多地还是体现在实际的拍摄中？

阿罗诺夫斯基：更有利于实际的拍摄。我有可能是在写剧本的时候就已经想到了那一片沙滩，但真正确定下来，那还是后来的事。就好像是他们在码头上的那场戏，我以前就常去那道防波堤，我们就做过这样的事。还有他们到楼顶扔纸飞机的那场戏，书里是没有的，那是我和我的朋友过去常做的事。还有故意弄响警报那些事，其实也都是我们年轻时候的亲身历险。这里百分百就有我的影子，我们当年正是在那几座楼里做的这件事，我们也被警察追了。我回忆了自己的青春时代，选了一些我觉得电影里应该要有但小说原作里没有的东西，把它们放进了影片中。

斯科特：音乐在本片中起到了重要作用。写剧本的过程中，从哪一阶段开始，你会考虑到配乐的事？

阿罗诺夫斯基：当初拍《死亡密码》时，克林特·曼塞尔（Clint Mansell）很早就参与了。比如马克斯的那一段序曲，甚至在我们拍摄之前就已经写好了。我还记得那天他过来找我，这段东西已经写好了。剧组的人正好都在，于是我先去旁边的办公室自己听了一遍，真是写得太棒了，所以我马上把所有人都叫过来，又一起听了一遍，就是那一段气势磅礴的丛林音乐。等到拍《梦之安魂曲》的时候，实际开拍之前他已经准备好了一些创意，还自制了一张 CD。等我们开始剪辑时，他正式动手写配乐，结果始终不得其法。这下子我可担心了。他当时住在新奥尔良，所以我也去了一次新奥尔良，跟他并肩作战。最终，我们回到了之前他自制的那一张 CD 上，从那里面找到了《梦之安魂曲》配乐的主干部分。全片各段配乐都来自他的那一曲原创作品，这也挺有意思的，说明他一开始的直觉其实非常准。

斯科特：你写剧本的时候，会不会为了给某一场戏确立基调而边写边听音乐呢？或者还有什么别的辅助手段，边写剧本边做某些事情？

阿罗诺夫斯基：我写剧本时，通常都会大声地放音乐。写《梦之安魂曲》时，我听了不少斯莱特·金尼（Sleater Kinney）乐队的东西。因为我觉得这是一群真正的艺术家，那可不是流行乐，他们不在乎唱片卖不卖得掉。他们只想着要做自己的音乐。每次去看这乐队的现场演出，我总能获得灵感。他们的音乐真的很棒。当然，写剧本时我听音乐听得很杂，不光是这一支乐队。

斯科特：当初读这本小说的时候，我觉得哈利挖鼻子的那一段写得特别精彩。他吸毒之后正飘飘欲仙，挖鼻子挖得特别享受。但我当时也想到了，这如果要拍成电影的话，怎么才能让观众接受呢？

阿罗诺夫斯基：我不得不放弃了这一段。它要说的其实就是哈利那一刻有多享受，那种飘飘欲仙的幻觉，他是有多喜欢吸毒啊。但我不觉得这场戏能勾起观众多少的同情心来。重要的是，通过这个地方，你能看出塞尔比对于这个人物的内心独白的描摹方式。所以我要考虑的就是如何将那种内心独白给拿出来，给呈现出来。

斯科特：小说与吸毒相关，你当初有没有担心过该如何戏剧化地呈现这种上瘾的表现呢？

阿罗诺夫斯基：这就是挑战所在，可能也是我当初决定要拍这部电影的原因之一。它讲上瘾讲得很深入，看看塞尔比关于上瘾和瘾君子内心挣扎的那些描写，你就会知道了，要想把它们视觉化并不容易。但那也是最让我感到兴奋的地方。我知道有这么一种办法可以把它视觉化，之前在《死亡密码》里就用得很成功。那是主观电影拍摄的一种形式，它能令电影完全有别于话剧，有别于各种客观的摄影机位，能让观众代入到人物之中。

斯科特：也就是说，写剧本的时候你已经都想好了，为了要获得这种主观性，你要用上一系列的超级大特写镜头，要用上一些视觉特效？

阿罗诺夫斯基：对啊，比如说食物消失的那一场戏，为的就是展现在她看来，它们的消失速度究竟有多快。前一秒还在，后一秒就不见了，又只剩下她一个人了，只余下了空虚。书里面还对此做了解释，但这就没有视觉化呈现的办法了。

斯科特：4个主要角色中，哪个最难写？

阿罗诺夫斯基：小说里就已经都写得很好了，所以改编起来都不觉得很难。但我还想让他们稍微与时俱进一点，这倒是有点难度。比如哈利，书里说他想开一家咖啡店，但我觉得放在现在，这可能有点过时了。现在到处都是星巴克什么的了。还有玛丽安的时尚界背景，那是我自己想出来的，针对原作改动了一些细节。

斯科特：这电影会让观众摸不准它的时代背景究竟是现代还是过去。你写剧本的时候是怎么处理这个问题的？

阿罗诺夫斯基：我要问我自己的就是："要不要让书里的对白也与时俱进呢？"起初想的是要改一下，但我很快便意识到了，塞尔比的一大强项，就在于他对语言的敏锐把握。如果把那些俚语也都改了的话，那就大错特错了。所以我们决定尽量保留，然后再在具体时代背景上做一些混搭。看这电影，很明显他们用的是无绳电话，所以那应该是20世纪90年代。但是，在服装上，我们又尽量给它一种20世纪70年代的感觉。这么做，我们是有意为之。因为我们希望这会是一部没有时间局限的电影，不管是20世纪80年代还是90年代，都无所谓。上瘾的事，可以发生在任何年代。

斯科特：所以拍到外景的时候，影片呈现的实际背景其实并不怎么多。

阿罗诺夫斯基：按照我的想法，影片刚开始时，画面会显得比较开阔。那是夏天，他们的境况也都还算好。我们拍了一些布莱顿海滩、科尼岛等地方的风景。然后，随着故事推进，我们有意识地让画面变得越来越幽闭恐怖，越来越深入他们内心。事实上，拍到第三幕的时候，我们原本的想法是完全只用超级大特写，到最后就是一个眼球占据一整幅画面。当然，这只是原本的计划，结果并没能实现。因为真那么做的话，故事就很难再讲下去了。但确实就是这么个想法，画面由开阔变到逼仄。

斯科特：小说里，这4个人物各有各的主观视角，分别呈现在了第三人称叙事之中。这有没有让你觉得难办？换句话说，传统意义上的唯一的故事主人公，能让观众去代入的那一个人物，在这里却并不突出。

阿罗诺夫斯基：最初确定故事结构的时候，我就想要弄清楚到底谁是这个故事的主角。是哈利还是蒂龙或是莎拉？写故事结构的时候，有时候我会用上曲线图来设定每一个人物的起起落落。结果我发现了，明明应该是要遇到好事情的时候，结果他们却总是遇上坏事，每次都是。所以，我画出来的都是突出的弧线。于是我就明白了，这个故事真正的主角，并不是他们四人中任何一个，而应该是上瘾这件事。上瘾就是这部电影里的怪兽。剧中人每次遇到坏事的时候，"上瘾"就会遇到好事。于是，我开始将它视为一个角色，那就像是从外面杀进来的一股巨大的力量。《梦之安魂曲》其实就是一部怪兽电影，但和传统怪兽电影不同。这一次的结尾，是怪兽赢了。基于这种想法，影片从头至尾，我们始终设法要让"上瘾"这个角色在每一场戏里都有所表现，要让你看见它的所作所为。一句话概括：让上瘾成为影片的一部分。

斯科特：你之前说过，这本小说的结构特别棒，转换成三幕式结构效果很好。请问这是什么意思？

阿罗诺夫斯基：这小说写得就像是一部电影。事实上，我记得塞尔比好像说过，他原本想的就是把它写成电影剧本，两周之后，他写完了，结果发现那并不是剧本，而是小说。尽管如此，我确实觉得那里面有三幕戏：夏天、秋天和冬天，而且确实是按照这顺序推进的。

斯科特：前面说到写剧本时用到的人物曲线，具体怎么用呢？

阿罗诺夫斯基：我都画在了纸上。先在最上面写下这个人物的名字，然后随着故事推进来追踪他的不同节拍。有时候，就会像我之前所说的那样，给他画一条线。我在曲线上标出不同的时间点、发生的各种事件、此时此刻每一个人物的所在位置。我会用上不同颜色的铅笔，这样就能看清各个人物的具体位置了。有点像是用视觉方式来呈现各种情节。

斯科特：后来你把剧本带去了圣丹斯电影节工作坊。那对你有帮助吗？

阿罗诺夫斯基：非常有帮助，有五六位资深编剧读了我的剧本，都给出了建议。最大的收获是我加了一场戏，就是哈利和玛丽安打电话，玛丽安哭了起来的那一场戏。他们看过剧本后都觉得，这两人在第三幕里应该要有一些联系才对。但是小说里是没有这种联系的，他离开之后，两人就再也没有说过话。我和他们反复商量，得到了各种反馈意见，都很有意思。我还有机会跟罗伯特·雷德福（Robert Redford）做了两个小时的面谈。谈之前，我的想法是："这家伙能知道什么？他平时都住在犹他州。他是一个牛仔。"谈了之后我却发现，他可真是一个有大智慧的人。我剧本里有两三个重要的情绪点，他一下子就完全抓住了。其中有一个地方，我原本并没有意识到，还是他给我指出来的。后来，那成了影片中一个非常关键的情绪点，对我而言真是意义非凡。

斯科特：影片一开场，哈利抢走了母亲的电视机，她把自己锁在了房间里。为什么要用这场戏作为开场？

阿罗诺夫斯基：小说也以这场戏作为开场。我觉得这场戏很棒，引导我们了解到哈利和莎拉彼此隔阂的这种双重世界。当初读小说的时候，当初构思如何把这场戏呈现在银幕上的时候，我就想到了要用分屏画面，而且还要把它当作一种电影文法，用在整部电影里。用这种方式来表现，两个人物明明出现在同一场戏里，却有着完全的隔阂。

斯科特：泰皮这个角色，那档电视竞赛节目的蹩脚主持人，小说里可是没有的。

阿罗诺夫斯基：之前我说过的那个剧本，《梦乡》，我在那上面花了4

年的时间，泰皮就是那里面的一个角色。塞尔比的小说里虽然没有这个人物，但电视本身就是一个主要的角色。但是，我发现如果利用现成的电视节目，将会让整部电影的时间背景被固定死，所以我决定自创一个电视主持人的角色。第一次看这小说的时候，我就很留心这一点，因为我当时也一直在思考这个主题，在那之前，我就已经写到过关于看电视上瘾的事情了。就是之前说过的，大学毕业之后，我回到布鲁克林家里想要写的那本小说。它说的其实就是看电视上瘾的问题。电视主持人这个角色，代表的就是这个主题。他的整个人设，表达的就是这么一种想要征服、控制你的人生的意思，而那也可以说是针对全片的一个隐喻。

斯科特：在小说里，莎拉和哈利的这种关系很重要。她不愿给他钱，于是他就过来拿走了电视机。对于整个故事来说，这情节很能制造悬念，而且很成功地将两人的关系介绍给了读者。但是，改编的时候，你有没有想过要做一些变化？

阿罗诺夫斯基：有不少人提出了批评意见："这可是故事的两位主要人物啊，一上来第一场戏，两个人就都表现得特别可悲，你不能这么写。"但我还是要再说一遍，这故事的主角是"上瘾"。在这一场戏里，这位主角足够抢镜，那才是关键。看看它都迫使这些人类做出了多么可怕的事情啊。但问题在于，每次你想要做一些稍有点与众不同的事……真的，所有人当时都在对这部电影说"不"。哪怕它已经在戛纳首映了，已经赢得全场观众起立喝彩了，已经……电影公司却还是想着要把这场戏给剪掉。《梦之安魂曲》差一点就没能发行。

斯科特：许多成功的文学作品改编电影里，都用到了旁白，但你的《梦之安魂曲》却没这么做，为什么呢？

阿罗诺夫斯基：一度也曾考虑过要用，当时我们接触过另一位编剧，想让他来代替我改编这个剧本。他对这本小说也很有兴趣。他就提出了，想要在这部电影里用旁白，但我却不想这么做。之前的《死亡密码》，那里面的旁白用得很成功，但那是因为我原本的创意就是要把它拍成默片的样子，所有对白都是他脑海中的自言自语。相比之下，想要在《梦之安魂曲》里用旁白，那就有点难了。

斯科特：哈利去看他母亲的那一场戏，相当有力量。他注意到莎拉也服药成瘾了。这一场戏持续了 10 分钟，始终保持着静态，相比之下，整部电影的速度和节奏却都挺快的，你有没有担心过这种快节奏会被这一场戏拖累到？

阿罗诺夫斯基：怎么说呢，这一场戏就是整部电影的情绪核心。除了我之前说到过的那些理由之外，我之所以要拍这部电影，或许这一场戏也是重要的因素之一。因为，想当初看小说看到这地方的时候，我忍不住哭了。这一幕写得实在是太好了，特别有人情味。哪怕我本人从来都不是瘾君子，但是他俩之间的这种代沟、母亲的孤独感、母子之间的隔阂，这些东西我还是都能感同身受的。所以我觉得这一幕一定能打动所有的观众，它可说是整部电影的中心了。这场戏有 10 分钟的长度，拍的时候我就很满意，尤其是艾伦的精彩演出，真是让我看得目不转睛。我当时就有预感，这一场戏肯定会很出彩。毕竟，它本身就有很丰富的情节，暴露出了这两个人物彼此隐瞒的那些信息，所以肯定能抓住观众。

在这场戏里，艾伦选择了一种很不错的表演方式。因为，按照书里的写法，当哈利告诉她自己给她买了电视机的时候，她变得非常兴奋，紧紧抓住了他。但到了电影里，艾伦选择了一种十分温柔的方式来表现，她没有做出那么大幅度的动作来，那更像是一个温暖的拥抱，就像是在说："哈利，你能这么做真是太好了。"艾伦的选择很棒，让这人物变得更有人情味了，让她变得没那么物质主义了。

注意一下她在这场戏里的表演，整个人变得非常放松。当初拍摄的时候，我还对此挺不满意的，因为小说里可不是这么写的。但现在回头再看，我也说不清楚为什么，反正我很喜欢她的这一决定。这时候，哈利听见了什么声音。按照书里的写法，他听到了某些声音，但不知道那究竟是什么东西发出的。稍后，他终于意识到了，是她轻轻磨牙的声音。所以我们在这里设计了一个镜头运动。我们绕着人物走，跳过了轴线，停在了他们的另半边脸上。我要的效果就是能看到他们的暗面。这地方是完全按着小说来做的。

斯科特：对于哈利这个人物来说，这也是很有意思的一刻。因为很明显，他自己也正走在这条上瘾的下坡路上，和他母亲一样。

阿罗诺夫斯基：没错，但他却佯装不存在这问题。

斯科特：对于母亲，他能看得出来；对于自己，他却视而不见。

阿罗诺夫斯基：没错。全片少有的几个说真话的时刻，这就是其中之一；他俩有什么说什么，不做回避。事实上，在这里我也曾有过一些担心，还专门找艾伦讨论过，因为在这个地方，母亲这个人物好像一下子变聪明了，之前她没那么聪明，之后也没有。感觉就像是忽然拥有了小说作者的身份，变得全知全能了。这一刻变得异乎寻常地诚实，有点像是打破了人物的统一性。不过，类似这样的事，时不时地我们确实都会遇上一些。最终，我想应该还是艾伦的表演打消了我们的全部疑虑。这很厉害，剧本里的问题，可以靠演员的表演来解决。这次经历让我挺难忘的，当时他们的那些走位，自然而然地就那么产生了。我们当时时间挺紧的，所以干脆就把灯往他们中间一放，剩下的让他们自己来。

斯科特：两人中间的空椅子，是父亲本该坐的位置吗？

阿罗诺夫斯基：是啊，三把椅子。

斯科特：关于哈利的人生，我觉得有一点写得特别好，那就是他一直都没好好听过母亲在说什么。不然的话，他早就会注意到，真正需要在意的并不是那些药，而是她的孤独处境。如果他能设法关心一下母亲这方面的问题的话，其他问题或许也就不存在了。

阿罗诺夫斯基：这正是当初打动了雷德福的那个强大的情绪点。实在是太孤独了，只能靠吃药了。

斯科特：起初，哈利小打小闹地贩毒，也尝到了一些甜头，但在豪华房车上那次交易出了问题之后，影片很快转入了一种非常黑暗的模式之中。这场戏也正式启动了影片后半段的剧情。你有没有担心过这种转折来得太突然了？

阿罗诺夫斯基：我觉得他们产生希望的那场戏，其实也就标志着转折点的到来。你以为一切都很顺利，然后发现了莎拉背后的真相，发现了这些人物的真相。然后就看到哈利在出租车上吸毒，他之所以那么做，纯粹是为了要忘记心里的悲伤。于是你会意识到，故事推进到这里，快乐已经一去不复返了。这一刻很突然，一切都突然转变了。但世事就是这样啊，一天的时间，足可以翻转一切——我要说的就是这个意思。当然，现在回头再看，如果我现在再拍这场戏的话，应该会换一种拍摄方式。我会给它几个远景画面，先做一下交代。

斯科特：对啊，现在是蒂龙立刻就和毒贩坐在了一起。他之前怎么上的毒贩车子，他内心有没有忐忑不安，全都没交代。你这么处理是有意的吗？

阿罗诺夫斯基：我喜欢这么做，等事件发生之后再进去，在事件结束之前就先出来。绝大部分电影，你会先看到汽车开动的画面，看它开到屋前，画面再切到屋子。但我信奉的理论却是，现在的观众早已见多识广，他们只关注情感故事的戏肉本身，他们就等着你拿一波又一波的情绪去砸他们呢。对于整个背景的交代，他们其实兴趣并不大。除非背景

"那是什么声音？"哈利·高德法伯发现母亲莎拉吃药吃上了瘾。

这一部分也要承担一些戏剧效果，否则的话，观众根本就不需要知道人物现在在什么地方，处于哪个空间，观众只想知道故事。

当然，也要注意一个分寸的拿捏。万一因为缺少了背景交代，搞得观众一头雾水，看了一半就要退场或是关掉 DVD 机，那也不行。

斯科特：这种做法，好像 20 世纪 60 年代的欧洲导演就挺喜欢的。

阿罗诺夫斯基：没错，还有漫画小说也是这么做的，一上来搞得人一头雾水，但随着故事推进，慢慢地你自己就把情节拼凑了出来。阿兰·摩尔（Alan Moore）的作品就常这么做。不过，我当时也没考虑太多因素，我想的就是："我们直接进去。"如果蒂龙的恐惧心理拍出来会很有意思，会给故事注入紧张情绪，或是我觉得故事确实需要交代这些东西……但问题在于，他不具有这样的背景故事，他的背景故事并不是恐惧，而是自大。那才是驱动他的力量。他们已经准备好了，毒品在手，肯定要去做啊。这种情况下再去拍他的内心恐惧，可能倒真会起到反效果。所以即便我当初真想要那么拍，结果可能还是不会这么去拍。我当时想到的就是："我们直接就进去，一步到位。"

斯科特：书里的蒂龙，开口闭口都是在谈爱的理念。为了要让他符合新时代，你是怎么改动的呢？

阿罗诺夫斯基：这挺棘手的，塞尔比这本书是 20 世纪 70 年代写的，那些人的话语都带着一股类似于黑人剥削片的风味。当我们把剧本拿去好莱坞的时候，当我把剧本拿给黑人演员看的时候，我还专门写了一封解释信，我告诉他们，这些都出自塞尔比的写作风格，蒂龙其实是一个非常人性化的人物。小说的作者是为了抓住那种语言的神韵，所以才这么写的，蒂龙绝不只是脸谱化的道具，那绝非我的本意。结果，我的解释确实赢得了正面的反应。如今的美国，如今的好莱坞，这是大家非常敏感的事情——这样才对，鉴于以往发生过的那些针对黑人的剥削做法，就应该这样才对。我觉得塞尔比写的东西也不是完美无瑕，有些地方也存在拿旧观念看人的毛病。比如莎拉这个人物，确实就有一种老年犹太女人的刻板形象。但是，我觉得塞尔比并没有在取笑他们、侮辱他们，不管是黑人还是犹太人。塞尔比只是想要找到他们那种特定文化中的美。我觉得批评别人持有偏见、种族主义，还是要视其主观意图。光就是那么说说玩笑话，拿各种文化取个乐，只要不具有剥削人家的意图，那就没问题。真正有问题的，是觉得某一种文化优于其他文化，或者某个种族优于别的种族，那就不对了。

斯科特：本片各种过渡非常流畅，这是你写剧本时就要想好的，还是要等剪辑时才形成？

阿罗诺夫斯基：我写剧本时就会考虑这个，尤其是这部《梦之安魂曲》——如何过渡，如何进入一场戏，如何退出一场戏，这都是本片的关键所在。有一点我们非常明确，影片开始那几场戏，就要用到超级大特写，好让观众一上来就深度身处其中。因为剧本也是由我自己来写的关系，拍摄过程中我是很明确地知道每一场戏要怎么剪辑的。甚至可以说早在实际拍摄工作开始之前，这场戏要怎么剪，我就都已经有概念了。

斯科特：我注意到有不少好莱坞编剧都喜欢在剧本里标注类似于某某地方需要"对比剪辑"（smash-cut）①之类的话，提示你注意这里的节奏变化，但除此之外，他们连镜头的拍摄角度也会一并写在剧本里。

阿罗诺夫斯基：我觉得这没必要。除非跟叙事本身有关，否则编剧真没必要描写机位。除非那对他来说真的真的很重要，一定要照他那么来处理；除非他是基于素材本身，要为某个人物去争取一些什么东西。否则的话，我估计类似这样的东西只会让导演看了败兴。

---

① 对比剪辑，一种剪辑方法，利用前后两场对比极大的镜头语言造成感官或心理反差，达到加强剧情节奏的效果。——编注

斯科特：我觉得小说的结尾写得很美。

阿罗诺夫斯基：是，结尾好像是这样的："他们注视着那些灰墙和枯树，眼中都有泪水滑落。他们拥抱在了一起。他们在那儿度过了宛若永恒的一个小时，然后抱着依依不舍却又如释重负的心情，离开了那里。"确实很美。要说大团圆结局的话，这也就是我能做到的极致了。这是一个充满了妄想的大团圆结局……

斯科特：但很符合莎拉这个人物。

阿罗诺夫斯基：在小说的最后，蒂龙的母亲拥抱了他，我一直觉得用这来结束全书还挺有意思的。因为从某种意义上来说，蒂龙才是最有可能活下来的一个。至少，他四肢还健全，他没沦为男妓，他也没被送入精神病院——他只是在坐牢而已，总有一天会出狱的。我还挺喜欢这样的：4人中戏份最少的那一个，获得了这纯属私人的一刻，也象征着整个故事的意义。可惜，光这样还不够——我必须再加上一场莎拉的戏。

纽约州，纽约

《蜘蛛梦魇》

8

帕特里克·麦格拉思

> "人物不一定非要招人喜欢，
> 但绝对不能让人觉得无聊。"

　　帕特里克·麦格拉思（Patrick McGrath）出生在伦敦，小时候和家人住在布罗德摩尔精神病医院附近，他父亲就是那儿的主任医生。麦格拉思著有《血与水及其他故事》（*Blood and Water and the Other Tales*）、《哈加德医生的疾病》（*Dr Haggard's Disease*）、《马莎·皮克》（*Martha Peake*）和《蒙哥港》（*Port Mungo*）等多本小说。至今为止，他已将自己的三部小说改编成了电影剧本，它们分别是《家贼难防》（*The Grotesque*，1994）、《爱欲痴狂》（*Asylum*，2004）还有大卫·柯南伯格（David Cronenberg）执导的《蜘蛛梦魇》（*Spider*，2002）。麦格拉思与妻子玛丽亚·艾特肯（Maria Aitken）生活在纽约、伦敦两地。

剧情梗概

　　伦敦东区，20世纪60年代与20世纪80年代。心理严重失常的男孩"蜘蛛"，曾"亲眼目睹"父亲残忍地杀害了母亲，并用妓女伊冯娜来取代她的那一幕。他确信自己即将成为他们手里的下一个牺牲品，遂酝酿出一个疯狂的计划，并且经过实施，终酿苦果。多年之后，蜘蛛离开精神病医院，住进了康复中心。无人监管的他停止了服药，又找到了自己童年时常去的那些地方。他努力想要证明自己对于过往的记忆并非妄想，但随着真相浮出水面，蜘蛛滑向了疯狂的深渊。

《蜘蛛梦魇》(*Spider*, 2002)

凯文·康罗伊·斯科特：你在成为小说家之前，对电影有没有兴趣？

帕特里克·麦格拉思：我一直对电影很有感情，但一开始的时候，那是一种有些说不清、道不明的兴趣——真正理清头绪的话，还要等到后来，等我写了几年小说之后。但是，在我成为小说家的道路上，看电影起着非常核心的作用。20 世纪 80 年代的纽约，靠近圣马克斯街道（St Marks Place）有一家"80 剧院"（Theater Eighty），基本上每晚都会放两部电影，几乎全都是 20 世纪 30、40、50 年代的美国片。所以我那阵子没少看美国电影，还吸收了其中的一些东西，用在自己的小说创作上。我会注意那些电影是怎么设计情节的，每一场戏都是怎么剪的，人物的内在状态是如何通过银幕上的行为来做暗示的——演员会如何表现诸如紧张、恐惧等情绪。我吸收了这些东西，用在了自己的小说创作中。

斯科特：第一次真正想到要从事电影，那是什么时候的事？

麦格拉思：当我的第一本小说《血与水》出版的时候，我已在纽约住了有八九年了。某天，经纪人打来了电话，说某位好莱坞经纪人来了纽约，想找我碰个头。类似这种跨界合作的机会，像这么正式的意向，我还是第一次遇上。所以我们三人见了一面，对方是一位年轻姑娘，她说她愿意做我的代理，还问我有没有想过要写电影剧本。我回答说："以前没想过，但既然你现在这么说，我还真觉得这事挺有意思的。"之后，我就开始自学怎么写电影剧本。她请我去了洛杉矶，我一家家电影公司地跑了个遍。

斯科特：自学的时候你都看了哪些书，有没有做一些资料搜集的工作？

麦格拉思：我去听了罗伯特·麦基的周末讲座。在我决定要学编剧之后，我第一步采取的行动之中，就包括了这个。我觉得对于初学者来说，这真是特别管用，他会教你怎么分析故事的结构，怎么用分析的方法来理解电影。当然喽，这并非学电影的唯一法门，但确实很管用，能给你提供一种思路，如何来构思故事的结构，如何把各种想法放进去。

斯科特：你的小说《家贼难防》改成电影剧本的过程大致如何？

麦格拉思：过程相当艰难。和后来的《蜘蛛梦魇》一样，也遇到了同样的一个问题：不可靠的第一人称叙事。我发现，想要把它改编成一个条理清晰的电影故事，真是相当困难——当然，这或许和我当时还没多少经验也有关系。时至今日，我都吃不准问题究竟出在了哪里。我记得电影上映了一段时间之后，我去看了，确实觉得它欠缺条理。不光是我，《家贼难防》的导演、制片，当时也都是新人，缺少经验。现在回头再看，我觉得这个剧本可以写得再紧凑一些。

斯科特：《家贼难防》不管是小说还是电影，主人公都是雨果爵士。用你的话来说，那是一个"精神压抑的人物"。你当时有没有想到过，制片人或是投资商有可能会觉得这个人物不值得去同情？

麦格拉思：我始终都觉得，一个人物，并不一定非要让人同情才行，但是他必须有生机，有活力。他可以是一个大混球，只要他身上不缺真正的能量，我们照样还是会对他产生兴趣的。人物不一定非要招人喜欢，但绝对不能让人觉得无聊。这是我的一条原则。

斯科特：《家贼难防》有着弗洛伊德式的主题，有着针对同性恋的妄想症。这都不是好莱坞电影的主流内容。你们的制作团队里，有没有人对此表示担心，想过要把你的剧本再改一改的？

麦格拉思：没有，这个剧本写完之后就没什么人再去大动过。我的朋友盖依·加洛（Guy Gallo）是一位很有经验的编剧，曾为约翰·休斯顿改编过马尔科姆·劳里（Malcolm Lowry）的《火山之下》（*Under the Volcano*，1984）。所以我们把他给请来了，帮我一起把《家贼难防》的剧本修改得更流畅了一些，主要是针对整个叙事线索。不过，我们还没完全改好之前，制片人就已经下令开拍了，然后导演又往里面加了一些东西，放了不少野生动物什么的进去，强化了一些性爱的内容，还改了结尾。与其说他对剧本做了改动，更确切地说，应该是做了添加。在我看来，这让本来就够混乱的故事又变得更加难懂了。

斯科特：大卫·柯南伯格曾说过，艺术创作是一件很浪费的事，他打了一个比方，说那就像是蜘蛛产卵，产了一千枚卵，结果能活下来长大成熟的小蜘蛛，也就只有两只。对你来说，写小说和写剧本，从事哪一种工作的时候，这种感觉更为强烈一些？

麦格拉思：好问题。不管是写小说还是写剧本，我觉得都挺浪费的。但换一种想法，可能就不会觉得有那么浪费了。让你无法满意的东西，只要它能起到排除作用，把行不通的死胡同给你指出来，把你指向另一条路径，那就不算浪费。你一上来想到的是走这条路，结果可能行不通，于是就有了新的想法，你可以做新的尝试。不成功没关系，每次都白白耗掉一周时间也没关系，只要你不断地放弃行不通的想法，最终总会有可行的办法出现的。对我来说，写小说和写剧本的时候，都有这么一个过程。

斯科特：遇到自我怀疑的情绪时会怎么做？

麦格拉思：如果是入行不久的人，面对自我怀疑的情绪时，我想还是要靠一腔的热情和誓要将它完成的决心。因为如果这一阶段你就被它击败了的话，基本上你就会一蹶不振了，不会再有作品了。哪怕你知道作品确实还不够好，那也只能咬牙坚持下去，因为你别无选择，因为你身不由己，随便因为什么。等你干久了之后，你会收获信心。再遇到解决不了的问题时，再遇到吃不准的故事和人物的时候，这种信心会助你一臂之力。这种信心来源于你的经验，因为这样的麻烦你以前也经历过，自己过往的历史教训让你知道，只要坚持下去，坚持足够久之后，你肯定能想出解决问题的办法来。

斯科特：把你自己的小说改编成剧本时，哪方面最具有挑战性？

麦格拉思：和改编别人的小说是一样的，最具有挑战性的地方，在我看来就是如何组织叙事的推进，因为你必须以一场场的戏为基础，而且每场戏必须同时具有两三个不同的层次，它们要同时发生作用，给出关于故事和人物的两三条信息，还有就是不能自我重复，还要始终维持住叙事推进的那股势头。我觉得写电影剧本和写小说不一样，没法那么随意——电影里的故事，在这方面具有强制性的核心要求。片长总共就百来分钟，一分钟都浪费不起。

斯科特：小说《蜘蛛》的创作灵感最初来自哪里？

麦格拉思：我写小说通常都是一个同样的进程，它们全都有着相似的模板。第一步出现的，肯定是一个相当明白易懂的故事概念，或者是一小段叙事情节。就《蜘蛛》而言，最初我想到的是一位水电工，结婚久了，他的心思开始活络，对妻子感到不满，于是找了一位情人：肥胖、邋遢、厚脸皮的妓女。最终，他杀死了妻子，把妓女带回家，让她成了新女主人。这就是小说《蜘蛛》最初的出发点，然后在此基础上又加了一些情节变化发展什么的。

斯科特：也就是说，别看现在《蜘蛛》的叙事曲折离奇，最初它可是一个非常明白易懂的故事。

麦格拉思：一个关于水电工杀人犯的明白易懂的故事……

斯科特：但是，水电工杀人犯这个形象，你最初是怎么想出来的呢？

麦格拉思：我买过一本很棒的摄影集，比尔·勃兰特（Bill Brandt）拍的《三十年代的伦敦》（*London in the Thirties*）。全书分三部分：上层阶级的伦敦、中产阶级的伦敦、工人阶级的伦敦。当时的伦敦，确实就有这样的分化。工人阶级那一部分照片，拍的是伦敦东区。那是在二战德军轰炸之前，东区还是原来的东区。照片里拍到不少破破烂烂的小酒吧，戴着平顶帽的男人，缺了牙齿的胸部丰满的酒吧女招待，给客人上着啤酒。还有那些阴暗的小巷子里，男男女女正在鬼鬼祟祟地搂搂抱抱，街上则是正在踢球的小孩子。感觉那是一群特别有活力的工人阶级。但另一方面，狭窄的街巷又有一种非常黑色（noir）的气氛，尤其是晚上，就更明显了。总有一点鬼鬼祟祟、破破烂烂、不可告人的味道。真的，那些照片全都传递着这样的氛围，呼之欲出，根本就是现成的小说背景。

于是就有了第二阶段，我要想好由谁来讲述这个故事。我考虑了各种可能性，故事里的每个人物都反复揣摩过了。最后我决定，让这一家还有个小孩，他见证了自己母亲的人间蒸发；家里空出的位置，被这个可怕的妓女占据了。多了这个小孩的角色，整个故事的感染力和戏剧冲突，似乎一下子就增强了许多。然后我又想到："如果设定成他是在成年之后再回忆起这段往事的话，效果又会怎么样？他重新记起了自己小时候可怕的心灵创伤。"这样，我就到了第三阶段。我想出了这样的设定：这个成年人回忆往事的时候，关于父亲、母亲、谋杀、妓女取代母亲的这些记忆，其实都是扭曲变形的——他因为不想面对童年的真相，不知怎么地就自己妄想出了这些事来。到了这一步，我告诉自己："叙述者我已经有了，而且还是一个对自己的历史有着扭曲变形的认识的叙述者。事实上，说不定他根本就是一个精神病叙述者——得了精神分裂症的叙述者。"到了这一步，我将要面对的挑战，既让我有些望而生畏，同时却也让我无比着迷。事实上，我每次创作小说都要经历这么一个流程：先想到一小点故事情节，然后开始琢磨由故事中哪个人物来承担叙述者的角色、他与整个故事之间又是什么关系，在这个思考过程中，故事本身也渐渐变得复杂起来，层次也慢慢丰富了。

斯科特：据说你当初将《蜘蛛》改成电影剧本的时候，本以为只需要6周时间，结果却用了6个月。为什么会这样？

麦格拉思：那其实只不过是一种自我暗示的小窍门罢了。我想我真正的意思是说，我不希望花在这工作上的时间会超过6周。我当时觉得这个工作注定会失败，小说《蜘蛛》不适合改成电影。是我妻子一直在劝我把它改出来，但我觉得这事不会有什么结果。既然如此，既然注定是要浪费时间，我只能希望尽量少浪费一点，把损失控制在一定范围之内。所以我提出了6周的说法。6周之后，我就能证明——向我自己证明，也向妻子证明——这小说要改编成电影是肯定行不通的，而我也算是努力过了。

斯科特：你之所以不看好它，根本原因还是因为小说里那种叙事的主观性吧？

麦格拉思：摆在我面前的问题就是，蜘蛛这个人的各种内在经验，我要怎么才能把它们呈现在银幕上？但是，真的动笔开始改编之后，我马上就发现了，虽然这个问题依然存在，但他口中描述的童年往事，哪怕很大程度上都是臆想出来的，里面确实还是有很多东西可供一拍。既有戏剧冲突强烈的各种事件，也有形象生动的各种人物。围绕着父亲、母亲、妓女、谋杀、谋杀的余波、妓女住进他家，所有这些东西，全都是很有戏剧冲突的好素材。那是一条现成的主心骨，由现成的各种戏剧冲突事件构成。我只需要把成年的蜘蛛回忆往事的这一条线索，串联到这条主心骨上去，那就行了。到了这一步，前面说到的问题仍然还在，但已经变得容易对付得多了。接下来我所做的，基本就是先把他童年时的那些事，都改编成电影里的一场场戏，串出一根主心骨来，然后再开始写成年蜘蛛的各种活动，它们全都紧紧围绕着这一根充满戏剧冲突的童年往事的主心骨来展开。

斯科特：但你之前说的那个问题呢？蜘蛛的内心到底要怎么来传达？

麦格拉思：基本就是靠旁白。在书里，他就会听到有人在跟他说话，电影里我也用到了，他产生了各种各样的幻觉，幻想自己体内的变化，幻想自己小时候发生的各种诡异离奇的事。比如有个地方，他切开土豆，土豆竟然流血了。诸如这样的情节，目的就是要表现他头脑中的紊乱不安。我用了不少旁白，目的就是要让你感受到他思绪中的混乱和疯狂。结果，柯南伯格说了："这些全都不要。"

斯科特：有人觉得，旁白这个东西，对于剧本来说是一件好事情，但对于电影来说却没什么好处。你觉得呢？

麦格拉思：我想我同意这种说法，不过也有例外的情况。想想我看过的各种电影，比如说《现代启示录》（*Apocalypse Now*，1979）吧，如果没了那些旁白的话——如果没了马丁·辛（Martin Sheen）用他那相当疲惫不堪的嗓音，说出那些关于科茨、关于河流什么的旁白——这部电影的力量会弱掉不少。

斯科特：把《蜘蛛》搬上银幕的事也经历过好几任导演的人事变动，折腾了好几年时间。能否谈谈这一过程对剧本有没有造成什么影响？

麦格拉思：特别值得一提的有两位导演。有那么一阵子，帕特·奥康纳（Pat O'Connor）确实很认真地考虑过要不要接手这个项目。其实我并不觉得这是非常适合他来拍的那一类电影，但他为人确实相当和善，我们相处甚欢。想当初，我俩在洛杉矶共同度过了两周时间。我们打交道的方式相当传统：一位制片人邀请我过去，把我安顿在了马尔蒙城堡酒店（Chateau Marmont），我和导演见了面，我们天南地北地闲聊，还一起出去吃了冰激凌，整个过程非常愉快。针对剧本，当时我俩也确实做了不少工作。你现在再要我精确说出这个剧本具体什么时间发展到了哪一步，某某时段我在跟谁合作，这难度实在是有点大。我能记得的就是，我和帕特·奥康纳合作的时候，我们肯定在剧本上取得了一些进步，获得了实质性的推进。问题在于，之后我们在筹措资金的时候，花了一点时间，他实在是没法再等下去了——他也得为自己的事业考虑，导演要不断出作品才行。于是就有了我要提到的第二位导演：斯蒂芬·弗里尔斯（Stephen Frears）。他给了我很大的帮助，虽然他从未承诺过一定要拍这部电影，但还是在那上头投入了不少时间——我估计他做事的时候应该就是这种脾气。他愿意在编剧、在同行身上投入时间，为人十分慷慨。有那么一个晚上，我至今记忆犹新。他住伦敦西面的诺丁山，我则住在南面的肯宁顿。他开车横穿半个伦敦来了我家，在厨房里来回地踱步，为这个剧本忧心忡忡，努力思索要如何才能改进。他的支持十分重要。在我写这个剧本的过程中，给我最大影响的，就是这两位导演了。

斯科特：这部电影迟迟未能开拍，这让你觉得头疼了吗？

麦格拉思：可以说头疼，也可以说不头疼。正如我之前说过的，我从一开始就对这个项目抱怀疑态度，我从一开始就提醒自己，别对它抱太大期望。我对这个行业还是有一些了解的，我知道 10 个电影项目有 9 个会胎死腹中，所以最好的办法就是抱定超脱的立场，稍微存些怀疑。这样才能在它胎死腹中时潇洒地转身离开，而且还能丢下一句："好吧，至少我们努力过了。"但《蜘蛛》的问题又有些不一样，因为相当长的一段时间里，我们是一点希望都没看到。但就在这时候，大卫·柯南伯格忽然就冒出来了，就像是一位天使。然后，所有问题都迎刃而解了，项目立刻有了快速推进。到了这时候，我终于可以让自己打消疑虑了。我相信这一部由柯南伯格执导、拉尔夫·费因斯（Ralph Fiennes）与米兰达·理查森（Miranda Richardson）主演的电影，肯定能拍成了。结果，距离主体拍摄工作开始只剩 3 周的时候，原本承诺的投资全都泡汤了。之前，我本已把期望值提得很高了，所以遭受的打击也相当厉害。我记得我当时的想法就是，我们就差那么一丁点就要成了，没想到结果却还是一场空……

斯科特：别人给你剧本提出的意见，你一般都会怎么处理？对此你有什么看法？我相信，《蜘蛛》的剧本改了那么久，肯定有制片人针对剧本如何改进，给你提过意见。

麦格拉思：这件事说到底，永远都取决于两点：意见来自谁，意见本身的质量如何。说到这个，自打我开始跟好莱坞打交道之后，有一件事着实让我大吃了一惊：明明都是参与电影制作的业内人士，但在一个剧本从无到有究竟要经历怎样一个过程的问题上，这些人的想法竟是如此的天真幼稚。这真是让我始料未及。于是，假设你好不容易写出了一个各方面都能站得住脚的第一稿剧本——要知道，剧情长片的第一稿剧本，那真是一件精密复杂的作品，如果它还算拿得出手的话，那肯定是因为它在各方面都能站得住脚，而且站得还挺稳的——然后你去了那位项目执行的办公室，他那些估计也就只有 12 岁的助理一个个也全都在。而且，他们全都获得了批准，可以随便提建议。那可是握有你剧本生杀大权的人物，所以，礼貌很重要。于是，你只能礼貌地坐在那儿，听着那些青少年说着诸如此类的话："可不可以让那家伙有个妻子，而且妻子生了癌，时日无多了？"别忘了，你可是用了 100 页的篇幅，好不容易才把那家伙、把他的人际关系什么的都建起来的，光是这个，你就写了 3 个月……所以，你会想要立马走人。前脚走出项目执行的大套间办公室，你转身就会问同来的制片人："这究竟是怎么一回事啊？"他会安慰你："别担心，都 OK 的，剧本很好。"可见，之前那根本就是在瞎胡闹。好莱坞本该是一个讲究专业性的地方，不然也不会有那么多电影诞生在这里。可你刚才所经历的，确实又都是在瞎胡闹。不过，凡事总有另一面，所以你也会遇到另一种情况：某一位大卫·柯南伯格那样的人物会朝你走过来，他会告诉你他对这个剧本的想法，你毕恭毕敬地听他说着，心中暗想："确实有收获。"

斯科特：但他提出的其中一条意见就是让你把旁白都拿掉……

麦格拉思：这改起来用不了多少时间。他另外还有一条建议非常优秀，那给整部电影带来了很大的不同。他提出，可以让蜘蛛本人也真的出现在他的某一段回忆之中。于是我们先拿一场戏试了一下，效果很好。事实上，他觉得那效果特别地好，所以干脆让我在蜘蛛回忆童年的每一场戏里，都把成年蜘蛛给加进去。和拿掉旁白一样，这个改起来其实也不难——每次小男孩和父母一起吃饭的时候，每次他去酒吧找爸爸的时候，不管是什么事，只要让成年蜘蛛站在一旁，注视着，给出反应，那就可以了。但好处却是很明显的，这个男人回忆自己童年的这一过程，一下子就变得非常生动了。而且这么做的话，每一场戏里我们就都能用到拉尔夫·费因斯了。

斯科特：小说里的蜘蛛文笔很好。但在电影里，他人格特质中的这一面，却整个都被放弃了，这有没有让你觉得可惜呢？毕竟，光看小说，他脑海中浮现出来的那些文字，真的是很优美，结构也很漂亮。

麦格拉思：我不觉得可惜。导演向我指出了，书里那个善于表达、文采出众的蜘蛛，与银幕上那个游荡于街巷之间，脚步蹒跚、头脑混乱、口齿不清的蜘蛛，太不一致了。对此我完全赞同。此一时彼一时，写小说的时候，我必须让蜘蛛把心声表达出来，但放在电影里，那却行不通。看看拉尔夫·费因斯那些笨拙的步伐，还有他含混不清的口齿以及那种特别的眼神，如果真给他一个旁白，让他口齿清晰地说出那些漂漂亮亮的词句来，反而只会削弱影片中这个几乎始终沉默无声的形象其本身的力量。所以我觉得柯南伯格那句话绝对没问题："旁白全都不要。"

斯科特：看这部电影的时候，观众也需要好好动一动脑筋，因为一上来它并没有很清楚地交代蜘蛛的背景和动机。关于这一点，你是不是多少也有些担心？

麦格拉思：是的，我挺担心的，但柯南伯格却完全不担心，他很清楚自己在做什么。想当初，我还真问过他类似于这样的问题："要怎么让观众知道其实是蜘蛛搞错了，其实他父亲和这女人并没有奸情？"但他会回答我："哈，我可没问过你你是怎么写小说的！"于是我又问他："观众要怎么才能知道蜘蛛内心的想法呢？"他会干脆告诉我："那就看拉尔夫的吧，他就是干这个的。"他让我放宽心，他会设法解决这些问题的，他很清楚自己在做什么。

斯科特：你们刚开始接触的时候，情况怎么样？

麦格拉思：看过剧本之后，他几乎是在第一时间就从多伦多出发，过来会见了制片人凯西·贝莉（Cathy Bailey）、拉尔夫、我本人还有我妻子玛丽亚。关键性的一次会面，其实还是他和拉尔夫之间那一次。因为这几年里导演人选变来变去，但主演拉尔夫一直都没变。所以不管谁是导演，前提就是必须能和拉尔夫擦出火花来。我当时也在场，两人甫一接触，我就能看出来，拉尔夫喜欢大卫，大卫也喜欢拉尔夫。看见他俩相谈甚欢，所有人都松了一口气。

我从柯南伯格那里学到了很多，其中之一就是，他特别擅长于这一件事，他会对我说："把那个拿掉，太多余了，前面已经有了。"通过他的眼睛，我开始重新审视自己的剧本，发现到处都有多余的东西。比如，明明已经看到蜘蛛出现在滑铁卢车站了，就没必要再呈现他在地铁车厢里的画面了，因为这其实并不能带来任何新东西，那等于是把本已写好的东西，又画蛇添足地细说了一遍。他很讲究简洁，他会说："那个我们已经知道了，所以可以拿掉。"结果就是剧本长度被压缩到了78页。我对他说："长度不够了啊。"他却回答说："我会拍慢一点的！"

斯科特：拍摄时你也在现场，你承担的角色是什么？

麦格拉思：讨厌鬼的角色。我是说真的。当然，大家对我都很好，让

"我们怎么才能知道蜘蛛那颗脑袋里都在想些什么？"蜘蛛重建着他的过去。

我觉到自己很受欢迎。柯南伯格是一个很镇定自若的人。但我知道有些导演不像他这样，他们不希望编剧也出现在拍摄现场。但柯南伯格却总是很欢迎我去，他的现场也总有欢乐的事发生，我也乐于观察他是如何工作的。我非常喜欢他这个人，喜欢去那儿看看。而且我也挺喜欢拍摄现场的——喜欢那种松散的同志情谊，喜欢他们对我一视同仁，而且，他们正在拍摄的，还是一个我写的故事。

斯科特：看到自己的小说"活"过来了，那是什么感觉？

麦格拉思：最强烈的心理冲击，可能还是发生在那些活生生的演员出现在我面前的时候。这么多年来，关于那些人物该是什么样子，我脑海中的固定形象早已伴随我多年。但到了这时候，他们一下子就出现在了我面前，借着演员，他们都变得有血有肉了。只是，他们和我想象中的高矮胖瘦都不一样。我一下子就能看出这种区别来。这就要求我必须重新调整自己的认知。拉尔夫的那个形象，我适应得很快。因为他特别投入角色，演绎得十分充分，所以我很快就把自己原先想象的那个形象抛在了脑后——那是一个看上去有点像萨缪尔·贝克特（Samuel Beckett）的形象，身材高大、手脚修长；拉尔夫当然也减肥减得够瘦的了，但他身高和贝克特有差距。我写小说的时候，一直想象蜘蛛是一个瘦瘦高高、行动笨拙的人，但就像我刚才说的，开拍第一天，到了现场也就一两个小时之后，拉尔夫便取代了我心目中原本的蜘蛛形象——他就是蜘蛛了。对我来说，这就是最大的心理冲击了，当然啦，那些房子啊、街道啊，各种实物的细节，也都带给我冲击。原本它们都存在于我的想象之中，也有相当生动的视觉形象。这些认知我也必须都要调整，根据美术指导、演员和导演塑造出来的这些实际形象去做调整。

斯科特：《蜘蛛梦魇》是 2002 年戛纳电影节的参赛片。那段经历给你留下了什么印象？

麦格拉思：很棒啊，因为我看到了许许多多为了能做成交易，能赚到钱而苦恼、发狂的人。而我所要做的，只是露一下脸，喝杯香槟，在首映之夜走一下红毯罢了。柯南伯格在戛纳很受欢迎，所有人都对我特别关照，所以那次经历特别愉快。

斯科特：关于《蜘蛛》被搬上银幕的过程，你曾写过一篇文章，其中写到了："为它寻找投资的故事，那可是一段充满了哥特味道的巴洛克式曲折传奇，涉及了各种错误的估算、骇人的背叛、凶残的报复、狡诈的操弄、固执的痴迷、正义的勇气、紧张的冒险，外加各种自我牺牲、忠心耿耿、不计后果和辛勤苦干的伟大成就。要把这个过程写下来的话，至少也能写出一本薄册子来，因为它涉及了电影筹资过程中各种晦涩难解的细枝末节，外加来自人性的各种不确定因素。"

麦格拉思：确实可以写一本书了——说不定以后我会写的。那个过程涉及的制片人，足足有数百位。关于某些混球或是某些君子的故事，说起来真是精彩。这部电影的资金筹措过程，真是特别复杂。某次，我在一个派对上与一位参与这工作的律师聊了一下，谈了整整两个小时，却连皮毛都没怎么谈到。它的错综复杂，从中展现出的各种人性……绝对可以写一本书。

斯科特：在圣潘克拉斯火车站的开场段落很有意思，那是你写的吗？

麦格拉思：对啊。我记得原本写的是滑铁卢车站，但大部分内容都没变，就是照着我写的拍出来的。当然，还有不少东西，我写了，但没能用上：蜘蛛的箱子开了，我安排他坐上了地铁，他在车厢里点了一支烟，有人让他把烟掐了。我想要表现的都是他慢慢习惯这个世界的过程。

斯科特：小说的背景是 20 世纪 30 年代，然后是 20 世纪 50 年代。

麦格拉思：对，到了电影里，差不多是 20 世纪 60 年代和 80 年代。

斯科特：当下时空中的蜘蛛，始终显得孤身一人，这是有意为之吗？

麦格拉思：柯南伯格跟我谈到了这个想法：原本那些戏里，蜘蛛周围总有群众演员出现，有车辆驶过，对比另外一些只剩下他一个人在画面里的情况，后一种的力度会强很多。所以导演想到，孤身一人的蜘蛛，那个孤独的身影，才是最强有力的画面。

斯科特：蜘蛛身穿的衣服，层层叠叠的。这是为什么？

麦格拉思：那有点像是后面泰伦斯说的一句话："人靠衣衫，自己越靠不住，就越要多靠衣衫。"那是我自己小时候亲眼见过的景象：我父亲有位病人——我父亲是心理医生——他身上穿着好几件衬衫，因为对他来说，那是一种自我防护，在你感到害怕、困惑、警惕的时候，你会把衣服当作盔甲。

斯科特：蜘蛛一直在写的日记挺有意思的，因为我们看他一直在涂涂写写，但那上面的字迹根本认不出来，观众虽然看到了，但却理解不了。是特意这么安排的吗？

麦格拉思：是的。因为在小说原作中，这本日记差不多就等同于小说本身，读者看小说时获得的信息，就是他涂涂写写的那些内容。但是到了电影里，柯南伯格不希望有这么一个善于表达、文采出众的蜘蛛。而且他想让蜘蛛成为一种象征，象征那些努力想要寻找意义，努力想要从各种混乱不堪的情绪、认知与回忆中理出头绪来的艺术家。于是，他这种鬼画符一样的文字，在柯南伯格看来就像是一位尽力想在自己那些文字中表达现实的艺术家的作品了。

斯科特：小说给我这么一种感觉：蜘蛛认为，只要他坚持不懈地写下去，肯定能把那些事都想明白的。

麦格拉思：没错。随着故事发展，他内心越来越觉得惶恐不安，他想要把这些全部记录下来的想法，也就变得越来越强烈，这种记录行为变得越来越疯狂——他想要在日记里让那些事全都变得有序起来，全都能一手掌控。

斯科特：蜘蛛的烟瘾很大，是不是？

麦格拉思：是的，和许多精神病患者一样。对于他们来说，生活非常单调乏味，能让他们感受到愉悦的行为没有几件，抽烟是其中之一。

斯科特：在我看来，全片最具重要意义的戏，其中有那么一场，就是蜘蛛穿过那巨大门洞的地方，他从现在穿越到了过去，但他之所以会那么做，仅仅只是因为他透过自己旧居的窗户，看到了屋内的自己。这很有小说原作的味道。我很好奇，你是怎么会想到这么写的？

麦格拉思：既然我们决定了成年蜘蛛必须在他的回忆中直接登场，于是就开始考虑这种办法的可能性了。想要让他登场，可以让他先去靠近自己的旧居，然后，忽然一下子，我们就回到了 20 年前。等到这个童年蜘蛛在画面中出现一段时间之后，我相信观众应该也就明白了，那就是小时候的他，应该不会有人看不明白的。这样的处理方式，大家都不陌生，而且用在这里，效果非常简洁明了。然后就是小男孩从地上捡东西的细节，我剧本里并没有这么写，是导演安排的。他那么做，正如 10 分钟之前成年蜘蛛所做过的那样。

斯科特：此片的对白写得很靠谱，听着感觉很符合其时代背景。你是预先做了什么资料搜集工作吗？

麦格拉思：我读了一些反映那个时代工人阶级生活的作品，包括小说什么的，有普里斯特利（J. B. Priestley），还有奥威尔（George Orwell），还有那时候的电影。我让自己整个人沉浸在了 20 世纪 30 年代伦敦东区的工人阶级文化之中，先尽量地吸收，然后再在那些对白里表现出来。

斯科特：他父母的日子过得并不怎么愉快，是吧？

麦格拉思：我觉得他们可能和绝大多数夫妇一样，有幸福的时候，也有难受的时候。他们的日子过得挺局促的，显然是没什么钱，住得也不宽敞。但他们会通过泡吧、性、儿子、菜地、花园等等途径来减压。总体而言，他们的生活并非毫无乐趣，但确实有不小压力。

斯科特：怎么想出蜘蛛这个绰号的？

麦格拉思：他的特点就是像蜘蛛那样在织网，更像是一个环形结构而非线性结构。他人生的中心点，就是母亲的死，他绕着这件事反复地打转。要直到故事结尾之处，他才终于抵达这个中心，终于看到了……

斯科特：本片有不少情节反转，但类似于煤气厂这种画面的提前出现，会不会让你担心那有可能会过早泄底？毕竟，从某种意义上来说，这个故事要做的，就是先把观众蒙在鼓里，等待最后来一个让人意外的反转。

麦格拉思：我不担心。我不觉得有什么地方会提前泄底。我觉得我们这种拍法，会让观众看得还挺辛苦的，他们要忙于捕捉各种细节。例如当蜘蛛把色情照片想象成酒吧里的女人时，你还得想到，酒吧里的那个女人，其实之前就已经和他母亲的形象有了某种重叠了。总之在我看来，观众看这部电影的时候，光是想要跟上正在发生的情节，就已经挺辛苦的了，基本无暇再去预测结尾。

斯科特：在如此复杂的叙事中寻找线索，观众究竟能做到哪种程度，对此你是怎么估计的？有没有一个具体的衡量尺度？

麦格拉思：说真的，我没法估计观众，这件事我全都交给柯南伯格去做了——更确切地说，是他主动承担了这件事。电影拍完之后，我第一次看的时候，完全估计不出之前没读过这本小说的人，到底能不能看懂这个故事。我只能相信导演，只能相信他都想明白了，也都拍出来了。

　　我表妹住在剑桥，我记得影片在当地放映之后，我曾打电话给她，问她看没看懂到了最后蜘蛛心里都在想些什么。我表妹不能算是什么"资深影迷"，但她很聪明。她回答说："看懂了，此刻我们都意识到了，原来母亲和那女人，是同一个人。"她把自己对剧情的理解给我说了一遍，说得特别清楚，于是我心说："太棒了，柯南伯格做到了。"机灵的观众肯定都能踩在点上，捕捉到正确的信息。这些都是我事先无法去估计的。

　　我从柯南伯格那儿学到的，除了力求简约之外，还有一个举重若轻。有一场戏，他拍到了蜘蛛母亲在试穿衬裙的画面。光是这个，就足以表明蜘蛛面对母亲身上的性特质时，他的内心惶恐了。原本，我专门写了一场戏，写他看见父母正在做爱的经过：我想要的是那种直截了当、直捣黄龙的做法，但柯南伯格觉得，只要用衬裙就够了。直到现在，我对此还是有一些保留看法，或许本可以拍得更粗线条一点，用上比衬裙更激烈一些的两性行为，但导演还是更希望用这办法。

　　斯科特：蜘蛛父亲杀死妻子的时候，故事来到了一个节点上，由此开始，之后的发展方向改变了。那些具有超现实主义味道的细节，诸如脚踢尸体什么的，是你想到的还是导演想到的？

　　麦格拉思：那是写小说的时候就有了的。当时我已经写了拿铁铲猛击头部什么的。我一开始的想法就是，这一幕就在这里画上句号吧；完成杀人的行为，往往都标志着一幕戏的结束。但我后来又想了一下，如果我能追踪这可怕的暴力行为引发的直接后续反应，或许这一幕就还有东西可挖。所以我想到要写他们埋尸，然后离开现场。你可以看一下小说，杀人之后我又写了他俩晚上是怎么过的，然后是他第二天早上带着宿醉醒来的时候，他回忆起昨晚的事，那让人不悦的后续反应和刚刚体会到的罪恶感。他在屋里翻箱倒柜，想找喝的，而她还在楼上睡着。我把这些一点点地都写了出来。最终，有一部分也被沿用到了剧本里。我想要的就是杀人犯的后续反应，最低限度也要让他们重新再回到那屋子里。

我喜欢电影艺术的诸般美妙之处，其中之一就是，许多地方你不用说透。我们看见那块碎玻璃，他的眼睛迅速地扫了一下，你不用拍他捡玻璃、藏玻璃的画面，光前面那些就已经够了，大家都懂的。

斯科特：《蜘蛛梦魇》被归为恐怖片，小说原作也被称作是恐怖文学经典。这挺有意思的，因为整部电影不管从哪个角度去看，完全看不到什么传统意义上的恐怖片特征——镜头角度啊、阴森的配乐啊……

麦格拉思：所谓的恐怖，我看到过的最好的定义就是，恐怖的情绪是恐惧与恶心的结合体。恐怖片的目的，就是要能引发这两种情绪，缺一不可。就《蜘蛛梦魇》而言，我觉得它能引发一些悬疑情绪，但那肯定不是上面所说的恐怖。

斯科特：确实，全片大部分时候说的都是蜘蛛想要解开这个谜团的各种努力。

麦格拉思：除此之外，我还希望观众能对他产生一种同情，这样的话，你观看影片的时候，会一边忙于解谜，另一边也能切身地去体会一下他的难处。

纽约州，纽约

《惊变 28 天》

——————————/ 9

亚历克斯·加兰

"我喜欢的就是结构。"

亚历克斯·加兰（Alex Garland）的两本小说，《四度空间》（The Tesseract，2003）和《海滩》（The Beach，2000）都被拍成了电影。其中，《海滩》拍摄于2000年，由来自英国的约翰·霍奇（John Hodge）、安德鲁·麦克唐纳（Andrew McDonald）和丹尼·博伊尔（Danny Boyle）这个编剧、制片和导演三人组完成，主演则是莱昂纳多·迪卡普里奥（Leonardo DiCarprio）。之后，麦克唐纳和博伊尔又买下了加兰的剧情长片剧本处女作《惊变28天》（28 Days Later...，2003）。这部用DV拍摄的僵尸恐怖片，甫一上映便赢得了票房和口碑的双丰收。

剧情梗概

伦敦，现代。由昏迷中苏醒过来的吉姆，发现自己所在的医院乃至整个伦敦，已变得空寂无人。原来，过去的这28天里，来自某研究机构的一种通过血液传播的病毒，已横扫了全英国，被它杀死的大量平民，转眼就变成了杀人不眨眼的僵尸。不久，吉姆遇到了少数几个尚未被病毒感染的伙伴，他们决定前往曼彻斯特，因为他们相信在那里还集中着其他的幸存者。

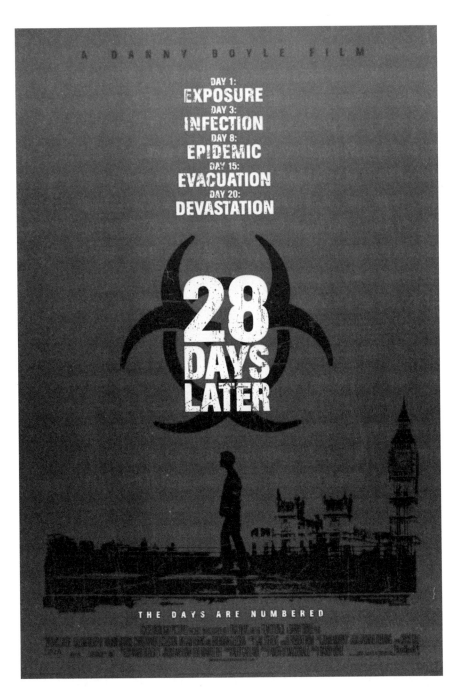

《惊变 28 天》(*28 Days Later...*，2003)

凯文·康罗伊·斯科特：你父亲尼古拉斯·加兰（Nicholas Garland）是一位漫画家，曾供职于伦敦某报社。能否请你先谈谈他的作品？

亚历克斯·加兰：我觉得从某种意义上来说，我能有今天，与他的作品脱不了干系。他的工作，主要画的都是单幅的政治漫画，但他对漫画书也非常有兴趣，所以我小时候整天都在看漫画，家里摆的到处都是漫画书，成堆成堆的。其中既有超级英雄那一类的——蝙蝠侠、超人、漫威、斯坦·李（Stan Lee）那一类，也有早期的《疯狂》（Mad）杂志。我父亲对于哈维·库兹曼（Harvey Kurtzman）的作品特别痴迷。我能有今天，与这些都脱不了干系。连环漫画的整个构成，与电影有许多共通之处，最明显的就是分镜图了，当然，意识到这种联系，已经是后来的事了。但对我来说，这意味着从很早开始，我就会用一种图文并茂的方式来构想故事了。我记得，当初我第一次正式发表作品，也就是《海滩》，就有书评写到："它就像是一部具有小说形式的电影。"我觉得从某些角度来说，这没说错。当然，你也可以说它是具有小说形式的连环画——只不过因为那篇书评的作者，他对电影更熟悉一些，所以才用了那样的说法。所以，还是要说到我的这种成长经历，家里有一个每天都在不停地画画画的人——我父亲真的就是这样，每天早上就是在画画，看到我来了，他也只管自己继续画画画。

斯科特：他也要每天看报纸，想一些政治评论的文字出来吧？

加兰：是的。

斯科特：你小时候对他那种工作有没有兴趣？有没有想过自己以后也要干这个？

加兰：有啊，大概是从 11 岁开始，我的理想就是以后也要当漫画家。说来也挺奇怪的，自从我后来走上写作这条道路之后，我遇到过的不少作家，他们小时候就都已经怀揣文学梦想了，几乎每个人年轻时都在写小说，只不过有的写成了，有的半途放弃了。不然的话就是写诗歌、写短篇什么的。他们从一开始就在和文字打交道，而我直到 21 岁之前，基本就一直都在画画。

斯科特：关于如何构建叙事，你在画漫画的过程中，有没有学到什么？

加兰：有一点，那绝对是由画漫画的过程中学到的。我发现，有些情况下，对话实在是很多余的东西。你大可以通过画面来实现同样的效果。这种做法，在漫画和电影里，都很常见。但在小说里，作者往往还是更愿意写对话，哪怕是没有对白的段落中，我们也会用散文一类的文字来填充空白，很多时候，这种散文写的都是人物的内心想法，也就是说，说穿了那其实还是某种形式的对话。但是在漫画里，这时候你只要画上一格他正在想事情的画面就行了，至于他究竟在想些什么，那不一定非要交代；类似的做法，电影里也比比皆是。所以，其实这就是强制自己去做到"要展现而非下结论"（show-don't-tell，西方叙事学经典技巧）。当然，写作课的老师肯定也会告诉你，最好避免说教，最好不要让作者的声音（authorial voice）直接出现在叙事中——因为，一旦读者意识到作者声音的存在，读者与情节、人物之间的关联就会断裂了。因为我有漫画的基础，所以对我来说，理解这一点还挺容易的。而且，连环漫画的故事推进总是做得相当灵动，很多时候简直是过于灵动了，但那是由画画费时费力的特点所决定的，所以你只能尽量做到简洁才行。上述这些，都是我在写作时想要从漫画里借鉴的东西。作为散文作家，我觉得我挺清楚自己的长处与短处的。我觉得我的长处之一，就在于我写东西很简洁，很精炼。但是，当我开始接触剧本写作之后，我这才发现自己写东西根本就谈不上简洁。剧本写作的文字简洁，那是一个我之前根本还不了解的全新概念。

斯科特：漫画的这个特点，也和它空间极其有限有关系吧？留给你写对话或是写事情经过的地方，就那么一点。

加兰：每种形式都有它的限制，所有的叙事媒介都有这样或那样的限制；散文体也有限制，那就是你没法依靠画面。但是，我觉得从某种意义上来说，限制还不是最重要的，主要还是一个信心的问题，与其说是限制，那更多的还是一个关于自由的问题，你要让自己自由地去感受读者、观众领悟东西的速度能有多快。假设漫画中有这么一格画面：某人露出忧伤的表情，边上再加上这样的文字"我觉得非常难受"。那么，这文字根本就没带来任何新东西，事实上可能还会起到让读者分心的反效果。在我看来，构建故事的过程中，这就是最大的难点之一了。你要弄清楚哪些点，读者、观众会捕捉到。时至今日，我仍会有非常非常吃惊的发现。比方说，故事进行到三分之一的地方，你不显山不露水地放一句台词在那里，等到故事靠近结尾时，你重新提到这一句话，结果我惊讶地发现，他们几乎总能记得它之前出现过。创作者总会有一种特别强烈的冲动，想要故意夸张强调一些东西，生怕不然的话，他们就会错过它。可以拿《惊变28天》为例——因为我之前的剧本都是先有小说再有改编剧本的，而《惊变28天》是直接写成剧本的——当我回过头来重新审视它的时候，我发现它在基调上就有一些错误，其中之一就是，有些地方明明不需要讲得明明白白、详详细细，但我却还是那么做了。

斯科特：其实他们已经都看明白了。

加兰：对啊，其实他们已经比你领先了。那就很危险了，因为很多时候，你想要表现一个故事点，如果你的表现手法还特别干巴巴的话，结果很可能会显得相当平庸。同一个故事点，表现手法用得好，不显山不露水的，就有可能是一个亮点。反过来，表现手法用得笨拙，它就会变成一个污点。点是同一个点，就看执行得怎么样了。

斯科特：了解观众什么时候是真的需要一些信息，看来这就要依靠一种本能了，不是吗？我相信你可不希望在他们不需要的时候强塞信息给他们，那等于是在侮辱他们的智商。

加兰：肯定不希望这样啊。那就是整个方程式里的关键部分之一了。这里面的难点就在于，就我自身的经验而言，我写过的"书或电影"，从开始到结束，至少都要花费两年时间。两年时间作为一个整体，你别的什么都不干，把这两年全都用在那件作品上。这样子，每每到了快要写完的时候，你根本就已经完全丧失了所有的客观性，你完全不知道读者或观众看到哪个地方会有哪种反应了；于是，忽然之间，你就变得应付了事了。完全是在应付了事。说来还挺有意思的，我在和那些很有经验的电影人合作的过程中，渐渐发现，其实他们有时候也会应付了事。

真正接触电影后我最大的感悟之一就在于，我发现，集合了一组各有专才的人在一起拍电影，并不代表结果肯定能拍出一部好作品来。这些年拍电影，我也经历了各种挫折，当我终于意识到上述这一点之后，我也就豁然开朗了，我终于明白那些作品为什么没能依我原本可能期望的那样去完成了。

斯科特：我听说你曾想要当职业漫画家，但是画漫画的过程实在太费时间了，所以这最终没有成为你的职业，是这样吗？

加兰：很多事都是事过境迁之后，你才想到要给它找一个解释。当年我曾经画过这么一本漫画——那是很早以前的事情了，那时候我压根就还没想过要写小说——它有60页，比我之前画过的都长。光是作画，就用了半年不止。我记得全部完成之后，我坐下来把它从头到尾看了一遍——创作过程中，你当然也会不时地这么看一遍，但完整地看整个作品，那是第一次。然后我把它拿给朋友看，拿给父亲看。很多时候，他们一边看，我就等在边上，想要知道他们的意见。

斯科特：这种做法很可能会让你彻底心灰意冷啊。

加兰：是的，但确实也是获得第一手意见的好办法。看书看电影的时候，大家一般都不太能伪装自己的感受，如果心不在焉或是怎么样了，肯定会表现出来。他们看完那本漫画，都只需要 10 分钟时间，于是我心想："我在那上头花了半年时间，光作画就是半年，你们却草草地就翻完了。"然后，就像我之前说的那样，我自己坐下来从头到尾看了一遍，我心想："确实没什么分量，就是一个小短篇，我希望它能有的那种分量，完全都看不到。"我十分灰心，当即做了决定，放弃了漫画。

斯科特：你画画怎么样？还算可以吗？

加兰：以我当时 21 岁的年龄来说，还不错。就在大约半年前，我为《蝙蝠侠》写了一个 8 页的漫画故事，负责绘图的是肖恩·菲利普斯（Sean Phillips）。他用电子邮件把画好的东西发给了我，一看他的东西，我就明白了，当年我的水平还在及格线上下，但经过这 10 年的荒废——时间都用来写作了，人家却用了这 10 年在画画——我早已远远落后于这一行所要求的标准水平。这么多年来，我还一直抱有幻想，想象某天能重新拾起画笔来，重新画漫画，那一刻，我忽然猛醒了，我永远不可能回去了。漫画的标准在不断提高，我却比人家少画了 10 年。

斯科特：进大学之前的那些年里，你是对古典文学更感兴趣，还是对当代经典更有兴趣？你那时候都看些什么书？

加兰：我向来只看那些阅读起来比较容易的东西。一般观念里，小说家应该看书都挺多的，我显然是达不到这个标准的。这一点，我自己有时候也会挺在意的。偶尔跟一群小说家同处一室的时候，用不了多久，我就跟不上他们的谈话内容了。但说真的，我觉得这于我而言也是一件好事。因为这意味着我有一套与众不同的参照物可供我来利用。当然喽，其实我的阅读量还是挺大的，我年轻时，基本上对于纪实作品的热爱要多过虚构作品。对于虚构作品，我会特别关注它的叙事——尤其是当我对叙事的构建产生了浓厚兴趣之后——除非这部作品的叙事构建得特别好，否则的话，一旦我看出那里面有什么问题，我马上就停下不再读下去了，以后也不会再去翻它了。我说的这些问题，里面就包括了作者的声音，那一直都很让我讨厌。

斯科特：作者的声音，你指的是第一人称叙事？

加兰：不是，我指的是，如果我在读一本拉什迪（Salman Rushdie）写的书，我会发现，他无时无刻不在提醒我，这本书的作者是拉什迪。顺便说一句，他的作品没有哪一本能让我坚持超过 3 页的。当然，我这么说，不代表我这观点一定就是对的。不过，对不对其实我也不怎么有所谓。对我而言，有必要建立自己信奉的一套标准，那就像是告诉自己："这件事，我打算这么做。"这里面肯定就会涉及一些不同于别人的做法。那其实并不是一种评判，纯属个人观点罢了。

斯科特：据我了解，你母亲过去当过心理医生，也可能现在依然还是。在你试图理解人性的时候，有没有来自这方面的影响？我觉得，耳濡目染之下，这应该有助于你更好地理解人物、描写角色。

加兰：有可能。她专攻的是心理创伤领域，她的病人都是一些经历了严重心理伤害的人。我还记得，当初把《惊变28天》的剧本拿给经纪人看过之后，他告诉我："呃，还是你平时的那种路子啊，这些人物的处境，完全就是前有狼、后有虎啊。"所以说，看看我的那些作品，从某些角度来说，它们很有视觉性，因为我总是在借鉴连环漫画，相信那应该是来自我父亲这边的影响。另一方面，我写的这些人物，总要面对非常极端的处境，我敢肯定，这又和我母亲脱不了干系。但话说回来，也有不少作家的作品里都写到了无意识，或是给人物设定了无意识的行为动机，并不一定非得有一个当心理医生的母亲，才能推动你往这条路上去走。不过我还是要说，我打小开始，耳边就总会听到无意识这个词，在我大约 12 岁时，他们也给我找了一个心理医生，一直到我 17 岁时才停止。所以说，少年时期有这么一段经历，每周都要去心理医生那儿好几次，在他面前谈论各种各样的事情……正值你的人格形成期，所以日后肯定也能看到它的影响。

斯科特：你大学是在曼彻斯特念的。当时对于电影的兴趣有多大？

加兰：我一直对电影有兴趣，小时候一般不太出门，出门往往就是为了去看电影。究竟要如何来描述我那段时间里对于电影的兴趣呢，听你这么问，我刚才终于想到了。那年我大概是 16 岁还是 17 岁，我知道有这么一部电影，叫作《出租车司机》（Taxi Driver，1976）。我知道我应该要看一下才对，我也确实很想看。当时如果有人问我："你看过《出租车司机》吗？"我本可以回答说："看过，看过。很厉害的电影啊。"但是事实上，我是在进了大学之后才看的《出租车司机》。没办法，它公开放映的时候我没赶上，我家也没录像机。所以说就是没这机遇，没能赶上。但是我不缺少对于电影的兴趣，等我后来把它开发出来了，也就一发不可收拾地迷上电影了。

大学毕业之后，我又住回了母亲家里。她那时候已经买好了录像机，所以在我写《海滩》的差不多 3 年时间里，几乎每天都会去录像带出租店借一部片子，很多时候更是一天借两部，有时候甚至三部。现在回想那段经历，感觉还挺奇怪的。明明我是在全力写一本小说出来，但其实却利用那段时间观看了几百部电影。而且我什么都看，所以没过多久，那家店里的片子我已经全都看过了。

所以，我要说的就是，之所以在那之前电影并没能在我生活中扮演重要角色，并不是因为我没兴趣，而是因为我资源有限。乔治·A. 罗梅罗（George A. Romero）的"活死人三部曲"之所以对我影响深远，我相信原因之一就在于，我们街坊之中有个家伙家里有录像机，我们去他家里看的那些录像带里头，就有"活死人三部曲"。那年我 14 岁。所以，还是和年龄有关系。我今年 33 岁，我小时候可不是像现在这样家家户户都有录像机的。但我们同学之间都会谈到这些电影。人人都知道《鬼玩人》（*The Evil Dead*，1981）。没看过《出租车司机》没关系，但《鬼玩人》你必须得看过。

斯科特：一边写小说《海滩》，一边看了几百部电影。你当时有没有认真想到过，自己有朝一日会成为电影编剧？

加兰：我还真想到过。我估计还是因为漫画的关系，不管看什么东西，我都会把它和分镜图联系起来。写小说的时候，我会用一系列的画面来构思具体的章节。我写东西的时候一般都会听音乐，挑选的音乐，就是我觉得能拿来做这一章节的电影配乐的歌曲或旋律。当我这么做的时候，我很清楚这是电影里才会有的做法，漫画是没有配乐的。我还记得当初售出《海滩》电影版权的时候，我好想告诉他们："这一段要用这首歌，那一首可以放在那里。"

斯科特：从某种意义上来说，画漫画——你要凭空创造出一整个世界来，有各种各样的人物、布景和对话——和当导演是一回事，都是一整个宇宙的完全主宰者。

加兰：对。要说区别的话，画漫画——或者说写小说——和拍电影最本质的区别就在于，拍电影是要一群人协力完成的，这就有区别了。

斯科特：你在念大学之前就常出去旅游吗？

加兰：进大学之前和之后都是，也算是画漫画什么的之外，另找一件事去做。说真的，如果那时候有人问我："说实话，你到底最喜欢做什么呀？"我会回答他："穷游。"说起来，这又是来自我父亲的影响。我小时候，他会独自一人去印度或是什么地方走一圈，一走就是 6 个礼拜，时间真不算短，然后带着好多故事和画稿满载而归。对于一个 10 岁的小孩来说，这种事的影响力是非常巨大的。所以，等我终于等来自己第一次机会的时候——那年我 17 岁——我也去了印度。我就此迷上了穷游，可以说，当背包客的爱好成了我之后那 10 年里的生活重心。别看我老是致力于干这干那的，其实很多情况下，就是为了能赚到下一张机票钱。一直要等到我写第二本小说的时候，这件事终于到达了一个阶段，终于彻底停了下来，我告诉自己："OK，可以翻篇了。"

斯科特：所以说你的第一本小说《海滩》……

加兰：基本上就是一本讲背包客的书。

斯科特：能否谈谈最初是怎么开始动笔的？第一本小说常会遇上半途而废的情况，动笔之前也常会踯躅再三。

加兰：灵感来自我那部半途而废的漫画作品，漫画以菲律宾为背景，但叙事上还是有不少相似的。那漫画的故事发生在一座小岛上，那是我穷游时最常去的目的地。

斯科特：你的第二本小说《四度空间》也以那儿为背景。

加兰：那座小岛，我来来回回一共去了 8 年。背包客有一个特点，明明你大部分的朋友也都是背包客，但大家平时都不怎么谈论当背包客这件事。大家聚了散，散了又聚，重新碰头时会说起之前那段时间各自都去了哪里穷游，但说的人不是真的在说，听的人也不是真的在听。背包客的故事，背包客自己其实都不愿听，其实这也很正常，因为这些故事通常都是既无聊又自恋。我还记得，《海滩》大约写到一半的时候，我第一次把情节梗概寄给了发行商，想要试试看有没有机会把合同先谈下来。结果对方回信说——那封信我一直都留着——"听着就像是又一个没人会感兴趣的背包客故事啊。"这事给我的触动很大，当时我就告诉自己："说不定被他说对了，背包客的故事还真就是这样。"我很担心这一点。

斯科特：能否谈谈你构建小说的方法？

加兰：一章一章地来构建呗。我写散文也是同样的方式，我不会等文章全部写完之后再整稿修改，我会先写完一个章节，写的过程中就大规模地修改，然后，等到这一章改完，打印出来，那就不动了，然后我再写下一章。写《海滩》的时候也是这样，所以它的故事就是那么 A、B、C 依序推进下去的，完全就是令人难以置信的一条直线，谈不上有什么回头看的地方，也没有往两边跳来跳去的地方。而且，它也没什么背景故事，只是将一个时间窗口放在你面前，供你略窥一斑；在这之前发生了什么，在这之后会发生什么，其实都没什么交代。之所以会这样，其实就是因为我当时也是在边学边写。我常会写到一半停下来，从书架上找出别人的小说来，我想看看当三个人物在同一时间说话的时候，他们都是怎么来加以区分的，是不是要不断地写"乔说……约翰说……"，还是可以用别的办法来标明。

斯科特：这些你以前都不知道？

加兰：真的是一点一滴从头学起，语法、标点什么的也都是。之前我写散文也写得很随意，像是冒号的用法，或者逗号要放在哪个地方，其实都不是非常清楚。那时候参考最多的就是 J.G. 巴拉德（J. G. Ballard）和石黑一雄了，我是巴拉德的忠实粉丝。

斯科特：《海滩》成了全球畅销书，成了那种你在伦敦地铁里都能看见有人在捧读的书。你会不会觉得自己作为小说家，就此被定型了——说到你，人家就会想到这一本专为背包客而写的小说？

加兰：当时我并没有觉得，我是到了后来才感觉到了。后来，当我想要写一个电影剧本的时候——那是我已经酝酿了很久的一个故事——我忽然发现，原来大家都不拿这当写作。我在英国被贴上了一张古怪的标签：一名正遭遇创作危机的作家。他们觉得，这人在第二本小说之后，一直没能写出第三本小说来，那其实就等于是在说，写剧本不能算是写作。但我却认为，遭遇创作危机的人是不可能写出电影剧本来的，这两件事无法同时发生。所以，到了这时候，我终于意识到了，我被人定型了。但是，我本以为自己即便是被定型，肯定也是被限定为"那个专门写背包客小说的家伙"，结果却并非如此，他们给我的限定，要比那个更模糊，从某种意义上来说更具有潜在的危害性。

斯科特：你那两本小说，当初想过要自己改编成电影剧本吗？

加兰：《四度空间》的时候，我尝试过。《海滩》的话，当我把电影版权卖给安德鲁·麦克唐纳、丹尼·博伊尔和约翰·霍奇时，我就知道他们是三位一体：约翰负责写，丹尼负责导，安德鲁负责制片——那就是他们的工作方式。所以我就没再想过要把《海滩》改成剧本的事了。从某个角度来说，我确实有过这想法，但另一方面，卖出《海滩》版权的时候，《四度空间》正好写到三分之一，所以从实际操作的角度来说，我知道自己必须先把手头这个故事完成。第一，那是因为我有合同在身，其次，我也想过了，如果把《四度空间》搁置下来，我会陷入不利的处境。因为小说《海滩》很成功，很畅销，所以我知道自己肯定要面对处女作畅销的压力。我告诉自己："再难我也要把第二本小说先写出来，暂时没法分心了。"

斯科特：你可能是已经预料到了，《海滩》的成功肯定会让你分心，有不少人会找上你。

加兰：那些摇滚明星的做法一直让我感到很惊讶，他们大把地赚钱，然后大把地烧钱，等到钱都花完了，他们又会表示自己都没想到竟会这样。类似的教训实在是够多的了，但却总会继续上演。如果你第一张唱片赚钱的话，千万可别全用来买法拉利了，说不定第二张唱片就没那么好卖了。写小说也是一样，也有类似的教训，第一本大卖，第二本滞销。

又或是第一本大获成功，但你自己知道，再也不可能达到这样的高度了，于是干脆彻底封笔了。我了解这方面的教训，我觉得自己一定要想办法避开这个坑。

斯科特：你是怎么会想到要写剧本的？

加兰：《四度空间》写完之后，《海滩》也已进入了制作阶段。这部电影的拍摄，我可以说完全没有任何参与，但我还是去泰国逗留了几周时间，看着他们如何拍摄，看看拍电影究竟是怎么一回事。之所以那么做，我其实有我自己的盘算：我对电影的兴趣那么大，我想要加入这一行，我觉得这是一次不错的学习机会。那两星期里，我努力学习。结果有一点特别打动我，原来那真和我想象的一样，真是一件很有乐趣的事情，那种大家一起合作，劲往一处使，完成一件大工程的感觉。写小说就不一样了，你孤身一人困在了房间里，而拍电影却是和一大群人合作的大工程。我一直爱看电影的幕后制作花絮，爱看这一类纪录片。小时候我最爱看的书里面，有一本就是说的"工业光魔"公司，介绍了他们是怎么成立的，怎么制作特效。其实我对电影特效并没有特别大的兴趣，我只是很喜欢这些电影制作的幕后花絮。

从泰国回来之后，我觉得是时候自己写一个电影剧本了。约翰、安德鲁和丹尼的编剧、制片、导演三人组合，真是让我觉得非常优秀。这真是一种制作电影的好办法。别看我那时候还没拍过电影，但这一点我看得很明白。有那么几次，他们三个在开会的时候，我也在场。你一下子就能看出来，这就是整部电影的制作核心，这部电影其实就是由他们三个人做出来的。虽然它还牵涉到其他各种环节，但如果你想要接触到它的核心所在，那就必须进到他们那一间会议室里去。所以我想到了我认识的两个人。尼克·戈德史密斯（Nick Goldsmith）和加思·詹宁斯（Garth Jennings）也是一个相当成功的制片加导演团队。我寻思着，说不定我们三个人也能组合在一起。于是，我们三个就开始研究起了这么一个自发的项目：《银色小溪》(*The Silver Stream*)。那是一个关于智利和俄罗斯的有趣的小故事，格调挺怪异的。我们当时都挺头脑简单的，对于这件工作，都没多少认识，所以自然就遇上了各种困难。其中之一就是，我忽然发现，我们三人中其实有两位编剧。想想丹尼、安德鲁和约翰的组合吧——虽说丹尼和安德鲁对于如何说好故事也很有想法，但他俩都不是真正的编剧。而在我们这边，除我之外，加思也是一位编剧，《银色小溪》的剧本里，他也写了一部分，可以说是我们俩在合写，双方都有不少贡献。某天，他忽然跑来我家找我："听我说，我实在是没法再跟你合作下去了。这个故事真的太黑暗、太暴力了。我不想参与这种电影，它跟我平时做的那类项目反差太大了。"我觉得他说的完全在理，但那对我来说，确实也是一件很难接受的事，因为事实上我等于就是被炒鱿鱼了。他那么说，等于是在告诉我，他不打算再跟我继续合作了。

斯科特：《银色小溪》说的是当初苏联政府里的一名官员，他的工作就是审讯士兵，但某天他发现自己即将要审查的对象，竟是他的儿子。

加兰：对，但那只是故事的一部分，后一部分则发生在智利。就是因为那些审讯的场面，有些情节确实非常地黑暗、暴力和可怕。加思对我说的那番话，当时让我觉得很受伤，也很震惊。但很快我就放下了这件事情，掉头开始写《惊变28天》了——这次换成了风格怪异的僵尸电影。

斯科特：第一次写剧本之前，你都做了哪些准备工作？有没有去听过罗伯特·麦基的课程，或是看过悉德·菲尔德的书？

加兰：完全没有哎，我一直不太相信那套东西。当然喽，说不定那个叫麦基的家伙确实很厉害，我也说不准。而且，可以说我确实是按照三幕式结构来写的。真要说的话，我其实还是在自学。我问安德鲁·麦克唐纳："你能不能拿点人家写好的剧本给我看看？我想知道它们到底长什么样子。"一上来我根本就不知道要怎么写剧本，没记错的话，我甚至都不知道每场戏之前必须写明这是室内还是室外。那和当初写小说《海滩》时一样——究竟要怎么写？只能从头学起，只能边写边想办法。那个《银色小溪》的剧本，很长时间以来，我都没法说服自己重新去面对它。但我知道，哪怕那里头真有一些写得还不错的段落，但整体说来，这样的东西想要拍成电影，其实完全不会有希望。

所以说，我当时主要就是在学习。我相信肯定有一些编剧，第一次接触这份工作就能顺利上手，但我从来就不属于这一种人。其实我之前都没提到，在小说《海滩》之前，我还完完整整地写过一本书。所以，当我抱定决心要写电影剧本的时候，我也想过了，在我写出那个有机会能拍成电影的剧本之前，最低限度也要先写一个完整的剧本来练练手。因为对我来说肯定要有这么一个过程，得让我学习学习。写作这份工作，从很多方面来讲，其实都是一件很讲究一板一眼的事情。前不久，有人给我看了一个什么剧本的故事概述稿，结果我发现那里头到处都是拼写错误，标点符号的使用也都错得令人难以置信，作者根本就是徘徊在文盲的边缘啊。我边看边想："不管它要讲的是一个什么故事，我都不会关心的，因为这些拼写错误就已经够让我倒胃口的了。"可见，我确实很在意这些基本功。

斯科特：你那些小说都很有电影感，一场戏一场戏都来得非常短小、精悍。但我有理由相信，真写起电影剧本来，那肯定和写小说还是有很大区别。这种区别，有没有让你吃到什么苦头——某些事情你本以为应该会挺简单的，结果真做起来却发现其实很难？

加兰：确实如此，其实各方面都挺难的。我本以为自己写的对话应该挺不错的，我以为那是我的强项之一，结果，一写电影剧本我就发现并非如此。事实上，那反倒是我的弱项之一；让故事持续不断地推动下去，可能这才是我的强项。还有，我原本以为自己写东西还挺简洁的，但一写剧本才知道实情也并非如此。我还记得约翰·霍奇看过《惊变28天》的剧本之后给我提出的意见："这一场戏，为什么不就在那地方结束呢？为什么还要加上后面那些东西？我建议你就在那里结束，后面的东西都不要，直接再切到后面那个地方。"他一点拨，我马上就明白了，他说的道理我都懂，但就是没法自己看出问题来。所以，要说吃到什么苦头的话，事实就是——我也不确定这么解释对不对——整体说来，我当时作为电影编剧就是一个门外汉，如果有人看了我的作品会有这样的反应，会说出类似这样的话："这家伙是怎么当上畅销小说作家的啊？""像《惊变28天》这样的剧本，怎么会有电影公司看中的啊？"其实那只是说明他们火眼金睛，看出了我剧本里那些贻笑大方的门外汉的把戏。

斯科特：也就是说，你当初写这个剧本的时候，其实私底下一直都想着自己只是一个门外汉？

加兰：那都是事后才意识到的。写的时候，我心里想的全都是："哇，这场戏写得真棒，没想到这么写确实行得通。"等到写完之后，我才意识到那其实行不通。不过，我后来又想了一个办法，反而让这种门外汉的情况变成了我的某种优势……

斯科特：此话怎讲？

加兰：很难解释清楚。在我看来，不管是第一本小说还是第一部电影，那里面都会有着某一种能量，它来自你为解决那些技术层面问题而付出的努力。你的想法很好，但是在当时，能力还有所局限，两者之间形成的张力，反而给作品本身带来了一种能量，很多时候，这种能量会让你的处女作很吸引人；它会有一种生命力，会有粗糙的边边角角，会让读者或观众觉得很受用。我所说的优势，指的就是我抓住了处女作的那种粗糙生猛的感觉。我知道自己能力上有局限，我对此欣然接受，所以我也很清楚它为什么会让有些人感到失望。他们是真心不喜欢这样的处女作，因为他们火眼金睛地看出来了："这家伙受到了他自己能力的限制"。但相比之下，更多的人还是感受到了它积极的那一面，也就是我上面所说的那种能量，也就是处女作里往往会留出来的那种空白之处，能让读者或观众自行去脑补。它和顺滑二字完全不沾边——《惊变28天》的剧本完全谈不上顺滑，小说《海滩》也不顺滑，《四度空间》也不是。它有着各种缺口，有着各种不能完全搭调的东西，但也留出了供你想象的空间。如果你能对此心领神会，我等于是在邀请你一起参与进来。我觉得留出那些空白来也没什么坏处，只要故事整体上具有内在的一致性，只要它能自圆其说，读者或是观众会自行脑补那些空白之处的。

斯科特：而且因为你让他们觉得这是他们自己脑补出来的，所以说不定他们还会在潜意识里感谢你。

加兰：除非那主要都不是出自我有意的想法，而是我逼不得已的被迫所为。逼不得已的情况下，有时候你就会开始尽力利用自己的强项。但一般来说，我都会主动地由开始的时候就注意利用自己的强项。我告诉自己："我小时候没怎么写东西，我在这方面没那么娴熟。"所以当初写小说《海滩》的时候，我很早就做出了一个决定：还记得弗朗索瓦丝那个角色吧，美丽的法国姑娘，我本可以为她做些人物描写，但我没有那么做。没记错的话，我只写了写她的头发是什么颜色的，仅此而已。我相信每一位读者都能自行脑补这么一个漂亮女孩该长什么样。于是，从某种意义上来说，这反而成了我的优势：不需要在这方面描写得太清晰，省得那跟读者自己对于漂亮法国姑娘的想象产生冲突。我觉得，后来和丹尼合作《惊变28天》之所以能够成功，原因之一就在于他在这方面的想法跟我非常相似。他也希望自己能保留那么一些笨重感；反之，斯皮尔伯格（Steven Spielberg）肯定不会那么做，因为你能想到的那些技术能力，他早就全部掌握了。不过我猜想，他年轻的时候应该也有过这种边干边学习的过程。

斯科特：我还想说说《银色小溪》，写这个剧本的过程中，关于拍电影这件事，你有没有学到什么新东西？

加兰：我学到了，真想要把一部电影给拍出来，那真是一件很难很难的事。我还学到了，你不能跟谁都谈这件事，必须把对象限定在少数几个真正拥有决定权的人身上。之前我真是没想到，这个圈子里竟有那么多的投机分子，竟有那么多人会跟你说"没问题，包在我身上"，但到了最后却什么都做不了——他们号称自己能拉到投资，其实却没这资源。所以我学到的一点就是，说到底你还是要找对人，因为要做成这件事，到头来，还是得有那么一个人，给你开出一张支票来的。那可不是一笔小钱，能开出这种支票来的人，可不是随随便便就能遇到的。我还学到了，面对那些不看好你的人——那样的人肯定不会少——你要做到脸皮足够厚。懂得自我批评固然很重要，但那种不管别人怎么说的高傲自负，也必须有一些。

斯科特：是不是还需要保留一份天真才行呢？不然的话，光是想到那些路障，那些地雷，想到那要花上多少时间才能完成，想到最终可能片酬都拿不到，很可能一上来就干脆放弃不干了。

加兰：我懂你的意思，我也觉得保留一份天真的话，可以带来一个很大的好处。干脆就不知道那可能会有多难，那样的话，反而不容易早早地就打了退堂鼓。但是，真的到了某个阶段，肯定还是会变得难起来，你只能坚持下去，还有那些跟你合作的人，也必须坚持下去，在这个阶段，继续保留一份天真的话，那可不会有任何的好处。这时候你要依靠别的了。从某种意义上来说，你要坚持的并不是天真，而是坚持相信它的可能性。这件事除了你之外也有很多人在做啊，那显然就说明了，它是有可能做成的。既然很多人都在做，那它肯定是可行的。

斯科特：库布里克曾经说过，支撑他坚持下去的只有一件事：他年轻时看过很多烂片，他告诉过自己："等轮到我拍的时候，肯定不会拍得那么烂。"

加兰：有意思。其实，不管是拍电影还是写作，或是干其他任何事情，你都会想要开发出这么一套自己坚信的理论出来——不管它到底有没有道理。我也有这么一套理论，其中有一条就是，电影的本质其实是坏的，随便哪部电影，如果你不去管它，任它自己来，那它肯定会是一部烂片，所以你要做的——或者说我感觉自己所做的——其实不是要努力去拍一部好电影出来，而应该是要努力去拍一部不烂的电影出来。每部电影，天生其实就是烂片：你得特别投入地去关注每一个有可能出问题的地方，不然的话，你就输在它们手里了。

斯科特：能谈谈你写剧本的具体过程吗？有了创意之后，是不是也要先写分场大纲？你会用索引卡片那类东西吗？

加兰：一有想法，我第一件事就是找一张 A4 纸，把它给写下来。不管我人在哪里，只要忽然感到有故事灵感了，我就尽可能抓紧地用 A4 纸把它写下来。这也是我写剧本时唯一会用到纸笔的时候，那些就是构成整个故事的节拍，就是整个故事一开始发生的事；之后，它有可能又发生了这样的事，那样的事。所以说，整个故事可能也就是类似这样的七八句话：某人在医院里醒来，世界已被摧毁，又和另一些人相遇，就是类似这样的东西。然后，理想的情况就是，当天晚些时候或是第二天，我立刻就开始写起来了，目标是差不多 24 小时内要写完四分之一的剧本。但通常情况下我都没法达成这个目标，那也没关系，基本上我就停下来，不管它了。

斯科特：从没听说过有人是这么写剧本的。

加兰：在我看来，剧本写作和散文写作的区别就在于，剧本写起来真的很快，因为你不用考虑句型啊语感啊什么的，你不用考虑它读起来是什么效果；除了涉及对话的地方之外，其余部分你都不用考虑上述这些问题，说穿了，你要考虑的只是对话和结构这两部分。写剧本可要比写散文顺畅得多。所以我才会定这样的目标，24 小时要……

斯科特：要写差不多 25 页？

加兰：对，差不多。我会定下这样的目标，一天的时间里要写完这点。这和写散文的时候大不一样，不会有一旦落笔了就不能再变的想法。我写的只是这些戏里大致会发生的事情，只是他们大致会说的对白。我会定下目标，大约用 4 天时间来完成第一稿剧本。

斯科特：你是说真的？各种元素一下子就都能齐备吗？各种人物，整个创意，你一下子就都能想好了？大部分人动笔之前都需要做很多准备工作吧？如果不是事先都想清楚了的话，你就不担心到时候会迷失了方向吗？

加兰：那张 A4 纸就贴在电脑屏幕边上，随时可以参考。我还可以告诉你一件事，等我写了差不多三分之一、接近一半的时候，它的方向会开始发生偏离，根本就不再依照 A4 纸上写的了。我写小说的时候也是一样的情况，原本设想的故事结局，写着写着，结果发现这还不算完。关键就在于，写这个的时候我真的不用去担心它阅读起来会是什么感觉，它完全就属于我私人所有，在这阶段，我不会去考虑要把它拿给别人看的问题。我想的只是要把它写完，看看整个故事能不能立得住。很多时候，写了头四分之一或者头三分之一，忽然就撞墙了，忽然就觉得这东西靠不住了，那就算了吧，这样的事我经历了太多了。我这种做法，你可能会觉得听上去好厉害啊，其实也没有那么厉害，只不过乍一听这人写剧本那么神速，好像感觉很厉害罢了。为了能让我这种写法的实际效力大大提升，基本上我就一直限定自己只写类型片，只有《四度空间》除外。类型片的好处在于，它本身就有限定，接下来要发生什么故事，你很容易判断。不然的话，如果跳出类型片写别的东西，就像是查理·考夫曼（Charlie Kaufman）那样，那些就全都必须靠你自己来创造了。写类型片的话，我就用不着那么做了，因为在我之前早已有二三十人写过这一类的东西了。

斯科特：换句话说，路线图已经是现成的了，你要做的就是想办法颠覆那些既有的规则。

加兰：这就是我喜欢类型片的地方了，它给了你一种结构外加一整套的规则。说实话，我特别相信结构主义，我喜欢的就是结构。

斯科特：我也觉得结构是你的强项，你觉得呢？

加兰：嗯，你总得有一个强项吧，我的话，可能确实也就是结构吧。《海滩》就像是《男生世界》（*Boy's Own*）杂志上那种故事的动作冒险版本，主人公、漂亮女孩和漂亮女孩的男友构成了三角关系。因为是类型片，因为是在讲故事，所以它很大程度上预先就决定了，到了某一阶段，主人公会和漂亮女孩走到一起。所以，这就给了你一条捷径。但是，你可不能那么写——这样的话，你一下子就把规则给颠覆了。事实上，《惊变28天》有点受人诟病的地方，其中之一便在于那类似于大团圆的结局，太老套了。

斯科特：那是一个能让人感到希望的结局。

加兰：是的。所以从某种角度来说，我觉得这个结局也是对于此类类型片的一种颠覆。以往很多时候，我们都会看到最后又有一只手从坟墓里伸了出来啊，或是僵尸从坟墓里边冒了出来什么的，为的是再刺激你一下——为的是让观众知道，他们并没有脱险。

斯科特：回到剧本写作的流程上吧，有了那个很松散的第一稿之后，接下来你要怎么办？是不是先冷静几天？会把它拿给别人看吗？

　　加兰：我把《惊变 28 天》拿给安德鲁看了。

　　斯科特：真的只用 5 天就写完了？

　　加兰：对啊。因为那个时候我和安德鲁已经很熟悉了，之前拍《海滩》时我们常在一起，之后就常打交道了。我们经常约了一起吃午饭，所以在写《惊变 28 天》之前我就跟他说了，说我有了一个创意，想写一部僵尸片。我最初想到的就是那些会奔跑的僵尸，背景则是那些灼热、惨白的大街。回过头来再看，我发现这和《最后一个人》(The Omega Man, 1971) 的开场有关系，那灼热的加州阳光，那奇妙的城市景象。英国电影有一个地方一直让我觉得很难受：从来就看不到蓝天，老是那种石板灰色。事实上，我们当然也有晴天的时候，只不过如果是要拍电影的话，它肯定靠不住。总之，我告诉安德鲁我有了一个创意，我要试试看能不能写点东西出来。差不多一周之后，我把剧本拿给了他。

　　斯科特：不开玩笑吧，只花 5 天时间完成的剧本，就这么把它交给了一位成功的制片人，你就这么有信心吗？都说第一印象最重要，你就不担心吗？

　　加兰：第一印象很重要，但如果它真的是千里马——如果安德鲁真的是伯乐——那他一定能发现，它身上有值得他去关注的东西。当然喽，如果不是因为我认识他，我是绝不可能把那一稿《惊变 28 天》剧本交给他的，比方说进行式电影公司 (Working Title)，或者是华纳；我也不可能拿着它就想要去找经纪人来做代理。因为那样的话，你等于是在自杀。

　　斯科特：你说过你写东西的时候会听音乐，现在仍是这样吗？

　　加兰：对，一直都是。

斯科特：有什么作用呢？是不是有助于你确立故事的基调？是不是有助于你代入剧中人物？

加兰：有助于我确立故事的基调。而且，如果我在写某一类东西的时候，放错了音乐，结果还会造成反作用，带来不利影响。说到这个，这又是和丹尼合作的好处之一了。他很懂音乐。我原本还幻想着，要告诉他《海滩》该用哪些插曲。真要那么做的话，那我一定是疯了。因为他根本就用不着，在用什么插曲、怎么配乐的问题上，他完全都控制在自己手里。他很早就给了我和安德鲁一些 CD，他觉得这支乐队的作品，正是适合本片的乐调。于是我就一遍遍地循环播放。

斯科特：这是我向本书每位受访者都提过的一个问题，虽说有点私人，但还是挺有意思的：遇到写作不顺利的情况，当你意识到有问题存在的时候，你如何应付这种自我怀疑的情绪？

加兰：这问题很有意思。首先，基本上我不会畏惧这种情绪，产生自我怀疑的念头，并不会让我惊慌失措，因为我很明白，假使没有这种情绪的话，那反而会让我坚信，自己正在写的东西，完全就是垃圾；如果没有这些情绪，那反而才是问题。我会采取的对策就是——通常我都是晚上工作，会一直写到很晚，一直写到整个人很累，然后就会滑入一个很有意思的朦朦胧胧的领域之中，忽然就松弛下来了⋯⋯

斯科特：为了摆脱一成不变的定式。

加兰：对，绝对管用。能把你从手头正在做的事情上拉走。一下子豁然开朗了，开始考虑那些原本不可能想到的点子了。

斯科特：原本很难想到的一些东西，这时候都会试着关联到一起。

加兰：对，能帮助你去关联。此外，有时候做一些错误的尝试也有好处，能让你发现这种错误之中，究竟有什么东西强烈地吸引着你。能看出这一场戏究竟错在了哪里，这真是非常重要；但是，能看出它对在哪里，这也很重要。我感觉我基本上用的还是这后一种办法，确定哪里做得正确。不过，偶尔迂回一下，用一下前一种办法，也能收到效果。《惊变28天》里有那么一场戏，主人公用棒球棍杀死了一个小孩。这场戏是到很后面才想到的。原本，第三幕有个问题，那是一个涉及电影主题的问题。我们都知道，主角必须先要被赶出去，然后再回到那栋屋子，感觉必须有这一步。必须把他赶出去，让他面对外面的危险，然后再回来，把被感染的人也一起带来了。但是，怎么带出这一场戏，围绕这一点，产生了各种各样的问题。我们想了很久，最终想到的办法就是，之前他杀过一个小孩，这时候，吉姆和少校就有了这样一段对话。"你有没有杀过人？"吉姆杀过，他杀过一个小孩。之所以能够想到这办法，是因为在此之前，我已经彻底一筹莫展了，想不出要怎么解决这个问题，然后我吸了大麻，兴奋之后，终于想到了这个办法。杀小孩，这很难让人接受，但确实解决了故事的需要。

斯科特：而且也给我们做了一个预告：接下来会出现哪种程度的暴力，主人公不得不怎么做，那会有多可怕。

加兰：是的。

斯科特：《惊变28天》的剧本后来正式出版了，你为它写了一段序言，提到了故事的参考对象，其中有一些非常有意思：斯蒂芬·金（Stephen King）、《最后一个人》、大卫·柯南伯格。能否具体谈谈最初的故事创意来自哪里，你是怎么酝酿的，上述这些参考对象是怎么会想到的，又都反映在《惊变28天》的哪些地方了？

加兰：从某种意义上来说，那些都属于客套话。巴拉德的影响很大，在这部电影里，他的影响最大。一部分是因为他写过的那些"后浩劫"背景的作品，《惊变28天》的故事也属于此类，但整体氛围上也有受到他的影响。我那份名单上列出的人里面，除了巴拉德，还有一位名叫丹尼尔·克洛斯（Daniel Clowes）的艺术家、连环漫画作者，他俩都写过超现实主义的东西。克洛斯还画过《鬼魂世界》（*Ghost World*），虽然没那么超现实，但还是有一种超现实主义的感觉。我一直觉得《惊变 28 天》从很多角度上来说就是一部超现实主义电影，所以它某些地方可以完全不讲逻辑，而且我从来都不觉得这有什么问题。我觉得我从他们那里学到的就是，你不必借助大鱼从天而降落在你的餐桌上、火车从你家壁炉里冲了出来的方式，照样也能做到超现实主义。

谈到伟大的超现实主义导演，类似于路易斯·布努埃尔（Luis Buñuel）那个级别的，当代导演里大家都会首推大卫·林奇（David Lynch），没错，他确实名副其实。但我觉得大卫·柯南伯格也是一位代表人物。想想看，《孽扣》（*Dead Ringers*，1988）就是一个很好的例子：它改编自真实事件，除了妇科医生拿出来的奇怪手术器材之外，整部电影并没有特别明显的超现实的地方。但是，贯穿全片的那种氛围，让你感受到了超现实。《惊变 28 天》里我想要实现的就是这种感觉。

斯科特：你之前提到过乔治·A.罗梅罗，写《惊变 28 天》的时候，你心里想的是不是要把他的作品移植到现代？

加兰：我从没想过要把罗梅罗的电影移植到现代，我从没从这个角度考虑过。应该这么说：我考虑的是自己喜欢哪些东西，不喜欢哪些东西。我喜欢的是随便哪个科幻故事或奇幻故事里，你都可以毫不费力地夹带一些社会批评的私货在里面，对于创作者来说，那就像是一种礼物，是一个适合做这种事情的优质模版。不光是电影，漫画和小说也都一样。

斯科特：我也觉得这正是拍电影的魅力所在，观众可以自己做出各种诠释、解读，有些连你自己都没想到，听他们那么一说，你再细想一下，这才意识到那或许正是出于你的本意，只不过，它来自你的潜意识，并

"普通人吉姆面对这一系列普通事，他所要做的，就是用棒球棍杀死所有人……"
空寂无人的伦敦街头，吉姆孤身一人。

非预先计划好的。

　　加兰：你说得非常对，而让我真正意识到这一点的，就是《海滩》。那里面有一些社会批评的元素，但也有一些东西，其实书里并没有提到，但读者认为我是在表达这个意思。比如说关于电子游戏的那些内容，其实只是凑巧，我打电玩，我很爱电子游戏。过去当背包客的时候，我习惯随身带着任天堂掌上机，因为这能帮我打发漫长的旅途。所以，我也没多想，就把它也写进了《海滩》里。结果，读者却马上得出了这样的理解："啊，看看这些家伙，即便是去乌托邦的路上，也不能不带上电子游戏！"

　　斯科特：你在那段序言里还谈到了与丹尼、安德鲁的协同合作。没记错的话，你说《惊变 28 天》的剧本你们一共改过将近 50 稿。我很好奇，怎么会有那么多稿？

　　加兰：关于这个问题，一方面是因为与他俩合作的这位编剧，也就是我，之前从没写过电影剧本，一下子就到了这一步，所以很多时候他们都会要求我修改剧本——都是一些涉及将剧本扩充成实际拍摄脚本的普通问题。但是，我却没办法完成这些修改，因为我在相关知识的储备上存在着空白。我要直到这部电影开拍之后，才渐渐补上了这个空白。丹尼一直都希望整个故事最后能再回到实验室里去，这样就圆满了，从实验室开始，又回到实验室。我想了各种办法，始终无法避免硬拗之嫌；我也努力尝试过，想要让故事回到实验室里去，但总觉得是在硬拗。50稿里，差不多有 10 稿就是为了要解决这个问题。最后还是不成功，所以那 10 稿等于都被放弃了。这就是一部分原因，另一部分原因则在于，丹尼习惯于拍摄的每一步都让编剧也参与进来——选演员、剧本试读、拍摄、剪辑，整个过程你始终都是一分子。

　　斯科特：所以整个过程中你一直都在对剧本做微调？所以就有了那么

多稿？

加兰：没错。他们试读剧本的时候，我也在场。听到演员大声读出某一段台词，我会猛然醒悟，这场戏不能这么写——这句台词太多余，这场戏要加强——于是我就做些修改。这样的情况，到了实际拍摄时就更多了。他们是按照剧本顺序拍的，所以一开始的几场戏拍完，剪辑稍微先剪一下，那 10 分钟工作样片我就能看到了。我立即便意识到了丹尼接下来要怎么取景，摄影师要怎么拍摄，很多东西这时候我才终于明白。

我觉得，之所以会有那么多稿的剧本，也是因为我们三个人一开始对于情节、结构和主题上的某些环节，也都不是很确定，还在慢慢地找感觉。我们三个人的合作，这其实还是第一次。我觉得，如果是换成跟约翰·霍奇合作的话——丹尼之前的几部电影都是他编剧的——应该就用不了那么多稿了。因为他们之间交流起来会更省事，可以更快速地切入问题的核心。说到按剧本顺序拍摄，那真是这一次学习过程中给我最大便利的一点了。我想告诉所有的编剧，如果你的第一部电影是按剧本顺序拍摄的话，那真是头等的大好事。因为对你来说，第一天拍摄之前，其实你对拍电影的了解，还都停留在抽象阶段。你也看了很多电影，终于自己也写了一个剧本，但你并没有真正见识过剧本和电影这两种东西是如何结合在一起的。你没见过剧本里的文字被拍出来、被搬上银幕会是什么样子。我自己就是，每天在现场看他们粗粗剪完的工作样片，几天之后，我看出了一些剧本里的大问题，那是我原本完全就没想到的。如果不是亲眼在银幕上所见，我应该很难预见到这些问题的存在。只有亲眼看过，你才会明白为什么某些对白写在剧本里挺好的，但真让演员说出来就不行了——放到银幕上，忽然你就看见问题所在了，再也没有比那更明显、更严重的问题了。

斯科特：能举一个具体例子吗？

加兰：有这么一场戏，当我意识到它有问题的时候，那种感觉真是可怕，让人不寒而栗。我意识到，要是照着剧本这么来拍的话，这部电影肯定就没戏了。而且这场戏的位置相当靠前，发生在三人之间——两位主角，吉姆和赛琳娜，外加第三个人，马克。马克很快就会领便当了，当然，这会儿观众是不知道这一点的。他们坐在书报亭里，讨论着这世上究竟都发生了一些什么事。整场戏全都是说明性的内容，目的是要帮助主人公跟上剧情，同时也是在帮助观众跟上剧情。我希望它的表现方式能不让人觉得太生硬，能成为整个剧情有机的一部分。类似这种说明性的戏，处理起来总是十分棘手，给出信息的时候，你一定要想办法故意给观众一些误导的东西——写小说的时候，也必须这么做，也得用这办法。结果，我一听到几位演员开口说台词，马上就意识到了有问题：感觉太干巴巴了。特别笨重，就像是从天而降的一个又一个大铁砧，就那么砸在了你身边。看完工作样片，我浑身直冒冷汗。我心里在想："上帝啊，这下可完蛋了。"有意思的是，别看它效果那么糟糕，之前演员试读剧本的时候，我却并不觉得这场戏有什么问题。真的是只有在银幕上看到了，才会意识到出了问题。我当即意识到了两点：第一，毫无疑问，这一场戏要重拍，而且要重写，已经拍好的这些都没用了。第二，后面还会有四五场戏——甚至可能还不止这些——也有同样的问题。没办法，我相信我们只能停下来改，作为制片人，安德鲁也同意我的看法，但对于深陷在这种日复一日的拍摄进程的丹尼来说……从某种意义上来说，我觉得这对他来说真是特别难，他要从那里面抽出身来，客观地看一下，告诉自己："确实，停下来，我们确实出了问题。"

总之，如果不是因为我们按剧本顺序在拍的话，如果不是因为我能有机会看到影片前 10 分钟的工作样片的话，这个问题是不会就这样摆在我面前的，更重要的是，我也不会去修改剧本后面的那些问题。即便如此，当时的情况也已经够严重的了。

斯科特：你当时到底有多惊慌？

加兰：就是惊慌啊，我很生气，简直是狂怒。

斯科特：生自己的气？

加兰：生自己的气。因为在那一刻，我意识到了我之前跟你说过的那一件事：你以为自己是专家，你以为合作者全都很有才华，你以为这就没问题了，但其实不是，这并不能保证你不在那些最基础的地方犯错误。

斯科特：但是，如果跟你合作的专业人士也没能发现这错误，那说明它不能算是最基础的问题，是吗？

加兰：问题在于，在那一阶段出现的问题，还都在编剧职责范围之内啊。当然，你可以说："这不是我的错，本该有人对我行使监督职权的。"但我觉得这说法是错误的，行使监督职权的人，他们也有自己的工作要做，而这就是你的工作。既然之前的剧本讨论会上，我告诉过丹尼和安德鲁："这场戏我是不会修改的，我要的就是这效果，它就要这么拍。"那我就要对它负责，无论成败。到了这一步，我已经看得很清楚了，如果这样任它下去，结果肯定是失败。我必须迅速采取行动。我完全不觉得那责任要由其他人来负。

斯科特：不过，大多数导演并不会让编剧参与实际拍摄。所以，你这次受教育的过程中，有两个关键元素：丹尼让你也参与了拍摄；电影是按照剧本顺序拍摄的。如果不是因为这两点的话，你觉得结果会怎么样？对你自身发展会有什么影响？

加兰：那样的话，我就没法学到那些东西了，我的自身发展也就会缺少了那一块。说穿了，对于当时的我来说，那就是一条巨大的学习曲线。当然，和所有学习过程一样，这条曲线对我来说现在依然存在。我从不觉得它的弧度会平缓下来，永远都有新大陆等着你去发现。我觉得这是一个没有终点的过程。终点只可能来自你自身，某天你觉得自己已经累了，厌倦了，不想再学了，那它也就停下来了。但是，也就从这时候起，你的作品也就开始变得驻足不前了。我想大家应该都会遇上这样一个过程吧。你变得不在意了。对于我来说，也会有那么一些剧本创作的环节是我不再去在意了的，换作以前的话，那些东西会让我觉得难受，一定要反复尝试，一定要把它弄对。但我现在已经知道要怎么处理这些问题了，所以我就不再对此特别在意了。

具体到写作过程中也是一样，某句话或某场戏，写到什么时候觉得可以了，可以结束它，去写下一句话、下一场戏了，这一个时间点，从很大程度上来说，其实就是看你是不是已经写烦了，你想要开始写下一段了。现在对我来说，这个时间点的出现，会比以前来得更快。并不是说你觉得这已经写得尽善尽美了，而是你觉得今天晚上再怎么写，最好的情况也就是这样了，所以也就这样了。

斯科特：现在回看《惊变28天》，你觉得有没有什么地方要做修改的？

加兰：片中有一个关键问题，提出这个问题的方式之一，是通过引入这么一个概念：英国全国都被隔离了。但是，一开始的设定并不是这样的，英国并没有被隔离，因为病毒已经传播到了全世界。等拍到这地方的时候，故事改了，病毒只影响到了英国，所以英国被全世界隔离了。从疯狂程度来看，这创意很棒。之所以会想到这么设计，是因为我们拍摄之前意识到的一些问题。为了解决这些问题，反而引出了这么一个漂亮的解决方案。但问题在于，像是这么重大的一个概念，你不能前面一直都不说，直到最后才把它抛出来。所以，在这一点上，我觉得我们做到了80%的成功，没到100%。影片接近最后5分钟、10分钟的时候，我们已经有点不知道接下来该怎么办了。还剩10分钟的故事没讲完呢，这样的情况可不怎么理想。

斯科特：影评人都很喜欢这部电影，对于你的剧本也非常肯定，因为这虽说是 B 级片，但你要表达的东西却远远不止于此。不过，也有一些疑问被提到了，比如说："既然是僵尸，为什么他们的动作那么快？既然身上带有病毒，他们为什么就没死呢？"

加兰：我完全没担心过这些问题，拍摄前没有，拍摄时没有，拍完之后也没有。我之前说过了，类型片的好处就是有先例可循，这会让你少掉很多麻烦，这地方也是一样。想想《活死人黎明》（*Dawn of the Dead*，1978），你也不知道那究竟是怎么一回事，为什么到处都是僵尸，而且你其实根本就不关心他们为什么会出现在那里。至少，我是不关心的。既然当初我就不关心这一点，现在我自然也不会关心这一点。类似这种剧情的解释，说实话我一直觉得，有时候是电影人自己想多了，观众其实没他们想的那么在意。

斯科特：他们愿意姑且信之。

加兰：没错。影片开始不久之后，观众就会自行做出决定：你编的故事，他要不要买单。如果你还不相信我说的，那请你去 IMDB 网站上看一下，看看观众对于这一类电影的评论，你就知道为什么我要说这些担心都是废话了。他们讨论的话题，比方说，都是僵尸为什么会奔跑，然后他们自己想出了各种构思缜密的解释。他们有可能会觉得，这些都是影片里本就埋下的线索，但其实不是，那些都埋在了他们自己的想象之中。是他们自己想出了这些解释；因为那肯定不是我，肯定不是丹尼或安德鲁所构想的。如果观众看电影时能这样投入地来运用自己的想象力，我相信那一定能为他们带来更佳的观影体验，那拉近了他们与电影之间的距离。

另外一种批评倒是让我挺忧心的，因为他们批评得在理。类似这种："这地方的台词写得很差啊，那地方的情节太烂了。"这种批评会让我忧心。换成是诸如"僵尸之间为什么不互相攻击"这样的问题，那我倒是不介意的，因为他们就是不互相攻击嘛。你自己也在银幕上看到了，它们不互相攻击。既然设定是这样的，那就是这样了。

斯科特：据说你们三个人讨论过各种影片结局。如今，吉姆、赛琳娜和汉娜一起住在乡下，就像是一个起到代替作用的家庭，从某种意义上来说，人类胜利了。此时，战斗机在空中飞过，他们向着它猛挥手。我想说的是，罗杰·伊伯特（Roger Ebert）想到了这么一个结尾……

加兰：他的主意还真不错——战斗机可不是飞过来侦察他们是否幸存的，它飞过来的目的，是要扔下一颗炸弹。当初我听到这种说法后，我的第一反应就是："我怎么就没想到呢，就该这么结束才对啊。"

斯科特：但那样的话就变成开放式结局了，幕后黑手到底是谁……

加兰：但对于观众来说，影片结尾最后几秒钟，需要的就是这么一种悲喜交加的大反转。

斯科特：好不容易活下来了，结果却……

加兰：真是生气啊。我们预算是够的，这问题原本很好解决的。

斯科特：生气？

加兰：越想越难过。

斯科特：确实是个好创意。

加兰：很漂亮，漂亮就对了，因为最好的解决方案，往往也都很漂亮。我常会想起约翰·卡彭特（John Carpenter）为《怪形》（*The Thing*，1982）写的结局。柯特·拉塞尔（Kurt Russell）和另一个家伙，马上就要在冰天雪地里冻死了，但他们已经拯救了世界，所以会有一种同一时间既感到无望又觉得鼓舞的情绪。这就是一部经典类型片的经典结局。这也是我的目标，但我们显然没能成功做到。

斯科特：那你当时出于什么动机决定要用现在这个结尾的呢？因为你觉得它比较符合全片，还是说当时你觉得这样也挺好的，又或者说你当时觉得观众会比较容易接受这样的结局？

加兰：你说的这些，我当时全都考虑到了。主要的压力还是来自担心观众能不能接受。当时结尾完全还没拍，我们找了观众试映，故事一直讲到了几位主角从那栋全是士兵的大宅逃出去为止——整个第三幕他们一直都被困在了那儿。影片就在这里结束的话，光从叙事上来说，完全能行得通。就留一个开放式结局，完全能成立。但试看下来，观众反响相当糟糕。所以大家都开始研究，问题究竟出在哪里，要怎么改。那是来自四面八方的压力：来自你自己，来自合作者，来自投资人。在我们寻找对策的时候，这些压力肯定都构成了影响。

斯科特：为什么要把原来想好的结局给改掉？

加兰：和之前说到的隔离的问题大有关系。刚开始拍摄时，想好的结局是，这三个人在湖区的一栋小农舍里，建立起了某种家庭。吉姆、赛琳娜和汉娜，可以说是有父亲，有母亲，还有女儿。但他们彼此之间并没血缘关系，这是一个假冒的家庭。这就是我最初的想法。之后，为了解决开拍不久之后发现的一个问题，我们引入了隔离的概念。于是，这个类似于地球最后家庭的概念，一下子也就不成立了。因为英国之外的世界其他地方都没问题，只不过是这三个人被困在这里了，但在地球其他地方，一切如常；对于这一点，你一定要拿出一种说法来。就是这样，拍了一半的时候，原本适用的结局因为电影本身的变化，也变得不再合适了。

斯科特：你之前说过，对于故事背景你没什么兴趣。为什么？

加兰：我不关心背景。有些时候，它确实有存在的必要，但那是因为剧情上的考虑，影片发展到某一刻，某某人做出的某种事，其实是因为多年之前在他身上发生过那样一件事。这样的背景交代，能让观众恍然大悟、豁然开朗。但是我敢说，电影里的背景交代，十有八九不是这么用的；大家把它当成了一种公式来使用，当成了一种护身符，觉得交代了背景，就能让观众以为自己理解了人物。背景成了行为动机的廉价替代品，这样的动机，你只知其然而不知其所以然，你可以试想一下为什么会存在这样的背景故事，可以就这么参与进去，与创作者一起完成叙事。我觉得观众潜意识里都会这么做，根本就不用你去邀请，他们自己就会这么做。

斯科特：背景其实也是一种说明性的内容。

加兰：确实，很大程度上，确实是这样。所以我几乎都不需要它的存在，只有极少数的例外。什么背景都不交代，电影反而变得更有意思了。你仍对整部电影有着完整的理解，但又不会有那种每一块拼图全都捏在了手里的感觉。当然，这确实是很个人的事。是我对它没兴趣，反而会因为它的存在而觉得不舒服。我看电影的时候，明明看得真爽，忽然跳出来一段完全没必要的背景交代，这时候我只能闭上眼睛什么的，假装电影里没有这一段，等它过去之后，我再重新看下去。

斯科特：谈到行为动机，你一般是靠忽然想到的什么好创意，还是会有更务实一些的做法呢？

加兰：前期制作的时候，我想的是："吉姆是谁，他什么性格？"我觉得他就是一个普通的好人，在普通的情况下，他绝不会拿着棒球棍去杀死任何人，我对他的定位，基本上就是这样。赛琳娜个性很强，一上来要比吉姆更有棱有角，她完全是靠着自己琢磨，很快就明白了，若要想活下去，就要拿起砍刀来杀人。于是我想到要有这么一场戏，吉姆、赛琳娜和马克三个人都受到了攻击，在此过程中，吉姆坐在地上瑟瑟发抖，浑身是血，基本上无力自救，而赛琳娜却拿着砍刀见谁杀谁，甚至无情地除掉了已被感染的朋友马克，这样的话，故事从这个点开始，又可以往前推进了，而且需要交代的信息也都交代了。吉姆已经吓坏了，赛琳娜则个性强悍。如果吉姆也被感染了的话，她肯定也会杀了他。于是，接下来两人共处时的张力，这就有了。过了这个点，我要考虑的基本上就只剩下他俩会如何交谈，交谈一些什么事了。这一类东西，我一般更喜欢等具体写到这些的时候再去发掘。

斯科特：你不预先把行为动机计划好吗？比方说这里的吉姆，从一开始他说自己绝对不会杀人，再到他后来杀了人。

加兰：我不太去考虑人物弧（character arc）这类东西。但你要真说起这些事情来，那就涉及创作者受过哪些影响的问题了，还有一个你写东西是有意识还是潜意识的问题。毕竟我也看了那么多电影，读过那么多小说，所以即便是主观上没这想法，结果也还是慢慢地开始往里面塞人物弧。我又要说到那位剧本创作的金牌导师（麦基）了，可以说，我没有接受过他这一派的正式训练，但我写出来的故事，却都是三幕式结构，我也不知道为什么会这样。按理说，我不会想好了要用三幕式结构，但写完之后再一看，确实就是有第一幕、第二幕、第三幕。每次都是，全无例外。

还有一点就是，我参与的通常都是类型片，不是这种类型就是那种类型。类型片有它们自己的结构。一大堆人物里面，你很清楚其中有一些会挂掉，某人肯定是中途领便当的。我清楚这一点，我想观众也清楚这一点。既然双方都清楚，我只要照着写就可以了。

斯科特：回到店里那一场有问题的戏上面，杀死马克之后，赛琳娜向吉姆解释，因为接触僵尸血液而受感染的人，必须在 20 秒内杀死他们，否则他们就会反过来杀你。罗杰·伊伯特说过，定下这条规则，起到三个作用：一、让你可以在关键时刻来临时倒数计时，因为你已经知道了，

20秒后会发生什么事；二、去除了感染与否秘而不宣的以往的编剧标准做法；三、讨人喜欢的角色，也可以快速剔除掉。

加兰：我想到了自己以前看过的一部电影，尼克·诺尔蒂（Nick Nolte）和吉恩·哈克曼演的《战火下》（*Under Fire*，1983）。两人开车的时候，车被截停了，尼克坐在车上，吉恩被带了出去，跟一群拿枪的人说着什么。忽然，其中一人拿起枪来——他和吉恩之间的对话，你是听不见的——就看到他拿起枪来，把吉恩打死了。这一切，你都是从诺尔蒂的视角看到的，效果绝对吓人一跳。但我看的时候就想到了，这一刻就应该要有这种感觉才对，就应该要让你真的大吃一惊才对。它没多少铺垫。就这样，这场戏一直留在了我的记忆里，潜意识里，我一直想要复制它那种死亡的气氛，特别能吓你一个措手不及。

斯科特：很多电影会故意把死亡戏的节奏放慢，但你这里借鉴的却是它出其不意的那一面。

加兰：依我个人经验而言，暴力更像是一种突如其来的事，对于它的严重程度，你没办法去做预计，真实生活中的暴力，它也没什么被拉长的铺垫过程。如果有被拉长的铺垫，那等于是在施虐；放到电影里的话，就是在对观众施虐。这种做法，没法引起我的兴趣来。事实上，我觉得那么做很无聊。因为你把这个过程拉得越长，等于是越让观众走到你的前面。这话从我嘴里说出来，感觉还有点怪怪的，毕竟，我基本上就是一个拍类型片的人，我喜欢类型片的一个地方就是，观众可以稍稍走到你的前面去，反正大家都很熟悉接下来的故事会怎么走。但是，涉及这一个问题的时候——这种用暴力来逗弄观众的做法，我并不喜欢。

斯科特：为感染预先设定几条规则的做法，你是怎么想到的？

加兰：整部电影的最初缘起，来自我和安德鲁·麦克唐纳某次边吃比萨边聊天时说过的话。他问我："你想拍哪种电影啊？"我说："我想拍一部僵尸片，里面的僵尸能跑。这部电影节奏要快，打得要狠。"就是由僵尸能跑的想法出发，才有了20秒钟就会感染的构思，速度和以往不一样，一切都变得更快了。就这么简单，吃比萨时的一次创意自荐。

斯科特：吉姆和赛琳娜之间的情感关系，你是怎么处理的？

加兰：我没去管它。

斯科特：不是在脸上匆匆吻了一下吗？你剧本里是怎么写的？

加兰：我更倾向于低调处理这种男女之间的事。类似这样的观众预期，我更愿意颠覆它，而不是去满足。类型片的各种习惯做法，有些我喜欢，有些我却不太感兴趣。就像是小说《海滩》里面，完全一样，那条感情线我也没做常规处理，他们的彼此吸引，更多的还是男生自己的一厢情愿。或许，这都源于我自己的个人经验！反正我自己很接受这种结果。我还真挺喜欢这种设置的：女生美若天仙，男生却相当普通，只能对着她们神伤憔悴。所以说，《海滩》拍成电影时，是丹尼决定了，要让他们俩走到一起去，我书里可不是那么写的。当时的情况下，在这一点上，我的话语权有限。到了《惊变28天》里，也是丹尼希望他们能在一起，但我却不希望。这一次，我们妥协的结果，也就是这一个吻了。即便如此，这个吻发生在什么时候，怎么进行，也得按照我喜欢的方式来写才行。我能想到的方式，就那么一种，必须表现得怪异一些。所以你看到的这一吻，它是发生在吉姆杀死那个家伙之后。他以那种特别漂亮的方式杀死了他，自己手上都是鲜血。所以，那是一个沾满了鲜血的吻。我觉得这样才有意思。

　　说到底就是一个"你对这个感兴趣还是不感兴趣"的问题。对于那些我不感兴趣的东西，我会想办法抵抗。但是，有时候其实我也能看得出来，这些东西确实有必要存在。比如在这个吻上，丹尼其实是对的，他俩之间本该再多一点情感关系才对。如果有的话，观众是会产生反应的，而丹尼也是这么想的。所以，仅仅因为我对它没兴趣，我就拒绝在一个联合项目中这么写，这看似是很主观、很武断的理由，但没办法，这就是合作，他只能接受。再说了，虽说拍电影是合作，但拍完之后推出去的时候，主打的还是"某某导演作品"啊。

英国，伦敦

《新纪元》

————————／10

迈克尔·托尔金

> "我们大多数时候都在做错误的决定，都在为缺钱而苦恼。"

迈克尔·托尔金（Michael Tolkin）履历中最为人所知的一点，或许就是他1992年将自己的小说《大玩家》（*The Player*）改编成了电影剧本，并由罗伯特·奥尔特曼（Robert Altman）拍成了同名电影。包括《雷达盲区》（*Under Radar*）和《死者名单》（*Among the Dead*）在内，他的各种小说作品为他赢得了大量忠实读者，作品也被翻译成了多种语言。同时，作为职业编剧，托尔金同样取得了巨大成功。他曾与人合写过《变线人生》（*Changing Lanes*，2002）、《天地大冲撞》（*Deep Impact*，1998）等剧本，还自编自导了由米米·罗杰斯（Mimi Rogers）主演的《灾前被提》（*The Rapture*，1991）和由彼得·韦勒（Peter Weller）与朱迪·戴维斯（Judy Davis）主演的《新纪元》（*The New Age*，1994）。

剧情梗概

洛杉矶，现代。来自南加州的超级雅皮士夫妻彼得·维特纳和凯瑟琳·维特纳，事业相当有成，但却缺乏人生目标。在两人双双失业之后，他们的婚姻也因各种不忠行为面临危机。为能共度时艰，两人决定自行创业。结果，生意还是以失败而告终，两人彻底无事可做。夫妇俩开始求助于各种心灵导师，由此获得的药方，从在沙漠里冥想打坐到在泳池边彻夜声色犬马，可谓形形色色。

《新纪元》(*The New Age*, 1994)

凯文·康罗伊·斯科特：你年轻时有没有想过自己将来会靠写作谋生？

迈克尔·托尔金：应该说，比那更早，差不多八九岁的时候，我就已经想好了将来要当作家了。七年级的时候，学校组织的一次"职业规划"活动中，我交上去的报告，写的是将来要当导演。我从小就一直都在写写写……

斯科特：你大学是去佛蒙特上的，怎么会做出这个决定的？

托尔金：一开始，我在纽约州的巴德学院念了两年，然后我退了学，在儿童公益组织干了一年。之后我女友转学去了佛蒙特，所以我跟着也去了。

斯科特：那时候你都写些什么？

托尔金：退学后我写过一个电影剧本，说的是某个小镇因为附近通了高速公路但它这边却没有建下匝道因而变得日益萧条的故事。剧本写完的时候，我正好 21 岁。我记得我当时因为能完成这第一个剧本而觉得特别兴奋。从某种意义上来说，它就像是《双车道柏油路》(*Two-lane Blacktop*，1971）在精神层面上的续集，尤其是哈里·迪安·斯坦顿（Harry Dean Stanton）在那里面演的那个角色，在我的剧本里获得了某种延续。我写的那个故事，涉及乱伦的剧情，情节相当复杂。我父亲的经纪人把它拿给了斯皮尔伯格——因为之前我看过他的《决斗》(*Duel*，1971），非常喜欢。斯皮尔伯格过了挺久才给了他回音，但他写了一个很有鼓励性的便条给我，也算是让我获得了一些动力。这些，全都发生在我去佛蒙特之前。到那之后，我的老师是一位名叫巴瑞·汉纳（Barry Hannah）的美国作家——我觉得他一直没能获得应有的重视。毕业后我去了纽约，起初也没想好接下来到底要怎么办，总之，差不多半年不到的时间里，我已经成功地卖出了自己的第一篇文章，登在了《村声》杂志上。接下来 4 年的时间里，我一直在当自由职业记者，一直做到了 1978 年。我发现，当初促使我投身新闻行业的那些因素，已经发生了变化：《人物》杂志早已变得太过强势，《滚石》则失去了锋芒，《君子》也已经丢失了它作为"新新闻主义"重镇的威望。他们约我去写的，尽是一些各界名流的人物报道。对比之下，刚开始时，我的写作主题却以怪人怪事为主，谈的都是喜剧艺人、晚间有线电视节目、导演、广告什么的。总之，那段时间我也没赚到多少钱，但却通过这些写作，对纽约，对人生，都有了更多的了解。在此期间，我和一个名叫诺亚·戈德瓦瑟（Noah Goldwasser）的人成了朋友。他是《电影期刊》（*Film Journal*）的出版人。通过他，我又认识了英国电影制片人唐·博伊德（Don Boyd）。我和唐想要拍一部电影，主人公是生活在纽约的报纸花边新闻专栏作者。唐来纽约的时候，我跟他见了面，之后也一直保持着联系。然后我又去了加州，开始写这个剧本——我哥哥当时也和我一起写。

至于电影，我当时并不清楚那究竟是什么，我甚至谈不上真的很喜欢电影。如果说我那时候从纽约来到加州是怀揣着什么目标的话，那就是，我想要写出一个集法斯宾德与斯皮尔伯格于一体的故事来。那也就是《大玩家》的创作初衷了——但我当时已经想好了，要写成小说，而不是剧本。此外，去加州，我也是想要看看自己究竟有几斤几两，能不能成为真正的作家。我先看看自己有没有能力单靠自己就把这本书给写出来，不过，这件事我一直都严格保密，在它写完之前，只有 4 个人知道我一直在忙着写它。

斯科特：这本小说一共写了多久？

托尔金：3 年，还是 4 年？之前我卖掉了一个剧本，《危险之至》（*Gleaming the Cube*，1989），所以手头有钱了，不用再忙于为生计奔波了。平均下来，每年我去跟人谈项目的次数，也就只有 4 次，时间都用在了这本小说上。

斯科特：正是因为在好莱坞跟人谈项目时的各种遭遇，激发你创作了小说《大玩家》，你觉得我这种说法靠谱吗？

托尔金：确实。不过，它也受到了我当时正在阅读的一些文学作品的刺激。当时我读了不少詹姆斯·M.凯恩（James M. Cain）和帕特丽夏·海史密斯（Patricia Highsmith）的东西。最初想到这个创意的时候，其实我想到的是一个段子。最初的想法是要杀死一批编剧，但没人觉得那是连环杀手在作案，因为好莱坞实在是有太多这样的编剧了——剧本写完之后，始终拍不成电影。但那真的只是一个段子。等我写完第一名编剧被杀的情节之后，我发现接下来可以有两种选择，或者集中精力来讲凶手是谁，可以有那么五六个潜在的嫌疑人；或者干脆就讲这一个人。结果我发现，这其实并不是一个关于好莱坞的故事，而是一个关于罪恶感的故事，只不过背景设在了好莱坞，在这一点上，我至今仍是这种观点。那时候，有一位负责拉丁美洲事务的助理国务卿，名叫埃利奥特·艾布拉姆斯（Elliot Abrams），他卷入了"伊朗门"丑闻。在国会作证的时候，他撒了谎。在电视上看见他的样子，我就知道他是在说谎。后来他被捕了，没记错的话，应该还被剥夺了律师执业资格——面对指控，他表示服罪。但之前面对国会的时候，他就坐在那张长条桌前，手托着下巴，一副目中无人的样子，貌似彬彬有礼，其实却傲慢无比。我当时的想法就是，他晚上怎么能睡得着？他到底有没有良知？他会不会感到有罪恶感？我相信他应该是不会的。《大玩家》里蒂姆·罗宾斯（Tim Robbins）扮演的那一位格里芬·米尔，与其说是以哪一位好莱坞制片人为原型，其实主要还是以这位艾布拉姆斯作为蓝本的。

斯科特：某位电影理论家曾这么写过："托尔金笔下的所有人物，全都放弃或远离了主流世界，转而上演了重新自我定义的戏码。"你同意这种说法吗？

托尔金：我可不想做一条试图去解释自己如何行走的蜈蚣，一解释，

肯定就要绊跤了。他这话说得有道理吗？或许有。原因就在于，如果以
《新纪元》为例来思考他这句话，当某人拥有的所有一切全都被剥夺之
后，那他就只能重新出发，寻找自己真正的定义了。比方说你犯下了什
么罪行，那就必须面对罪行的后果。或者就像是《新纪元》里这样，犯
了盲目自信、狂妄自大的错，令他们在经济上陷入了一片混乱之中。从
某种意义上来说，这部电影说的就是一种正濒临死亡、全面崩溃的经济
形态。那正是我当时特别感兴趣的一个主题：如果一个社会的经济崩溃
了，结果会怎么样？大家会遭遇什么事情？我记得那时候的经济正在经
历小型的衰退，我每天都能看到周围人受到它的影响。

斯科特：英格玛·伯格曼曾说过……

托尔金：说到过我？那太棒了，我可总爱说到他。

斯科特：他说过，电影是他的老婆，话剧是小三。你呢，写电影剧本
是你的老婆，写小说是你的小三？

托尔金：他可真够坦率的。（笑）我不介意犯重婚罪，我可以有两个
老婆。

斯科特：那能否比较一下写电影剧本和写小说的区别？

托尔金：从形式上来说，剧本的要求很高。它就像是十四行诗。长
度有限制，成本有限制。写出来的东西，必须能吸引到具有票房号召力
的演员。必须让人觉得它够商业化，能推销得出去。在这些问题上，编
剧必须实事求是，写剧本时必须考虑到这些。小说呢，你想怎么来就
怎么来，就我所知，小说可是西方文明的最后一片自由之土，读者有自
由，作者也有自由。因为随便作者怎么想，它都能成立，随便读者怎么
想，它也都能成立。但电影就是电影，虽然从技术上来说，鉴于 DVD 或
录像带的存在，你可以对电影的速度稍加控制。但是，一部 92 分钟的伍

迪·艾伦（Woody Allen）电影，你要看完它，就是得用 92 分钟，不管你是花了一个月时间断断续续看完的，还是一晚上连续看完的。小说就没有这种时间概念了。我们俩可以读同一本书，可能我读完的时间要比你长三倍，或者你读完它的时间要比我长三倍。鉴于这层关系，电影和小说的区别可就不是小区别了。读者与小说之间的这种私人关系，只为你一个人所拥有。

斯科特：写作遇到瓶颈的时候，你怎么应付自我怀疑的情绪？

托尔金：知道贝克特那句话吗——"我写不下去了。我要写下去！"我相信，对于写作者来说，过了某个年纪，或是某个人生阶段之后，你就必须养成这样一种自制力，不管自己喜不喜欢，都只能继续写下去。当然，有些时候你确实会在某件作品的写作过程中迷失，掉在自己挖的坑里没办法再爬出来了。我估计这时候就涉及一个性格的问题了。面对自我怀疑的情绪，你必须竭尽全力不要去理睬它。相比之下，胆怯的威胁可要比自我怀疑大得多。自我怀疑与胆怯不一样。胆怯是这样的："我想我知道该做什么，可我就是做不到。那需要我做出某些牺牲，但我不想牺牲这些东西。要想把它写完，我必须做到哪些事情，但我就是不想做那些事。"而自我怀疑只是："我做不到。"胆怯是这样的："为了完成这个，我必须做一些事，我知道它们很可能已经超出了我的能力范围，但究竟是不是真的这样，只有我真的去尝试了才会知道。"自我怀疑很可能也是胆怯的另一种形式，但没胆怯那么强大。有时候，自我怀疑也没什么错；有时候，怀疑自己也是应该的。但还要看你怀疑的究竟是作品的质量，还是自己的能力。这时候，你就知道上帝为什么要发明酒了……

斯科特：写作的时候，你的时间一般都是怎么安排的？有没有固定的某种工作模式？

托尔金：哈，我就像是银行家，每天很早起床，料理一下家务，吃早餐。最早 8:30，最晚 9:15，我肯定已经到办公室了。一直干到差不多 6 点，下班，当中会出去吃一顿简单的午餐。午餐一般是在 12:15 开始吃，这样的话，早上不写东西的时候，我可以专心接电话，等到他们电话打完，去吃午餐的时候，我已经可以回来工作了。接下来这一个小时里，没人会打电话给我，我可以专心写作。

斯科特：你会不会规定自己每天写多少页？

托尔金：有些小说家规定自己每天写 5 页，或者每天写 500 字，坚持每天都写这么点。一本书完成之后，他们又开始写下一本，周而复始。页数就是他们的全部，他们每天工作，就是为了实现这个目标。我的话，有些剧本写得很快，还有过一天能写 25 页的时候。但我也有过一天只能写 2 页，甚至是 0 页的时候。通常，真的一门心思在写作的时候，我更看中的不是今天要写到多少页，而是规定自己要写到几点才能离开这张桌子。所以，如果某场戏特别难写的话，我是不会允许自己离开书桌的；那就像是在说："中午之前我都不可以离开这张椅子。小便也不能去。"

斯科特：真的啊？

托尔金：本来就不是真要去上厕所，只是紧张了，所以别去。继续写下去。到了中午的时候，如果我还在写，那正好，我肯定会继续写下去。

斯科特：你在修改其他编剧的剧本时，也获得了很大的成功。能否谈谈你都是怎么做的？

托尔金：署我名字的情况，也就只有一两次吧。还有几次没有署名，那几次可真像是流水线上的工作。《碟中谍 2》（*Mission: Impossible II*，2000）和《毁灭之路》（*Road to Perdition*，2002）的数名编剧中，就有我。没记错的话，连我在内共有 5 名编剧。

斯科特：这种工作你都是怎么跟人签合同的？

托尔金：就签一份合同，比如说一份为期两周的合同，哪些属于你的工作范围，都要写好。但实际上，结果肯定会超出那个范围。比如我之前就签过那么一份合同，为期两周，说好了我只要负责结构，结果却还是要把具体的对白什么都写到。但是，电影编剧这件工作，打从开始起就是这么做的，几乎总是由一群人一起写的，用的是流水线工作的模式。总是有一组编剧在做这件事。编剧从来就不是一部电影的核心。有些电影可以有一至两名编剧。20 世纪 30 年代，甚至还有专门把编剧集中在一起的编剧办公楼。菲茨杰拉德就干过这个，参与过几个署了他名字的剧本。福克纳（William Faulkner）在华纳也是一样。所以这和写话剧、写小说并不一样。写话剧、小说的时候，作者是真正握有控制权的。之所以会有这样的区别，我想还是因为电影要拿着摄影机跑出去拍的缘故。话剧的话，一出戏就是一个舞台，编剧大可以坐在导演的背后，导演只能听你的。但一旦你走出去了，那就会有各种各样的斗争了。因为光是从技术上来说，电影也只可能由导演、演员来完成，只要涉及外景，那就会有一定程度的现实考量，就需要你临时应变。而这种临时应变，便意味着你不得不抛开剧本。另外有些时候，剧本里某场戏有可能写得根本就没道理。那是因为你当时写得很快，然后又不能像写话剧时那样随时彩排，或是像写小说时那样随时修改，所以也只能等到了拍摄现场再改。

我负责修改并且拿到署名的两部电影分别是《变线人生》和《天地大冲撞》。《天地大冲撞》是斯皮尔伯格找我去的。最初请的编剧是布鲁斯·乔尔·鲁宾（Bruce Joel Rubin）——但那也不是他的原创故事——他写了一年半，写不下去了，不知道要怎么办了，于是斯皮尔伯格把我找去，一起又搞了几个月——他当时是准备做这片子的导演的。但他后来有事退出了，他们找了米米·莱德（Mimi Leder）来接手，所以我又跟她合作了一段时间。满打满算，我在这个本子上花了一年多的时间，那对于我来说，可真不短了。至于《变线人生》，当初是制片斯科特·鲁丁（Scott Rudin）手里拿着这个剧本，作者是查普·泰勒（Chap Taylor）。剧本已经写好很久了，我记得当时在鲁丁手里也已经有 3 年时间了，可能还不止 3 年。他们打算把它拍成一部高概念喜剧，或者是复仇喜剧，结果找了不少编剧都没有结果，谁都说不清它到底哪里还有欠缺。基本的故事设定就是某天早晨这两个人的车撞了一下，然后这一天里，两人都在想办法折磨对方。基本上，这就是我当初看到的剧本的情况。我和几位制片见了面，发现这个创意还挺吸引我的。没记错的话，我还给查普·泰勒写了一个便条——希望我没记错——告诉他我正在改这个本子，希望能成功。反正当时也没说这电影就一定会开拍。他当时住在纽约，我们见了面，达成了交易，把自己修改的内容都拿给了对方看。一开始的话，我觉得这件事真的挺痛苦的，对他来说，这也已经不是他一开始想要写的那个故事了，所以，我不知道这件事对他来说到底容不容易接受。但于我而言，到了最后，你说我是在改写他的剧本也好，或者说我们这是被迫地在展开一系列的合作也罢，总之，我发现他最初的那个创意，我始终都很欣赏。后来，我甚至不得不针对自己的完成稿又去重写了一遍。我本来都已经写完了，自己满意，鲁丁也满意，但电影公司又迟疑了。就这么停了 3 个月，鲁丁给我打了电话："我们再试一次吧。"我们必须把最后 10 页剧本都重写一遍，写着写着，就变成整个剧本完全重写一遍了。所以我等于是从头到尾又把它重写了一遍。鲁丁本可以再雇一位编剧来做这件事的，但他还是决定用我。

斯科特：你的导演处女作《灾前被提》被称为是"低成本的、原教旨主义版本的《第三类接触》（*Close Encounters of the Third Kind*，1977）"。还有人说："该片针对好莱坞极少关注的各种心灵问题，做了严肃的思考。"

托尔金：我更喜欢后一种说法。

斯科特：《灾前被提》的创意是怎么来的？

托尔金：1984 年，我写了好几年的第一个纯原创的电影剧本，终于写完了，叫作《牛仔天堂》(*Cowboy Heaven*)。我在《大玩家》里也提到过推销这个剧本的情节。这个剧本是我年轻时发誓一定要完成的第一部作品，终于圆梦了，而且我觉得写得不错。当时是冬天，我记得我那时候特别兴奋，欣喜若狂。我那时候开的是一辆小小的达特桑 V210——那根本就是一辆除草车，这样的老爷车现在肯定是不可能再看到了，早就报废了。我在《洛杉矶周刊》(*LA Weekly*)——那时候它还不叫《洛杉矶周刊》——上读到了一篇文章，作者说他某次在沙漠里迷路的时候，意外发现了一家小客栈，那儿有着全世界最棒的马丁尼酒。但他写了："调出这杯鸡尾酒的人，并不希望全世界都能知道小客栈究竟在哪里，所以我要给你们出一个谜题。"谜面涉及了高速公路的边界和山脉的名称，那就像是一张藏宝图。而在我看来，它就是我要去寻找的那一座圣杯。于是我去了图书馆，查了一些很专业的地图，找出了客栈的位置。所以，《牛仔天堂》一完成，我就开着车向沙漠出发了。路上，某位福斯特警官还给我开了一张超速罚单——他也觉得挺不可思议的，我那辆破车竟然能开到时速 80 英里（1 英里约 1.6 公里），但罚单他还是开给了我。我先是开到了镇里，然后上了公路。两边都是沙漠，当时已是下午 3 点，也可能是 4:30。我心说："这可能并不是一个好主意。"这里可不是 66 号公路，这是什么鬼地方，一路上就只看到我这一辆车。途经一处加油站时，那里的人告诉我说，之前也有别人来过这里，也想要找那个客栈。"作者这么写是在搞事，会有人因此送命的。"加油站的人对我说。然后我就回去了。还是在那一次驾车上路的途中，我看到有一辆汽车的后屁股上贴着这样一个贴纸："警告！如果被提 ① 的事真的发生了，此车将进入无人驾驶状态。"这句话的意思我明白。此时我正在沙漠里开车，我已经疯了，

---

① 被提（Rapture），基督教末世论中的一种概念，指基督再临时信徒被提送升天，按是否遭受大灾难一般分为灾前被提、灾中被提、灾后被提三种。——编注

我正在寻找某种自己其实无法找到的快感，我本可能就此送命，沙漠向我敞开了怀抱，我想到了这个创意。对了，那一阵子，我还听了不少宗教电台的福音节目，看了不少福音电视作品。结果，就在那次旅途中，某些东西豁然开朗了。基本就是这样，好长的一个答案……

斯科特：你为什么要说自己已经疯了？

托尔金：出发之前我在 Abercrombie & Fitch 买了一件短风衣——那时候它们仍还算是一家比较正式的男装品牌。没记错的话，花了 45 美元。结果，那一路上我一直都在想这件事："买错尺码了，买大了一码，我要去换一件小一码的。"真的就是疯了。明明发生了那么多事，但我在那一路上却始终就想着这一件事：风衣买错尺码了。完全就陷在那里面了，所以我知道自己已经疯了。此外，我还丧失了选择的能力。我想不出自己到底要睡在哪里。我一口气开了 45 英里，找到一家汽车旅店，但我又转念一想："不对，我想要回去找先前看到的那家汽车旅店。"等我回到了那儿，我又觉得："不对，我不喜欢这一家，我要另找一家。"我也不知道这究竟是为什么。就是做不了决定。最后我还是决定要回家，我就那么一个人开了一整天的车，这辈子都没有过一天驾车行驶那么长距离的了，我在沙漠里开了大约 400 英里，开到了山里，再开回洛杉矶，全程八九个小时。我会做出这种事情来，那就是已经发疯了。

斯科特：《大玩家》里有许多这样的人物，他们特别拿自己当一回事，在这方面有着许多不切实际的想法，关于成功、权力甚至是心灵世界，都有各种奇怪的幻想。所以，《新纪元》根本就像是《大玩家》的续集，对吗？

托尔金：没错。在我看来，任何一个人的任何一件后来的作品，都是他前作的续集。

斯科特：《新纪元》的创意是怎么来的？

托尔金：我过去住在梅尔罗斯区。从 1978 年开始，我搬来搬去，就一直没有离开距贝弗利大道超过两个街区的距离，最西不超过费尔法克斯区（Fairfax），我在这片区域住了很长时间。但是，直到 1978 年、1979 年，梅尔罗斯区其实还是一个很荒凉的地方。之后，它开始变得十分时髦，一度成为全城最让人兴奋的一条街，而我恰巧就住那附近。街上有时装店，有别致的餐馆。真的很有意思。那段时间里，我甚至养成了看橱窗过眼瘾的习惯，以往，像这样的事，在整个洛杉矶，只有在贝弗利山附近才有可能发生。那段时间，我每天晚上都会去逛街，渐渐地，我开始注意到，如果哪家商店的橱窗里挂出了"九折促销"的广告，而此时又并非是打折季的话，那就说明这家店遇上麻烦了。等到这个广告被撤掉时，那就说明他们的问题已经解决了。有时候，明明不是打折季，你还会看到"七折促销"的广告，那只能说明这家店快完蛋了。他们一定是遇上了大麻烦，根本就不可能再有希望了。如果广告说的是"三折促销"，那我可以保证，这家店关门，也就是几星期的事情了。这是《新纪元》创意来源的一部分，另一部分则来自某个我认识的人，之前他在弗雷德·西格尔服装店（Fred Segal）当售货员——他们现在已经变成奢侈品牌子了，但放在当时的话，还是比现在更平易近人一些的，没那么自命不凡，也没那么走在时尚前端。后来，这家伙自己也在梅尔罗斯区开了一家服装店。只有一个店招，连玻璃橱窗都没有。那个人很酷，他觉得自己开的店根本就不用做广告。结果，它成了那儿最短命的一家服装店。我一走进去，就知道这家店肯定没希望了，他犯的错误实在是太严重了。店里根本就没顾客。这件事勾起了我的兴趣，为什么会有人从一开始就犯下了那么多错误？他究竟是怎么想的？他付出的代价会有哪些？在此之前他是不是还犯过什么错误，为这一次失败埋下了诱因？

斯科特：据说也就是这时候，你开始研究起了犹太人的传统知识？

托尔金：其实我是在剪辑《新纪元》的同时，开始跟着犹太拉比学习的。这方面的内容，相比那些电影，可能更多地还是反映在了小说《雷达盲区》里面。《变线人生》里面应该也有一些，甚至是《天地大冲撞》里。它肯定是反映在了某些对话之中。但是，我并非要寻找什么个人救赎，我那时候感兴趣的，并非上帝的存在——现在也是一样。我真正感兴趣的是，当我学习《摩西五经》的时候，我发现我其实是在寻找一种并非传承自古希腊的叙事传统。在《奥德修纪》（*Odyssey*）里，奥德修斯最终寻回了一切，这种圆满的结局，其实是古希腊式的、基督教式的。但在《摩西五经》的结尾，摩西却并没有跨越那条河流。他看到了它，也看到了对面的应许之地，但却没能过去。像这种向前运动进入某个空间的做法，那才是我当时真正感兴趣的东西。但我至今都没完全想明白，要怎么才能在电影里表现这些东西——或许那根本就是一件不可能做到的事情。

斯科特：投资人看完剧本后给你提的意见，你会怎么处理？

托尔金：你只能听他们的，因为支票本在他们手里。你只能回应他们。这就是拍电影很实际的一面。有人给你投了一大笔钱。他们不是蠢蛋——他们有可能会说一些蠢话，但肯定不是蠢蛋。在电影这一行里，真蠢的人，几乎就不存在。有不少从业人员，那都是真正的人精。当然，作品不一定能反映出这一点来，那是因为有好多人虽然精明，但却容易害怕。害怕就会让人变蠢。而且，好多电影虽然看似愚蠢，其实却赚了大钱，那说明拍出这些电影来的人，其实根本就不蠢，他们很清楚观众想要什么。像《新纪元》这么一部打破了好莱坞所有既定规则的电影，结果倒是根本就没人提意见。

斯科特：我家附近的录像带出租店里，《新纪元》被放在了喜剧类的货架上。你觉得它是喜剧吗？

托尔金：哇，你竟能在店里找到这片子，我很高兴！没错，它是喜剧，这一点我完全确定。

斯科特：有一些影评人拿它和诸如《甜蜜的生活》（*La Dolce Vita*，1960）、《奇遇》（*L'Avventura*，1960）这种 20 世纪 60 年代的欧洲电影做了比较。在那些影片中，堕落的人生一方面在诱惑观众，另一方面也受到了谴责。你有没有参考过这些电影？

托尔金：有，但我参考的方式仅限于此：我之所以会对新现实主义感兴趣，是因为那些导演想要把镜头对准自己的做法。将电影的舞台搬到洛杉矶，在这里寻找意大利风格的堕落人生，这可不是我的兴趣所在。一直以来，我感兴趣的都是那些地下的、秘密的群体。他们明明都很活跃，但却从不被人注意。《甜蜜的生活》是我最喜欢的电影，我后来那些电影，都是因它而来。

斯科特：那么《奇遇》呢，它那种著名的无聊呢？ [1]

托尔金：那是关于历尽沧桑的都市人的电影。没错，那些意大利电影说的其实就是生活的无聊、停滞。在《新纪元》的核心，甚至也包括《大玩家》，它们呈现出来的那种经济情况，其实并没有发生崩溃，反而是情况颇好，故事里面每个人都过得很不错。对于那些 20 世纪 50 年代末、60 年代初拍摄的电影，有一点我们往往都会忽视，即它们拍摄之时，距离德国人离开罗马其实也就是十几年的时间——拍得比较早的，是 13年，拍得比较晚的，是 17 年。意大利人非常快速地便由战后的废墟中重新振作起来，获得了成功。在此期间究竟都发生了些什么，可以说是一片空白。那是受到彻底抑制的几年。在我看来，正是因为有着这种抑制，才导致后来出现了那些电影。那是一种现实的空白。

---

[1] 语出著名影评人安德鲁·萨里斯（Andrew Sarris）。

斯科特：我之所以提到这些意大利电影，我想要问的其实就是，《新纪元》的主人公夫妇，彼得和凯瑟琳，他们身上呈现出一种怪诞的物质主义。但是，观众很难看出你究竟是不是在讽刺他们。你没留下类似于旁白或是讽刺性配乐这样的任何线索。你没有为观众提供简单易懂的答案，而那些意大利电影也是一样。

托尔金：我喜欢的就是能让你自己去思考的电影。

斯科特：我还想针对片中某几场戏问些问题……第一个，纯粹是出于好奇，我想知道影片开始时跳舞的那个女人是谁？

托尔金：她叫蕾切尔·罗森塔尔（Rachel Rosenthal），是一位行为艺术家。早在拍摄这部电影的许多年之前，我上过她的一门课，那是为期两天半的关于自发行为的强化班，课程的名字就叫 DBD——"做了才有"（Do by Doing）。这门课令我终身受益，它讲的就好比："立刻开始制造戏剧；你必须现在就创作一些东西出来，跳过那些不必要的复杂程序。"她会派一个任务给你，只有 15 分钟的时间，你们几个人就要想办法凑一台戏出来。确实让我很受用。

《新纪元》里有不少对白，我是故意用的陈词滥调。所以影片中也包含了这么一部分内容：当你用一种陈腐的语言来交流，当你追随这种陈腐的东西时，又会发生什么。

斯科特：影片一开始，彼得和凯瑟琳分处两个不同的世界之中，你是故意这么做的吗？

托尔金：是的，因为一开始你并不知道他俩之间的关系。直到他回家之前，你看到的都是他和另一个女人在一起。这一点很重要。为了让这场戏合理地结束，我要让你看到他的那个笑容，这样你就知道那正是他想要的东西了。他很高兴。

斯科特：彼得和凯瑟琳都够自我中心的。你会不会担心这样的人物很难赢得观众的同情？

托尔金：不担心。类似这样的说法，我觉得真是蠢得无可复加。不过，这往往也是我们最需要注意的地方。在我看来，根本就不存在这种完全无法赢得他人同情的人，这是由人的本性所决定的。既然如此，你还想要怎么样呢？我们在看电影或是接触别的文化产物的时候，总是很可悲地想要从中找到这么一个角色：我们没法将自己等同于他，却又很想能成为他。总有这样的时候，人人都想要变成多萝西，都想要走上《绿野仙踪》里那条黄砖铺成的路。或是人人都想要成为"终结者"，可以见谁杀谁。但在生活中，我们大多数时候都在做错误的决定，都在为缺钱而苦恼。我生平最讨厌的就是这个，这种故事里一定要有一个值得同情的人物的观念。为什么电影人物的身上就一定要有闪光点呢？我觉得观众需要的应该只是，这个人物得要有一种想法，想要获得某些东西的想法。彼得和凯瑟琳想要获得的是改变，想要生活变好，那就是他们的闪光点。他们犯下了一些错误。但到了最后，她做了正确的决定。

斯科特：你是不是做了很多资料搜集的工作？

托尔金：确实。我参加了一个瑜伽冥想的静修班，帮助很大，因为班上每一个人，说的都是那种"新纪元运动"提倡的冥想的东西，那种思想冻结之后才会出现的词汇。心灵导师说的每一句话，虽然听上去很有真意，但用在他们身上，却只能导致灾难。比如他说："追随你内心的喜悦。"那是约瑟夫·坎贝尔（Joseph Campbell）的提议，听着确实很积极，只不过真要那么做的话，你有可能会伤害到自己。《新纪元》里的那些人物，说的都不是诚实的语言，只有凯瑟琳说过一句："这不公平。你不关注我了，你太假了。"那一刻，她是真实的。她几乎一直都能做到真实。她说："你原本不该退出的。"经济的问题也对她产生了影响，她是那种经济状况的受害者。彼得明明有过好机遇，但他不知道自己要的究

彼得和凯瑟琳想到了物质精神两贫乏的生活。

竟是什么。他只知道一些模糊的概念："最好的我"。在这部影片里，你能发现许多被误解了的生活指南。《英雄之旅》（*The Hero's Journey*）则来自约瑟夫·坎贝尔。剧本写的时候很容易，没花太长时间，只用了几个月。

斯科特：但剧本里还是保留了一定程度的现实主义，这会不会很难？

托尔金：可以告诉你一件事：我现在住的这栋房子，是我拍完这部电影之后，由一对夫妻手里买过来的。当时，妻子住在屋子的这半边，丈夫住另半边。他本来就在投行工作，因为可卡因而毁了前程，而她则是平面设计师。所以说，我靠这部电影、这个故事，买下了因为同样的故事而不得不转售的这栋房子。

斯科特：时隔多年，你现在觉得自己这部电影怎么样？

托尔金：之前我已经有好久没看过了，但我最近又重看了一遍，发现要比我想象的好得多。当初它票房不好，我一直想知道那究竟是怎么一回事。我觉得我没问题，是这票房不对。它太超前了。观众不希望想象自己也遇到了这种事。当时正是20世纪90年代泡沫经济开始的时候。现在泡沫已经破了，电影里说的东西，相信大家全都可以明白了。放在互联网经济处于泡沫最高点的时候，这部电影看着就像是在说什么古代的事情。现在再看，你会发现虽然有些复杂，但那些都是真的。可以去圣何塞或是任何一个靠近硅谷的地方，放一下这部电影，那儿的人一定最能感同身受了。

斯科特：彼得和凯瑟琳眼看朋友死去的那一场戏，是不是很难写？

托尔金：不难。还是一样，其实差不多就是一种拼贴，把波普文化的各种东西拼贴在一起，波普心理学、波普哲学、波普神学，其中有些东西可能是有道理的。

　　这里援引《圣经》的说法，反对那种因为周围人都在文身所以你也要去文身的做法。按照《圣经》的说法，是要用罪恶感来留下伤痕，而不是对自己的肉体施加什么东西。简单的说法就是，上帝给了我们这副完整的躯体，我们也要原样还给上帝。另外，自己不文身的人，可以看看周围是哪些人都文了身，这也是你了解如今这个世界的一个途径。可以靠这个来窥测如今这个世道。以上就是这一场戏所要说的东西。说的绝不仅仅只是文身这一件事，还要提醒你，在这样一个许多人都文了身的时代，你要小心。

　　《新纪元》有一点很有意思，在我写过的所有电影里，最由人物而非情节来推动故事的一部，就是它；或许这也能部分地解释它为什么会不卖座，毕竟，观众去看电影，还是冲着精彩的情节去的。不过，在《新纪元》里，每一场戏之间的衔接，都推进得很得当，每个人物都有循序渐进的一个过程。影片说的就是当现代人在社会上寻找心灵的答案时，会发生什么样的事情。在这里，你看不到传统意义上的心灵力量——教堂也好，犹太拉比也罢，他们一次都没见到过。你见到的十字架，出现在了异教徒的水中，她把十字架放在了水里。人类发明各种宗教仪式，为的就是能应付一个已开始崩塌的世界。

　　　　　　　　　　　　　　　　　　　加利福尼亚，洛杉矶

《战略高手》

／11

斯科特·弗兰克

> **"应该一直就像是在写着玩一样。"**

　　斯科特·弗兰克（Scott Frank）写过很多成功的电影剧本，参演的包括有好莱坞大明星朱迪·福斯特、乔治·克鲁尼（George Clooney）和汤姆·克鲁斯（Tom Cruise）等人。他合作过的导演也有西德尼·波拉克（Sydney Pollack）和史蒂文·索德伯格（Steven Soderbergh）等人。弗兰克特别擅长文学作品的影视改编，特别是数次改编埃尔默·伦纳德（Elmore Leonard）的犯罪小说，都取得了巨大成功，这包括《矮子当道》（*Get Shorty*，1996），还有令他获得奥斯卡最佳改编剧本奖提名的《战略高手》（*Out of Sight*，1998）。此外，他也是斯皮尔伯格翻拍菲利普·K. 迪克小说《少数派报告》（*Minority Report*）的联合编剧之一。

剧情梗概

　　佛罗里达，现代。职业银行大盗杰克·福瑞在朋友巴迪的帮助下，成功越狱，而且还顺便绑架了联邦法警凯伦·西斯科。等凯伦重获自由之时，早已爱上了福瑞。此后，杰克和巴迪又前往底特律，想干一票大买卖。凯伦受命要将他捉拿归案，但她却已有了别的想法。

《战略高手》(*Out of Sight*，1998)

凯文·康罗伊·斯科特：我听说你特别爱读书。你都喜欢哪些作家？最近你都看了一些什么书？

斯科特·弗兰克：我喜欢约翰·范特（John Fante）。还有伊恩·麦克尤恩（Ian McEwan），他是我最喜爱的作家之一。我喜欢《爱无可忍》（*Enduring Love*）。我想过要把它拍成电影——不为别的，就为了开始有热气球的那一场戏。我喜欢约翰·格雷戈里·邓恩（John Gregory Dunne）和约翰·厄普代克（John Updike）——他的"兔子"系列对我影响很大。最近，我很喜欢理查德·鲁索（Richard Russo）的《帝国瀑布镇》（*Empire Falls*）——写得很棒。我喜欢通俗的犯罪小说，看过很多。可见我的口味其实很杂。只要故事精彩我都喜欢，不会局限于某种类别。不过非虚构作品我看得不多。手头正在读的一本非虚构作品，我倒是真的很喜欢，托尔斯泰的传记。真是太好看了。感觉就像是在看一部由他本人写的小说。

斯科特：看书的时候，时间上一般都是怎么安排的？

弗兰克：我看书速度很慢很慢。但基本每天都会看，通常看完一本小说需要两三周。我也会尽可能多地看报纸。每天早上是我负责准备几个小孩的早餐，所以只有 15 分钟时间把报上的国际新闻都给扫一遍，有点夸张。周日我会看一下报上的书评专栏，常会根据书评去选书看。

斯科特：你最近应该一直在写小说吧。

弗兰克：是，但是一直没时间去完成它，只能时断时续地写上一点儿。有时间的情况下，我就抓紧多写一点，然后还是要把它搁置下来。这种情况还挺糟糕的，我也确实缺少足够的动力去完成它。只能就这么一直写下去了，那其实也挺有意思的——你知道这东西其实不怎么样，也没什么人在期待它，对于作品本身来说，这反而是一件好事，没了压力。那成了你的私人领地。写剧本就不一样了，各种各样的声音都有，尤其是当你在替比自己更聪明的人打工时，你会觉得自己大可以相信他们的意见，渐渐地，他们的声音会在你头脑中反复响起，取代了你父母亲的地位——工作的时候，你会一直听到他们的意见，他们像是成了你的编辑，有时候会鼓励你，有时候又会打击你。所以说，之所以要写这本小说，就是为了把这些声音从我脑袋中赶出去，试着重新找到自己的坐标，为自己的创作进程找准定位。

斯科特：这本小说完成之后，你打算正式出版，与更多人分享吗？

弗兰克：可以啊，相比电影，我从小说中获得的灵感更多，电影已经没法继续给我灵感了，甚至于我去电影院的频率也已经大不如前了。当然，创作电影剧本我还是很愿意的，我也喜欢这个创作的过程，但问题在于，现如今的电影已经都不讲故事了——变得太概念化了，更多地是在讲创意，而非讲述真正的故事，更多地是在展示态度，而非鲜活的人物本身。这都让我挺沮丧的。而且，现在的电影，最不重视的就是编剧的工作了，他们宁可将更多的时间用在后期制作上，这也令我感到沮丧。

斯科特：你曾经多次将小说改编成电影剧本，在这方面有没有什么常规做法？

弗兰克：就是阅读原著啊，读完一遍再读一遍，等读到第三遍的时候，我会开始做笔记，什么要保留，什么东西不要，把我的想法都写下来。还有哪些地方我有可能会怎么改动，哪些对话我一定要保留下来。那些我明确肯定不会用的东西，我就把它们统统划掉。在此之后，通常情况下我并不会写什么分场大纲，因为对我来说，小说本身就已经是现成的分场大纲了，我会想办法在此基础上来完成剧本。通常情况下，我写出来的第一稿剧本，基本就是小说原著的一个精简版本。然后我再看一下这个剧本，关键是要想清楚这故事对我来说的意义所在。必须确定它都涉及了哪些话题，有哪些主题，叙事之中哪些部分对我来说是重要的。然后我就要用我自己的视角和声音来重新讲述这个故事了，解决出现的各种问题，看看得到的结果会怎么样。经常会有这样的情况，那些问题在你看小说原著的时候，并没有注意到，等到把它改编成剧本的时候，问题都出来了。人物也是一样，当初读小说的时候，你觉得他们还挺活跃的啊，但一写成剧本，你才发现他们其实要比你想象的更加消极。还有叙事上，也比你当初想象的要更多地偏重于内心。

斯科特：改编的时候，你对原著的看法，是不是很大程度上取决于请你来做这件工作的电影制片？

弗兰克：没错。所以我更愿意跟固定的同一批制片人来合作，我把剧本拿给他们看，他们提出的建议，还有最开始时双方关于原著的讨论，关于改编时焦点要放在哪里的对话，都给了我巨大的帮助，一上来就为我指明了正确的方向。在完成剧本这件事情上，我是一个很需要精神支持的人，所以我一定要找他们谈一下，"这故事说的是什么"或者"哪些地方出了问题"——而且不止谈一次。当然，真正把剧本拿给他们看，那已经是很后面的事情了。并不是说我这人不喜欢合作，而是因为对于原作素材本身，我总觉得自己没什么把握。

斯科特：在加州大学圣塔巴巴拉分校念书的时候，你更感兴趣的是当电影人还是当小说家？

弗兰克：当时我对写电影剧本更有兴趣。也就是在那时候，我第一次真正地意识到，这也完全可以是一门终身的职业。差不多整个大一阶段，我一直在思考，我究竟要干哪一行才能挣到钱。后来我认识了保罗·拉扎鲁斯（Paul Lazurus），他当时在那儿教剧本写作，之前则一直在哥伦比亚公司工作，受命于哈里·科恩（Harry Cohn）。他是第一个对我这么说的人："如果你才 20 岁，就已经在想万一失败了要怎么才能退而求其次的话，那你肯定会失败。如果你真擅长这个的话，那就应该朝这方面努力才对，不过，首先还是要弄清楚自己到底是不是真的擅长这个。"所以他让我写一场叫作"针锋相对"的戏出来，只需要写 5 页，他想看看我究竟是什么水平。写完之后，他做了批改，我至今都还记得，5 页纸就有差不多 30 个拼写错误，但是，他在最上头用红笔写下了一句："真他妈不错。继续写下去。"等我第二次再交作业给他的时候，他告诉我说，我该找一名校对了，不用专业人士，7 岁的小孩就可以。

斯科特：你曾拍过一些短片，是自编自导的吗？

弗兰克：有一些是自编自导的，另一些只是编剧，是为别的导演写的。那都是一些很怪鸡的作品，奇奇怪怪的，有不少都与死亡、墓地什么的有关。超现实主义喜剧。事实上，《锦绣童年》(*Little Man Tate*, 1991) 当初的第一稿剧本，就要比最终的成片超现实得多——原本是一出非常超现实、黑色的喜剧。

斯科特：你曾说过，很长时间里，你一直都偷师于埃尔默·伦纳德。最初是怎么会接触到他的作品的？哪些地方吸引到了你？

弗兰克：可能最初读到是在大学里，但我真正迷上他，应该是在我刚入行不久之后，1985 年、1986 年那时候，有人给了我一本他的小说，要我改编成电影剧本。那就是《桃色杀机》(*Gold Coast*, 1997)，后来由 Showtime 电视台拍成了电视电影。当时，我正在写派拉蒙公司的一部电影，但一边也在寻找别的工作机会。我记得我很喜欢这本书，喜欢那里面的对白，喜欢那里面的每一个人物，他们身上都有那么一股劲儿，那是我自己并没有的，但我恰恰又心向往之——他们都很明确，很直接，知道自己想要什么。我喜欢他们说话的方式，说话的节奏。所以我跑去跟项目的制作人见了面，对方却告诉我：你不适合改编埃尔默的作品，非常抱歉，但确实就是这样。他们觉得我写东西还不够黑暗，不够尖锐，不够强悍——这三点一点都不沾。这反而让我马上就去找他的作品读了起来，读得很快，一本接一本。但最有趣的却是，想当初《矮子当道》刚出版的时候，我倒是没有买来看。我读到了一篇它的书评，感觉评价不高，有点不屑一顾，说它好莱坞味道太厉害了。结果，偏偏就有人拿着这本书来找到了我，一开始我还没答应——当时我正好对这一类题材不太感兴趣。于是他们只好另找别人去改编，但始终不成功。这时候，史黛西·谢尔（Stacey Sher）对我说："这本书我还是要回过头来再找你，你就是最合适的那一个人。"她非常坚持，逼得你没法拒绝，所以我只好先把小说给看了，结果发现十分喜欢。全书看完，我打电话告诉史黛西："OK，我来改编吧。"我被它彻底征服了，一直沉浸在那种愉快的阅读体验之中，根本就没想到这要改编成电影会有多难。在此之前，我刚被炒了鱿鱼，那是我跟了很久的一个电影项目。所以我当时挺愤世嫉俗的，之前还从没遇到过这种事情呢。我估计这也是我愿意接下它的部分原因……

斯科特：后来你又是怎么会加入《战略高手》这个项目的？

弗兰克：就是因为《矮子当道》。埃尔默自己把《战略高手》这本书寄给了我，同时还寄给了泽西电影公司（Jersey Films）。我原本并不打算再接埃尔默的小说了，我不想成为他的专属编剧，而且我感觉《矮子当道》拍成电影效果相当不错，但再来一次的话，我肯定就要失败了。但既然书都寄到了，我也就读了起来。读到第 20 页——就是汽车后车厢里的那一场戏——我抓起了电话，告诉他们："OK，我来改编吧。"

斯科特：你说他直接就把新书寄给了你，你俩是什么时候开始有这样的关系的啊？

弗兰克：《矮子当道》正式启动之前，我们一块儿吃了一顿午餐。基本上就是听他给我讲故事，都是关于之前的一些编剧改编他小说时彻底搞砸了的恐怖故事，整整讲了两小时，一个故事接一个故事。那餐吃完，离席时我心里能想到的就只剩下这一件事了："天哪，我也会成为他下一次跟别人吃午餐时讲起的又一个故事的！"顺便说一下，那餐饭的过程中，他对我说的最后一句话就是："玩得开心点。"正式动笔之后，我会把写好的剧本稿给他寄去，时不时地跟他打打电话，趁他进城的时候找他见个面。整个过程中，他没有别的，始终就是两个字：支持。没记错的话，他只给《矮子当道》的剧本提过一条建议："这一句话，他是不会那么说的。"他真是一个好人，永远都是在鼓励你。"你干得真棒，关键是外人根本就不知道，这项工作其实很难，而且你的付出往往还没法获得应有的承认。"他一直说着这种鼓励人的话。确实，这事情真的挺难的，一边改编人家的作品，一边还要跟对方展开讨论。他给了我很大支持，真的很棒。

　　但是，轮到《战略高手》的时候，我最初改出来的那几稿，他并不满意；他不喜欢艾伯特·布鲁克斯（Albert Brooks）扮演的那个角色——里普利。小说里也有这个人物，但只是一笔带过罢了，而在我笔下，他成了一个主要配角。我觉得我们需要这个人物，埃尔默却不喜欢他。此外，他觉得我的开场浪费了太多时间，应该一上来就是抢银行的戏，他觉得那些闪回是没有意义的。于是我对他说："如果由抢银行开始的话，然后还要再拍上整整 60 页的往事。"他并没有被我说服，还是不喜欢我的做法。好在，最终拍出来的电影，他倒是很欣赏。他看完电影之后，给我打来了电话，但我不在家。于是他在电话答录机上给我留下了一段很感人的留言："斯科特，是我。那时候你是对的。我们确实需要里普利。"从这件事可以看出，他这人真是很好。另一方面，写到影片结尾的时候，我也获得了他的帮助。当时我不知道要怎么办了，这一男一女，既不能让他们在一起，也不能像小说里写的那样，干脆就让她那么把他给逮捕了。而且，小说说的是她的故事，但电影说的却是他的故事。作为一个虚构人物，她当然也挺不错的。但全书从头至尾，她身上的变化不大，没太多东西可挖。相比之下，他的年纪要更大一些，50 岁左右，他身上有我最喜欢的一个主题——未择之路，悔不当初。他的故事要比她的故事悲伤得多。所以我更看重他这部分的故事，而乔治·克鲁尼也确实捕捉到了这种悲伤的情绪。他是多希望自己能重新来过啊。他是发自心底地后悔自己的人生。总之，那就是一出悲剧。在此之前，还从没有过哪个罪犯能给我留下这样的触动。而且，书里的他还微微带有一些自杀倾向。到了最后，他在自己毫不知悉内情的情况下，就去参与了那样的事；他不认识那些要去行劫的人，过去没和他们打过任何交道，他知道最后一定会出人命——但他还是去了。他知道等待自己的只有两种命运：被捕，或者被杀。他其实并不想这么做，但却还是做了。他没有行为动机。他曾被人问到为什么要那么做，他说的是："为了新鲜劲。"但在电影里，你不能这么写。不过，针对这个问题去寻找解决方案的过程，我觉得真还挺有意思的，让我很有兴致。

　　所以我就一直在拼命找答案，但最初写好的几稿，结尾都还是在依样画葫芦，照搬原著。某个下午，我和埃尔默通了电话，把我的难处告诉了他。他提起了自己曾经教过一个人写作，那人是刑满释放出狱的，正好也在写剧本，就让埃尔默看了他的作品。关键是，这个人曾有过多次成功越狱的经历，而且还是不同的监狱。我和埃尔默都觉得，如果让他也坐上囚车，和杰克坐在一起，那应该会是一个好主意。就这样，我开始研究这个人物可能会是什么情况，我开始想象他坐在囚车上的样子。他把自己的经历比作了穆罕默德逃离麦加。当初，获得这个灵感之后，我只写了一遍就定下来了，之后基本没怎么再改动过。写剧本的时候就是会遇到类似这样的事，时机一到，问题迎刃而解。

斯科特：你会怎么比较《矮子当道》和《战略高手》这两部电影？

弗兰克：《战略高手》更严肃，要说的东西更多一些。《矮子当道》稍微更搞笑一点，比较三俗。《战略高手》更像是一部 20 世纪 70 年代的电影，有当时电影的那种私密感。《战略高手》里没有小丑。全片其实只有一处滑稽笑料：那个人跌倒在自己的枪上。

斯科特：我听说《矮子当道》的导演巴里·索南费尔德（Barry Sonnenfeld）原本也有可能成为《战略高手》的导演，结果怎么了？

弗兰克：你要问我的话，我始终不觉得他会想要执导《战略高手》，因为他不断地在问同一个问题："这比较像哪一部电影？我想不出以前有哪部电影跟它比较像的了。"在我看来，这就是一个信号，代表这位导演其实并不打算要执导这部电影。他想要找一个参照系，找一些他看过的、有把握的电影，但他没能找到。另一方面，在故事和剧本上，他又确实是一个很机灵的人，在我的起步阶段给了我极大的帮助。但到了后来，到了要他来执导这部电影的时候，他还是不知道要怎么将自己的视角运用在这个故事上。两方面匹配不上。其实，说到可供参考的对象，我倒是一直想到了《特殊任务》（*The Last Detail*，1973）这部电影。事实上，等我们跟索德伯格见面时，他第一个提到的就是《特殊任务》，于是我也就知道了，这一次我们找对人了。《战略高手》和它正是同一类电影。

斯科特：小说《战略高手》的情感核心就在于罪犯和执法者的彼此信任。他俩在一起的时间很短，但用了不少时间来挂念对方。谁都知道，这种东西想要戏剧化处理起来，难度很大。你是怎么解决这个问题的，大致是怎么样的一个思路？

弗兰克：看一下小说原作，他俩就在一起那么一次，然后就爱上了对方，而且之后整个过程中，始终彼此挂念。这或许就是我要面对的最大的难题了。之后，两人又遇上了，上了床。因为两人彼此挂念得实在是太厉害了，结果全都陷入了一种"苦恨相逢不早"的狂乱情绪中。这一套，在书里能行得通，但放在电影里就不行了，因为根本就没有他俩的对手戏。对此，我想了一些办法。我想的是："可以这么写，费不了太多功夫，而且不用花多少钱……"那就是，我让她梦见了他。其实全都是幻想，但一开始只有观众知道这一点——而且我把这写成了某种玩笑，让它有趣一些。她不由自主地就是会想到他。我觉得这是一个关键。此外，我还让他给她打电话，让他们在电话里聊天。这样，差不多就算是都有铺垫了——然后他冲她挥手，这是书里就有的，但在我这里，他们在那之前已经又见过两次了。

斯科特：洗澡时的做梦段落，你是怎么确立它的结构的？我指的是，这一幕刚开始的时候，观众都被蒙在了鼓里，还以为那是真的呢。你设想他们应该要过多久才会意识到自己被骗了？

弗兰克：其实我是希望他们立刻就能发现的。她一走进来，我就希望他们会说："她怎么可能那么快就找到了他？别开玩笑了！"他们会觉得生气。而当他把她拉进浴缸，她开始吻他的时候，我甚至希望观众会变得更加不安起来，因为只有这样，等他们意识到一切不过都是做梦时，才会觉得终于松了一口气。

斯科特：DVD 收录的删节片段中，有一场戏气氛很古怪，我觉得那应该出自同一个梦，杰克与巴迪谈到薰衣草什么的，各种不同的肥皂。

弗兰克：这个笑话来自女性的视角。这是一个女人在挂念着杰克。在她的梦里，或者说在她的幻想中，两个男人在泥地里脏了一天之后，洗澡时就会说些这样的话。这全都混在了一起，不光是她的声音，还有他俩的声音。但是，这场戏的同性恋味道太重了，包袱抖得太早了——变成了"一顶帽子上还有一顶帽子"，所以就只能删掉了。

斯科特："一顶帽子上还有一顶帽子"，那是什么意思？

弗兰克：意思是说关于同一件事的两个笑料，彼此重叠在了一起。

斯科特：错综复杂的闪回是本片一大特色。在你自己原创的那些闪回

"她不由自主地就是会想到他。"凯伦·西斯科赶来制止越狱。

戏中，你针对小说里讲到的一些细节做了修改。比如说，你让里普利在监狱里就认识了杰克。为什么要这样改？

弗兰克：为了要让结尾能那么写，为了要让观众知道他最后为什么会去那里。此外，除了原本的"他会被抓住吗？"之外，还能多赋予杰克这个人物一些不同层面上的利害攸关的东西。我希望能多加一些情感进去。这样子，当里普利安排他去做安保工作时，这种羞辱都可以和前面的东西联系在一起。总之，我希望能相比小说再多增加一些人物细节。

斯科特：有一场发生在监狱里的戏，唐·奇德尔（Don Cheadle）扮演的拳击手史努比，在阅览室里弄死了里普利想要的金鱼，杰克站出来替里普利出头。这也是原作里没有的，是你原创的。能否谈谈，如何用埃尔默创造的既有人物，凭空地写出这么一场戏？

弗兰克：事实上，《矮子当道》里我自己创造发明的东西，可要比《战略高手》里还要多。你要问我究竟是怎么想出来的，我只知道一点，那就是我觉得埃尔默的文字让我很有共鸣。我觉得我能理解那些文字。如果是写小说，我当然不能那么去模仿他，但既然是在改编剧本，我当然可以由他这里推导出一些东西来，用在我的剧本里。可以利用他创造的人物来讲故事，这对我来说并非什么难事。有时候我也会搞砸，有可能会写得太碎了，那就需要把不合适的文字重新组织一下。说到凭空创造出这样一场戏来，因为他笔下的人物本就非常饱满，于是我也抓住了他们的行为方式，他们的视角，结果自己都不一定意识到，就那么凭空创造出来了。

斯科特：你会参与影片拍摄吗？会把这种参与用在自己的剧本创作中吗？我指的是，演员排练时，你会承担怎样的角色？是否会将他们的反馈再融入剧本中？

弗兰克：演员彩排时，我承担的角色就是去回答他们的提问。我还要向他们提问，看看有什么地方还能再改进，是不是有什么地方的台词太多了或是太少了，还有什么事是没交代清楚的，是不是同一件事还能有更好的表达方式，台词是不是太拗口了，我要确定这些都不会有问题才行。这也是我锤炼剧本的好办法。我会做笔记。但我会很注意，尽量不要彩排一结束就马上改写剧本。彩排中遇到的问题，我更倾向于先记着，然后一步步地来解决。

斯科特：写人物对白的时候，你是不是必须大声朗读出来？

弗兰克：对。

斯科特：随着彩排推进，你会不会感到紧张？

弗兰克：那些演员都很值得尊敬，都是很好的人，都忙于提问各种关于剧本的问题，而且他们都很欣赏剧本，都很懂合作，劲往一处使，只想把它拍得更好。即便有人针对剧本提出质疑，那也是为了能更好地理解它。绝大部分情况下，他们在彩排时提出的观点，都对我很有帮助。

斯科特：拍摄期间你和索德伯格经常电话联系。你们都会聊些什么？

弗兰克：我们会谈每天的工作样片，他会告诉我又出现了哪些需要解决的问题。影片最后屋里的那一场戏，存在一定的问题，之前我们并没有真正解决，所以我去了底特律，与他面谈。保险箱里究竟要放些什么东西，我们都没想好。一般我不太会去找他麻烦，我不是那种要求每一句对白都非得按照剧本去拍的编剧。但是，如果连我要表达的意图都弄错了，那我还是会感到非常不安的。所以有时候我们会在电话里谈到这些，另一些时候，他会谈他的担心，担心某些戏会有问题，或是有些戏不得不删掉。

斯科特：影片开始，我们看见杰克抢了银行。你有没有想过要在结构上玩点花样什么的？

弗兰克：我喜欢在结构上搞一些花样。但自从索德伯格接任导演一职，有那么一阵子，我害怕了，把这些花样都拿掉了，但他对我说："别别别，别那么做，还是恢复以前的样子。"我全是用的线性结构，依序而来。我以为打乱的话，就没人能跟上节奏了。不过，整个过程中我们也一直不断地在做调整。

斯科特：抢银行的戏和小说里十分相像。

弗兰克：是啊。打火机的细节是索德伯格想到的，我们把它加了进去。相比原作，我只加入了少许东西，比如和银行职员之间的对话什么的。然后克鲁尼又加了一句："你笑起来非常漂亮。"

斯科特：立刻就让观众对他产生了同情。

弗兰克：对，立刻爱上了他。所以我只能再澄清一下，他不认识那个家伙，于是有了剧情那个小转折。

斯科特：在书里，他是赶上了车祸，而不像是电影里，因为他那辆破车没法启动才会被警察抓住。

弗兰克：我之前写了好几个版本。我只是觉得这么写更有意思一点，就说他老是会遇到汽车方面的麻烦。到这里，观众已经很喜欢他了。唯一的区别仅在于，在剧本里他们那些台词是在这地方说出来的，但要更加随意一点。

斯科特：介绍凯伦这个人物登场的时候，她正和父亲一起吃午餐，这是小说里没有的。他给了她一把枪，当作生日礼物。

弗兰克：从父亲那儿得到了那把枪——效果绝对很棒啊！

斯科特：对，而且你把它当作了某种固定的节拍，用到了之后的故事进程中。像是这些小物件，枪啊什么的，是不是有助于你表现故事各个阶段的不同变化？

弗兰克：肯定是啊。

斯科特：后车厢里的那一场戏，两个人物，静止的位置，整整持续10分钟，而且有不少东西都是介绍人物的说明性内容。这场戏你是怎么处理的？

弗兰克：围绕这场戏，我们讨论了很久。在第二版的拍摄脚本里，整个这场戏，我完全重写了一遍。原本，我们在这里用了一个长镜头，整场戏里不存在所谓的电影标点符号这样的东西，看工作样片的过程中，我意识到在这里可以预先多交代一些剧情，那会对后面的戏有帮助，比如他前妻的什么信息之类。

斯科特：但你的写法并没有改变。

弗兰克：没有，只是拍摄时发生了变化。

斯科特：你说的这种电影标点符号，指什么？

弗兰克：切出镜头。那样的东西能赋予它一种节奏，一种情绪，给你一具放在车里的尸体什么的。书里并没有提到手电筒，但我必须让他找到一个，否则就拍不成电影了。找到了手电筒，他才能看清楚。他们还谈到了巴迪。我们还想出了不少办法，将另一版拍摄脚本里的不少对话给简化了。

斯科特：像是经过了提炼。

弗兰克：你现在看到的这一场戏，说的全是他俩。这是我重新改写的结果。原本那些都是没有的，他的手放在了她腿上。这些都是原本没有的。完全没有。原本就像是一场发生在宾馆房间里的戏。

车里的戏之后，还有一段闪回，那挺难办的，因为它原本的位置并不是在这里。你会以为杰克和巴迪又回到了那个监狱里，但事实上，那是另一所不同的监狱。他们两年前被捕了，于是你只能先想一想："等一下，我们现在是在哪儿啊？"每所监狱，我们用了不同的色彩构成。而且我还利用这场戏把史努比的背景故事全都交代了，我改写了剧本，重新组织了这些素材，目的就是要交代这些内容。

斯科特：史努比这个人物也很有意思。一上来表现得很卡通，但仅仅两分钟之后，他就扎死了人。十分的两极化……而且这一场戏里还包含了交代这个人物的说明性内容，你都是怎么处理的？

弗兰克：提高警惕，一旦感觉这种说明性的内容太干巴巴了，我就会注意到，于是我就反复修改，添加新的东西进去。

斯科特：能否谈谈你和索德伯格是如何合作的？

弗兰克：我先写，然后我们讨论，我再把结果拿给他看。也有些时候，针对某几场戏，他会到帕萨迪纳来找我，他希望对白怎么写，我直接打出来，然后我们反复论证，大声地念出来。差不多就是那么一边大声地说，一边就一起把对白敲定了。

斯科特：他接手项目之后，剧本又重写过几稿？

弗兰克：我估计还挺多稿的。所有地方他都涉及了。反正前期筹备的时间也很充裕，因为我们要等克鲁尼拍完《急诊室的故事》（*ER*）。所以我们有大把时间来改剧本，这是一件好事。我估计全片有三分之一内容是在他接手之后我们一起写的。

斯科特：他和你很像。他对于文学也很有感觉。

弗兰克：是啊，而且非常愿意尝试新的东西。

斯科特：说回史努比这个人物……他在狱中杀了人，但对于这个事实，你并没有详细地去描写。

弗兰克：相比书里的这个人物，我在写剧本的时候，希望能再多补充一些他身上的细节。在书里，他主要就出现在杀人的情节中，只觉得那是一个粗俗、恶心的人物，有种特别出戏的感觉。看着看着，你会在想，杰克和巴迪为什么要和这么一个家伙搞在一起啊？

斯科特：凯伦的父亲利用报纸上的文章来向女儿传递某些信息。当初我看电影的时候，觉得这里有些不太明白，因为那篇文章说的是和杰克一起越狱之后又觉得杰克欺骗了自己的奇诺。对于这个地方，你是不是有过一些担心？

弗兰克：确实如此。这个问题最终也没能获得很好的解决。没交代清楚。我努力想让这人物生动起来，但他这一部分剧情，确实属于整个剧本中我没能完全写好的那一部分。

斯科特：为什么会这样？

弗兰克：总是会有一些被疏漏了的，总是会因为这样或那样的原因，有些东西从一开始本身就不够有力，于是写的时候你就有意地在削减它的比重，不会特别想要挽救它。一部电影里需要关心到的东西实在是太多了，总会有牺牲品，这一次就是奇诺这个人物了。

斯科特：我看小说的时候，觉得他的行为动机非常不靠谱。刚刚逃出监狱，干吗又要跑去追杀一个女人？

弗兰克：电影里凯伦逮捕他的这一场戏，之前还另外出现了一些人，我们把它处理成了一个笑料。但在小说里，他们俩各自拿枪指着对方，然后就要看她有没有能力说服他缴枪投降，我觉得这样处理要更好。

斯科特：关于里普利的钻石……电影里对此反复强调的程度，并不如小说里那么厉害。

弗兰克：我觉得这里的剧情有一些很微妙的东西，哪怕没法明白无误地把它给说出来，但事实还是很明显地摆在那里，那就是他们要出去找格伦。他们要去底特律。他们知道格伦计划要干一票大的。其实这事情也谈不上特别不靠谱。既然一开始设定这个人物的时候，就留了一些很微妙的东西没完全交代清楚，等到他再次登场的时候，我还是倾向于别再去细究原因。但确实，关于钻石的事，这里没有彻彻底底地交代清楚。

因为我们确实拿掉了不少的戏。那些本就是整个剧本里最优秀的一些对手戏，于是演员也乘兴现场发挥了起来。结果，有些即兴表演特别出彩，我们肯定要保留下来，于是只好拿掉了一点别的什么，来给它们腾地方。本来还拍了格伦把皮夹忘在了杀人现场的戏，结果也拿掉了，我还觉得挺惋惜的。

斯科特：他们拉着格伦一起去杀人，明明是很可怕的事，但这地方的处理方式却挺含糊的。

弗兰克：我们其实也拍了他们杀人的画面，结果都剪掉了。事实上，原本还有更多关于他们的故事，结果都剪掉了。他们出现在电视新闻里，还有他们逃跑的过程。这些我们全都拍了。但索德伯格很快就把这些都给剪掉了，他知道那是迟早的事。

斯科特：但是，看着史努比那帮人的杀人戏，剧情就从前往底特律的杰克和巴迪身上转开了。当时你担心过这种做法吗？

弗兰克：我不担心，从来就没有过这种担心。对我来说，类似这样的东西，其实全凭感觉。如果我感觉哪些地方我们漏了一些什么，那我就再补写一点，但从原则上来说，我不去想这种事。事实上，这么做反而让他们的出现显得更有戏剧性了。

斯科特：难就难在明明是喜剧，有时候我们还是不得不把杀人、强奸的戏给拍出来。

弗兰克：那就会让人出戏了。那就完蛋了，这部电影就完蛋了，肯定的。但说句实话，写的过程中，基本上我还是靠感觉，边写边摸索，各种试错，结果赶上了各种幸福的意外事件。我只知道一点，结构上一定要更好地组织。我当时想到的就只有三点。一、结构要组织好，故事的推进节奏要快；二、必须让观众明白他俩为何会上床，明白他俩对于彼此的想法；三、必须给他进一步行动的恰当动机。除此之外，我也不确定当初我还有什么别的事先想好的指导方针了。

斯科特：你怎么处理人家给你提出的意见？

弗兰克：乔治·克鲁尼从没给我提过这种意见。他一直都很满意。

斯科特：乔治·克鲁尼和詹妮弗·洛佩兹（Jennifer Lopez）的那一场爱情戏，你写的时候有没有事先想好什么指导方针？他俩在酒吧相遇，画面切走，两人已经到了房里……

弗兰克：那场戏挺有意思的，因为想当初我和索德伯格第一次坐下来讨论拍摄脚本的时候，他就提出了想把那些对白全都拿掉。他想要试试看另一种爱人相见时的处理办法，关于爱情，关于那些苦恨相逢不早什么的。我应该是确实照他的要求那么试了一次，把对白都拿掉了，重写了一个版本。之后我又有了一个想法，先由他们说话开始，然后你开始看到宾馆，看到电梯，看到如今你见到的这一场戏，但是，他俩是动态的，所以等他们到了佛罗里达的宾馆时，他俩已经在接吻了。索德伯格对我说："你想怎么写就怎么写，我会用图表把它标出来的。"打从一开始，他就想好了要在这个地方为全片做一个平均模型。你可以想一下，就从这个地方开始，就从这一刻开始，之后的故事就都是顺着讲的了，再也没有闪回了。所以说他早就都想好了，那就像是在说："现在别看，退回去。"而且，这么做也很好地解决了对白的问题，那些对白确实还是需要的，没法不要。

斯科特：那一场性爱戏，据说你批评过索德伯格。

弗兰克：没有。我记得当初我看了那一段工作样片，觉得结果估计会挺无聊的，一点都不性感，但是说句实话，当我看到撞车的那一段工作样片时，我也觉得："天哪，这场戏他们要重新拍了，那看上去一点都不像是撞了车。"其实，有了剪辑、配乐就会好的，等到粗剪版本出来，我再看到时，完全就被它震住了。

宾馆房间里的那一场戏，刚开头的那个地方，当初险些就要被剪掉了。那是电影公司的要求，觉得这场戏时间太长了，话太多了。我们费了好大劲才把它保住，因为这地方说的都是她这个人物，都是关于她对此的感受。忽然之间，她对此感到了担心，全片推进到这一刻，她第一次表现出了自己的脆弱。那很棒。他给她讲的那个笨蛋的故事也很棒。他讲故事的那种方式实在是太好了。关于自己，他是真的很坦诚，而这令她感到了悲伤。那确实是很悲伤的一场戏。

斯科特：底特律拳击馆的那一场戏，你是怎么写的？

弗兰克：那全都是原作里没有的，之所以要有这一场戏，只是为了要让观众明白他们为什么要做这事。与其说是一种概述，更主要的目的还是为了要反复确认这一点：他们的计划已经重设了，要抢在他前面弄到钻石，而且他们知道莫里斯会给他们设套。

斯科特：你平时所说的"三的法则"，那是什么意思？

弗兰克：那是一种节奏上的东西，如果你要设定类似这样的东西，那就要用到它。明确了这样的设定之后，你要说一次，然后再说一次，最后把它兑现掉。其实就是这样。主要还是看感觉。如果他滑倒了一次，然后又滑倒了第二次，那感觉就不对，但如果在楼梯上滑倒变成一种习惯的话……

斯科特：引出高潮的重头戏出现之前，他们坐着货车，前往里普利家。但在这一场戏里，感觉少掉了很多对白。

弗兰克：后车厢里的那些戏，我们全都删光了，其实我还觉得挺可惜的。但没办法，为了节奏必须这么做。到了这个地方，我们已经在朝着终点线冲刺了。

小说里的结尾很不一样。巴迪被霰弹枪击中了，相当凶残。

斯科特：你是什么时候认识到这一点的：必须利用鱼缸里的钻石来把所有的线索联系在一起？

弗兰克：从一开始。史努比那群人，本该要再恐怖一点才对。但现在这样也能成立。类似这样的东西，是强求不来的，只可能水到渠成。很幸运，写剧本的时候，它水到渠成了，但更重要的还在于，拍摄的过程中，它也水到渠成了。拍摄时，所有人都做到了步调一致，都充分理解了作品。我们的演员非常协调一致。

斯科特：史努比手下那个体重超标的大高个，当他在楼梯上滑倒时，断送了性命。这一幕总能博得观众的哄堂大笑。

弗兰克：是哄堂大笑，但也是大吃一惊的笑。

斯科特：那也正是本片的成功之处了。

弗兰克：那是最基本的东西了。

斯科特：那后面当凯伦看到杰克的时候呢？她的后援随时都会到场，她要不逮捕他，要不就得亲手杀死自己爱着的这个男人……

弗兰克：我其实是这么想的：他必须拿枪指着她，这样才能逼她开枪射他大腿。但是，我是看到完成之后的影片时，这才想到了上述的处理。我希望我们一开始就能想到这么做。我也不记得写剧本时是不是在哪一稿里面我这么写到了。

斯科特：索德伯格也说过，他认为她会被逼无奈向他开枪的。

弗兰克：我真希望杰克能把那该死的手枪给举起来。但他被击中后躺在地上的那一场戏，也很棒，他看上去悲伤极了。而她的那个镜头，那是重拍所得。我喜欢那个镜头，很漂亮。看看她脸上的表情。

斯科特：真是一部很棒的电影。剧本也很棒。

弗兰克：有时候，我到了拍摄现场，看到迎面开过来50辆大卡车的时候，我想到的并不是我在操控这一切，而是我这一路走来的旅程。就好比是《战略高手》，4年之前，我还坐着在写这个剧本，我能清楚记得某一天我正在头疼这个或那个难题。这样的旅程让我感到惊异。换作是当时，我怎么都想不到会有今天，我面对的似乎是一道无法逾越的鸿沟。但如今回过头来再看，你会觉得那不过就是一眨眼的工夫，就跨过去了。当我来到拍摄现场时，我心里感到惊异的，就是这样的东西。我这辈子写得最苦、最难的就是《少数派报告》了，真是很艰辛、很沮丧。所以当影片最终完成时，我简直就不敢相信这是真的。不管是哪部电影，其实都是这样，更多地要想想自己这一路上所经历的，而不是觉得是你自己一个人完成了这一切。因为在这过程中，我经常会觉得无助，有太多人给了我帮助。对我来说，之所以能写出好的东西来，那都要归功于各种幸运的意外事件，一件接着一件；真的，我是真这么想的。就这样，最终我成功了。每一次当我掉到坑里的时候，我想到的是，这能帮助我更好地认清这究竟是哪一类电影。所以，这种惊异的感觉有时候真的会非常强烈，以至于我根本就没法再去拍摄现场了。对我来说，电影的拍摄现场就是这样，要不就是被这种情绪压垮，要不就是觉得无聊到死。

斯科特：写剧本的过程中，当你陷入了困境，当你写得不顺利的时候，你会如何应付这种内心的苦痛？

弗兰克：那真是太糟了。通常，这还是因为自我怀疑的念头。我会想要骗过自己。因为对我来说，这一头拦路虎，其实就是我自己内心的批评者，他的力量非常强大，然后还有各种非常、非常强烈的自我怀疑的情绪，我心里老会有各种说话声响起来，说我是个骗子，说我没有能力完成这份工作。所以我会想尽一切办法，设法让那些声音闭嘴。当然，我也知道，那些声音永远都不会彻底消失，但至少我能做到让它们就像是隔壁屋子里的广播声那样，虽然会听到，但不会受它干扰。它们还在，我知道它们的存在，但我已经有了某种对策。最好的文字，其实也是靠的潜意识，写下那些文字的时候，你根本就没有意识到，等到写完了，你仍旧没有意识到。那其实只是几秒钟的时间，就有了这些最好的文字，而这一周剩下来的时间里，你所要做的就是用你另一半的大脑，正确地利用好这些最好的文字。想要抵达这些潜意识所在的地方，只有一条路径：要有一种在玩耍的感觉，应该一直就像是在写着玩一样。我始终都希望自己能这么创作。写东西没法获得乐趣，那就不对了。有时候你会觉得越写越苦，但是，哪怕要面对各种压力，还是应该要试着去找点乐趣，试着让自己兴奋起来、高兴起来，但这做起来并不容易。

斯科特：有自己当导演的打算吗？

弗兰克：一直没找到我想要拍的东西。之所以一直在等待，也是因为我的小孩都还很小，这时候就去当导演拍电影，对于他们的成长太不利了。所以我一直在等待，我不想远离他们。但现在我已经准备好了。我也不知道究竟是怎么了，因为当初我也想过这件事，我觉得不当导演也挺好的。约翰·格雷戈里·邓恩写过一本很棒的书，里面提到只想当编剧的话，那就像是只想当飞机副驾驶。这说法让我想忘都忘不掉！他的意思就是，只当编剧的话，带来的满足感实在有限。我为自己写过的剧本感到骄傲，但同时我也不得不承认：我是副驾驶。但是，我想当导演，并不是因为我觉得自己的剧本受到了伤害，受到了错误的对待，也不是因为我觉得自己是一个输家，所以想要拿回控制权来。做编剧令人沮丧的地方就在于：你明明有自己的声音，但却没有话语权。当上了导演，至少就有了话语权。对于编剧来说，有时候到了拍摄现场，想要在不坏规矩的情况下，把你自己的声音亮出来，那就像是拿着一根湿面条在撬锁一样。又想要出声，又不希望冒犯别人，不想让任何人感到自己受到了侮辱或威胁，结果只好搞得非常小心翼翼。对此，我已厌倦。我厌倦了小心翼翼，我厌倦了一个剧本要为自己写一次，要为公司再写一次，为导演再写一次，为演员再写一次，我厌倦了这种像是在扭魔方一样的历程了。所以我需要一种新的工作，一种不一样的经历。我已经有了很好的事业，我非常享受这些年的岁月。

斯科特：你不像是一个很强调自我的人。

弗兰克：我想要的只是一种不一样的冒险，换一种方式来满足自己的需要。结局可能会很惨，但无论如何，我都准备好了。

斯科特：如果你真当导演了，第一部电影的制作规模大概是什么样，你想过吗？

弗兰克：要依素材而定。目前为止我还没找到合适的素材，没有我真正想拍的东西。我已经很积极地在寻找了，但没有找到。

加利福尼亚，帕萨迪纳

《校园风云》

_____/12

亚历山大·佩恩和吉姆·泰勒

> "我们关注的是生活中的原始素材，而不是别人那些电影里的原始素材。"

　　亚历山大·佩恩（Alexander Payne）和吉姆·泰勒（Jim Taylor）联合编剧、前者独立执导的合作模式，已为我们带来了《公民露丝》（Citizen Ruth，1996）、《校园风云》（Election，1999）、《关于施密特》（About Schmidt，2002）和《杯酒人生》（Sideways，2004）这4部电影。《校园风云》获得了奥斯卡最佳改编剧本奖提名，《关于施密特》则获得了金球奖最佳剧本奖。他俩还合作为诸如《侏罗纪公园3》（Jurassic Park III，2001）等好莱坞大片改过剧本。与他们有过合作的知名演员包括劳拉·德恩（Laura Dern）、马修·布罗德里克（Matthew Broderick）、里斯·威瑟斯彭（Reese Witherspoon）、杰克·尼科尔森（Jack Nicholson）和凯茜·贝茨（Kathy Bates）等人。

剧情梗概

　　俄克拉何马，奥马哈，现代。特蕾西·弗利克是卡佛高中最有抱负的学生。她的老师麦卡利斯特先生是校学生会的负责人，新一届主席选举即将开始，只有特蕾西一人报名参选。她过于进取的强势作风，让麦卡利斯特感到了不适，于是他说服了在校内具有很高人气的橄榄球明星保罗报名与她竞争。与此同时，保罗的同性恋妹妹塔米也决定要参选，她觉得这是向哥哥复仇的最好方式——前女友甩了她之后，又成了她哥哥的对象。计票阶段，麦卡利斯特做了错误决定，导致丑闻爆发，也让一场校园选举变得更像是真实的政治选举了。

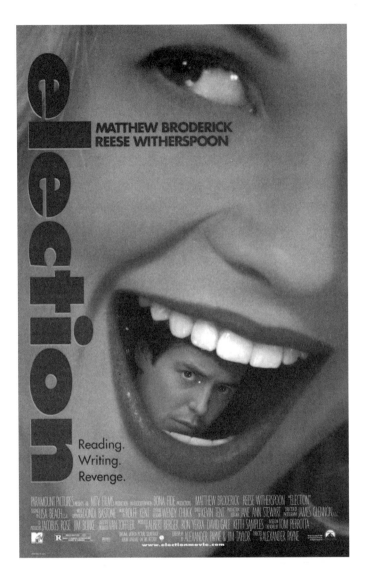

《校园风云》(*Election*，1999)

凯文·康罗伊·斯科特：你们俩是怎么会开始合作的？我曾经看到过一种说法，你俩当初在洛杉矶做过一段时间的室友，那请问，最开始，你们是怎么会成为朋友的呢？

吉姆·泰勒：最初是通过共同的朋友介绍认识的，但也只是点头之交。后来亚历山大的公寓里空出了一间房，我住了进去。在那之前，电影相关的各种工作，我也已做了多年，但就在搬去他公寓的不久之前，我开始在各家律师事务所当起了临时工，为的就是能挤出更多时间来写作。成为室友之后，我和他慢慢地成了朋友，后来还合写了两部短片的剧本。这段经历十分愉快，进展得很顺利，接着再合写一部剧情长片，自然也就是顺水推舟的事情了。我们完成了《公民露丝》的第一稿剧本，然后我搬去了纽约。

斯科特：可见你很早就已经在写东西了，自己单干的那个时期，你的动力来源于哪里？

泰勒：我从 13 岁开始，就一心想要当电影人。我在电影圈混迹多年，一直想着要怎么做才能将自身的工作经验全都用上，好不再继续为他人作嫁衣，而是自己拍成电影。我感觉，最好的办法就是自己来写剧本。

斯科特：亚历山大，吉姆搬来你家的时候，你当时正在干些什么？

亚历山大·佩恩：我正在写论文，马上就要从加州大学电影学院毕业了。吉姆搬来，差不多是 1989 年的时候，我大学最后一年，同时也是我尝试要自己拍电影的头一两年。吉姆住我那儿的最后 8 个月里，我们一直都在写《公民露丝》。

斯科特：你们是什么时候意识到彼此能合作顺利的？

佩恩：主要是一种共同的幽默感让我们友谊的小花苗壮成长。

泰勒：很大程度上，可能是因为我们很喜欢跟对方聊天吧，谈论报纸上的那些文章。我们第一个剧本的灵感，就来自于那一类新闻报道。

斯科特：亚历山大，能否谈谈你的毕业作品《马丁的激情》（*The Passion of Martin*，1991）？

佩恩：片子约 50 分钟……你想看这部电影的话，那必须特别宽宏大量才行，真的，不开玩笑。拍得挺业余的。故事大致取材于一本阿根廷小说，拍摄花了很长时间。等我毕业之后，我找了一位经纪人，他帮我在某电影公司找到了一个可以自编自导的项目。于是我写出了《懦夫》（*The Coward*）的剧本，也就是后来的《关于施密特》了。写这个剧本，同样花了我很长时间。那段时间里，我还和吉姆合写了两个短片剧本，由我担任导演。

泰勒：合写那两部短片，就像是一种测试。当然，并不是一上来就抱着那样的目的，只不过事后看来，确实就是这样。

佩恩：所以，差不多在 1991 年年底、1992 年年初，我已经写完了《懦夫》。结果，雇我的那家电影公司却告诉我："这东西我们是不会投拍的。"我得重新想想办法，我记得我当时可能是打算要重写一遍这个剧本，然后自筹资金用 16 毫米胶片来拍摄什么的。结果，到了 1992 年 2 月，吉姆和我有了《公民露丝》的创意，于是我就把《懦夫》先放下来了，没想到一放就是很多年。

斯科特：你们当初合写剧本的时候，经济来源是什么？

佩恩：环球公司雇我的时候给了我一笔钱。而且，直到拍完《公民露丝》之前，我一直都保持着学生时代的生活方式。直至 2000 年之前，我的房租支出，从没超过 800 美元一个月。

斯科特：这就引出了我的下一个问题，吉姆，我想问问你和《幸运大转盘》（*Wheel of Fortune*）主持人帕特·塞杰克（Pat Sajack）之间的事。

泰勒：啊，那个啊……（笑）刚才我也说了，搬去亚历山大家之前，我已做过许多电影相关的工作了。如果我的目标是要做创作执行人员的话，可以说我当时的发展势头还挺不错的。但我的兴趣并不在此，所以再有这种工作，我也不做了。我去了一家专招临时工的职介所，我告诉他们："别再给我介绍娱乐公司的工作了。"于是，我开始在洛杉矶市中心的各家律所当起了临时工。那真是太压抑了，天天戴着领带……

佩恩：吉姆最讨厌戴领带了。

泰勒：……戴上领带，带好午饭，坐上公交车，来到市中心，从事的主要是文字处理的工作。即便想要写剧本，也只能围绕我当时打临时工的日程安排来挤时间。之前几年，我跟着伊万·帕瑟（Ivan Passer）导演干过，那段经历很棒，但到了最后，一路支撑我们那家小公司的项目流产了。我已经几个月没发薪水了，穷得欠了一屁股债。事实上，我就是因为这个才会搬去亚历山大那里的。我已经付不起自己单住的房租了。没想到这一搬家，反而让我遇上了好事，正所谓塞翁失马，焉知非福，我想这应该就是一个很好的例子了。

《幸运大转盘》则是这样的，我当时需要钱，我认识的人里面，就有以前参加过电视游戏节目获得成功的。当时的情况下，只有《幸运大转盘》这一档节目为胜利者提供大笔现金；当然，我们还有智力竞赛节目《危机边缘》（Jeopardy）。

佩恩：参加那个节目，他的智商还不够！

泰勒：《幸运大转盘》不一样，我觉得我还是有机会赢的。准备过程很耗时间，但我对这件事特别认真，还让亚历山大帮我一起做了练习。你还记得吗？

佩恩：我帮你练习了不少东西，那就像是为了 SAT 考试做练习一样。

泰勒：之所以要大量练习，那是因为能否取胜，很大程度上除了解题之外，还要看你对大转盘的熟悉程度……

斯科特：听上去倒是一个不错的短片题材。

佩恩：他本打算要那么做的。

泰勒：就在这准备的过程中，我想到了，应该要从中再挖掘一点什么东西出来才对——我不是抱着玩玩的心态去参加的，我是真需要那笔钱，万一结果输了呢，我肯定会特别地沮丧。所以我想到："好吧，万一输了的话，至少我还能利用这些电视素材拍摄一部短片。"于是我想出了一个故事大纲来，但是，既然是拍电影，我作为参赛者出场时的背景介绍，就得改一改了。

佩恩：改成了一位教三年级的男老师，已经订了婚，结果参加《幸运大转盘》失利了，之后不仅未婚妻弃他而去，班上的学生也都拿他在节目上的丑态来开涮。

泰勒：所以节目开始之前，我找到了主持人塞杰克。我告诉他："其实我不是电影编剧。我是三年级的老师。"那也不全是在瞎说，因为就在那不久之前，我又接了一份临时工的工作：在波莫纳学区替人代课。于是，主持人把卡片上的"编剧"给划掉了，重新写上了"教师"。此外，介绍我登场时，我还刻意找到机会说了一句，"我已订婚，我可爱的未婚妻名叫贝丝。"毕竟，她可是短片里的一个重要角色。结果，节目播出后，我的各路亲戚都还以为我是真的已经订婚了。但凡是不太了解我的那些人，全都被搞糊涂了……

斯科特：这个项目最终怎么样了？

泰勒：我后来把这个创意用在了一些导演功课上，但始终没能把它拍成电影。

佩恩：但你赢了比赛。

泰勒：是啊，我赢了一场，之后第二场我就输了。所以，拍那部电影需要用到的输了比赛的素材，我也都有了。只是搞到后来，看了我手里拿到的那些素材，我又不想拍了。此外，过了几年，等我真的又动了这个念头，认真考虑这件事的时候，我的年纪已经大了，人也胖了，此时再去补拍一些画面的话，就和之前那些对不上了。

佩恩：他赢了一艘船。节目结束，观众都在鼓掌，片尾字幕已经出来了，画面切到了那艘船上。吉姆冲了过去，爬到了船上面。他站在了船舱前面，一只脚向后腾空架起，两只手，一只放在额前，另一只放在腰后，仿佛是在眺望远处的大海。那真是这世上最滑稽的画面了……

泰勒：我觉得塞杰克应该不太喜欢我的那种态度。

佩恩：那盘录像带还在吗？

泰勒：当然啊。

佩恩：能让我放给我妻子看看吗？

泰勒：没问题。

斯科特：吉姆，你自己的两部短片作品，《往日情怀》（*Memory Lane*，1995）和《生前遗嘱》（*Living Will*），在风格上与你之后跟亚历山大合作的那些东西接近吗？

泰勒：相当接近。

佩恩：如果你看过的话，你就会发现，它们里面都有着一种经过浓缩提炼之后的荒谬感，那是你在我俩合作的作品中也都能找到的东西。那两部短片里都有着这种特别浓缩的荒谬，那是一种孤独的、冷面滑稽的荒谬。

泰勒：我们很幸运，对于各种事情的感性程度，彼此十分接近。

斯科特：写《公民露丝》的时候你们是如何合作的？

佩恩：我记得我们常在楼下的饭厅里写剧本。我去了故事原型所在的城市，花了一周时间，做了资料搜集。我记得那时候第一稿剧本早就已经开写了，结果发现，我们自己瞎编出来的很多东西，和那地方的实情还真都能对得上。

泰勒：我们合作起来步调一致，这或许就是我们能合作成功的关键。大家先是聊，然后就写一点。不过，没记错的话，我两合作的所有剧本里，就数《公民露丝》从第一稿剧本到拍摄脚本的变化最大。

斯科特：你们最初合写的那两个短片剧本，据说还拿到了报酬？这可真不太多见。

佩恩：那原本就是有人找我们写的。那电影后来被"花花公子频道"拿去做了全国播出。

泰勒：（笑）那真挺有意思的。那是"宣传电影公司"（Propaganda Films）制作的一档节目，标榜的就是要"求新求异"。事实上，那部短片的制作班底里面，有许多人后来都成了亚历山大的固定合作伙伴。

佩恩：作曲罗尔夫·肯特（Rolfe Kent）、美术指导简·斯图尔特（Jane Stewart）。

斯科特：最初是怎么会有人找到你们的？

佩恩：1991年的圣丹斯电影节上，我认识了制片人艾伦·普尔（Alan Poul），他当时就给了我这份工作。我觉得我当初之所以会接下来，是因为那种东西拍出来也没什么人有机会看到，我恰好借此机会来练练导演的本事。不过，两部短片里有一部，现在已经出DVD了……

泰勒：两部短片里的第二部，"花花公子"的人很不喜欢。只播过一次，然后就被彻底雪藏了。我倒挺为这部短片感到骄傲的，因为它拍得特别有颠覆性，特别是你别忘了，给我们投钱的正是"花花公子"。

佩恩：它是反"花花公子"的。主角是一位整形医生，捷克人，58岁。有那么一场戏，他非常孤独地坐在书房里，看着一部16毫米小电影，拍的是他年轻时认识的一个女孩。女孩死了，他边看边手淫。短片的片名是《上帝之手》（*The Hands of God*）。

泰勒："花花公子"的那位执行人员是怎么说的？"这是什么狗屁作者

电影啊？"第一部，他们很喜欢，等到要拍第二部的时候，他们看了剧本却说："这是什么啊？我们看不懂。"我们告诉他们："别担心，很有意思的。就和第一部一样。"

斯科特：我觉得这和你们干过的另一份工作有点相似。你们受雇改写《侏罗纪公园 3》的剧本。能否谈谈那一次的经历？

佩恩：就是一份工作。为期 4 周。我们还改过《拜见岳父大人》（*Meet the Parents*，2000）的剧本，那是拍摄前的最后一稿剧本，但我们没署名。我们修改《侏罗纪公园 3》的剧本时，在结构上做了不少变动，因此足以获得编剧署名，但对《拜见岳父大人》做的改动还不够多，不足以获得署名。

泰勒：真挺奇怪的，其实你透过《侏罗纪公园 3》看到的我们俩，可要比透过《拜见岳父大人》看到的我俩，要少得多。

佩恩：《侏罗纪公园 3》之所以要找我们，看中的是人物和幽默。

泰勒：当时说比尔·梅西（Bill Macy）也要参演，我们一想，觉得为他写东西应该会挺有意思的，所以就答应了。而且，我挺喜欢《侏罗纪公园 3》的故事设置的。作为一个"大自然痛扁我们人类"的故事，我真觉得它挺耐看的。

佩恩：一上来，我就和导演谈过，我觉得电影里应该要有一些来自旧版《金刚》和《恐惧的代价》（*Wages of Fear*，1953）的元素。他们找到我们的时候，距离开拍只有 6 周，我们要用 4 周写出一个全新的剧本来，要有全新的人物，但之前就有的 5 场重头戏，都要保留。这是一次挑战，也是一次锻炼。

泰勒：真的很难。但是类似这样的剧本改写工作，除了很有赚头之外，还能让我们有机会练习怎么以超快的速度完成一个剧本——通常，我们自己写剧本，都非常龟速。

斯科特：我们也可以说，类型片固有的各种限制，反而能让编剧在创作时多一些创造性。你们写《侏罗纪公园3》的时候，有没有遇到过这种情况？

泰勒：规定的交稿时间真的很紧，即便你想要写出好作品来，也会遇到很多阻碍。我们之前完成的一个剧本改写工作——业内一般都是按周来结算费用——合同要求是用两三周时间来完成这个剧本的润色工作。结果，我们用了3个月，因为改着改着，就不单单是在润色了，我们没法硬把自己的手脚捆绑住。但之所以能用3个月，也是因为那部电影的制作时间还没有定下来，所以时间上还很充裕，我们可以放手去写。（笑）之前的《侏罗纪公园3》真是给我们好好地上了一课。但说到底，类似这种以特效为卖点的电影，你想要讲出最好的故事来，注定就会受到许多现实条件的掣肘。

佩恩：对我们来说，那也就是凑凑热闹。每次接下这一类的工作时，我总爱说一句话——"你们可以付高薪给我们，但那不代表我们会出卖自己。"就我们以往那些改写剧本的经历而言，最大的阻碍就在于，你必须遵从制片人和导演的指令，没有别的选择。但我们也有自己的一个限度，在那之前，我们都听你们的，可一旦超过了这个限度，我们就会说："用人不疑，这地方我们觉得必须这么写才行。"所以时不时地，在我们的理想与他们所追求的现实之间，会有不少距离。例如《侏罗纪公园3》里面，当初他们就要求我们再加一点东西进去，结果被我们拒绝了，因为我们觉得那实在是太傻了。

泰勒：对于编剧来说，如果没法获得制片、导演的支持，你想要像模像样地把戏写好，那几乎就是不可能的事，我相信绝大多数编剧在这一点上都会深有同感。

斯科特：那请问，对于电影公司给你们提的意见，你们都是怎么做的——包括你们自己原创的作品以及受雇写的剧本？

佩恩：受雇改写剧本的时候，合同里就会写明，电影公司有权给我们提要求，肯定会有小纸条送过来。事实上，我们很愿意听取导演的意见，因为我们相信导演。至少，按理来说，我们就该为他服务才对。至于那三部由我们共同编剧、由我担任导演的电影，很幸运，基本上没人对剧本指手画脚。说到电影公司提的意见，我们俩真可以说是很幸运的。《公民露丝》，没有任何一个人提出过任何意见。《校园风云》，只有一场戏，在临开拍前听到过几条意见。《关于施密特》，也是完全没有。

斯科特：我记得你们以前接受采访时提到过——当时你们引用了梅尔·布鲁克斯（Mel Brooks）的话——如果写的是喜剧片，一般来说，电影公司不太会来指手画脚。你们觉得这是为什么呢？

佩恩：我是在20世纪70年代的哪一本《纽约客》杂志上看来的，那是肯尼思·泰南（Kenneth Tynan）写梅尔·布鲁克斯的一篇文章。后者认为，拍摄喜剧片的时候，一般来说，电影公司会对你稍微更放松一点，因为他们觉得这谈起来会比较难……

泰勒：《校园风云》就是这样，那些旁白，故事里那些拐弯抹角的地方……想要干预都有点难。凡事都有一个标准，但如果你已经彻底远离了标准，已经跟它保持足够的距离了，电影公司再想要硬逼着这剧本回到标准上来，那就有点困难了，因为差距实在太大了，不是随便改改就能回得来的。

斯科特：也就是说，这和一部电影的基调有关系？

佩恩：每次拍完一部电影，接受采访的时候，总有很多人问我关于影片基调的问题。"如何保持好剧情片和喜剧片之间的平衡感？"我也不知道要怎么回答这种问题，因为那并非刻意所为，它自然而然地就来了。

泰勒：现在就好了，再有人问我们接下来要拍什么样的电影时，我们不用再费心解释那是剧情片还是喜剧片什么的了，只要告诉他们那类似于《公民露丝》，或是《校园风云》，或是《关于施密特》那就可以了。

斯科特：替人修改剧本的时候，你们都是怎么做润色工作的？是不是基本上就保持原样，你们只负责微调而已？

佩恩：通常我们先要问一下自己，"我们自认为能帮上它的忙吗？能对它有促进吗？"这一类工作的酬劳是非常高的，我们可不希望对方觉得这钱白花了。即便是刚才说的那个剧本，花了3个月才改完的那一个，我们最终也只收了3周的工钱。

泰勒：之所以接这种活儿，确实是为了高昂的酬劳，但这只是一方面，另一方面，我们也希望改出来的成果，能让我们感到骄傲，我们对此的关注程度，其实远超过关注自己通过这工作能挣到多少钱。

佩恩：我们必须做有诚信的承包人。

斯科特：你们是怎么知道汤姆·佩罗塔（Tom Perrotta）的小说《校园风云》的？

佩恩：艾伯特·伯杰（Albert Berger）和朗·耶克萨（Ron Yerxa）在1996年的1月就把书寄给了我们，但我直到4月才有时间看——我对以中学为背景的任何故事从来都毫无兴趣。纯粹是为了能给艾伯特一个交代，我趁着去棕榈泉度周末的时候，把它给看完了。完全就被迷住了。然后我又把书寄给了吉姆，他也觉得我们应该要拍这个。

泰勒：亚历山大把书寄给我的时候，事先并没有跟我推荐它。但我自己一读，立刻就知道这题材很适合我们。

斯科特：小说里面有好几个视角，要改编成电影的时候，在这方面你们是怎么想的呢？

泰勒：从一开始我们就决定要用多人的旁白。幸好，电影公司也支持了这一决定。

佩恩：事实上，我之所以愿意拍摄这部电影，很大的一个原因就是我想要试试看多人旁白的拍法。我觉得那应该会挺酷的。

斯科特：小说的背景是新泽西，电影改在了内布拉斯加的奥马哈，也就是亚历山大的老家。找一个自己熟悉的地方来做背景，这对于剧本创作来说，究竟有多重要？

佩恩：这个故事设置在任何地方都没问题，之所以要用奥马哈，并不是出于文字或结构上的考虑，而是来自美术指导、摄影和选演员上的考量。

斯科特：写剧本用了多久？

佩恩：差不多半年，我们基本一直都是这个速度。

斯科特：半年只是在写第一稿？

佩恩：是的。不过，我们写出来的那些第一稿剧本，基本都和最终稿挺接近的。通常，大约能有 83% 的内容，在第一稿里就已经都有了。写完第一稿，我们会先把它放一个月，随后再花上两三周的时间，届时剧本基本就定型了。当然，之后少不了还有各种微调。微调是停不下来的，我们会一直都在想要怎么去做小的调整。《公民露丝》尤其如此，毕竟，它花了很长时间才最终开拍。

斯科特：吉姆，你并不是导演，但是，亚历山大导戏的时候，你会给他帮忙，提一些建议吗？

泰勒：我有没有给导演帮忙？从某种意义上来说，是的。因为剧本就是我和导演一起写的，他将来具体拍摄的时候想要实现的哪种哪种效果，我们在写剧本的时候，就已经在商量了，就已经想办法写到剧本里去了。但另一方面，当他在拍摄现场的时候，我就不说话了。

佩恩：但选演员的工作，有时候我会征询你的意见。

泰勒：拍《公民露丝》的时候，我一直都在现场。因为那是我们的第一部电影，我特别激动。到了拍《校园风云》的时候，我去的时间就要少一些了。要知道，如果演员在拍摄现场不看导演，而是老想着要找导演之外的另一个人给些指导意见，那可就太不妙了。

佩恩：有次我在拍电影的时候，就不得不给某一位制片人下了封口令，不让他再跟任何一位演员说话了。他，或者她——我不想指出其性别——跟那些演员说话的方式，会让演员感到不舒服、不安心。你不能那么做。

泰勒：轮到我在现场的时候——我已经越来越少去了——总会有人想要问我问题，想要从我这里探听亚历山大的想法。对此，我的回答永远都是："你得问他自己，但我觉得……"既然是亚历山大执导的作品，涉及创作上的任何决定，要问，也只能问他一个人。同样的道理，如果是我在执导，那就只能问我一个人。

佩恩：在《公民露丝》和《校园风云》里，吉姆都担任了第二组导演。事实上，吉姆最近刚完成了一个剧本的第一稿，那将会成为他自己执导的第一部电影。那个剧本的创作，我也参与了一些，但所占的比例，比不上他在我那些电影里所占的编剧比例。就这样，他之前所说的那种经验——共同编剧，但自己不做导演，写剧本的时候要听一下对方关于未来如何执导这部影片有什么想法，再把这些想法写进剧本里——我也体会到了。我喜欢这种 180° 大换位的体验。

斯科特：看来你俩对彼此都很慷慨大方。

泰勒：是啊，关系越来越好……

斯科特：等到吉姆也自己当导演了，会不会有哪天，你们中哪一位就自己一个人写剧本了呢？

泰勒：完全可以啊，但我们不愿意那么做。

佩恩：而且我觉得单独写出来的东西，效果会打折扣。我刚才说的这个吉姆自己要执导的剧本，其实特别有他的特色——那种荒诞的感觉，对于自以为是的人和事的取笑。当我跟他一起写作时，我能把他身上的这些东西更加强烈地激发出来。

泰勒：没错，我们绝对是对方最好的观众。我可不想单飞，我可不想孤零零一个人坐在自己的房间里。让我一个人去写，坐多久都写不出半个字来。

佩恩：能跟这个剧本的导演一起写剧本，那有很大的好处。之前说过的花了 3 个月时间完成的剧本润色的工作，之所以会那么久，部分原因也在于当时还没有定下导演。相比之下，改写《拜见岳父大人》和《侏罗纪公园 3》的时候，哪怕我们不同意某个决定，至少，导演会给我们一个他要坚持的理由。写剧本到底要花多少时间，其实完全取决于你做决定的速度快慢，包括整个故事的决定，还有从 A 点到 B 点，再从 B 点到 C 点的速度。一旦做出决定，执行起来根本不用多少时间；但是，难就难在决定本身，要想好哪个决定是最佳的选择，因为它又会引出一组不同的选项来，他们也得是最适合于故事本身的。所以，之前我们写吉姆自己要当导演的那个剧本时，因为他会执导，因为他了解它，所以他能基于自身的感觉，当初迅速做出决定来。

泰勒：这就是导演和编剧的重要区别了。我也知道有很多两个人联合执导的电影，但我觉得两个人里肯定会有一位更具有主导性。而对于我们来说，写最初的几稿剧本时，我们属于严格意义上的联合编剧，各占一半。但随着剧本越来越成熟，亚历山大的导演成分，越来越多地显现出来。到了最后，剧本什么时候算完，那得由他来决定。他说写完了，那就是写完了，因为那些戏最终是要由他来执导的。如果他觉得哪场戏还有问题，我也不能强迫他去尝试，因为最终站在拍摄现场指挥演员的那个人，并不是我。

斯科特：创意行不通的时候，或者觉得对方的某种想法很糟糕的时候，你们都是怎么互相沟通的？

泰勒：有许多合作关系就是这么破裂的。我们必须忍受合作伙伴的批评意见。我们都努力地以开放的心态去倾听对方的意见，不要意气用事。

佩恩：我们最终都能达成共识。

泰勒：或者——有时候我们只能继续往前走。时刻都要记得，大家都是为了作品好，别老想着自尊心的事。我们从来都不会出于一己私利而感情用事。

佩恩：关于剧本的走向产生分歧时，我们可以有争论，可以反复辩论，但那有一个限度，到了这个限度之后，如果哪一位有着更强烈的直觉，另一方就会妥协，选择相信他——除非，另一方也有着同样强烈的相反的直觉。

斯科特：写作过程中如果产生自我怀疑的情绪，甚至对整个项目产生了怀疑，对自己作为编剧的能力产生了怀疑，你们会怎么办？

佩恩：有什么时候是你不用面对自我怀疑的情绪的吗？

泰勒：事实上，过去几天里，我们写东西的时候就遇到了这样的停滞期。

佩恩：但我们知道自己一定能闯过去。你只能闯过去啊，既然你想要把电影拍出来。而且，我们以前也经历过这样的停滞期，知道不会一直这样下去。说到过去的经验，这就是它能带给你的唯一的好处了。你知道自己经历过这样的事，知道自己曾经闯过来了。

泰勒：这也是有合作伙伴的优点之一。换作只有一个人，这种怀疑的情绪有可能会变得越来越厉害，挥之不去。但两个人一起干，遇到这种事情，另一方会提醒你坚持下去，或者安抚你的情绪。那可有大帮助。

斯科特：改编《校园风云》的时候，面对那个由小说原作者一手创造出来的高中世界，你们怎么知道自己在这方面也拥有足够的权威性？

佩恩：从一开始就知道了啊，因为它也打动了我们的心弦。改编小说的妙处就在于，只要你一动笔，那些故事马上就有了你的个人色彩，因为书里面关心的那些东西，对比你自己关心的那些东西，会产生一种共鸣，会有一种对话。库布里克的绝大部分电影都是改编作品，显然他也有同样的体会——在那些文学作品中找到了能打动自己心弦的东西，但再将它们取为己用的时候，也立刻就能拥有他自己的权威性。

斯科特：写剧本的过程中，你们和汤姆·佩罗塔有没有接触？

佩恩：直到第一稿还是第二稿剧本完成之后，我们才和他有了第一次的接触。他看了一下剧本，给了我们反馈信息，说他还挺喜欢的。

泰勒：我觉得这很正常。既然是由小说作者之外的旁人来做改编，编剧一般都不会在一开始就让原作者参与进来，应该都会等到很后面。他后来来过拍摄现场，我们喜欢他，感觉他也挺喜欢我们的。

斯科特：面对他的时候，你们一点都不紧张吗？

佩恩：改编一部文学作品的时候，你并不是在另写一部文学作品出来——你是在拍电影，两者在语法上的区别是很大很大的。原著写得越好，就越要改动才行。因为文学作品的成功，体现在了它的文字效果上，而你要做的是拍电影，所以它对你来说，只不过是原始素材。期待电影能完全忠实于文学原著的人，其实对于电影和文学这两种样式，都没能给予足够的尊重。

斯科特：小说里的特蕾西·弗利克，性的这一方面，表现得很明显。但在电影里，则被弱化了。为什么她"洛丽塔"的那一面减少了，变得更像是一个大忙人了？

佩恩：因为我们觉得那样会更有意思一些，让她在性的那一方面不要表现得那么明显——尽管她其实还是那样的一个人，和小说里一样。

斯科特：但是，电影弱化了她的这一面，你们会不会担心再要让观众相信麦卡利斯特老师会被她吸引，那会有点困难？

佩恩：不担心。这里是纽约，你出去看看地铁里面，人山人海，大家都没闲着，一直在做爱、造人。如果人类只会被本身就具有吸引力的人所吸引，那地球上就不会有人口过剩的问题了。在我看来，只有长得漂亮或是性感才算是有吸引力的说法，纯粹就是狗屁，因为现实并非如此。

斯科特：《校园风云》用到了 4 个叙事的视角。如果当初电影公司不支持这种做法的话，你们是否还有后备方案？

泰勒：没有，对我们来说那是唯一的拍法。

斯科特：本片的旁白效果很棒，但是好莱坞流行的编剧教材里，却很反对使用旁白，你们觉得这是为什么？

佩恩：反对旁白的观点似乎有两类。第一种认为，电影讲的是用画面呈现，而非用话语讲述。第二种则认为，只有那些烂片，那些被看作是观众无法理解的电影，才会硬性加上旁白，纯粹为了能够发行上映。我觉得这犯了以偏概全的错误，拿一些瞎用旁白的电影为例子，想要证明所有用到旁白的电影都有问题。其实随便想想就知道了，成功使用旁白的好电影、好导演，比比皆是。

泰勒：可以看看《日落大道》（*Sunset Boulevard*，1950），你还怎么说得出"永远都不应该使用旁白"这样的话呢？

佩恩：或是《发条橙》（*A Clockwork Orange*，1971）？我觉得那等于是在说，我们看话剧的时候，要求里面的人物也不能自顾自地讲出独白来了，"我感觉到了这个，我想要做这个。"那等于是在说，类似这样的独白都不能有。我上周刚看过话剧《万尼亚舅舅》（*Uncle Vanya*），里面有三四个人物都直接说出了自己的内心想法。如果没有旁白的话，我根本就没法构想《校园风云》的剧本。旁白正是它在形式与内容上达到和谐统一的关键所在。

斯科特：既然有着四个人的旁白，请问这究竟是属于谁的电影？是吉姆·麦卡利斯特的吗？

泰勒：那是一个渐进的过程，我们原本很希望那是属于四个人的电影，但写着写着，特蕾西和麦卡利斯特凸显了出来，两人之中又由麦卡利斯特领先一步。

斯科特：本片的配乐很棒，是在编剧过程中就已经想好的吗？

泰勒：亚历山大很看重配乐，他在音乐方面有着他很独特的感觉，这一点在他的那些电影里都体现得十分明显，特别是《校园风云》。写剧本的时候，他常会放点音乐什么的，希望能有助于我们抓住某种基调。

佩恩：从导演的角度来说，曾有一部电影，让我在配乐方面获得不少启发，从某种程度上来说，在多重旁白方面，它也让我获益匪浅。那就是《赌城风云》。从导演的角度来说，它影响到了《校园风云》。我和凯文·坦特（Kevin Tent）在剪辑的时候，一起看了好几遍《赌城风云》。

泰勒：这事倒是第一次听你说起。

斯科特：太有意思了，你竟然提到了斯科塞斯的《赌城风云》。当初我看《校园风云》的时候，想到选举那天，想到麦卡利斯特经历的各种事情——偷情被捉、被蜜蜂蜇什么的，我联想到的就是斯科塞斯的《好家伙》（Goodfellas，1990）里，雷·里奥塔（Ray Liotta）那一天的经历，他要卖枪时被直升飞机追逐，他想给弟弟做意大利面酱料。

佩恩：麦卡利斯特让学生做随堂测验的时候，他看了两次挂钟——那就是从《好家伙》里偷来的，里奥塔饰演的亨利·希尔做酱料的时候，朝着厨房里的钟看了两次……

斯科特：我还看过你们的一段访谈，你们提到了斯科塞斯说过的一段话：一部电影由五个段落组成，而非我们通常所说的三幕。

佩恩：写剧本的时候，如果能别去想什么三幕式结构，我觉得那会是一件好事情。看一下斯科塞斯的电影或者是费里尼的电影，你看到的其实是一个个的片段（episode）。当然，换了罗伯特·麦基，他照样可以说："确实，但你再看一下，它其实还是符合三幕式结构的，比方说这里……"就说霍华德·苏伯（Howard Suber）吧，他在加州大学洛杉矶分校教电影结构，一直都是三幕式结构的倡导者，他以前就常说——基本上，每一部电影，不管它是什么结构，影片推进到大约一小时左右，情节上往往会出现重大的转变。我一直记得他这句话，平时看电影的时候就会去对照，结果发现确实如此，前后误差在3分钟之内，影片推进到一小时的时候，总会出现一些重大的转折点，剧情发生反转什么的。当然，意识到这一点，主要的意义也就在于观看电影，跟你自己拍电影没什么关系。

泰勒：其实那是出于一种本能，你凭直觉就知道什么时候该有变化了，那有点像是做爱，如果你是看着钟，心里在想，"我们的前戏已进行了15分钟了，现在是时候做真正刺激的事情了……"如果是这样的话，你很难享受到好的性爱。

佩恩：我给人做关于编剧的讲座，或者是给学生上课的时候，他们会问我："对于年轻编剧，你有什么建议吗？"我会告诉他们："别去读那些讲如何写剧本的书。"我发自内心地觉得，这一套三幕式结构的东西，我们平时就活在这种文化之中，看的电影也都是这种，它早已深深根植于我们的头脑之中，如果你想要拍出崭新的电影来——那才是我想要看的电影——像这种与生俱来的东西，你就必须跟它去做斗争才行。写剧本的时候，你会发现天然地就有一种引力在拖着你，让你按着自己曾看过的那些电影的样子去写。一定要跟这种本能做斗争，那样才能写出崭新的电影来。

泰勒：当初给《校园风云》做 DVD 的时候，需要把全片分成数个章节，还要起一些章节标题。我当时就想到了，要不就用麦基对于故事各阶段的定义来命名吧——"章节 18：临界点"。

斯科特：《校园风云》和《关于施密特》一上来节奏都挺慢的，然后慢慢起了速度，非常快速地就把关于人物的各种信息都交代了。

佩恩：它们刚开始时，感觉都像是一名律师正冷冷地在法庭上陈述着一个案件，特别无动于衷地罗列着各种事实，"有这个，有这个，还有这个。"只有到了后面，只有等到所有这些东西都交代过了，然后才能从中得出结论来。在你看这两部电影的时候，你可能会说："都过了那么久了，一直没什么事情发生啊。"但事实上，只有当影片到达了某一个点之后，你会忽然意识到，其实这一路走来，一直都有各种各样的事情在发生，只不过，它们发生的方式不是你预期的那种方式罢了。

斯科特：你们为麦卡利斯特设计了一种视觉上的母题：他总是在绕圈。影片一开始，他就在操场上跑圈。这种想法是从哪里来的？

泰勒：剧本里没有这个，那来自美术指导，来自导演。不过，类似的想法倒是之前就有，比如他一直在扔东西什么的，那是写剧本的时候我们就想到了的。从他清理学校的冰箱开始。

佩恩：对，然后我就有点玩过头了——从导演的角度来说。

泰勒：没错。不过，用这种方式来介绍这个人物登场，这非常重要。他把别的老师留在冰箱里的剩菜都给清理了，就这么一个举动，这个人物的形象就确立了。他这个人，总想着要把生活中那些杂乱无序的东西给控制起来。在此过程中，他最主要的做法就是把罪责怪在别人身上。结果，他自己的乱事也都暴露出来了，他只能自己面对后果。

佩恩：还有一点同样重要，那就是影片一开始就要让他和特蕾西遇上。主角和反派都介绍了，但我也不知道究竟他们谁算主角，谁算反派……

泰勒：此外，这时候就要把多重旁白的做法给定下来，越早越好，两个人物，各给他们一小段旁白，这样观众就知道了，这电影里的视角可不止一个。

斯科特：我得承认，你们拍出来的那所学校，真让我想起了我以前那所中西部高中的日常生活方式。你们是不是走访了不少学校？

佩恩：是的，奥马哈每一所高中我都去过了。

泰勒：但它也来源于我们自身的经验，我们相信，高中的生活不管哪个地方应该都是差不多的。

佩恩：对，我也着实惊讶，没想到现在的高中跟我自己那时候的很相似，没想到其实变化并不怎么大。

斯科特：这部电影有几个地方我很喜欢，其中就有那么一场戏，就是麦卡利斯特问班上的学生，道德和伦理有什么区别……

佩恩：那段对话，按照我们当初的设想，那根本就是一个段子。

泰勒：那是一个段子，但放在这里也有它的意义。因为麦卡利斯特这个人物，他是个黑白分明的人，喜欢把世上的一切事物和所有人，都给分得清清楚楚的。不过，想要做到这一点并不容易。当初写这场戏的时候，我们自己也完全没概念，究竟道德和伦理有什么区别——直到现在我们依然没有答案。

斯科特：你如果要问我的话，我也答不出来。这让我感觉自己也成了他班上的一个小孩，答不出老师的问题。

泰勒：没错，要的就是这种感觉。他问的这个问题本身就有问题，结

"主角和反派都介绍了，但我也不知道究竟他们谁算主角，谁算反派……"
特蕾西·弗利克为竞选学生会主席展开了蛋糕攻势。

果特蕾西却回答得胸有成竹的，于是这就让她的个性更鲜明了。从某种意义上来说，她和麦卡利斯特其实是同一种人，都喜欢把世上的一切都处理得非黑即白，把所有问题都简单化，更易于操控。

斯科特：在毕业纪念册那个段落里，我们看到特蕾西所从事的各种课外活动。我想知道的是，类似这种起说明作用的蒙太奇，你们都是怎么处理的？

佩恩：大卫·O.拉塞尔（David O. Russell）曾对我说过，他很喜欢这一场戏。我告诉他，之所以会想到用毕业纪念册，就是为了要让观众感觉到，这是一个因为自己能在毕业纪念册里占了好多页篇幅就特别兴奋的人——"瞧啊，这儿有我，那儿有我，还有那儿也有我。"

斯科特：是麦卡利斯特让我们知道了，特蕾西和他的一位同事曾经有一腿，感觉故事讲到这个时候，好戏才算真正开始。而他那位同事的出场方式，是他说的一句"她的下面特别湿"。

佩恩：这就是"激励事件"（inciting incident）了……

斯科特：但在小说里，揭露他们这层关系的时间点，要来得晚得多。

泰勒：这事确实有一点棘手，我是说小说有它自己的故事时间线，而在我们改编的时候，我们也有自己的想法。我们确实花了不少时间才把它确定下来。沃尔特·默奇（Walter Murch）在迈克尔·翁达杰（Michael Ondaatje）为他写的新书里就提到了《校园风云》，说它成功地做到了在闪回里面又套着闪回，不过，他还是建议大家轻易别去尝试这么做。

斯科特：有一个地方，麦卡利斯特和特蕾西的旁白，互相对着来，讲述着各自如何讨厌对方。

佩恩：是的，我把画面定格了下来，让他们把自己的观点说出来。

泰勒：这又和我们之前说过的有关系了，他俩是同一类人，都希望能有更多的掌控。哪怕是到了电影里面，他们也拥有了能让画面定格，让一切都停下来的能力。

斯科特：写剧本的过程中，你们会考虑情节过渡的问题吗？

佩恩：一直都会考虑，希望能让它们紧密地联系起来，而且要联系得机智，或是有趣。我们在剧本里写了不少导演才会用到的东西，例如淡入、硬切、化出和划屏。

泰勒：这是跟导演一起写剧本的好处，但话说回来，能用到电影的工具来讲述故事，这才是优秀的剧本创作。

斯科特：你们有意地表现了特蕾西和保罗的经济差距。她坐巴士上学，他却开着一辆崭新的皮卡。对于这种社会写实，你们有多看重？

泰勒：有很多电影之所以会不成功，我们觉得很大的一个原因就在于，编剧和导演常会在他们自己都没有意识到的情况下，竭力想要创造一种故事的"电影版本"。他们会问自己，在"电影版本"里，接下来会发生什么？在"电影版本"里，它看着会是什么样子？如此造成的结果，那就是看上去会显得虚假。我们自己写剧本的时候，遇到各种情景，都会尽量让自己别去回想过往别人那些电影里，类似的情况都是怎么收场的。我们会转而思考，这样的事发生在现实之中，究竟会如何往下发展。我们关注的是生活中的原始素材，而不是别人那些电影里的原始素材。

佩恩：常有人问我，"你为什么要在奥马哈拍摄？"我觉得原因之一恰恰就在于此——那等于是在宣告，这个故事发生在一个真实地方。既然地点如此特定，对于许多人来说，这就有了一种异质的感觉。对于我们来说，创作的时候也就有了更大的压力，一定要做到真实，而且还不仅仅是一般的真实，必须是符合奥马哈的真实。

斯科特：能否举一个例子？

泰勒：麦卡利斯特坐上自己的汽车时，特蕾西走了过来，手里挥舞着她的支持者签名表。麦卡利斯特被汽车安全带缠住了，关门的时候，它绕到了车门上。从导演角度来讲，这就是一个很好的例子，充分说明了我们之前所说的。换作别的电影，他们肯定会除掉那根安全带，以免它被拍进画面中，让人看了分心。但在我们看来，它恰恰是此处最棒的东西之一。

佩恩：我觉得那真是完美，就那么出人意料地发生了。这一款福特的嘉年华（Festiva）小汽车，就是有这么一个特点。那很有意思，主题上也很契合。

斯科特：那些对白都是怎么想出来的？不会是跑去当地的高中偷听他们说话来着吧？比如说麦卡利斯特那一句，"当这一次选举出了大岔子的时候。"

泰勒：我们更多考虑的应该是一种美国中西部地区的语言风格。特蕾西的演说里面，点缀着不少 SAT 学力考试的词汇，但常常都是在错误地使用——诸如"违背良心的拙劣做法"什么的。又或是有一些乱用成语，明明应该是"含着银汤匙出生"，她说的却是"用银汤匙把一切都送到了他手上"。

佩恩：还有《公民露丝》里的，弄错了"afterbirth"的意思，以为那该解释为"产后"，其实它的意思是"胎盘"。所以就有了那一句，"我们关心的是胎盘。我们也要关心她的胎盘。"（笑）

斯科特：还有一个地方很有意思，麦卡利斯特疯狂地跑来跑去，开好了汽车旅馆的房间，为婚外情做着准备工作，而另一边，班上的学生正在做突击小测验。我喜欢他跑去商店采购那些罗曼蒂克的小玩意儿的方式——气泡酒啊，拉塞尔·斯多夫牌（Russell Strover）巧克力啊。

泰勒：剧本里写的是惠特曼牌（Whitman's）。

佩恩：这里还有一场戏后来被剪掉了：他还去了图书馆，借了一本书，里面有那么一首很特别的诗，他想要念给她听一下。剪掉之后，唯一保留下来的就是后面那个镜头里，你们可以看到他手里的那本书。

泰勒：这么处理也挺好的，让你捉摸不定他究竟在想些什么。当然，那首诗写得很美，剪了也有点可惜。

佩恩：一首伊丽莎白·毕肖普（Elizabeth Bishop）的未发表之作。

斯科特：他被蜜蜂蜇到后眼睛肿了起来，这种身体上的伤害，是否也代表着他内心正在经历的事情？

泰勒：当时就是有那么一股冲动，忽然想到，要让他受一点伤，但完全就没想过要用这个来表示任何东西。稍后我们回看这一情节，这才意识到，它在多个层面上都能成立。

佩恩：当时我们并没想过，"应该要借助某种身体上的伤痛来表现他内心的不快。"吉姆只是说了一句，"到了这个时候，在他身上应该要发生一点什么。要不就让蜜蜂来蜇他吧？"

斯科特：影片结尾，麦卡利斯特搬去了纽约，在博物馆找到了新工作。能否请你们谈谈这个结局？

泰勒：影片杀青后又过了几个月，我们重新拍了一个结局。原本的结局照搬了小说，我们俩一致认为，它虽然已经够用了，但效果不如我们预期的好……这事情也挺奇怪的，因为就在临开拍之前，公司要求我们把这个结局改一下。他们希望影片的结尾能处理得更直白一些。虽然明知不对，但我们还是做了修改。结果，它显得太感伤了。情况不至于糟糕，但如果坚持用了原本的结尾，效果究竟会怎么样，这一点我们永远都无从知晓了。

佩恩：原本的情况就是，除了结尾之外，影片其余地方都挺喜剧的，但那个结尾却来得很辛辣，这应该会让很多观众觉得有些奇怪。

泰勒：所以，既然公司要求了，我们只好重新写一个结局，一个与影片其余部分更合拍的结局。重写的过程十分痛苦。公司方面不知道出于什么原因，一定要让我们安排麦卡利斯特再次成为一名教师。起初，我们把他写成了公园里的护林员。但公司就是要求他还得做老师。我们觉得好奇怪啊，为什么他们会觉得这一点如此重要呢？那时候，我刚好去了一次纽约自然历史博物馆，对那些立体实景模型很感兴趣。我对亚历山大说："要不干脆就让他在自然历史博物馆里工作吧？"至于他在旁白里说的那句"没错，我又在教书了！"，之所以会有这么一句，纯粹是为了能过公司的这一关。

斯科特：那结尾的另一部分呢？麦卡利斯特在华盛顿度假时看见特蕾西上了一辆豪华轿车。

泰勒：从某种意义上来说，这一段告诉了我们，这其实是一部属于麦卡利斯特的电影。

佩恩：我们还拍了特蕾西从车里向外望的镜头，她对他的想法。

斯科特：为什么没有用上？

佩恩：感觉不对。

纽约州，纽约

《在一起》

————————／13

卢卡斯·穆迪森

"那就像是在十月怀胎。"

卢卡斯·穆迪森（Lukas Moodysson）自编自导过三部剧情长片：《同窗的爱》（*Fucking Amal*，1998）、《在一起》（*Together*，2000）和《永远的莉莉娅》（*Lilya 4-Ever*，2003）。被视为瑞典奥斯卡的"金甲虫奖"自1964年创办以来，唯一能四次拿奖的就只有他一人。此外，他23岁之前就已出版了五本诗集外加一部小说。他与妻子和两个儿子一同生活在瑞典南部。

剧情梗概

1975年，瑞典郊区。伊丽莎白受够了酗酒成瘾的丈夫罗尔夫的虐待，她整理好行装，带着两个孩子去投奔了哥哥葛兰，住进了他们名为"在一起"的嬉皮士公社。在同一屋檐下住着的，还有一名新近出柜的女同性恋和她妒火中烧的前男友，以及一位理着波波头的男同性恋。新人的到来，令他们对自己的价值观产生了怀疑情绪。他们的嬉皮士理念，从本质上受到了挑战，结果出人意料。

《在一起》(*Together*, 2000)

凯文·康罗伊·斯科特：你曾说过，自己童年时的成长环境是"一个典型的、普通的宜家式的家庭"。请问，在这么一个"普通的"家庭里，有没有人鼓励你从小就从事艺术创作？

卢卡斯·穆迪森：我想我当时要强调的应该是我小时候的生活环境，而不是我们的家庭背景。没错，那就是一个十分普通的小镇，十分普通的生活环境——一切都是那么普通。但就我自己而言，我一直都觉得我并不是一个十分普通的人。我觉得我十分奇怪。确切地说，不应该说是奇怪，而应该说是十分特别……我想我当时那么说，我要表达的意思就是，我小时候生活的那个地方，并没有很浓烈的文化氛围。我母亲当时在图书馆工作，所以我们家书不少。我有一些朋友，他们小时候的生活环境相比之下没有那么典型，于是，在跟普通人打交道的时候，我觉得他们有时候会没那么接地气，而这对我来说却从来都不是问题。所以，我既觉得自己挺特别的，同时又觉得自己十分普通。

斯科特：那你小时候到底有没有花时间搞过艺术创作？

穆迪森：假设说，如果我想要对自己做一番分析的话，我想我完全可以坐下来，滔滔不绝地谈一下，当初我是怎么写下那些东西来的，怎么利用文字来与自己、与世界达成和解。但问题在于，对于这样的事，我其实并没有什么兴趣。

在我年轻时，生命中就发生了一些很重要的事，但我不确定我要谈这些，部分原因在于，我一直在写作，而不是去接受心理治疗。想当初，当我停止写诗之时，我认识到的一点就是，想要写出个人化的东西来，其实并不一定非得完全就走个人化的道路，并不一定非得把它写成自传，不一定非要揭露隐私才能做到个人化。意识到这一点，对我来说非常重要：我不一定非得写我自己的事。不用写我自己的事，我照样可以写我自己。我写的是别人，但其中反映出来的，仍旧是我自己。你要问我，究竟为什么会写作，出发点是什么，我觉得那很难回答。那就像是爱上了某人，究竟为什么会爱对方，这种事其实是没法分析出答案来的。写作也是一样，我从不觉得我是主动选择要这么做的，那更像是一种被动的东西，我必须写。

斯科特：那能不能谈一谈你是怎么会对诗歌产生兴趣的？诗歌好像并不属于青少年中常见的兴趣爱好。

穆迪森：我也不能肯定这说法到底对不对，但我一直有这么一种想法，我之所以会写东西，是有人在推动我那么做，有人逼着我去写。我并不是说这违背了我自己的意愿，但是，我觉得是有人把我放在了这样的一个处境里，我无法从中逃脱；又或者，我觉得是有人在告诉我该怎么做。感觉那就是我的责任所在。在我看来，它就是这么开始的。出于某些原因，我被逼着拿起了笔。我想我当时一定是觉得那很有意思：用自己的笔去建立起某种宇宙来。我记得，小时候我有过一架显微镜。从某种意义上来说，写作的感觉就和你看显微镜是一样的。将很小很小的一片什么东西放在显微镜下面，结果却能看到那么多东西。现在我也觉得，那和我的孩子在玩的乐高积木也很像。他们搭出来的东西很奇怪，但特别有想象力。

斯科特：你是说，你搭出来的都是一些很实际的东西，而他们搭出来的则更像是"空中楼阁"。

穆迪森：对，我也会试着搭一些类似于"空中楼阁"的东西，但搭完一看，还是左右特别对称。

斯科特：继续说诗歌吧……在这方面你最崇拜谁？

穆迪森：灵感主要都来自瑞典的诗人。布鲁诺·K.奥耶尔（Bruno K. Oijer）、拉斯·诺伦（Lars Norén）、贡纳尔·艾克洛夫（Gunnar Ekelof）和迈克尔·斯特伦吉（Michael Strunge）——当然，最后这一位是丹麦人。

斯科特：我记得你曾说过，写诗是一件以自我为中心的事。你是不是想要说，写诗是一件很任性的事？

穆迪森：那就是一件非常以自我为中心的事情。那很像是在照镜子，想要看透自己。我现在更感兴趣的则是，把自己想象成某种滤网或是类似的东西，就让整个世界由我的身上流过。诗歌是一种很特别的东西。我读过很多诗，我现在又开始重新写诗了，但这事很难用语言说清楚。创作的进程，是我自己无法控制的；事实上，我所有的创作进程，都是如此。写诗的时候，我的控制力最小，所以很难说清楚这个问题，诗就是诗，你很难让我把它描述出来。从某种意义上来说，我觉得写作的过程就是在寻找自己内心最深处的真心话。曾几何时，我对于深入自己的内心、寻找我的中心不再有兴趣了，那时候，我转而开始朝外看了。

斯科特：你所说的这种写作过程中的由向内省视到向外观察的转变，能否具体解释一下当初是如何完成过渡的？你又是如何让外部世界变得个人化的？

穆迪森：22岁那年，你说是潜意识也好，无意识也罢，总之，我迫切地感受到了一种需求，必须彻彻底底地改变自己的人生了。我想要推翻一切，从头来过。我闷坏了，现有的生活让我无法满足，我要追求别的东西。但我当时并没有明确的目标，只知道要做改变。就是在这时候，我开始考虑是不是可以拍电影。但我当时也有过别的计划，比如去当律师。真是有好多想法，千头万绪：我想过要学烧菜，当厨师，我想过要换个地方生活，我想要和女友分手。（笑）总之，我觉得自己像是被困在了人生的小角落里。我相信，这是很多人都经历过的事，时过境迁之后，你全都理解，理解当初自己为什么要那么做。我现在就很能理解自己当初的想法，我对那样的一种生活感到厌倦了，当时的情况下，我的世界基本上就都局限在我自己的脑海中，反复地打转。这要归咎于我当时的写作方式，越是写下去，我的世界越变越小，它开始慢慢地内爆了。结果，这也逼得我想要彻底爆炸了，而且，当时我还没法把这种感受用文字表达出来。后来我去了电影学院，想要自己拍电影。但是，我的问题依然还在：我仍没有意识到，我真正需要做出的改变是什么。其实，我要改变的就是，要从向内省视转变到向外观察。结果，这种情况下我最初拍出来的电影，全都是一些非常非常奇怪的东西，毫无意义。我的第一部电影，长度只有7秒。主角是一个死掉的女人和一只母鸡。对于自己做的东西，我其实毫无头绪。我还是想要学习当导演，还是在学习拍电影的手艺，但那一阶段，我写出来的东西，全都非常非常糟糕。其实，电影是一种开放的媒介，而我当时却采用了一种闭塞的方法，结果肯定完全无法成功了。只有等到我第一次当了父亲之后，情况这才好转了起来，因为有了孩子，我才从根本上认识到了，自己并非是世界的中心。这时候我才第一次真正上了轨道，我明白了自己究竟对什么有兴趣。也正是从这时候开始，我对生活中发生的所有事情，都产生了极大的兴趣，不放过任何微小细节。由此开始，我不再只是拿显微镜来观察自己，我还学会了拿显微镜来观察除我以外的所有一切。

斯科特：我看过不少你以往的访谈，采访者常描述说，你在青少年时期是一个局外人。你同意这种说法吗？

穆迪森：我不希望我这么说，听上去会让人觉得我有哪里与众不同，毕竟，我相信这样的事也曾发生在不少年轻人身上——我要说的就是，我曾让自己处在混合参半的位置上过，这对我的人生来说，大有好处，因为它让我有机会经历各种各样的事。比如，同一时间，既在向内省视又在向外观察，既是在与自己独处，同时又是在众人的派对上，既是出身于非常普通的生活环境，同时又在许多方面显得非常奇怪。青少年时代是一个漫长的过程，每天都可能会发生新的变化。你或者受人欢迎，

或者被视作怪人，你也可以两者兼而有之，总之，每天都可能会有新的
变化。

斯科特：当初写诗歌的时候，有没有写过短篇小说？

穆迪森：写过一部小说。20岁的时候，没记错的话。

斯科特：能否谈谈它的内容？

穆迪森：写的是我自己，不过是用虚构的方式来写我自己。其实并没
什么实质性的故事。写得其实很差，我自己都不喜欢。里面有那么一场
戏，发生在马尔默的中央火车站。那就像是一场梦，路面上的沥青熔化
了，一颗彗星撞向了地球。那其实是一个关于失恋的故事。写它的目的
是为了要追回当时的女友。整个小说就是为她写的一封超长情书。写得
太差了。（笑）

斯科特：能否谈谈电影学院的事？在那儿有没有学如何写剧本？

穆迪森：原本我感觉自己什么都没学到，但事后我又发觉，我一定
是学到了不少东西，因为拍电影相关的某些事，我确实都会做，只可能
是从那里学来的。不过，说到写剧本的话，我觉得我学到的不多。当然，
可以去读编剧的课程，但我当时主修的是导演课程。我念的是斯德哥尔
摩的戏剧学院（Dramatiska Institutet），那是全瑞典唯一的正牌电影学院。
我感觉他们更偏重于艺术，而非技术。有些东西感觉我还挺想学的，比
如特效制作什么的啊，但结果我也没去学。师生之间的交流十分个人化，
在某些情况下，这确实对我很有帮助。我上的导演课，有一位相当好的
老师，我应该从他那里学到了很多东西，但大部分当时我并没有意识到，
要到后来才反应过来。我可能是天生学东西慢还是怎么的，理解新知识
的过程，总是比别人长。其他同学，入校的时候就已经很有基础了，都
已经拍过短片什么的了，而我却完全是门外汉。说实话，他们为什么会

招收我，我一直都不知道确切的原因。像这样的学校，每隔几年只收两三名新生。估计一部分的原因，还是因为我之前发表的那些文字作品，另一方面，应该也是因为我当时想要学电影的意愿特别强烈吧。除此之外，我也想不出来还能因为什么了——我当时对于如何拍电影，可以说是完全一无所知。当他们告诉我电影拍完之后还要经过剪辑才算完成的时候，我是真的大吃了一惊。那时候完全就不懂这些。所以，这种从零开始的感觉，说来也挺奇怪的，我之所以一上来拍的习作都是那种 7 秒钟长度的作品，或许部分原因也在于此吧。第一次坐进剪辑室的感觉，我至今依然难忘。就是觉得太神奇了，这一格一格的画面，竟然能这样连接在一起。于是我剪的节奏越来越快，结果就有了 7 秒钟长度的片子。反正那时候都是在做各种尝试。此外，当时我也通过看电影学到了不少东西；在此之前，我其实从没有好好看过电影。说实话，我这一辈子，也就只有在电影学院的那几年里，才算是看了不少电影。之前没看过多少电影，现在看的也不多，只有那 3 年是例外。

斯科特：那时候你对哪种电影感兴趣？

穆迪森：第一次让我觉得这种视觉媒体里也有非常有意思的东西存在，那是在看《双峰》（*Twin Peaks*）的时候，那还是在我进电影学院之前。其他的话，我记得当时还看了一两部塔可夫斯基的电影，还有一两部科幻电影，类似于《异形》（*Alien*，1979）、《银翼杀手》（*Blade Runner*，1982）什么的。等到进了电影学院，我开始看 20 世纪 70 年代的美国电影。有那么一阵子，我对斯科塞斯、卡萨维茨（John Cassavetes）他们那些人的作品很感兴趣。然后我又看了肯·洛奇（Ken Loach）的《折翼母亲》（*Ladybird Ladybird*，1994），那给我的触动很大。我当时的想法就是，我这辈子是不可能拍出这样的电影来了，它实在是太真实了，类似这样的电影，我完全就不知道要怎么才能拍出来。我记得当时就是看这部电影，我先是看得整个人特别振奋，随后又彻底意志消沉了。

斯科特：你以前还谈起过迈克·李（Mike Leigh）的《秘密与谎言》（*Secrets & Lies*，1996）。在很多不同的场合，都有人拿你的作品来和他的电影做善意的比较。你对他独特的拍摄方式怎么看？我们都知道，他在挑选演员、彩排等方面，都有独特的一套。

穆迪森：我拍电影不排练。我喜欢拍电影时的自发性，一经彩排，就失去了演员——甚至还有导演，还有摄影机——的那种存在感和他们可能会有的内心不安的感觉。我对这种内心不安的感觉很有兴趣，经过彩排，你就会觉得有安全感了，知道接下来该怎么做了，在我看来，这样反而会失去不少东西。因为，在现实生活中，作为一个人，你其实很缺乏安全感的，不知道下一秒会有什么事情发生。有了排练的机会，很多情况下，演员就会失去这种内心不安的感觉。而这恰恰是我想保留在自己作品中的东西。迈克·李的拍摄方式，我都挺感兴趣的，希望我也能更多地利用演员的即兴发挥。我也愿意尝试不同的拍摄方式，下一部电影我就打算用一些新的东西，但就目前而言，我一直都尽量不做排练。

斯科特：既然喜欢这种自发性，你会鼓励演员多即兴发挥吗？

穆迪森：当我有足够勇气的时候，我会鼓励。当我缺乏勇气的时候，我就不鼓励。除了勇气，这还要看你究竟是怎么定义即兴发挥的。台词不变，但说这句话的时候，你站的位置，走的方向，都可以变，这也是另一种形式的即兴发挥。类似这样的即兴发挥，我用得很多。有些时候，当我有足够的勇气时，我会干脆让他们忘了剧本，想说什么就说什么。不幸的是，绝大部分情况下，我不具有这样的勇气，所以就台词而言，总是会尽量要求演员们按剧本来演。但是在肢体语言上，我的信心和勇气要稍微多一点。我感觉这还是要追溯到我的背景上，我以前是搞文字的，我一直仍当自己是作家，而不是导演。

斯科特：当初在电影学院的时候，你一直想着将来要自编自导吗？

穆迪森：我不肯定，可能是。

斯科特：那我换一种问法，别人写的剧本，你是否愿意执导？

穆迪森：发现别人写的一个剧本，然后我把它拍出来，这样的事我觉得不太可能发生。发现某本小说，或是某出话剧，然后我把它拍成电影，倒是这种可能性更大一些——只要它能以一种特别的方式，引起我的共鸣。以前也有人会拿了剧本给我看，但我实在是没法想象由我来执导他们的作品。对我来说，导演一部电影的过程，并不是我自己走出去，寻找某些东西，而是我站在那里，像是滤网一样面对迎面而来的这些东西。要我执导别人的剧本，结果肯定不会理想，任何一名导演都会干得比我更好。因为我其实并非好导演。对我来说，我的整个人生，我的所有作品，全都有着同样的这么一个基础：我睁大双眼，就像是滤网一样，任由各种事情由我身上流过。至于导演的工作，我甚至都不知道摄影机该放在哪个位置，我甚至不知道该怎么指导演员，我甚至不知道需不需要用到特写或是广角镜头。曾经，我也试过要用一些编剧理论的东西——当初写《同窗的爱》的剧本时，我正好在看悉德·菲尔德的书。基本上，一个规范的文字剧本究竟要怎么写出来，我不能算是很清楚。所以当时也觉得挺有兴趣的，也想要试试看，也想尽可能简单地把某些东西写出来。那一套做法，确实还挺有意思的，先搭一个骨架，然后将肌肉全都放上去。但除此之外，那些理论家的东西，其实我并不怎么真正理解，至今都是。

斯科特：你不知道什么是情节点？人物动机呢？上升的情节发展呢？

穆迪森：我不知道，不骗你。我觉得学会这些是一件好事，那就像是两点之间最短的距离，那些编剧的原则和理论，你从中能够学到的就是这些，我觉得这是一件好事。但是，等你学会这些之后，你还应该去试试别的，从这条最短的线上离开，去其他地方看看。

斯科特：还是回到自编自导的问题上，大卫·O.拉塞尔告诉我，在他看来，他之所以会是整个拍摄现场的总负责人，只有一个原因；他之所以能调度现场那么多各具专才的演职人员，真正的原因也只有一个，那就是，这个剧本是他写的，这故事出自他本人。你同意这观点吗？

穆迪森：他说得没错。完全正确。如果我执导的是别人的剧本，那估计我的麻烦就大了，我会觉得自己只是一个门外汉，换谁来当导演，都能干得比我更出色。自编自导，并不会让我觉得一切尽在控制，但确实会让我多一些小小的安全感，因为这剧本是我自己坐在房间里，一字一句写出来的。不过，万一有人问我："这个角色为什么要说这句话啊？"一下子，我又完全找不到方向了。所以我才说，那只是小小的安全感。

斯科特：你有没有几个自己信任的朋友，你写完剧本后会让他们先看，再给你提供一些建议的？

穆迪森：我会很仔细地倾听我妻子的意见。她是艺术家，涉猎广泛，包括卡通画等各种不同类型的绘画。去年她还出了一本漫画册。此外，制片人的意见我也会听取。不过，和妻子谈剧本的时候，结果几乎总会激烈争吵起来，有时候会让我很受伤。

斯科特：为什么？因为她说的都是你不想听的话吗？

穆迪森：对。

斯科特：而且你知道她说的其实是对的，但你却不想承认？

穆迪森：（笑）不是，我知道她说的其实是错的。我非常信任她，但是，当你非常信任一个人的时候，那也很麻烦，因为随时都会有这样的可能性：那个人的意见是错误的。但我又真的是非常信任她，以至于有时候她明明是错的，我却以为她是对的；当然，大多数时候，她说的都是对的。

斯科特：除了制片人，你的投资人呢？他们会不会直接给你提意见？

穆迪森：只有制片人会给我提意见，投资人方面，由他负责打交道。在我仅有的极少数几次与他们见面的过程中，他们谈论得更多的是剧本方面的内容。他们当然有权拒绝投拍我的电影，但那又是另一回事了。《同窗的爱》当初筹资就很困难，当然，投资人肯定会有各种各样不同于你的观点，但是，最后还是我们胜利了，所以……

斯科特：在瑞典当编剧，能过上什么样的生活？

穆迪森：写电视剧的编剧最挣钱。这是一个很小的国家里一个很小的产业，没什么人能真靠写电影剧本过活的。

斯科特：在好莱坞的时候，有没有电影公司邀请你为他们写剧本？

穆迪森：倒是有几个剧本想请我当导演，但我对好莱坞真没什么大兴趣。在我看来，好莱坞和我，正好有点南辕北辙。好莱坞看重的不是要表达什么东西，而是如何赚钱。我对赚钱没多大兴趣。

斯科特：能否介绍一下你的具体创作流程，如何由最初的创意走到最终的剧本？

穆迪森：每个剧本的情况各有不同。我这个人不太适合谈论自己从事的工作，我在这方面并不具有很优秀的洞察力，所以我也不知道最初的创意来自哪里。我喜欢把自己看作是某种通灵板。整个流程相当奇怪。当初写《同窗的爱》时，我想的是要乖乖的，就按正统的方法来写剧本，结果也确实很成功，相当顺利地完成了那个剧本。当时，有个家伙想让我替他写一些电视广告文案，所以我从他那儿借了一台电脑回来。结果，我什么广告都没替他写成，于是他又把电脑拿回去了。我只好还是用我的旧打字机。那个剧本，既有手写，也用打字机打。但因为每一版、每一稿都会有变化，我还是搞了一台电脑。但我也很想再试着用打字机写一个剧本出来。我知道有时候这会让人挺不适应的，因为你已经习惯了电脑的方便，修改起来很简单。但我还是想再试着用打字机写一个剧本出来，从第一个字到最后一个字，全都只用打字机。

斯科特：为什么呢？因为文字落在纸上之后，就会多出很多意义来吗？

穆迪森：不是的，因为用电脑写剧本，有时候那实在是太过方便了，一看就会让人觉得很职业化，于是也就有了一种已经全部完成了的感觉。如果是用打字机，打错的地方你会重新打上"×××"来盖掉它，因为这些"×××"的存在，你会觉得这个剧本还没有全部完成。此外，因为有纸张的关系，会让我觉得自己跟剧本的关系更贴近了，不管是精神层面的关系，还是其他什么层面。正在写的东西，触手可及。用电脑写剧本，总让我觉得有一点虚幻，因为那是一个虚拟的数字世界。如果电脑宕机了，你的剧本也就不存在了。反之，如果是用打字机写的话，它留在了纸上，触手可及。当然，电脑写的剧本，最终也会打印在纸上，但我总觉得自己和它的纸张之间的那种关联，不如用打字机写剧本那么紧密。

说回我的创作流程，每个剧本情况各有不同。《在一起》是到了剪辑时才发生巨大变化的，翻天覆地的变化。《同窗的爱》则是一边写剧本，一边就已经考虑如何剪辑了。说到这个，还有一件事情很有意思：每次写剧本，明明其实还没有全部完成，我内心却总会有一种它已经写完了的感觉。我会停下来，不想再写了，但另一边却又知道必须接着写下去。这就是我的毛病之一：我有点爱偷懒，明明还没结束，就已经想要搁笔了。所以我必须逼迫自己回到座位上去，继续写下去。剪辑也是一样的问题。剪《在一起》的时候，我感觉都已经剪好了，但实际上还没有，只能再继续下去。不过，《永远的莉莉娅》在这方面倒是很特别。那种感觉来得非常突然，非常精准，就像是一道闪电，就那么一下子击中了我，而且已经差不多都成形了。之前我从没经历过这样的事情。原本我正在写另一个剧本，完全和它没有关系。那是一部美国片，当时我正巧对某些美国的事情很有兴趣，医疗保险什么的。那天，我正在写这个剧本，忽然，有人在我耳边轻声低语，"这才是你必须拍的电影"，就那么一下子，我就改变了想法。我打电话给制片人，告诉他我改了主意。他说："OK。"整个过程来得很快，这是好事，否则的话，我估计这部电影我就拍不成了。因为从很多方面来说，这都是一部很难拍的电影，特别是涉及语言啊什么的。

斯科特：这个有关美国健保制度的剧本，你哪儿来的信心觉得自己写出来能让人信服呢？你在美国生活过吗？

穆迪森：没有。但世界对所有人都是敞开的，如果你能睁开双眼，便能看到一切。我也从没在俄罗斯生活过，但我却拍了《永远的莉莉娅》。就在前不久，我读到一本名为《破天而降的文明人》（*Papalagi*）的书。它创作于20世纪20年代，作者来自某个原始文明的小岛，在20世纪20年代来到了欧洲。他用极其怀疑和批判的眼光审视了西方文明，对于我们早已习以为常的那些东西，例如金钱、服装、汽车、住宅这些，他都提出了不同的说法；还有我们工作的方式，也都让他觉得完全看不懂。他会疑惑："这个人为什么就只做这个，不做那个呢？"他是从外面来看待这一切的。我并不认为他的所有分析全都靠谱，但确实有不少都很奇怪、很有趣。而这就是我想要追求的目标，希望我看待问题的时候，也能站在一定距离之外，产生一些误解，也能获得一些准确的理解。我相信，《同窗的爱》我拍的是年轻女孩，《在一起》我拍的是70年代，《永远的莉莉娅》我拍的是俄罗斯，还有这个剧本，我拍的是美国，其原因就在于此。所以，我接下来还是会拍那样的对象——这样的对象，我自己并不真正完全归属于其中。

斯科特：你开始写剧本的时候，一天都会怎么安排？

穆迪森：我写剧本的时候，会需要某种能量。有时候，鉴于我写的东西的不同类型，我需要的能量也各自不同。举个例子，我手头在写一个剧本，但前一阵子，我忽然发现，我这次写作时听的音乐，好像不太对。通常，我都会戴上耳机，边写边听那种很吵闹的音乐。但这一次我却感觉我选错音乐了，听着这个，我写出来的东西变得太有攻击性了。我爱听曼森（Marilyn Manson）的歌，他最新的唱片，我反复地听了一遍又一遍。但这一次我不得不换点别的东西来听——那就有点像是中了邪之后，要想办法驱魔才行——要改听一些现在的年轻人会听的东西。因为我要想办法从一个年轻人的视角来写这个故事，这并不是一部关于年轻人的电影，只不过这个角色恰巧是一个青少年，我希望能从他的角度来写。所以，我尝试要成为一个今时的年轻人，我要听一下他会听的音乐。写剧本的时候，我必须想办法让自己完全聚焦在某一个方向上。那有点像是随歌起舞，你要感觉自己正在和文字、人物一起跳舞。你也要让自己进到那里面去。但事实上，这已经是我整个创作进程的第二部分了。相比之下，第一部分的时间更漫长，那就像是在十月怀胎，可不能硬把它逼出来，只能耐心等它瓜熟蒂落。这一点真的很重要。你肯定是希望它能早点出生的，但那必须有一个过程，急不来。你着急逼它的话，那就成了流产了，孩子就没命了。（笑）我知道我这个比喻挺奇怪的。我要说的就是，要先酝酿，酝酿很长时间，太早动笔的话，只会把它毁了。

斯科特：那你有没有过"意外怀孕"的情况？

穆迪森：我觉得我一直都是在"意外怀孕"啊，真的。《永远的莉莉娅》很大程度上就是一次意料之外的"怀孕"，我事先完全就没想到。我一直都不太清楚她的父亲究竟是谁。（笑）我只是母亲，我猜想他们一定都是趁我睡着的时候过来的，我一直没醒。这就是我整个写作进程的第一阶段了，到了第二阶段，我彻底集中注意力来写，而第三阶段就是修改了。改稿的过程，时而有趣，时而痛苦，就像我之前说过的，你以为已经都写完了，但实际上却还差得远呢。

　　斯科特：在我看来，剧本创作就是这么一个要不断做出决策的过程，一旦做了某个决定，就会引出一系列相关的后续决策。这就像是在打地基，万一事后发现哪个决策是有问题的，那就只能返工，不光这个决定要重新做，而且在此之后引出的那一系列决策，也都要重新评估了。

　　穆迪森：没错，是这样的。这就是创作过程中最令人沮丧的地方之一。不过，有时候这也会是好事，你可以索性就把整个剧本都推翻了，重新来过，有时候也会收到奇效。比如哪里出了什么问题，那就试试看，不妨就改用180°大转变的办法来做代替。就说我正在写的这个剧本吧，有一个年轻女性的角色，她有一位朋友，但我总觉得有些问题，于是就将朋友这个角色改成了朋友的母亲。一下子，整个剧本都变掉了，这个朋友母亲的新角色，说的尽是一些十分奇怪的话。那本是她朋友的台词，同样的话，从一位母亲嘴里说出来，效果完全不同，特别有意思。

　　斯科特：独自创作的过程中，只有你和电脑，你是如何面对自我怀疑的情绪的？对于自己写的东西感到不满意的时候，你会怎么办？

　　穆迪森：那样的事我一直都在经历着。确实很难。我觉得，自我怀疑的情绪要分两种。一种，是建设性的自我怀疑，也就是自我批评时产生的怀疑情绪。"这里有一点问题，我要想办法把它弄好。"遇到这一种，不用害怕，没什么不好的，反而还很有意思，因为它能催生出新的想法来，就好比是把朋友的角色改成朋友的母亲。第二种，那就是感觉到"这太糟了，我也不知道要怎么处理了"。那就麻烦了。因为它会像是病毒那样，会有传染性，会影响到你整个人。有时候就是这样，我写着写着，可能就会想到："这段对话写得太烂了。"再过一会儿，说不定我就会进一步想到："不单单是这一段对话写得烂，事实上，我写过的所有东西里面，都有这个毛病。"忽然之间，这就上升到了"我这个人一无是处，我这辈子写的东西全都一无是处。"那就太可怕了。真遇到这种情况，就一定要想办法从这种沮丧的情绪中走出来。

斯科特：写剧本的时候，你会不会把配乐和镜头运动也都写进去？

穆迪森：只写一些镜头运动，只写非常特别的那一些。我的电影剧本很大程度上以对话为主。我写剧本的时候，尽量要求自己写得非常简单、精确。有时候我会写一点配乐的要求进去，但通常等到实际拍摄时都会改成别的音乐。

斯科特：边写边听音乐，是否有助于你确立整个剧本的基调？

穆迪森：这对我来说就是一件必须做的事。当我特别投入地听着曼森的时候，其实我也说不准我是不是听得很享受。从更大程度上来说，我是必须让自己处在这样的一个环境中，因为那些音乐本身具有某种基调，与我正在写的东西相近。

斯科特：英格玛·伯格曼曾对你做过一个很有名的评价，夸你是一位"年轻的大师"。考虑到他对于世界电影的深远影响，特别是瑞典电影，他这句话的意义，可谓非同寻常。但是，总体而言，你似乎对他这句话并不怎么在意；你曾表示过感激，但还是挺泰然自若的。你还说过，你只是新一代瑞典电影人之中的一分子，你们这一代人，无须担心别人拿你们跟伯格曼来做比较。在你看来，这种变化是何时开始的？

穆迪森：我觉得伯格曼的问题就在于，他从来就没有流行过。我估计他对于这一点挺不满意的。他始终不曾得到过大众的欢迎，相比之下，他更像是某一种现象。我感觉，有些时候，那些外国记者可能是高估了他在瑞典的影响力。但是，我并不是他同时代的电影人，所以我不知道他那些电影同行当时是什么感觉。现在的话，我也不知道。我觉得，往前倒退几代人，在伯格曼的问题上，你只能有一种态度，要不支持，要不反对，不是朋友，就是敌人。有些导演会模仿他，也有人特意避免拍他那种电影。但我并非那个时代的亲历者，所以我也不敢肯定我说的这些就一定对。但他确实很厉害，这把年纪了，还坚持不断地在看电影，每天下午一点钟，固定地会看一部电影。他住在远离瑞典本土的法罗岛上，自己有电影院。每天下午一点，他都会看一部电影，各种瑞典新片，他都会看。我觉得这真是厉害，不过，可能也有一点小小的感伤。光是他看过我拍的那些电影，光是这一点，本身就够有意思的了。据我所知，瑞典电影学院都会用卡车往他的小岛上送胶片拷贝，每年一次或是两次，好让他在自己的小电影院里慢慢欣赏这些电影。

某天，我本打算要打电话给他的。我搞到了他的电话号码，我们正为阿巴斯（Abbas Kiarostami）导演被美国禁止入境的事在抗议，我想问问伯格曼是不是愿意在联合声明上签字。结果，我打过去他不在，我留了言，但他没回电，我也就没再打过去了。（注：本书英文版出版于2005年，伯格曼2007年逝世。）

斯科特：你刚才说了，你的故事创意都是自己找上你的。但你能具体说说《在一起》的创作灵感究竟来自哪里吗？

穆迪森：应该是源自我的某种感觉吧，那和身处人群之中的状态有关系。我一直都是一个喜欢独来独往的人，不喜欢身处人群之中，不喜欢去人多的地方。但事实上，没有人群的地方，你生存不下去，你必须跟别人打交道。从某种意义上来说，《在一起》就是我面对这个事实所做出的一种反应。这部电影的寓意就在于此。

我觉得，除了故事本身之外，吸引人的总会是一些其他的理由，一些更为深层的原因。遇到这种情况，你一定要跟着它们走。有些情况下，哪怕最初的故事灵感本身并没有什么深度，但是，你之所以会被它吸引住，很可能还有更深层的原因。所以你还是应该坚持下去，哪怕这么做乍一看显得有些武断，那也没关系。你得明白，你想到的这些创意，它们一开始出现在你面前的时候，并不是千娇百媚的花朵，它们更像是小小的种子。如此说来，《在一起》的第一粒种子，它诞生在两个不同的地方。一个是，某次我和妻子一起去了一家美术馆，看画的过程中，我想到了要拍一部关于 70 年代的电影，关于在那之后发生的各种事情。我觉得那应该会是一件很有趣的事。当时，我看的正是一些 20 世纪 70 年代的瑞典艺术品，尤其是那个时期的政治艺术品。我还和妻子谈到了她小时候看过的一本书。以上这些，就是这第一个地方。另一个，也是同样的环境，但这一次，我身处人群之中。那是一个什么艺术节，好多人，还有烟，大家都在尖叫。我一直就不喜欢这种环境，这种思维定式维持久了之后，那一天突然之间就想到："这太棒了。"我想这就是《在一起》的故事的真正缘起。

斯科特：写剧本时你会不会给人物写传记？

穆迪森：不会。但我会多写一些戏，多过最终完成的剧本。不过，那些更像是我自己有兴趣去写的戏，但我不写人物小传。那是我以后才要去想的东西。我希望以后能为演员度身定制一些角色，这种人物传记，或许可以帮助他们更好地研究角色。但我也不确定，真的是要写小传，还是干脆就让角色自己来主导，由他们身上产生出新的内容来，或是让演员来即兴发挥，或是重点放在角色描写上，剧本可以处理得松散一点。应该会挺有意思的，但这都是将来的事情了，目前为止，我还没写过人物小传。

斯科特：《在一起》具有多个不同的视角。写剧本的过程中，是不是曾考虑过，重点就放在某一个人物身上，还是说由始至终，它一直都是一出群戏？

穆迪森：并非一开始就是这样，小孩的视角一开始并不存在。一开始我的想法就是，这肯定会是一部场面十分混乱的电影，拍摄现场也会很不寻常，那些裸体的成年人走来走去的，我可不希望有小孩子出现在这里。很长的一段时间里，我一直坚持着这种想法。但是，他们硬是在故事中挤出了自己的一席之地，这还不算，他们逼着我不得不赋予小孩的角色越来越重要的分量。结论就是，一开始没有他们，到最后这却成了全片最重要的视角。

当初拍摄《同窗的爱》的时候，我就已经幻想着要拍《在一起》了。有时候，我们拍《同窗的爱》，拍着拍着就谈起了《在一起》。我估计是因为《同窗的爱》里面那些青少年的东西，实在让大家都拍得不耐烦了，于是想到下一次一定要拍一部关于成年人的、真正的电影。我就像是在说："我一定要拍一部成年人电影！"结果你们也看到了，《在一起》并没能让我如愿，至少不是纯粹只有成年人。但最初的想法确实是那样的。

斯科特：青少年的形象特别吸引你，你觉得是为什么呢？

穆迪森：是青少年特别吸引我，还是他们看问题的视角特别吸引我呢？我也不敢肯定。我感觉，我作为编剧，始终都在我自己的内心寻找一个儿童的视角。当别人批评我的作品孩子气、幼稚的时候，对我来说，那根本就是一种表扬，因为那正是我要寻找的视角、视点。我就是想从那个角度来看待生活，看待现实。这又回到了我刚才说过的搭乐高积木的问题，我用这种方式搭我的乐高积木，搭那些奇怪的飞船和空中城堡。

斯科特：是不是也和这一点有关：青少年的选择余地没有成年人那么多，后者更能把握自己的命运？青少年住在父母家，自己没收入，情感上也还没有成熟，许多事无法自行做出决定，只好任由大人来替他们做决定……

穆迪森：是啊，但另一方面，至少他们还活着，还有未来，而那些大人却已经离死不远了。青少年还有机会在，还可以为自己的人生做出或好或坏的决定，他们还没有变得麻木、无聊。他们还没成形，还在变化，他们还拥有大量的想象力，好多事情他们仍在初次体验，不像是成年人，早已曾经沧海难为水了。我并不是说，如果可能的话，我还想回过头来再当一次青少年；我知道，青春期是人生之中很难受的一个阶段。我现在很快乐，相比 15 岁时的我，现在的我可要明白多了。但这并不妨碍我羡慕年轻时候的我。有些东西，我年轻时拥有过，现在却已经失去了。比如说，充满孩子气的、清晰的人生愿景。每天，我的孩子都会说出一些最奇怪也最真实的话语来。就好比昨天，我那 4 岁的儿子说他想要出去坐着，他想要抬头看看天空，看到什么，全都用笔画下来，然后再把画挂在树上。真是太美好了。我想这也是我想要做的事。出去看看——并不一定非得是看天空——看着这个世界，画下来，再把画贴在树上。

斯科特：我觉得你的感觉把握得特别好，我是说关于那个年代，当时的世界上正在发生的各种事情，大家会讨论的话题——我想到了小孩子庆祝佛朗哥去世的那一场戏，真的很有趣。所以，我想知道，你为《在一起》做过哪些资料搜集工作？

穆迪森：在制作这部电影的之前和之后，我都和一些曾在这种公社中生活过的人有过交流。有些人是二三十岁的时候曾在公社里生活过，另一些则是五六岁时就有过这样的经历。我不敢肯定，相比那些孩子，25 岁的人对于公社里当时正在发生的那些事，就一定能有更清晰的认识。在我看来，小孩子已经明白很多事情了，他们能看到的事，也不少。我儿子只有 4 岁，但也知道伊拉克正在打仗。他们也知道萨达姆、本·拉登。这事有时候会让你觉得挺可怕的，这说明有些时候，你说的那些并不希望他们听到的话，其实很可能也被他们听去了。（笑）有时候，我们讨论的那些事，原本是不应该被那些小耳朵听到的。但大家都是这样过来的，好多事情我爸妈以为我不知道，其实当初我了解的，远比他们想象的要多得多。

斯科特：看看《在一起》里的公社，那些人有着一些具有原教旨主义的理想，但其中某些想法，根本就很可笑。所以你要小心，写到这些的时候也不能太过于讽刺，太拿他们来取乐，毕竟，从某种意义上来说，他们属于弱势群体。你是怎么提醒自己注意这一点的？

穆迪森：我觉得，如果你是真的爱对方，那批评得厉害一点也没关系。对于这些人物，我绝对是充满了爱与同情，所以我觉得自己必须对他们非常严格、严肃批判才行。这并不是因为我讨厌他们，而是因为我爱他们。我是真的爱他们，真的同情他们。就在两天之前，有一位记者通过电子邮件采访了我。他问我，在我电影里出现的这些人物，这些经过尝试却最终失败的人，或者说这些有野心但是最终却没能成功实现目标的人，算不算是我电影里一贯的一个重大主题？我回答他，我不觉得这是我作品里的一个重大主题，但是，我确实相当同情那些做过尝试的人。我觉得我们这个世界，对于成功者的关注实在是太多了，其实应该多关注一下那些勇于去尝试的人。我真的喜欢勇于尝试的人，喜欢有梦想的人，喜欢那些想要做出改变的人。当然，有些人没能成功，没能实现改变，但至少他们想到了要去尝试，想到了要去改变。

假设立场右倾的人看了《在一起》，假设剧中那些人物的做法，只能惹来他们的讥笑，那也没关系，因为我这部电影，本身就不是为他们拍的。从政治角度来说，《在一起》的目标观众，本就是左派。它要说的是："朋友们，请不要再犯同样的错误了。我们可不要做原教旨主义者，我们不要做教条主义者，我们要接受那些观点相异的邻居，请他们过来，请那些爱听 ABBA 的人都过来，我们可以一起踢足球。"这才是《在一起》蕴含的政治讯息。

斯科特：但他们激情洋溢地热烈讨论，如今看来确实显得有点过时，有点天真。比如某人谈到工人革命即将到来，银行会倒闭，一切都会改变。

穆迪森：我并不觉得这很天真，此时此刻，我正在憧憬的正是这样一幕。

斯科特：我没意见。但问题在于，同一时间里，你对于这样的人物，既是在热情地拥抱，又是在消遣打趣。当初你去拿瑞典电影学院奖的时候，你在获奖致辞中说到过类似这样的话："别吃肉""挤满了身着燕尾服的大肥猫的歌剧院，并非是电影的圣殿"。两件事放在一起来看，你觉得再过30年，如果有人要拍关于你的电影，是不是也可以对你这些政治信仰肆意消遣打趣呢？

穆迪森：你说得对，但是，我始终相信，虽然我是在批评他们，是在拿他们打趣，但我始终是站在他们的同一边来做这件事的，我从不是他们的对立面。如果按你说的，有人也批评我的政治信仰，如果他处在我的对立面上，他的政治观点与我截然相反，那随他批评去吧，我根本就不在乎。另一方面，如果这个人和我站在同一边，和我有相似的理念，那么，他对我的批评或是揶揄，我肯定会倾听。这就是区别所在。另外，补充一点，我也不觉得那些讨论如今会显得过时。我觉得我们今天生活的这个世界，非常非常政治化。我相信已经有越来越多的人认识到了这个世界究竟是怎么一回事。各种差距悬殊的不公现象，各种巨大的弊病，我相信大家已经越来越意识到了。从政治角度来说，要说《在一起》给我留下什么遗憾的话，那只能是，我觉得它还不够激进，这让我稍稍有一些遗憾。但从寓意的角度来说，我觉得它的效果非常理想。

这其实是所有的非主流运动都会遇上的问题，不破不立，对他们来说，始终是"破"来得比较重要，只能如此。批评总是很容易的。有一些住在公社里的人就对我说过："你为什么要取笑我们？你怎么光挑不好的那一面来拍呢？"

斯科特：能否谈谈剪辑的过程？你曾说过，《在一起》当初打算的是一个顺序，结果真拍起来、剪辑起来，顺序完全变了。发生了什么？

穆迪森：在我看来，写剧本很容易，但剪辑电影却会让人很有挫败感。有些戏是边拍边想出来的。还有一些故事线，虽然十分有趣，但最终却因为不合适而被剪掉了。《在一起》的结构在剪辑过程中发生了不小的变化。如果说原来的拍摄脚本里面，每一场戏是按照一二三四五六的顺序写下来的话，你再去看一下现在的成片，你会发现它已经变成了八三七一的顺序。差别很大。我在拍摄的过程中产生了一些想法，所以留出了不少空白。比如他下楼的第一场戏，口中说着"佛朗哥死了，佛朗哥死了！"这一场戏，我们共拍了两个版本。其中一个版本中，伊丽莎白——带着小孩来到公社的那位妹妹——原本也出现在了这一场戏中。但后来我又想到了，这一场佛朗哥的戏，或许可以从全片中段的位置，挪到其他位置上。所以我们用了这场戏的另一个版本，没有伊丽莎白的版本。总之，我尝试了不同的做法。我还想到了，是不是可以让每个人物都拥有属于他们自己的电影，然后我把它们像是短片那样，一部接一部连在一起。我们也尝试了这种做法，结果这又让我想到要加一些新戏，因为我想要把某个小孩子也放进去。当然，最终我们没有成功，各个人物之间太相近了，缺乏足够的惊喜，成了互相重复。但这也是一次很好的尝试。

斯科特：空间统一的好处很多，在这里，至少也为剧中人提供了一种彼此关联的自然方式。

穆迪森：这是我爱当导演的理由之一。我是真的很喜欢创造这种小世界出来。拍摄过程中，我是真的很喜欢走进那一间屋子。拍摄《在一起》时，最开心的事便在于此了。走在街上，这还是 2000 年，打开那扇门，就到了 1975 年。很多时候，我就坐在那屋子里，左右看看，调整调整各种颜色，变换家具摆设的位置。我们在那儿放了不少书本，都是那个年代有可能会出现在这公社里的书。所以我就在坐在那儿，看这些书看了好久。这就又回到了我之前说过的，我拍电影时会想要孩子气一些，想要追求那种小孩子的感性。从这方面来说，我觉得我和那些好莱坞导演并没有什么大区别，这和拍摄《泰坦尼克号》《星球大战》是一个道理。

就像是一个大孩子，可以借拍电影来从头创造一个小世界。

斯科特：《在一起》以室内戏为主，远离了外部世界的注视，主人公与外部世界互动的戏，真是寥寥无几。你是有意这么做的吗？

穆迪森：我对小桥感兴趣，不是那种著名的大桥。我对桥感兴趣。《同窗的爱》里有一座桥，《永远的莉莉娅》里也有一座桥，原因我自己也分析不出。或许可以横向比较的是，我对于这种封闭的环境也很感兴趣，就像是《在一起》里面的屋子。我希望未来某一天我能写一个剧本，故事完全发生在一间小小的公寓里面，主人公自始至终都没有从屋里出去过。我相信，桥也好，屋子也好，那都是我内心极深处某些东西的象征，但你要我分析的话，我自己也说不出所以然来。我对人类如何生活、在哪里生活，都具有高度的兴趣。光是去看看不同地方不同样子的房屋，看看那些不同的区域，这就是最能让我产生灵感的来源之一了：我会想象一下大家在那儿是如何生活的，拥有什么样子的家具，小孩子在那里成长会是怎么一个感觉，换成是一个 45 岁的人，独自住在那个地方又会是什么感觉。我感兴趣的并非建筑本身，而是那些房子和公寓；我知道那有着某种更深层的象征意义，但象征的究竟是什么，我也讲不太清楚。

斯科特：关于罗尔夫酗酒的问题，你只用一场很简短的戏，就做了交代。他打开酒瓶，把酒全倒进厨房水槽里，然后要了一杯咖啡，没要啤酒。你有没有担心过，光是这样会不会说服力不够？毕竟，他的酗酒问题看上去没那么容易根治。

穆迪森：你是要我为自己辩护？说真的我也不知道。我只能说，我觉得我没什么好为自己多辩护的，我从来都不觉得我拍的作品有多完美无缺。我完全不介意自我批评……我确实就是这么想的，我任何一部电影里的任何一场戏，我都不敢说我是百分之百地满意。每一场戏，每一个细节中，都可以有一些东西，是我希望当初能换一种处理方式的。我曾

"佛朗哥死了，佛朗哥死了。""在一起"团体暂时搁置了分歧。

试过，想要找出我电影里有没有哪一场戏能做到完美无缺的，结果没能找到。

斯科特：皮诺切特的折磨游戏的灵感来自哪里？我觉得那太棒了。

穆迪森：应该是来自我童年时候一些非常真实的事情。

斯科特：真的吗？你小时候喜欢玩这种折磨人的游戏啊？

穆迪森：对，我们常玩集中营游戏。对于小孩来说，这很常见。然后他们长大了，忘了这事，或者羞于再提及。我觉得，对于小孩子来说，你必须进行某些大胆的尝试，由此去理解自己所处的这个世界。我不觉得自己在这方面有什么特别的，我相信绝大部分人小时候都是这样。我从小就很了解折磨、绑架、贫穷、不公正和饥饿这些事情。小时候，我很害怕自己被人绑架。

斯科特：害怕一个人走夜路时被陌生人抓走？

穆迪森：害怕的并不是你说的这种真实的情况，而是自己想象出来的事，自己吓自己。我记得是我在幼儿园的时候，大概四五岁吧，那个年龄的小孩子其实已经都懂事了。我记得，我和一个小女孩说起了一个在意大利还是哪里被绑架的小男孩。绑匪割下了他的耳朵，寄给他的父母，以证明小孩确实在自己手里。我记得说完之后，我们都大笑了起来，因为那都是有钱人家的小孩，而我们不是。有谁会要绑架我们？（笑）我们家长又付不起赎金。

斯科特：我觉得演员选得十分成功，每个角色都显得特点鲜明。你有没有根据这些演员的建议，对人物做出过改变？

穆迪森：如果是剧本里没有的、新加出来的内容，那应该还是来自我。未来，我倒是愿意增加一些可能性，让演员更多地参与进来，让他们提建议。但目前为止，我还没有这么做过。

斯科特：你之前说了，愿意身处人群之中，那你会不会厌烦编剧工作呢？写剧本可是很孤独的。

穆迪森：我想我正在走回过去的老路上，我又不喜欢身处人群之中了。

斯科特：好多人拿你的作品和让·雷诺阿（Jean Renoir）做比较。他的电影以人道主义而著称，对每一个人物都很用情。你觉得自己是人道主义导演吗？

穆迪森：在我看来，人道主义这个说法好像没什么实质性的东西。相比之下，我更觉得我是一个善良的但却带有攻击性、宗教性和政治性的导演。我们今天谈了这么多《在一起》，这在我看来挺奇怪的，因为在我所有的作品中，这是我自己最少会想到的一部。如果把作品比作自己的小孩的话，对于老大、老幺以及被人误会最多的那三个小孩，总会有一些区别对待。在我看来，《在一起》就是我们家那个被人误会最多的小孩。我甚至不敢确定，我自己是不是对它也有误会。面对各国观众对它的反应，我也不敢说我乐于看到这些反应。

斯科特：但《在一起》在瑞典非常卖座啊，难道这反而让你失望了吗？想当初它应该是票房冠军吧。

穆迪森：大家都愿意去看我的电影，这没什么问题，但我想说的是，在这方面我从来就没什么预期。确实，我还真的稍稍有一点失望。我觉得《在一起》更应该是一部具有象征意义的电影，结果大家却拿它当喜剧来看了。没错，从某一个层面上来说，它确实是喜剧，但应该不止这些，它应该还有一些其他的根基，它们分别伸向多个不同的方向。结果，因为巨大的票房成功，这些成系统的根基，反而都有点被忽略了。不过，我刚才也说了，我自己对它也有误会。我真不知道这部电影我究竟是成功了，还是失败了。我不确定从现在这部电影中，我是否还能看得出我当初要拍它的真正意图。但也因为这样，它对我来说也是特别的一个。其实，只要是你的小孩，个个都是特别的，只不过特别的方式各自不同罢了。《在一起》就是我被人误会最多的小孩，连我自己都不知道究竟该拿它怎么办。（笑）

斯科特：从基调上来说，《永远的莉莉娅》与《在一起》十分不同。后者苦中带甜，前者则是社会现实主义的剧情片。温情的人道主义依然还在，但展示出来的人性，却要比《在一起》阴暗得多。而且相比之下，少了希望。一前一后两部作品，基调上起了如此激烈的变化，这是怎么一回事？

穆迪森：《永远的莉莉娅》是我们家的小小孩，还在襁褓之中。在我看来，它是我现在最心爱的一部作品。确实，如你所说，从《在一起》到《永远的莉莉娅》，有了某种变化。但在我看来，更重要的在于，你要站在《永远的莉莉娅》的角度来审视我之前的那几部影片，而不是倒过来做比较。我这话如果说出来，可能没什么人会买单，但事实就是，在我看来，《永远的莉莉娅》是我所有电影里蕴含希望最多的一部，只不过，对于这一点，你要从一个非常深层的存在和宗教的角度上去看，才会理解我说的。究竟我是不是应该自己站出来，解释一下《永远的莉莉娅》要传达的是哪一种希望，还是索性闭口不谈，任由大家按照自己的想法来理解它，关于这一点，我一直有点犹豫不定。但我可以这么说，我之所以要拍这部电影，是想要跟这个世界和解，让我自己能在这个世界里继续生活下去。我把它拍成了，所以对我来说，这是一部充满了希望的电影。

斯科特：结束之前你还有什么想补充的吗？
穆迪森：我在哪儿读到过，有人说他想要成为第一位革命的艺术家。

我呢，我想成为第一位革命的导演。

斯科特：你指哪一场革命？

穆迪森：就是那一场革命。

瑞典，马尔默

《甜蜜十六岁》

———————/14

保罗·莱弗蒂

> "你们从一开始就打算要花6000万美元拍摄这么一部政治宣传片吗？"

　　原本在苏格兰当律师的保罗·莱弗蒂（Paul Laverty），于20世纪80年代中期，远赴深处内战之中的尼加拉瓜，服务于当地人权组织。在导演肯·洛奇的鼓励下，他以这段经历为蓝本，写成了电影剧本《卡拉之歌》（Carla's Song，1996）。之后，两人又合作了《我的名字是乔》（My Name is Joe，1998）、《面包与玫瑰》（Bread and Roses，2000）、《甜蜜十六岁》（Sweet Sixteen，2002）和《爱之吻》（Ae Fond Kiss，2004）。这些全都是他的原创剧本，也为他带来了2002年戛纳电影节的最佳剧本奖。莱弗蒂与家人一同生活在马德里。

剧情梗概

　　苏格兰，格里诺克，现代。16岁的利亚姆一刻都闲不住，总想着要如何实现自己的梦想：让母亲能居有定所。他的母亲珍，如今正在狱中服刑，但其实却是代人受过，代她那位有暴力倾向的毒贩男友斯坦。利亚姆希望母亲出狱之后，能够远离斯坦，与自己生活在一起。为了实现这个梦想，他和好友"弹珠"也做起了毒品生意，虽然危险，但很快就挣到了钱。终于，他为母亲找到了合适的居所。但是，珍出狱之后，却有了她自己的想法。

《甜蜜十六岁》（*Sweet Sixteen*，2002）

凯文·康罗伊·斯科特：保罗，你从小就对写作有兴趣吗？

保罗·莱弗蒂：完全没有。虽然我小时候很喜欢给家人、朋友写一些天马行空的信件，但说到真正对写作产生兴趣，那根本就是一次意外。我认识的人里面，压根就没有谁，能跟写作什么的扯上半毛钱的关系。要是10年前有人告诉我说：你将来会当上电影编剧，那我真是……我这辈子，绝大多数事情，都是意外。

斯科特：小时候你们家里书多吗？

莱弗蒂：有书，但谈不上很多。不过，我在青少年时期，确实一直都爱看书。

斯科特：有人鼓励过你从事艺术创作吗？

莱弗蒂：并不一定是艺术创作，只要是我想要做的事情，父母一直都十分鼓励。但他们也不会给我压力，他们只是告诉我，重在参与，重在我尽了力，结果其实并不重要。很简单的道理，但又很有益。我们家一共6个孩子，我是老大。可以说，我们6个在工作上都做得很满意。是父母亲从小培养了我们在这方面的信心，这让我始终非常感激。

斯科特：我猜你应该是格拉斯哥人吧？

莱弗蒂：我自认是格拉斯哥人。其实我出生在印度加尔各答，有时候，我会觉得自己打从一出生，就一直在四处旅行。当初，我父亲一毕业就马上找了工作，人家一说要他，他也就同意了。于是，我们也就这么出生在了印度，纯属偶然。当时正值盛夏，父亲穿着一件长风衣外加一件羊毛衫，就到了印度。后来，他得了肺结核，非常严重，几乎就快要死了。于是我们全家又回了苏格兰。我们在印度其实只待了9个月，差不多刚到我要学走路的时候，我们就回来了。

我们生活在苏格兰西部，那是一个只有一丁点儿大的小村子，总共

2000 个人。所以我的童年过得特别自由自在，不到饿得不行的时候，都不会想到要回家，一直都在外面疯玩。

我是 12 岁离开家庭的，从此以后基本就没再回来住过，只有逢年过节才会例外。当时我去了神学院，学当神职人员。因为宗教和种族上的关系，这地方和格拉斯哥关系密切，神学院的学生里面，有八成都是格拉斯哥人。结果，没过几周，我说话也有了格拉斯哥口音，而且之后一直都没有改过。虽然不是在格拉斯哥生活，但可以说，从 12 岁到 20 岁，我就一直生活在格拉斯哥人中间。后来，当我去格拉斯哥学习法律的时候，那根本就是一种回家的感觉。现在也是这样，我仍拿这里当家，哪怕我并不生活在格拉斯哥，有太多东西已经根深蒂固地留在我心里，太多的回忆，哪怕离开这些家人和朋友千里之外，也不会让我忘记那里。

斯科特：12 岁就决定要去神学院，这还挺不简单的。

莱弗蒂：12 岁的年纪，原本有可能会想到要去当宇航员——对于这个年龄的孩子来说，漂亮的足球衫和带钉的球鞋才是更重要的事。但我并不是被强迫去神学院的，不是被生拉硬拽着去的。当时的情况下，父母亲都觉得，那能让我受点教育。

在我们那个村子里，信天主教的小孩子，全都集中在一个班里，绝大多数人都是新教教徒，整个学校也是一所新教学校。我们的老师，那位可怜的米尔斯夫人，只能一个人负责教我们这个班，学生从 4 岁到 12 岁，各个年龄的都有。全都拜那一套僵化的宗派主义所赐，在我们这个班级里，总有一种身陷重围的感觉。小学毕业考我没能通过，这意味着，初中我只能去读那种职业技校了——而如果去神学院的话，我还能继续接受所谓的学业教育。所以，与其去学细木工、金工，我还是决定去背诵拉丁语、希腊语不规则动词的变位，那可要容易多了。

斯科特：也就是说，从 12 岁一直到 20 岁，这段时间里你基本上已经都想好了，将来你也要当神父？

莱弗蒂：如今回想起来，那真有恍若隔世的感觉……神学院的经历，说起来很复杂。现在，有许多神父都因为性侵犯的罪行而被教会除了名，我也是事后才发现的，在我就读的阿伯丁布莱尔斯神学院，也发生过这样的事。当然，我在那儿遇到的，基本都是一些很有正气的老师，我从他们那里学到了什么是朴素的平等精神。这些人，完全就不讲究物质。我相信，这段经历让我变得非常独立，学会了凡事靠自己——可能都已经有些过于要强了。那儿的老师和同学，都给我留下了美好的回忆。但到了 18 岁那年，我做了一个重大决定，我去了罗马的宗座格列高利大学读书。那里的学生来自世界各地，他们培养出来的教皇就有好几十位。我的老师都是耶稣会会士，甚至于，有一次教皇保罗六世（Paul VI）在梵蒂冈办弥撒，我都有幸参与助祭了！这一切，近看你才会发现有多可怕……从我那个角度看过去，他有着巨大的鼻孔，手里拿着《圣经》，念着福音。那真是一种特别幽闭恐怖的怪异经历，不光是在这个场合下周围人给你的这种感觉，还包括你自己心智上的感受。我甚至还记得，他们还会教我们辩证唯物主义，主要只讲一些大的概念，目的是要证明它的错误。我还去过罗马的教皇苏格兰学院（Scots College），开始还觉得挺开心的，后来也越来越觉得跟周围人打交道，有着一种幽闭窒息的感觉。但是，想想大家都是打从 4 岁开始，就都学习了这同样的一套东西，这种结果也就没什么好奇怪的了。我总觉得，宗教教育说到底，其实就是一种硬性灌输，一种不太容易让人察觉的思想控制，施行这一切的忠实信徒（有时候靠的就是填鸭式教育，但也有些时候，我们会遇上特别博学的耶稣会会士教授）自己也都笃信这一套强势的意识形态，认定自己是在执行上帝的意旨。教的人和学的人，都被困在这同一套 2000 年没变的旧规矩里面了。在他们看来，"相信"要比自己思考更重要。幸运的是，宗座格列高利大学距离特雷维喷泉很近，我体内的荷尔蒙，把我从耶稣基督那儿给救了出来……你可以想象一下，在天寒地冻的阿伯丁待了那么多年之后，在教堂里无休无止地祷告了那么多年之后，终于，18岁的我，看到了那些正在特雷维喷泉中嬉水的青春的、有着棕色肌肤的意大利女郎……那才是奇迹……我的血液沸腾了，脑子都爆炸了。念再多的玫瑰经，做再多的告解，也无法替这一切赎罪了。接下来的事情，请容我长话短说，那就是，麻烦很快就找上了我。完成学位之后——没错，其实我在学业上还是很用功的——院长把我叫去了办公室。他特别严肃地给我下了最后通牒："我们给你一星期的时间，你要改一改自己的个性。"真是太荒谬了，但回过头来再看，我对于那段经历始终心存感激。总之，当我离开神学院的时候，我感觉自己就像是一条西班牙猎犬，终于不用再受皮带的束缚了，等待我的是一个春日的早晨。

斯科特：那你现在还会有那种宗教上的负罪感吗？还会因此而忽然就感到心里一阵刺痛吗？

莱弗蒂：恰恰相反。我相信宗教的形式多种多样。在尼加拉瓜的时候，我遇到过一个以基督徒为主的群体，他们在前线与索摩查（Somoza）的军队作战。我还遇到过一些很优秀的人权斗士和工会积极分子，他们全都是天主教，来自萨尔瓦多的教会基层群体，为了自由与正义，甘冒生命危险。这些人都很了不起。但另一方面，我也见到过类似于尼加拉瓜大主教那样的人，他是里根和尼加拉瓜反政府游击队的同盟，他在为那些凶手辩护，漠视普通的老百姓。但就是这样，有多少支持权贵者的主教，就会有更多的那种在前线捍卫弱者的草根斗士。

斯科特：放弃神学之后，你又去学起了法律？

莱弗蒂：被踢出神学院之后，我必须想一想接下来要干什么了，我想到要学法律，别的先不用说，至少会很有意思吧。事业前景挺不错的，既能锻炼自己，很可能也能靠这个养活自己。而且我觉得这工作应该会挺好玩的，可以和各种背景的人打交道。于是，我回到格拉斯哥，开始攻读法律。学成之后，我在当地数一数二的一间刑法律所做了两年的实习生。那真是一段美妙的经历，我为不少优秀的律师做了辩护案的准备工作，案件种类从寻衅滋事到故意杀人，应有尽有。比如说社会福利法、住宅法什么的，各式各样的案件我都接触到了。在此过程中，我认识到法律作为一件工具，用处很大。结果，我和几位同事一起，后来又接了不少颇具争议的案子。我们当时还很年轻，才刚 20 岁出头，我们拿起了法律武器，各种自得其乐，也让好些年长的同事都快要气炸了。总体说来，这是我生命中非常刺激的一个时期，学会怎么当一个实干家，也让我获益匪浅。

斯科特：当时是不是也学了不少关于政治的东西？

莱弗蒂：其实各个方面都学了一点，生活方方面面——从事法律行业就是这样，你会由内部来观察大家的生活究竟是怎么样的。结果，我惊讶地发现社会上原来有那么多穷人，有那么多走投无路的人，人与人之间的差距是如此之大。我也了解到了，人的想法竟然可以是这样的复杂，真是让我难以置信。为自己辩护的时候，关于是怎么会打起来的，怎么会杀人的，他们都可以对我说出各种各样的谎言来，编造出夸张的故事来。所以说，光是能接触到这些人，本身就是很有价值的体验了，特别刺激，但也非常耗费精神，因为他们给我们的压力也特别大。相比之下，绝大多数工作不会这么千变万化，我相信，它带给我的好处，我直到今天还没有用完。

斯科特：后来怎么又会去尼加拉瓜的呢？

莱弗蒂：我看了一部很精彩的纪录片，拍摄者是一位名叫戈罗斯蒂亚加神父（Padre Gorostiaga）的耶稣会会士，当然，本身我也看了不少关于尼加拉瓜的材料。这样的话，现在听起来真是让人觉得匪夷所思，但回到 20 世纪 80 年代初期，美国确实就是那么说的：他们的外交政策，首先要考虑的是当时的苏联，重要性上占第二位的，就是尼加拉瓜。

长话短说的话，当初美国政府将老索摩查扶上位，像是要为他建立一个王朝，而到了 1979 年，这个王朝才终于结束。当初，美国筹备猪湾入侵行动，就是在尼加拉瓜，索摩查绝对就是美国的人。正如罗斯福所说："他有可能是杂种，但那也是我们家的杂种。"也就是说，索摩查对美国言听计从——那是一个彻底腐败的政权，其家族控制了全国绝大部分的生意，人权问题十分严重，大肆谋害工会领袖和人权运动积极分子。这一切，直到 1979 年的革命爆发之时，才基本上停了下来。那是一场受到老百姓普遍欢迎的革命，由社会主义者、天主教徒、社会民主派构成了联合阵线。1979 年 7 月 19 日，他们把索摩查赶下了台。他们以早年间的尼加拉瓜民族英雄桑地诺（Sandino）为榜样，给自己起名为桑地诺民族解放阵线（Sandinistas）。他们上台之后做的第一件事，就是要教会老百姓读书、写字。这样的事说出来谁会相信：全球第二贫穷的国家，最先想到的是要消灭文盲。然后，他们又开始推动全民接种疫苗，克服了小儿麻痹症的问题，还对全国土地进行了重新分配。权力得到了重新分配，这让美国害怕了，担心这种运动会遍及整个拉美。于是美国资助了尼加拉瓜反政府游击队，那些都是前索摩查政府国民卫队的成员。这支队伍由洪都拉斯接近尼加拉瓜边境，策划各种恐怖袭击，目的是要阻止革命，顺势推翻桑地诺民族解放阵线。他们确实就是那么做的，任何与桑地诺民族解放阵线有关的人——医疗工作者、负责扫盲的乡村教师、土地被重新分配之后负责耕种的农业合作社——都是他们的杀害目标。那是针对党、军队以及支持他们的普通平民的一次有系统的恐怖攻势。尽管如此，在 1984 年的民主选举中，桑地诺民族解放阵线仍获得了胜利，而这一幕，我也亲眼看到了。

当时我 20 岁出头，已经看了不少关于尼加拉瓜的材料。我想要去。但我一句西班牙语都不会说，所以我决定先存一点钱，先学一下西语。最终，我去了尼加拉瓜北部，那儿是战区，我住在一个农业合作社里，远处的枪声，时不时就会传来。农业合作社在晚上会安排持枪卫兵站岗，因为就在我抵达的不久之前，反政府游击队就过来搞过破坏。我目睹了革命究竟是怎么样的，那些事实真相，那些普通人的面孔，他们想要改变这个世界的决心。年轻学生到了这里，教会他们读书、写字，这是他们过去从来不敢想象的。他们获得土地之后，生活上发生的变化，我都是亲见者。原本他们只是被当作无知的农民，只能听命于主人的安排，这样的日子已经一去不复返了。

斯科特：听上去很理想主义。

莱弗蒂：桑地诺民族解放阵线当然也有他们的问题。我并不是要说他们就是完美的，事实上远非如此。也有一些腐败现象存在，但总体说来，这一场革命确实是一次奇妙的人生体验，确实证明了它也可以发生在其他拉美国家。是美国毁了这一切，正如他们一直以来也毁了其他许多事情一样。稍后，我回到了苏格兰，工作了半年。再次来到尼加拉瓜时，我已经能说西语了。所以我利用自己的法律知识，在一个人权组织里工作了两年半。我走到乡间各处，拜访那些家里有人被害或是被绑架的普通老百姓，我参与了大量的人权活动。在战争时期，人权问题也会变得极度政治化，就像是在现在的伊拉克一样。整个尼加拉瓜的人口，还没有马德里多，但罗纳德·里根说服美国相信了"尼加拉瓜距离得克萨斯只有两天行程"，能够威胁到美国的安全！听着耳熟吗？总之，那给了我一段特别强烈的人生经验，让我写出了《卡拉之歌》。

斯科特：能描述一下你在尼加拉瓜每天都做些什么吗？你要负责组织动员当地老百姓吗？你自己会涉险吗？

莱弗蒂：我有不少时间都在马那瓜（Managua），和美国、欧洲过来的代表团交流。正如我之前所说，人权问题已经被极度政治化了，所以有不少具有美国背景的人权组织也都来到了这里，各种谎言、谬种流传。

我要做的，就是跟那些代表团对话。我面对的有社会名流、普通水管工、越战老兵、右翼政客和新闻记者。对我来说，这也是了解美国的一扇窗口，我逐渐意识到了，美国可真是一个危险的国家。我见到过类似约翰·斯托克韦尔（John Stockwell）这种曾服务于中央情报局的人，另外还有一个家伙，曾经参与过越战中的美莱大屠杀，他觉得自己罪孽深重，所以这一次带着和平人士来到了尼加拉瓜。这些反战积极分子，现在很可能又去了伊拉克，因为我之前才刚和一些由伊拉克回来的"人体盾牌"聊过，时隔那么多年，两者之间的各种相似点，真是让人感到无话可说。

相比之下，那些新闻记者倒是铁了心，一定要把尼加拉瓜搞垮，结果他们也确实做到了。那些冥顽不灵的错误报道，如非亲眼所见，真是不敢相信。当初在那儿的时候，我常会去一些靠近前线的地方看看，有时候，我们的直升机才刚被炸，有的地方，路上都是地雷，完全有可能遭遇各种不测，我能活着真是幸运。我记得有一个去拍纪录片的团队，就被炸了，那些房子被炸毁的画面，我至今都还记得；我还遇到过小孩被人绑架或是被弄成残疾的父母亲，那些人靠这个来恫吓老百姓，割下她们的乳房，割下他们的这里或是那里。这些，可都是里根和布什出钱资助的人。这样的事，那不是历史上头一次，现在也没改变，但留给我的却是终身无法磨灭的印迹。

斯科特：你当时又能为他们做一些什么呢？

莱弗蒂：我也做不了很多。我的工作，我服务的那个组织的工作，就只是获得信息，并且让全世界知道这些信息。我们会完成报告，送交给大赦国际等组织，我们也只能尽量做到如实地呈现一切。毕竟，里根总统可是说了："尼加拉瓜反政府游击队在道德品行上，足可与我国的开国元勋相提并论，他们也是为了真相、民主和自由在战斗，他们可都是自由斗士。"

　　斯科特：你是什么时候开始真正考虑要以尼加拉瓜为背景写一个电影剧本的？

　　莱弗蒂：说真的，可能是在那一段经历快要结束的时候，我才想到的。我所处的位置十分有利，整整两年半的时间里，我都是亲眼见证者，他们为了搞垮尼加拉瓜所做的各种投入，那真是叫我叹为观止。有时候，五角大楼、美国国防部都会发表各种声明，然后你就会看到在尼加拉瓜国内，有一些人站出来支持这些声明。他们都是被美国收买了的，同时再辅之以反政府游击队的袭击行动，这些全都在同一天之内上演，也让我开始认识到了这种宣传攻势的威力。他们调动了如此之多的优秀人才，那么多高智商人士，仅仅只是为了要摧毁这个仅有 300 万人口的弹丸之国。这样的事真是让我瞠目结舌，我觉得自己必须写点什么才行。人权报告这类的，我已经写腻了，我告诉自己，这样吧，我要把这事写成电影本，而在那之前，我确实从未写过任何虚构的文字。

　　斯科特：也就是说，你知道这里面有故事可挖，而你手头也已经积累了不少第一手的素材，但是，从原始素材到电影剧本，还是需要一条思路，你是怎么做的？

　　莱弗蒂：那是一个相当漫长的过程。我也认识一些在当地拍摄纪录片的电影人，跟他们谈过之后，我意识到这事情的背后其实也没什么魔法，既然他们都能做到，那至少我也可以尝试一下看看。在这件事情上，我的决心很大，所以我先是买了几本讲编剧的专业书——我至少要先把剧本大纲之类的名词给弄明白才行。然后，我试着给它安排一个时间顺序，赋予故事一定的形态，确定人物的设置。就这样，当我离开尼加拉瓜的时候，手头已经有了一条详细的故事线了，差不多有 20 页吧。我把它打印成册，但凡是我知道的制片人，我就给他寄一本。因为接下来要怎么办，我完全就没概念，毫无头绪。

斯科特：有人回复你吗？

莱弗蒂：有不少人压根没有回信，即便是回了信的，绝大多数人的意思其实也很明显，哪怕他们没有那么明说！"你没开玩笑吧？你以前从没写过电影剧本，就这样还想让我们跑去尼加拉瓜，顶着炮火拍摄一部政治片？"也就是说，我的想法，根本没什么人愿意买单。然后就是某一天，我正在厨房洗碗呢，肯·洛奇打来了电话。那时候的我对于电影圈并没有多少实质性的了解，但洛奇不在乎这些，他直接邀请我过去聊一下："我们就在我办公室喝一杯咖啡，随便谈谈。"

斯科特：当初你把剧本大纲寄给他的时候，是不是事先已经对他以往的作品有所了解了呢？

莱弗蒂：我看过《底层生活》（*Riff-Raff*，1991），觉得那还拍得挺调皮捣蛋的，但他的其他作品我全都没有看过。他对于我要讲的这个主题特别投入。像他这样，愿意在我这种编剧菜鸟身上冒险，能以敞开的胸怀来接受我的人，真是凤毛麟角。同样，他对于菜鸟演员，也是同样的态度。马丁·康普斯顿（Martin Compston）在《甜蜜十六岁》之前从来就没演过戏。有很多人看着我的简历，会问我有没有看过《穷街陋巷》或是《偷自行车的人》（*The Bicycle Thieves*，1948），会问我怎么评价《一个国家的诞生》（*The Birth of a Nation*，1915）。但是，他却完全不理会这些。他更感兴趣的，是我亲眼见证了哪些事。有些人只会跟你干聊，有些人一上来就跟你说："那是一个很长很长的镜头。"但洛奇对我说的却是："你何不自己试试看呢，先写几场戏？"以前当律师的时候，我也要和文字打交道，我知道要怎么将想法用文字表达出来，区别只是在于，我以前从没写过虚构的东西。对我来说，写那些对话、叙事和故事，那真是一种非常诡异的感觉，觉得很奇怪，我完全就不得法，但我确实想要试一下。我当时真是热情如火。

就这样，我回了家，开始正式写剧本。不开玩笑，整个剧本的前半部分，一下子就那么思如泉涌地完成了。写这些的时候，我可以暂时摆脱它背后的那些政治理念，那帮了我的大忙。我把重心都放在了主人公的人设细节上，他们所做的那些选择，当时那种写作的兴奋感，我至今仍能记得。对于我完成的这几场戏，洛奇非常鼓励，后来还把它拿去了苏格兰电影委员会那边。最终，他们正式委任我完成整个剧本。打从尼加拉瓜回来之后，我吃救济已经吃了好久了，到处干临时工，在中学和大学里，就那么混了很久。

但是，在这件事情上，我已经铁了心，一定要把它写出来，不管采用哪种方法。而且，从一开始我就相信——这话听着可能有点疯狂，或者说自大——这部电影，我们肯定能拍成。当然，我可没想到这竟然会耗费 6 年之久，真是没想到……但是，哪怕是要花 20 年，我也照样无怨无悔。我想那还是因为，真的，我在尼加拉瓜的所见所闻，给我的触动实在是太大了，我必须写点什么才行。要说有什么后悔的话，我只是遗憾，这个剧本没能写得再好一点！

斯科特：也就是说，你的出发点并不是要当编剧，你只是想要把那段经历表现出来，让更多人知道。

莱弗蒂：成为电影编剧，纯属意外。但我很爱这份工作。而且不光是这份工作，事实上，我热爱生活，热爱我做过的每一份工作。这件事，哪怕是没钱，我也愿意做，因为写剧本能让我兴奋，尤其是类似于《卡拉之歌》《面包与玫瑰》这样的剧本。我也知道，像是《面包与玫瑰》这种关于洛杉矶的清洁工和移民以及工会的故事，乍一听其实并没有多少吸引力。我也不是白痴，我懂得分辨这些。但是，我们拍摄《面包与玫瑰》，差不多也用了 6 年时间。所以，从某种意义上来说，拍摄这类主题，你必须特别投入才行，要像见着骨头的小狗那样，咬住就不放松，要有最大的决心，因为不然的话，这种电影根本就拍不成。这需要你有最大的决心，在这方面，能遇上肯·洛奇这样的导演，是我的幸运——能以同样的热情投入此类主题，这样的人并不好找。《面包与玫瑰》的实际拍摄，我们只能有一个月的时间，非常紧，所以很多地方我们只能因陋就简。这时候就看你如何取舍了，反正早就知道这样的电影预算不会很多了，拍什么不拍什么，要始终拿捏好，这很重要。

斯科特：听说你们俩后来又带着《卡拉之歌》的拷贝，回到了当初拍摄该片的那个尼加拉瓜小村庄？

莱弗蒂：对，我们去了乡下，当时正值雨季，我们来到一个很小的广场上，做了放映。能够重新回到那儿，看到那些熟悉的地方，感觉真是十分奇妙。原本我并没有想到，但是，相似的事情后来又一再发生：洛杉矶的清洁工、苏格兰的年轻人。能让那么多人坐在一起，看着与他们一样的人真正地出现在大银幕上，这带给他们的鼓励，真是巨大，但类似这样的机会，却又真是非常难得。绝大部分时候，出现在大银幕上的，全都是一些美国人，富有、五官标致，靠着自己的聪明才智和强健体魄，解决了全世界的难题。但是，除此之外，还可以有另一类东西。当这另一类东西出现在大银幕上时，观众从中获得的鼓励，每每都会让我看了觉得不可思议。他们在银幕上看到了自己，那几乎就像是电影里的人替他们出了一口气的感觉。那一次去放《卡拉之歌》的时候，有个老头看电影的模样，我毕生都不会忘记。我估计他这辈子从来就没看过电影，那就像是回到了卢米埃尔兄弟放映《火车进站》的时候，所有人都以为火车是要破墙而出了。目睹此情此景，会让你不由感慨电影这一媒介形式的神奇所在。正因为如此，我特别爱看卢卡斯·穆迪森的《永远的莉莉娅》——因为对我来说那是一种全然不同的体验，不同的说话声，不同的口音，而这正是电影的美妙之处。

斯科特：写什么不写什么，具体是怎么决策的？由你拿主意，还是要和肯·洛奇商量？

莱弗蒂：总体而言，我觉得大家有点过于迷恋"原创"这个东西了，好像这就是最纯粹的东西，其实却又混杂着各种贪功的想法。就我们而言，最好的那些创意，我想应该都要归功于咖啡因，归功于交流。我们由始至终都在交流，选不选择某一个创意，我们看重的是它能不能让我们俩都获得营养。我们谈完之后，接下来就要看我的了，我得找到某个真正能让我投入的素材，能抓牢我的想象力的东西。我习惯把它先白纸黑字写下来，因为在这个过程中，等于是把故事的各种参数也都详列了出来，这一点十分重要。在此过程中，对于剧中人以及他们所处的那个世界，你慢慢有了认识，而更重要的还在于，你对故事的前提（premise）也有了认识。它很重要，如果没搞对，剧本是不可能成功的。所以这方面的决策，相当重要。如果搞错了前提，那等于是白忙活。如果搞对了，啪，感觉一下子就都对了。《我的名字是乔》和《甜蜜十六岁》在这方面都非常幸运，找准了一个小小的故事前提，它能给予我们足够的能量，一路推进到剧终。事实上，这两部影片的剧本，从第一稿到最后一稿，变化都很小，虽有删减和改动，但总体没什么变化。综上所述，我所做的就是先把想法写下来，继而从侧面思考，把各种创意都铺开来。然后，我和肯·洛奇谈一下，看看这里面有没有值得挖掘的东西。如果大家都对这个素材有兴趣的话，他就会拍板决定。

《我的名字是乔》的诞生经历，我觉得挺不可思议的。《卡拉之歌》拍到最后一天的时候，之前我已经写好了《面包与玫瑰》的第一稿剧本，而他也刚弄完《土地和自由》（*Land and Freedom*，1995）。尼加拉瓜，他已经都坚持过来了，这个过程不容易，所以他问我说："接下来我们去格拉斯哥，搞个小一点的项目吧，你觉得呢？"之后，我独自酝酿了几天，我希望这一次能拍一部非常个人化的东西出来。我在电话里跟他说了，我想到了这样的两个人物，莎拉和乔，我把他们的情况描述了一番。我用铅笔写了一些笔记，传真去了伦敦。他回复说觉得挺不错的，就拍这个吧。于是我去了格拉斯哥，在街上随便走走，思考着如何构建整个故事，这就有了《我的名字是乔》。

我当时对于稍有点年纪的人很有兴趣，他们这一生已经犯了不少错，十分渴望爱和关注，但又因为先前的经历而后怕，他们特别孤独，特别想要与人交流，想要弥补自己失去的光阴。然后，另一个点也牢牢地吸引了我。互助戒酒会提到的戒酒十步骤中，有一条说的就是要给自己做一次品格检讨。有了这个，故事的核心就有了。

斯科特：你当时好像是拿到了一笔奖金对吗，专门资助编剧用的？

莱弗蒂：我获得了福布莱特奖（Fulbright Award）。当时我已写了《卡拉之歌》的剧本，但电影还没拍成。我想应该是约翰·克利斯（John Cleese）给福布莱特奖的主办方捐了一笔钱，所以每年英国都有一个名额，可以获得资助去美国，但在那之前还要通过一个比赛。我当时见到的主审官是约翰·克利斯和罗伯特·麦基，然后还有一个类似于"百战将军"（Colonel Blimp）那样的家伙。他竟然对我说："如果我们把这奖颁给你的话，你也不一定能去美国，因为你曾经在尼加拉瓜待过，真要是那样的话，可就尴尬了。"克利斯和麦基听到这话，都吓坏了，但我却笑了起来。结果，竟然还是我拿了这个奖，确实挺吃惊的。就这样，我去了南加州大学。要是当初去的是纽约的话，可能日子会过得更开心，但我当时想到要写一个关于拉美人的剧本，所以还是选了南加大。到那之后，我住在了南洛杉矶，后来又住在了麦克阿瑟公园地区，那儿距离南加大的校区不远。

《面包与玫瑰》的故事就由此而来。在洛杉矶的时候，我住在中南区，靠近麦克阿瑟公园。从我住的那栋楼里，从我的那些邻居身上，从那些人的日常生活中，从夜间出没的帮派分子身上，我获得了故事的灵感。我去买面包时，也会遇到那些帮派分子在买面包，我会和他们聊天，因为我也能说西语。我能看到他们身上的那些伤疤。而对他们来说，看到有一个白人出现在这里，也很惊讶。发现我还会说西语，那就更是惊得说不出话来了。就这样，我和他们闲聊，请他们喝杯咖啡。他们大多也来自我所熟悉的中美洲国家，这缩短了我们之间的距离。就在街角附近，还有多所福音派的教堂。另外，住我楼上的那个姑娘，虽然从公交车站到我们那栋楼距离其实很短，但她总会在手提包里放上一把小刀，而且一下车就会把刀掏出来，拿在手上，一直要拿到回到我们楼里才收起来。通过类似这样的细节，你对她的生活就会多出不少了解。住楼下的那个家伙，每天都用唱机放着同一首情歌，反反复复地放。那是一个白人。总之，光是住在这样的环境之中，就能给你一百个故事的灵感。我并不是说直接拷贝，而是指从中获得灵感。

　　我想要讲的，是一个关于美国的故事，但也和移民有关。我不能把萨尔瓦多人、危地马拉人以及从墨西哥山区里面过来的那些人，硬是捏合在一起，你得尊重他们各自不同的传统。而且，因为我以前从没在那样的环境中生活过，所以相比《卡拉之歌》，在写《面包与玫瑰》和《甜蜜十六岁》的时候，我就要花更多精力去先做好功课才行。做了功课，你才能理解所有那些事情。然后我又再往南走，去了国境附近，去了那些穷人住的地方。我和搞工会运动的人聊天，他们因为想要组织独立的工会，结果遭人殴打；还有那些母亲，我也和她们交流，她们的日子过得很不容易。收获了这么多的信息之后，我的想法也就更成熟了，接下来就要想办法再做提炼了。《面包与玫瑰》——你真是想不到，那些人可不光是打两份工，他们要做三份，平时打两份工，到了周末还有另一份工作，他们还会和你谈起家里无人看管的孩子，于是你就明白了，这些年轻人为什么会加入黑帮。我遇到过一位帮派分子，他的帽子上写着"舍洛杉矶警察"，这种东西都可以用在剧本里。通过这些细节，画面感就有了。我喜欢生活在自己的描写对象中间，那可真是一种疯狂的体验，住在那里，听着枪声四起，与疯子为邻，看着精神病院把那些人给扔出来。那段时间里，我见到的一些事情，完全就是超现实主义的。我看到有一个盲女人，手里拿着蓝色的棍子，站在马路中间乞讨——这样的画面，写在科幻片里面都没人相信啊，是吧？一个盲人，四车道的大马路上，车流滚滚，她却疯了一样地挥舞着手里的棍子。有人会停下来，把她搀扶到马路边，但过了一会儿，她又回到了路中间。你不由得自问："这究竟是什么样的社会啊，才会发生这样的事情？"在我做资料搜集的过程中，我看到的某些事，真是太疯狂，太超现实了，以至于写在电影剧本里面，都会显得难以讲通。大家都爱谈什么"厨房水槽"（kitchen sink）派、社会写实派的现实主义电影，但我听到这些的时候，只会哑然失笑。真正疯狂、超现实的事情，我已经看得太多了，它们也都发生在和你我一样的人类身上。

斯科特：在南加大上课的经历如何？

莱弗蒂：我不能算是好学生。没怎么去上课。我更多的兴趣都放在了别的地方，不过，有一点我还是要感谢他们——那儿有一位名叫弗兰克·丹尼尔斯（Frank Daniels）的老师，他本是捷克人，这名字是后改的，每周二下午，他都会给我们放同一部电影，那是他最喜欢的电影之一——《桃色公寓》，他会给我们分析，细致入微。那课很棒，我很喜欢。

斯科特：洛杉矶的电影工业当时给你留下了什么印象？

莱弗蒂：没多少接触。刚去的时候，我见了几个经纪人。他们都很友善，但我能看得出来，我们感兴趣的东西，天差地别。那时候我还一个剧本都没写成过，他们都觉得我这人有一点怪怪的，也难怪，我住的地方就是那样。而且我的口音也怪怪的，所以我和他们其实没什么交集。

不过，有一个小故事，我一定要说给你听。它就是关于那儿的电影工业的。我在南加大的时候，常会有电影制片人跑来和学生交流，有一次，《燃眉追击》（*Clear and Present Danger*，1994）的几位制片人来了，就是根据汤姆·克兰西（Tom Clancy）小说改编的那部电影。电影学院的同学自然都很兴奋。结果，看完这部电影，我可着实被惊到了。整部影片的核心人物，就是哈里森·福特（Harrison Ford）扮演的中情局大英雄。
于是我就向那位大名鼎鼎的制片人发问了："你们拍这部电影，是真觉得
它能如实反映美国在处理与拉美各国的关系时的所作所为吗？"他回答：
"当然啦。"他说他们只是把埃斯科巴的名字，稍稍做了一些改动。我又
说："这就有意思了，哈里森·福特的那个角色，真是写得高大全，代表
和平、正义，矢志追求真相。但是，你再去看一下中情局真正在危地马
拉的所作所为，他们推翻了当权者，导致25万平民被杀，再看看洪都拉
斯，还有萨尔瓦多的那些死亡小分队，还有尼加拉瓜数量更多的死亡小
分队……"我把这几个国家的历史都说了一下，然后问他："你们从一开
始就打算要花6000万美元拍摄这么一部政治宣传片吗？"不开玩笑，我
这辈子就再没遇到过像这样满屋子人却如此鸦雀无声的情况了。他回答
说："你们欧洲人就是喜欢把一切都政治化。"真是好玩，明明是他们将
汤姆·克兰西的小说搬上了银幕，明明是他们挑选了哈里森·福特来主
演。有些人就是会一头扎在自己信奉的那一套准则和意识形态里面，完
全沉迷其中，以至于自己根本就没意识到那是一部政治宣传片，没意识
到那是在篡改历史。老有人批评我和肯·洛奇拍的都是政治电影，同时
又觉得《燃眉追击》这样的电影只是一部6000万成本的娱乐片。

斯科特：你和同学相处得怎么样？

莱弗蒂：他们都很友善。原本，我以为那里的课程会很有意思，会
有来自美国各地的同学，大家都是年轻人，创意迭出。结果，可能是我
运气不好吧，我参加的某几个学习小组……我们有一位来自剑桥的同学，
就在那阵子，他和朋友卖掉了一个剧本，讲的是一只猴子和一位警察之
间的故事，卖了100万美元，于是，大家都像是中毒了一样，人人都梦
想着要把自己的剧本以这个价格卖出去。那种"穷凶极恶"的样子，我
至今难忘。在我看来，我那些同学的保守倾向相当严重。当然，我在那
儿的时间不长，接触的同学也不多，所以我的感受没什么代表性，但就

我所听到的他们在酝酿的那些故事，在我看来，真是相当无趣，了无生气，丝毫无法让我提起兴趣。就这样，我决定还是多花时间去接接地气吧，宁可去跟校内的清洁工打交道。

斯科特：这是电影行业普遍的问题，一切朝钱看。

莱弗蒂：我能理解，拍电影确实要花大钱，说来也奇怪，我们的电影还都挺卖座的，大家投进去的钱，还都能有回报。如果是赔钱货，那以后就没人再投资我们了。就这样，我们在欧洲有一大票很不错的发行商，大家一起投资我们。当然，回报率不能算是很高，但关键在于，我们拍成了电影，投资人也都可以有盈利，而且不会干涉我们要拍什么。我没想过能靠干这个发大财。但是，我们不能去指望政府补助。在没有政府补助的情况下，肯·洛奇每一部电影最终都能收回成本，这真的很重要，不这样，下一次就没人投钱给你了，所以谈钱也很正常，我在这方面也没有什么理想主义。

斯科特：你曾经说过，之所以要写《甜蜜十六岁》是因为完成《我的名字是乔》之后，你发现还有许多事，还不算完。你这话是什么意思？

莱弗蒂：当初走在格拉斯哥的街头时，我遇到了不少这辈子就从没工作过的年轻人。我和他们聊天，想知道他们究竟是怎么看待这个世界的。结果我发现，摆在他们面前的各种选择，那真是让我很感兴趣。对于他们之中许多人来说，要不就是找不到工作，要不就是去麦当劳打杂，或是去电话客服中心工作。他们总是吃光用光，什么钱都存不下来。然后我又遇上了一些贩毒的年轻人，他们倒是都发了财。他们的这种选择，让我很感兴趣。因为在这些毒贩中间，有些人其实自己并不吸毒，比如说我遇到的一个年轻姑娘，她靠贩毒买了车，买了房，她没接受过多少教育，她自己并不吸毒，她只是拿这当成一种职业。想想她面前能摆着的那几种职业选择，她会决定干这个，也就没什么可奇怪的了。就这样，我见到了不少荒废人生的年轻人，从来就没好好工作过，我也想谈谈他们的事情，但《我的名字是乔》里面已经完全没多余的空间了——因为这部电影我完全就是从乔的视角来写的。于是我就决定了，要专门为这些年轻人写一个剧本。在我看来，现在摆在这些年轻人面前的机会，可要比 30 年前恶劣得多；想当初，我们的就业机会可要比现在好很多。

斯科特：你走在格拉斯哥街头跟他们打交道的时候，随身会不会带上录音笔？

莱弗蒂：不会，完全没想过要那么做。

斯科特：你觉得那是背叛了他们的信任？

莱弗蒂：那会让人心相背，真的。原本只是很普通的一次谈话，录了音，只会起到反作用。我当时想要做的，仅仅只是随意地探听，跟着感觉走。事先，我会在纸上写好一些我们想要做的主题，然后再根据实际情况做调整。在那之后，就以《甜蜜十六岁》为例吧，在那之后，我会去那些年轻人的家里。但这必须事先做好铺垫，因为那些孩子其实都很敏感，容易受伤。所以我会邀请这方面的专家和我一起去做这样的铺垫工作。那些年轻人之前都看过《我的名字是乔》。他们真的特别能敞开心扉。有好多家庭，就是因为《我的名字是乔》的缘故，就愿意对我敞开大门，真是让我没想到。我找到的那些专家、那些政客，都很帮忙。然后我又去了少管所，我找他们谈，找专做这部分工作的人谈，找曾经在少管所里待过的人谈，他们中间有不少人，出去之后又无家可归了，我和他们谈。此外，我还喜欢在街头走走，观察那些区域，希望能抓住那种感觉。有时候，完全就是在大街上撞上的陌生人，我也会和他们谈起他们的生活来，结果发现大家都好畅所欲言，真是让我没想到。有时候，你遇到那些在某个街角聚着的年轻人，一上来，他们可能会心想，这是哪儿来的大笨蛋啊——"这鸟人是谁啊？"但是，只要你能成功地和他们展开对话，只要聊一下，你就会发现，其实他们大多数都很乐于交流。就和我之前在洛杉矶遇上的情况一样。大家其实都很愿意谈自己的生活，因为通常来说，根本不会有人问他们这些，所以这真是很棒。当然，我也知道他们说的东西里面，有时候会有水分，会有谎话，但是，在这字里行间，你慢慢地就能有一些感觉了。当然，你可不能把这些直接复制成电影剧本，而应该是学习从他们的视角来看这个世界，在我看来，这才是真正有难度的地方。你别对他们妄加评判，你要真正做到设身处地，从他们的视角来看这个世界。

斯科特：你很强调这种个人视角，它的好处究竟何在？

莱弗蒂：我觉得人类生来就充满了各种矛盾，而电影的伟大之处就在于，它能让你跳出自己的世界，去看看另一个世界。关键也就是说，你要站在别人的角度来看问题。我真心希望大家能多设身处地为别人想一下。在我看来，伊拉克的问题就是这样。昨天报上还说，单是上周五一天，我们就在伊拉克丢下了 1800 枚炸弹，扔在了 7500 人的头上，而且就是由我们头上飞过去的。但是，对于住在那儿的人来说，那是一种什么样的感觉呢？这就是我努力要想象的东西，1800 枚炸弹啊！所以我要强调的就是这一点，你要设身处地地去想象他们的感受，这就是我写剧本时所做的事情。我曾见过一张照片，身穿淡紫色裙子的小女孩，被人从废墟中拖出来，身体已断成了两截。我要的是这样的个人视角，而不是那些所谓"战争附带损害"的抽象概念。这才能让我们变回人，有血有肉的人。

斯科特：你和肯·洛奇都坚持说，《甜蜜十六岁》并不存在什么电影意义上的参照系，你们用到的素材，全都来自你们的所见所闻。但是，我们也可以说，这部电影的情节起伏，还是有章可循的，与许多以往的黑帮片相似。

莱弗蒂：写这个故事的时候，我确实没有有意识地考虑这些。我想要的，只是讲述一个附和其前提、人设的故事。我用到的，是传统的故事技巧：起因、经过、结果，将主人公生命中一个关键阶段写出来；但我真的没有去想那些电影参照物，我想要做的，仅仅是去想象利亚姆这个人物，想象那些故事前提，将他与家人的关系一一建立起来。然后，你就跟着感觉走，把整个故事写出来。

斯科特：第一稿完成之后，你再怎么做？

莱弗蒂：一开始，我会把想法写在纸上。那是很简明扼要的一段概括，纯粹只是为了看一下，这里面是不是有什么点，是我真正觉得很有意思的。如果我俩都觉得这挺不错的，那么我就要做资料搜集工作了，找人谈，什么人都找，整理资料，包括以前读过的那些，然后就是做笔记，大量的笔记，哪怕写完之后其实我都不会再去翻看。这其实就是一个充实的过程，还要寻找新的想法，到了某一个点上，我会感觉到自己已经完全准备好了，可以开始了。这个点——人家有产前紧张症或者月经前紧张症——就是"剧本前紧张症"！睡不着，梦里也都是它。这时候我就知道了，一定要动笔开写了。第一稿，我会写得非常非常快。这个过程很私人化，好在，肯·洛奇一直都很尊重我的这种私人空间。

斯科特：一般说来，这第一稿完成得到底有多快？

莱弗蒂：真正的动笔过程，其实用不了太多时间，所谓剧本创作，大部分时间都用在了酝酿和想象上面。然后才是真正的动笔过程，大约需要六周，或者两个月，看我当中会不会被别的事情打断。我写起来其实挺快的，真正花时间的在那之前，要酝酿，要收集资料，要建立世界观。等到第一稿完成后，我会和肯·洛奇见面，边看剧本边讨论。我们还有一位死党，名叫罗杰·史密斯（Roger Smith），他是我们电影里的剧本文字编辑。罗杰就是一个特别爱找麻烦、特别难对付的大混蛋，总能问出一些很难应付的问题来，那都是我自己有意回避的一些问题。在这方面，他的感觉特别好。

斯科特：他找到的那些问题，其实你本来就知道，但一直没勇气去面对，是这样吗？

莱弗蒂：那些地方，你也知道有问题，你也觉得不满意，而罗杰就像是额外又多了一个人在提醒我们，而且还是我俩都信任的人。他对于结构的感觉特别好，我们三个边看剧本边讨论。你来之前，我刚从马德里回来，我们三个碰了一次头。有些时候，我们会为了一场戏，谈上整整两个小时。谈到后来，都不知道为什么要谈这场戏了，随后才忽然意识到，那是因为在那前面的地方，还有一场戏出了问题。谈完之后，我会离开，一个人修改剧本，这件事是没办法大家一起做的，我要领会谈话的精神，对照原先的剧本，修改一稿出来，力求越写越紧凑。这个过程会不断反复，直到剧本最终定稿。在我看来，这是一个很有机的过程，感觉十分流畅。此外，挑选演员的工作，我也全程参与，与肯·洛奇一起完成，我会跟他一起选演员，让他们做一些即兴发挥。关于这些候选的演员，我们俩会展开讨论，在此过程中，我们对于剧中人物的想法，也会受益，有时候还会就此做一些调整。调整不大，但重点就在于，在此期间，整个剧本都处于开放状态。到了这个阶段，合作就变得十分重要了。

斯科特：这是一个很民主的过程。

莱弗蒂：我不会用民主这个词。这和民主不一样。只能说，我和肯·洛奇做了积极的争论，我们希望这么做能令故事变好，能让剧本更紧凑。比如说，在《我的名字是乔》里，我曾写过一段关于某个年轻人的支线情节。我很希望它能被保留，但我也看得出，我们只能放弃它。整部影片非常紧凑、简洁、克制，根本没多余的空间可以容纳支线的情节。单看这几场戏，其实也很有味道，事实上，我们都已经拍出来了，拍得很棒，但最终还是没用。这决定是正确的。等我看到整部影片的时候，我能看得出来，他们说的有道理。但是，不管是在写剧本的时候，还是之后剪辑的时候，我曾经都坚持过自己的意见，希望能保留这一部分。不过，看到整部影片的时候，我意识到了，那样做的话，节奏上确实会有问题。我们的剪辑是乔纳森·莫里斯（Johnathan Morris），和罗杰·史密斯一样，也有着特别棒的直觉，是优秀的合作者。

斯科特：有没有哪些争论，不光是反复进行，而且到了最后也没有彻底平息？

莱弗蒂：其实需要我们争论的东西并不多，因为渐渐地我也认识到了，有时候其实并没有对错之分，有的只是差异。有些时候，我有一种想法，肯·洛奇另有一种想法，我们所要做的就是展开讨论，看看哪个方案效果最好。而且，有些东西，本身就要看演员挑选工作的结果，在那之后再做调整。

斯科特：你们讨论时都能做到彬彬有礼吗？

莱弗蒂：会吵起来，但关键在于，我们俩都不觉得自己是教皇什么的，你明白我的意思吗？我们并不是要分出什么对错，我们只是要做分析。搞电影，很讲究互相合作，不能意气用事。我知道我俩的目的一致，对此我很有信心。本来我就不觉得我们在任何问题上都能达成完全一致。

斯科特：真要什么事情都一致的话，那反而就没意思了。

莱弗蒂：我们就是要把各种选项都摊开来谈，选这种，不选那种，会有什么结果，都要讨论清楚。

斯科特：说回《甜蜜十六岁》这部电影，能否请你谈一下，利亚姆为什么对母亲爱得那么执着？

莱弗蒂：我去过那儿的"儿童之家"，好多这样的孩子，以前都过着非常混乱的生活，都遭受过家长的极端虐待，但却还是特别想要跟父母亲保持联系，这真是让我非常意外。当然，并非每个孩子都是这样。我记得有个家伙就在他父亲的墓碑上吐了唾沫，他吐得很开心，这位父亲以前可没少虐待他，各种折磨、殴打。但总体而言，那种又爱又恨的情绪，让他们十分煎熬。利亚姆对于母亲的这种爱，就来自这里。从很大程度上来说，这是一种根深蒂固的东西。此外，对于青少年来说，很容易有这种想法："现在轮到我来替大人解决麻烦了，我也已经成年了，我要把我妈交往的那个混球给弄走，我要给她一个温馨的小家，我要替她解决麻烦。"就是这样，青少年就是会抱着很大的决心，想用这种做法去改变现状，只有多年之后，等你自己也上了年纪之后，才会意识到这种做法是不对的，才会意识到你其实没法用这种方式来控制别人的情感。

斯科特：还是我之前说过的，片中有些元素出自你所了解到的真人真事，但确实也和黑帮类型片中的传统模板有相似之处，请问你是如何处理这一类元素的？比如说，当地的黑帮老大，感觉就和一新一旧两版《疤面煞星》（*Scarface*）里的那些人物很相似。

莱弗蒂：可能这就是我并不特别爱看类型片的好处了！对我来说，不存在这种心理负担，我觉得无所谓，我不在乎什么像不像某部电影。当然，要是哪个地方特别特别相像，很突兀，那我肯定会想办法去避免这种重复，但我首先考虑的，还是跟着自己的感觉去写。但愿我这样写出来的人物，别犯了刻板印象的错误。至于那位黑帮老大，我真心觉得他是一个挺有意思的人物，因为当初做资料搜集时，我发现确实有不少毒枭会做各种投资：餐厅、房产、土建工程、二手车停车场，甚至还有有机农场。我觉得这可真够厉害的，这一边，正在用毒品摧毁那些年轻的生命，另一边，却也创造了那些供大家锻炼肌肉、美黑肌肤的场所。在我看来，这就是贫富两极分化的一种象征。

斯科特：你在那儿见到真正的毒贩了吗？

莱弗蒂：见到了，我也会走过去和他们聊聊。其实这没什么，记者一直都在这么做。毒贩之中，有些自己以前也吸毒。我还遇到了一些年纪很小的毒贩，他们站在街头，兜售毒品，我就那么直接走上去跟他们聊。可能是年龄的关系，一上来他们都挺紧张的，但说开之后，你会发现，他们其实都很乐于向人敞开心扉。你把你正在做什么事，如实地跟他们说，他们就会很有兴致地跟你聊起来。

斯科特：如实地说出自己的目的，对于你这种现场资料搜集工作来说，是不是显得特别重要？

莱弗蒂：绝对重要，在这方面我向来特别诚实，那样，对方才会信任你。他们其实都很机灵，一般都能看出你说的究竟是真是假。

斯科特：你写的剧本里，普遍都存在着幽默的元素。但是，处理如此严肃的主题时，你要如何把握整个作品的基调呢？

莱弗蒂：从很多角度来说，我所做的，就是遵从传统的说故事方法，我要做的就是把握好故事推进的速度。有些所谓的工人阶级电影，我不想提及具体片名，但里面的工人阶级人物，实在是写得太可怜巴巴了，永远都是愁眉苦脸的。可我的个人经验却告诉我，实情并非如此。我在尼加拉瓜，在洛杉矶，都跟他们打过交道。生活也可以是充满希望的，他们互相开玩笑，他们都很机灵，充满生活的智慧，他们没什么条条框框，各种你难以想象的事，在他们这里都有可能发生。确实，最奇妙的故事，往往来自悲剧，而我所做的，就是要忠实地记录这些立体的人性。在他们中间，确实有一些是可怜又可恨的混蛋，但大部分时候，人生总是五味杂陈的。总之，生活有着各种色彩，我希望自己能抓住这种多样性。

斯科特：我要问的就是你如何才能将这些色彩混在一起。

莱弗蒂：尊重人物的个性，尊重利亚姆的个性。影片刚开始，在他贩私烟之前，他看到了有机会，于是他也卖了，他和那儿的人开着玩笑，自己也很开心，但他还留心着做大买卖的机会。

斯科特：说到来自生活、高于生活，我想到了利亚姆他们一边送比萨外卖，一边也开始运输毒品的情节。从某个角度来说，这可能确实来自生活，有真人真事为蓝本，但换一个角度来看，那又很像是以前那种搞笑打闹剧。

莱弗蒂：这些我事先就都注意到了，在这方面，一定要小心谨慎，你不能让这个段落在搞笑打闹的气氛中结束。所以，它到了最后，我们看到有一个女人从楼梯上走下来，她说道："你们这些垃圾，知不知道你们正在把毒品卖给一位母亲啊？她的小孩才只有两岁。你们这些没用的垃圾。"就这样，先是搞笑打闹，但是，欢乐的气氛戛然而止。

这部电影其实特别紧凑、特别克制，我们必须注意到其中出现的每一个主题都是怎么发展的，只能靠感觉去摸索，靠你的本能，靠对于时机的感觉，有时候需要慢慢变化节奏，不能大起大落的，要慢慢变化。

斯科特：所以你用了不少时间来写这些用于过渡的戏？

莱弗蒂：对，没错，一场戏与下一场戏之间的这种过渡，每个地方我们都会问自己同一个问题："效果好吗，感觉对吗，可信吗，能承前启后吗？"我们希望观众看的时候，从一开始就能投入进去，一口气毫无间断地跟到底，在这过程中，一个错误我们都不希望出现，要做到这一点可不容易。

斯科特：什么地方需要调动观众的情绪，这些你都是靠画图表来设计，还是仅凭直觉？

　　莱弗蒂：我曾经上过一个关于写剧本的周末课程，至今仍觉得受益匪浅。教我们的东西，有些很有用处，还有一些就很危险了——因为按照他们的说法，"职业编剧"应该将每一场戏都事先计划好；但对我来说，这么做可不行。要是像那样事先全都计划好了的话，到了真正动笔的时候，我会被人物自身的变化发展给惊到的，他们会把我带到完全出乎我意料的方向上去。我本想要去这个点，结果他们却把我带去了另一个点。换句话说，如果是像那样事先就都计划好的话，确实，最终完成的剧本在结构上，有可能会很紧凑，但是，也很容易少了能量和活力。我曾按照他们的说法试过一次，结果发现完全就不适合我。当然，预先设计好一些这样的点，这还是有必要的。格雷厄姆·格林（Graham Greene）过去常说："选好几个点，然后就让马儿自己去跑吧。"相比之下，这种做法对我来说更有用。

　　斯科特：写得不顺的时候，你的"马儿"跑错了方向的时候，你要如何面对这种自我怀疑的情绪？

　　莱弗蒂：对我来说，写剧本的过程，从很大程度上来说，就是一个尝试各种可能性的过程，所以，可能你会觉得我的想法听来有些奇怪，但我是真的不介意走死胡同这件事，试试又何妨呢？有时候，我拼命地写了一场戏，可能要过了两三天之后，才会发现这样行不通，但对我来说，这努力并不是白费的。既然抱定了这种想法，我其实是不会有这种自我怀疑的情绪的。你可能会觉得我这话说得太狂了，但事实就是，我根本不会觉得写了一半写不下去了，我反而会为千头万绪、能写的东西实在太多而感到烦恼。所以，每次写完第一稿剧本之后，我所要做的，从来就不是思考如何再往上加东西，而是不得不想想怎么做减法。

　　斯科特：这说明你的资料搜集工作做得很出色，所以到了写的时候，才能面对各种各样的多个选项，简直就是一种幸福的烦恼啊。

莱弗蒂：我也发现了，每次写剧本的时候，我都会发现，同一个故事，我好像总能写出四五个不同的剧本来。我总会觉得，故事里的那些人物，全都有着同等的重要性，就像是同一个鸟巢里的一窝小鸟。有时候，到了某个阶段，我只能告诉自己，不能再这么写下去了，再下去，会没完没了的，我必须下定决心，把这个故事写出来。真的，这一个个人物就像是一窝小鸟，都在尖叫着，求我注意他。就好像是《甜蜜十六岁》里，"弹珠"其实也可以做主角，仙黛尔也可以做主角，利亚姆的母亲或是外公也都可以是主角。还有我最近完成的这一个剧本，也是一样，好难抉择主线究竟要讲述谁的故事，最后当然是做了一个决定，但那真是一个艰难的决定，差点就选了另一个人物。因为，每一个人的故事，都真的很有意思，而且又都非常不同。所以对我来说，要做这些困难的决定，那才是真正的抉择。

斯科特：所以你到底是怎么做选择的呢？

莱弗蒂：我要想办法找出，哪一个是其中最强烈、最复杂的。通过这个人物，或许我可以更多地把自己的想法表达出来。就像我刚才说的，他们就像是鸟巢里的一窝小鸟，全都叫着："选我，选我，选我！"你只能忍痛杀掉其余的小鸟，否则它们会反过来杀死你的剧本！不开玩笑，这就是我的真实想法。《我的名字是乔》就是这样，原本也包含了好几个年轻人的故事，我真的很想把它们给讲出来，我当时并没有想到，后面我还能有第二次机会，还能专门用一部《甜蜜十六岁》来做到这一点。

斯科特：我为你感到高兴。

莱弗蒂：没办法，一部电影就只有两个小时的时间，那不像是小说，可以尽情地扩展。《我的名字是乔》很紧凑，没办法容纳更多东西了。说到这个，这就是小说的强项了，它们分属不同的媒介形式。

斯科特：我觉得你那些剧本里的对白也都很出色——很在地化，符合影片所要表现的特定地区。在这方面，你是怎么做的？有许多编剧都视此为剧本创作中最大的难点。

莱弗蒂：我的感觉恰恰相反，我觉得这是最没有难度的一部分。比如说这次的背景是苏格兰西部，我明白了这一点，照着写就可以了。只要整体的感觉上抓住了，根本就不用字斟句酌地细想。我真心觉得对白是剧本里面最容易写的东西。我所做的就是，我想好了，只要写出非常中性的语言来就可以了。当然，当地人爱说哪些话，说话方式是怎么样的，我也会预先做好功课，我会忠实于此。但具体说到苏格兰西部，说到《卡拉之歌》第一部分的对白，我写的时候根本就不会刻意去考虑这方面的问题，完全就是很自然的事情，张嘴就来。正如我刚才说过的，故事前提和叙事的推动力，还有人物的复杂性，这些才是剧本创作最困难的几个部分，至于他们具体是怎么交流的，我觉得一点都不难，完全不会特别去动脑筋。

斯科特：对你来说，这是一件很自然的事。

莱弗蒂：我估计，那种说话的节奏，已经在我血液之中了。

斯科特：肯·洛奇拍电影的时候，喜欢顺着剧本的先后顺序来拍摄，这对于你的剧本创作，是否会有影响？

莱弗蒂：不会，但对演员的影响很大，这么做，可以让他们就按着剧中故事发生的先后顺序来切身体会剧中人所经历的一切。比如说饰演利亚姆的马丁吧，第一场戏，他只能一上来就拍这场，没有别的办法，但你能看出他的成长和变化来，我们能看到他表情中流露出的自信。到影片最后，他见到母亲的那一场戏，你也能看见他已经长大了。他有钱了，手底下有人办事了，他的自信越来越强烈了，他背叛了朋友，做出了人生的重大决定，你能看得出来，他是真的长大了。

斯科特：能否介绍一下演员排练时都是怎么即兴表演的？你又是怎么将这些东西再吸收进剧本之中的？

莱弗蒂：关于肯·洛奇的工作方式，外界存在很多误解。大家总爱拿他和迈克·李做比较，其实他俩正好相反，再也没有比这个差异更大的两种导演方式了。按照我的理解，迈克·李的方式是这样的：他和演员见面，跟他们一起对剧本做即兴创作。而在我们这边，是我先写好剧本，然后我和洛奇谈，再加上罗杰·史密斯一起讨论。至于演员，试镜的时候，他根本就不会把剧本交给他们。当然，这也并非铁律，主要还得看演员是谁。我们一起选演员的时候，是这么做的：与他们见面，但不会像别的剧组那样，选一些剧本里的段落出来，让他们试演，我觉得那是一种很糟糕的做法，我们不会那么做——我们只给演员提供一些情景，让他去表演。这些情景，并非直接出自这个剧本，但有可能会和剧本中某一场戏比较接近。我们想要看一下演员自然的感觉怎么样，能做到什么程度。此外，通过这些，你也能看出他们的反应快不快，感觉灵不灵敏。还能看看他们的外形，听听他们的语音语调什么的。他们看上去讨人喜欢吗？动作敏捷吗？个性搞笑吗？演戏具有说服力吗？符合这个角色的要求吗？通过这些即兴表演，上述问题全都一目了然。但是，从中获得的任何东西，我是不会再吸收进剧本的——剧本工作早就已经结束了，那要比演员挑选工作早得多。不过，实际拍摄时，我们也不是剧本里一个字、一句话都不能改动，我写的剧本又不是什么莎翁名作。我想说的就是，你看到的电影里的每一场戏，那都是我的剧本里原本就写着的。有时候，我们会拿掉一些戏，到了做后期剪辑的时候，体现出来的对白，大致能达到原剧本的九成内容吧。但对白只是剧本的一个部分，对白并不等同于剧本，这一点，我感觉很多不熟悉电影制作的人常会弄错。

斯科特：此话怎讲？

莱弗蒂：假设每一句台词都一字不差地照本宣科，那么这部电影，就能体现出原剧本九成的内容。但事实上，对白方面的选择，并非是最重要的，更重要的决定，还是在故事前提上，在叙事上，在人物以及具体的每一场戏上。台词是不是说得和剧本一模一样，相比之下并没有上述这些那么重要。就好比是《甜蜜十六岁》里那些年轻演员，我们并不是每一句台词都要求他们按着剧本来的，他们在里面加了东西，插了话。碰到这种情况，肯·洛奇不会喊停，他会让他们继续说下去，越久越好，看看会不会引出什么意外惊喜，有时候，还真会有可遇而不可求的收获。

斯科特：我觉得利亚姆的姐姐仙黛尔的儿子，他有一些台词就特别好。比如说，当他们回到燃烧的移动房车时，他对舅舅利亚姆说道："你别进去！"真的好温柔。

莱弗蒂：这都要靠那两位小演员彼此之间的化学反应，我们能做的，只是让马丁平时一定要多跟那位小演员在一起，多熟悉对方，所以说，类似这种东西，其实靠编剧自己写是写不出来的。

斯科特：所以说，不管是职业演员还是非职业演员来试镜，你们都不会拿出剧本来让他们演，是吧？那么，你们选演员的时候，是不管职业演员还是非职业演员，都一起找来吗？

莱弗蒂：我们向所有人敞开大门，但很多时候……毕竟，我们拍的可不是《曼哈顿女佣》（*Maid in Manhattan*，2002）。

斯科特：在你看来，《曼哈顿女佣》一定是《面包与玫瑰》的反义词。

莱弗蒂：看一下他们的脸、身体和手，你就能看出来。《面包与玫瑰》里有一场戏我很喜欢，某人想要让另一个人把参与了工会活动的人的名字都说出来。那位女演员，生活中就是清洁工，之前从没演过戏。她就那么站着，手开始发抖，但就是不说。可以说，她从头到脚，所有一切都是如此地真实，这是任何演员都做不到的，至少我是这么觉得。看一下她的手，你就知道这人当过清洁工。

斯科特：拍摄《甜蜜十六岁》时，你在现场吗？

莱弗蒂：由《卡拉之歌》开始，这每一部电影，我都在拍摄现场。我俩可以说是亲密伙伴。《卡拉之歌》拍得不容易，因为等到真正开拍的时候，它其实已经迟到了整整 10 年了。它讲述的那一场战争，早已经结束了，但我至少曾去过那里，曾见证过那些事，我了解尼加拉瓜，我也出现在拍摄现场，这也起到了作用。

斯科特：《面包与玫瑰》和《我的名字是乔》也一样，因为你对洛杉矶和格拉斯哥，事先也都做过详细的调查。

莱弗蒂：所以说，我俩的工作，其实有一种很强的延续性。我的第一稿剧本写好之后，我会把肯·洛奇找来，让他也见一下我之前做资料搜集工作时已经见过的那些人。这样子，他也能熟悉一下这些地方，再经过双方的交流，他也了解了那些人的情况。当初那些民间草根组织的领导人，他也都认识了；那和你在《面包与玫瑰》中见到的草根的剧中人，完全就是同一类人。等到实际拍摄时，我们还把他们都请来了，让他们担任群众演员，出现在游行队伍中，也让整部电影自己丰满了起来。肯·洛奇和他们见面的过程中，会产生各种想法，我们一起讨论，据此修改剧本。整个过程十分有机，做完这一步之后，我们再挑选演员，再实际拍摄。《面包与玫瑰》的制作过程，尤其符合上述的这些情况。

斯科特：也就是说，一年之前，你们找到这些人，请他们谈一下自己的人生经历；一年之后，你又把他们找来，参演这部电影。他们是怎么看待这件事的？

莱弗蒂：有些时候，这真是一种很美妙的经历，我们遇到了不少很可爱的人。所有我才会特别喜欢在影片拍完之后，再带着它回到那些人中间去搞放映，他们也为它出了力，是它最初的灵感来源。我们把《面包与玫瑰》放给洛杉矶清洁工看，把《卡拉之歌》放给尼加拉瓜人看——这就是我欣赏肯·洛奇的一点，他愿意千里迢迢地跑去那么一个鸟不拉屎的小地方，给他们放电影，还要想办法带上大型的发电机，排除万难。通过这种可能有些奇怪的做法，我们向他们表达了谢意，而且等于是在承认，他们才是这部作品真正的作者。你无法直接照搬生活成为电影剧本，那也太夸张了；但我们确实在很多层面上借鉴了那些人的人生体验，通过他们之口了解了他们的人生，获得了大量的人生见解。所以，再请他们参与进来，在我看来，这是表达对他们的尊敬。

斯科特：接下来我想专门谈一下《甜蜜十六岁》里的某几场戏。影片一开始，清澈的夜空之下，利亚姆给一群小孩讲着天上的星星，然后让他们掏钱，那样才能用他的望远镜。能请你谈谈这一场戏吗？

莱弗蒂：我希望能稍微给影片一点新鲜的空气。我觉得，这里其实包含了两层意义：首先是确立了他的生意人形象，讨价还价，跟人开着玩笑，他对他们非常热情，拿他们的钱，但也不是强拿；其次，这场戏也表现了对于这个奇妙世界的惊叹之情，由这小小的角落远眺星河，那是年轻人才会有的想象。

斯科特：而且还确立了他那种爱说笑、爱娱乐大众的形象，你会发现这个人似乎脾气挺好的，但同时他也可以变得很心狠。

莱弗蒂：总之这一场戏就是为了要先把这个人物给立起来。他们一边在赚钱，一边也很开心地在开着玩笑，有种享受人生的感觉。原本，剧本里关于这场戏，我还写了不少的笑料，要比你现在看到的更多一些。希望能通过这场戏，让观众感受到，这是一个善于讨价还价的人，他们对自己很有信心，脸皮很厚。但与此同时，他自己也还只是一个孩子，只不过挺有商业头脑的。总之，通过这一场戏，这几个人物都很好地确立了起来，同时，你也明白了他们之间的合作关系，知道了他们有多亲密。

斯科特：还让你明白了，利亚姆这个人挺胆大包天的。看看他在酒吧里卖烟时的做法，看看他跟酒吧老板开玩笑的方式，什么情况他都不怕。

莱弗蒂：这又是资料搜集过程中的收获了——那些小孩的胆大包天，真是让我大吃了一惊，甚至让我挺想不通的。我遇到过那么一个小孩，小小年纪，鼻梁已经断过三次，手臂也骨折过，真是什么都不怕，这挺不正常的——正常小孩不会这么大胆。

斯科特：那你觉得是什么让他们变成这样的？

莱弗蒂：这涉及让我感触特别强烈的另一件事情了，那就是他们身上自我毁灭的那种东西，我觉得整部影片之中，这一点也都贯穿着，始终都有体现。就好比是仙黛尔给利亚姆包扎伤口的那一场戏，在我看来，这场戏非常重要。她对他说："你不在乎你自己的话，等于是也不在乎我们。"那是一种已经什么都不在乎了的感觉，孤注一掷了，我觉得那其实出自彻底的绝望。

斯科特：外公是一个很有意思的角色。

莱弗蒂：虽然他的戏不多，但其实非常重要。当初去那些地方走访时，很让我触动的一点就在于，失业的可不是一代人，而是好几代人都没有工作。不光是父母没工作，祖父母也都没工作。甚至有些社工自己都是，我跟他们聊，他们会告诉我，自己的父母以前都吸毒成瘾，有些人的祖父母也都是瘾君子。你会说那年纪不是应该都退休了吗？其实不是，有些祖父母还很年轻，才40多岁而已。在片中，你一看到那位外公，马上就明白利亚姆的母亲是怎么回事了。所以，这角色很小，但在我看来却很重要，因为通过他，你看到的是几代人。

斯科特：一边是自己的亲生女儿，一边是她的男友，利亚姆的外公选择站在后者这一边。你怎么会想到这么写的？

莱弗蒂：还是我说过的，这些人里有不少都是拿自己的生命在冒险。外公这个角色，和利亚姆母亲的男友斯坦一样，其实都是典型的霸凌者的形象，但他们自己也受别人霸凌，一直都在自己的圈子里寻找着扛把子式的人物。所以这是一个复杂的人物，一方面他很忠诚，另一方面，他也会痛打自己的亲外孙。他其实赚到了钱，可能和斯坦确实有交易，他是一家之主，女儿怎么生活由他说了算。他是一个典型的霸凌者，自己被人霸凌，又反过来霸凌别人。

斯科特：所以利亚姆和"弹珠"开始自己卖毒品了，那是从斯坦那儿偷来的海洛因。我想知道的是，这里的结构你是如何确定的？因为你必须涵盖他自立门户贩毒的这一整段时间里发生的各种事情，所以必须有所选择，有些东西要压缩，有些则要细说。

莱弗蒂：时间上的把握，永远都是剧本创作中最棘手的难点之一。包括时间的流逝和故事推进的节奏，再加上利亚姆的母亲此时还在狱中，所以我在这里的处理方式就是，既给他很多的私人空间，但也不能让观众完全不知道他在做些什么；他为了母亲去搞来了那辆移动房车，这一点你也得让观众知道，故事要朝那个方向铺垫。但与此同时，你也得让观众对他的生活有更深入的了解。总之，剧本创作的秘诀就是，因为它本身的长度非常有限，所以就只能想办法做到，每一场戏里要同时交代三四件事，必须紧凑。而且，你这么做的时候，可不能让观众觉得那纯粹是信息，千万不能让他们从故事里跳脱出来。

斯科特：信息，也就是我们所说的说明性内容。

"我爱你啊，我需要你，我可就你这一个人。"
利亚姆看着克莱德河，计划着家庭的未来。

　　莱弗蒂：将这些信息，作为人物发展的一部分，或是叙事的一部分结合进去，让它们能融为一体。比如说酒吧的那一场戏，新老大让利亚姆去捅某人一刀。这一刻，既有戏剧冲突，同时也在传递信息。老大很想知道利亚姆有没有这点能耐。此处，同样来源于我之前的资料搜集工作。那个小孩以前捅过人，我和他专门谈起了这件事，所以这一场戏很大程度上都来自我的这些资料搜集工作。对于利亚姆来说，这是很大的一步——"他都准备好了吗？"

　　斯科特：仙黛尔的朋友苏珊——首先我得承认，她确实很漂亮，但关于她有可能是利亚姆的意中人的这一条支线，你只是浅尝辄止，并没有真正去触及。能否解释一下你的做法？

　　莱弗蒂：首先，我觉得所有青少年都爱惦记性爱这档子事，他们有90％的时间都在想着这个！但还是这个问题，我们的剧本里实在是没地方容纳这些了。相比之下，他和母亲之间的关系，和"弹珠"之间的关系，和姐姐之间的关系，更让我感兴趣。再加一条感情戏的话，可能会分散焦点。

　　斯科特：这些贩卖毒品的人，他们的生活梦想，感觉都和金钱在他们心目中占据的重要地位很有关系，你觉得呢？这几乎就像是另一种版本的"美国梦"……

　　莱弗蒂：这一点非常重要。看看他们穿的用的，一定得是最好的运动鞋，牛仔裤也要讲牌子，追求名牌，还得开跑车。这成了他们生活的一部分，摆在他们面前的这种梦想，其实已经和他们的现实情况完全脱节了。这也是格里诺克（Greenock）那个地方让我觉得神奇的一点——《甜蜜十六岁》正是在这个苏格兰城市里拍摄的。仅仅30年之前，正是在那条河上，他们造出了那艘很了不起的"玛丽王后二号"皇家邮轮。退回到上一个世纪，全国差不多有三分之一的轮船，都是在那条河上造出来的；仅仅 20 年前，当地的就业率还都很不错，他们每天正常上下班，到了周末正常拿工资，靠这个不会成为百万富翁，但他们工作认真，也喜欢与人合作，不得不跟人打交道，也知道该怎么计划自己的人生。这些，是现在这些小年轻都不具备的。那些船厂都已消失了，取而代之的是快餐店和呼叫中心。

相比 30 年前，摆在现在这些年轻人面前的机会，可要恶劣得多。

斯科特：因为已经不存在那样的社会基础了？

莱弗蒂：那涉及一个更大的问题。我们是不是要为自己所在的社区负起责任来？是不是应该要努力建设地方经济？因为有了地方经济，当地人才能计划自己的未来，才能过上更有尊严的生活。难道我们永远都要依靠那些远在千里之外的董事局来替我们拿主意吗？我想要说的就是，必须把自己所在的社区给建设好，让它们能正常运转，而这也正是《面包与玫瑰》中那些清洁工的当务之急。他们的社区无法正常运转，因为大家为了糊口，都要同时打两三份工——这样的经济模式是行不通的，我们必须在经济上做到更民主化。

斯科特：格里诺克现在情况如何？影片中的它似乎也并非彻底萧条，依稀还是能见到一些代表着财富、繁荣的痕迹的，比如健身房……

莱弗蒂：还是我之前说过的，那只是财富的两极化。有钱人，有本事的人，或者说最不择手段的人，他们是不缺出路的。享有特权的那些人，或是有本事的人，他们可以去外地上大学，可以逃离这里。但剩下的那些年轻人，他们逃不出去，这才是绝大多数，结果就是留在这地方的，全是那样的年轻人，一辈子都不会找到工作。我就遇到不少那样的当地人，一辈子都没能找到工作，这对他们的自尊是很大的伤害，也剥夺了他们计划自己人生的能力。

斯科特：看来你对这个地方真的是非常熟悉了，当初写这个剧本的时候，这一定是帮了大忙吧？就好比是"弹珠"的那个地方，它起到了观察哨的作用。你一定是事先都熟悉了那片区域，所以写剧本的时候，在方向感、地理位置关系上，都很得心应手。

莱弗蒂：形成方向感之后，它自然而然地就会渗透进剧本里。那条河十分重要。当然，对于不了解它的历史的观众来说，感触就不会那么明显了。

斯科特：你是指克莱德河？

莱弗蒂：对，克莱德河。很有气势，非常美。那些年轻人眼前的这片风景，有钱人花钱都不一定买得到。但是，河边的高山上，戳着的却是那些糟糕的公屋，任凭风吹雨打。正如我之前说过的，这是一条很有历史的河流，我用它，就是看中这种历史意义。他们知道以前的它是怎么样的，河边都是繁荣的船厂。此外，也因为它和周围环境的对比，看上去就很漂亮，很能引人遐想；那些公屋里，有些其实也不是很糟，但也有一些已经可以用恐怖来形容了。所以，这条河流用在这里，具有多层意义。外国观众或许没法全都捕捉到，我只希望当地人看了能有所收获。

斯科特：回到我之前所说的，你让毒贩也在运动中心里工作——这很讽刺啊，一边贩毒，一边在健身房……

莱弗蒂：两个世界，对吧？这还是要归功于资料搜集工作。去过那种地方你就知道了，感觉就像是另一个国家，有自己的一套规则，想法也都不一样。我给你举个例子：我见到一位单身母亲，她跟我说到了她家那条路上的另一家人的事，同样也是毒品的问题。那是一对男女朋友，因为毒品的关系，跟另一家人起了冲突，对方那个家伙跑过来，一脚把门踢开，冲上去就打那个男的，用刀捅了他，扎在他的脊柱上，女友跳到了他的身上，想要保护他，结果也被捅了。结果两人都没死，但男的现在坐轮椅，女的负责推。警察也来过，什么都没看到。对绝大多数人来说，这根本就难以想象，可以做得如此野蛮，而且不管哪一方都不会去找警察。对他们来说，那根本就是另一个世界，什么警察啊，找工作啊，置业啊，计划自己的人生啊，减肥啊，全都跟他们没关系——真的就像是一个独立王国，想法和我们都不一样。他们的人均寿命，也要比我们少10年。

当初在戛纳电影节时，有一位来自里约热内卢的记者就说过，这片子除了苏格兰口音他不熟悉之外，那些年轻人，那些摆在他们面前的人生选择，对他来说全都似曾相识。

斯科特："弹珠"这个人物很有意思。到最后，老大让利亚姆"照顾好'弹珠'"，这么处理，像是一种开放式的结局。

莱弗蒂：确实是开放式结局，但放在当时的故事背景下，那也不是说老大要利亚姆杀了"弹珠"，只是要狠狠给他留个教训而已。你想象不到，那地方的小青年，几乎个个脸上都有伤疤。

斯科特："弹珠"和利亚姆的冲突特别感人，能否请你谈谈这个？

莱弗蒂：两人都是黏出去的那种人，"弹珠"特别想要获得利亚姆的喜爱，可以为此不计任何代价，不是吗？他之所以会嘲笑奚落利亚姆，其实也是因为他非常需要对方，他其实就是很爱利亚姆。那场戏，也是同时在表现好几件事；有不少细节，都很能说明利亚姆究竟是一个什么样的人。"弹珠"的原型并非某一个人，而是从我在"儿童之家"里见到的许多小孩子提炼而来。甚至于他的名字之所以叫"弹珠"，也是因为在那儿见到的那些小孩子，感觉就像是一直在进进退退，到处乱撞，就像是弹珠。我是真没想到，他们的人生竟然是如此混乱，同时他们又是一些特别缺乏自信的小孩，特别特别缺乏自信。出于同样的原因，这些孩子什么都不怕，还有自毁的倾向，有不少人都拿刀割过自己。我相信，所有这些东西，最后就都浓缩在了"弹珠"这个人物身上。他彻底无依无靠。他对利亚姆说："我什么都可以为你做。"言下之意其实就是："我爱你啊，我需要你，我可就你这一个人。"但是，当利亚姆开始要往上爬的时候，不可避免地，"弹珠"成了他的累赘，因为他总会做出一些不可预见的事来。利亚姆做了选择，他要追逐梦想。他也展现了自己义气的那一面，但那是有限度的，最终他还是想要往上爬。影片没有交代"弹珠"的下场，但我想我自己其实是知道的。按照我的想象，他应该也会开始吸毒，他会自我毁灭，也和自己唯一关系亲密的人彻底断了联系。相比之下，利亚姆还有姐姐，还有外甥，甚至你还可以说他还有母亲。

斯科特：这确实挺有意思的，一方面，"弹珠"老是让他俩的关系陷入危机，但另一方面，我一直都觉得，他肯定不想失去利亚姆这个朋友。

莱弗蒂：我觉得，很早以前他就已经感觉到了，他早就失去利亚姆这个朋友了。他对于这段关系的信心，一点点地在流逝，这你应该都能看得出来，虽然有时候那只是稍纵即逝的一些细微之处，但当初写这个角色的时候，我能感觉到这一点。"弹珠"的原型并非某一个人，而是从我在做资料搜集工作时遇到过的那些绝望的孩子提炼而来的。

斯科特：你说过你以前并不能算是什么超级影迷——在那个阶段，你和电影之间的关系，和电影史之间的关系，应该算是哪一种？

莱弗蒂：相比电影史，我估计我对历史更感兴趣。电影的话，我觉得这是一种很了不起的媒介，能让我非常激动，但时至今日我依然不觉得我是什么超级影迷，相比电影，还有许多东西都要让我感兴趣得多。

斯科特：也就是说，除了电影之外，你还在忙别的事情？

莱弗蒂：对啊，尽量平衡一下吧，挺难的。儿子也刚出生不久，之前我常出去旅游，现在既然当爸爸了，生活也有了很大的变化。他的妈妈也是拍电影的，经常严厉批评我的作品，事实上，她就是《土地和自由》里面那个红头发的女孩子，所以说到底，还是要怪肯·洛奇，那家伙，让我变成了现在这样。

英国，伦敦

《阳光下的星期一》

——————————／15

费尔南多·莱昂·德阿拉诺阿

"剧本写得不顺利的时候，就像是在穿越沙漠，不喜欢也得坚持走下去啊。"

费尔南多·莱昂·德阿拉诺阿（Fernando León De Aranoa）自编自导过三部剧情长片：《家庭》（*Familia*，1996）、《街区》（*Barrio*，1998）以及与伊格纳西奥·德尔莫拉尔（Ignacio Del Moral）共同编剧，由哈维尔·巴登（Javier Bardem）主演的《阳光下的星期一》（*Los Lunes al Sol*，2002）。费尔南多共获得过三次西班牙戈雅奖。此外，他也活跃于纪录片领域，还替别的导演操刀剧本。现住在马德里。

剧情梗概

西班牙北部，现代。以桑塔为首，这群因船厂关门而失去工作的工人，每天都聚在他们的朋友里科所开的酒吧里消磨日子。其中包括终日醉醺醺的老头阿玛多、因为当保安而常被大家伙儿当成是警察的雷纳、妻子安娜在罐头食品厂工作的何塞、儿子才十几岁的中年男人里诺——每天早上，他都会穿上大衣，打好领带，去各种单位面试，但人家要的却总是比他更年轻的人，而且还得有他所不具备的技术。每到周一，他们喜欢在太阳底下散散步，失业带来的各种坏处，可没那么好对付。

《阳光下的星期一》(*Los Lunes al Sol*，2002)

凯文·康罗伊·斯科特：费尔南多，你生在马德里，长在马德里，能否请你谈谈，你小时候都爱做什么？

费尔南多·莱昂·德阿拉诺阿：一直很喜欢画画，好多时间都用在那上面了，当时一直以为将来会靠做插画师来谋生的。事实上，那也确实是我的第一份工作，在一家广告公司干了 4 年，画分镜图——那是我当时唯一的本事。

原本大学也打算念绘画系的，结果考试的日子搞错了，没赶上，只好选了第二志愿，念的是声画科学系，学制是 5 年。那时候从没想到过后来会从事电影行业——我的兴趣一直都是画画。甚至，我那时候对电影都谈不上有多喜爱。

斯科特：你以前并不特别喜欢电影？

德阿拉诺阿：确实，电影看得不多，一直要等我后来学拍电影了，这才看得多了一些，在那之前，确实从没想过这方面的事。

斯科特：如果当初没搞错考试时间的话，如果你现在还是在绘画的话，你画的大概会是哪一类作品？

德阿拉诺阿：其实，插画师的职业不好干，很难谋生。真要是还在画画的话，我有可能会画漫画。不过，有那么 4 年的时间，我一直都在为西班牙的几家报纸、杂志画插图，所以，如果还在画画的话，估计现在仍旧在干这个吧……

我后来读的那门专业，讲得更多的是人际传播和电影制作的历史。绝大部分课程都是关于伦理学、经济史、历史、文学方面的，非常理论性。直到第三年，才有了 3 星期的实际操作机器的机会，让我们去拍短片。非常困难，因为发给我们的那部摄影机，非常简陋，而且还不能带出学校。说真的，那专业不怎么样。当然，对我来说也 OK，不是什么大问题，因为我那时候也没想要拍电影，我只想要写东西，他们教的全都是概念性的东西——伦理学、社会学，后来拍电影的时候我倒也都用上了。但是，对于那些想要学拍电影的同学来说，这个专业就不合适了，一直都没什么机会实际操作摄影机。

斯科特：家里人从你小时候起就鼓励你搞艺术创作吗？你小时候的成长环境大致是怎么样的？

德阿拉诺阿：非常普通的中产阶级家庭，我觉得我父母亲思想都挺进步的，在我的未来人生规划方面，他们的态度一直都挺开明的。我读书成绩很好，所以他们也不太干涉我："他要是想画画，那就让他画去吧；他要是想拍电影，那就让他拍去吧。"我印象中他们从来都没有干涉过我的决定。

斯科特：你们会在饭桌上谈论政治方面的话题吗？

德阿拉诺阿：有时候会，他们的政治观点，应该更接近于左派吧。在我十三四岁的时候，因为父亲工作的缘故，全家搬去危地马拉住了几年。原本在西班牙的时候，他在就业部当公务员，还在职业信息学院里帮忙——那也算是一所大学院校，专为那些没法上正经大学的人而设，教的是各种生意行当。当时，危地马拉方面也想搞一所这样的学校，那是在 1976 年的大地震之后，所以，作为政府合作项目的一员，我父亲去了那儿，负责考察一下当地的实际情况，帮助老百姓恢复就业。我们全家都一起去了。我觉得这段经历对我来说十分重要，因为这让我了解了另一个国家。我很快就发现了，相比西班牙，危地马拉是一个十分贫穷的国家。我见到了另一种样式的文化，见到了一种非常艰苦的生活方式。每天都在挣扎。甚至是军队和老百姓之间的关系，也处理得很棘手。我还记得，我父亲手底下的人，当时带去了一些电子显微镜，想要让当地人了解一下它的用处。几天之后，这个教育基地就被当地军队给砸烂了。军方并不支持西班牙人在当地的工作，觉得他们不怀好意，在当时，西班牙确实在某些拉美国家牵涉很多。那时候我还很小，但通过电视，通过大人之间的谈话，我也知道了不少事情。我相信，这些记忆都以某些形式长久地留在了我的心底。

斯科特：过会儿谈到《阳光下的星期一》的时候，谈到它关于失业这个主题的处理，与你父亲的经历有什么关系的时候，我可能还会问到你这些。

德阿拉诺阿：事实上，当初为《阳光下的星期一》做资料搜集工作的时候，我走了好些个不同类型的地方。其中有一处来源，就是我父亲给他一位老朋友打的一通电话。那人以前在西班牙政府的社会福利和失业管理部门工作。后来，我还采访了一些父亲当年的老同事。

斯科特：接着谈你小时候吧，对文学有兴趣吗？我看介绍说，你年轻时写过一些短篇小说啊，所以我很想知道，你从什么时候开始对文学有兴趣的？小时候最崇拜哪些作家？

德阿拉诺阿：以前花在看书上的时间，可要比去电影院看电影的时间多多了。我记得小时候挺爱看罗伯特·路易斯·史蒂文森（Robert Louis Stevenson）的书。我也不记得我是从什么时候开始看卡佛（Raymond Carver）、沃尔夫（Tobias Wolff）那类东西的了，但我确实很喜欢看短篇，至今都是。

斯科特：你自己是什么时候开始写短篇的呢？

德阿拉诺阿：刚进大学学电影的时候，我其实并不怎么投入，常有要辍学的念头。那时候我19岁，觉得这课程很无聊，怎么都是数学方面的东西啊：摄影机的轴线啊，尺寸大小啊——我对这些毫无兴趣。借一位朋友的光，我跑去旁听了三个星期的编剧课，结果发现很有意思。三周三个不同的老师，第一周是劳拉·萨尔瓦多（Laura Salvador）。没记错的话，只有第一天，三位老师都到场了，其中一位问我们："拍摄脚本（script）是什么？"在西班牙语中，这个词的意思是"向导"，电影拍摄的向导。当然，在英语里，它的意思完全不同，但在西语里，它就是向导的意思。按照那位老师的说法，它只在拍摄时才有用，等到电影拍完，它也就毫无意义了。它是一项正在进行之中的工程，和小说不一样。结果，劳拉——她很喜欢写作——听了这话，一下子就变得很生气了。她说："别开玩笑了，拍摄脚本就是一切！"于是，那人——他要比劳拉年轻一些——只好又说："有时候，脚本什么都不是，有时候，剧本就是一切！"但我很赞同劳拉的看法，正如她所说的，我也觉得脚本就是一切。

听了这门课，我第一次有了一种发现新大陆的感觉。在那之前，我没怎么写过东西，这是破天荒的头一次。劳拉他们几位在谈到自己的这份职业时，是如此充满激情，给我留下了很好的印象，以至于我告诉我自己："听他们如此谈论这份职业，我也想干这个了。"也就是在这门课上，我们开始学习人物、人物关系——这可是和数学截然不同的东西了。那更像是文学，说的是激情、爱恨与复仇。

就这样，我感觉这才是我这辈子最想做的工作，它几乎就让我彻底忘记了绘画。但这时候，我只是刚开始学写剧本，完全还没想过要当导演的事，我当时只对写剧本感兴趣。又过了六七年，我才改变了想法，执导了处女作《家庭》。在那之前，我纯粹只是编剧，写剧本写得不亦乐乎。

你刚才问我什么时候开始写短篇的……上了这门课，对写剧本产生巨大兴趣之后，我也开始尝试写一些短篇小说。写出来的第一部作品，我就拿去参加比赛了，规格相当之高，共有近2000部短篇小说参赛，我拿了第二名，我这时候才19岁。拿第一名的，是一位已经很有名气的西班牙优秀小说家。你可以想象一下，这对我来说意味着什么，我想我真是十分幸运。但我当时的想法就是："这条路能走得通，我一定能当上编剧。"

斯科特：你有没有想过要把这些短篇小说结集出版啊？

德阿拉诺阿：数量并不算很多，之所以没结集出版，是因为绝大多数已经和别人的短篇小说放在一起出版过了。过去的 15 年里，这样的事也有过五六次了吧。

斯科特：那你有没有想过要写长篇？

德阿拉诺阿：每次有人问我这个问题，我总说我很乐于一试。我对此很有兴趣，但决心不够。拍电影太忙了，很难下定决心去花时间写一部长篇小说出来。那是需要你彻底集中精力才能完成的一件事，而且必须是在很放松的状态下。事实上，一部电影的制作过程，直到拍摄脚本定稿之前，整个过程我还都挺享受的。但是，一旦脚本确定下来之后，在我看来，麻烦也就开始了。年轻时，我是一个个性非常安静的人，基于这种性格，我始终都觉得自己更合适当编剧而不是导演，因为后者需要和许多人接触。而编剧，大多时候只是独立作业，最多也就是加一位编剧搭档了，但导演拍电影却要和那么多人打交道。说真的，我讨厌这工作，我讨厌导戏。在我看来，写剧本的时候，你想怎么写就怎么写，而拍电影的时候，你只能拍那些你有能力拍出来的东西——要不就是演员不够理想，要不就是天气不好，或者制作团队有问题。写剧本的时候，完全不存在这些问题，一切条件都是完美的。我拍电影的时候，总希望它能像我脑海中想象的一样完美，但拍着拍着，我也越来越失望了。《家庭》拍到最后的时候，助导常会问我："你觉得这电影拍得怎么样？"我想，他说的就是相比剧本来说怎么样。在我看来，《家庭》只达到了我脑海中所想象到的东西的 70%。

斯科特：《阳光下的星期一》呢？

德阿拉诺阿：差不多一样，也是 70%——不对，75%。当然，我可不是说写剧本就一切完美。其实，写剧本的过程中，也会遇到挫折，也会遇到写得不够理想的情况，但关键在于，写剧本时你只需要克服自身这一个难点，即便碰上挫折，我也不在意，但是到了拍摄的时候，我却受不了这种挫折感：想要的东西，就是完成不了。

斯科特：那一门编剧课对于你自己的剧本创作的具体影响，都表现在哪些地方？

德阿拉诺阿：我觉得，像是劳拉·萨尔瓦多和我这样的人，在我们写剧本的时候，我们写的可不仅仅是事件（action）。她的剧本要表达的东西很多，我相信我也从她那里学到了很多东西。我的创作方式和她挺像的，更注重要表达的东西。

我记得，刚开始的时候，虽然那些关于怎么写剧本的教材我全都看过了，但却仍觉得很紧张，一心只想着故事情节的问题，只想着故事要怎么讲成功。我有很多当编剧的朋友，他们一开始也都这样——又回到了那种像是在做数学题一样的道路上！当初刚开始写剧本的时候，我习惯按既有的规则来写，但每次动笔写一个新剧本的时候，我总是提醒自己，要尽力摆脱那些规则。它们确实很有用处，但我希望自己能把它们拆散，能更多地考虑一下人物本身。

当我动笔开始写一个新剧本的时候，我会告诉自己，这一次绝对不要去考虑建立什么东西的想法，你要做的就是去打破它，心思全都放在人物身上。我记得有一次，我把一个剧本拿给一位编剧朋友看了，结果他说我一定是发疯了，那剧本里直到35分钟过后才有真正的情节出现。但我觉得，如果你能理解那些人物，如果你能跟他们并肩站在一起，那你也会进入其中，也能看到、听到正在发生的一切，也能介入故事之中，哪怕它没有什么具体的情节点，那也不成问题。

斯科特：少了这些重大的剧情转折点，你又怎么能知道观众的注意力一直都在呢？

德阿拉诺阿：有时候可以通过幽默，但主要的途径在我看来还是人物本身。写剧本的时候，我就尽量想要做到与他们同声共气，我要理解他们，要跟他们建立起有效的人际关系来，哪怕是次要角色也是一样。例如《阳光下的星期一》中那个船坞里的家伙，他的出场机会并不多，但写这个角色的时候，我还是会想办法去贴近他的内心，理解他。尽管他只有两场戏，但对于这个人的情况，我仍旧搞得非常清楚。

斯科特：你会为剧中人写传记吗？

德阿拉诺阿：我不会为每个人物写上 3 页纸的传记，我觉得那很无聊。有时候，我想到什么，随手会记下来，因为将来拍摄的时候，演员可以用得上这些。但这办法我通常也不用。各种剧本里其实用不上的东西，我过去也喜欢写上许多，因为这对你了解人物有帮助。我的第一个剧本，差不多有 200 页，特别长，但对我了解人物确实有帮助。反正那些东西还可以再删。当然，每部影片的情况各自不同。例如在《街区》里，有三个主要人物，三个 15 岁的男孩。具体要怎么写，起初我有些担心，但某天我忽然想到了以前在哲学课上学到过的，亚里士多德说过人有三个灵魂：一个是头，一个是胸，还有一个是……我想不起来英文怎么说了……

斯科特：蛋蛋（cojones）？

德阿拉诺阿：对！那分别代表了理性、意志和激情。于是我想到，三个男孩就代表这三个灵魂，因为他们三个人合在一起，原本就是一个人物。但是，我也没必要强迫他们往这三个方向发展，可以有很多别的方法，能自然而然地让他们走到这一步——拉伊代表胆量，或者说睾丸，马努是意志，哈维则更理性。所以我才会认为哈维是三人中能活下来的那一个，因为他更有理性，更懂得三思而后行。拉伊从不思考，所以影片结尾他被人杀了。有了这一套东西，写起来就方便多了。

斯科特：你什么时候开始对拍纪录片产生了兴趣？

德阿拉诺阿：一开始，我写的是电视节目的脚本，然后是情景喜剧，再然后是正剧。我写的东西，篇幅越来越长。最终，有导演找我写电影剧情长片的剧本了。另一方面，我的朋友里面，有一位也是保罗·莱弗蒂的好朋友——秘鲁人哈维尔·柯奎拉（Javier Corcuera）。我和他是在大学里认识的，成了好朋友，他们那些人里面，有人手里有一台贝塔康姆摄影机，所以我们常一起跑出去拍点东西，纯粹是出于爱好。1994年，我们去了战争中的波斯尼亚。因为有朋友认识在那儿的人，我们就跑过去拍纪录片了。

斯科特：不危险吗？

德阿拉诺阿：当然有危险。当时我只告诉我妈，说我要出一次远门，但没和她说是要去波斯尼亚。不过，那次拍摄为期并不很久，只拍了15天。我们每天会工作15到20个小时，因为能做的事情实在是太多了，有很多人可以采访。最有意思的还在于，最后一周，我们还去了一次塞尔维亚。通常他们都不让来自欧洲的摄制组入境，他们对欧洲人挺敌视的。

斯科特：完全不觉得紧张吗？

德阿拉诺阿：也紧张啊，要去塞尔维亚的话，必须从前线穿过去，难度很大，就像是电影《无主之地》（*No Man's Land*，2001）里面……那是一部好电影，剧本写得很有意思，很具有象征性，就只有两个人物。真是一部有意思的电影，和我们的实际经历很相似。所谓的无主之地，就是两方阵地中间的那一片，长6公里。要进入塞尔维亚，我们就得穿越它。我们得到了联合国维和部队的保护，我们坐在车里，前面有坦克开道，后面也跟着一辆坦克。就这样，我们穿越了这6公里的无主之地。确实有地雷，他们会把地雷挖出来，等我们过去之后再把地雷放回去。我可紧张坏了，想要避开那些地雷，感觉就像是一场障碍滑雪赛。我们怕极了，因为那些都是一战时期制造的地雷，那些人告诉我们说，这种地雷，你光是盯着它看，就能让它爆炸，你想我们能不怕嘛！

斯科特：纪录片的剧本要怎么写？

德阿拉诺阿：前后也有不少变化，因为一开始，全片只有访谈内容，也就是我们的第一部片子，所以完全没有写剧本。我们只是做了资料搜集，采访了一些从波斯尼亚移民来西班牙的人，找他们谈了一下这场战争。我们事先就只写了一些要问的问题，仅此而已。我们每天都去采访，随机应变。在那之后，我们又拍了一些同样只有访谈部分的纪录片。那些纪录片里面，我只导过一部：去墨西哥拍了"副司令马科斯"领导下的萨帕塔民族解放军。另外还有一部《世界之背》（*La Espalda del Mundo*，2000），我是和哈维尔·柯奎拉合作的，我做编剧，他做导演。《世界之背》的情况挺不一样的，我们预先做了大量资料搜集工作，还写了一个剧本，但拍摄时又改了很多地方。拍纪录片很有意思。

斯科特：拍纪录片写剧本，是为了让你预先有一个概念，整个片子的结构要怎么处理。但是，真正开拍之后，肯定没法完全照着剧本来，很多地方要改动，是这样吗？

德阿拉诺阿：是这样的。墨西哥的那部片子，制片人希望我们能做一些访谈，我也有这想法，但我不想去采访远赴墨西哥城的大型抗议游行队伍，因为我相信 CNN 和西班牙的电视台也都会去现场报道的，这种访谈，我们不可能做得过他们。所以，如果我要拍的话，就一定要先想好别的角度，我决定了，我不要像拍新闻事件那样去拍它，我要另辟蹊径。于是，我们去了一处小村庄，拍了当地人在等待游行队伍抵达时的状态。我们计划在村里拍 15 天，采访村民，记录他们等待的过程。这样，整个片子的结构就像是在倒计时，结尾就是游行队伍的抵达。

斯科特：大部队抵达的那一刻，我估计你们一定拍得很吃力，那么多人的情况下，你们还得继续跟拍之前采访到的这几个村民。

德阿拉诺阿：确实，他们上台演说的时候，我们跟拍的却还是台下的那几个人，那几个村民。游行队伍里的老师、音乐人，我们也做了采访，但到最后，我们还是回过来拍了本地的村民。但那天我还多了一台摄影机，从墨西哥过来的一部机器，成了我们的第三组机位，让我有了更多的选择。但是，我的焦点还是放在那些村民身上。他们的希望与期待，那才是我主要的关注点。

斯科特：你是怎么拍到"副司令马科斯"的？

德阿拉诺阿：非常困难。

斯科特：他的真实身份一直隐藏得很好。

德阿拉诺阿：是啊，而且那时候的情况挺糟糕的，因为政府的关系，他背负着很大的压力，而且长途游行的过程又很累人，气氛实在是太疯狂了。他们没有多少时间能停下来接受采访。早先，提前几周的时候，我们就通过某些渠道给他送过几封信，同时找了好几条路子，就是希望能采访到他。最终，我们终于见面了。他对我说："上帝啊，你可真是无孔不入啊！"我回答说："马科斯，不好意思，我也是没办法。"他又问我："你究竟是何方神圣啊？怎么有那么多人在我面前说起你啊？"我们确实认识他身边不少人，包括一位女律师，她的儿子死在了墨西哥的监狱里，她也是这一场全国运动的焦点人物。通过她，通过另一些渠道，我们给马科斯送了信。此外，我们还去了一个与他们关系密切的小村庄，马科斯时不时地会在这里召开新闻发布会。但是，我们在村里停留了三天，始终没能采访到他。我们只能空着手离开了，当时的情况下，压力实在是很大。别说我们，即便是国际红十字组织，原本说好要支援他们的，但临时又变卦了，因为墨西哥政府施加了压力。所以我们的拍摄真的很难，特别冒险。就这样，我们没能在那个村子里采访到马科斯，只能空着手离开了，不然就赶不及去之后要定点拍摄的那个村子了。一直等到全国游行结束，等到他抵达墨西哥城的三天之后，眼看我们就要回西班牙了，临走之前我们还是给他送了最后一封信。我们告诉他，这次采访机会对我们来说十分重要，但也没办法，现在我们不得不回国了。我们把航班号告诉了他，希望他能改主意，给我们打电话，否则我们也只好按时回西班牙了，《阳光下的星期一》的演员挑选工作也等着我呢。走的那天，我们到了机场，大家都已经寄走行李了，只剩摄影师和我两个人还等着没动。这时候，制片人的手机响了："再多等一天吧，他愿意接受采访了。"其他人已经都登机了，所以最后只有我和摄影师留了下来。当晚，我们接到了他本人的电话，马科斯把电话打到了我们住的宾馆！第二天我们就做了采访，他让我们必须在下午 4 点准时到，"而我会在 5 点准时到，因为我知道你们还需要做准备工作，布光什么的都很花时间。"结果，他也在 4 点就来了，那很棒，因为正式拍摄之前，我们就先聊了一小时，这让我放松了不少。

斯科特：相信这次采访一定也让墨西哥政府没少头疼……转到下一个话题吧，能否回忆一下你第一次成功卖出剧本的经历？

德阿拉诺阿：我记得很清楚，那真是重要的一步！让我有了自己是职业编剧的感觉，真是太棒了。没记错的话，当时我 21 岁，那应该是我写过的第四或第五个剧本。之前，我也从西班牙政府拿到过一些创作津贴，但是一个剧本都没能卖掉过。剧本如果能卖出去，这对我来说会有很重要的意义，会让我相信这条路能走得通，让我知道自己写出来的东西，也有人相信它能被拍成电影。所以，几年之后，我终于卖掉了一个剧本。但那家电影公司一直没能把它拍出来。我最早卖出去的三四个剧本，一个都没能拍出来，钱我拿到了，但电影没能拍出来。

斯科特：那也已经很不错了……

德阿拉诺阿：差不多连续发生了三次，电影公司买了剧本，却没有拍，等到第四次的时候，那个本子确实拍成了。这四个剧本，全都是命题作文，都是按照他们的要求写的。当时在西班牙比较流行的是喜剧片，电影公司找编剧写的大多是喜剧片，觉得商业前景更好些。确实，当时的西班牙电影界，也只有喜剧片这一种类型能卖座。之前，我已经在电视台当了几年编剧，然后就接到了电影公司的电话，说让我照着自己某个收视率很高的电视作品的样子，再写一部喜剧电影出来。我告诉他们："我可以给你们写点别的，我不想复制自己！"可人家不想要别的，就想要那一款的。没办法，我也只能照办。

斯科特：看来，写喜剧对你来说没什么难度？

德阿拉诺阿：是的。

斯科特：但我觉得写那种电视喜剧节目，想要写得好，可不容易啊。

德阿拉诺阿：这又要从头说起了，我一直很乐于写东西，人家都是很早就开始写东西了，但我跟它，却是相见恨晚的感觉，所以我要把失去的那些给补回来，以前没写过的东西，我都要花时间去写起来。以前只知道画画，现在只好多花时间写东西，希望能弥补上这一块。就这样，我笔头非常勤快，慢慢就开始写情景喜剧了。我觉得那写起来很有意思，我本身就喜欢写对白，而对于情景喜剧来说，最重要的就是对白和人物了。所以写喜剧对我来说大有好处，等于是在锻炼我啊，情景喜剧写多了之后，如何塑造人物，如何写对白，好像我都慢慢摸到门道了。说来很有意思，当初我的剧本第一次被拍成电影，那其实原本就是给情景喜剧写的，结果男主角看了本子特别喜欢，希望能干脆拍成电影。原本，那只是情景喜剧的第一集，然后制片人打来了电话，告诉我说拍摄经费已经追加过了，拍外景戏也没问题，而我却回答说："但我不想要外景戏！"以前拍电视剧就是这样，经费多的话，就可以出外景，在街上实景拍摄，可我就是喜欢写这种单纯只有人物的大特写。估计在这方面我和罗曼·波兰斯基（Roman Polanski）挺相像的，我也喜欢用特写处理各种情境。

斯科特：你的第二部剧情长片《街区》完成于 1998 年，故事发生在马德里郊区。电影海报看着像是锁在路灯柱上的一艘摩托艇，是这样吗？

德阿拉诺阿：是，你说得很对。

斯科特：能否请你对比《家庭》来谈一下《街区》？从剧本创作的角度来说，你是否从中学到了什么？

德阿拉诺阿：我记得《家庭》的剧本写得非常快，但写完之后并没有去找电影公司推销，因为我自己特别喜欢这个剧本，把它锁在抽屉里。故事的格局很小，全都在一栋房子里上演，成本非常之低，因为拍起来只需要一栋房子、一家人，别的什么都不用了。但那并不是真正的一家人，55 岁的男主人因为不想独自一人过生日，于是出钱请了一些演员来扮演家庭成员。整部电影讲的就是家庭是如何运作的，我的想法就是，家庭其实就是一台戏，家人扮演各自的角色。《家庭》表现的正是这个，笑料横生是因为这个家庭内部有着各种奇怪的情境：兄弟之间发生性关系，但其实他们又不是兄弟，都只是请来的演员，但还是会让你觉得像是在乱伦，于是就产生了笑料。总体说来，整部戏有幽默，但同时也非常苦涩，时而还会令人伤感。

斯科特：可以算是黑色喜剧？

德阿拉诺阿：对，我觉得是。当时我的想法就是，这个本子我要自己来导演，因为之前的一些经历告诉我，我的本子交给别人来拍，有时候结果我并不非常满意，最大的问题出在了故事的基调上，处理得太直白了。

斯科特：你喜欢更含蓄一点。

德阿拉诺阿：我觉得是。但像是《家庭》这样的剧本，很大程度其实就是看导演怎么处理，因为它的故事基调其实很脆弱，A 拍出来或许是惊悚片，B 拍出来或许是很露骨的喜剧片，所以我觉得，应该还是我自己来拍才对。反正它的成本也很低，确实也能找到愿意投资的制片人。但《家庭》和《街区》十分不同，《家庭》的情节更为吃重，《街区》则更关注人物。

斯科特：两者之间的转变，还挺大的。

德阿拉诺阿：确实。

斯科特：而《阳光下的星期一》也进一步延续了这种更加关注人物的做法。

德阿拉诺阿：是的。其实当初写《家庭》的时候，我也想过在人物方面要塑造得更有意思一点，但它的故事创意实在是太突出了，所以情节本身成了《家庭》最重要的一环，而非那些人物，哪怕我再努力也没用。但很明显，《家庭》写成现在这种样子，效果更加显著。我当时只是一名初出茅庐的年轻编剧，不可避免地会想要在剧本中更多地展现自我，《家庭》就有那么一点炫技的味道在，就像是好学生交上来的作业，样子很好看。相比之下，《街区》就是更个人化的作品了，我觉得它要比《家庭》难写——因为《家庭》的故事创意和情节实在是太突出了，占了先机。而且，对于当时的我来说，喜剧里的情境，写起来可要比《街区》更容易。《街区》更关注的不是情节，而是人物以及人物的情感，你必须贴近他们才能写好，对于当时的我来说，这更有难度。所以最初动笔写《街区》的时候，我想的是这一次绝对不要去想建立任何东西。我必须打破它，必须做到非常纯粹，不使用任何的编剧小窍门。

斯科特：例如哪些小窍门？

德阿拉诺阿：例如压缩时间或者是省略剧情，那些写剧本时非常有必要、非常有用的技巧，我全都不想用。其实演员也是一样，拍过 20 多部电影之后，你肯定会掌握不少小窍门，面对镜头的时候，可以收到事半功倍的效果，但那肯定不是最好的效果。那只能说是过得去，但或许很难有让观众大吃一惊的效果。

斯科特：例如某一种固定的表情？

德阿拉诺阿：是啊，就像是某一种笑法，许多著名演员都会用它，因为他们必须那么做。写剧本有时候也是这样，写出来的东西，你自己其实也知道，它能过得去，但那并不意味着这就是最好的处理方式。有时候你自己也得承认——不承认都得承认——那并非很纯粹的做法。写《街区》的时候，我尝试写得更纯粹一些，因为回顾我之前写的那些剧本，我意识到有时候我是在重复自己，剧本写得多了，自然有了经验，结果就会用到下一个剧本里，那些结构上的小窍门，全都反反复复地在用。我想要在写《街区》的时候改变这一点，规避这些东西。我也不知道我成功了没有，但我确实试过了。

斯科特：你今年 35 岁，但已经自编自导了三部剧情长片，为别人也写了不少剧本，还创作了三部电视剧。相信你写东西速度一定很快，所以能否请你介绍一下自己具体的写作流程——从最初的创意直到第一稿剧本？

德阿拉诺阿：每个项目的情况区别很大，具体情况要具体分析。一般来说，先是有了创意——就像《家庭》，创意即家庭其实就是一台戏，然后我以前会先写一个剧情梗概，接着再写一个剧本大纲。过去我习惯于写这些东西，但最近的这两个剧本里，我把更多心思都用在了资料搜集上。入行之初，写剧本前我不太做资料搜集。我那时候完全没有什么经验，还以为编剧都可以靠凭空想象。我还以为，电影里的一切都可以想象出来，你不用亲自去战场，照样也能写出战争片来。如今，我当然再也不会这么想了。入行之初我写的那些剧本里，其中有一个是为福克斯探照灯公司写的，虽然后来没能拍成，但写的时候我们做了很多资料搜集的工作，结果让我发现这么做很管用，在此过程中，我更好地了解了人物，于是，等我真正动笔开始写的时候，我发现自己已经爱上了这些人物，我觉得一定要写一部最好的电影出来，这才能配得上他们。其实这也就是三年之前的事，从那以后，我就习惯写剧本前多做资料搜集了。比如《阳光下的星期一》，资料搜集就帮了大忙，从中获得了不少关于情绪、情境和人物的想法，而且这不光是对写剧本有帮助，对我本身来说，也有不少好处。

斯科特：让你理解了那些人物。

德阿拉诺阿：是的，等开拍之后，我还能把自己搜集资料时了解到的东西，再告诉演员。这真是很有用，通过资料搜集，你可以了解不同的人生，可以学到很多新东西。

斯科特：通过资料搜集获得的那些信息，你是怎么处理的呢？怎么用在剧本里？

德阿拉诺阿：我习惯有了故事之后再开始做资料搜集，即便没有故事，至少也得有一个剧情梗概，甚至是至少要先写好故事概述，然后再去搜集资料。比如手头正在写的这个剧本，我就是写好了故事概述后，这才着手做资料搜集的。或许，这有一点迟，结构和人物都已经定下来了，但我觉得还是很有帮助，我照样可以通过资料搜集来理解各种情境下的人物情况，他们是怎么说话的，怎么交谈的。在这之后，我想我就会开始写第一稿剧本了。通常来说，第一稿剧本的作用是挺大的，它可能会有八成的内容，最终都会反映在电影里。有时候能到八成，有时候到不了，但至少我自己导演的那几部电影，都能到八成。《街区》的第一稿剧本很接近最后的成片。有了第一稿之后，我习惯再写上五六稿，对白修改得比较多，尽可能地做到真实，有时还会拿掉某个人物，拿掉一段支线情节。但整体说来，我的第一稿剧本和最终的成片，还是非常接近的，我觉得这其实是好预兆，要是一个剧本被迫改得很多，写到第 14 稿还没定下来，我觉得这剧本肯定就有问题了，整个剧本全都是……

斯科特：各种各样的补丁？

德阿拉诺阿：对，我觉得这是个坏预兆，这说明剧本的问题很多，你必须修修补补，它就像是补了好多次的车胎，这样的剧本我估计是成不了的。就我而言，耗时最短完成的那些剧本，往往质量反而更高一些。

斯科特：看来你真是笔速很快啊，能举例说说吗，《阳光下的星期一》花多久写完的？

德阿拉诺阿：有时候我确实写得很快，可能是因为之前写电视剧的关系，被迫锻炼出来了。在我 24 岁的时候，写剧本的速度确实非常快，几个月时间就能完成一个电影剧本，《街区》和《家庭》差不多都是几个月时间。《阳光下的星期一》时间要更长一些，我是和伊格纳西奥·德尔莫拉尔一起写的。当时的情况是这样的，拍完《街区》之后，我累坏了，发誓说再也不拍电影了，以后只当编剧。之后，我确实也为别的导演写了几个剧本，然后又有了《阳光下的星期一》的故事创意，开始围绕这个和德尔莫拉尔谈。这过程挺花时间的，因为他是电视剧的编剧，平时特别忙，很难凑出时间来。我们写了一个剧本大纲，然后就停下来了；等第一稿剧本出来的时候，我又去墨西哥拍《行者》（*Caminantes*，2001）了，在那之后才回过来完成《阳光下的星期一》的剧本。但我觉得这也挺好的，能经历一点时间，好让自己发现某些一开始没能看出来的问题，也有好处。加起来，《阳光下的星期一》的剧本总共写了一年。

斯科特：写得顺利的时候，你一般每天写几页？

德阿拉诺阿：顺利的时候……不知道，可能七八页吧。

斯科特：那遇到不顺利的时候呢，你会怎么办，会怎么应付自我怀疑的情绪？

德阿拉诺阿：这种事常会有，我觉得遇到这种情况，正确的做法应该是继续下去，而不是停下。有时候，因为写得不顺利，写得很慢，你会产生这种情绪，碰到这种时候，你肯定会想要给别人打打电话，或是出去走走，那就先停笔吧。又或者，每天都写好多页，一连几天之后，你的速度会严重放缓，那是因为你对自己写的东西不太满意。对我来说，如果我正在写某个段落，我觉得不满意，不喜欢他们说话的方式，不喜欢那些情节，即便如此，我还是会想办法继续写，哪怕不满意，我也继续写。可能再写上 4 个段落，感觉又会好起来的。这就是电脑的好处啦，随时可以回去修改，我不是说重新改一稿，而是说定稿之前的小修小改。

斯科特：也就是说，你先不管它？

德阿拉诺阿：是的，我觉得很可能只是那一天的感觉不对，过几天回头再看，同一段东西，很可能会……

斯科特：心情不一样，感觉也不同了。

德阿拉诺阿：是的，就是这个道理。当然，有时候回头再看，会发现同样的问题依然还在，那就只能做修改了。但关键在于，剧本写得不顺利的时候，就像是在穿越沙漠，不喜欢也得坚持走下去啊。就像是在沙漠里，你不能停留，只能继续走，说不定最终还是会死！所以我总是继续走，或许第二次就走出去了呢。

斯科特：你有时候是一个人写，有时候则和别人一起写。你更喜欢哪一种方式，为什么？

　　德阿拉诺阿：通常，当我拿了电影公司的编剧合同，当我为别的导演写剧本时，绝大多数时候我会跟别人合写。那样的工作很有意思。我的合作伙伴中，不乏作为编剧、作为朋友都让我很喜欢的合作者。如果是写我自己的电影，《家庭》和《街区》都是我一个人写的，《阳光下的星期一》则是和伊格纳西奥一起写的，他是我的死党，我很欣赏他的写作方式。这两种创作方式很不一样。我更喜欢一个人写，但如果是到了沙漠里，能有个人一起走也很棒，会让你不那么孤独，或许还能启发你看到不一样的风景。

　　斯科特：你和伊格纳西奥·德尔莫拉尔具体是怎么合作的？

　　德阿拉诺阿：我们以前合写过电视剧，他平时写话剧，我觉得他的对白写得非常好。我觉得我们合作《阳光下的星期一》之所以能成功，是因为 10 年前我们就合作过了，而且他写电视剧也是神速，能跟他一起写东西，特别愉快。当初写《阳光下的星期一》剧本大纲的时候，不管是结构还是人物上，我都可以畅所欲言，哪怕是一些听上去可能很愚蠢的建议，他也都 OK，他不会介意，所以我喜欢跟这样的人合作。和这样的人合作很愉快，可以畅所欲言，新的想法可以说给对方听，我觉得这样很好。不过，写人物对白的时候，我想我还是更喜欢自己一个人写。因为这部分东西，有时候两个人合写会很难，因为对白本身也有一种音乐在里面。同样的音乐，每个人听在耳朵里的感觉是不一样的，对白也是这样，同样的话语，听在不同的人的耳朵里，也是不一样的感觉，所以有时候会很难合写。当初写《阳光下的星期一》的剧本时，我们主要是在结构上合作，一起修改，添加新的人物，拿掉了原本的几个人物，等到理想的剧本大纲完成之后，我们就开始写对白了，但这部分我要比他写得更多一些，毕竟我是这电影的导演。

斯科特：《阳光下的星期一》应该是基于真人真事改编的吧——你是怎么知道这件事情的？

德阿拉诺阿：来自报纸上写的一些故事。我记得最早的一个发生在20世纪90年代初期，我也是在报上读到的，发生在法国。

斯科特：法国人真是很爱罢工啊！

德阿拉诺阿：是，他们很擅长罢工！法国的失业工人当时搞了一个运动，走的不是暴力路线，而是搞笑路线。这些失业者会一大群人一起，跑去巴黎的某一家大饭店里，大吃一顿，等服务员把账单拿来的时候，他们就说自己没钱，因为都失业了。有时候，饭店会叫来警察，于是媒体就报道了这事。他们去超市买东西，去坐公共交通的时候，也会这么做。后来，西班牙也有了类似的事，我也在报上读到了。他们那些运动的名字中间，有一个就叫"阳光下的星期一"。当他们在星期五搞这种行动时，他们会说，今天对于他们自己来说，不是星期五，而是一个"阳光下的星期一"，换句话说，这是他们继续失业的一天，但这么说的话，显得很欢乐，更积极，更有希望。

斯科特：所以说这其实是西班牙语里面原本就有的一种说法？

德阿拉诺阿：一种不算是很流行的说法。

斯科特：但对于失业者来说，他们都知道这说法，对吗？

德阿拉诺阿：是的。他们会这么说，而且还以为所有人都知道它什么意思，但事实上，那说法并不怎么流行。对我来说，最初的构思更接近于这个概念，要比现在你们看到的电影更有攻击性，做法更接近于去饭店吃霸王餐这种。

斯科特：后来怎么就没坚持那种想法呢？

德阿拉诺阿：我觉得这也很正常，大家总想着要写那一类电影，更具有攻击性的电影，但写剧本的过程非常漫长，所以很多东西写着写着就变掉了。我经常就是这样：整个剧本，从头到尾花了好多时间，掌握的各种材料全都扔了进去，但你也要做理性分析，有时候会过于理性，以至于最终拍出来的电影，已经和你最初的想法不一样了，没有那么冲动了。我觉得，我拍这部电影的目的，是要讲讲情况究竟怎样，而不是讲它应该要怎么样才对。

斯科特：能否谈谈你针对特定对象做资料搜集时的方法，会采访他们吗？会用摄影机录下来吗？

德阿拉诺阿：手头正在做的资料搜集工作，我有时候会用到摄影机，并非全程使用，因为一旦用上了摄影机，情况就变了。就在上周，我拿着摄影机去拍了两个妓女，面对镜头，她们讲话的方式都变了，不自然了。之前没用机器的时候，我们谈得很好，效果很棒。

斯科特：你会用录音笔吗？

德阿拉诺阿：不，全靠脑子记。

斯科特：这样更有利于建立信任，是吗？

德阿拉诺阿：是。而且，真正有趣的点，你肯定是会记得的。当初为《阳光下的星期一》做的资料搜集工作就非常有意思，边写剧本，边搜集资料，我见到的那些画面，与你在影片一开始看到的那些电视画面，是一样的，都是工人和警察之间的冲突，我看到的画面就是那样的。那是三年前了，我正在写这个剧本，我在电视上看到了一模一样的画面，三四百个船厂工人和警察发生了冲突，他们要保护自己的工友。于是，我和他们进行了接触，征得同意后，带着摄影机去了那里。他们已经占领船厂一个月了，不工作，警方想要把他们弄走，但没成功。我们也在船厂里待了一个星期，跟工人讨论事态的发展，接下来应该怎么做，真的非常有意思。我拍摄了一些采访对象，但最有意思的地方，其实还是听他们讲自己的工作。他们管自己叫工人阶级，他们讲到自己的工作时，那种方式很有意思，你能感觉得出，他们很尊重自己的工作。

斯科特：差不多就像是马克思主义者。

德阿拉诺阿：是，因为工作就是他们唯一的所有，他们自己也说：我们是工人阶级，工作是我们的唯一，绝不允许别人破坏我们的职业——他们说的是当时有很多船厂都关门了，人们转而从韩国购买新船。在我看来，他们谈到自己这份工作的时候，非常动情。片中有一些对白，根本就直接取材于他们的原话。例如哈维尔·巴登说的那什么，"这跟我们自己的工作无关，它关乎的是我们小孩的工作，想想下一代吧，要为了他们而斗争。"这些台词非常接近于那些工人对我说的话，他们说得很棒，很有感情。跟他们打交道的过程，让我收获良多，对这部电影很有帮助。在这里面，主要讲的就是一个尊严问题。我们在船厂里停留了一周，回来之后，我在剧本里加了一个段落，靠近结尾处在酒吧里的那一场戏，几乎一字一句地移植于当初我和那些工人的对话。想当初，那些工人会议的气氛还挺让人难受的，因为他们会把妻子也都带来，有些时候，妻子会代表丈夫站出来发言，她们会向其他工人解释自己丈夫为什么只能答应谈判条件，因为他们还要生活，那气氛真挺让人难受的，因为她们的丈夫就坐在一旁，那场面很尴尬。

斯科特：你曾说过，《阳光下的星期一》由一些当地的、日常的小故事所构成，这句话怎么理解？

德阿拉诺阿：我想我要表达的意思应该是，对于我们这样的编剧来说，写一些贴近我们自身的故事，那会很有意思，但是有些时候，你不得不按照别人的要求去写一些故事，比如说受雇于好莱坞，写一些警匪故事什么的，但那其实并非我们的生活，那不属于我们的文化。我要说的就是，我们应该多关注自己身边的故事，而不是那些相距甚远的事。我是用开玩笑的方式来说的，我自己是近视眼，只有放在很近的地方，我才能看清，我写剧本也想要用这种近视的写法。我感兴趣的是那些很贴近我的事情，对于那些相距甚远的东西，我一直都没法看清楚。所以在我看来，往往是在这种生活中的小地方，能有最精彩的故事。

斯科特：小中见大。

德阿拉诺阿：是的，而且我觉得我们必须在有价值的事情里寻找合适的故事，普通人的身上就有故事。

斯科特：哈维尔·巴登是什么阶段参与进来的？桑塔那个角色，专门就是为他写的吗？如果是的话，这对于剧本创作又有什么影响呢？

德阿拉诺阿：谈不上是专门为他写的，当初写这个剧本的时候，我完全没考虑过演员人选的问题，我不太喜欢这么做，万一你是照着某某演员来写的，结果他又不能演你这个角色，那就太傻了。当然，有时候你不可避免地就是会想到某位演员，碰到这种情况，我也只好尽力克制这种情绪，我要塑造的是剧中人物，我不能想着具体的演员人选。所以，《阳光下的星期一》剧本创作的过程中，我没考虑过这方面的问题。写第一稿剧本的时候，我完全没想过要由谁来演桑塔——从某种意义上来说，他可说是全片的主要人物，很有重要性，因为他是领袖，是影片的支柱，是他在提醒其他人他们的身份。他很重要，但我确实没想过要找哈维尔。在那之后，我在圣塞巴斯蒂安电影节上看了《夜幕降临前》（*Before Night Falls*，2000）。只看了 5 分钟，我就想好了：可以让他来演桑塔。

斯科特：你是从《夜幕降临前》里面看出来的？这两个角色的区别可挺大的。

德阿拉诺阿：恰恰就是因为这一点。我发现他的演技真棒，可以演谁像谁。他在《夜幕降临前》里演的是作家雷纳尔多·阿雷纳斯（Reinaldo Arenas），两人本身区别很大，哈维尔很强壮，雷纳尔多却很羸弱。当初我在年龄上一直有些顾虑，桑塔的年龄应该要比哈维尔的年龄大出不少。哈维尔当年 34 岁，而我设定中的桑塔应该有 40 岁了。但看过《夜幕降临前》之后，第二天我带着第一稿剧本和哈维尔见了面，我们边喝咖啡，边让他试读了桑塔的台词。效果很好，我决定让桑塔稍微再年轻几岁，因为我发现，让哈维尔演一个 38 岁的角色，应该完全不成问题。我把这个想法跟他说了，他也很赞成。又过了一天，他给我打来了电话，说他很喜欢这个故事，很喜欢桑塔这个人物，这是一个不落俗套的人物。但此时距离我们真正开拍，其实还有一年的时间，他也一直耐心等待着。

斯科特：这电影之所以能拍成，相信他也是关键因素之一。

德阿拉诺阿：我想是的。

斯科特：有人会将这部电影和肯·洛奇的作品做比较，你觉得呢？

德阿拉诺阿：我很喜欢他，很欣赏他的作品。我常会自问："换作肯·洛奇的话，这件事他会怎么想？"

斯科特：所以对于这种比较，你会觉得很高兴？

德阿拉诺阿：当然啦，人们会这么比较，我很高兴，他可是我心目中当今影坛最优秀的导演之一啊。而且，我相信他听到有人拿《阳光下的星期一》和他的作品做比较，他也会高兴的。记者有时候就是喜欢用这种小花招，这是你评价电影好坏时的一种捷径。当然，具体说来，我觉得我们的电影在主题和处理方式上，可能确实有一些相似之处，但也并非所有环节全都一样。总之，我喜欢你们拿我和他比，我很高兴。此外，也有人将它和意大利新现实主义做比较，和埃托雷·斯科拉（Ettore

Scola）做比较。从某些角度来说，《阳光下的星期一》确实和意大利新现实主义有相似之处，这反映在处理剧中人物的方式上。但我也很欣赏肯·洛奇那种英国社会派电影对于幽默的运用方式。有些时候，那完全就是另一种形式的幽默——非常的冷幽默。相比之下，意大利新现实主义有时候要更有诗意一些。有时候我会觉得他们拿我和意大利新现实主义比较，也挺有道理的，因为处理人物的方式确实相近。有时候我也觉得，《阳光下的星期一》相比英国社会派电影，还是更接近于意大利新现实主义。

斯科特：你是否会觉得失业的痛苦和酗酒成瘾是一样的，一旦被它抓住就很难再摆脱了？

德阿拉诺阿：我给这些人物设定了一个特定的年龄，40 岁，人到中年，万事艰难。

斯科特：为什么说万事艰难？

德阿拉诺阿：到了这个年龄，人就像是夹在了一条缝里，前后无着，位置很尴尬。在西班牙，有一种失业的情况就是这样，从 40 岁开始失业，一直找不到活儿，转眼就到了 50 多岁，那真是人生的最低谷。我们管这种人叫"长期失业者"。这时候再想要恢复就业，那真是很不容易，所以真的是万事艰难。从某种意义上来说，在《阳光下的星期一》里，阿玛多这个角色就很近似于这种情况，他之所以会是这么一个狠角色，之所以更多地和工人在一起，之所以到最后会变得更有戏剧性，全都来自这点。但另一方面，创作这个剧本的过程中，我始终都觉得对于他们来说，40 岁这个年龄也挺好的，因为这个年纪的人，还不曾彻底认清现实。就好比何塞，失业已经一年，但他仍没有清楚认识自己的处境，倒是妻子已经都看透了。他可能每天都还在想，情况说不定还会好转的，他就没想过，也可能一直就这样了，永远都找不到工作了。在这些人物里，我觉得他的情况要比其他人更微妙一些，因为他的人物关系要更微妙一些。而且，他也是这些人物里更脆弱的一个，因为他的未来难有定数，有可能否极泰来，也有可能每况愈下。

斯科特：而且到了这个年纪，比起往前看，可能他们会开始更多地往后看，回望自己的人生了。

德阿拉诺阿：如果他们只有25岁，那肯定不会有这种工人阶级的心态，不会觉得这份工作就是他们的唯一。25岁的人，随便什么活儿都可以干，因为没有家庭的负累。而这些人就不一样了，他们是有专业技术的老工人，他们只想继续做这种工作，继续拿着不菲的报酬。

斯科特：一旦屈就了，一旦放低身段找了更基础的工作，就很难再回来了，只能永远都干基础工作了。

德阿拉诺阿：谁都希望自己可以不断晋级，但并非人人都能做到这一点。我觉得何塞这个人物的内心，一定是非常困惑的。当初写这个人物的时候，我就一直想着，他内心肯定很困惑：我现在究竟是怎么了？而他妻子却很明白。感觉就像是他一直在自我欺骗，所以你才会看到，明明失业就是他生活中的头等大事，可他自己却不这么认为。他总觉得那是发生在别人身上的事情，抱着这种念头，他的苦日子也来了。所以，还得说这个年龄十分重要——人到中年，还有很多年要工作，但想想确实也已经工作了很多年了，而且对于工作的认识，也和小年轻不一样了，需要考虑的问题有很多。

斯科特：桑塔为什么想移民澳大利亚？他其实很清楚生活有多不易，这让我觉得，这种想法对于这么一个人物来说，有点太不实际，太逃避主义了。

德阿拉诺阿：我觉得这里面包含了几层意思。首先，虽说他是那些人里最勇敢的斗士，但同时他也是个没有任何根基的人。他们到了这个城市工作，但整个行业消失不见之后，这些人绝大多数都没了工作，失去了根基。桑塔就是这样，没有根基，对他来说这是一个难题。所以他才会一直住在小旅馆里，女友也不停地更换。

斯科特：他一直在寻找。

德阿拉诺阿：对，他一直在找，而且他知道自己有可能要离开这座小城了。设计这个情节的真实意图其实在于，我希望他能在谈移民、谈澳大利亚的时候，最终谈到乌托邦。在这些人物里面，我觉得他是更理想主义的一个，常能为剧情注入幽默，我觉得他是整部影片的希望所在。我希望那些话由他来负责说出：社会本该如何才对，政治本该如何才对。而在他谈到其他那些事情的时候，例如说到澳大利亚的时候，他说的也只是事与愿违、一厢情愿的话。

斯科特：何塞的妻子安娜在鱼罐头厂上班，下了班还总觉得自己身上都是鱼腥味。你是不是想要暗示，有些工作其实也没比失业好多少？

德阿拉诺阿：她不想干这工作，但没办法，只能干。就像是里诺一样——他不管什么活儿都想要干，桑塔总是劝他别再去面试了。我觉得，我是要通过这些人物，在失业的问题之外再触及一下临时工的问题。那些都是只签半年合同的工作，很不稳定。安娜这种工作，非常辛苦，却只有半年合同。我想要通过这个来说明，有些工作其实非常垃圾。等到你能签三年长期合同的时候，他们又会赶在你更换合同之前就先让你停工，于是你只好又从头开始做起。真是太可怕了。我要说的就是除了失业之外，还有这一种很不稳定的工作。我希望通过何塞的故事展现一对夫妻的命运。何塞的心情很不好，所以让他妻子出去工作，这一点很重要。

斯科特：谢尔盖这个人物你又是怎么想到的？乍一看，以前学做宇航员的人，会流落到西班牙来，这似乎挺难以置信的，但你表现得却又十分真实。

德阿拉诺阿：事实就是，西班牙有不少从东欧过来的工人，建筑工地上就有不少俄罗斯人、波兰人——都是非常廉价的临时工。而且，这里面有很多人原本都有着不错的职业。这样的事已经司空见惯了——空有技术，却没有可施展的地方。我当初的想法就是，要设一个移民的角色在里面，但也不能是一个很重要的角色，因为故事空间有限。我希望那人能代表所有这些移民工人，我喜欢斯拉夫文化、斯拉夫人，所以我设定他是俄罗斯人。然后，我又想到了他原本是学做宇航员的，确实有一点夸张，但我觉得还挺有诗意的，谢尔盖想事情的方式，有时候确实会让你觉得像是一名宇航员。当初写剧本的时候，我们俩希望每个人物的身上，都能反映一个不同的失业主题。里诺是年龄问题，何塞是和他妻子的关系，桑塔是斗争，谢尔盖则是移民。各自都从社会学的角度代表着失业问题的某一种影响，各自都代表着经历失业的一种不同的生活方式。

斯科特：能否谈谈当保姆的那一场戏？那个姑娘扔下了这份工作，好和朋友一起出去玩，于是桑塔他们接下了这份活儿。他们坐在花园里，喝着昂贵的饮料，让小孩自己看着电视。这里的调子拍得非常滑稽，但同时也很真实。

德阿拉诺阿：说来还挺有意思的，当初还有人想把这一段给拿掉来着，包括制片人，甚至包括伊格纳西奥。但我特别喜欢这一段，所以跟他们拼命地争取。当初这一段戏我写得就很开心，它稍微有一点点脱离现实，有一点让幻想照进现实的味道，然后还有一点诗意，不多，就那么一点点的诗意。我喜欢写这一类的戏，但它拍起来很难，因为我想要拍出真实的感觉来，有时候这就有难度了。对我来说，把它留在电影里非常重要，这差不多就是全片最后的一处轻松时刻了。过了这段，他们的情况越来越糟，在这之后就是银行里的那一段了，所以我想保留这一段，稍微留一点亮色。

斯科特：当保姆的时候，小男孩临睡之前，桑塔给他讲了一个故事，关于草蜢。那本是一则寓言，但桑塔选了政治的角度，充满激情地告诉小孩说这只是一个谎言，草蜢是有政治动机的。你这想法从何而来？

德阿拉诺阿：我觉得这想法来自桑塔自己吧，当初写到这里的时候，我已经和剧中人差不多合为一体了，所以在这地方其实是剧中人自己在说，我只是在记录。事后再读到这里，我会自问："这都是我写的吗？"

斯科特：是你的潜意识写的吗？

德阿拉诺阿：对，我觉得是。写到这里的时候，我已经进入桑塔的头脑了，他的想法就是我的想法，即一切都与政治有关。我可以用桑塔的口吻来谈论一切。再举一个例子，你会发现何塞老爱问阿玛多他妻子的事，比如在酒吧里就是，总是问他这方面的问题，但是，很长的一段时间里，我自己并没有意识到这一点。直到我们拍摄最后一个段落时，他又说起了这个，我这才意识到，他之所以会这么做，是因为他和自己的妻子总是有问题，所以他老是问别人这方面的问题。

斯科特：这电影的调子挺灰暗的，故事推进的速度也不怎么赶——当初写剧本的时候，你已经想好了要用这种速度吗？

德阿拉诺阿：写剧本的时候，我就想好了它一定要有平和的节奏，因为这拍的就是失业。很多场戏里面，他们根本就无事可干，就晒晒太阳，这就是影片的片名，这电影说的就是这个。桑塔谈及澳大利亚的那一场戏，我们原本挺担心的，因为这一段本身持续得很长，而影片此时也已开始15分钟了，我们生怕这会让观众看了不耐烦到提前离场。而且，我总是要求演员讲台词的时候尽量慢一点，这很重要，因为影片的主题摆

"我想要强调的一点就是，无论发生什么，他们仍在阳光之下，依然有笑容。"

在那里呢。《街区》也是一样。我们过去总说，那是一个可怕的故事，但是讲故事的方式却很柔和——恐怖故事并不是只有一种讲法，除了暴风骤雨以外，和风细雨也可以。我尽量让每一个人物都能有一些美妙的时光，也能有一些现实主义的时刻。对于观众来说，看到剧中人在欢笑，看到他们正在享受美妙时光，你就会有一种跟他们靠近了的感觉，这样的话，等到他们遇到不顺的时候，你也会更加关切。我自己也是一样。不光是电影里，即便是日常生活中，我也喜欢用幽默的方式来讲事情，用幽默来软化那些事情，但有些时候又会用幽默来反衬那些难处，效果会更加明显。

斯科特：你觉得桑塔和他那些朋友的未来会怎么样？

德阿拉诺阿：从一开始我就想好了，这部电影要留开放式的结局，因为他们的生活还在继续，所以最自然的办法，就是给他们一个开放式结局，让他们处于动态之中，自己也不知道将来会怎么样。我想要强调的一点就是，无论发生什么，他们仍在阳光之下，依然有笑容；形势很艰难，但还是要那么做，这对他们自己有好处，能让他们继续保有一点尊严，他们也知道，失业并不是自己的错。不管遇到什么情况，都不能放弃希望。至于接下来会怎么样，我也不知道。或许他们从中学到了什么，我希望桑塔能提醒他们别忘了自己究竟是谁，希望他能把他们凝聚在一起；他们必须团结，我希望这能给他们带来出路。影片最后那一段戏，安娜本想离开，但还是留了下来的那个地方，我原本始终认为半年后她还是会离开。因为她没别的办法，必须留下来帮助丈夫，但那并非她自己的选择，她并不想这样。

　　影片完成后，我们回到了老地方，为当初拜访过的那些工人做了一场放映。吃不准他们会怎么想，心情诚惶诚恐。当然，结果很好。让我难忘的是，和他们谈起安娜，谈起那个妻子的角色时，他们告诉我说，很喜欢这个角色。他们觉得这是对所有那些工人妻子的一次致敬。现实之中，不少人的妻子被迫离开了，因为他们自己酗酒的问题，因为生活的艰难，很多人的婚姻都破裂了。所以，他们觉得安娜代表了那些选择留下继续支持丈夫的妻子，再艰难都选择了留下。他们告诉我，妻子的角色在他们生活中十分重要，能在影片上看见她们的代表，真的很棒。这样的情况下，我当然是告诉他们说："放心，安娜会一直留在他身边的！"我觉得，这也给我上了一课：生活并非永远都像电影那样有戏剧性。我原本觉得她还是会离开，但那些工人让我明白了，现实不一定会那么糟糕。他们彼此相爱，所以她会留下。

加利福尼亚，洛杉矶

《夺金三王》

————————/16

大卫·O·拉塞尔

"凡事都应该要发自内心，
不论是否高明，重要的是
要发自内心。"

　　大卫·O.拉塞尔（David O. Russell）自编自导了关于乱伦的卖座独立电影
《爱上老妈》（*Spanking the Monkey*，1994）和由本·斯蒂勒（Ben Stiller）、帕特里
夏·阿奎特（Patricia Arquette）、艾伦·阿尔达（Alan Alda）等人主演的关于收
养问题的喜剧片《与灾难调情》（*Flirting with Disaster*，1996）。1999年，他拿到
了华纳公司手中的一个电影剧本，自己重新改编之后，将其拍成了《夺金三王》
（*Three Kings*），这也是当时唯一一部关于海湾战争的美国电影，由乔治·克鲁尼
和马克·沃尔伯格（Mark Wahlberg）担纲主演。2004年，他又拍摄了新作《我
爱哈克比》（*I Heart Huckabees*），这部关于人生难题的侦探喜剧由达斯汀·霍夫曼
（Dustin Hoffman）、莉莉·汤姆林（Lily Tomlin）和裘德·洛（Jude Law）主演。

剧情梗概

　　伊拉克，1991年3月。海湾战争才刚结束不久，美军士兵特洛伊·巴洛和康
拉德·维格意外获得一张地图，上面标着萨达姆的秘密地堡，他由科威特搜刮来
的金条，全都藏在了这里。阿奇·盖茨少校成功说服了他们以及他们上头的埃尔
金上士，一同去偷走这些黄金。不久，四人果真找到了宝藏，萨达姆的残余部队
也正忙着打击地方上的反抗者，无暇过问四人的行动。但是，那些村民的命运让
他们动了恻隐之心。四个美国军人，决定要带着这些伊拉克平民一起上路，尽管
这有违美国的公开政策。

《夺金三王》（*Three Kings*，1999）

凯文·康罗伊·斯科特：我知道你从小在书香门第长大。小时候有没有哪些作家是你特别喜欢的？有没有谁的人生或是文学事业，让你想过要去效仿的？

大卫·O.拉塞尔：我想，可能是塞林格吧，或者是菲茨杰拉德。这是最有名的两位了。菲茨杰拉德笔下关于"富人"的那一类东西，我不怎么感兴趣，但我当时确实很喜欢他关于社会各阶层的文字。除了他俩，我小时候也读别人的作品，有些要比他俩的作品更有意思一些。不过被你这么一问，我总觉得，这会儿我是不是应该报几个更冷门一点的法国作家的名字才对啊……

斯科特：你不必那么想，我这可不是那种访谈。

拉塞尔：OK，那所以还是这两位，可能还要再加上马克·吐温（Mark Twain），《哈克贝利·费恩历险记》（*The Adventures of Huckleberry Finn*）对我影响极大，而且除了写作之外，他作为"牛虻"式的批评者，作为社会批评家，作为讽刺作家和幽默作家，也都干得很出色。

斯科特：你的第一部短片作品是一部纪录片，名为《从波士顿到巴拿马》（*Boston to Panama*，1985）。

拉塞尔：这短片主要是从社会活动的角度去拍摄的，我曾经在中美洲工作过，当时正赶上尼加拉瓜革命的初年，我在那儿教书，做扫盲工作，所以我过去总以为，未来我会成为一名作家。之后，我又在波士顿的南端（South End）社区做了一些类似的工作，写作成了我帮助别人获得政治力量的一件工具。也就是说，我找到不会读写的人，教会他们读写，在此过程中，他们会用笔写下自己的故事，他们会发现那并非什么神秘的语言，并不是只有富人阶级才能拥有，他们也可以通过这种语言表达自我。就这样，他们用英语写下来的小故事，我会找一家小型杂志发表出来，每个人的故事都上了媒体。等那本杂志印出来之后，也会送去这些小型的成人教育中心，那些移民发现自己的文章登在了上面，我还把这些拍进了纪录片里，它的主题就是记录某个人的日常生活。他来自中美洲，如今在波士顿艰难求生，有人扎他的车胎，有人偷他的信件。对我来说，这部短片拍得挺艰难的，我用的是当地社区大学的设备，机器都不怎么样。磁带剪辑的时候也很原始，根本就没有什么编辑系统，就靠在两台机器上对剪，想要剪到哪里，就要正好把带子停在什么地方，再把另一台机器上的带子剪进来。真是石器时代的电影剪辑……

斯科特：你读大学的时候，兴趣还都在写小说、写评论上。是什么时候把注意力放在电影制作上的，尤其是剧本创作？

拉塞尔：怎么说呢，出于某些原因，当时我并没有真把拍电影当作自己的终身职业——可能就是因为我们家有好多书，我从小就是在书堆里长大的关系吧，我一直觉得写小说才是唯一的出路。我小时候背负的，是那种典型的中产阶级家庭对于下一代的期望——当然，后来我变成了左派，当上了电影编剧，这两件事全都不符合他们的期待，但我自己却轻松了。对于电影，我其实一直都很热爱。那是发自灵魂深处的热爱，同一部电影可以看上五六回，之后的几星期乃至几个月里，脑海中也都一直重温、回味着它，几乎已经到了神经质的程度。我常说，20世纪70年代的那些电影杰作，就是我的电影启蒙教育。再然后，我就自己开始拍电影了，拍得很糟。当我来到波士顿的时候，以前我曾经教给那些学生的东西，我自己反而没有意识到，那就是，凡事都应该要发自内心，不论是否高明，重要的是要发自内心。我当时总觉得，电影就是一种诡计，必须巧心编造才理所当然，所以我一开始的几部短片，由这个角度去看，都显得挺古怪的。我现在已经不太愿意把它们拿出来放映了，因为回想当初，我一定是自己都还没弄明白呢。如何构建一部电影，我当时压根就还不懂。

　　斯科特：想好要做什么之后，你决心搬去了纽约居住，但一开始也干过各种工作，包括当记者，包括在米高梅做剧本审阅。我过去也干过审阅剧本的工作，所以我很清楚，善于分析剧本，给出管用的意见，这是一码事，自己独立写一个剧本出来，基本就是另一码事了。

　　拉塞尔：所以我自己的第一个剧本，写的是恐怖片。当时这类电影正当红，大家都觉得拍这个很快就能上手，容易出成果。

　　斯科特：是不是 20 世纪 80 年代《猛鬼街》（*A Nightmare On Elm Street*）特别红的那一段？

　　拉塞尔：对，不过我那部恐怖片，加了很多政治内容。之前我关注过缅因州某个面粉工业小镇上的有毒废料问题，所以我就想到了："这些缅因州的面粉厂工人，因为中毒成了变异人，然后杀到了纽约华尔街上，大肆攻击那些买进、卖出他们工厂的金融人士，把病毒也传染给了他们。"那就是一部以雅皮士为敌的恐怖片。结果，这剧本没获得任何反应，写了等于白写。不对，其实，我通过这个剧本，认识了我妻子。她当时在新线公司，但用她自己的话来说，她"面对这个故事素材毫无感觉"。

　　斯科特：问题出在了哪里？

　　拉塞尔：我也不知道啊，我应该把它找出来，再看一下……不过，我很清楚自己当时还处于学习阶段，我学着把自己内心的想法和我关心的东西给表达出来，将之变成某种类型的电影。在这方面，我当时一直都处于摸索的阶段。比方说，我曾想到过这么一个创意：那是一家中餐馆，老板会偷听每一桌客人的对话，为他们写下很有针对性、很具有个人色彩的字条，塞在幸运饼干里面。凭着这个创意，我拿到了一笔拍短片的启动资金，结果，我越想越觉得这个故事有意思，遂决定干脆把它写成剧情长片。最终，我用了两年时间，写成了这个剧本。如果它真能拍出来的话，从某些层面上来说，应该会是一部不错的喜剧片。但我估计我当时并不满足于此，我还是想要拍一些更深一点的东西。说起来，这个故事和我目前手头正在写的一个本子，倒是有那么一点点的相似，都涉及了一段段不同的人生，我想让它们互动起来。

斯科特：据我所知，你不管写什么剧本，事先都会列出分场大纲。能否请你谈谈这一具体流程？

拉塞尔：首先，这个分场大纲里，肯定要写上这个故事创意最让我感到兴奋的那些地方，不管那究竟是什么；其次，有些时候，我还会在分场大纲里写上一些故事的小片段，还有那些我感觉特别不错的戏，然后还有关于人物的想法——不一定非得在这时候就把上述这些东西全都融合在一起，我会把它们一栏栏地分列出来。就好比是各个人物，经过提炼之后，我会给每个人物写一个人物曲线，从左写到右。然后，再寻找一下这些曲线之间的关联，找出每个人物的故事之间的关联。有了这些之后，再通过提炼、压缩，把它变成一整个故事。因为这里面存在着许多的可能性，想要确定这部电影究竟要讲哪一个故事，这有可能会是一个很漫长的过程。这个故事是否足够有意思？是否太偏向于某一个人物？是的话又该如何将它扳过来？始终都会有矛盾："究竟要把它拍成谁的电影？"

斯科特：你曾说过，喜欢去朋友家里写剧本，不然你会觉得写得太孤独。独自一个人写东西，真有那么难吗？

拉塞尔：怎么说呢，即便是在朋友家，真写起来，你也是一个人。只不过，还是会觉得更好过一些，哪怕只是因为当你想暂歇一会儿时，可以有人一起喝一杯咖啡。

斯科特：剧本中遇到的某一类问题，如果能够讲出来，会更容易得到解决，你是这么想的吗？

　　拉塞尔：绝对如此。能有个人说说，真是再好不过。近期有一个项目，我甚至破天荒地头一次找了别人来一起合写，确实带来了不少便利。目前为止，我做过的这些项目，故事创意还都完全出自我一人，但在寻找具体解决方案、实现创意的过程中，我希望能有帮手。

　　斯科特：也就是说，你自己想到了很多的创意，但你需要有人帮你一起来表现这些创意。

　　拉塞尔：我有上亿条好创意。难就难在要如何才能做到最好。有时候，这真是一个漫长、艰苦的过程，可以有人帮忙的话，那真是再好不过了。哪怕只是让他扮演批评家的角色，也一样是一件好事。而且，我有那么几位合作伙伴，有时候他们会在这里帮忙，我很喜欢找他们交换想法。不过，这都是在完全保密的条件下进行的——过早地让太多人知道，有百害而无一益，会把你自己都搞糊涂了。所以我事先都会保密，他们要猜就让他们自己去猜吧。

　　斯科特：你曾经说过，剧本创作的过程"特别痛苦，让人难受"。为什么这么想？

　　拉塞尔：特别痛苦？剧本创作？好吧，我说的可能是写剧本时充满了孤独感的那种艰难吧。想要写出一部好电影来，这可不容易。有一些好的创意，确实能有一气呵成的效果，不费什么力就完成了，但这样的事情可遇而不可求，特别是，越是有野心的故事创意，越是难写成。遇到这种创意，很多时候我会写到一半，不禁自问："我为什么就不能写一点简单些的东西呢？"比方说，我最近刚改完一个新项目的剧本。那个故事又让我想起了刚才说过的中餐馆的创意，因为主角也是两个破解人生难题的侦探，其中一人将由达斯汀·霍夫曼饰演。顾客将各种涉及人生难题的案件交给他们，由他俩展开调查。所以故事里也出现了偷听的情节，和中餐馆一样，但是不多。我要说的就是，那天我碰巧遇到了达斯汀·霍夫曼，我跟他说了，我又新改了一稿，聊的过程中，他就不停地一直在说："祝贺、祝贺。"于是我问他，"你为什么不停地说祝贺、祝贺啊？"他回答说："因为我知道这事儿有多不容易。"这话让我听了很感激——他知道这有多难，不管是修改、删减还是改进一个剧本。我觉得，想要当好编剧，耐力绝对是重要的一环——要坚持不懈地去寻找最佳的方案，哪怕暂时没找到也不放弃。

斯科特：但沃伦·比蒂也说过，阅读一个剧本的难度，绝不亚于写剧本。我知道你也同意这种说法。为什么呢？

拉塞尔：我觉得看剧本很辛苦。老有人送剧本给我，让我看一下，但说实话，我真不愿意看，我本身就整天都在忙剧本了，再看他们的剧本，那真是一件很耗精力的事情——因为我看剧本时非常投入，全部注意力都集中在了上面。另一方面，剧本要表达的东西，你一不小心就会彻底误会——我自己就有好几个剧本被别人误会过，包括手头这个和《夺金三王》都是。那些电影公司的执行人员，原先都没看上它，直到影片上映之后，他们又跑来找到我说："上帝啊，你这部电影的意思，我当初没明白啊，现在我总算是知道了！真是太厉害了，下一个剧本，请你再给我一个机会吧。"可等你拿着下一个项目去找他的时候，听到的却还是那老一套——"你要表达的意思，我不是很明白……"于是我问他："还记得《夺金三王》那一次吗？你可是说过很喜欢那部电影的……"就是这样的死循环。

所以说，看剧本真的是一件很辛苦的事。我这次的新剧本，当初达斯汀·霍夫曼要求我大声地给他朗读一遍。结果我分三天才给他念完。他就是想要亲耳听一遍，想听听我自己读这个剧本时的感觉。

斯科特：他想知道你是怎么把握整个剧本的基调的，对吧？因为作为编剧，你读它时的语调，那是独一无二的。

拉塞尔：就是这样。

斯科特：《爱上老妈》和《与灾难调情》两片被影评人格雷厄姆·富勒（Graham Fuller）称为是"神经质家庭喜剧"，在此之后，你又拍摄了成本5000万美元的《夺金三王》——你称之为"政治战争片"。我想知道，作为编剧的你，为什么会在戏路上做出这样巨大的变化？从家庭片到战争片，格局怎么一下子变那么大了？

拉塞尔：你问得好，我自己也会问我："我那是怎么了？"但说到底，我想还是那种情况：写的时候，你自己都不能理解你为什么要那么做。你就是感觉到了，你要这么做；有东西扯着你，要你把这个故事讲出来。很明显，正是因为拍了《夺金三王》，才有了现在的我，我是说，这让我非常清晰地认识到了自己接下来究竟要拍什么。我还是要拍小制作，主题上更贴近那些奇怪的、心灵层面的东西，那才是我最心爱的主题。出于某些原因，拍《夺金三王》之前，我没能非常清楚地认识到这一点。一方面，那是因为我对电影工业的好奇心，想看看跳出自己的那个系统会有什么结果；于是就拍了这么一部大公司的作品，甚至还要和特技部门合作——出于某些原因，这确实很吸引我——但一旦试过之后，我压根就没兴趣再去重复一遍这样的经历了。更别说这部夺宝片（heist film）里类型片的那些特点了，我是完全不喜欢这类东西，觉得无聊透顶。

斯科特：我看过《夺金三王》的 DVD 花絮，那里面有别人用镜头记录下来的导演工作日志，包括你的前期准备工作，骑自行车去演员试镜会。你没坐公司给你配发的汽车，你自己骑车穿梭在中央公园西路上，还碰巧撞上了斯派克·琼斯（Spike Jonze）……你的世界看上去还挺小的，而且非常封闭。但等到正式开拍之后，我们看到你坐在宾馆的会议室里，面前坐着 60 个人，全都等着你发号施令。这两种画面并排放在一起，我觉得就很能说明问题了。

拉塞尔：是啊，很病态，不是吗？我就像是全能的上帝，剧组那么多人全都围着我。最好还是跟最精简的剧组一起拍戏——人数越少越好，从今以后我都是这个想法。大型剧组可能会有很多问题，因为团队中有一半的人，可能才刚连着拍完 5 部电影，不可能对你这部电影特别投入感情。但在拍摄现场，这可不是什么积极的能量，精力早就都耗在之前那些电影上了。

我心里还装着很多东西，每拍一部电影又都很花时间，所以有时候一觉睡醒，我会告诉自己："上帝啊，我又想要拍新片了！再让我多说些心里话吧。"这念头我一直都没变过，我有着各种各样的故事想要说出来，估计全部讲完的话，我都已经 90 岁了。我希望能多拍一些电影，讲讲我对政治问题的看法，毕竟，我曾在中美洲亲身经历过非常动荡的一个时期——当然，那儿基本上一直都在动荡——我一直很想拍那些事情。当初我之所以想要拍《夺金三王》，还有一个原因就是，我想要拍一部男性电影，我一开始的两部电影都是围绕女性来拍的，我当时想要换一换。

斯科特：你刚才说过，《夺金三王》中夺宝类型片的那一面，你其实并不喜欢。当时有没有想过，干脆不要这部分情节？

拉塞尔：好主意啊……不，我当时没想过。真要那么做的话，肯定能让我轻松很多啊。出于某些原因，我当时就像是得了自闭症的人，一门心思钻在牛角尖里了，哪怕行不通也不回头。要是能拿掉这些情节，单纯只拍那几个人物的话，或许我本可以拍出一部比《夺金三王》更有意思的电影来——类似于《陆军野战医院》（*MASH*，1970）的喜剧片。

斯科特：我觉得《夺金三王》从头至尾，似乎都有那么一种自己跟自己在较劲的感觉：一方面是故事要求你拍的这些东西，另一方面则是你针对在伊美军这个主题想要表达的那些东西，两边互相牵扯着。但另一方面，片中那些文化元素倒是表现得特别传神，包括士兵偷带烈酒回营地，包括记者挖空心思找新闻……

拉塞尔：关于这个，我想要说两点。第一，这片子的动作戏，我觉得我们拍得很具有原创性。第二，我觉得这片子在政治隐喻上还是做得非常好的，用那些士兵的天真幼稚来做隐喻。你可以看一下他们幼稚不成熟的情绪，他们没能货真价实地战斗，所以这一次战争体验对他们来说是不满足的，于是才会想要带点纪念品回去，证明他们曾经"参战过"。这种想要拿点什么东西走的目标——不管是体验也好，还是黄金这种实物也好——其实就和石油有点像：我们只管自己得到了它，其他人怎么样，我们就不管不顾了。对于那些地方，我们就是这么做的，吸干他们的资源，拍拍手走人，留下的烂摊子就不管了，继续让那些独裁者为所欲为。海湾战争结束时我们就是这么做的。我觉得这真是特别虚伪。当时我真是不敢相信，除了我怎么就没有别的电影人也对那些主题、那场战争感兴趣，想到可以拍电影呢。

斯科特：这些年来，《夺金三王》的重要性不断上升，尤其是在当前的政治气氛之下。如今回头再看，你会如何评价美国在伊拉克的策略？

拉塞尔：我觉得整件事都糟透了，感觉就像是打这么一场仗，完全都是出于我们非常愚蠢的石油政策，还有我们这种愚蠢的生活方式，这本该在好久以前就改一改了，改成一种更好的生活方式，不要那么依靠资源，不要那么浪费。他们明显是要建立一个帝国，在世界各地都拥有基地，这主意我可真不觉得怎么好。另一方面，我也知道萨达姆·侯赛因有多残暴，因为参与我们电影制作的人里面，有不少都曾在他手里受到折磨。他还真是一个优秀的独裁者——我是说，如果要评选十大独裁者的话，他肯定能进前三，他是如此残暴，靠这个来掌握权力。他杀死了自己的好几个女婿……

斯科特：《夺金三王》从资料搜集到剧本完成，共耗时 18 个月。能否谈谈具体过程？

拉塞尔：能有个帮手，那真是好。那是由电影公司出钱给我找来的助理，所有相关书籍的资料搜集工作，都由他来负责整理。当然，我还找了一些去过那儿的老兵，跟他们建立关系。其中就有来自海豹突击队的约翰·罗特格（John Rottger），他当年就在伊拉克服役，结果成了本片的技术顾问。还有吉姆·帕克（Jim Parker）也是一样，他是我们另一位技术顾问，当初他曾见证过海湾战争之后萨达姆镇压伊拉克民主运动的过程。他看到自己手下的士兵在流泪。美国士兵在流泪，他们搞不懂为什么会这样，这些一周前还是他们敌人的伊拉克士兵，此刻正在屠杀无辜平民，而他们却什么都做不了。

我们还找了一些很不错的相关书籍，我最喜欢的几本书里，有一本收录了不少《洛杉矶时报》上登过的照片，等于是图片构成的伊拉克战争史，由《洛杉矶时报》在战争期间每一天的头版彩照所组成。我喜欢的是它的色彩，那是用彩照的第一家日报。我很喜欢那种感觉，所以在拍摄这部电影时，也把色彩调成了超饱和的感觉，和《洛杉矶时报》头版看上去一样，就像是彩色复印机印出来的拷贝，有种色彩大爆炸的感觉。除此之外，有不少 CNN 的电视报道，也给我们留下了这样的感觉。

吉勒·佩雷斯（Gilles Peress）的那本书，对我们的帮助也非常巨大。他是著名的摄影记者，那本书叫《伊朗电传》（*Telex Iran*），照片拍的都是 1979 年的伊朗革命。它真的给了我很大启发，让我知道《夺金三王》看上去、感觉上去究竟应该是什么样的。那本书里，很多照片明明拍的都是普通人的生活，但却有一种非常奇特的、不祥的混乱感，全都是因为政治上的骚动不安所造成的。很多照片用了深焦，前景和背景的对比真是绝了。真是一本很了不起的书，我当时一直随身带着。此外，还有一个人我也不能忘了——《哈泼斯杂志》（*Harper's Magazine*）的编辑约翰·麦克阿瑟（John R. MacArthur）。他之前写过一本书，说的是海湾战争期间的媒体：《第二前线：1991 年海湾战争中的审查与宣传》（*Second Front: Censorship and Propaganda in the 1991 Gulf War*），可以说我这部电影的精华，在他这本书里也都有呈现，当初也给了我很大的信心。

斯科特：类似士兵偷带烈酒回营地的故事细节，你又是怎么想到的呢？

拉塞尔：是士兵自己告诉我的，他们会把烈酒灌在漱口水瓶子里面，偷偷带回去。我看到过他们自己拍的照片，他们喝的看上去像是李施德林的漱口水，其实瓶子里面装着杰克丹尼威士忌什么的。我们弄了很多士兵自己拍的照片回来。他们有不少的空闲时间，就用来互相胡乱剃头，拍照片什么的。

斯科特：这好像有点同性恋的味道啊——就像是在监狱里，天天都是一群大老爷们混在一起。

拉塞尔：而且好像两边的人都爱练举重……确实啊，有这种味道。

斯科特：我觉得《夺金三王》是类型片的大杂烩。除了战争片，还是夺宝片，但里面还有不同的成分，前三分之一可以说是喜剧片，当中三分之一是动作片，后三分之一是……你觉得是什么？

拉塞尔：政治情节剧吗？从没人跟我这么分析过，这么分三部分，但听你这么一说，倒也合理。当然，与其硬分开来，我倒是觉得，那更有一点像是互相交织，你中有我我中有你的感觉。不过你说的也有道理。

斯科特：用电影讲故事的时候，音乐也是其中不可分割的一部分。你在写剧本的时候，会不会听音乐，靠它来帮助你确立故事的基调？

拉塞尔：写《夺金三王》时，我确实试过这么做。但是，边写边听音乐，容易沉醉其中。音乐的诱惑力挺危险的。边听音乐边写剧本，我觉得那会有一种手淫的感觉，或者应该说是"耳淫"，会让你对电影本身的

"我预感这事挺不妙的……"几位主角正在寻找走私的黄金。

质感有一种错误的估计，反而会影响实际想要得到效果的达成。我不喜欢过分仰赖音乐的电影。

斯科特：你在片中穿插了三位主角的家庭生活，这很有意思。他们之中，一个是行李搬运工，一个是枪迷，还有一个刚当上父亲。你写剧本的时候，喜欢给人物写小传吗？

拉塞尔：是的，我为每位演员都提供了好几页的人物背景故事。

斯科特：斯派克·琼斯的那个角色，原本就是为他度身而写。那应该是他第一次演戏吧，感觉怎么样？

拉塞尔：他是我的好朋友，当时就是，现在也是。他身上有这种能量，而且他也是一个爱搞恶作剧的人——所以我自然而然地就想到了要给他写这么一个角色。而且，从外形上来说，我也越想越觉得是那么一回事。我觉得他很了解他自己，他很喜爱这个角色，很快就开始用他自己非常搞笑的方式来自由发挥了，无论是说话声音还是行为方式上，都自己拿了不少主意。

加利福尼亚，布伦特伍德

《沙之下》

————————/17

弗朗索瓦·奥宗

"你不需要什么都
告诉观众。"

　　弗朗索瓦·奥宗（François Ozon，另译"欧容"）毕业于巴黎著名的法国高等国家影像与声音职业学院（La Femis），自编自导过多部短片外加数部剧情长片，还将德国名导法斯宾德的话剧剧本改编成了电影《干柴烈火》（Gouttes d'eau sur pierres brûlantes，2000）。他的《沙之下》（Under the Sand，2000）和《泳池情杀案》（Swimming Pool，2003），成功帮助夏洛特·兰普林（Charlotte Rampling）迎来事业第二春。在他的歌舞喜剧片《八美图》（8 Women，2002）中，法国最著名的几代女星济济一堂，包括芳妮·阿尔当（Fanny Ardant）、凯瑟琳·德纳芙（Catherine Deneuve）和伊莎贝尔·于佩尔（Isabelle Huppert）等人，也令年轻女演员吕迪维娜·萨尼耶（Ludivine Sagnier）迅速蹿红。

剧情梗概

　　巴黎，现代。玛丽与让结婚已有25年，生活幸福。夏天去法国西南部度假时，让留下玛丽独自在沙滩上晒日光浴，自己下海游泳，结果一去就没再回来。他是有意扔下她的吗？他是自杀还是意外溺水了呢？玛丽完全无法接受这样的事，既然丈夫的尸体并未找到，她也就回到巴黎继续原来的生活了，仿佛丈夫根本不曾离开。

《沙之下》（*Under the Sand*，2000）

凯文·康罗伊·斯科特：你年轻时就拍了十几部 8 毫米短片，能否谈谈这些作品？我想知道你是怎么构思那些短片的剧本的。

弗朗索瓦·奥宗：在我看来，由超 8 入手，这还真挺有意思的，我当时没有收音设备，所以写那些故事的时候，只好都不写台词，完全靠画面、演员和情境来解释整个剧情。我只能以某种特定的方式来拍摄，就像是早年拍摄默片的第一代导演。就这样，没过多久，我就掌握了一种对于画面的感觉，拍出来的东西非常视觉化。也正是因为这个背景，我现在拍电影也尽量少用台词，即使要用，也会采取一种不那么直接的方式。我不喜欢用台词来交代剧情。当然，具体情况还要具体分析——例如《八美图》，原本看的就是对白，还有对白中不同的风味。话虽如此，即便是《八美图》里，某些地方你也大可以捂上耳朵，单就看看那些女演员，那就足够了……

斯科特：《沙之下》确实台词十分稀少。

奥宗：是啊，《沙之下》的开头部分，就是用超 8 拍也没问题，那就像是我年轻时拍过的那种电影。就是一男一女的日常生活："你要喝酒吗？想要葡萄酒吗？"当初第一次给观众试映时，他们说："太可怕了，这对夫妻都不说话。"我告诉他们："他们当然也说，只是从不说任何重要的事。"生活其实就是这样。很多编剧常爱在台词里塞入过多的信息，因为那样子讲故事更方便。可是，如果什么都用台词来交代的话，那也不需要什么电影语言了，也不用考虑潜文本（subtext）的问题了。

斯科特：小时候喜欢文学吗？家里书多吗？

奥宗：家里书不少，因为我母亲是语文老师，所以家里有不少法国文学书籍。我很小的时候，父母就告诉我，随便我想看什么书都可以。他们在这方面很开明，相信艺术家可以不受任何东西束缚。他们说过："只要是搞艺术，那就没有限制了，什么都可以做——你可以在书里，在电影里或是一幅画里，杀死所有的人，不为别的，就因为这是艺术。"所以，我小时候就可以读萨德（Marquis de Sade），就可以读那些并非为年轻人创作的读物……还在我很小的时候，大约 10 岁或 11 岁吧，我特别喜欢左拉（Émile Zola）的书，因为那非常写实，就像是纪录片。他的故事里总是充满了性，对于一个小男孩来说，这可是大有吸引力的。但他的小说并非直接写这方面，都是比较含蓄、隐晦的。即便如此，哪怕是小孩子，你也可以边看边想象不同层次上的一些东西。

斯科特：电影方面呢，最喜欢谁？好像你说过是法斯宾德，然后经由他还喜欢上了道格拉斯·瑟克。

奥宗：是的，不过知道这一类导演，那都是很后来的事了。

斯科特：是在你就读著名的法国高等国家影像与声音职业学院的时候吗？

奥宗：是的，是在那个时期。小时候我和其他孩子一样，看的也是迪士尼公司那些愚蠢的东西。但我还记得，当我有机会看过罗西里尼（Roberto Rossellini）和雷乃（Alain Resnais）的电影之后，我忽然明白了，电影不仅仅只有娱乐功能。它也可以是思想性的，也可以有深度，可以触及你自己的生活。《德意志零年》（*Germany: Year Zero*，1948）给我的触动很大。它讲的就是二战结束后一个 8 岁男孩的遭遇。他在柏林，那座城市已完全被毁，他想和家人一起活下去，但最终还是自杀了。非常黑暗的一部电影。但我能在很小的时候就看到这部电影，这对我来说十分重要，因为我当时差不多也就是 8 岁的年纪。再大一点之后，差不多十六七岁的时候，当我开始迷影的时候，我最喜欢的导演是侯麦——挺讽刺的吧，他的电影全都满是台词。我很快就发现了，侯麦电影里的人物爱谈论生活，爱谈论各种事情，然后他会让你看到，这些人是如何言行不一。意识到这一点，对我来说十分重要。此外，侯麦拍电影时总有一种类似于纪录片的操作，这也是我很喜欢的。非常自然，非常写实。

　　斯科特：去电影学院前，你有没有试过写短篇小说或是散文什么的？

　　奥宗：没有，我其实不怎么喜欢写作。之所以写东西，纯粹只是因为我想要拍电影。先是头脑里有了画面，然后我只能落笔写下来，因为必须把想法告诉别人啊，我不可能自己一个人拍电影，总得有个团队才行。当初拍超 8 短片的时候，我不用跟别人交流，就我一个人拍。我拿着摄影机，也没有收音设备，打光都是我自己，就只有我一个人。我会直接告诉演员："这么做，然后那么做，就是这样……"

　　斯科特：你是从什么时候开始真的想要当编剧兼导演的？

　　奥宗：开始拍那些超 8 电影的时候，我就意识到了，这就是我想要做的事。在那之前，我对未来并不肯定，还没想好一定要做什么，也想过是不是可以搞话剧……但等我从父亲手里接过那台超 8 之后——之前他用它来拍家庭录影带——我马上就意识到了，我就要当导演。因为这样子，我既可以藏在镜头背后，同时又能表达自己的想法，我可以把激情都表达出来，同时又不必让人知道这些是我拍的。藏在镜头后面，通过别人的嘴巴来讲述某些我非常私人的东西，想到这一点，我就觉得高兴。那就像是戴上了面具。当时的我害羞，所以才会喜欢这个。最终，靠着拍电影，我反而不再害羞了——作为导演，必须跟别人解释自己的想法，只能学会表达自我，学会与人沟通。

　　斯科特：在编剧方面，你在电影学院接受了哪些训练？

　　奥宗：相比电影学院，还是自己拍超 8 短片的过程，教会我更多关于编剧的事。我们在学院里确实看了不少电影，这挺棒的，每天都在看布莱松、雷诺阿、约翰·福特的经典作品。至于编剧方面，我在那儿学到的确实不多。其实，只要你自己开始拍电影，一份工作接一份工作地干下去，自然就会学到很多东西。这也是法国高等国家影像与声音职业学院的一大好处，不用担心商业风险。他们给你钱去拍你自己的电影，拍得好不好你都无所谓，因为没有商业风险。你有机会去尝试，这次失败了也没关系，下次改进就好了。当然，我们确实也有一些编剧练习的功课，让我们自己写故事大纲，但具体怎么写剧本，我还真不是在那儿学会的，还是靠跟我那些朋友一起拍短片学来的。

斯科特：在那儿有没有遇到过什么给了你很大影响的人？

奥宗：我遇到了三个对我来说很重要的人。约瑟夫·莫特（Joseph Moter）也是超 8 电影的导演，而且他只拍超 8 电影。他让我们用超 8 做拍摄练习，因为超 8 的胶片，每本只有 3 分钟的时长 —— 它不像是现在的数码带，可以一连拍两个小时。总共只有 3 分钟，也就意味着，你必须事先计划好自己到底要拍什么 —— 因为我们都是穷学生，对我们来说，拍好的胶片要洗印出来，代价不菲。所以只能明确地想好到底要拍些什么。他还要求我们学习如何边拍摄边做机内剪辑，这样可以节约胶片，可以省得事后再剪辑。

总体说来，短片的最大好处就在于，如果是拍长片，想要明确表达自己想要说的东西，会比短片更容易，因为你只有 10 分钟，只能直接切入主题，而且要保证这个创意不是什么陈词滥调。这就是拍短片的难点所在，不能让人觉得似曾相识。所以，绝大多数短片其实都挺糟糕的，因为一个故事只能容纳一个创意。

斯科特：正因为超 8 的历练，所以你现在的电影显得很精干，上面找不到什么"肥肉"。你觉得是这样吗？

奥宗：是的，我同意你这种说法。我记得侯麦曾经来给我们做过讲座，给我们讲了不少拍电影要节约的事情。很有趣，因为想到侯麦，你肯定期待他会讲一些非常深奥的东西。结果，他谈的却是如何省钱……

他讲到他的《圆月映花都》（*Full Moon in Paris*，1984），给我们介绍在哪儿买片中那种地毯，价钱最便宜。他说："那是一家很好的店，需要地毯的话，一定得去那儿买。"（笑）

回到原先的话题，让·杜歇（Jean Douchet）是我在电影学院遇到的第二个重要的人。他和侯麦一样，也当过《电影手册》（*Cahiers du cinéma*）的主编。他给我们放了很多电影，而且他真是一个很有意思的人。第三个重要的人，是克洛迪娜·布什（Claudine Bouche），她是特吕弗的《朱尔和吉姆》等片的剪辑。她教了我很多有关剪辑的事情。你有没有看过我的那些短片？

斯科特：我只看别人介绍过其中之一，它说的是两个相恋的男孩，他们在海滩上，一人穿上了裙子。起初，你拍的是他正在穿裙子的画面，但是……

奥宗：对，是克洛迪娜告诉我，直接切到他已经穿上了裙子的画面，效果会强烈很多。原本，我觉得他穿裙子的画面既有趣又性感，我很喜欢，结果，直接切到他已穿上裙子的画面，我发现那更有趣了。

斯科特：后来她也担任了你某些剧情长片的剪辑。你从她那儿学到的东西，有没有对你写剧本有帮助？

奥宗：她一般总是在最后才加入，帮我做最后的调整。她一直跟我强调的，正是约瑟夫·莫特也跟我说过的——始终要想着剪辑，不管是写剧本的时候，还是拍摄的时候。

斯科特：我知道关于剪辑，她有一种想法：可以在一场戏已经开始之后，再切进去，切入的时间点越晚越好。这么做，是不是会让你在写剧本时省下不少工夫？

奥宗：其实你还是得把那一整场戏全拍出来，只不过，有时候你预先就知道，它的前半段会被剪掉。《沙之下》里有一场戏，丈夫失踪数月之后，她已经回到了巴黎，她出去吃晚饭。那一部分，整个晚餐的开始部分，我也都拍了，但没用在电影里，因为直接从当中开始或是直接从晚餐快结束时开始，效果更强烈——会让人失去方向，让观众有一点不明究竟，这反而会让他们更加兴奋。你不需要什么都告诉观众，他们很聪明，他们看电影的过程中也一直都在动脑筋。如果什么都直接告诉他们了，他们就干脆呼呼睡过去了。但是，写剧本的时候，你还是得白纸黑字地把所有事情都写下来，不能省略，因为你还得拿着剧本去找投资人呢。（笑）没办法，写剧本就是很麻烦。很多时候，我也知道我的那些剧本写得太细了，解释得太多了；我明知道有些东西将来是用不上的，或者根本就不会拍。但没办法，我需要这些东西来解释剧情，不然的话，投资人是没法看明白的。

斯科特：目前为止你还没在好莱坞工作过，但我知道，你的作品引进北美的时候，你经常过来配合搞宣传活动，所以跟好莱坞也打了不少交道，看了很多美国电影。你觉得，欧洲编剧和好莱坞编剧最大的区别是什么？

奥宗：区别在于——尤其是和法国编剧的区别，因为这都是我的切身感受——我们不会一部电影请好多位编剧。就我而言，我就自己一个人写剧本，我也不用背负什么制作压力，想怎么写就怎么写。但他们有一点我也很喜欢，那就是剧本写得都很直接，有什么说什么，美国编剧从没有这方面的顾虑。而在法国，有时候我们会担心，生怕写得太粗俗。但美国人没有这种顾虑，他们只需要为观众考虑。而在法国，有时候我们为观众考虑得还不够。

斯科特：但你觉得，好莱坞会考虑让观众——我索性引用你过去曾说过的一句话——"像成年人那样来面对电影画面"吗？

奥宗：怎么说呢，这就是美国电影的传统：娱乐大众。就我而言，有意地在电影里留下一些空白，让观众自己去填补，这非常重要。我自己做观众的时候，我也希望自己能参与进去，能在电影里面找到自己的位置，而不仅仅只是被动地当一个看客。我想要成为电影的参与者。

斯科特：《沙之下》开拍之时，你曾告诉媒体："我想要给观众一个机会，让他们也能在我的电影里获得一些代入感。"此话怎讲？

奥宗：因为在我大部分的电影里，观众和人物之间总是有不小的距离。而在美国电影里，常规的做法就是从影片一开始，就要让观众获得认同感，代入剧中人物。类似于《八美图》这样的影片，保持这种距离，或许还不错。但在《沙之下》里，获得代入感就很重要了。我希望观众能进入女主角的脑海之中，不然的话，很难去理解她为什么认为丈夫还活着。我想要把这个女人所有的情绪都表现出来，让你看到她为什么不悲伤。

斯科特：法国商业大片和美国商业大片的区别主要在什么地方？我是指从观众和期待值的角度来说。

奥宗：我觉得美国商业大片要比法国商业大片拍得更好，这就是区别。（笑）我们也想要学美国人，但我想最好还是别这样了，这本来就是他们擅长的领域。

斯科特：能否介绍一些你的具体创作流程？由最开始的故事创意从何而来谈起。

奥宗：我的故事灵感，或者说我的想象力，一直都取之不竭。各种创意层出不穷，能拍的项目实在是太多了。如果一段时间内老是会想到某一个创意，那我就会在这方面努力一下了。事实上，《泳池谋杀案》说的就是我这种艺术创作的进程。

斯科特：《沙之下》的创意最初来自哪里？

奥宗：来自我和父母一起度假的一段记忆。每年都去法国南部同一处海滨度假。每天，你都会看到同一批人。其中就有一对荷兰夫妇，年约60。某天，丈夫走向大海，再也没有回来。我看到他妻子一直在海边等着，直升机也在寻找他的下落。我一直记得她拿着丈夫的衣物等在那里的样子。我们兄弟姐妹三个当时都目睹了这一切，很震撼。我们问过家长："那女人后来怎么样了？她找到尸体了吗？她一直留在法国吗？"对我来说，那就像是一个谜。拍摄这部影片，我就是想要看看，能不能解开这个谜。

斯科特：有了创意之后，接下来怎么做？

奥宗：接下来我就有必要离开巴黎了，我要找个地方，一个人待上一两周，好全身心地投入进去。经过这一两周，整个项目的草样我就已经都写好了。然后，我还需要两三个月的时间来进一步推敲。之后，我会再次离开巴黎，再次独自一人生活，集中精力想想。等这次改完之后，我会把它拿给朋友看看，一起修改。

斯科特：这时候你拿给朋友看的是什么，是分场大纲吗？

奥宗：不是，已经是完整的拍摄脚本了，当然，还可以再修改。有时候，它可能还只有 40 页，于是我还得再加点东西进去。

斯科特：我看《沙之下》的演职员表，编剧一栏除你之外，还有好几位写的是"剧本合作"。

奥宗：是啊，好几位女士！（笑）艾曼纽埃尔·贝尔南（Emmanuele Bernheim）、玛丽娜·德范（Marina De Van）和玛西亚·罗马诺（Marcia Romano）。因为我需要一个女性的视角——事实上，是三个。

斯科特：那你是怎么跟她们合作的？

奥宗：她们其实一个字的剧本都没有写，但我找她们问了不少问题。例如玛丽娜，她也是导演，还当演员，演过我的《看海》（*See the Sea*，1997）和《失魂家族》（*Sitcom*，1998）。我在写《沙之下》后半部分的时候，找她帮了不少忙。前半部分的剧本，南法那一部分，我全是自己一个人来的，因为那本就是我自己的童年记忆。我们去了那儿，拍了影片开头部分，然后就先停了下来。直到这时候，我才开始写后半部分的戏。这时候，我开始从另一种视角来思考了。我自己并不是50岁的女性，所以只能请这几位联合编剧来帮我出谋划策。

艾曼纽埃尔·贝尔南是法国很有名的作家，在处理女主角和她情人之间的关系上，是她给了我很大帮助。举个例子，有个地方其实很简单，他俩在床上做爱，突然她笑了起来。这地方，就是艾曼纽埃尔·贝尔南帮了我一把。因为我想好了要让女主角忽然笑起来，但又想不出这背后具体的原因。艾曼纽埃尔问我："她为什么要笑？"我回答说："因为她以前都和丈夫睡，他很重，而这家伙却很轻。"体重的区别，让她觉得很滑稽。但当情人问她为什么要笑的时候，我想不出来要让她怎么回答。于是，艾曼纽埃尔建议说，或许可以让她就直接说："因为你很轻。"有时候就是这样，明明只是一个很简单的解决方案，你聊很久才能……

我每次找到她们这几位共同编剧，就是和她们聊这部电影。聊的过程中，我知道了自己究竟要表达什么东西。想必你也知道，写剧本的过程中，一上来就很明确自己要表达什么东西，这样的情况其实非常少见。得有一个反复的过程，需要时间来思考，需要换一个视角来看问题。有时候，哪怕是已经在拍摄了，剧本也不是说就不能修改了。很可能的情况是，剧本是12月写的，拍摄却排到了来年7月，在这半年里，你已经变了，已经不是同一个你了，于是剧本可能也要相应改变。不管是有了新的想法，还是自己的生活中遇到了什么问题，都可以影响到剧本。

"她并没有发疯，那是她继续活下去的唯一的办法：想象他仍在身边。"

玛丽看着海面，寻找着丈夫。

斯科特：如果没有这样的合作者，完全靠你一个人来写，你觉得最终出来的剧本会有什么区别吗？

奥宗：那样的话，我完成一部电影的耗时会更久。完全靠我一个人写的话，估计我就变成库布里克那样了，5 年才能写成一个剧本……但我喜欢快节奏，所以我愿意找人合作，好帮我加快速度。在我看来，剧本不需要做到尽善尽美。剧本里，大致的想法必须有，但到了拍摄的时候，我也希望能有一些自由度，不想被它束缚了手脚。事实上，开拍之后，我甚至都不会再拿起剧本来看。

斯科特：你有没有为《沙之下》做什么特别的资料搜集的工作？

奥宗：有啊，影片开始的溺水戏，我事先做了一些资料搜集，看了不少材料，看南法那些地方发现海边的尸体后，人们一般都会怎么做。我见了一些救生员，知道了大致的流程。我还去了停尸房。

斯科特：有找过与女主角一样正在经历这种悲痛期的女性来聊聊吗？

奥宗：我找了一位专攻这种情况的心理医生。我去了他的办公室，给他解释了故事情节："她一直没能找到溺水的丈夫的尸体，于是她开始想象丈夫还和她生活在一起，哪怕他可能早就死了。"听我说完，医生怀疑我是不是在说自己的事，怀疑我是不是脑子有了问题。我告诉他："不是，不是，不是我，是电影里的故事。"他又说："其实是一码事。"（笑）我又问他，明明丈夫已经在溺水事故中消失不见了，她却摆出一副他仍活着的样子，这样的事情有可能会发生吗？结果他回答说，有这可能。最重要的是他还告诉我："她并没有发疯，那是她继续活下去的唯一的办法：想象他仍在身边。"这位专家的话给我帮了大忙，我原本就不希望把她当作疯女人来呈现。

斯科特：你写剧本的时候会听音乐吗？

奥宗：不喜欢，但有时候确实也会听。之前说过的那部海滩上的男孩的短片，当初写到这对情侣争吵的滑稽场面时，就是那种电影里的烂梗的时候，突然，我耳朵里听到了一首歌。那是我小时候就听过的歌，法国歌手希拉（Sheila）唱的《砰砰》（*Bang，Bang*）。那是一首关于怀旧的很忧伤的歌曲。"年轻时我们相爱，如今我们已经结束，小时候我们纯真无邪。"于是我想到要把它用在短片里，让其中一个男孩唱出来。他通过这么做，向对方表达某种心意，而对方却根本不想听到这首歌。通过乐曲，你就能看出两个人物之间的问题了。

斯科特：《沙之下》里也有很类似的地方，女主角在超市买菜，背景里也有一首很忧郁的歌曲，唱的是夏天的结束。

奥宗：是，很优美的一首歌曲。一开始，你并不知道这究竟是超市里在放的歌，还是她自己脑海里听到的歌。这首歌唱的是分别，是夏天的结束，十分悲伤，但是她在那一刻看上去却很快乐，因为在她的生活里，丈夫还在家里，而且她在外面还有情人。这一场戏，正好出现在她得知丈夫尸体被发现的前一刻。这是很有诗意的一刻。

斯科特：还想问一个个人问题。

奥宗：天哪，是关于性……

斯科特：不是，放心。还是编剧方面的问题，当你独自在家创作剧本的时候，遇到写得不顺利的情况，面对自我怀疑的情绪，你会怎么办？

奥宗：我会停笔。我只在自己有好的故事创意时才会动笔，我不是那种每天早上坐在电脑前面问自己"今天我能写点什么？"的人。曾经，我整整三个月一个字都没写，因为完全没有一丝灵感。遇到这种情况，我就随它去。如果正在写一个故事，写到一半发觉写不下去了，或者对写完的东西觉得不满意，我也一样，随它去。之后的事情，就交给我的潜

意识吧。我会带着对某一场戏不太满意的心情，回屋睡觉，有时候，一
觉睡醒就有办法解决了。有时候，我会干脆看一会儿电视，说不定问题
自己就会迎刃而解。你必须做到特别敏锐，随时准备好捕捉一切灵感，
始终对任何东西都要保持开放心态，肯定会有收获的。

法国，巴黎

《007 之择日而亡》

—————————/18

罗伯特·韦德和尼尔·珀维斯

"什么是007有可能遇上的最糟糕的处境？"

罗伯特·韦德（Robert Wade）和尼尔·珀维斯（Neal Purvis）在好莱坞大获成功。他们是007系列电影最新两集《007之黑日危机》（*The World Is Not Enough*，1999）、《007之择日而亡》（*Die Another Day*，2002）的编剧，其他作品还包括有《置若罔闻》（*Let Him Have It*，1991）、《抢翻天》（*Plunkett & Macleane*，1999）和搞笑版007电影《憨豆特工》（*Johnny English*，2003）。2004年，在筹措新一集007电影之余，两人又联手创作了《无人查收》（*Return to Sender*，2004）和《布莱恩·琼斯的狂情世界》（*Wild & Wycked World of Brian Jones*，2005）两个剧本，并且担任了联合制片。韦德和珀维斯都住在伦敦。

剧情梗概

朝鲜，现代。代号007的特工邦德，驾驶着高速气垫船，成功穿越非军事区的地雷阵，从朝鲜逃了出来。经由香港、古巴再到伦敦，他在地球上绕了个圈，只为查出阴谋家古斯塔夫·格雷夫斯与他辣手无情的得力干将赵先生的真面目，阻止大战爆发。在此过程中，他与美丽的金克丝和米兰达·弗罗斯特产生了交集，两位女郎究竟是敌是友，实在耐人寻味。在一座完全由冰块搭起的宫殿中，他体会了高科技武器的力量。最终，善恶双方还是要在朝鲜决一死战。

《007之择日而亡》（*Die Another Day*，2002）

凯文·康罗伊·斯科特：我想先请你俩说一下，你们小时候，家里的书都多吗？

罗伯特·韦德：我妈是艺术家，雕塑家，所以家里书不少，但也谈不上什么"书香门第"。我小时候挺爱看书的，最喜欢的一门课也是语文。别的课我都学不好。所以当时一直都觉得，如果长大之后能去巴黎当个作家什么的，应该会很酷。但到了差不多15岁时，我对电影的兴趣变得越来越大了。

尼尔·珀维斯：我爸是摄影师，所以我从小就是闻着定影剂的味道长大的。小时候我看书也不少，但还是更喜欢去电影院看电影。自己一个人去电影院看电影，我觉得这对于影迷来说，是一件具有决定性意义的事情——我是说那种散场后走出来，重见天日的感觉……16岁，我加入了几个影迷俱乐部，有些只放20世纪40年代的老片子，会员也都挺怪异的——爱把三明治的硬边切掉之后，只吃柔软部分的老年人。

韦德：我小时候还拍过录像带，你知道吧，就是那种老式的摄像机，收音设备大得赛过行李箱。也没有颜色，只有黑白两色。

斯科特：尼尔，不看电影的时候，你会看哪一类书呢？

珀维斯：我当时正处于特别中二病的一个时期，所以你能想到的那些萨特啊，加缪（Albert Camus）啊，我全看过。然后再搭配上一些些卡夫卡（Franz Kafka）。

斯科特：是因为共同的对电影的兴趣，让你们走到了一起吗？

韦德：我们是在大学里认识的，肯特大学。那也是当年唯一有电影理论这门主修课的学校。我小时候喜欢看BBC二台的深夜电影节目，可以有机会看到裸女什么的。我就是那么爱上法国电影的，贝特朗·布利耶（Bertrand Blier）啊。

珀维斯：我喜欢的是贝托鲁奇（Bernardo Bertolucci），他那些早期作品。和我看的书一样，也有点中二病。

韦德：我还喜欢斯科塞斯。但这应该挺正常的。

珀维斯：亨弗莱·鲍嘉（Humphrey Bogart）的电影。

韦德：其实我也看劳莱（Stan Laurel）与哈台（Thomas Hardy）……其实是这样的，说来真的很巧，我们大学一共就四个寝室有上下铺，需要两个人合住。结果，我们俩就被安排了这么一间寝室。当初选寝室的时候，我们的要求其实都是：第一，可能的话，希望能住校外，而非校内宿舍区；第二，我们不希望跟人合住。结果，我们却被安排在了一起。

斯科特：也就是说，两个18岁的男生，住进了上下铺的寝室。

珀维斯：是啊，所以我们经常卧谈到深夜。

韦德：但一个学期之后你就走了。

珀维斯：是，我不喜欢住校。而且那时候我们已经开始搞音乐了，没错吧？

韦德：是的，我们加入了同一支乐队。

珀维斯：离开之后，我们仍旧保持着联系。我去理工学院念了电影和图片摄影艺术的本科学位，一半理论一半实践。我们那个乐队现在都还在——差不多就是同一批歌，一唱就是20年，关系十分密切。

斯科特：那应该是20世纪70年代末、80年代初，后朋克正流行，你们当时喜欢吗？

珀维斯：我想是的。我相当喜欢纽约那边的乐队，当时的"电视机"（Television）乐队，还有大家都喜欢的"地下丝绒"（The Velvet Underground）、"傻偶"（The Stooges）那些。

韦德：我们乐队的旋律都挺好的，但歌词写得不怎么样。

珀维斯：是啊，我们以弹奏为主。

斯科特：又是怎么会开始写电影剧本的呢？

韦德：尼尔在理工大学念电影，有不少实践的机会，而我当时也已经从那个纯理论的电影专业毕业了。我原本想要去英国皇家电影学院（NFTS），但是肯特大学当时的气氛就是特别注重学术层面，他们想要培养的是一大批教师，对于真正拍电影的人，反而相当看低——他们会主动劝你别去拍电影。我在大学毕业时拿到的是优等，本可以申请奖学金去加州大学洛杉矶分校继续念电影。但我当时就觉得，反正以后有的是时间，以后再说吧。我毕业之后就继续玩乐队。然后我又搬去了伦敦，我们俩一起租了个房子，他拍毕业作品，我写电影剧本，说的就是两个家伙在伦敦的生活。我们认识了一位愿意出钱的投资人，计划让我来当导演，尼尔负责剪辑。我的剧本写好之后，他要帮我一起修改，还要帮我一起筹经费。我们在河岸街上找了一间办公室，他还买了一辆车。这辆车在我们写的故事里也出场了，那是一辆 20 世纪 50 年代生产的敞篷车。

珀维斯：粉色的。

韦德：我们推进得很慢，我记得 1984 年洛杉矶奥运会的那个夏天，我们正好在改写那个剧本，正是"弗兰克去好莱坞"（Frankie Goes to Hollywood）乐队占据排行榜榜首的时候。

斯科特：你们当时知道电影剧本的格式或写作技巧什么的吗？

韦德：完全不懂。甚至都不知道电影剧本长什么样。

珀维斯：我读的理工学院，虽然要拍毕业作品，但其实并没有什么编剧课程或相关的讲座。

韦德：当时，悉德·菲尔德那本书可能已经出版了，但根本就不知道上哪儿买。所以一开始写得很困难，后来，我们搞到了人家的一个剧本来看看，那是迈克尔·艾普特（Michael Apted）的《难补情天恨》（Agatha，1979）的剧本。这才知道了剧本要怎么写。

斯科特：而他正巧就是差不多 15 年之后与你们合作《黑日危机》的那一位导演。

韦德：是的，真是够巧的。

珀维斯：说起来，我们乐队以前还写过一首 007 主题曲呢。但目前为止还没给制片人表演过，我们还在等机会……所以，就这样，我们把剧本写完了，但却完全不清楚接下来要怎么才能把它拍成电影。愿意投钱给我们的那位金融奇才，他也不懂电影。于是我们干脆找了一本《聚光灯》（*Spotlight*）来，就是一本演员名录，扫了一遍，选了几位演员，给他们寄去了剧本。

韦德：到了这一步，我也意识到了，我根本不可能自己当导演。于是我们又选了一位导演，拍摄过《吸血鬼之吻》（*Vampire's Kiss*，1988）的罗伯特·比尔曼（Robert Bierman）。我们把剧本寄给了他，他当时好像正要拍摄一部大片。

珀维斯：他后来还拍过《人往低处》（*Keep the Aspidistra Flying*，1997），又名《快乐战争》（*A Merry War*）。

韦德：他读了我们的剧本，还挺喜欢的，他非常善意地告诉我们："不管这剧本以后怎么样，如果有人告诉你们说，它里面有不少错误的话，千万别听他的，因为它其实真挺好的。"

珀维斯：我记得我们当时都穿着皮夹克，头发打了发蜡，朝天竖着，而罗伯特正在吃着特大块的羊排。

韦德：我们当时可以算是摇滚青年。罗伯特·比尔曼又把我们介绍给了很多人，其中就有他的经纪人，她看了我们的剧本，很快便做出了判断——这个剧本不可能拍成。

珀维斯：她接下了我们的剧本，愿意帮它找找下家，但却不愿意做我们俩的经纪人，因为我们实在是太没名气了，做我们的经纪人会很麻烦的。不过，最终我们还是成了她的客户，那大概是距今 7 年之前吧。

斯科特：那个剧本后来怎么样了？

珀维斯：《面孔》（*The Face*）杂志上登了 6 页文章，介绍了我们和我们的剧本。于是我们心想，这下应该有戏了。结果，有意向的人倒是几年里换了好几批，最终仍是没能拍成。

韦德：我们索性休息了一年，专心打高尔夫球。这就是有搭档的又一个好处了。

珀维斯：当时我们还以为，编剧就该是写完一个剧本，把它拍出来，再写下一个。既然这个剧本写完了一直都还没能拍成，那我们就先打高尔夫吧。

斯科特：你们自己如何评价你们当时的编剧水平？

韦德：我们后来有了进步……但那次经历也让我们认识到了，我们走的这条路也有点问题。这次你采访我们，要谈的是我们较为大制作的一部作品，但事实上，我们真正喜欢的却是那种有点怪异、黑暗的东西。布利耶的电影如果由我们拍出来，在英国肯定行不通。他那些电影全都剑走偏锋，可能因为那是法国片，因为是加了字幕的外国电影，所以英国观众才不觉得它完全没法接受。在那之后，我们又写了第二个剧本，叫作《世纪末》（*Fin du Siècle*），说的是萨沃伊宾馆里的一位电梯操作工，他发现自己的曾祖父竟是杀害拜伦的凶手，而他自己也成了借用文字杀人的另类连环杀手。很有意思的故事。也正是在写这个剧本的过程中，我们偶然地发现了剧本究竟要怎么建立结构，一场戏一场戏要怎么分解，我们接触到了所谓的节拍表（beat sheet）。我们把剧本需要的东西都写下来，然后把一张张纸粘在一起。

珀维斯：摊开来比我们的房间还要长。我觉得我们当时写的那些，全都是商业片的东西。

韦德：但加上了幽默感。我记得我们写过一个剧本叫《又名路西法》（*A.K.A Lucifer*），就是三个关于魔鬼的小故事组成一部电影。剧本最后一句话说的是："你们全都要死，女人和小孩优先。"

斯科特：从最初开始写剧本，一直到第一次有剧本被拍成电影，当中一共相隔了多少年？

韦德：6年。

珀维斯：第一次有剧本被拍成电影，那就是《置若罔闻》了。对于我们来说，那也是一次背离自我的尝试，要比我们之前那些东西更严肃一些。我们原本是打算写得轻松活泼一点的，结果却越写越严肃了。当时的想法就是，要是这次还不成的话，我们可能真要放弃这一行了。

韦德：我们进入这一行的时候，正巧赶上了电影的萧条期。但我们又不想写电视剧，我们只想写电影，可当时的英国，根本就没新片上马。最后一部成功的作品就是《烈火战车》（*Chariots of Fire*，1981）了，它之后的影片全都出了问题，而我们差不多就是在这时候进入这个行业的。剧本想要拍成，真的是太难太难了，所以我们当时的想法就是，如果《置若罔闻》这部色调灰暗的旧时代情节剧仍是没法拍成的话，下一步，我们可能就要洗手不干了。幸好，它拍成了。之所以能拍成，是因为它写得很严肃。严肃的东西，观众可以从中有所收获。反倒是我们自己喜欢的那种有点怪异的东西，想要推销给观众的话，难度要大出很多。

斯科特：当时是靠什么谋生的呢？

韦德：有些写出来的东西，拿到了意向费，然后还有一些剧本，签了约就有钱拿，有时候我们也领救济金，还替别人的音乐录影带当过枪手编剧。

珀维斯：编剧就是这样，好多东西写了也是白写，一分钱都拿不到。可万一它能拍成，那就是100磅。

韦德：100磅当时可不是一个小数目。此外，我们还靠写剧本大纲拿过一些钱——不是我们自己剧本的剧本大纲，而是别人的剧本，有时候他们需要写成连续剧，需要后面的一些剧本大纲什么的。这是 1985 年的事情了。在那之前，我们写剧本确实都是有酬劳的，而且不光是意向金。比如我们的第二个剧本，那是由托尼·帕森斯（Tony Parsons）的小说改编过来的，找到我们的是进行式电影公司的蒂姆·贝文（Tim Bevan）和埃里克·费尔纳（Eric Fellner），那是在他们凭《我美丽的洗衣店》（*My Beautiful Laundrette*，1985）大获成功之前。

珀维斯：蒂姆·贝文有一家录影带公司，我们帮他写了一些流行歌曲宣传片的剧本，顺便，我们也能借用他们的复印机，用它来复印自己的剧本。

韦德：这在当时可不是小数目。

斯科特：这一时期，在剧本创作和整个电影产业方面，你们有没有收获什么教训？

韦德：刚起步的时候，你很容易越写越觉得满意，结果一发不可收拾，越写越长，严重超字数。现在回头再看我们早年写的那些剧本，全都一改再改，以至于到最后已经跟拍电影这件事完全没什么关系了。我弟弟最近也开始写剧本了，写出来的本子，虽然确实有很多亮点，但也有着大段大段的描述文字——和我们当年一样的毛病。但区别在于，我们当初是两个人合作，所以还好熬一点。

珀维斯：对我来说，最大的教训就是要坚持，别人放弃的时候，你还是要坚持。在当时，我也认识一些和我们一样的编剧拍档，结果他们全都半途而废了。

斯科特：你们之所以会坚持下去，原因是什么？

韦德：我也不知道。要说钱的话，当时我们也没赚到什么钱，写的时候确实又很辛苦。我至今都还记得，那时候我们曾打算把哪一本小说改成电影，结果，经纪人告诉我们，制片方根本就无意与我们合作。他们知道我们姓甚名谁，知道我们之前写过什么。又过了几年，他们拿着那本书找上了我们，但我们的想法却是："得了吧，我们也不想跟你们扯上任何关系。对比当年，我们其实并没有什么变化，只不过如今名气大了，更容易帮你们赚到钱了。"之所以会坚持下来，并非靠什么一条道走到黑的决心，而是因为我们对自己写的东西一直都很有信心。只是起初一直不怎么走运……

斯科特：《置若罔闻》是你们事业的分水岭，一开始是怎么会开始这个项目的？

韦德：那是一个人人都想要拍电影的年代，但是市面上能找到的编剧，却并不是很多。恰巧，这里头就有我们俩。有一个叫罗伯特·沃尔（Robert Warr）的家伙，原本是搞音乐的，那时候想转行搞电影——他妻子正好在蒂姆·贝文的录影带公司"进行式"里上班。所以，最初就是他把托尼·帕森斯那本讲音乐圈的小说介绍给了蒂姆和埃里克·费尔纳，希望能拍成类似于《成功的滋味》（Sweet Smell of Success，1957）那样的电影。但是，那个项目搞出了不少误会，各方都放弃了。沃尔和德里克·本特利（Derek Bentley）念的是同一所学校，就是《置若罔闻》里被绞刑处死的那个人物原型。所以他跟我们说："这事情拍出来肯定卖座啊，你们考虑一下吧。"起初我们有些犹豫，后来还是着手了解了一下，还聘请了专人来做资料搜集的工作。

珀维斯：那人名叫威尔·塞尔夫（Will Self），如今也已是非常有名的小说家了。

韦德：就这样，他帮我们做了资料搜集，看完之后，我们对这题材有兴趣了。我们告诉沃尔："如果你能先弄些钱过来的话，我们愿意写这个剧本。"于是他又拉来了吕克·罗格（Luc Roeg），那是一位很成功的音乐宣传片制作人。

珀维斯：当时的电影卖得都不怎么样，但音乐录影带市场却特别火爆。

韦德：就这样，我们在并没有立项的情况下，自行完成了剧本。那一次，真是写得非常压抑，因为那一段历史真的是太叫人难过了。不过，我们的本子还是写得挺活泼的，不压抑。故事的主角是这两个男孩，他们不懂要如何跟这个世界相处。两人中，一个是智障者，另一个则有阅读障碍，而且精力过剩。故事说的就是这两个白痴各种胡闹，用他们自己的方式表达着情感，结果却触犯了法律。本应是一段欢乐的旅程，结果却出了岔子，造成了可怕的结果。说来你可能不会相信，第一位与这个项目扯上关系的导演，是托尼·理查森（Tony Richardson），而且他说他已经有差不多10年没遇到过那么吸引他的本子了。

珀维斯：我们在洛杉矶待了一段时间，和他一起改剧本，感觉不错，但细想一下，又觉得有些古怪——我们正身处阳光灿烂的洛杉矶，住在一栋好莱坞豪宅中，但要写的却是20世纪50年代阴雨连绵的克罗伊登（Croydon）。

韦德：就这样，我们跟托尼合作了一段时间。之后，他向我们表达了歉意，退出了项目。我估计他当时是缺钱了，因为他跑去执导了电视电影《歌剧魅影》（*The Phantom of the Opera*，1990）。然后，曾拍过《席德与南茜》（*Sid and Nancy*，1986）的亚历克斯·考克斯（Alex Cox）加入了进来。

珀维斯：我们合作过的导演也不少了，托尼和亚历克斯可以说是最优秀的两位，而且比其他人优秀了不止一点点。

斯科特：跟导演一起改剧本的工作，具体过程是怎么样的呢？他们会直接给你们提意见吗？会打发你们去重写一稿吗？

韦德：那个剧本我们写得挺扎实的，所以改动不多。托尼给我们提的意见，都是很宽泛的那种。

珀维斯：托尼的想法就是，既然这电影要说的就是德里克·本特利，那就应该每一场戏里面，都能看到他出场。而我们原本的想法却是，这两个男孩都要讲到。

韦德：他要突出的是这故事背后的代际问题，父子之间的疏远，父亲最终也没能救下儿子。这种互动非常感人，托尼把焦点放在了这上面。

珀维斯：我还记得他曾经说过："你们自己特别喜欢的那些电影，别放过它们，应该要把它们融进自己想要拍的电影里去。"换句话说，某部电影里你特别欣赏的东西，特别能引发你共鸣的东西，大可以把它用在你自己的电影里，不必有什么顾虑。这话给我上了一课。

斯科特：这部电影拍出来，是1991年，而你们下一部电影，要等到1998年了。在此期间，你们其实是在洛杉矶为迪士尼工作，对吧？

韦德：在洛杉矶的时候，我们实际参与过的项目，可要比我们作为编剧正式获得署名的电影，要多出不少……按时间先后来说的话，《置若罔闻》上映之后，我们去美国参加了首映式，还在好莱坞也找了一位名叫汤姆·斯特里克勒（Tom Strickler）的经纪人，我们跟他合作了许多年，跟着他换了好多家经纪公司。我们参与了某一部迪士尼的影片，作为"导演请来的编剧"加入其中，但那并不是什么很优秀的作品，能够尽己所能，我们就很感欣慰了。

珀维斯：那种工作的好处就是，只要干两个月，然后就能休息了。

韦德：然后我们又在并无立项的情况下，自行写了一个剧本——《无人查收》（*Return to Sender*）。后来有人表达了拍摄意向，差一点就拍成了。通过这个剧本，我们获得了更多的工作机会。那个剧本，我们完全就是照着美国片的路子来写的。事实上，它前不久终于拍出来了，比利·奥古斯特（Billie August）执导，演员有康妮·尼尔森（Connie Nielsen）、艾登·奎因（Aiden Quinn）和凯丽·普雷斯顿（Kelly Preston）。

斯科特：写美国片的时候，没遇上什么问题吗？

珀维斯：当时没有。

韦德：我们跟电影公司的人开会的时候，他们惊讶地发现，我们竟然是两个英国人。《无人查收》有点像是吕美特（Sidney Lumet）20 世纪70 年代的那种电影，更像是类型片。我们从小也是看这些美国片长大的，所以从某种意义上来说，"类型片的对白"对于我们来说，其实并没有那么陌生。

韦德：那个剧本，我们由 1989 年开始动笔，1992 年最终完成，然后文森特·沃德（Vincent Ward）导演加入了项目，跟我们一起改剧本。

珀维斯：但他后来跑去拍罗宾·威廉斯（Robin Williams）的《美梦成真》（*What Dreams May Come*，1998）了。

斯科特：你们俩作为编剧搭档，具体是如何开展工作的？写剧本的时候，你们是什么状态？会不会在房间里一边来回踱步一边思考？

韦德：我们会从吧台边走到书桌边。最初酝酿剧情的时候，我们有不少时间是在一起度过的。早上先是喝咖啡，等到咖啡喝多了之后，就需要喝酒了，喝着喝着，就会有一扇小窗被打开，好点子就闪现了。

珀维斯：酝酿剧情的时候，早上我们有可能会分头干，等到下午再碰头讨论，很可能会一直讨论到晚上。

斯科特：故事创意都是从哪儿来的？

韦德：如果是说那些 007 电影的话，很多东西都是广泛征求两位制片人的意见后得到的，很难说哪个创意究竟来自谁。

珀维斯：一小时一小时地坐在办公室里想出来的，精神高度集中。

斯科特：有不少东西都要受制于 007 电影系列的固有设定，是吗？

韦德：也不是，并不是完全不能改动，还是看你自己。比如在《007

之择日而亡》里，秘书小姐莫尼潘尼的戏份就非常之少——事实上，在某一稿剧本里，她压根就没出场，但我们觉得还是得把她加进来，于是就想出了把她写成虚拟现实人物的点子。其实，那是距离开拍只剩两天的时候才加进去的。但 Q 的戏，我们是一上来就知道肯定要有的，必须把新一代的 Q 介绍给观众。

斯科特：故事剧情的主要内容全达成共识之后，你们会写分场大纲吗？

珀维斯：具体情况要具体分析，按照我们自己的想法，更希望直接就一场戏一场戏地分解开来，然后两人分一下工，你负责哪几场，我负责哪几场。写起来的话，有时候一天可以写几场连续的戏，每场戏写 5 页纸，但也有时候一天只能写一场戏。写完之后，我会给他发电子邮件过去，他会把两人的东西组合在一起，然后再继续下一部分。

韦德：我觉得我们还是挺注重整体的，先把它写出来再说，而不是为了某一场戏精雕细琢，活活把自己给耗死。有时候还是抢在进度之前比较好一些，好过落后于进度。不必担心剧本大纲的问题，这都是可以修改的，可以反复修改。另外，虽然我们是两个人合作，但真觉得不满意的时候，还是会修改整个剧本大纲，哪怕对方不乐意都还是要改。

珀维斯：两个人合作也有好处，你要对另一方负责啊，必须把你那些戏按时写出来啊，不然的话，就会让对方失望。

韦德：如果只有一个人写的话……

珀维斯：那就没有这种顾虑了，今天干不完，就留待明天吧。

斯科特：一同参与的东西，如果观点有冲突，你们会怎么办？

珀维斯：不存在这样的问题。通常来说，对于自己这一次要达成什么样的目标，我们的认识相当明确。知道大致会是什么走向。我们不是那种脚踩西瓜皮，写到哪儿算哪儿，边写边考虑下一步怎么办的人。我们的目标很清楚。当初年轻的时候，可能还会有一些观点冲突，但人生苦短，没什么好争的。既然目标明确了，照着做就是了。

斯科特：显然你们很清楚各自的长处和短处。你们俩是否会承担不同的角色？

珀维斯：罗伯特挺擅长写剧本一开始那些赘语的。

韦德：但那也纯粹只是因为我对这个有兴趣啊！我觉得有一阵子我们的对白写得挺不错的，但现在看来，还需要再努力才行。

珀维斯：时代的变化发展很快，跟不上，水平就会下滑。

韦德：我之前又重新看了《007之择日而亡》的某几稿剧本，真是难过，明明有一些很好的台词，最开始还都一直保留着，最后却都删掉了。

珀维斯：我看威廉·戈德曼（William Goldman）在书里说过，第一稿剧本，他觉得还是自己的，在这之后的那一稿又一稿剧本，就都是别人的了，除他之外的任何一人，但就是没有他。我也有同感。第一稿才是我们最喜欢的那一稿。

韦德：剧本确实越改越好了，只是……

珀维斯：只有写第一稿的时候，可能你还有余暇去顾及自己的真实想法。一旦进入制作阶段，每分每秒都在赶时间，根本就不一样了。

韦德：回到之前关于长处、短处的问题上——那些007的电影，真的是很难写，但要说长处的话，或许就是我们还挺善于想出各种不走寻常路的创意来的，都是你意料之外的东西。在007的剧本里，那些创意都经历了反复的压缩，最后剩下的不过只是一个概念了。

斯科特：例如那个气垫船的创意。

韦德：类似钻石碎片扎进反派脸上那种东西——不过，导演李·塔玛霍瑞（Lee Tamahori）觉得这主意是他想出来的。其实我们本就想到了，写在了剧本里，但它后来被删掉了，而他恰巧也想到了这个创意。

珀维斯：我们原本的设计中用到了几种不同的气垫船，都是从网上看来的，可以在离地 8 英尺（注：1 英尺约 0.3 米）的高度飞行，也有的可以成功穿越雷区。

韦德：它也能在水上飞行。但这并不是我刚才所说的那种原创性的创意。我说的是，我们善于制造那种稍微有一点点古怪的东西。但是另一方面，我们也有一个弱点：总是想要放入过多的创意。电影其实很简单，也应该要做到简单。这个道理我懂，但就是没办法贯彻执行。一部电影里，就不该承载太多的创意，贪多嚼不烂。但我们写剧本的时候，就是会爱上某个创意，然后会各种创意越加越多，因为我们确实是喜欢那些想法。但真是不应该这么做，那些想法就应该要放弃。说起来容易，做起来难。真的是越写越爽的感觉，欲罢不能。

珀维斯：可以说是一种自娱自乐。

斯科特：但随着你们入行越来越久，是不是会觉得写剧本这件事越来越简单了呢？

珀维斯：不觉得。我始终都觉得写剧本这件事挺难的。要说简单的话，反倒是第一次写剧本的时候，可以说感觉最简单，因为那时候什么都不懂。那和打高尔夫球是一个道理。

斯科特：你俩一起组乐队，音乐对你们的友谊来说，自然是相当重要了。请问你们写剧本的时候，是不是也会听音乐？

珀维斯：我觉得可以听熟悉的那些音乐，如果是第一次听的新作品，那就有点麻烦了，因为有一部分注意力都放在了那音乐上。对我来说，那更像是用来起屏蔽作用的东西，可以帮助自己更加集中注意力。

韦德：我会听音乐，部分原因在于如果我是在咖啡店里写剧本，店家放的音乐我不喜欢，那我就会戴上耳机自己听歌。又或者是边上正有人在大声聊天，特别烦人，那我也会自己听歌，好把它屏蔽掉。所以说，之所以要边写边听音乐，部分原因是为了排除干扰，找到合适的气氛。几年前，我们曾经替人改过一个剧本，那电影现在已经拍出来了，但跟我们那一稿剧本关系不大。片子叫作《劫匪》（*Highwayman*），我们改写剧本的时候，完全就另外想了一个路子，结果制片方压根就没理会我们的那一稿，看都没看。故事说的是某个家伙把汽车当成了杀人工具，气氛非常压抑。我当时听的就是"九寸钉"（Nine Inch Nails）、"神童"（Prodigy）那一类东西。这造成的结果就是，现在你再让我听到这些音乐，一下子又会勾起我关于那些剧情的回忆来，心情马上就会变差。所以我再也不听这些音乐了。至于那些 007 电影，写的时候就没这种问题了，想要放音乐的话，大可以播放一下以往那些 007 电影的配乐。

斯科特：对方提出的某个建议，其实并不合适，遇到这种情况，你们会如何提醒对方？是靠外交手腕还是纯靠直觉？

珀维斯：那可头痛了，不是吗？

韦德：一般我们都能达成共识。

珀维斯：在《抢翻天》（*Plunkett & Macleane*，1999）的开头，两个劫匪面对着一具尸体，那人身上有他们想要抢走的宝石，劫匪吞下了宝石，那样的情节显然就很……我觉得关键在于我们两个的口味挺相近的。

韦德：但那又回到了刚才说过的问题上，我们总是喜欢一下子放进去很多个创意，因为你很清楚，到最后肯定还是得有取舍，有好多东西只能拿掉。之前我们为某部迈克尔·道格拉斯（Michael Douglas）的电影改写了剧本，挺难写的，因为电影公司希望这可以是一部惊悚片，但其实并没有谋杀的情节，没有谁的生命受到了威胁。所以从某种意义上来说，那更像是大卫·马梅的那种电影。它的主题涉及了现代艺术，在这方面，能让我们俩产生兴趣的点，实在是太多了，于是又出现了这种创意过多的问题。我们那一稿剧本，长达 130 页。现在，我们只好再拿掉一些我们其实非常喜欢的内容。或许这就是我们俩的问题所在了——缺乏一种预先做好取舍的机制。但话说回来，要是一上来就束手束脚的话，编剧工作还有什么意思呢。总得试试看才知道啊。又不是一定就会被删掉。

斯科特：你们会写人物小传或是剧本大纲吗？

珀维斯：我们不喜欢写剧本大纲，对我们来说，大纲写着写着，就等于是把整个剧本都写出来了。

韦德：但如果是出于某些具体考虑，那就不一样了。

珀维斯：我们不喜欢写人物小传，但那确实也有其用处，一个人物半页的小传吧。

斯科特：人物方面的决定由谁来做？

韦德：我们还有一个短处：过分依赖背景故事。于是，描写人物的时候，很容易就把背景故事都写出来了，那就可能有危险了。这样子写人物，容易过于自恋，在背景故事上浪费太多时间，给整个剧本带来麻烦。电影里的故事不能停在人物身上，要往前走。

珀维斯：一起商量吧，也没什么特别的捷径。也是反复推敲各种可能，慢慢琢磨。幸好我们是两个人，比较容易再回到正轨上。

斯科特：遇到自我怀疑的情绪时怎么办？

韦德：当初写那个关于拳击的剧本时，确实遇到了一些真正的难题，完全不知道要怎么解决，我记得我暂时放下了剧本，去了比利时，因为我妻子当时正好在那边。我想要换个环境，换一种新的思路。但是，我真心不推荐比利时这个地方，哪怕那儿的热火腿三明治（croque-monsieur）确实很好吃。总之，我经历了一段痛苦时刻，现在都不愿意再去想起当时究竟遇到了哪些难题。总之，你只能坚持下去，这时候，有个搭档会容易很多。

斯科特：在你们两人之中，是否有人专门扮演拉拉队的角色？专门负责在对方情绪低落的时候替他鼓劲？

　　珀维斯：基本上，要情绪低落的时候，我们总是一起情绪低落。写得不满意的地方，总归是两人都觉得不满意。

　　韦德：可能我的情绪要更容易受影响一些……

　　珀维斯：我就只能想办法让他平静下来。但过去几年里因为写007电影的关系，情况也有了一些变化。对比我们之前的创作，它在创作上和时间管理上，都有着很大的不同。只能遇到问题，解决问题。但是，换成原来那种题材的话，比如我们最近写的一个剧本，还是会遇到问题。

　　韦德：你放心，那些问题我们会解决的。

　　珀维斯：我知道，我知道，但确实有点麻烦，有越写越不真实的感觉。

　　韦德：感觉有点像是在写热门电视剧集，必须赶进度。

　　珀维斯：文思枯竭的问题，我们倒是不怎么担心。

　　韦德：解决问题有一种办法，那就是暂时先把它放下，先去写其他东西。也是越陷在里面反而越难解决，这就像是女人生孩子，孩子生下来，也就忘了分娩的痛苦。

　　珀维斯：当初写《无人查收》的时候，我们甚至跑去买了一些教写剧本的书来做参考。当时觉得是结构上出了问题，想不出要怎么办了。结果，那些书也没能帮上忙。

　　斯科特：007电影的著名制片芭芭拉·布罗科利（Barbara Broccoli）是怎么会读到你们的作品的？

　　韦德：我们对于《抢翻天》的剧本尤其觉得满意，我们的经纪人把它拿去了好莱坞，周围都发了一遍。芭芭拉看了那个剧本，也很喜欢。她邀请我们见了一面，我们俩把他们都逗乐了。

　　珀维斯：《007之明日帝国》当时刚上映，但他们觉得它有点太偏向动作片了，希望接下来能往剧情片的方向上靠一点。我们写的《置若罔闻》和《抢翻天》，那可能是我们写过的最好的电影剧本……

韦德：并不是电影《抢翻天》，而是我们被制片方炒掉之前写的剧本《抢翻天》。

珀维斯：以人物为基础，动作场面很有想象力，同时又很严肃。正好满足了他们对于007电影的要求。第二次跟他们见面的时候，我们已经提出了不少创意，包括泰晤士河上的追逐戏以及女性反派角色。

韦德：我们胜在一点，去的时候并不抱任何希望。通常，去电影公司谈项目时，一上来你是见不到大老板的，只能先跟他手底下的人谈。我们却被直接带去见了芭芭拉和迈克尔·威尔逊（Michael Wilson）。那是一间巨大无比的办公室，气势逼人。但我们并没想过自己真有这机会，没抱什么希望，所以没有一上来就把自己的想法和盘托出。最糟糕的就是，你说了什么想法，结果人家一下子就否决了。那你可能就没戏了。

斯科特：替好莱坞写剧本和之前为英国电影写剧本，有什么区别？

珀维斯：在好莱坞，事无巨细，你打算怎么写，他们事先都要问清楚。万一你后来交出来的东西，对比最初说的情况有了变化，他们也会接受，但还是会要求你接下来写的时候，要想办法往原本的方向靠一点。他们干活十分拼命，所以会希望你也能尽量多付出一点，哪怕你觉得那已经有一点过了。他们就是喜欢盯着你，一刻不停，但你知道，这根本就没必要。有他们这么盯着，你肯定会交出好成绩的，根本就不需要事事都跟他们报备。

韦德：剧本写到一定程度，你自己都会有感觉，这已经写得很好了。继续再改下去，反而只会进入逐步递减的通道。其实，原本还有可能再精益求精，还有20%的进步空间在，但遇到好莱坞这种一刻不停地盯着你上的做法——很可能这时候连导演人选都还没有落实呢——反而会越改越差，本来有的东西也都改没了。

珀维斯：他们的规矩就是，下一稿相比这一稿，东西只能多不能少，只能往前改，不能往回改。所以，原本有的好东西，一旦这一稿改没了，以后也就再也不能重新补回来了。

斯科特：自己的剧本交到别人手里去修改的感觉如何？

韦德：这要分两种情况，一种是违背你本意的，还有一种则是你自己都感到很高兴的。

珀维斯：威尔·戴维斯（Will Davies）就干得很棒，在《憨豆特工》剧本必须推倒重来的情况下，还是保留下了不少我们写的东西。

韦德：那一次是因为我们另有安排，没办法自己来修改了。真遇到这种情况，对于它会落在谁的手里，你也就比较能看得开了。

珀维斯：《劫匪》的情况比较糟糕，他们后来选用的，反而是在我们加入之前别人就写好了的那一稿。

韦德：因为制片人换了。

珀维斯：所以说，我们那一稿剧本并没有被别人修改过，但它等于是废掉了，不可能再拍出来了。与其这样，我宁可它被人拿来修改，那样的话，至少还能拍成电影。

韦德：至于《抢翻天》，我们不怪后来接手的编剧，那都是形势所迫，但他们确实犯了一个大错。

珀维斯：我们最初也是在修改别人的剧本，但那是完全另起炉灶的，感觉和自己的原创剧本没什么区别。

韦德：本来都已经快死掉了，是我们又给它注入了生命。

珀维斯：结果却是如此，真是我们最糟糕的一次经历。

韦德：我们特别满意那个剧本，所以就更觉得难过了。

斯科特：修改别人的剧本，又是什么感觉呢？

韦德：举个例子，我们目前正在改《蝴蝶君》（*M. Butterfly*，1993）的编剧黄哲伦的一个剧本，写得很不错。关于这个剧本，我们并没有跟他谈过。感觉那个剧本写到一定程度之后，他已经不想再继续下去了。

在制片人的想法和他想要实现的目标之间，明显有着一段距离。同样的道理，我们接手之后，制片人提出的要求，也和我们原本以为他们想要的效果不太一样。总体而言，他这个剧本，我相当欣赏。但是，也有一些时候，你接手的剧本是你完全不喜欢的。剧本让别人拿去修改，这其实也没什么可抱怨的，区别只在于当时的情况，你究竟是被人推下去的，还是人家想办法让你主动跳下来的。

斯科特：《007 之择日而亡》中火与冰的故事前提，是怎么想到的？

韦德：当时想到了历史上的独裁者，都是一些很容易走极端的人物，一点就炸。我们一开始想到的人物就是文上校，因为朝鲜确实就是那样。他们之所以要钻石，因为那正是财富最集中的形式，也最容易处理。我们就从这个想法入手，然后又变成了军火交易。在我们看来，那里是一个非常可怕的地方，与当年的铁幕可有一比，而 007 被人当作人质来交换的想法，我们在那之前就已经有了。这下子，正好都可以放进去。

珀维斯：我们有着各种的创意，慢慢地有一个互相抵消的过程。从主题上来说，一个是大自然的主题，还有一个就是真实与虚幻的区别。

韦德：我们想到的东西还包括了，他其实是这家伙的儿子，还有那个太空里的镜子，那也是俄国人真有的东西，只不过被他们放在太空中之后，那镜子碎了。说的都是大自然，如何做到不伤害自然。太阳、光线和热这些元素，就都来自这些创意。至于它的反面，寒冷，其实那是芭芭拉很随意地提了一句，想用冰制的宾馆来做一个场景，于是就有了冰岛。相配合的，要有一个很冷感的金发女郎，也就是米兰达的角色，她与热情的金克丝形成了对比。

斯科特：能否再介绍一下你们俩和 007 制片人之间都会聊些什么？

珀维斯：我们会谈很多东西，从上午 10 点到下午 4 点。说的都是自己读到或看到过的有趣的事情。

斯科特：这个工作要做多久？

韦德：很久。

珀维斯：因为这一次和《007之黑日危机》不一样，不存在故事都还没想好，上映时间却已经定下来了的情况。我们每隔一星期或两星期过去一次，跟他们聊。我们用了三四个月把整个故事线索都想好了。

韦德：双方讨论得其实还是很投入的。那时候我正巧读到了关于康沃尔的伊甸园项目的介绍，慢慢地，这就把我们原本的两个创意给串在了一起。

斯科特：电影开拍后，到了拍摄现场，看到七八十个人正将你们的创意变为现实的时候，那是什么感觉？

韦德：不止七八十，可能有500人吧。那感觉挺难以置信的。

珀维斯：剧本每一页都要花费100万美元才能实现。事实上，可能还不止这个数。所以，坐在咖啡馆里，写完一页纸之后，我完全可以说一句，"这又是100万。"

韦德：我们去的是西班牙的加的斯（Cadiz），古巴那部分戏就是在那儿拍摄的。那真是很异样的感觉，因为我们事先并不知道他们在那儿干了三个月了，已经实现了很多效果。

珀维斯：我们坐在海边的酒吧里喝喝酒，外面就是他们在大搭大建的声音。

韦德：有一场屋顶上的戏，为了上去拍那个镜头，他们搭了脚手架、楼梯，甚至还搬来一座垂直升降电梯。

斯科特：感觉就像是当了一天的上帝，当初自己在咖啡馆里边喝饮料边创造出来的一整个世界，都实现了。

韦德：确实是一种很神奇的感觉。看那么多聪明人全力地工作着——但第一个梦想到这些东西的，还是你自己。

斯科特：但我想肯定还有别人也会向你们施压，提出自己的意见。面对来自制片人和电影公司的反馈，你们是怎么做的？

珀维斯：可以说是制片人给了我们某种保护。虽然整个工程如此巨大，但我们却多少有点置身事外的感觉，所以最终看到那一幕时，才会如此惊讶。

韦德：导演会征求我们的意见，但他也得问制片人。总之，电影一旦开拍，你只能接受这个事实：那已经不是你的小孩了。

珀维斯：拍摄共持续半年，前期准备工作也用了 5 个月，大家有足够时间来给出反馈意见，总体而言都挺积极的。

韦德：我们遇到了一位脾气很好的导演，这就区别大了，因为换作脾气差的导演，我们可就要吃苦头了。但你也不会永远都只遇上脾气好的导演，这一点我很确信。比如说，皮尔斯·布鲁斯南（Pierce Brosnan）当初就觉得，有几处纯起剧情交代作用的台词，感觉不怎么舒服。他直接找到了我们，我们也针对这一点做了一些调整。换作有些导演，很可能会反感演员直接找编剧帮忙的做法，但李·塔玛霍瑞却不在意，觉得这反而替他省事了。

斯科特：类似这种开拍之后再做修改的地方，多吗？

韦德：每天都在修改。

珀维斯：很多时候都是在赶工，之前本该写好的一些东西，要临时抱佛脚。比如整个第三幕，场景变掉了，从海滩变成了飞机上。

韦德：原本就有飞机，但飞机之后，出现的是那一片巨大的室内沙滩。临拍摄前一个月，他们又决定把它改成巨型飞机。

珀维斯：通知我们的时候，正好赶上圣诞节马上要到了。所以当时就没改，等到开拍之后，只好临时抱佛脚。我们列了一份清单，贴在了墙上。哪个地方要改，最后的期限是什么时候，都标出来了。晚了的话，那场戏就来不及拍了。

斯科特：你们怎么知道哪些地方要改呢？

珀维斯：有些地方，本就知道还需要再润色一下。还有一些可能来自导演的意见。

韦德：比如影片的结尾，其实我们一直都想着还要再调整一下。但那并非近忧，因为要到最后才会拍摄，所以就先列在清单上，先去改别的地方。

珀维斯：我们的自由度挺大的，哪里需要润色，全由我们自己决定。

韦德：当时我们也没别的项目要做，所以一点儿都不赶时间，全力做完那张清单上的事情就可以了。话说回来，或许当时还有别的项目要做就好了，说不定能让我们干得更努力一些。

珀维斯：整个剧本从头至尾都是我们弄的，全都符合我们的想法，这也给了我们一种优势地位。

斯科特：就没有哪些地方是你们不太感兴趣但却不得不写的吗？

韦德：也有，但都是一些细节。有时候你会想到，等一等，这不是在重复之前已经写过的东西吗？那也太多余了。

珀维斯：有一些地方确实要做出违背本意的修改，但那是因为拍摄条件上的限制，情有可原。除此之外，只有一个地方，确实让我们有点心里不舒服。原本已经修改好了，以为就会那么拍的。结果却因为片长的关系，又重拍了一遍，让我们改的地方基本都没用上，只剩下了三句台词。早知如此，何必让我们修改呢，心里挺不舒服的。

韦德：画面上的东西，满不满意，那其实都不是我们需要考虑的。至于剧情上的东西，你可以提出意见，哪个哪个地方，已经偏离了故事主线，但是，决策者还是导演，你只能忍耐。我说的是反派穿的那套电盔甲，我们并不喜欢那东西。但你只能整体权衡，全局考虑。

斯科特：那恰巧是第 20 部 007 电影，而且正逢 007 电影 40 周年，所以片中有不少向以往的007作品致敬和挪揄的地方。这些你们都是怎么写出来的？

珀维斯：主要就是Q的工作间，我觉得那很有意思，因为我们的本意便是——如果你注意到了，你会会心一笑，但如果你没注意到，那也完全没关系。原本就没想让它太突显的。

韦德：这个梗还是有一点匪夷所思的：《007之择日而亡》里的007（皮尔斯·布鲁斯南）正捧着1963年的《007之俄罗斯之恋》（*From Russia with Love*）里女间谍罗莎·克莱布用来刺杀007（肖恩·康纳利）的那双带有机关的鞋子。是不是有点复杂？

斯科特：要替一位刚获得奥斯卡的女演员写动作片的台词，这难不难？

韦德：哈莉·贝瑞（Halle Berry）拿奥斯卡时，我们已经开拍有一段时间了。她去奥斯卡之前，在戏里穿着一身红色紧身皮衣，绑在机械手臂上，受尽激光折磨。拍到一半，她跑去拿了一座奥斯卡回来，然后继续被绑着。在那之后，我们确实在她的对白上又稍稍多用了一点心思。有意思的是，朱迪·丹奇（Judi Dench）也是那一届奥斯卡影后的候选人。

我们有一场戏，她俩都出现了，但两人之间没有什么交流，因为哈莉·贝瑞主要是在跟迈克尔·马德森（Michael Madsen）说话。于是，我们又给她们加了一些对话。我们对于金克丝这个角色的想法就是，她应该要始终表现得就像是她只是过来客串的，她另外还有一部电影，在那部电影里，她才是主角。你明白我的意思吗？就好比007突然跑到了你主演的电影里来客串一样，那肯定会有一种很奇怪的存在感，而这就是我们对于金克丝的设计。真没想到，后来他们还真找我们以金克丝为主角写了一个剧本，本子刚写完，希望能有机会拍出来。

斯科特：在007这样的大制作里，你们是如何处理植入广告的？

珀维斯：这由专人来安排，但完全根据剧本来设计。如果发现有007

詹姆斯·邦德（皮尔斯·布鲁斯南饰）在非军事区突出重围。

刮胡子的情节，他们就会去找合作商。

　　韦德：我们倒是不介意让他涂上剃须膏刮胡子，但这是一部007电影，所以……

　　珀维斯：如果有坐飞机的情节，他们就会找航空公司合作。除了阿斯顿·马丁，那是我们一上来就知道必不可少的——我这么说可不是在抱怨，我觉得它植入得很好——其余产品全都根据剧本而来。在这方面，我们不受任何限制。

　　韦德：007电影确实与许多品牌有合作，但就我个人而言，我觉得这些广告并不怎么突兀。你只是经由影片的宣传，知道了它们的存在，但看电影的时候，其实并不会特别注意到这些。

　　斯科特：以往的007多以俄国为假想敌，这次换成了朝鲜。想出这么一个替代者的过程容易吗？是不是根据当下的全球局势来考虑的？

　　韦德：在我们看来，三八线本身就是很棒的现成设置。我们刚开始写这个剧本的时候，美国总统还是克林顿，他曾说过，三八线是地球上最可怕的地方，我们也确实觉得这地方的形势一触即发。我们还问过自己："什么是007有可能遇上的最糟糕的处境？"答案就是成为那里的阶下囚。没有比那个更糟糕的了。

　　斯科特：类似这样的动作片里，你们会考虑严守客观现实的问题吗？

　　韦德：007在海上冲浪的那一段，引出了很大的争论。创意本身很棒，至于这样的动作场面是否具有可信度，那就是另一个问题了。有些时候，你顾不上这些，就是想要把它写进去。如果娱乐片还非要给这些东西找到合理的解释，那就太难了。

　　珀维斯：所有这些也不是毫无根据，都是我们在各种地方读到过的。

　　韦德：隐形车也有实物的依据。

　　珀维斯：基因治疗现在也不是什么不可能的事情了。

斯科特：所以你们的方法就是，找到一个真实的故事前提，然后稍做一点推演？

韦德：是的。也不能是完全不可信的东西，那就让人出戏了。

斯科特：哪些东西观众会买单，哪些不会，在这方面，你们写剧本的时候有没有一个内在的标尺来做衡量？

韦德：把自己也当成观众的一员就可以了。

珀维斯：迈克尔·威尔逊就特别看重剧情是否符合客观现实的问题。

韦德：他的逻辑学得特别好，但这就像是影片中讲到的虚拟现实了。真的会有那么一天吗？我们现在还没到这一步，但这想法本身很有意思，那就用进去吧。哪怕是观众笑场了，那也说明他们原谅了我们，不妨碍他们接受整个故事线。不过，《择日而亡》有些地方的平衡没能维持好。

珀维斯：动作戏不能太多，会让观众忘记了人物，等于失去了观众。

韦德：动作戏看多了也会觉得无聊，失去了和剧中人的联系，而这正是007电影容易犯的错误。

斯科特：写007电影，到底哪里最难？

珀维斯：要找到这么一个故事最难，它必须具有你想要放进去的全部元素。

斯科特：007电影有些固定的动作戏套路，你们是不是也只能照着写？

韦德：这挺奇怪的，那些动作戏最初是我们构想的，但到了现场，还是要由导演和制作团队说了算。但到了最后，它又像是自己有了生命力，有它自己的套路。

珀维斯：要是能有一些现成的动作戏套路，那反而倒是好事情，我们可以自行挑选一些用在剧本里，但实情并非如此。倒是有一个特技场面的套路是现成的，不过并不是以前的007电影，而是别的电影，他们想要用在《择日而亡》的最后 10 分钟里，但却发现难度很大。这也再次证明了，现成的东西要用在电影里，其实并不容易。

斯科特：片中出现了不少高科技武器，你们是不是做了许多资料搜集的工作？

珀维斯：好像是关于互联网、科技杂志什么的，找人给我们上了几课。

韦德：还包括了基因治疗、太空、气垫船、虚拟现实、隐形车、老鹰计划、冰上旅馆、大飞机……

斯科特：整部影片涉及很多不同的东西，在这种情况下，想要保持平衡的整体基调，这是不是很难？

韦德：007 电影就是这样，牵涉到很多东西，所以这挺有意思的。我们这一部的基调，确实有一点不太均衡。刚一开始挺写实的，这是我自以为最好的一部分，在那之后，它变得越来越有意思，回到了传统的 007 套路上，并且在这条路线上全速前进直到最后。所以说，要保持平衡的基调，确实挺难的，但结果还算做得不错。就电影而言，类似这样的大混杂确实不太多见，要说基调上有什么东西能一以贯之的话，那就是 007 本身了。

珀维斯：我觉得基调的事情，最后还是要看导演。要我们自己能决定的话，第二部分里冰上宫殿那些东西，本可以拍得更写实一点。

斯科特：影片开场的重头戏，用夜间冲浪来开场，这想法是从何而来的？我们看到 007 跳伞落在海上，然后一路冲浪到了岸边，非常有型。

韦德：先是想到了夜间冲浪的创意，原本的设计是疯狂的文上校让手下在夜间冲浪。

斯科特：就和《现代启示录》里一样。

韦德：没错。

珀维斯：爱冲浪的人都知道，晚上常会有特别棒的浪出现，所以这么写其实也有道理。于是我们心想："让他们都戴上红外线的夜视仪，结果会怎么样？"

韦德：所以我们构想了这样的情节，他这么对付那些家伙，其中一人断了腿，然后其余人朝他开枪什么的，然后007渗透到了他们中间。但后来觉得一边冲浪一边还要讲那么多剧情，太复杂了，所以就只保留了冲浪的部分，作为他深入敌后的一种巧计。

珀维斯：他们觉得开场的段落时间上太长了，即便只保留冲浪也有问题，所以我们索性全都拿掉了。取而代之的开场戏，变成了沙袋那个地方。如今在影片结尾出现的那顶帽子，原本就设计让他在一开始的时候摆弄着。

韦德：于是那就成了一段相当复杂的故事，他靠转移视线的办法，劫持了一艘小艇。当然，就剧情的可信度来说，你完全可以质问，为什么他就非得去朝鲜做这件事呢？就不能等那家伙离开朝鲜的时候下手吗？但是，刚看到这地方的时候，你其实还不太明白整个剧情要说什么，所以其实不会质问这些东西。

斯科特：整部电影是按故事顺序来拍摄的吗？

韦德：很大程度上是这样的。

斯科特：动作戏的节奏是怎么控制的？还有，在把你们的创意变成现实的过程中，有没有受到预算和后勤方面因素的限制？

韦德：我们其实没设计多少个大爆炸的场面，大部分都是他们自己弄出来的，他们造了一个特别大的爆破堆，那和我们没什么关系。

珀维斯：我们确实提了自己的想法，但第二组导演还有导演和制片人还是决定要那么做，而且要做得尽可能劲爆。

斯科特：你们一共写了几稿？

韦德：太多了。如果把酝酿的过程也算进去的话，我们是从 2000 年 7 月开始的。

珀维斯：之前说过了，我们直到电影开拍后都还在写，所以共有将近两年的时间吧。

斯科特：你们用哪一种软件？

韦德：我们用的是"编剧 2000"（Screenwriter 2000）。

珀维斯：我们不喜欢"最终稿"（Final draft），感觉没有"编剧2000"那么好用。

斯科特：金克丝从海里走出来的那一场戏，和当年《007 之诺博士》（*Dr. No*，1962）里哈妮·赖德所做的一样。听说原本这里写的是一场全裸的戏，是不是？

珀维斯：但裸也是裸得很有品位的那一种。有一稿里面确实是那样写的，为的是呼应《诺博士》——我指的是小说原作。

斯科特：她和 007 相遇的那一场戏，让我想起了《夜长梦多》（*The Big Sleep*，1946）里的一段对手戏，明明谈的是赛马，但字里行间充满性的暗示。你们当时是不是参考了此类影片？

韦德：没错。亨弗莱·鲍嘉的火候把握得特别好，话不多，但都说在了点子上。和他演对手戏的女演员也是一样。

珀维斯：那一场戏也经历了临时的变化，因为整个拍摄的规模是如此巨大，这种临时变化带给编剧的压力，也就可想而知了。原本，我们已经在去机场的路上，准备去加的斯。因为当时的天气很糟，他们没法拍摄金克丝和 007 相遇的那一场戏。但忽然之间，天气又变好了。我们接到了电话，说他们又要拍了——说起来，那水温可够冷的——而且是现在马上就要拍。这要知道，这场戏当初可是按照黄昏戏来写的——记得那句台词吗，"掠食者通常都在太阳下山的时候出来。"——两人之间的对话，涉及的都是日落时的意象。忽然之间，他们决定要在日正当空的时候拍这场戏。他们问我们，能不能临时改一下对白？可它保持那个样子已经有一年了，现在临时说改就要改。我们大脑一片空白，只记得我们下了车，朝海滩走，穿过人群，走向拍摄现场，走到正等着开工的 100 多名工作人员面前。演员已经拉着导演一起在彩排了。就在片刻之前，当我们俩走在沙滩上的时候，我们才刚想到，要把那句话里的"通常"改成"总是"。

斯科特：说说麦当娜（Madonna）的击剑戏吧，看着像是一下子回到了过去……

珀维斯：确实有一些反对意见，觉得那似乎太过时了，如今已经是《黑客帝国》（The Matrix）的时代了，这样的戏，观众还会买账吗？我们又要怎么拍出新意来呢？

斯科特：那种旧式的会员制俱乐部的环境，似乎让击剑戏看上去没那么突兀了。

珀维斯：那地方名叫"刀锋"，正是弗莱明小说里那家赌博俱乐部的名字。

斯科特：说说能为麦当娜写台词的感受吧。

韦德：我们原本写了一句很棒的台词——"斗鸡可不是我的风格。"但她不愿意照着说；她自己换了一下语序——"我不怎么喜欢斗鸡。"

斯科特：这部 007 电影的调子挺阴沉的。你们是不是想要就此让 007 由超级英雄变回为凡人呢？

韦德：我想要好好利用他的杀手身份。这是他始终背负着的内心包袱，能见到那种模式下的007，感觉还挺好的。在我们看来，这个人物之所以有意思，就在于他既有那样的一面，同时却也懂得享受生活，及时行乐。在把他关起来的剧情设置上，我们没有遇到任何反对意见。被捕，让他由超级英雄变回为凡人。目的就是要给他提供一个发光发热的机会，因为大家本就是冲着007来的。所以说，他的遭遇越惨，电影越是好看，观众也越享受。

斯科特：你们要面对的是40年的历史和之前19部007电影。从某种意义上来说，限制反而能给人更多的自由，当然，从另一种角度来说，这样的限制也会让人很沮丧。

韦德：这工作难就难在这里。当然啦，你也可以说，之前不过是19部007电影，留给我们可以发挥的空间其实还很大，还有上百万种可能性……我觉得我们最大的优势就在于，这次的反派人物年纪很轻。其实，这也是和皮尔斯·布鲁斯南当时的年纪有关系。这成了我们这部电影的新意所在。

珀维斯：皮尔斯是男人，反派格雷夫斯则更像是一个野孩子，一个小男孩。我觉得他们之间的对手戏，具体执行得也很不错，把我们的意思都表达出来了。

韦德：有意思的还在于，导演其实有点担心他俩之间的这种对比，所以把他们的对手戏一路地往后推，让人等了又等，结果反倒成了全片最大的亮点。

珀维斯：他们打赌的方式，受到了特里-托马斯（Terry-Thomas）的老电影《噱头大王》（*School for Scoundrels*，1960）的影响。让两个彼此憎恨的人来打赌，就更是锦上添花了。

斯科特：这就把007可以不按常理出牌的本领都表现出来了，那对他自己来说也是有利有弊。

韦德：其实我们也是受到了几位制片人的影响——而且皮尔斯确实有这种气场。所以我们才让米兰达那么谈论 007。其实那都是为预告片准备的素材，剪一剪放在一起就可以用在预告片里。娱乐片嘛。

珀维斯：而且皮尔斯还在流血，这可是有点稀罕的。

斯科特：废弃的地铁站台，沃克斯霍尔十字街站，这是怎么想到的？

珀维斯：具体在哪里拍，不由我们决定。真让我们来说的话，也不会叫它沃克斯霍尔十字街站。

韦德：类似这样的废弃车站其实有不少，靠近唐宁街 007 办公室的地方，其实就有那么一个废弃车站——二战时丘吉尔就是在那儿召开的秘密会议。

珀维斯：这里写得挺隐晦的，写他途经了一处旧靶场什么的。所有这些，都是在向《007 之太空城》（*Moonraker*，1979）的原著小说的开头部分致敬。

斯科特：请谈谈介绍观众认识新一代 Q 的设计吧？

珀维斯：我们是有意识地要走回到 Q 以前的老路上。虽然之前一直都是德斯蒙德·洛艾林（Desmond Llewelyn）在扮演，但其实到了后来，他演的 Q 也和最初的时候不一样了。我们想要回到 20 世纪 60 年代那些 007 电影里两人之间关系糟糕的老套路上，那才是最初的模式。

韦德：对于德斯蒙德的去世，我们也很在意。所以约翰·克利斯（John Cleese）会提到"我的前任"，而 007 一开始也只管他叫"军需官"（Quatermaster）——那正是 Q 这个简称的由来——直到后来意识到这个人确实很聪明、胜任，这才改口用了亲昵的 Q。

斯科特：007 铁杆粉丝的反馈意见如何？

韦德：我觉得大家还都挺赞赏的。

珀维斯：我觉得这部电影挺有意思的一点就在于，观众的反应相当地两极化——很喜欢，或者很讨厌。以往的话，大家好像没那么强烈的反应，不过是又一部007电影罢了。

斯科特：有没有担心过隐形车的情节？

韦德：很开心，导演也能喜欢这个创意。因为最初提出这个概念的时候，我们不知道会不会有人接受。我们想的是，在冰岛或是在沙漠里，在缺乏明显背景参照物的地方，它会隐形，但在城市的环境中，还是能看到的……

珀维斯：这就要说到它的第一个镜头了，因为那是当笑料来处理的，所以成功了，但其实本不应该那么……

韦德：颜色本该更暗一些，如果颜色够暗的话，你就能接受了。

珀维斯：Q说了，"它其实就和隐形一样"。其实是一种伪装，而不是什么隐形科技。

斯科特：当初写那些对白的时候，你们知不知道《王牌大贱谍》（*Austin Powers*）的存在？

珀维斯：那些电影其实是在拿20世纪60年代的007电影开涮——而且开玩笑其实开得也不是很厉害，更多的是一种异国的味道。所以我们就要注意了，别走跟它一样的路线。也是没办法，要是没有这些电影，我们本可以有更多选择余地……

韦德：说出来你可能不会信，我们其实很注意了，不要搞太多一语双关的笑料进去，可结果呢，还是满满的全都是这类俏皮话。

珀维斯：是导演一直在鼓励我们。

韦德：因为大家都会觉得那样很有意思，那是好事。这意味着影片前一个小时虽然很写实，但看起来还是很有意思……但随着故事推进，随着那些动作戏积累上去，这种平衡有一点被打破了。没办法，这种事本就很难办。正如斯蒂芬·弗里尔斯跟我们说过的："艺术片好拍，娱乐片才叫难。"

英国，伦敦

《爱情是狗娘》

_____/ 19

吉列尔莫·阿里亚加

"你写什么，不是你选它的，而是它来挑选你的。"

　　吉列尔莫·阿里亚加曾出版过三部长篇小说以及一部短篇小说集，其中包括有《水牛之夜》（*Night of the Buffalo*）和《死亡的甜蜜气息》（*A Sweet Scent of Death*）。他的第一个原创剧本是 2000 年的《爱情是狗娘》，影片由亚历杭德罗·冈萨雷斯·伊尼亚里图执导，加艾尔·加西亚·贝尔纳尔主演，获得了 2001 年奥斯卡最佳外语片的提名。2003 年的《21 克》（*21 Grams*）是他的第一个英语剧本，同样由伊尼亚里图执导，由肖恩·潘（Sean Penn）、娜奥米·沃茨（Naomi Watts）和贝尼西奥·德尔托罗（Benicio Del Toro）主演。他现在和妻子以及两个孩子住在墨西哥城。

剧情梗概

　　墨西哥城，现代。少年奥塔维奥让爱犬科菲参加了地下斗狗比赛，希望能赚到足够的钱，供他和嫂子苏珊娜远走高飞，离开他性格不佳的哥哥拉米罗。科菲受到致命重伤，奥塔维奥带它躲避追杀时引发了严重车祸。中年商人丹尼尔抛弃妻儿，金屋藏娇，与嫩模瓦雷丽亚住在了一起。后者也被卷入了这场车祸，受伤严重。与此同时，年轻时曾投身革命的杀手"山羊"目睹了车祸，救下了科菲，也因此被卷入足以改变他人生的剧变中。

《爱情是狗娘》(*Amores perros*，2000)

凯文·康罗伊·斯科特：能否先说说你的父母亲，他们对于你的教育方式是哪一种？

吉列尔莫·阿里亚加：家庭是我生命中最重要的东西之一，我父母一直都相信，文化和教育意义重大——他们爱旅行、爱读书、爱好电影——所以我们几个小孩从小也很关心这类话题。我们谈政治、谈文化，这都是我们家人感兴趣的话题。

斯科特：你曾说过，你父亲认为人生所能实现的最伟大的目标，就是获得博士学位。

阿里亚加：他从没给我们灌输过要有钱或是要有一份好工作的想法。这些他都不关心。他只希望我们能够先掌握合适的工具，然后就能以最理想的方式去从事自己想要做的事情了。所以他相信教育的作用，但那不仅仅是拿学位，更是一种理解事物的方式——博士学位能带给你的，是更多能够好好理解人生的工具。

斯科特：如今你自己做父亲也有 10 多年了。这种身份的转变，对你的剧本创作是否有益处？

阿里亚加：有不少帮助，因为这种身份的转变，让我明白了爱和希望确实有其意义所在。对我而言，做父亲是我人生中所能遇上的最重要的事，意义远超我之前所经历过的任何事。我变得比以前谦逊很多，脚踏实地很多。当了父亲之后，我对于人都有了更深刻的理解。

斯科特：因为你看问题的视角都改变了，因为你现在要对自己创造出来的一条生命负起责任了，是这样吗？

阿里亚加：是的，因为你认识到了，自己不能再为所欲为了；你的一举一动，有可能会深刻地影响到另一个人。如果孩子出了什么事，你会很担心。它还让你看到了生命的联系，这就是生生不息的道理，我们通过自己的小孩来影响世界。此外，正所谓童言无忌，小孩子的话，听着很有意思，而且还能让你换个角度来认识自己的人生。拍《爱情是狗娘》时，我把儿子圣地亚哥和女儿玛丽亚娜也带去了现场，当时拍的正是车祸后的那一场戏。现场惨不忍睹：有人在吐血，还有人被困在汽车的残骸中。这场戏拍到一半，玛丽亚娜让我陪她出去走走，她当时才7岁。我们走出拍摄现场的时候，她问我："他们为什么要拍那么恐怖的电影？"我回答说："这是我写的电影。你觉得这很恐怖吗？"她说："你为什么要写这电影啊？"我回答说："因为我心里面想到了啊。"她又说："你的心好恐怖啊！"（笑）就是类似这样的事，让我变得更加谦逊……

斯科特：能否比较一下你小时候在墨西哥城居住的那片社区以及《爱情是狗娘》中奥塔维奥、拉米罗和苏珊娜生活的地方？

阿里亚加：我小时候住的那片社区，由一条大街一分为二，一边十分危险，另一边住的则是更和善、更中产阶级的居民。所以只能说有一部分地方挺乱的吧。

斯科特：据说你小时候天天都和人打架。为什么会这样呢？是出于自卫呢，还是别的什么原因？

阿里亚加：我们住的地方就是那样，想要获得别人的尊重，只能靠拳头说话。随时要用拳头来证明自己不是弱者。14岁时，我被人砍过；13岁时，我被人打得失去了嗅觉。我11岁时，我哥走路时不小心踩在了水坑里，把水溅在了一个姑娘的身上，她那25岁的越战老兵哥哥见状勃然大怒，奇怪的是，他没找上我哥，反而用棒球棍把我痛打了一顿，几乎就要了我的命——最后一下，打在了我的脖子上，之后整整3个小时，我颈部以下完全不能移动。还有一次是我10岁的时候，我在外面晒太阳，几个老家伙拿香烟烫在我的肚子上。这就是我们那一片社区，挺暴力的……但它也有好的地方。

斯科特：最初接触到话剧，是在小学里对吗？

阿里亚加：起初父亲把我送去了当地公认的"最好的"一所小学，结果我却发现，那地方的老师就跟法西斯一样。这让我很受不了，最终也确实被勒令退学了。然后又去了另一家学校，那地方很酷，气氛很自由。话剧在那里是必修课，我们读了不少剧本，由古希腊话剧入手，然后是西班牙话剧，还有莎士比亚（William Shakespeare）。学生要自己执导、制作和演出这些话剧。

斯科特：当时你几岁？

阿里亚加：12 岁。

斯科特：12 岁就开始自己弄话剧了？

阿里亚加：是的。到我 15 岁的时候，已经演出、导演、制作过二三十出话剧了。

斯科特：差不多也就是在这时候，你对打猎的热情越来越高涨，而且完全是出于你自己的念头，并非受到家长的影响。能否说说这是怎么开始的，还有为什么直到现在你仍旧那么喜欢打猎？

阿里亚加：你说的"热情"（passion），它拉丁文的原意就是受苦的意思。那是你自己无法控制的事情。对我来说，打猎就是这样的一件事，很难解释。在我看来，打猎来源于人性的基础，人类本就是打猎的物种。如今，某些群体已失去了对于大自然的这种感觉，所以会对打猎这件事持反对意见，这让我觉得十分悲哀。我喜欢打猎，因为这能让我理解何为互相矛盾。在我看来，互相矛盾就是世间万物的真相。在打猎的过程中，你能体会到美、死亡和残酷。能体会到内疚，也能体会到快乐——有许多不同的情绪。你追赶猎物，杀死猎物，然后又会觉得难受。

斯科特：你曾说过，对于墨西哥社会上正在抬头的一种崭新的政治正确，你并不感兴趣。不用说，打猎肯定不是很政治正确的爱好。肯定会有人问："明明不是出于生活所需，为什么还要打猎？明明去超市就可以买到那些肉。"对此，你会如何作答？

阿里亚加：看电影也不是生活所需，踢足球也不是生活所需，读诗也不是生活所需——很多事都不是生活所需。这里牵涉的并不是经济上的需求，而是一种心灵上的需求、情感上的需求。打猎能让我更靠近美。这是我认识大自然的一种方式。这些坚持政治正确的人忘记了，环保也必须以人性为本，这要优先于任何其他考虑。这是我们人类与大自然之间的契约，它本就意味着死亡与残酷等等许多东西。现在的人已经变得太乏味了，太好好先生了，压抑得太厉害了，正在失去这种互相矛盾。就好比是那些把狗当宠物养，给它们系上丝带、蝴蝶结的人。他们剥夺了狗之为狗的根本意义：我称之为"狗性"或是"狗尊"，狗的自尊。（笑）人类学家约瑟夫·坎贝尔在他哪本书里说过："在狩猎社会里，根本不需要人性，人性的出现，是由农业社会开始的。"我相信，人类继续压抑自己，不让自己参与到大自然中，结果我们只会变得更残忍、更卑劣。

斯科特：你喜欢狗，但讨厌猫，是吧？想不通你为什么会讨厌猫啊。

阿里亚加：我有很明确的理由。我小时候喜欢动物，各种各样的动物家里养了不少，有小鸡，有小兔。猜猜看，它们死在了谁手里？

斯科特：但按照你之前说的，你不是应该欣赏它才对吗？

阿里亚加：对，猫也是猎人！我明白这个道理。所以说，同样的理由，我却因此讨厌猫，这也是我互相矛盾的一个地方。（笑）

斯科特：1984 年，你在打拳击时受了伤，事后发现情况严重。能否谈谈这件事？

阿里亚加：我有个朋友，他是真正搞拳击的，当时正为参加洛杉矶奥运会做训练。我也动了这个念头。反正我从小就天天都在打架，我以为自己也能当上拳击手。我当时觉得自己可以当重量级拳手，当时在墨西哥根本就没有重量级的拳击比赛；像我这个身高和体重的拳击手，在我们国家是没有的。我想好了，我也要去洛杉矶奥运会，即便第一场比赛就输了，至少我也能说我参加过奥运会了。（笑）某天训练的时候，我胸口感到一阵疼痛，左臂也麻了。医生给我做了检查，发现心脏有感染。如果当时就能治疗，这病其实并不严重。但我却继续训练，结果心肌受到刺激，几乎就要心肌梗塞了。心肌肿了起来，充满了液体的那种痛苦真是难以言喻，非常强烈的灼伤感。感觉左臂里面像是有一只猫，它正在死命乱挠。那是某种病毒导致的，我自己根本无能为力。医生告诉我："我有一个好消息，也有一个坏消息。好消息是你没得疑病症，你并不是在乱想。坏消息是你心脏的情况很糟糕，我们也不知道接下来会发生什么，你必须卧床休息。什么事都不能干了。"那天晚上，我非常焦虑。我看着自己的双手，心里想着："说不定什么时候，这就是死人的一双手了。我一定要抓紧用它们做点什么事情。必须给这个世界留下一点什么。"我一直都想当作家，但之前一直觉得自己没这天赋。但是那天晚上我改变了主意："我要开始写作——我不在乎是否能发表，总之我要写东西。"就这样，等我病情好转之后，就开始写东西了。一年半之后，我再次心肌感染，情况比上一次还要严重。也就在这时候，我下定了决心，不管任何代价，我一定要当上作家。

斯科特：一开始写得怎么样？很糟吗？

阿里亚加：挺好的。我最初的那些作品里，就有我 25 岁时写的一本书，短篇小说集《雷多诺路 201 号》（*Retorno 201*），那是我小时候我们家的地址。第一版，一个月的时间就在墨西哥售罄了。

斯科特：但我记得在那之前，在你才 23 岁的时候，就已经是大学教授兼系主任了。这是怎么做到的？

阿里亚加：我们家的每一位家庭成员，除了我母亲之外，全都有过当老师的经历。当初我读大学的时候，系主任说我的各科成绩平均下来实在是太差了，他打算要把我开除了。我对他说，你一定是弄错人了。于是他又查了一下，发现我是班上各科成绩平均下来最好的学生，他确实是弄错人了。就这样，我们谈了起来，我给他留下了很好的印象，于是他问我是否愿意留校当老师。就这样，毕业后我就留校了。不久，征询过其他老师和同事的意见后，他们又推选我当上了系主任。

斯科特：你那时候喜欢当老师吗？

阿里亚加：当然喜欢啦，但我年纪太轻，缺乏教书的经验，所以这工作也不容易。当系主任，领导以前教过自己的老师，教那些年纪比我还大的学生，确实都挺难的——我只能非常努力，以赢得每一个人的尊重。

斯科特：决定要当作家之后，在你 29 岁那年，你又在西班牙国立美术学院（INBA）谋得了常驻作家的职位。但我听说，你的作品刚开始也遇到了挫折……

阿里亚加：我们一共有 8 个人，负责我们的是一位名叫乌戈·伊里亚特（Hugo Hiriart）的优秀作家。他看了我的小说之后告诉我说："你也能算是作家？到底是谁跟你说的啊？这就是垃圾啊！"他把我的手稿撒向空中，飞得到处都是。"我这辈子就没读过比这更差的东西了。"为了克制想要杀了他的冲动，我逼自己从 1 数到 10，数完一遍还不够，只好再数一遍。这时候，另外 7 个人里有一个人开口了："说得对，真是很差劲的小说。"我对他说："闭嘴，不然我就揍你一顿。"我拾起了我的小说，告诉乌戈："你根本就不知道什么是文学！"（笑）多年之后，我曾经问过他："你当时为什么要那么做啊？"他回答说："我想看看你有没有当作家的胆量。无惧退稿的人，才能当作家。连我那下子都受不了的人，根本就没有当作家所需要的性格。"

斯科特：这本小说后来出版了，就是那本《行刑大队的荣耀与不幸故事以及它和弗朗西斯科·比利亚传奇的关系》（*A Tale of the Splendours and Miseries of the Guillotine Squadron and How It Contributed to the Legend of Francisco Villa*）。它的出版，距离上述这件事情有多久？

阿里亚加：4年。

斯科特：所以说，33岁的时候你就已经当上大学教授和有作品出版问世的小说家了。感觉你的事业运来得早且来得好。面对课堂上那些抱怨自己没有如此好运的学生，你会告诉他们什么？

阿里亚加：首先，机会是靠自己创造的。"我有的是才华，可惜就是没机会。"类似这样的话，我已经听腻了。想想加西亚·马尔克斯吧，他是从丛林深处一个很小的小镇上走出来的。那地方你甚至都没法在地图上找到。有才华是一回事，有了才华，你还得自己创造机会才行。此外，你要相信自己的作品。我常说，如果你的作品长了腿的话，它自己会走，会跑。如果它本身就没长腿，那就没办法了。当然，我说的创造机会，并不是说你非要去找出版社编辑，请他们吃午饭。至少，目前为止我都不需要自己跑出去挨家挨户推销，这让我觉得很高兴——作品自己会说话，它自己长了腿。

斯科特：据我所知，你有"注意力缺乏障碍"（ADD）的问题，这是否会影响到你的剧本创作？

阿里亚加：有负面影响，但也有正面影响……负面影响在于，我写剧本花的时间要比别人长，因为写着写着我就去干别的了，时间都用在了别的事情上。我会洗个澡，出去遛一下狗，或是给朋友打打电话……

写写停停，做做别的事情，然后再继续写，所以我现在干脆已经视它们为我创作过程的一部分了。正因为我很难集中注意力，所以我写剧本花的时间要比别人长。至于正面影响，我觉得这能让我更多地通过直觉而非理性来认识世界。任凭外面的世界如何混乱不堪，我的内心世界却是秩序井然。你让我在沙漠里走上几个小时，什么参照物都没有的情况下，我照样能清楚辨认出营地的方位，能记得自己是从哪条路走过来的。写小说也是一个道理，我心里有着地图，记得各种结构。对于故事结构，我的感觉特别好，从来都不会在那里头迷路。

斯科特：但你为什么会认为这种内在的方位感是来自"注意力缺乏障碍"呢？

阿里亚加：有这个问题的人，没法从 A 走到 B 再走到 C 再走到 D，他不会这么线性地推导，总是从一个点跳到另一个点，就看注意力带你去哪个方向。

斯科特：你自己没法控制，只能被它牵着走？

阿里亚加：我现在已经能控制了，但读小学的时候还不能。

斯科特：所以那所老师都像是法西斯的小学才把你给开除了。

阿里亚加：是啊，他们觉得我智力上有缺陷。

斯科特：在大学教书的时候，你为了挣一点零花钱，开始参与制作、导演电视剧和广播剧，并且为它们写剧本。

阿里亚加：我喜欢在大学里教书，但我不喜欢象牙塔的生活。我不喜欢搞研究，不喜欢跟其他老师一起开那些言辞浮夸的会议。学术研究在某些程度上就像是在手淫。不过，美国的学术圈和墨西哥的又不一样，因为他们的学者在政治领域和社会生活方面，是确实有影响力的。但是在墨西哥，想要做到这一点很难，学术圈已经和现实生活完全脱离了。所以我想到，要是我根本就不具备象牙塔之外的工作经验，那又怎么可能教得好学生呢？我从 18 岁开始，就做过各种各样的工作了，包括给报纸写稿什么的，这里面也包括当导演。我替电视台拍了不少纪录片。我喜欢拍纪录片。

斯科特：为什么？

阿里亚加：它能让你了解到别人是怎么生活的。例如，我那些纪录片里自己最骄傲的一部，它说的是一群患有唐氏综合征的人——我不愿意称他们为小孩。在拍摄过程中，我了解了他们对于性的看法，他们对于独立的需求，对于自尊心和爱的需要；他们其实都很有创造力；很会画画。我在他们身上花了不少时间。然后我又为电视台拍了一部短片，用的是患有唐氏综合征的演员。作品本身并不怎么起眼，但我自己很满意，因为我用前人没有尝试过的方式，为这些值得我尊敬的人拍了一部电影。我当初在电视台工作的那段时间，完全没想过要拍商业性的东西，全都是一些教育性、文化性的东西。我拍过一组纪录片：《画面之外》（*Out of Frame*），说的是墨西哥的电影史。我还为青少年拍过一些科普类的节目，甚至还搞过一些关于魔术的节目。

斯科特：你想要尽可能多地获得各种经验？

阿里亚加：我觉得传播学是最后一个具有文艺复兴时期遗风的学科，在大学里读传播学，你得学哲学、心理学、社会学……所有东西都要学。而我，恰恰就是对所有东西都感兴趣。

斯科特：在墨西哥工作和在洛杉矶工作有什么区别？

阿里亚加：墨西哥没有好莱坞那么职业化。墨西哥的电影工业很松散，没什么照章办事。你只能找制片人吵架，跟他争取，结果弄得他生气你也生气。资金也是有时候有，有时候没。它够浪漫，但对比好莱坞没有那么职业化。

斯科特：这个事关你作品主旨的问题，想必早已有许多人问过你了……你是否觉得自己的作品更倾向于男性观众，或者明显具有男子气概？光是《爱情是狗娘》，就有着斗狗、杀手、关于复仇的幻想……

阿里亚加：我并不觉得它只适合男性，至少这并非我的本意。我甚至都不知道自己是否有权来谈这个问题——因为写什么东西，那不是由我来选择的，是它自己选择了我。我并非是有意要在影片中表现什么男子气概，例如杀手的角色，我已经是尽可能用最温柔的方式来表现他了。

斯科特："山羊"的那种生活方式，是他自己选择的吗？照理说，他杀人赚到的那些钱，足够让他和他的狗狗过上更好的生活了。

阿里亚加：不是他的选择，他对过去的政治信仰感到失望，觉得自己遭到了背叛。他怀揣着对于社会的理想，结果理想却彻底破灭。他觉得自己像是跌进了黑洞里，根本没有出路。于是，他就变成了你能想到的最卑鄙的人。

斯科特：能否介绍一下你的创作流程，具体是怎么写一个剧本的？

阿里亚加：我平时写东西，几乎全都会在写之前，预先梦见它。上床睡觉的时候，我已经有了一些模模糊糊的想法，等到第二天早上醒来，会发现梦到的某些东西，依然残留在脑海之中。我从不会半夜醒过来把它们记下来或是用录音笔录下来。如果它够有意思，够有价值，自然会残留在你的脑海中。不然的话，即便忘了也没什么，说明它的价值还不够。半夜里梦到的某些想法，有时候你会觉得真的好棒，不舍得忘记，于是你醒过来，把它们都记录下来。事后再读的时候，你会发现那都是垃圾。这种感觉还挺尴尬的……总而言之，我的那些故事创意，并不是完完整整地浮现在我脑海里的，而是通过做梦的方式，一点一点积累起来的。

　　斯科特：通过点滴积累，你就有了一整个故事的构思。然后呢，接下来要怎么做？

　　阿里亚加：我从不写分场大纲，从没写过。有一次去参加某位编剧导师办的研讨会，他说："对于自己笔下的人物，你必须了解他的一切。"我心想："狗屁，根本就不可能！"对于自己笔下的人物，我宁可他们的过往历史中存在一些盲区，是我也不知道的。这样子，他才能给我惊喜。而且，人物的结局是什么，我也不可能一上来就知道。我更喜欢在自己逐渐了解他们的过程中，由他们自己把各自的结局呈现在我面前。所以我不喜欢做资料搜集的工作，无论哪种形式的资料搜集都不喜欢。我喜欢任由人物在我心里自行地成长。电影编剧分两种：第一种，内心完全没有任何方法去理顺各种东西，所以才需要外部工具，需要故事结构，需要预先想好 30 页的时候故事发展到哪里，60 页的时候发展到哪里……对于这一派的老师或者学生，我也完全不是要批评或责难他们。我只想说，相比之下还有另一种编剧，他们对于故事结构的使用，与前者完全不同。想想《21 克》的剧情，时间线来回交织，但我却始终非常清楚接下来要说什么。从来不会迷路，不会觉得哪个地方需要预先设下一个剧情点，不会预先想好一定要在第二幕里安排什么事情。从没那么想过。当然，这并不是说另一种方法是坏的。只不过是我有着与他们不一样的内在感觉。这是一种直觉。

　　斯科特：初出茅庐的编剧常会犯一些错误，比如说解释过头了，或者每一场戏的长度控制得不好，或是奇怪的说明性内容……你当初遇到过这些问题吗？

　　阿里亚加：我也犯过很多错，你如果看过我那些剧本的第一稿的话，你肯定不会用我。那都糟透了。我曾犯过的一个大错，就是随随便便让别人看我的第一稿剧本。现在只有我妻子一个人有这权力，因为只有她一个人知道，不用担心，它会慢慢好起来的……

斯科特：为什么不能干脆把第一稿剧本写得再好一点呢，多打磨一下再定下来？

阿里亚加：对我来说，第一稿纯粹就是把全部创意先都吐出来的一个过程。吐完之后再排序嘛。但有许多编剧会认为，第一稿、第二稿或是第三稿剧本，就应该是完美的。我觉得没有这个道理，剧本最终完成之前一直都要修改，都要重新排序的。

斯科特：《爱情是狗娘》一共写了33稿，是吗？

阿里亚加：是的，但是从第一稿到最终拍出来的影片，这当中的区别远没有《21克》那么厉害。《21克》的第一稿剧本让我惭愧，而且我还犯了一个错误：直接把它拿给亚历杭德罗·冈萨雷斯·伊尼亚里图看了。我再也不会这么做了……现在我拿给别人看的第一稿剧本，其实都已经是第10稿了。这事情也要看运气，有时候第一稿写出来就很成功了，但这样的情况不太常见。毕竟，这是要拿出去跟全世界的观众见面的东西，只能努力再努力。卡夫卡说过："写作是和死亡做斗争。"写作会让你的人生有意义。人死了，作品却还在流传。既然如此，你必须做到尽善尽美。

斯科特：所以你写剧本时，会不会特别挑剔细节，特别一丝不苟？

阿里亚加：我会一丝不苟，但不挑剔细节。有"注意力缺乏障碍"的人，写东西是不可能去挑剔细节的……我只是希望尽可能完美而已。不过，不完美的作品才美，所以别说不可能有完美的作品，即便真写出来了，我也不一定会喜欢。我宁可要一件互相矛盾的不完美的作品，它能一直感动我，感动它的观众或读者。

　　斯科特：听说你喜欢晚上工作，这样白天可以陪小孩。能否介绍一下你每天的具体安排？

　　阿里亚加：我写东西的时候，必须做到全神贯注才行。所以，动笔之前我需要先让自己放松下来。晚上，我会先花点时间陪陪妻子，和她说说话。然后我会照顾孩子上床睡觉。我必须先做这种事，然后才能放松下来写东西，不可能开完会之后去写东西，必须让引擎先熄火。等我坐在电脑前，双手开始敲击键盘，文字流畅地出现时，我就知道我这时候已经彻底放松下来了。我写东西的时候，音乐非常重要，能帮助我抓住我想要的基调。那可以是某个人物的基调，也可能是某一场戏的基调，或者也可能形成一种对比。比如写《21克》的时候，写到最惨的那些情节时，我听的反倒是一些欢快的音乐。也就是说，我听的音乐，不一定非得直接表现我想要的基调。

　　斯科特：怎么想到用斗狗来串起《爱情是狗娘》的故事的？这么写，既是很好的故事情节，又是针对墨西哥城生活的一种独一无二的隐喻。

　　阿里亚加：当初是在写两本小说的时候想到的，一本是《好家伙》（*Good Fellas*），另一本则是讲职业杀手的。结果发现两个故事都有问题，于是我索性想到要把它们并在一起。我小时候养过一条狗，那就是科菲的原型了。它从我们家逃了出去，咬死了那一带很多条狗，真是一条烈犬。所以说，虽然我自己没参加过斗狗比赛，但关于这件事还是有一些亲身体验的。我也知道附近有人斗狗，但那并非是职业比赛——更像是本就认识的两个熟人，约了一下："我的杜宾犬对你的罗威纳，生死定胜负。"就这样，我想到要以自己小时候的经历为基础，来写这本小说。但到了《爱情是狗娘》的第一稿剧本里，这条故事线和你现在看到的完全不同，它说的是中产阶级家庭的小孩子一起斗狗的故事。但我发现这样的设置行不通，于是才决定改走莎士比亚路线。我想到要用狗来串起故事里的各种不同元素，而且还可以通过狗来表现其主人。比如说，像我这样的人，怎么都不可能养一条系着红丝带的小贵宾犬。

斯科特：你现在养的狗是什么品种？

阿里亚加：拉布拉多。

斯科特：你年轻时研究过莎士比亚。写《爱情是狗娘》时，受到了这方面的影响吗？我记得你好像说过，要把人物推向极限……

阿里亚加：莎士比亚笔下的每一个人物，都带有一层滤网。比如说，某男喜欢某女，但某男所在的家族，却与某女的家族是世仇。或是某人渴望获得权力，但想要掌权，他就要杀死现在的国王，也是自己最好的朋友；而推动他去做这件事的，恰恰又是国王的妻子。这就是我说的滤网。莎士比亚笔下的人物，都有很清晰的目标：我要掌权，我要她的爱，我要复仇。都是很基本的要求，但欲望很强烈。所以，当初写《爱情是狗娘》遇到问题的时候，我就想到了，要把莎士比亚用在我的故事里，要让某个人物也拥有这种欲望很强烈的目标，要某个女人的爱。他会为她而战，为得到她不惜一切——她和别人结了婚，怀了孕，而且丈夫就是他的哥哥。用了莎士比亚的这种滤网，一切都不一样了。

斯科特：但这种滤网用得太过头了，是不是会有变成情节剧的危险？

阿里亚加：我不在乎……（笑）

斯科特：除了莎士比亚，我还在你作品里看到了福克纳的影响。我曾试着看过《喧哗与骚动》(*The Sound and the Fury*)，不瞒你说，看了70页，完全一头雾水。你是怎么会知道他的，你觉得他的作品怎么样？

阿里亚加：第一次看《喧哗与骚动》，我觉得那根本就是我看过的所有小说里面最可恶的一本。完全没法理解他究竟要说什么。但忽然之间，我做梦梦到了那里面的人物，我开始明白了，《喧哗与骚动》里其实有很重要的东西。借用你的说法，这种将主人公设置为智障者，而且还强奸过自己姐妹的写法，可以说是"情节剧式样"的。但福克纳也有他的滤网：他是一位了不起的莎士比亚追随者，也是一位了不起的《圣经》追随者——并不是说他自己在信仰上追随《圣经》，而是说在文学层面上。因此，看完《喧哗与骚动》，我明白了一个道理，讲故事不是只有一种方法。他的每本长篇小说，都有各自不同的讲述方法。他后来又写了《我弥留之际》（*As I Lay Dying*）、《押沙龙，押沙龙！》（*Absalom, Absalom!*）和《八月之光》（*Light in August*），每一次的讲述方式都不一样。

斯科特：所以说，是人物决定了故事的结构，而非故事结构决定了人物，是不是这个道理？

阿里亚加：所以我并不是特别信奉三幕式的结构。比如说，要讲关于车祸的故事时，你是不会这么写的："早上 7：30 我开车出门。7：35 我在加油站停下。7：45，我第一次掉头……"不可能这么讲故事啊。你只会说："我正开着车，忽然，不知从哪儿蹿出来一辆车，我全无防备！"或许还可以再加上一句："那天早饭我吃得特别丰盛，我吃了那位美女给我准备的煎蛋，结果我把那些都给吐了出来……"这才是讲故事该有的方式。这就是我从福克纳那里学到的宝贵经验。伟大的作家总有这样的滤网。

斯科特：我记得福克纳还说过，写小说的难度，绝不亚于顶着狂风搭建一座鸡舍，而且，你还只能用一只手，另一只手要绑在背后。

阿里亚加：我觉得应该比这还要再难一些……（笑）说实话，写作说难也难，说容易也容易。难就难在你只有一个人，只能靠自己。相比之下，导演遇到难以抉择的时候，还可以问别人："这个镜头你觉得怎么样？"人家会回答说："我觉得那一个镜头更好一些。"于是导演会说："OK，那我们试试看那一个。"相比之下，当初我写《死亡的甜蜜气息》时，经常晚上把我妻子叫醒，征求意见："你觉得这个地方怎么样……"

斯科特：为什么不找一位拍档一起写呢？

阿里亚加：写小说的时候，我始终都是自己单干。而写剧本的时候，导演、制片甚至是摄影指导，肯定会对你有影响。所以等于是有人在和你一起写。当然，最终还是要你自己决定，还是只有你一个人，难就难在这里。

斯科特：那为什么又说它容易呢？

阿里亚加：那是和当妓女相比，毕竟不如卖身艰难。

斯科特：但也有些编剧其实就是在卖身……

阿里亚加：对，你说得有道理……（笑）

斯科特：影评人都挺喜欢《爱情是狗娘》的，不过，也有一些人批评了影片的第二幕。那并非是因为瓦雷丽亚和丹尼尔的故事不精彩，而是因为故事的基调在这里忽然变了，从充满动力的流动的故事，变成了近乎静态的充满偏执情绪的室内剧。当初写剧本的时候，你意识到这种转变了吗？

阿里亚加：在作品里，我喜欢冒险，喜欢赌一下。我想不到以往有哪一部电影里，能有两种非常不同的基调并存的。所以我想要试一下，这个念头非常顽固。我曾学过马克思理论，马克思其实受黑格尔影响很大，他有一套辩证法的理论：正题、反题、合题。所以我想到了："OK，我也要有一个点、一个与它相反的点，再有一个结果。"瓦雷丽亚的故事就是这个意思，它是一个相反点。头一个故事发生在户外，几个人物东奔西走，好不热闹。忽然之间，影片转到封闭空间中的两个人，他俩的故事很不真实，而且有一种近乎荒诞的感觉。就这样，从十分写实的视点，一下子就转到了近乎超现实主义的视点。显然，为了这件事，确实有不少人批评了这部电影。于是，我们搞了个试验，放映的时候干脆把第二幕抽走，没有第二幕。结果并没有解决问题，缺少了第二幕的《爱情是狗娘》，反而更糟。

斯科特：为什么呢？

阿里亚加：第一个故事说的是，缺席的父亲留下了空置的宝座，两个孩子为此争斗起来。第二个故事说的是，原本在位的父亲做了决定，他要离开，成为缺席的父亲。第三个故事说的则是，原本缺席的父亲，如今想要回归。在第二个故事里，为了愚蠢的嫩模，他准备放弃一切，不惜代价。可见，这三段故事互有关联。在我看来，少了第二段，《爱情是狗娘》的整个结构就不完整了。说实话，我并不是说扮演瓦雷丽亚的戈雅·托莱多（Goya Toledo）和扮演丹尼尔的阿尔瓦罗·格雷罗（Alvaro Guerrero）有什么问题，他们都是很好的演员，但是，按照我原本的设想，嫩模的年龄应该是 19 岁，那个男人应该是 45 岁，更像是一种父女关系。看到 30 岁的女人断腿，那种感觉和看到 19 岁的姑娘断腿，完全不一样。我承认戈雅和阿尔瓦罗演得确实都很棒，但如果换成原计划中的父女关系的话，效果会大不相同。当然，最重要的是，即便如此，我对于这种基调上的突变，依然非常满意，因为我喜欢的那种互相矛盾的东西还是存在的。对于现在这个样子，我完全没有什么好后悔的。《爱情是狗娘》是不完美的，这反而让我觉得很高兴。此外，它也是关于墨西哥城的一次更大范围的素描：有底层，有中产，也有上层。

斯科特：你曾说过，如果不是因为科菲意外地被放了出来，《爱情是狗娘》叙事链条上的那一系列事件，也就都不可能发生了。由这里我想到了，类似这种关于人生偶然性的命题，其实是一个贯穿你全部作品的普遍主题。你觉得我说的对吗？在这里，它又和你的另一个故事创意紧密地联系在了一起：通过一场车祸——你曾说过，这是"大自然在报复"过于追求科技极限的人类——人物的命运交织在了一起。

阿里亚加：有一位西班牙哲学家说过，人是其自身及其所处的各种境遇的集合。但在《爱情是狗娘》里，有些人物身上更多地体现出了他们的自身，而非他们所处的境遇。比如奥塔维奥吧，他出了严重事故，但还是回到了苏珊娜的身边，还是对她说："跟我走。"（笑）

斯科特：他仍不放弃。

阿里亚加：类似这样的事故，反而能给人创造条件。

斯科特：《爱情是狗娘》和《21克》都讲到了车祸，据我所知，你还写过一个关于车祸的剧本，等于是一个车祸三部曲。但那第一个写好的剧本，反而至今都还没有拍出来。它说的是什么故事？

阿里亚加：故事由车祸开始，父亲去世，留下两个小孩，当时一个也在车上，另一个则不在。两年之后，不在车上的那个小孩长大了，他很气愤，决定要找出肇事车的司机。

斯科特：你曾说过，奥塔维奥和拉米罗之间的纷争，并非《圣经》中的该隐与亚伯之争，而是该隐与该隐之争。想要借助"山羊"来杀死对方的那一对兄弟，路易斯和古斯塔沃，也是同样的道理。请问，为什么说这是该隐与该隐之争呢？

阿里亚加：我觉得人类的性格不能以简单的好坏去区分。我们会受到各种奇怪的力量的驱使，这让我们更像是该隐，而非亚伯。但这并不是说他是坏的那个，他只是嫉妒。我觉得，用该隐来描绘人类，获得的结果更为准确，他呈现了我们身上所有那些互相矛盾的东西。或许，你会觉得奥塔维奥是一个很善良的小孩，但事实上，他才是所有人里最像是恶魔的那一个。这就是我要做的：创造能让你喜欢的恶魔人物。还有"山羊"，我觉得他其实也是非常可怕的恶魔人物。

斯科特：恶魔就不能获得重生吗？"山羊"不就幡然醒悟了……

阿里亚加：这么说吧，人生漫长，总有一些时刻，你对人生的认识会比平时更透彻一些。类似这样的时刻，"山羊"和奥塔维奥都遇上了。

斯科特：有那么一段戏，表现的是，奥塔维奥和哥哥都为了苏珊娜以各自不同的方式忙着挣钱——据我所知，你觉得这是全片最弱的一场戏。

阿里亚加：并不是说最弱，只不过从编剧的角度来说，我不喜欢这么处理——我不喜欢蒙太奇，它本身就缺乏力量。那就像是在欺骗。不过，蒙太奇的效果也有目共睹，用在《爱情是狗娘》里更是很起作用，所以我并不后悔。

斯科特：为什么说是欺骗？蒙太奇压缩了时间，又能推进叙事。

阿里亚加：《公民凯恩》里凯恩和妻子吃早餐的地方，我不觉得奥逊·威尔斯是在欺骗。那很优美，那正是蒙太奇奏效的典范。但我觉得，绝大多数蒙太奇并不优美。就那么把音乐往里面一放，太轻易了。电影很让人惊讶的一点就在于，它其实是一种非常保守的媒介。回到20世纪20年代，文学世界有伍尔夫、乔伊斯（James Joyce）、福克纳、胡安·鲁尔福（Juan Rulfo），那些打破常规顺序的叙事，大家也都接受了。在绘画界，毕加索（Pablo Picasso）那种眼睛错位、嘴巴在胸口、耳朵长错位置的画作，也都被接受了。大家能看得出："嗯，那是个女人！"可是，电影却不能做这些，还和电影诞生之初没区别，原地踏步。

斯科特：我觉得这和不同媒介的创作成本有关。你觉得呢？写一本

"每个人都是狗娘养的。"山羊等待着合适的时机，好重新介入女儿的生活。

书，画一幅画，你只需要自己一个人就够了。拍一部电影，需要一大群人，需要大量金钱。所以必须让观众能看懂——因为投入实在太大了。你觉得呢？

　　阿里亚加：没错啊，所以它才会这么保守。但我觉得现在的观众已经越来越见多识广了。而且，你别忘了，电影其实还很年轻，才诞生 100 来年而已。它也在不断学习。

　　斯科特：《爱情是狗娘》的剧本后来也出版了，你自己写了一段序言，其中提到：爱既能代表痛苦，也能代表希望；爱是生与死的十字路口。能否解释一下这句话的含义？

　　阿里亚加：我们总是迂腐地认为，爱是一种愉快欢乐的东西。这不对。有时候，爱也可以是痛苦的——爱上死党的妻子，你就知道那种滋味了……爱本身就是痛苦的，因为爱一个人就意味着，你必须放弃自己的一部分，必须做出妥协。你得花时间陪对方，别小看这个，有时候也挺痛苦的。而且，爱上一个人，你就会开始想到死亡的问题。失去所爱的时候，那种感觉其实也像是死了一次。体验死亡，并不是只有心跳停止这一种方式。除那以外，它还有一些更细微的方式——例如头发变得稀少，开始变秃。

　　斯科特：那它又怎么代表了希望呢？

　　阿里亚加：虽然有这样那样的痛苦，但对于我们人类来说，爱仍是唯一的希望。因为爱就意味着要将自己交托给另一个人，而那个人也要将自己交托于你。这种痛苦会重塑你们。有些时候，正是在最黑暗的地方，才能找到希望。

墨西哥，墨西哥城

致 谢

感谢彼得·霍布斯（Peter Hobbs）为我联系上了黛比·霍尔姆斯（Debbie Holmes），是她为我安排了迈克尔·哈内克的访谈，还亲自从维也纳来到巴黎为我们充当翻译。还要特别感谢一下卡洛斯·卡隆，是他把我介绍给了吉列尔莫·阿里亚加。卡隆是一位杰出的小说家，我很荣幸能有他作为我的良师兼益友。我要感谢引领我进入这一领域的理查德·T.凯利（Richard T. Kelly），还有启发我创作本书的瑞秋·亚历山大（Rachel Alexander）。感谢在成书过程中给予我巨大帮助的娜塔丽·皮尔斯（Natalie Pearce）。感谢我的经纪人克莱尔·康维尔（Clare Conville）和帕特里克·沃尔什（Patrick Walsh），更要感谢 Faber & Faber 出版社的责编沃尔特·多诺霍（Walter Donohue），是他给了我这个机会，是他敢于在我这个新手身上赌一把。我又怎能忘记李·布拉克斯通（Lee Brackstone）呢？李曾经评价过别人："没有他，根本不会有这一切。"我现在把这句话还给他，这一次他说得对。我要感谢我的家人。最后还要感谢兰达·阿塞韦多（Landa Acevedo），是他帮我翻译了与奥宗的访谈，还让我住在他的巴黎寓所。

凯文·康罗伊·斯科特

2004 年 4 月于伦敦

出版后记

　　一个好的电影剧本是怎么写出来的？市面上有许多剧作书都试图为这个问题提供一个工整的答案。或许是运用一套成体系的剧作技巧，借助饱受锤炼的范式建立起电影的结构，朝着讲述一个故事的目标有条不紊地前进。凯文·康罗伊·斯科特采访了21位著名编剧，在本书中呈现的是剧作教程的另一种形态：去回顾那些成名编剧的创作历程。每篇访谈都是一次具体且深入的单独授课。你可以从中了解这些编剧的成长环境与个人趣味，听他们回忆如何写出了自己的第一个电影剧本，又怎样面对创作中的自我怀疑与种种困阻。

　　作者在访谈里设计了一系列提问，其中有角度固定的发问，探讨编剧们在创作过程中共享的疑惑；也不乏针对性十足的细致观察，挖掘剧本及其创作所蕴含的厚重质感。通过编剧大师们的对答，你会看见各不相同的出发点。卡洛斯·卡隆曾立志成为马尔克斯般的作家；迈克尔·哈内克在当导演前写过诗与小说，还接受过钢琴训练；亚历克斯·加兰年少时一直在画漫画……他们之中有写作天才，有自律者，有时时贴近现实而创作的社会派。他们都凭借自己的作品在电影行业烙下了独一无二的创作轨迹，多年之后仍熠熠生辉。如作者所言，本书"竭力将编剧这一行当提升到艺术家的高度上。这一点，恰恰是在将文字变成画面的过程中，以及在围绕电影署名权无休无止的争执中，常被人遗忘的一件事。"

　　译者黄渊老师极其认真，特意费心对早年译文做了逐字逐句的全新修订，对此我们深表感谢！在本书的编校过程中，我们依照通用标准统一了人名、片名与术语的译法。如有疏漏之处，还请读者朋友们加以指正。

　　未来我们还将推出更多的编剧谈合集，为读者揭开口碑票房双丰收的影片是如何从源头打造的。例如即将出版的《编剧这碗饭：好莱坞卖座电影背后的博弈》一书，就集结了《剧本》杂志记者戴维·科恩采访多位好莱坞著名编剧的特稿，真实地还原了20余部电影背后的剧本写作故事。相信你能由此窥见奥斯卡获奖者的个人创作历程，敬请读者朋友关注。

后浪电影学院

2020 年 11 月

图片来源

002   Ted Tally © 1991 Orion Pictures Corp. / Metro-Goldwyn-Mayer Inc.

017   *The Silence of the Lambs* © 1991 Orion Pictures Corp. /
       Metro-Goldwyn-Mayer Inc.

042   Lisa Cholodenko © 1999 October Films

064   *High Art* © 1999 October Films

068   Carlos Cuarón © Mateo Cuarón

092   *Y Tu Mamá También* © 2001 Producciones Anhelo

131   *About a Boy* © 2002 Universal Pictures

162   Wes Anderson © Philippe Antonello

182   *Rushmore* © 1998 Touchstone Pictures

188   Darren Aronofsky © 2000 Artisan Entertainment

211   *Requiem for a Dream* © 2000 Artisan Entertainment

216   Patrick McGrath © Elena Seibert

229   *Spider* © 2002 Sony Pictures Classics

238   Alex Garland © Tom Miller

264   *28 Days Later…* © 2002 Fox Searchlight Pictures

297   *The New Age* © 1994 Warner Brothers

302   Scott Frank © Mika Manninen

313　*Out of Sight* © 1998 Universal Pictures

328　Jim Taylor and Alexander Payne © Bob Devin Jones

350　*Election* © 1999 MTV Films / Paramount Pictures

358　Lukas Moodysson © Per-Anders Jä-Rgensen

383　*Together* © 2002 Sonet Film

390　Paul Laverty © Joss Barratt

427　*Sweet Sixteen* © 2002 Sixteen Films Ltd.

436　Fernando León De Aranoa © Antonio Terrón

467　*Los Lunes al Sol* © 2002 Mediapro

485　*Three Kings* © 1999 Warner Brothers

488　François Ozon © 2000 Haut et Court / Arte France

499　*Under the Sand* © 2000 Haut et Court / Arte France

504　Neil Purvis and Robert Wade © Keith Hamshere

530　*Die Another Day* © 2002 Metro-Goldwyn-Meyer

542　Guillermo Arriaga © 2000 Altavista Films

563　*Amores Perros* © 2000 Altavista Films

图书在版编目（ＣＩＰ）数据

我写不下去了。我要写下去！：编剧的诞生 /（英）
凯文·康罗伊·斯科特编著；黄渊译 . -- 北京：中国
友谊出版公司 , 2021.4（2023.2 重印）
书名原文：Screenwriters' Masterclass:
Screenwriters Talk About Their Greatest Movies
ISBN 978-7-5057-5029-6

Ⅰ . ①我… Ⅱ . ①凯… ②黄… Ⅲ . ①电影编剧
Ⅳ . ① I053.5

中国版本图书馆 CIP 数据核字 (2020) 第 219354 号

著作权合同登记号　图字：01-2020-6340

书名	我写不下去了。我要写下去！：编剧的诞生
作者	［英］凯文·康罗伊·斯科特　编著
译者	黄渊
出版	中国友谊出版公司
发行	中国友谊出版公司
经销	新华书店
印刷	天津中印联印务有限公司
规格	690×960 毫米　16 开
	36.5 印张　480 千字
版次	2021 年 4 月第 1 版
印次	2023 年 2 月第 2 次印刷
书号	ISBN 978-7-5057-5029-6
定价	99.80 元
地址	北京市朝阳区西坝河南里 17 号楼
邮编	100028
电话	（010）64678009

《导演的诞生：我的第一部电影》

My First Movie, Take Two: Ten Celebrated Directors Talk About Their First Film

后浪电影学院 108

作　　者：［英］斯蒂芬·洛温斯坦
译　　者：张洁
书　　号：978-7-550-29309-0
出版时间：2017.5
定　　价：60.00 元

★ 关注对象遍布全球，精选八个国家的十位世界级大导演进行深度专访

★ 袒露这些获奖导演的"缺点和优点"：坚韧、孤注一掷、忽悠、自私、魅力、勇气……

★ 听导演们畅谈其艺术理念之源泉，探究不同代际、民族、地域、文化背景导演拍摄处女作时的创作积淀

★ 从导演分享的幕后故事中，领略宝莱坞、好莱坞、独立电影界、艺术电影界等生存百态

★ 十部处女作涵盖各种类型和制作模式，从剧情片、科幻片、喜剧片，到作者电影、独立电影

内容简介 | 这是一本有趣有料、坦率至极的当代导演访谈录，集中关注仅凭第一部独立执导的长片就跻身世界影坛的十位"新人"。他们成长背景、性格志趣、际遇发展各不相同，既有非科班出身且赌上家当的林克莱特，勇闯大制片厂高层过关斩将的门德斯，抛弃会计金饭碗征战宝莱坞的卡普尔，又有两次拿下金棕榈的库斯图里卡，处女作票房在本土超越《泰坦尼克号》的莫迪松，两度在职业巅峰换跑道从此成为"电影节奖项收割机"的伊尼亚里图。

在洛温斯坦的引导下，诸位导演回溯初执导筒时遭遇的种种煎熬，从苦寻资金、演员、拍摄场地，与剧组成员并肩作战，到最终杀青、死磕电影节，向读者敞开了人生中最精疲力竭的一段浴火重生之路。路途中有滑稽，有惨烈，有热血，有锋芒，个中滋味与他们的作品一样精彩。

作者简介 | 斯蒂芬·洛温斯坦（Stephen Lowenstein），英国导演、编剧、作家，为 BBC、ITV 和 Channel 4 拍摄纪录片，曾编导了两部备受赞誉的短片，目前在英国、美国两地准备自己的多部电影项目。他另著有 *My First Movie: Twenty Celebrated Directors Talk about Their First Film*（《导演的诞生 2》，即将出版）。

《编剧这碗饭：好莱坞卖座电影背后的博弈》

Screen Plays

作　者：［美］戴维·S.科恩
译　者：魏霄飞、蔡元卿
（即将出版）

"你读过关于好莱坞最好的书是什么？""我推荐戴维·S.科恩的《编剧这碗饭》。这书概述了 20 余部电影从其创作起源到开发、制作和发行的过程，甚至还包括其映后反响。你会感受到这个行业的缓慢挣扎和日益损耗，而不是通常流传下来的所谓'传奇'。"——鲍勃·奥登柯克，《纽约时报周日书评》

也许你已经数不清有多少次自己坐在电影院里，想着用你看烂片浪费的钱干点什么不好，然后你转身对同样沮丧的同伴说："这垃圾是怎么做出来的？"戴维·S.科恩的《编剧这碗饭》一书，对编剧过程进行了精彩而详细的剖析，准确地探讨了这个问题……这本引人入胜的著作，将激励所有编剧，无论是专业人士还是业余写手，并将帮助其度过现代电影工业的混乱困境。"——克里斯·博尔顿，《鲍威尔之书》

内容简介 | 这是一本世界著名编剧、导演的访谈录。作者戴维·S.科恩自 1997 年起，为《剧本》杂志撰写"从剧本到银幕"连载专栏，本书是专栏文章的合集。在本书中，作者采访了包括张艺谋在内的 20 余位著名编剧、导演，和受访者一起，回顾了经典影片的剧本创作过程。本书揭开了电影界光鲜外表下的酸甜苦辣，将一部电影"从剧本到银幕"的历程一一道来。通过本书，读者既能收获一系列精彩的电影幕后故事，又能从中一窥剧本创作之道。

作者简介 | 戴维·S.科恩，美国资深娱乐记者、专栏作家，拥有 30 多年的报道经验，擅长报道电影产业新闻。现居洛杉矶市。